LA BOITEUSE

ÉDITION DU CLUB QUÉBEC LOISIRS INC.
© Avec l'autorisation des Éditions JCL Inc.
© Éditions JCL Inc., 1994
Dépôt légal — Bibliothèque nationale du Québec, 1994
ISBN 2-89430-144-8
(publié précédemment sous ISBN 2-89431-116-8)

À la douce mémoire de Philippe et de Benoît,
ces amoureux des grands espaces boisés,
de l'immensité de la voûte céleste,
dans leur réunion ultime
à Saint-Pierre-de-Montmagny.

Chapitre 1

Raymond avait plié et replié une feuille de papier, en avait fait un aéroplane qu'il tenait au bout de son bras. Il imitait le son d'un avion. Du haut de l'escalier, il lança l'appareil qui voltigea un instant avant d'aller choir dans quelque recoin de la cuisine. Sa sœur, un petit bout de chou, était assise dans la grande berceuse et s'amusait avec une ficelle.

Arthur, son père, était penché sur le journal du matin alors que Lucette, sa mère, lavait la vaisselle du déjeuner. Raymond grimpa les marches, s'arrêta, descendit un peu, se pencha au-dessus de la rampe et cria:

— Maman, ma tante pleure là-haut.

— Zut! Je l'ai encore oubliée, celle-là! C'est correct, mon trésor, je m'en occupe.

La petite Gervaise, qui avait tout entendu, fit un mouvement pour descendre de sa chaise.

— Toi, Gervaise, reste là, tu m'entends!

Boudeuse, l'enfant inclina la tête et reprit son jeu avec la corde.

Arthur, impatient, plia le journal qu'il lança sur la table. Il sortit précipitamment de la maison. «Ça ne peut pas durer, cette histoire-là! Pourquoi le bon Dieu ne vient-il pas la chercher?» Il se dirigea vers l'écurie, attela le cheval: il irait tracer les sillons du potager.

— Raymond, trésor, c'est l'heure de te rendre à l'école. N'oublie pas ta boîte à lunch.

— Oui, maman. Minotte, je te donne mon avion.

Celle-ci remercia par un grand sourire. Lucette embrassa son fils qui s'en alla en sifflant. La mère le regardait aller, les yeux débordants de tendresse. Elle revint vers la table, prit le plateau qui contenait le repas qu'elle porta à sa belle-sœur en maugréant. Revenue dans la cuisine, elle dit sèchement à la bambine:

— Va jouer dehors, il fait beau.

Non, fit Gervaise de la tête. Sa mère savait bien ce qu'elle mijotait: l'enfant voulait aller s'amuser sur le lit de la malade.

— Je t'interdis de monter là, tu m'as bien comprise?

— Oui, répondit Gervaise, sans conviction.

— Je t'ai à l'œil, ma petite bougresse. Je sors aider ton père. Ne joue pas avec les portes, pour ne pas faire entrer les mouches!

Gervaise avait le cœur gros. Elle adorait grimper sur le lit de sa tante; elle éprouvait un plaisir fou à brosser ses longs cheveux noirs, ce que la malade aimait tant! Mais l'interdiction formelle, qu'elle ne savait s'expliquer, lui avait valu plus d'une fois une fessée pour avoir désobéi. L'avion ne l'amusait plus. Elle n'avait qu'une idée: se rendre auprès de tante Marie.

Là-haut, une fille qui n'avait même pas vingt ans s'étiolait lentement. Seul son jeune âge expliquait sa résistance au mal. Ses poumons étaient rongés par la bactérie de la tuberculose, ce qui en faisait une pestiférée, la maladie infectieuse étant contagieuse. Le contact du bacille suffisait à transmettre le mal. Chaque jour, elle déclinait un peu plus.

Depuis des siècles on cherchait le moyen de contrer cette maladie dont on ne comptait plus les victimes. En plus d'être fatale, la tuberculose était une calamité; elle était aussi une source de honte. On évitait de côtoyer, non seulement les gens qui en étaient atteints, mais aussi les membres de leur famille. C'est pourquoi la pauvre Marie restait enfermée dans cette chambre obscure dont elle ne sortirait que les pieds devant.

Lucette s'était opposée à ce que sa belle-sœur fût placée dans un sanatorium. Il ne serait pas dit que ses enfants appartenaient à une famille frappée par la consomption! Marie finirait par mourir; ce n'était qu'une question de temps. Le sacrifice de l'avoir gardée et cachée sous leur toit finirait bien par trouver sa récompense. Jamais, au grand jamais, une Lamoureux ne serait cataloguée morte de tuberculose!

Au début de son mariage, Lucette pestait: elle trouvait les voisins éloignés et se sentait bien seule dans ce rang, en périphérie de la paroisse. Aujourd'hui, elle s'en réjouissait, le terrible secret était mieux gardé.

Raymond, son fils aîné, était sa raison de vivre, surtout que ses deux autres garçons étaient décédés avant l'âge de trois ans. La naissance de Gervaise était venue compléter cette famille. La mère aurait préféré un fils, beau et fort comme son Raymond.

— Dieu ne l'a pas permis. Il a sans doute ses vues. Peut-être que Lui, Il les aime également ses enfants, lui avait dit Arthur sur un ton badin.

— Pas moi, avait riposté la mère d'une voix tranchante.

Arthur était attristé par l'attitude inexplicable de sa femme. Aussi témoignait-il plus de tendresse à sa mignonne petite fille.

Tout en dirigeant le cheval, Arthur continua de ruminer l'incident du matin. «Elle finira par la laisser mourir de faim! C'est pas Dieu possible, il me faudra faire quelque chose avant qu'il ne soit trop tard. On dirait, ma foi, qu'elle le fait exprès! Pourtant, elle a du cœur à l'ouvrage; elle n'est pas méchante.»

La herse se dandinait dans le sol, formant de beaux sillons droits. Bientôt, il devrait semer.

Lucette, à l'aide de la bêche, formait des rectangles en élargissant les travées du sol que son mari venait de remuer. De temps à autre, elle jetait un coup d'œil vers la maison. Se pouvait-il que Gervaise soit restée immobile sur sa chaise tout ce temps? Et si elle était montée à l'étage?

La bêche heurta une roche résistante, Lucette se servit du manche de son outil pour l'extirper du sol. Le manche se cassa. Elle chercha Arthur des yeux. Il était tout à fait à l'autre bout du champ.

Le hasard fait mal les choses: la femme relevant le pan de sa robe pour essuyer son visage trempé de sueur vit le rideau de la fenêtre du passage du deuxième étage qui bougeait. «Ainsi, Gervaise est là, ça ne peut être qu'elle, car il y a belle lurette que la belle-sœur ne se lève plus.»

Lucette entra dans une colère noire. La bêche cassée à la main, elle courut vers la maison, grimpa l'escalier et se dirigea vers le lieu maudit. Gervaise était assise sur le lit de sa tante, une brosse à cheveux à la main. Furieuse, Lucette saisit l'enfant, et la roua de coups. La pauvre petite, sidérée, subit la colère de sa mère et ne fit aucun mouvement pour tenter de se protéger. Et Lucette frappa, frappa, frappa encore.

— Arrête, Lucette, arrête, tu vas la tuer! hurla la malade.

Mais Lucette n'entendit pas. La fillette, clouée au sol, criait à rendre l'âme. Marie, effrayée, se leva avec peine, s'empêtra dans sa longue robe de nuit et tomba de tout son long sur l'enfant qu'elle chercha à protéger.

L'effort fut trop grand: aux hémoptysies succéda l'hémorragie foudroyante: le sang jaillit, souilla tout, éclaboussa Lucette qui se mit à hurler comme une déchaînée.

Arthur, parvenu au bout du sillon, entendit le cri perçant. «Lucette, c'est la voix de Lucette. Elle n'est plus dans le jardin.» Il laissa tomber les rênes, courut vers la maison, grimpa les marches quatre à quatre, entra dans la chambre et constata l'horreur du drame. Sa sœur, inerte, gisait là, étendue sur Gervaise, immobile. Il retourna le corps de sa sœur et souleva sa fille dans ses bras, puis la transporta dans la salle de bains et lava son visage. Les larmes de l'homme se mêlèrent à l'eau qu'il voulait régénératrice. Il n'eut de repos que lorsque l'enfant ouvrit les yeux. Doucement, il alla la déposer sur son lit. Ensuite, il revint dans la chambre. Sa sœur reposait toujours sur le plancher. Assise sur le sol, sa femme tenait encore son outil à la main. Son regard était fixe, elle ne criait plus.

— Lucette! hurla l'homme.

Lucette ne réagit pas. Arthur la releva. «Lucette!» cria-t-il encore. Du revers de la main, il la frappa en plein visage. Elle sursauta, et se remit à hurler.

Arthur attira sa femme hors de la pièce, la secoua pour l'obliger à se calmer. Il la dirigea vers sa chambre, l'aida à s'étendre sur son lit et ferma la porte.

Il s'approcha de sa sœur, tâta le pouls; il n'y avait pas de doute: ses souffrances étaient finies. Il revint vers Gervaise qui s'était endormie; un instant, il cajola son front, prit une couverture et, avec douceur, couvrit l'enfant.

C'est à ce moment qu'il saisit la gravité de la situation. Adossé au mur, il resta immobile de longues minutes, incapable du moindre mouvement. «J'ai été fou, j'ai été fou de ne pas avoir prévu ce drame. Tout ça est de ma faute! J'ai été fou.»

Il fallait prendre une décision; il ne savait pas laquelle. «Le docteur? C'est trop tard. Le curé, oui, le curé.» Il descendit à la cuisine d'où il téléphona au presbytère. Il pria le prêtre d'apporter les huiles saintes. Puis, il pensa à Gervaise qui lui semblait plutôt mal en point. Il téléphona aussi au médecin.

L'un et l'autre arrivèrent dans la même automobile, amenant avec eux l'espoir. Ces deux êtres étaient les seuls à connaître le grand secret caché derrière les murs de cette demeure. Une rumeur circulait déjà au village: on croyait que la grabataire, qu'on ne voyait plus jamais, était mentalement dérangée.

Pendant qu'Arthur assistait en silence aux prières du prêtre, le médecin signa l'acte de décès. «Pour cause d'hémorragie», disait le document.

— Que s'est-il passé, Arthur?

— Je ne sais pas. J'étais au champ avec Lucette, dit-il, d'une voix basse. Tout à coup j'ai entendu crier, je suis monté et j'ai trouvé ma sœur étendue de tout son long sur ma fille. Il y avait du sang partout.

— Quelle triste histoire!

— Venez voir ma fille, docteur, elle n'est pas bien.

— Je vous suis.

Arthur n'aurait pu le jurer, mais il crut voir se refermer la porte de la chambre derrière laquelle se trouvait sa femme. Ainsi, elle aurait écouté et entendu sa version des faits, quelque peu déformés. Il serra le poing.

Le docteur examina l'enfant. Les contusions semblaient nombreuses. Il demanda à être seul avec elle. Arthur et le prêtre sortirent. La demi-heure qui suivit sembla une éternité pour le père désespéré.

— Ta femme, Arthur, comment prend-elle la chose?

— Il m'a fallu la secouer, et même la frapper pour qu'elle reprenne ses sens. Elle était figée.

— Quelle triste histoire! Dure épreuve, bien dure épreuve que le Ciel t'envoie là.

Arthur assena un coup de poing sur la table en jurant:

— Si quelque chose arrive à ma fille, je ne réponds plus de moi!

— Tu blasphèmes, Arthur! Ressaisis-toi, mon fils. La colère n'a jamais guéri la douleur.

L'homme baissa la tête. Outre sa souffrance profonde, les remords l'assaillaient.

La vérité était si laide, si monstrueuse qu'il n'avait osé la dévoiler. Toute sa vie serait hantée par cet odieux mensonge. Mais un mari a-t-il le droit de trahir sa femme? Gervaise était petite; oublierait-elle ce terrible événement? Pourquoi le docteur restait-il aussi long-temps au chevet de l'enfant?

Arthur regarda l'horloge. Son inquiétude croissait au même rythme que son impatience. Et voilà. Enfin, il put entendre le martèlement des pas du praticien qui empruntait l'escalier. Ce dernier vint les rejoindre dans la cuisine. Le père de famille le fixa d'un regard inter-rogateur, il voulait connaître le diagnostic.

— Rien de trop grave, sauf...

— Sauf?

Arthur, tendu par la peur, était debout devant le médecin.

— Elle devra être examinée plus à fond. Seuls les rayons X nous donneront une réponse sûre.

— Quelle réponse?

— Je crois qu'il y a un problème au niveau de la hanche droite.

— Un problème?

— Je le crains.

— C'est sérieux? Le problème, il est sérieux?

— C'est trop tôt, je ne peux pas me prononcer. Il faudra des examens plus poussés.

— Elle n'est pas en danger?

— Non, rassure-toi. Elle va même très bien, compte tenu des faits.

— Vous lui avez parlé? demanda Arthur en gardant les yeux baissés, embarrassé.

— Oui, bien sûr. Maintenant, Arthur, il nous faut prendre des dispositions en ce qui a trait à ta sœur. Veux-tu que je m'en occupe?

— Ce serait un effet de votre bonté.

— Bon. Pour ce qui est du reste, je pense que tu sais ce qu'il faut faire. Tu dois brûler tout ce qui se trouve dans cette chambre: le lit, le prélart, le linge, tout. Puis enduis les murs, le plafond et le plancher d'une solution de chaux aussi pure que possible. La pièce doit rester fermée pendant au moins une année complète; ne l'utilisez pas. Oh! j'oubliais le principal: ni ta femme ni tes enfants ne doivent mettre le nez là. Tu m'as bien compris? Demain matin, je vais venir chercher ta fille pour la conduire à l'hôpital de Sainte-Anne.

— Je peux faire ça, j'ai un bon cheval.

— Mais ta fille ne pourrait pas subir les soubresauts de la route raboteuse. L'automobile est plus indiquée.

— Je vous en cause des désagréments!

— Tu rempliras ma cave de légumes frais à l'automne... Demain, pas de déjeuner pour l'enfant. Je lui ferai passer un examen du sang en même temps. Elle ne doit pas se lever ni essayer de marcher. Ça pourrait envenimer le mal. L'immobilité la plus complète, et pas d'émotions vives, du calme dans la maison...

Arthur sentit le poids de l'accusation. Le curé toussota pour cacher son embarras.

— Bon courage, mon vieux!

Le médecin sortit. Le curé s'attarda un instant; dès qu'ils furent seuls, il se pencha et dit à l'oreille d'Arthur:

— Quand tu auras une minute, viens donc faire une bonne confession, c'est la seule médecine que j'ai à t'offrir. Et c'est aussi la meilleure. Bon courage!

Arthur, dès que la porte se referma, se laissa tomber sur une chaise et se mit à pleurer comme un enfant. Il se sentait complètement vidé, sa vie lui semblait perturbée à tout jamais. Aujourd'hui, il venait de perdre confiance, confiance en la vie, confiance en lui-même.

Lorsque, enfin, sa souffrance se calma, il retourna à la chambre où sa sœur avait tant souffert. Il ouvrit la porte. À sa grande surprise, le cadavre avait été déplacé et reposait sur le lit, recouvert d'un drap. Ce geste humain qu'avait fait le médecin le bouleversa. Il descendit à la cuisine et revint avec un seau d'eau tiède dans laquelle il avait ajouté de la javel. Il nettoya les dégâts, tout ce sang qui avait jailli, auquel se mêlaient maintenant ses larmes. Ensuite, il se dévêtit, laissa ses vêtements dans un coin de la pièce et prit un bain. Il alla dans sa chambre pour prendre du linge propre.

— Arthur...

La voix de Lucette se faisait humble, suppliante. L'homme ne répondit pas. Il ouvrit la garde-robe, y prit le nécessaire.

— Arthur, insista Lucette.

Il sortit sans un regard en arrière. Après s'être vêtu, il se dirigea vers la chambre de Gervaise. L'enfant dormait. Ses joues étaient rosies par la fièvre. Sur le bureau, il y avait un petit gobelet et une bouteille de remède. Il en conclut que le médecin les avait laissés là, mais qu'il avait oublié de le prévenir. Il lui téléphonerait pour se renseigner. Longtemps, il regarda son bébé dormir. Parfois, elle s'agitait, comme si elle souffrait, même dans son sommeil.

Soudain, il pensa à son cheval qu'il avait abandonné à son sort. Il sortit et vit l'animal qui broutait l'herbe en bordure de la clôture. Il se surprit à envier cette bête qui n'avait pas à vivre de tels tourments. Jamais ce fermier, amant de la terre, ne pourrait bannir de sa mémoire ce jour qui s'était levé ensoleillé et plein de promesses.

Il ignorait pourtant les conséquences qu'aurait ce drame sur la vie de sa fillette dorénavant marquée par le destin. S'il avait pu prévoir les suites néfastes de cet événement de malheur sur sa propre destinée et celle des siens, il aurait sombré dans le désespoir le plus noir. Mais son âme était simple: l'âme du paysan voit la nature évoluer avec les saisons, dans un ordre parfait. Il venait de vivre une tempête, elle s'apaiserait.

Il ramena Piton à l'écurie, lui servit une bonne

fourchée de foin et une grande ration d'eau. Il le caressa un instant, puis ferma la porte.

Il appela les vaches qui, surprises, levèrent la tête: c'était trop tôt pour la traite! Arthur réitéra son appel: «Qué-vache-qué». Une à une, elles répondirent en venant vers l'étable, de leurs pas lents. À elles aussi, il servit une généreuse ration de foin. Quand viendrait l'heure de les traire, elles seraient déjà là, réunies. Ainsi, il pourrait passer plus de temps auprès de sa fille, si elle se réveillait.

Tout à coup, une pensée terrible l'assaillit. Lucette, ce regard fixe, son air bébête, cette crise de folie furieuse, constituait-elle un danger? Il courait maintenant en direction de la maison. Il n'avait pas encore pensé à elle. Il ne s'était pas attardé à comprendre ni à analyser les faits; il ne les avait que subis! Il monta sur la galerie, ouvrit la porte. Elle était là, debout, face au poêle.

— C'est toi, Raymond?

Elle se retourna:

— Ah! c'est toi, Arthur. Je préparais le souper pour Raymond.

Rassuré, l'homme soupira. «Non, elle n'est pas folle, pas plus qu'avant.» Le bruit d'un moteur attira son attention. Il sortit sur la galerie. C'était le croque-mort qui venait quérir la dépouille de sa sœur. «Ce cauchemar ne finira jamais.» Une seule pensée le réconfortait: Gervaise dormait profondément; elle ne verrait pas le corps rigide de sa tante qui les quittait pour toujours.

Dès que le fourgon eut quitté la cour, Arthur remonta à l'étage et vida la chambre de son mobilier. Il y prit également tous les vêtements et empila le tout au milieu du champs. Le lendemain, au lever du jour, il y mettrait le feu. Il prépara la solution de chaux qu'il utilisait habituellement pour désinfecter les bâtiments et vint chauler la chambre contaminée. Il jeta ses hardes sur le tas d'ordures et revint vers la maison. Il était mentalement exténué. L'horloge sonnait quatre heures. Il se laissa tomber dans la berceuse et s'endormit. C'est dans cette position que le trouva Raymond lorsqu'il rentra de l'école.

— Qu'est-ce qu'il a, papa? demanda l'enfant à sa mère.

— Viens, mon petit, viens. Maman a à te parler.

— Où est Gervaise?

— Elle dort.

— Mon avion est là, près de la chaise. Elle ne l'a même pas brisé. Pourquoi papa et Gervaise dorment-ils? Pourquoi?

— Laisse-moi parler.

— Papa, papa, où est Gervaise? cria le garçon.

— Laisse-moi parler, mon Raymond, insista la mère.

Arthur sursauta, regarda autour de lui, hébété. Il lui fallut une bonne minute pour se ressaisir.

— Écoute-moi, mon Raymond. Laisse-moi te parler, répétait la mère.

— Toi, tu la fermes, Lucette! Tu m'as entendu? Tu la fermes, et bien dur! tonna Arthur.

Oui, elle avait compris. Jamais encore son mari ne lui avait parlé sur ce ton. Elle recula lentement, effrayée.

— Où est Gervaise? demanda l'enfant.

— Couchée, un peu malade.

— Toi aussi? C'est pour ça que tu dors en plein jour?

— Non, on a eu de grosses émotions.

Il se tut un instant, chercha ses mots.

— Ma sœur est... morte. Ta tante est décédée. Un accident. Il faudra prier pour le repos de son âme.

Les mots ne sortaient plus. L'angoisse le prit à la gorge; les larmes lui montèrent aux yeux. Une fois encore, il avait tu la vérité, l'avait adaptée aux circonstances. Raymond cherchait à comprendre, tout ça lui semblait bien confus.

— Je peux voir Minotte?

— Va, mais ne la réveille pas, et redescends tout de suite.

— Oui, papa.

L'enfant monta les marches sur la pointe des pieds. Il revint. En silence, il alla s'asseoir près de son père. L'étendue du drame lui échappa. Seulement la maladie de sa jeune sœur l'inquiétait.

— Elle dort? s'enquit le père.

— Oui, murmura le garçon.

— Fais tes devoirs, bonhomme. Je vais aux bâtiments. Si tu as besoin de moi, appelle. Je dois faire mon train.

Aussitôt Arthur sorti, Lucette offrit un goûter à son fils. Elle déposa devant lui un verre de lait et une assiette de ses croquignoles préférées.

— J'ai pas faim, maman.

— Mange, tu ne dois pas tomber malade, toi aussi.

— J'ai pas faim.

Raymond sortit son sac d'école, étala livres et cahiers sur la table. De sa poche, il sortit un canif et tailla la mine de son crayon. Lucette l'observait, ce qui l'agaça. Il entreprit sa lecture à voix haute, Lucette écoutait, émerveillée. Tout ce que faisait son fils l'épatait.

Dans la grange, Arthur s'affairait: il fallait traire les vaches, renfermer les poules dans le poulailler, donner à boire à ses bêtes. Il procéda, comme un automate, par habitude. Sa pensée était ailleurs. Quelque part, sa sœur gisait sur les planches tandis que sa fille reposait en haut, sur son grabat. Il avait le cœur noué; sa douleur était cuisante. Arthur ramassait les œufs, les déposait dans un panier. Il se dirigea vers la maison. Seule la contre-porte était fermée, ce qui lui permettait d'entendre ce qui se passait à l'intérieur.

— Maman, demanda Raymond, combien y a-t-il de pieds carrés dans une verge carrée?

Lucette ne répondit pas; l'enfant répéta sa question, croyant que sa mère n'avait pas entendu.

Arthur attendit un instant, puis entra. Sur un ton très calme, il demanda:

— Le sais-tu, Lucette?

— ...

— Réponds à ton fils quand il te parle. Sinon il pourrait, lui aussi, se lasser de tes bouderies et bientôt plus personne ne t'adressera la parole! lança Arthur d'un ton sec.

— Il y en a neuf!

— Merci, maman.

Raymond continua de faire son devoir de géométrie. Lorsqu'il eut terminé, il empila ses cahiers et retourna en haut. Gervaise dormait encore. Il la regarda intensément. S'inquiétant de la voir immobile, il se pencha sur elle; la fillette fit un mouvement et gémit.

Plus tard, dans la soirée, Arthur demanda à son fils:

— Tu as toujours ce sac de couchage que tu utilises quand tu fais des randonnées avec les scouts?

— Oui.

— Je peux te l'emprunter pour ce soir?

— Oui, bien sûr, papa. Pourquoi?

— Je vais dormir dans la chambre de Gervaise. Toi, Lucette, prépare un bouillon chaud pour quand elle se réveillera: le docteur l'a conseillé. Demain, elle devra rester à jeun.

— Pourquoi? demanda Raymond.

— Demain, fiston, ta sœur ira passer des examens à l'hôpital.

— À l'hôpital?

— Oui, fiston, à l'hôpital.

— Je veux aller avec elle.

— Tu iras à l'école. Elle fera le voyage en automobile avec le docteur. Il n'y a pas de danger.

Il rassura l'enfant, même s'il n'était sûr de rien. Il

craignait le pire. Il ignorait tout de la médecine, sauf ce qui était relatif aux soins des animaux. Ça lui suffisait: une bête jeune se tirait habituellement d'affaire. Pourquoi Gervaise ne réagissait-elle pas? Elle ne bougeait pas; ça lui semblait anormal. «Peut-être à cause des remèdes.»

***

Arthur dormit peu, il rêva que les microbes ravageaient sa terre. Le jour pointait à peine quand il se leva. Il alla vers la remise, prit le contenant de gaz et en aspergea les objets à brûler. La flamme ne tarda pas à grimper vers le ciel. Appuyé sur la clôture, il refoulait ses larmes, fixait le spectacle sans le voir.

Raymond, encore en pyjama, arriva en courant et dit à son père:

— Viens vite, papa, le docteur a besoin de toi.

— Il est déjà là!

Avec mille précautions, Gervaise fut descendue sur un brancard et installée sur la banquette arrière de l'automobile.

— Je vous accompagne, docteur.

— Pas nécessaire, une religieuse infirmière fera le voyage avec nous.

— Vous me donnerez des nouvelles au plus vite, hein, docteur?

— Oui, mon vieux.

Et d'une voix basse, il souffla à l'oreille d'Arthur: «Garde un œil sur ta femme.»

La voiture partit, soulevant derrière elle un nuage de poussière.

Jamais il n'oublierait le regard de sa petite fille adorée. Elle, habituellement si gaie et primesautière, demeurait impassible. Seul un éclair de surprise avait lui dans ses yeux quand elle avait vu la flamme qui crépitait et s'étirait dans le ciel.

Arthur s'éloigna de la maison, courut vers le champ, se jeta sur le sol à plat ventre et laissa éclater sa peine. De ses ongles, il labourait le sol. Des sons rauques s'échappaient de sa poitrine. Il se roulait sur cette terre qui les avait nourris, lui, les siens et ses parents. Épuisé, il s'endormit.

Lorsqu'il ouvrit les yeux, son regard fut attiré par les deux bottines qu'il portait au moment de s'étendre là. Une couverture avait été jetée sur lui. Il leva la tête, surpris. À faible distance se tenait Raymond, assis par terre, qui l'observait. Celui-ci était encore revêtu de son vêtement de nuit.

— Je t'ai désobéi, papa.

— Hein? demanda l'homme en se redressant.

— Je t'ai désobéi. Je ne suis pas allé à l'école, dit l'enfant d'une voix piteuse.

Arthur ouvrit ses bras, Raymond vint s'y réfugier. Ils communiaient à une seule et même peine, cela dans le mutisme le plus complet. Raymond s'interrogeait mais il respectait la souffrance de son père, en qui il avait toute confiance.

***

— Quelle heure est-il, fiston?

— Peut-être midi.

— Il faut atteler.

— Je vais t'aider. Où vas-tu?

— Tu m'accompagnes, nous irons au village payer nos respects à ta tante.

Toutes les questions que l'enfant avait formulées dans sa tête pendant que son père dormait moururent sur ses lèvres. Plus unis que jamais, ils parcoururent ensemble la route poussiéreuse qui menait au village. Pour la première fois, le garçon prenait contact avec la mort qui venait de faucher un membre de sa famille.

Une messe basse, un détour au cimetière; les glas résonnaient encore que Raymond, intimidé, entrait en compagnie de son père dans le bureau du médecin.

Plus tôt, celui-ci avait téléphoné à Arthur pour lui apprendre que sa fille séjournerait quelque temps à l'hôpital. Lorsqu'il avait raccroché le combiné, il s'était consolé à l'idée que là-bas, il en était assuré, elle recevrait de bons soins. Il ne lui restait plus qu'à espérer.

— Docteur, vous me pardonnerez, j'ai oublié, dans mon malheur, de vous payer vos frais. J'ai l'argent qu'il faut, ne soyez pas inquiet. Vous avez été plus qu'un père pour moi.

— On verra tout ça plus tard. Prends une chaise.

Le médecin regarda Raymond.

— Vous pouvez parler devant lui, docteur, il est devenu un homme.

— Ta fille est dans une salle avec cinq enfants de son âge. Ainsi, elle sera moins seule, et c'est moins coûteux qu'une chambre privée.

— Et sa hanche?

— Pas beau. Mais attendons les autres résultats. Ne désespère pas: on a de bons chirurgiens et la médecine fait tous les jours des progrès. Les antibiotiques ont contré l'inflammation, c'est déjà ça de gagné.

— Un chirurgien, ça opère? demanda l'homme.

— Oui.

Arthur baissa la tête tandis que Raymond sortit précipitamment du cabinet de consultation.

— C'est l'enfer, docteur!

— Ta femme, comment se comporte-t-elle?

— Elle, qu'elle crève!

— Tu blasphèmes!

— S'il y a un bon Dieu dans le ciel, Il me comprend et Il me pardonne.

Le voyage de retour se fit, cette fois encore, en silence.

Quand les hommes arrivèrent à la maison, Lucette se berçait dans la cuisine. Arthur monta à sa chambre, prit ses vêtements de travail qu'il alla déposer dans la chambre de Gervaise. Puis, revenant sur ses pas, il ouvrit le deuxième tiroir de sa commode. Il tira sur une enveloppe retenue à l'arrière du tiroir par quatre punaises.

Installé sur le lit de sa fille, il déchira le papier, étala le contenu sur la couche. C'était là toute sa richesse: sept cent quatre-vingt-dix belles piastres. Il les avait économisées dans le but de réaliser le rêve de sa vie: posséder un beau tracteur Massey-Ferguson qui accomplirait la grosse et pénible besogne sur la terre. Ainsi, ses revenus augmenteraient, et il pourrait ajouter une bergerie à la ferme. L'élevage des moutons était un rêve que caressait cet homme qui espérait voir Raymond prendre la relève sur leur domaine, un de ces jours.

Le tracteur! Que de soirées passées à étudier les dépliants publicitaires, à analyser chaque pièce de machinerie, torturé par la crainte de mal choisir!

Le bien de la famille était maintenant menacé. Le contenu du bas de laine de l'habitant servirait à payer l'embaumeur, le bedeau qui avait sonné les cloches, le curé, et pis encore, l'hôpital, les fioles de remèdes, et le chirurgien qui trancherait dans la chair de son enfant.

Les dettes contractées envers le curé et le docteur sont des dettes d'honneur pour tout bon Canadien: les honoraires du curé, afin que Dieu soit bien honoré, permettent de construire de nombreuses et riches églises, et de grands et confortables presbytères. Ceux du docteur, lui permettent de bien servir son pays, sa nation. De cette façon, gloire serait à jamais rendue à Dieu, l'Être suprême, le Père des hommes. C'est ce qu'Arthur avait entendu répéter maintes fois par son père, confirmant ainsi ce qu'il avait appris aux leçons de catéchisme.

La maudite consomption ne se contentait pas de tuer, elle amenait des drames, dont le sien et celui de tous ceux qu'il aimait, pour qui il trimait si durement. Lucette et sa fierté: elle s'était opposée à l'idée du sanatorium, et ça lui trottait dans la tête. «J'ai été mou, mou comme une guenille! Ah, si seulement c'était à refaire!»

Il n'était pas pieux, Arthur, mais il était droit, franc et honnête. Peu à peu, il faisait la part des choses, reconnaissait ses faiblesses, ses erreurs: Lucette n'était pas entièrement responsable de tout ce drame. Il avait manqué à ses obligations de bon père de famille. Et Gervaise écopait!

Il ramassa et empila les billets de banque. Les œufs étaient vingt cents la douzaine. Les poules auraient besoin de pondre dru, s'il voulait ramasser la somme qu'il devrait bientôt débourser!

Il dissimula l'argent sous le matelas. L'idée de ne pas changer de chambre l'effleura un instant, mais il avait besoin de mettre de l'ordre dans sa tête. Pour le moment, il n'avait pas sa femme en odeur de sainteté; il voulait réfléchir et il avait besoin de solitude. Plus tard il aviserait.

La philosophie du terrien est faite de simplicité et de logique. Elle s'explique par l'exigence des saisons: tu sèmeras au printemps si tu veux cultiver à l'automne; par l'exigence du bétail: tu le nourriras si tu veux qu'il te nourrisse. L'homme et la nature ne font qu'un. À mesure que la forêt régresse, faisant place à des champs propres à la culture, le fermier se raffermit dans ses théories. Son univers est bien spécifique: sa terre et le cœur de celle-ci: sa famille. Le silence de l'homme qui œuvre dans le pré, les grands espaces isolés, n'engendrent pas chez lui la solitude; le travail exigeant n'engendre pas de regrets: la patience et sa sagesse sont ses vertus. Mais que survienne un événement fortuit, il réagira spontanément, avec toute la logique dont il est capable. Ce n'est qu'une fois tout rentré dans l'ordre qu'il s'attardera aux faits pour en approfondir la portée.

Pour le moment, Arthur pensait à sa sœur qui reposait auprès de ses parents et de ses enfants morts en bas âge. À ces derniers, il adressa une prière: «Veillez sur votre sœur Gervaise.»

Il marcha vers les bâtiments. Sa première visite fut pour Toutoune, la grosse truie au ventre plein. Elle était si grosse qu'elle avait peine à se déplacer. «On dirait que sa panse va éclater.» Pour lui donner plus de liberté de mouvements, il mena le verrat dans une soue improvisée.

Arthur prenait tout son temps pour accomplir sa tâche, car la maison lui puait au nez. Pourtant, il lui faudrait reprendre son équilibre, car la vie devait continuer.

***

Un soir, Arthur s'attabla auprès de son fils qui faisait ses devoirs. Il alignait des colonnes de chiffres et calculait: il faut au moins cent trente-cinq bottes de foin pour nourrir chaque vache; jusqu'à deux cents pour le cheval. «Pas question de sacrifier les bêtes. J'aurai peut-être besoin d'engager de l'aide; les journaliers ne manquent pas!»

Il fit la liste de provisions nécessaires: les graines pour les semences, le grain, l'avoine et le bois plané pour les réparations. Toutes ces opérations sont pénibles pour lui qui sait à peine écrire. Aussi son fils irait-il à l'école le plus longtemps possible, de même que sa fille.

Les occupations qu'il s'imposait pour distraire ses pensées ne réussissaient pas à faire oublier au fermier ses inquiétudes profondes.

Lucette se berçait, distante, effacée, silencieuse. La vie sous ce toit serait, Arthur le sentait, à jamais perturbée. Il leva la tête et, sur un ton qu'il voulait neutre, s'adressa à son épouse:

— Va dormir, Lucette. Va te reposer.

À sa grande surprise, elle se leva, s'arrêta un instant devant la table et regarda son fils. Puis, posant la main sur la rampe, elle monta lentement, péniblement, semblait-il à son mari qui l'observait du coin de l'œil.

«Pilou, le taureau, va bien chercher dans les quinze cents livres, il faudra le remplacer. Le sacripant s'est si fortement lié d'amitié avec la vache Rousse qu'il dédaigne les autres vaches du troupeau! Les génisses, si je n'y vois pas, menacent de rester vierges, ne se reproduiront pas, et ne fourniront pas de lait!» Ses réflexions le firent sourire. «Sacré Pilou, il a plus de cœur que bien des humains!» La fidélité de l'animal pour Rousse l'attendrit un instant.

Devrait-il vendre le bœuf vivant? «Il doit peser dans les mille cinq cents livres au-dessus. Une moitié me donnerait une réserve de viande pour l'année. Avec ce que me rapporterait la carcasse et la vente de l'autre moitié de la bête, j'encaisserais assez pour me procurer un jeune bœuf, de bonne race, propre à la reproduction. Le taureau et le coq ont aussi des amours préférentielles qui me coûtent cher.» Cette surprenante réalité de la vie sur la ferme lui avait été enseignée par son père; il avait, à l'époque, à peine seize ans. Encore aujourd'hui, il se souvient de la gêne que lui avait causée cette confidence, laquelle lui avait été faite ici même, dans cette cuisine, près de cette table. Seuls le prélart et les rideaux avaient été remplacés. Mordillant le bout de son crayon à mine, Arthur promenait les yeux sur le décor familier, comme s'il le voyait pour la première fois.

Non, il ne vendrait pas Pilou; il ne l'échangerait pas contre le taureau d'un autre fermier, comme ça se faisait occasionnellement. Il ferait boucherie... Sur sa liste, il écrivit: «voir pour jeune taureau». Quant au coq, il deviendrait un bouillon de soupe et un ragoût qui donnerait des forces à sa fille quand celle-ci reviendrait bientôt de l'hôpital. Et il écrivit: «acheter un coq». Levant la tête, il dit tout haut:

— Fiston, il faut aller dormir. Dimanche, nous irons visiter ta sœur à l'hôpital. Vois-y en conséquence, pour te libérer tôt de tes devoirs et de tes leçons.

L'enfant regarda son père, eut un grand sourire, fit «oui» de la tête et s'écria: Youpi!

— Hein? questionna le père.

— Je cherchais dans ma tête ce qui ferait plaisir à Minotte, je viens de le trouver.

— Tu veux me le dire?

— Le docteur a dit qu'elle est dans une salle avec d'autres enfants. Je vais leur faire des avions de papier qu'ils pourront se lancer d'un lit à l'autre. Ça va les amuser et les distraire.

— Tu es un bon garçon, Raymond.

Embarrassé, l'enfant baissa les yeux. Ses devoirs ne l'intéressaient subitement plus. Il pensait à sa poupée de sœur qu'il avait surnommée Minotte.

Ce matin-là, ils partirent à cheval, bien endimanchés, le bout du nez luisant, les cheveux bien lissés. Dans un sac Raymond avait délicatement entassé une dizaine d'avions faits de papier soigneusement plié. Il faisait encore brun lorsqu'ils traversèrent le village. Piton semblait priser sa randonnée. Le vieux cheval de trait trouvait la charge de la voiture bien légère à tirer.

Le village suivant était plus important: l'église était énorme, avec ses deux clochers pointés vers le firmament et une population plus dense. Il y avait mouvement de foule: on se rendait soit à l'église, soit chez des parents à visiter. Raymond, enchanté, pivotait sur son siège. Ses seules sorties consistaient en des rencontres entre scouts, dans les environs. Jamais encore n'avait-il poussé aussi loin la balade. Tout l'émerveillait. Le chemin de macadam s'arrêtait. On roulait maintenant sur une route toute noire et solide, sur laquelle leur carrosse semblait glisser.

— Hein, qu'est-ce que t'en penses, fiston, est-ce assez doux à ton goût? Finie la poussière!

— C'est chouette! C'est loin, l'hôpital?

— Une couple de milles encore.

— C'est chouette.

À nouveau, le silence tomba. L'émerveillement du garçon ne cessait de croître. Les arbres jetaient occasionnellement de l'ombre sur leur passage. Les maisons étaient entourées de verdure, rase et douce. Raymond n'avait jamais rien vu d'aussi beau.

— C'est comme dans les livres d'images.

Arthur sourit. Il se surprit à espérer que leur retour soit aussi gai. Son fils tapait maintenant du pied en *turlutant*.

— Chante plus fort!

— On me prendrait pour un fou! Dis, papa, ça doit rouler bien vite une auto sur une pareille surface lisse?

Le père sourit. La question suivante figea cependant son visage.

— La grande ville, papa, c'est beau comme ça?

— Je ne le sais pas, fiston. Je n'y suis jamais allé. Le bien paternel est, dans mon idée à moi, le plus beau coin du monde...

L'aveu lourd de sens, et cachant sans doute une interrogation, ne trouva pas écho dans l'âme du jeune garçon. Aujourd'hui, celui-ci pensait avec ses yeux, à travers les images qui défilaient de chaque côté de la route. Il y avait tant à voir! Dans sa mémoire, il tentait de tout enregistrer.

— Regarde à ta droite, sur le fond, à l'horizon. Cette tache grise, c'est l'hôpital.

— Cette grosse bâtisse-là est pleine de malades?

Arthur ne répondit pas. Il serra plus fortement les *cordeaux* qui commandaient le cheval. Piton ralentit, la bête suait, la longue trotte l'avait assoiffée.

Contournant l'hôpital, Arthur regarda la position du soleil: il cherchait de l'ombre pour que l'animal puisse se reposer. Il fixa les guides à un arbre, puis il marcha en direction de l'arrière de la voiture. Il rapporta une ration de foin à son vieil ami et le caressa un peu. De sa poche, il sortit une pomme. Piton la renâcla et la saisit dans sa gueule gourmande. Puis, il plaça sur le sol le récipient d'eau fraîche qu'il avait puisée à cette fin, avant le départ de la maison.

— Ça, fiston, c'est pour nous.

De sous la banquette, il sortit un sac de papier brun qui contenait un quignon de pain, une bonne ration de fromage et quelques croquignoles.

— Chouette: tout ça, c'est chouette!

Ils mangèrent en silence; un silence qu'Arthur aurait aimé ne pas rompre, surtout pas avec les paroles qu'il allait prononcer. S'empiffrant, les yeux pleins d'étoiles, son gars avait l'air d'un pacha, hautement perché sur le banc du boghei.

— Fiston...

— Oui, papa?

— Là-haut, il faudra freiner tes émotions, quoi que tu voies ou entendes. Gervaise n'est pas guérie. Elle va pleurer, surtout quand sera venue l'heure de partir. Ce n'est pas tout... Elle a mal, beaucoup. Il ne faudra pas jouer avec elle pour ne pas aggraver sa blessure.

— Sa blessure? l'interrompit Raymond.

— Je te raconterai tout ça plus tard. Gervaise... ne doit pas se lever de son lit, ni marcher.

— O.K., papa.

— Tiens, remets-lui ça.

Arthur sortit un petit sac dans lequel il avait glissé quelques pommes et des gâteries.

L'ascenseur grimpait les étages. À travers le grillage de la porte métallique, l'on pouvait apercevoir des malades, des infirmières coiffées et vêtues de blanc. Le tout impressionnait fortement l'enfant, si bien qu'il sentit une boule se former au fond de sa gorge.

— Ça va, fiston?

Le corridor leur parut interminable. Le numéro quatre cent dix parut enfin. Ils s'arrêtèrent un instant pour reprendre une contenance assurée. La porte, très lourde, s'ouvrit lentement. À l'intérieur, on riait, puis on se tut. Raymond serrait très fort les sacs qu'il tenait, un dans chaque main. Les yeux des visiteurs faisaient le tour des lits.

— Papa! Raymond! Papa! Raymond!

Les hommes coururent vers Gervaise, les bras tendus. On s'embrassa.

— Minotte, bonjour, Minotte!

Arthur ne parvenait pas à desserrer les mâchoires. Quand il embrassa sa fille, il craqua. Il se laissa tomber sur la chaise devant lui, et inonda de ses larmes le lit blanc.

— Hum! Hum! Papa doit être bien fatigué, blagua Raymond. Ça va bien, Minotte?

— Oui, fit de la tête la fillette émue.

— Tu as mal?

— Oui, quand on me donne des piqûres.

— Des piqûres?

— Oui, des remèdes pour me guérir.

— Pas d'autres bobos?

— Non, dit-elle, bravement.

— Regarde, j'ai une belle surprise.

Il sortit un avion de son sac, s'éloigna et le lança vers elle. Les autres petites malades s'exclamèrent. Raymond, ravi, en lança un à chacune. Et le concours commença! Arthur retrouva enfin son calme. Le rire des enfants lui fit chaud au cœur. La fête se prolongea. Une infirmière se présenta, un aéronef lui passa près de la tête qu'elle inclina.

— Bon, ne vous fatiguez pas trop. Serrez vos aéroplanes et reposez-vous. Je présume que vous êtes monsieur Lamoureux, le père de Gervaise.

— Oui, Madame.

— Nous aimerions vous voir avant votre départ. Arrêtez au poste situé au milieu du passage. Je serai là.

— Bien, Madame.

La dame en blanc pinça affectueusement les orteils de Gervaise et quitta la chambre.

— Elle est gentille, dit Raymond. Tiens, prends ceci, c'est pour toi.

— Raymond...

— Quoi, Minotte?

— Je ne peux plus marcher.

— Ah non? Pourquoi?

— J'ai brisé mon ange.

— Ton ange?

Arthur, qui avait compris, crut qu'il allait défaillir.

— Mais, ça se répare, ce machin-là?

— Oui, un docteur va venir la souder pour la guérir.

— Il faudra être patiente.

— Je m'ennuie de vous autres.

— Quand tu rentreras, je vais te gâter, te promener sur mon dos; tu n'auras pas à marcher.

— Mais avant, tu vas revenir?

— Oui, promis.

— Je serai très sage, et je guérirai très vite.

— Ça, c'est ma Minotte qui parle!

Arthur se leva, se dirigea vers la fenêtre, remonta les épaules, les mains enfouies tout au fond de ses poches. Il écouta le discours de ses enfants, le cœur brisé. N'en pouvant plus, il décida de s'éloigner pour cacher son désespoir.

— Je vais au poste, je reviens.

Il devait sortir, sans quoi il aurait étouffé. Dans le corridor, il s'arrêta. Il fit un effort surhumain pour surmonter son chagrin. On lui demanda sa signature pour autoriser l'intervention chirurgicale. Sa main tremblait. Les yeux suppliants, il osa la question:

— Marchera-t-elle un jour?

— Le docteur le croit. S'il était ici, je lui demanderais de vous recevoir. Malheureusement, il est absent aujourd'hui.

— Vous semblez bonne. Soyez-le pour ma fille, je vous en supplie.

— Ayez confiance, priez. Le Maître veille sur les enfants. Gervaise est un petit bout de chou adorable. Elle est douce et docile. Vous voyez, vous avez de la chance. Nous ferons tout ce qui est humainement possible pour vous la rendre en santé.

— Ce... sera long?

— J'en ai bien peur: les os ont besoin de beaucoup de temps pour se souder.

Il le savait, ses bêtes lui avaient fait connaître l'expérience.

— Je retourne la voir.

— Ne vous attardez pas, elle a besoin de beaucoup de repos. Chaque minute est précieuse dans son cas.

— Merci, Madame!

Arthur revint dans la chambre, s'approcha de sa fille, caressa ses cheveux.

— Tu es déjà mieux, beaucoup mieux. Guéris vite. Je t'aime, mon chou.

— Moi aussi, papa.

— Nous devons partir, mais nous allons revenir. Mange bien, dors beaucoup.

Gervaise fit la moue, elle allait pleurer; Arthur ne voulait pas voir ça, il s'éloigna.

— Je descends m'occuper de Piton; ne tarde pas, Raymond, je t'attends dehors.

Il disparut derrière la grande porte sur laquelle le regard de l'enfant resta un moment fixé.

— Quand on va revenir, je vais t'apporter des oranges, comme à Noël, tu veux? Fais-moi un beau grand sourire que je vais garder dans mon cœur.

Le sourire ressemblait à une grimace. L'enfant luttait contre sa peine. Raymond embrassa sa sœur sur les joues et se mit à rigoler:

— Fais-moi un beau bec à pincettes.

Gervaise pinça de ses doigts les joues de son frère et l'embrassa sur le nez. Les fillettes se mirent à rire. Raymond leur dit bonjour de la main en les regardant une à une. Il sortit après un dernier regard en direction de Gervaise. Il arpenta le passage, se sentit perdu. Il se dirigea vers une infirmière et lui demanda où était l'escalier.

Il descendit les étages, l'endroit était désert. Il avait besoin de ces minutes de solitude: il lui fallait se composer un visage, l'émotion lui faisait mal. Des mots résonnèrent dans sa tête: «Je ne peux plus marcher.»

Piton était toujours là, près de l'arbre. Mais son père n'était nulle part. Raymond s'inquiétait, il scruta les alentours. Il le vit, assis sur un banc, la tête cachée dans les mains.

Jusque-là, il avait compris la colère de son père, mais sans en connaître la raison. Voilà que le chagrin de l'homme lui apparaissait dans toute sa nudité, ce qui émoussa davantage sa curiosité. La veille, avant de s'endormir, il s'était juré de questionner son père sur le chemin du retour. Il n'en aurait pas le courage, il le sentait.

— Papa, papa!

L'homme sursauta.

— Il faut partir, papa.

— Oui, bien sûr.

On aurait dit que la tempête avait balayé le décor, la route lisse et douce, la belle verdure. Chacun de son côté, ces deux êtres étaient aux prises avec leur tourment intérieur et n'avaient plus d'yeux pour ce monde cruel. Seul Piton s'y donnait à cœur joie. Il grugeait la chaussée de ses sabots bien ferrés. Arthur n'utilisait pas les rênes, aussi l'animal allait-il à son propre rythme.

La maison était en vue, Arthur ralentit l'allure de sa monture. Tout semblait calme. Il en profita pour guider Piton vers l'écurie. Tout à coup, il entend un vacarme inhabituel venant de la grange. Il saute en bas du boghei et se précipite à l'intérieur.

— Viens, Raymond, crie-t-il tout en courant.

La pénombre le déroute un instant, il écarquille les yeux.

— C'est Toutoune, la truie.

L'homme est secoué d'un rire nerveux.

— Regarde-moi ça! C'est pas possible! Pauvre bête! Regarde-moi ça!

Arthur va vers la porte, laisse tomber ses culottes du dimanche et enfile sa salopette. Ses bottes ne sont pas là, tant pis: il ôte ses souliers, il ira pieds nus.

— Ma pauvre vieille, tu as fait ça toute seule comme une grande fille! Compte les petits, mon gars. Je n'ai jamais encore vu pareille portée!

— Il y en a huit, papa.

— Es-tu certain?

— Ils bougent trop, c'est difficile de les compter.

De fait, les cochonnets se chamaillent pour atteindre les mamelles gonflées de lait.

— Ça, mon gars, c'est le miracle de la vie! Regarde-moi ça gigoter, et ça vient à peine de venir au monde!

Raymond n'écoute pas. Soudain, il s'exclame:

— Onze, papa. Onze bébés cochons. Il y en a onze!

Arthur passe un chiffon mouillé sur la bête qui semble épuisée.

— Elle a soif.

— Il faut attendre un peu avant de lui donner à boire; l'eau froide n'est pas indiquée, elle a eu trop chaud, il faut penser à la pneumonie!

Les grognements des jeunes pourceaux résonnaient à l'oreille de l'homme, telle une musique douce. Il continuait d'éponger la truie qui semblait rassurée par sa présence. Dès que la traite des vaches serait faite, il lui servirait un plein bac de lait tout chaud.

Oui, il nourrirait quelques-uns de ses cochonnets avec le petit lait qui se dépose au fond du centrifuge quand il fait le beurre. À l'hiver, il pourrait servir du bon cochon de lait à sa Gervaise. Cette pensée le ramena au sens pratique: il compta les goinfres qui piétinaient la panse de leur mère truie qui, ce matin encore, les nourrissait à même son sang à elle.

— Tu as raison, mon gars, il y en a onze.

— C'est chouette!

— Le bon Dieu a des manières bien à Lui de se faire pardonner les épreuves qu'Il nous envoie.

Raymond regarda son père. Il eut l'impression que celui-ci avait exprimé tout haut sa pensée, qu'il se parlait à lui-même. Cette phrase, Raymond la répéterait souvent au cours de sa vie.

— Va, mon gars, va apprendre la bonne nouvelle à ta mère. Change de vêtements, puis nettoie tes souliers, ils sont tout crottés. Moi, je dois rester ici et faire le train.

— Veux-tu tes bottes, papa?

— Oui, fais ça pour moi. Je les ai laissées dans la remise.

Arthur se lava les pieds avec le boyau d'arrosage. Puis, il grimpa au fenil et, à l'aide d'une fourche, lança du foin en bas. Une belle grosse ration. «Les bêtes se gaveront ce soir, elles l'ont bien mérité.»

Il détela le cheval, tira le boghei dans la grange. Il pensa à l'hôpital et à Gervaise. «Le docteur va la réparer, il le faut *à tout drette*! Ma fille va marcher!»

Arthur se dirigea vers la maison. Soudainement, il s'immobilisa: «Mon Dieu, je vous fais un serment: si ma fille marche à nouveau, je passe l'éponge, je pardonne à Lucette, j'oublie tout, et jusqu'au jour de ma mort, je serai un bon chrétien».

Ce soir-là, il dormirait encore dans la chambre de Gervaise... Et son devoir d'époux? Avec Dieu, il avait fait un pacte: il Lui appartenait de respecter Sa part de la convention.

Chapitre 2

Les jours passaient, longs et monotones. Lucette négligeait de plus en plus les soins du ménage de la maison. Le choc du tragique accident, ajouté à la froideur de son mari et de son fils, continuait de la bouleverser et de la traumatiser. Elle passait des heures à ruminer sa peine. La mort de sa belle-sœur ne lui avait pas apporté le soulagement escompté. Le sort de Gervaise ne la préoccupait pas outre mesure.

La peine qui inondait l'âme d'Arthur, bouleversé à outrance, l'empêchait de s'arrêter à l'étrange conduite de sa femme. Seul Raymond s'en inquiétait, et il s'efforçait de pallier aux lacunes de sa mère en faisant la vaisselle, en rangeant la maison.

Gervaise était toujours hospitalisée là-bas et les résultats se faisaient attendre.

Les semences étaient finies. L'homme accomplissait les travaux de la ferme pendant que la terre poursuivait son œuvre en faisant germer le grain jeté en son sol.

Il chaulait la crèche des animaux qui, eux, se prélassaient dans le pré. La chaleur, ce jour-là, était accablante. Grimpé sur l'escabeau, il faisait ses gestes de façon mécanique, car le fait d'enduire de chaux les murs pour les désinfecter lui rappelait la chambre maudite, condamnée, là-haut, dans sa maison. Il repensait au drame qui y était rattaché. Soudain, il suspendit son geste: une pensée terrible lui traversait l'esprit. Une pensée si terrible qu'il en échappa l'énorme pinceau enduit du liquide laiteux. Figé de stupeur, il restait là, le regard perdu dans le vide. Une frayeur terrible venait de l'envahir.

Arthur descendit de son perchoir, laissa tomber la

salopette qui couvrait ses vêtements, harnacha le cheval et partit en trombe vers le village. À Piton, il imposa le galop, priant Dieu pour que le docteur soit à son bureau.

En effet, celui-ci s'y trouvait, mais il était en consultation. Assis dans l'antichambre, le fermier craignait de suffoquer; l'attente devenait interminable.

Lorsque, enfin, la porte se referma derrière lui, il se planta debout devant le pupitre du praticien et l'interrogea:

— Vous avez dit que les microbes tuent.

— Pas tous.

— Mais ceux de ma sœur, ceux de son sang.

— Tu t'inquiètes pour Gervaise?

— Je ne parle pas de ça.

— Alors explique-toi; je ne sais pas très bien où tu veux en venir.

— Les microbes de ma sœur pouvaient tuer; même après sa mort, ils vivent encore... sauf si on les brûle.

— Et alors?

Arthur serra le vieux chapeau de feutre qu'il tenait à la main, l'abominable question brûlait au fond de sa gorge.

— Et alors? répéta le médecin.

La réponse tardait à venir.

— Mes gars, docteur?

— Tes gars?

— Oui, mes gars morts jeunes... Mes fils!

Arthur ne put poursuivre, mais le médecin avait compris. Alors il expliqua. «Parfois les microbes sont combattus, parfois ils sont fatals, selon la constitution de celui avec qui ils entrent en contact. Ainsi, ta fille Gervaise, elle a combattu. Aucune mauvaise trace sur ses poumons ni dans les sécrétions. Je peux même affirmer qu'elle n'est pas contagieuse, et sans doute immunisée contre le mal.»

Le long exposé, qui traitait de génétique et du

système immunitaire, se poursuivit. Cependant, Arthur n'écoutait plus. Ainsi, à cause de l'orgueil et de l'intérêt, de Lucette et de son étourderie, ses enfants, ses gars étaient morts en bas âge. Ils avaient été contaminés par des microbes invisibles mais mortels.

Il rentra chez lui, abattu, vidé. Les mots entendus tournaient dans sa pauvre tête qui faisait mal. Il se raccrochait à la pensée que Raymond était sain, bien vivant et que Gervaise lui reviendrait malgré tout, même si elle ne devait plus jamais marcher.

À l'apaisement procuré par ces pensées réconfortantes, succéda une colère sourde. L'hiver précédent, il avait taillé en pointe des troncs de cèdre pour en faire des pieux afin de réparer une clôture marquée par le temps. Aujourd'hui, il calmerait ses nerfs en les plantant. Chaque coup porté expulsait de son thorax un son rauque. Han! Han! Han! La roche qui nuisait à la manœuvre était saisie et lancée au loin avec une rage peu commune. Arthur avait mal. Le soleil baissait. Arthur œuvrait, inconscient de l'heure, lié à ses sentiments oppressants.

Raymond, revenu de l'école, avait fait ses devoirs et s'inquiétait: pourquoi son père n'entrait-il pas? Les bidons qu'il utilisait habituellement pour transvider le lait de la traite des vaches se trouvaient là, près de la porte. Ils étaient encore vides. Il décida d'aller voir ce qui se passait aux bâtiments. Il n'y trouva pas son père. Il sortit et scruta les alentours. Le bruit de la masse qui martelait attira son attention. Raymond marcha dans cette direction. Il vit son père, s'en approcha et l'interpella. Arthur n'entendait pas. Chose étrange, le fermier n'avait pas enfilé sa salopette. Il n'en fallait pas plus: Raymond prit peur, les nouvelles de l'hôpital étaient mauvaises.

— Papa! hurla le gamin en touchant le bras de son père qui sursauta.

— Tiens, c'est toi, Raymond.

Le regard de l'homme effraya l'enfant. Les sueurs qui perlaient sur son visage, ses traits défaits confirmaient ses craintes.

Arthur déposa la masse, sortit son mouchoir bleu à carreaux et épongea son front.

— Dis-moi tout, papa. Tu as eu de mauvaises nouvelles de Minotte?

— Non! Grand Dieu, non! Qu'est-ce qui te fait penser ça?

— J'ai cru ça...

— Pourquoi, fiston?

— ...

— Dis-moi le fond de ta pensée.

— C'est ma faute.

— Quoi? Qu'est-ce qui est ta faute?

Raymond hésitait. La tête inclinée, rouge de honte, il n'osait regarder son père. D'une voix à peine audible, il murmura: «J'ai honte».

— Tu as honte? De quoi?

— J'y pense tout le temps, depuis que Gervaise est à l'hôpital.

— Tu penses à quoi, mon gars?

— C'est ma faute si ma tante est morte. J'encourageais Gervaise à aller jouer avec ma tante qui me faisait pitié. Je surveillais la porte quand elle y allait pour la prévenir au cas où maman viendrait.

— C'est-y Dieu possible!

Arthur attira à lui l'enfant, le prit dans ses bras, le serra sur son cœur. Le coupable, pétrifié, tremblait de tous ses membres.

— Mon pauvre petit! Pourquoi, bougre, ne m'as-tu pas rien dit plus tôt? Tu avais ces remords à endurer, là, dans la tête... à part tout le reste! Mon pauvre petit gars, arrête de penser à ça. Tu ne pouvais pas savoir ni prévoir.

— Je voulais te parler, j'osais pas, j'avais peur.

— Viens, assieds-toi près de moi. On va jaser à cœur ouvert.

Assis l'un près de l'autre sur les pieux empilés, le père et l'enfant se turent un instant. Puis, l'homme rassura son fils avec des mots simples. Il lui relata la conversation qu'il avait eue avec le médecin, plus tôt dans la journée. Il tut ses craintes au sujet de ses jeunes frères décédés, mettant de l'emphase sur la nature forte et combative de Gervaise. «Elle marchera», le rassura-t-il, pour compléter son exposé.

Il y eut un long silence. Puis, Raymond enchaîna:

— Papa, il y a autre chose.

— Dis, fiston.

La voix affectueuse de son père faisait chaud au cœur de l'enfant.

— Papa, c'est la fin de l'année scolaire. Demain commencent les examens en vue de mon certificat. Après, je vais quitter l'école et rester sur la ferme pour t'aider.

— Jamais!

— Écoute, papa...

— Jamais! Qu'on n'en parle plus.

— Mais, papa!

— Jamais, tu m'as bien compris. Allons souper, ta mère doit nous attendre.

Raymond voulait aussi parler de sa mère, informer son père de ce qui, la concernant, l'inquiétait. Mais il n'osa pas. Il se leva et emboîta le pas à son père qui se dirigeait vers la grange pour y déposer la masse.

— Les vaches, j'ai oublié! Fais entrer les poules, sers la *bouette* aux cochons et remplis bien l'auge.

Arthur avait l'âme remuée par la conversation qu'il venait d'avoir avec son fils: «Que de misères, grand Dieu, mijotent dans le cœur des humains!»

Ensemble, ils revinrent vers la maison. L'un tenait la chaudière pleine de lait chaud et mousseux et l'autre, le panier de broche rempli d'œufs.

43

***

Ce dimanche-là, ils visitèrent Gervaise. De sa bouche, ils apprirent qu'elle n'aurait pas besoin d'être opérée, le docteur le lui avait dit.

— Tu marcheras, Minotte? demanda Raymond.

— Oui, fit-elle de la tête, avec un grand sourire.

— Tu as essayé?

— Dans quelques jours, répondit une religieuse qui venait d'entrer discrètement. Dans quelques jours, Gervaise tentera de faire ses premiers pas; l'exercice et les traitements se poursuivent.

— Merci, merci, ma sœur, balbutia Arthur.

— Ça c'est chouette! s'exclama Raymond.

— Tu as dit à ton père? demanda la dame en blanc.

— Non, pas encore.

— Fais-le!

La bonne sœur fit un clin d'œil à Gervaise et s'éloigna. Celle-ci sortit une ardoise dissimulée sous son oreiller. Les lettres de l'alphabet y étaient alignées. En bas, on pouvait lire: Raymond, Gervaise, papa, maman.

— Tu peux écrire tout ça? demanda Raymond.

— Ton nom est le plus difficile à cause du «Y», mais le reste se ressemble. Sœur Saint-Jean m'a montré le truc. Moi aussi je pourrai lire le journal, comme papa!

***

Raymond fouilla dans ses livres. Soudain, il s'exclama: «Vincent Massey, c'est bon!»

— Qu'est-ce que tu racontes?

— C'est le nom du premier Canadien de naissance à avoir accédé au poste de gouverneur général du Canada. Terre-Neuve, la dernière province à joindre la Confédération canadienne, chouette! Champlain, le père de la Nouvelle-France, céda Québec aux frères Kirke en 1629.

Raymond continuait de feuilleter son livre, le toupet en désordre, surexcité. Arthur souriait; les connaissances de son fils l'épataient. «Calixa Lavallée a écrit la musique et Adolphe-Basile Routhier, la chanson de l'Ô Canada. Chouette, papa, je vais avoir cent pour cent à mon examen d'histoire du Canada!»

— Bravo, mon fils, bravo!

Ce disant, Arthur regarda en direction de Lucette.

— Tu as entendu ça, sa mère?

Non, Lucette n'avait rien entendu. Assise bien droite, elle regardait le mur devant elle.

— Lucette!

— Hein?

Raymond venait de perdre toute raison d'être joyeux. Il ferma ses livres qu'il fourra dans son sac d'école et monta dans sa chambre sans dire bonsoir.

«Il faudra que je parle à Raymond, Lucette semble bien affectée par l'indifférence que le petit lui témoigne depuis le jour maudit entre tous.»

Ce trente et un juillet, un dimanche ensoleillé, Arthur avait enfoui dans sa poche le contenu de son bas de laine. Pour sa dernière randonnée à l'hôpital Sainte-Anne, il avait paré la banquette du boghei d'un oreiller et glissé une couverture sous le siège. Malheureusement, l'espace dans le cabriolet ne permettait pas à Raymond d'être du voyage, car Gervaise sortait aujourd'hui de l'hôpital pour enfin rentrer à la maison.

Aussi, le grand frère ne finissait plus de faire des recommandations à son père: pas de vitesse, éviter les pierres sur le chemin, transporter Gervaise dans ses bras... Arthur souriait, se réjouissait de tant de délicates pensées.

Le cœur en fête, il atteignit enfin l'hôpital. Il se dirigea vers le bureau de la comptabilité, comme on l'avait prié de le faire lors de sa dernière visite. La religieuse, derrière le guichet vitré, lui remit une note. Arthur mit la main sur son magot qu'il donna à la bonne sœur, la priant de prendre la somme nécessaire pour payer la dette. Une grosse moitié de ce qui restait des économies fut placée dans un tiroir, et un papier marqué du sceau «payé» fut signé et remis au brave homme avec un merci bien articulé.

La porte du quatre cent dix fut poussée. Gervaise, assise sur la chaise près de son lit, avait les yeux rivés sur la porte.

— Papa! cria l'enfant.

L'homme la prit dans ses bras, la serra sur son cœur. L'émotion était grande, l'instant très doux. Les fillettes regardaient l'effusion avec tristesse; elles perdaient leur compagne. Arthur la posa doucement sur sa chaise.

— Tes bagages sont là? demanda l'homme pour faire les frais de la conversation.

— Oui, papa.

Gervaise se leva. Se tenant contre le lit, elle marchait lentement en direction de la sonnette. L'infirmière se présenta et fit ses recommandations au père, qui écoutait, buvant chaque mot énoncé. Il était question d'exercices, de patience, de douceur. Les marches étaient interdites: ni monter ni descendre les escaliers pour quelque temps encore.

C'est dans les bras de son père qu'elle atteignit la voiture qui la ramènerait chez elle.

— Raymond n'est pas avec toi?

— Il n'y avait pas assez de place, mais il t'attend sur la galerie, j'en suis certain. Veux-tu coucher ta tête sur moi?

— Non, je veux voir dehors.

— Tu peux le faire maintenant; sur le chemin asphalté, c'est plus doux, moins cahoteux, mais quand

46

nous atteindrons la route de gravier, il serait bon que tu t'étendes.

De fait, Raymond était là, à l'entrée de la cour, surveillant la route. Il trottina aux côtés du cheval, criant la bienvenue à sa cadette.

Ému, Arthur laissa son fils soulever la petite et la conduire dans la maison. Pour eux, il ouvrit toute grande la porte d'entrée.

— C'est toi, Raymond? demande Lucette.

— Oui, maman. Gervaise est là.

— Tu veux des croquignoles, mon Raymond?

— Bonjour, maman, dit la fillette en baissant les yeux.

— Bonjour, Mademoiselle. Voulez-vous des biscuits?

Le ton était sans malice. Raymond regarda son père. Arthur se mordit les lèvres. Que se passait-il dans la tête de Lucette? Jouait-elle la comédie? Était-il possible que le souvenir de Gervaise se soit estompé de la mémoire de sa femme?

— Maman, répéta Gervaise.

— Oui, Mademoiselle?

Se tournant vers Raymond, Gervaise demanda:

— Pourquoi maman m'appelle-t-elle mademoiselle?

— Tu es partie depuis longtemps, Minotte. Maman t'a peut-être oubliée... Ça va revenir. Dis, tu peux marcher?

— Regarde.

Gervaise se leva avec précaution, comme on le lui avait enseigné. Elle se rendit à la table et revint vers sa chaise.

— Tu as faim?

— Non, mais j'ai soif.

— Un grand verre de lait avec une croquignole, ça te tente?

Arthur, assis sur la berceuse, gardait les mains crispées sur les bras de la chaise. Sa fille marchait, oui, elle marchait, mais avec peine et elle boitait. Sa fille Gervaise boitait. Elle traînait une jambe, manquait d'équilibre; ça lui demandait un effort considérable pour se déplacer. Elle devait souffrir!

Mais elle marchait. Et puisqu'il en était ainsi, il réintégrerait la couche nuptiale. Pas par amour, que non! mais pour avoir Lucette à l'œil après ce qu'il avait vu et entendu ce soir-là... parce qu'il savait maintenant de quoi elle était capable. Et surtout parce qu'il l'avait promis à Dieu!

Au moment de se dévêtir, il sortit l'enveloppe de sa poche et la jeta machinalement dans le tiroir de la commode. Le beau et désirable tracteur avait perdu toute importance.

Au réveil, il installerait une targette à leur porte au cas où sa femme se lèverait la nuit et ferait des ravages. Ce soir-là, il veillerait. Il pria Raymond de garder la porte de sa chambre ouverte au cas où Gervaise aurait besoin de lui.

Il fit sa prière du soir, dit merci à Dieu. Son oraison n'avait cependant pas la ferveur qu'il anticipait. Un autre problème avait surgi, un problème qui le laissait perplexe. Le docteur lui avait fait une mise en garde qu'il n'avait pas comprise: «Garde un œil sur ta femme.» Avait-il donc prévu ce qui se passerait?

***

— Raymond, as-tu toujours ta voiturette?

— Oui, elle est dans la grange pourquoi?

— Je vais amener Gervaise au champ, ça la distraira et lui fera prendre l'air.

— Mais je peux marcher, papa.

— Je sais, ma fille. J'ai vu, et je suis fier de toi. Mais c'est difficile de marcher sur les roches et les mottes de terre. Tu dois être prudente: les os, tu sais, ça prend du temps à se souder.

Et la voiturette fut nettoyée, huilée. Minotte aimait ce moyen de transport qui la menait partout, tirée par son père qui imitait, en riant, le trot du cheval ou par Raymond qui la baladait dans tous les coins et recoins. Jamais auparavant elle n'était allée aussi loin sur la ferme.

Les légumes seraient bientôt cueillis: le blé d'Inde était dodu, l'herbe était haute sur pied. D'ici peu, il faudrait la faucher pour la sécher puis la fourcher et l'assembler en meules à grimper sur le fenil pour servir au bétail pendant la saison froide.

Les cochonnets étaient dodus, les deux poules couveuses dressaient leurs poussins jaunes qui ravissaient Gervaise. Un jour, elle éclata d'un grand rire sonore.

— Regarde, papa, la poule se dandine comme moi quand elle marche.

Arthur ravala; la petite était consciente de son infirmité.

***

Les jours raccourcissaient, les légumes s'entassaient dans le caveau. Arthur et Raymond trimaient dur. Gervaise, bonne élève, apprenait ses chiffres que Raymond lui enseignait sur son ardoise. Elle progressait aussi au niveau de ses déplacements, en traînant toujours sa jambe, mais avec moins de souffrance.

Elle faisait patiemment ses exercices, encouragée par son père. Lucette, par contre, se comportait de façon de plus en plus étrange. Elle semblait partie, dans un autre monde.

Un dimanche matin, la fillette et son frère s'amusaient avec un jeu de blocs sur la table de la cuisine. Lucette vint se placer devant eux et les regarda fixement. À la main, elle tenait une lime, laquelle servait à affûter les couteaux.

— Maman, dit Raymond.

La mère ne réagissait pas, se contentant de les fixer. Raymond prit peur et se mit à crier. Arthur, réveillé par le hurlement, dégringola l'escalier. Ce qu'il vit l'effraya. Il prit la lime des mains de sa femme; celle-ci ne s'opposa pas.

— Lucette, dit-il doucement, Lucette.

Elle obéit lorsqu'il la dirigea vers la berçante. Il l'aida à s'asseoir. Elle demeura là, passive, indifférente.

C'était le début d'un autre long et violent cauchemar.

Le médecin recommanda l'internement: Lucette avait un urgent besoin de soins psychiatriques. Pour sa sécurité et celle de sa famille, il fallait prendre cette mesure extrême.

— La police s'occupe habituellement du transport du patient jusqu'à l'hôpital, assure le docteur.

— La police? Pourquoi la police? Ma Lucette n'est pas une criminelle, elle est malade. Et je ne suis pas un nécessiteux: ma femme a besoin de soins, elle les aura!

Arthur laissa sa fille sous la surveillance de Raymond et prit le train qui les conduirait à Lévis. Une fois là, il aviserait des décisions à prendre.

Sa peine était atténuée par le fait que Lucette semblait ignorer complètement ce qui se passait. Arthur prit place près d'une fenêtre et tenta, mais en vain, d'attirer l'attention de sa femme sur le décor qui se déroulait sous leurs yeux. Elle demeurait impassible. L'homme hochait la tête, il ne comprenait pas. C'était ainsi depuis de longs mois. «Peut-être que le choc fut trop violent pour sa tête», pensait-il avec désespoir.

La vue de la religieuse qui les accueillit le réconforta; Lucette aurait l'attention nécessaire. Le gros bâtiment faisait peur avec ses fenêtres sécurisées, mais une fois à l'intérieur, tout était d'une propreté impeccable et d'un calme absolu.

Les longs traitements qu'avait reçus Gervaise rassuraient Arthur; sa femme était entre bonnes mains. Il avait la certitude que les soins et services prodigués par les bonnes sœurs seraient appropriés.

Le trajet du retour fut plus pénible, car il gardait en son cœur l'image d'une Lucette tout à fait absente mentalement. Au moment de son départ, il l'avait embrassée et serrée contre son cœur, elle n'avait pas réagi. Lorsqu'il avait traversé le hall d'entrée, les granules du plancher en *terrazzo* avaient dansé devant ses yeux embués de larmes. «Le gouvernement se charge des frais hospitaliers et des traitements, mais les douceurs sont aux frais de la famille...»

— Rendez-moi ma femme comme elle était avant ce mal; les douceurs, elle les aura, ah! oui, les douceurs, elle les aura! avait-il dit.

Les routes bordées de maisons cordées les unes contre les autres, se touchant presque, ces rues encombrées d'automobiles, ces panneaux-réclame, ce tumulte constant, ces gens pressés, les visages fatigués des citadins, tout lui paraissait laid, très laid.

Ce n'est que dans le train, qui filait enfin en campagne, dans les champs de verdure, qu'il se sentit réconforté. Il retournait en Gaspésie, retrouverait son village natal, le seul endroit où la vie avait un sens réel.

Son absence lui avait paru une éternité; son bas de laine avait maigri , son courage fondu.

Arthur, brisé par les épreuves qui n'en finissaient plus de lui tomber dessus, devint taciturne.

Tout ce qu'il avait mis tant d'années et d'efforts à construire s'effritait, le laissant désarmé. Plus cruellement encore, il était atteint dans sa chair: d'abord la longue et pénible maladie de sa sœur Marie, le décès prématuré de ses fils, puis sa fille Gervaise à tout jamais marquée, et maintenant sa femme.

Arthur ruminait ses malheurs, devenait avare de parole, préférait se réfugier dans le silence. La vie devenait intenable. Raymond avait aidé son père aux travaux de la ferme, mais l'entrain n'y était plus. Seule Gervaise servait de point de liaison entre le père et le fils qui vouaient à la fillette un amour partagé. Ensemble ils s'épataient de ses efforts, de ses progrès. Ils faisaient tout pour l'égayer et lui témoigner leurs sentiments profonds.

***

À plusieurs reprises, Arthur dut se rendre à l'hôpital Sainte-Anne, où Gervaise était examinée par le médecin qui l'avait traitée. On lui apprit que l'infirmité devait être acceptée, car l'opération ne réussirait probablement pas à améliorer la situation.

Au désarroi s'ajouta l'humiliation. Pour parvenir à payer ses dettes, Arthur dut s'astreindre à vendre une partie de sa terre à un voisin qui convoitait ce lopin depuis longtemps. Pas la terre cultivable, bien sûr, mais la section la plus importante pour la sécurité d'un habitant: des hectares de sa belle forêt, en partie des érables et d'autres types de bois franc.

Arthur crut qu'il mourrait de honte. Il se devait d'oublier le taureau, le coq et bien d'autres éléments de la liste de ses rêves. Pourquoi le sort voulait-il qu'il s'esquinte ainsi? Le soir venu, derrière la porte de sa chambre bien fermée, il demandait pardon à Dieu pour son manque de confiance. Mais le lendemain, son désespoir refaisait surface.

Raymond, que l'étude de la géographie avait inspiré, se remit à rêver d'évasion. Gervaise devenait de plus en plus autonome: elle montait et descendait l'escalier, grimpait sur une chaise pour laver la vaisselle. Septembre était venu, puis passé, suivi d'octobre. Pourtant, pas une fois le père n'avait fait allusion au fait que son fils n'était pas retourné à l'école.

La vie était devenue d'une tristesse incroyable. Le fermier avait fait la récolte, sauvé la moisson du gel. Il avait dû renoncer à son beau projet d'offrir aux siens le luxe de cochons engraissés au lait: il avait besoin de tout le capital que la terre pouvait rapporter. Il fit boucherie, mais sacrifia trop de bêtes; il lui fallait augmenter ses revenus et diminuer ses dépenses. Il n'osait plus penser au futur. D'après les rapports médicaux qu'il recevait de temps à autre, la condition mentale de sa femme ne semblait pas s'améliorer.

L'hiver était là, avec son cortège de tempêtes à surmonter. Le fermier se levait avant le soleil pour soigner ses bêtes et déblayer les environs de la maison. Il était tellement occupé par ses lourdes tâches qu'il ne se présenta pas à l'église une seule fois.

Quand sa peine se faisait trop amère, il allait se réfugier dans ses bâtiments; là il racontait ses souffrances à ses animaux entassés à l'intérieur pour échapper aux intempéries.

Un jour, il lui vint à l'idée de mettre sa fille Gervaise en pension dans une famille où elle trouverait une mère qui lui prodiguerait les soins nécessaires. Il rumina sa pensée et en parla à Raymond. Celui-ci tempêta: jamais, non jamais Minotte ne partirait!

— Ne crie pas si fort, elle va t'entendre.

— Alors? tu avoues donc que si elle entend, elle souffrira.

— Sois raisonnable, elle a plus de huit ans, elle doit aller à l'école. Avec sa... son... avec sa difficulté à marcher, elle ne pourrait pas parcourir une telle distance, l'école est trop loin d'ici.

Raymond se leva de sa chaise avec une telle précipitation qu'il la renversa sur le sol. Il ne se retourna même pas. Il courut vers l'escalier, grimpa les marches quatre à quatre et claqua la porte de sa chambre.

Arthur se prit la tête entre les mains, mais ne pleura pas: il n'avait plus de larmes. Il éteignit et monta dormir.

Dans son lit, les yeux ouverts dans le noir, Raymond décida qu'il partirait le premier.

Derrière la muraille, Arthur pensait tristement: «J'ai dû morceler ma terre; il me faudra maintenant diviser mes enfants, après avoir perdu ma femme.»

Chapitre 3

Le printemps se pointa enfin. «J'ai cru quelque temps que le soleil nous avait quittés pour aller éclairer une autre planète», soupira Arthur.

Elle était revenue, la saison des semences. Les mois qui suivraient seraient, pour Gervaise, les plus doux qu'elle connaîtrait. Son père et son frère ne négligeaient rien qui put lui faire plaisir. Ils s'évertuaient à trouver des moyens de donner de la joie à la fillette, sans doute par acquit de conscience, puisqu'elle devrait partir...

Un de ces plus beaux moments, qui ne cesserait d'enchanter la fillette, se produisit un dimanche matin. Son père, assis à califourchon sur le cheval, s'approcha de la galerie où elle se trouvait.

— Tu veux te balader avec moi?

Gervaise sauta sur ses pieds et tapa des mains, folle de joie. Son père l'installa devant lui sur le cheval. Il la pria de s'étendre sur la bête et de bien se tenir à sa crinière. «Empoigne bien son crin, mais ne touche jamais ses oreilles. Les chevaux n'aiment pas qu'on touche leurs oreilles.» Et la promenade commença. Arthur, rassuré par la contenance de l'enfant, qui n'était ni effrayée ni nerveuse, pressa la monture à trotter de plus en plus vite.

Gervaise riait aux larmes. Elle serrait les jambes contre le corps chaud de la bête, les mains fortement agrippées aux cheveux de Piton qui semblait, lui aussi, priser la balade.

Lorsque son père la redescendit sur terre, ses yeux brillaient de joie. Elle s'élança vers Raymond pour lui raconter l'exploit merveilleux.

Cette randonnée hanta longtemps le sommeil de la fillette, qui rêvait de courses folles sur un grand cheval ailé.

Fin août, ils eurent la visite du curé qui faisait sa tournée paroissiale. Celui-ci s'émerveilla de la condition de la petite, autrefois si mal en point. Il s'informa de Lucette, et se dit désagréablement surpris que Raymond ne retourne pas à l'école.

La visite terminée, le prêtre bénit les membres de la famille présents. Comme il allait partir, Arthur pria les enfants de sortir pour s'entretenir en tête-à-tête avec le visiteur.

Raymond devina: on allait discuter du sort de Gervaise. Si elle partait, il partirait aussi!

Montant dans sa chambre, il décida mentalement des choses qu'il prendrait avec lui et ébaucha son plan d'action. Il sortit son livre de géographie et étudia la carte du Québec. De son doigt, il suivait la rive sud du fleuve Saint-Laurent qui serait son guide. La ville de Québec l'attirait, mais elle se trouvait sur l'autre rive, ce qui l'embarrassait. Son père lui en avait dit tellement de vilaines choses quand il était revenu de voyage... Oui, il irait ailleurs, plus loin. Beaucoup plus loin. Ainsi, il ne serait pas tenté de revenir. Il prit un crayon et traça une ligne qui le rendit songeur.

Raymond épiait son père, l'observait. Parfois, il surprenait son regard posé sur Gervaise, le visage angoissé, sans doute torturé à l'idée de devoir bientôt se séparer d'elle.

Arthur avait beau tourner et retourner le problème dans sa pauvre tête, il ne trouvait pas d'autres solutions. Auprès de ses animaux, il se sentait fort aise: il connaissait leurs besoins, leurs attentes. Mais une fillette, toute menue et si vulnérable, le déboussolait. C'eût été facile, plus facile si l'enfant avait été de sexe masculin.

Un dimanche, en revenant de faire son *train*, il avait

empli la cuve d'eau tiède et prié Gervaise de prendre son bain. L'enfant s'amusait dans l'eau, éclaboussant le plancher.

— Papa, tu peux réchauffer mon eau? C'est froid.

Le père prit la bouilloire qui chantait sur le poêle et vint ajouter de l'eau chaude dans la baignoire improvisée. La fillette se leva d'un mouvement brusque, sans doute effrayée par le jet d'eau bouillante.

— Aïe! cria Gervaise en grimaçant.

Arthur déposa la bouilloire sur le sol, jeta la serviette sur les épaules de l'enfant et la sortit du bac.

— Tu as mal? lui demanda-t-il, la serrant sur son cœur.

— Non, riposta bravement l'enfant.

Arthur la berça doucement tout en lui fredonnant l'air d'une chanson que Lucette *turlutait* autrefois.

Gervaise s'endormit, tenant bien serré dans sa menotte le pouce de son papa. «Elle pèse une plume et est déjà marquée pour la vie», songea le père.

Le même soir, le téléphone sonna. Raymond se hâta d'aller répondre.

— C'est monsieur le curé, papa. Il veut te parler.

Arthur écoutait. Raymond sentait le désespoir l'envahir.

— Vous avez bien dit jeudi en huit? Tout sera prêt... Vous êtes bien sûr? Non, j'irai là-bas, je verrai par moi-même... Bon, si vous voulez... Jeudi en huit.

Raymond, furieux, monta à sa chambre. Sous son lit, il entassa pêle-mêle ses hardes et sortit le sac à dos qu'il utilisait dans ses randonnées. Ses biens se résumaient à peu de chose. Il promena son regard sur les meubles de sa chambre, sur le papier défraîchi qui ornait les murs, sur le chemin tracé sur le prélart par l'usage, qui allait de la porte au lit. Il s'attarda à la fenêtre; il plissait les yeux pour discerner l'immensité qui s'offrait à lui, caressée par les reflets de la lune qui projetait des ombres, rendant le décor encore plus mystérieux.

Qu'allait-il dire à Gervaise? Là se résumait tout son problème. «Jeudi en huit!» et Raymond laissa éclater sa colère en martelant le matelas de ses poings rageurs.

***

Les jours passaient. Arthur restait à la maison plus qu'à l'accoutumée, voulant profiter pleinement de la présence de sa fille.

— Papa, amène-moi encore à cheval.

Elle n'avait pas oublié la joyeuse balade, ce qui réjouit Arthur. Ainsi, sa petite fille aurait toujours dans son cœur des souvenirs de sa tendre enfance. Ils chevauchèrent lentement, faisant le tour de la ferme, s'arrêtant ici et là, dans le sous-bois, au bord de l'étang que formait la rivière de laquelle provenait l'eau froide du puits qui desservait la maison.

— Écoute les criquets qui font entendre leur chant aigu. Il fera beau demain.

— Papa, pourquoi le feu?

— Quel feu? De quoi parles-tu, ma fille?

— Du feu, là-bas, dans le champ, près de la remise, tu sais bien?

— Ah! ça... Tu l'as vu?

— Oui, tous les soirs, dans mon sommeil. J'avais bien peur que la remise brûle, mais elle est encore là.

— Je brûlais des vieilleries. Parfois il vaut mieux les détruire.

«Qu'elle se taise, bon sang; si elle me parle de sa tante, je vais crever.»

Mais l'attention de l'enfant fut distraite à la vue de Piton qui s'était avancé et s'abreuvait dans la mare.

— Tu es prête pour le retour, fillette? Crois-tu pouvoir te tenir assez bien pour garder ton équilibre si Piton va au galop?

— Ah oui, papa!

— Penche-toi plus vers l'avant, empoigne bien la crinière, comme ça.

— Qu'est-ce que Piton ferait si je touchais ses oreilles?

— Piton n'est pas mauvais, mais on dit que certains chevaux deviennent furieux et peuvent aller jusqu'à mordre leur maître.

— Je suis prête, papa.

— Alors, on y va!

De ses jambes, Arthur stimula la bête qui ne se fit pas prier. Gervaise riait aux éclats. Arrivé à la hauteur de la galerie, le cheval s'immobilisa. Arthur sauta à terre et souleva sa fille, rouge de plaisir, grisée par la promenade.

À l'instant où Arthur la posa sur le sol, elle porta la main à la hanche et pâlit: «Aïe!»

— Tu as mal? Tu as des bobos?

— Non, juste un peu.

Alors le père empoigna sa fille, la leva de terre et entra la déposer dans la berceuse.

— Tu as trop été secouée, c'est ma faute. Veux-tu t'étendre?

Le cher bout de chou secoua la tête et s'exclama: «Je veux qu'on aille encore!»

Ce soir-là, au moment d'atteindre le palier supérieur, alors qu'il allait se coucher, Arthur s'en souviendrait plus tard, il vit son fils qui sortait de sa chambre en frôlant les murs et se dirigeait vers la sienne.

***

Le lendemain matin, en arrivant dans la grange, quelle ne fut pas la surprise d'Arthur lorsqu'il aperçut Raymond qui l'avait devancé et s'affairait déjà à faire le *train* matinal!

— Hé! mon gars, qu'est-ce qui t'arrive?

— Je ne dormais pas, son père, j'ai pensé que...

Le reste de la phrase se perdit dans le bruit. Arthur ne retenait que les mots «son père». Jamais encore son fils ne l'avait interpellé ainsi. «Il grandit, il devient un homme.»

Plus tard, il vit son fils qui retournait à la maison d'un pas rapide et déterminé. Il hocha la tête: «Sacrées *bedaines*, ils causent bien des emmerdements, mais ils sont notre seule raison de vivre.»

Rentré chez lui, Raymond prépara le déjeuner de Gervaise: du pain cassé dans du lait, aromatisé de cassonade; ce que préférait son père, comme dessert, après l'assiette de fèves au lard. Le cœur serré, il faisait chacun de ses gestes avec amour, gestes autrefois sans importance car machinaux.

Gervaise parut dans la cage de l'escalier et cria: «Coucou!»

— Viens manger, Minotte.

Il la regardait venir. Elle prit place à table; il s'installa près d'elle.

— Où est papa?

— Comme d'habitude, au champ avec Piton.

— T'es tout drôle, pourquoi es-tu tout drôle?

— J'ai un secret à te confier. Écoute-moi bien. Je vais... sortir, aller... au village pendant quelque temps. Mais ne dis pas à papa que je vais rester longtemps. Tu me promets?

— Oui, fit la fillette en s'empiffrant.

— J'ai un cadeau pour toi. Je te donne mon syllabaire et tous mes livres qui sont sur mon bureau. Tu pourras les lire plus tard. Ils sont pleins d'images, des belles images. Un jour, tu iras à l'école et...

— Mais tu seras revenu, tu vas me reconduire à l'école, je veux y aller avec toi. Dis, Raymond? J'ai peur, Raymond! Oh! Raymond, j'ai peur.

L'enfant repoussa son assiette, elle n'avait plus faim.

— Parle-moi, Raymond.

— Je vais revenir, je te le promets!

— Dur?

— Dur, comme du fer.

— Fais une croix sur ton cœur! Fais serment!

Après avoir serré la fillette dans ses bras, Raymond grimpa précipitamment à sa chambre. Il revint avec ses bagages, passa près de la fillette en criant:

— Salut, Minotte!

Gervaise courut à la fenêtre tandis que Raymond fuyait à grands pas. Elle sentait des larmes chaudes qui coulaient sur ses joues. Elle était là, qui saluait de la main. Raymond atteignit la courbe dans laquelle il disparut. Il se retourna, vit Minotte qui lui envoyait la main. Il hésita un instant, puis poursuivit sa route. «C'est mieux ainsi, je n'aurais pas le courage d'être là quand elle partira.» Son père, il le savait, ne changerait pas d'idée. Le garçon ne s'enterrerait pas vivant dans ce coin perdu, à subir en silence les fléaux qui ne cessaient de leur tomber sur la tête. Il voulait vivre, voir du pays. Il en avait marre des beaux petits cochons roses et des poussins jaunes qui finissaient dans la poêle à frire, après avoir beuglé leur souffrance au moment de la boucherie. Ah! ces cris prolongés et puissants qui ne cessaient de retentir à ses oreilles pendant des jours!

Ti-coune surtout, son petit cochon préféré, celui qui le suivait partout et cherchait ses caresses; il avait fini comme les autres... Saigné d'abord, avec les tripes qui devinrent des saucisses tandis que ses fesses furent suspendues à un clou dans le fumoir; elles en sortiraient sous forme de jambon. Du jambon qu'il avait refusé, car il n'aurait pu l'avaler.

La terre, les maringouins, les semences et les récoltes; la pitance gagnée à force de sueur, jamais d'argent liquide en poche. Séparer, chauler, grimper et descendre les échelles. Et l'hiver, la neige que rien ne vient salir et qui les garde séparés du reste du genre humain pendant des mois. Non! ce n'était pas pour lui. Pas plus que sa mère, il n'avait pu s'adapter à cette manière de vivre. Plus il réfléchissait, plus il hâtait le pas pendant que là-bas, Minotte continuait de scruter la route déserte.

***

— Raymond est-il venu dîner, fillette?
— Non.
— Tu l'as vu?
— Oui.
— Quand?
— Au déjeuner.
— Où est-il?

Gervaise, de plus en plus mal à l'aise, se leva promptement de sa chaise et s'élança vers son père en pleurant. Étonné, Arthur assit l'enfant sur ses genoux.

— Pourquoi ce gros chagrin?
— Rien, papa.
— Tu pleures parce que Raymond n'est pas là ou parce que tu as des bobos?
— Pour Raymond.
— Il t'a dit où il allait?
— Au village.
— Au village, et alors? Il va revenir. Il ne faut pas pleurer ainsi.

L'homme mit un doigt sous le menton de sa fille, l'obligea à relever la tête. Il bafouilla, cherchant les mots appropriés.

— Toi aussi, tu vas partir, aller quelque part. Pour quelque temps. Je vais t'expliquer: maman est malade; l'école est très loin. J'ai parlé avec monsieur le curé: il connaît une famille qui a une petite fille de ton âge. Ils habitent près de l'école et pourront prendre bien soin de toi. Tu auras une vraie maman. Tu seras heureuse là-bas.

À l'aide de son mouchoir à carreaux, il essuya les larmes qui coulaient sur les joues dodues.

— Papa a bien pensé à tout ça. Je veux ton bonheur. Tu dois apprendre à lire, à écrire, comme Raymond. C'est très important, tu sais.

— Il m'a donné...

Un gros chagrin empêcha Minotte de poursuivre.

— Qui t'a donné?

— Raymond.

— Qu'est-ce qu'il t'a donné?

— Son syllabaire et tous ses livres.

— Tous ses livres?

— Oui.

— Tous ses livres?

— Oui, et son syllabaire.

Arthur s'inquiéta; voilà qui semblait anormal. Il réfléchissait: que lui avait-il dit ce matin? Tout, sauf peut-être... le «son père», lui semblait régulier.

— Il t'a dit qu'il allait revenir pour souper?

Gervaise se mura dans le silence le plus complet. Ce mutisme effrayait le père, car il cachait sûrement un mystère. «Elle a sans doute promis de ne rien dire. Il n'a pas d'argent, il reviendra vite.»

La soirée s'étira. Les pleurs refoulés de Gervaise, montée à sa chambre, parvinrent jusqu'au père. Celui-ci regardait l'horloge et voyait la noirceur succéder au jour. Non, il le savait maintenant, Raymond ne rentrerait pas. Il éteignit et monta à son tour chercher le repos qui tarderait à venir.

«Ma vie est une faillite totale! Le mauvais sort s'acharne sur moi; le courage va finir par me manquer! Que pense Gervaise? Elle n'a pas desserré les lèvres. A-t-elle bien compris ce que je lui ai dit?» Il se retournait sur son grabat, incapable de trouver le sommeil. Les événements le dépassaient. Tout à coup, il se sentit las, très las.

***

Arriva jeudi. Arthur s'était levé tôt. Il avait fait son *train*, préparé une omelette et tartiné du pain, puis avait placé sur la table un pot de confiture de fraises sauvages dont sa fille était friande.

On avait pris entente: Arthur serait devant l'église après la messe de huit heures et de là, en automobile, ils se rendraient ensemble à Saint-Claud où le prêtre avait à faire. Ce dernier déposerait Gervaise et son père chez ces gens qui les attendaient.

Fernand Lamont était journalier, il n'avait pas de métier et était sans travail. Aussi, le prix de la pension que verserait Arthur aiderait grandement le ménage; leur seule assistance provenait de la Saint-Vincent-de-Paul, et c'était très peu.

La veille, Arthur avait aidé sa fille à rassembler son linge et les choses qu'elle voulait apporter. Parmi ses trésors, se trouvaient son ardoise et le syllabaire. Plus tard, son père le lui avait promis, elle reviendrait chercher les livres de Raymond qu'elle avait rangés sur son bureau. À la dernière minute, elle avait enfoui dans le sac la géographie aux images merveilleuses. Ultérieurement, elle y découvrirait la ligne de crayon, tracée par Raymond sur la rive du Saint-Laurent, ce qui lui ferait comprendre que Raymond était parti loin, très loin!

Gervaise s'était montrée brave: elle avait refoulé ses larmes et n'avait fait aucun commentaire. Si bien que le pauvre père souffrait davantage, car sa fille évitait jusqu'à son regard.

— Il faut descendre manger, Gervaise.

L'enfant, assise sur son lit, sursauta. Elle était là depuis longtemps, perdue dans ses tristes pensées. Trop jeune pour comprendre, une fois de plus, elle subissait. Elle se leva, marcha en direction de la porte qu'elle ferma délicatement après un dernier regard sur sa chambre, son univers. Elle avait pris soin de bien tirer les couvertures et de baisser le store, espérant tout retrouver intact à son retour.

Sur la route, Arthur faisait seul les frais de la conversation. Gervaise regardait le mouvement de la croupe du cheval et pensait tristement à ses belles randonnées dans les champs. Comment Raymond avait-il pu marcher si loin?

Après avoir fixé les rênes à un pieu de la clôture, derrière le presbytère, Arthur prit la main de la fillette et tous deux entrèrent dans le temple désert. Là, il faisait frais; tout était si paisible, si beau, si coloré. Un frisson parcourut Gervaise. Arthur, agenouillé, priait.

Le curé entra et toussota. Arthur fit humblement la génuflexion, se signa, reprit la main de sa fille et ensemble, ils traversèrent la nef.

— Bonjour, Gervaise; bonjour, Arthur. Je pensais que tu assisterais à la messe...

Et on prit la route pour Saint-Claud.

Sur la banquette arrière, Gervaise, recroquevillée, s'inquiétait, se demandait si Raymond allait revenir en leur absence. Elle ferma les yeux, des sentiments confus la tourmentaient.

— C'est généreux, Monsieur le curé, ce que vous faites. Vous êtes sûr de ces gens, là-bas?

— Tu jugeras par toi-même. Si ça ne convient pas, nous reviendrons tous ensemble. Ça te donnera deux bonnes heures pour voir de près, je dois rencontrer le maire.

Et l'on parla moisson. De temps à autre, Arthur regardait la fillette qui se tenait immobile, dans un coin de la voiture. Elle ne se déridait pas.

Pas une seule fois il ne fut question de Raymond. La

pudeur du père l'empêchait d'avouer ce nouveau malheur qui s'ajoutait à tant d'autres!

**

— Vois, petite, c'est là que se trouve l'école de Saint-Claud.

Elle se dressait sur le bord de la route, semblable à toutes les écoles de campagne. Elle avait dû être blanche autrefois. Voisinant l'église et le presbytère, elle avait une cour où les enfants usaient leurs semelles. Là, ils étaient alphabétisés et apprenaient à vivre en bons chrétiens.

Saint-Claud était un village de trois cents âmes éparpillées çà et là, sur des terrains plus ou moins exigus. La maison des Lamont se trouvait un peu loin au goût d'Arthur qui songeait à l'infirmité de sa fille.

L'arrivée de l'automobile attira les occupants de la maisonnette qui aurait besoin, tout comme l'école, d'une couche de peinture!

Madame Lamont sortit sur la galerie, tenant sa fillette par la main. Lamont, père, arriva à son tour. Arthur le toisa du haut de sa grandeur. «Il a le nez rouge», constata Arthur.

— Ma fille Gervaise, dit Arthur.

— Ma fille Julie, répondit la dame.

Les fillettes, intimidées, se dévisageaient, mais n'osaient se parler.

— Viens, Gervaise, invita madame Lamont.

Le curé s'excusa: il devait partir. Les affaires de Gervaise furent placées sur la galerie. Tous entrèrent.

— Tu as faim, Gervaise?

— Non merci, Madame.

— Elle est gentille, dit la dame en s'adressant à Arthur. Nous deviendrons de bonnes amies.

L'intérieur était propre, l'ordre régnait, les vitres

brillaient. Arthur laissa errer son regard dans tous les coins.

— Venez voir la chambre des enfants. Malheureusement, nous n'en avons qu'une, qu'elles devront partager; de même que le lit, mais il est grand.

— J'aime mieux ça, ma fille se sentira moins seule.

— J'ai préparé de l'espace pour ranger son linge.

Gervaise jouait machinalement avec le pan de sa robe, signe évident de sa nervosité.

— Va jouer avec Julie, suggéra Arthur.

— Viens voir ma poupée, Gervaise.

Lamont, toujours dans la cuisine, écoutait Arthur et sa femme discourir. Décidément, cette dame plaisait à Arthur. Elle paraissait très douce, et la maison était impeccable.

— Ah! j'ai oublié.

— Vous plaît-il? demanda madame Lamont.

Arthur ne comprit pas le sens de la question et le lui dit. Elle se mit à rire.

— Vous n'êtes pas le seul, c'est une expression de mon village qui veut dire... comment expliquer? qui veut dire que je n'ai pas compris ce que vous veniez de me dire.

— Je vous disais que j'ai oublié de prendre des produits de la ferme que j'ai apportés pour vous autres, ils sont dans le coffre de l'auto.

— C'est trop de bonté!

— On n'est pas riche, répliqua Lamont, mais on pourra nourrir votre fille.

On discuta du prix de la pension. Pendant ce temps, les deux fillettes se tenaient bien droites devant un miroir, épaule à épaule, afin de juger laquelle était la plus grande.

— Attends.

Gervaise se retourna, offrant l'épaule gauche.

— Tu es plus grande d'un côté? demanda Julie.

— Oui, je suis infirme.

Arthur ravala. Ainsi Gervaise, qui ne l'avait encore jamais mentionné, était consciente de son handicap et elle en parlait sans gêne et sans amertume. Il en était suffoqué.

— Bon, ben alors, nous sommes pareilles. Quel âge as-tu?

Madame Lamont remplissait les tasses. Elle dit, avec un grand sourire qui la rendait presque belle:

— Vous voyez ça, ces deux-là se comprennent!

Arthur tenta de sonder le cœur de monsieur Lamont qui n'était pas très communicatif. «La gêne, sans doute», pensa Arthur.

Mettant la main dans sa poche, il prit des billets, hésita un instant, puis les remit à la femme.

— C'est bien le compte, pour deux semaines de pension? Vous serez régulièrement payés.

La femme prit les vingt dollars, les enroula, se retourna et les plaça entre ses deux seins, ramenant le collet, comme pour protéger sa fortune.

La vue de la manne sembla délier la langue du mari: il avait toujours rêvé d'être propriétaire d'une grande et belle ferme.

C'est à peine si Arthur écoutait. Il pensait au retour éventuel du prêtre et aux adieux déchirants qui précéderaient son départ.

Le ronronnement de la Chrysler qui gravissait l'allée menant à la maison sema l'embarras dans la cuisine. Gervaise se raidit.

— Venez m'aider, Lamont, dit Arthur pour meubler le lourd silence.

L'homme se leva. Pommes de terre, choux, oignons, blé d'Inde ainsi qu'une énorme citrouille, un grand contenant de crème et du beurre fraîchement baratté, en plus d'œufs frais s'étalaient maintenant sur la table de la cuisine. La maîtresse de maison était émerveillée:

elle n'avait jamais pu s'offrir une telle variété de produits frais. Elle n'en finissait plus de remercier.

Arthur prit les bagages de sa fille, les rentra et alla les déposer dans la chambre des fillettes.

Gervaise, appuyée au mur, regardait de tous ses yeux, mais ne disait rien.

— Attends, dit Arthur.

Il ouvrit la portière et sortit un sac qui contenait six bocaux de confiture de fraises.

— Elle adore ça, crut-il bon d'expliquer.

Le prêtre bénit cette famille, fit une prière. On échangea des poignées de main. Lorsque Arthur se pencha pour embrasser sa fille, celle-ci lui sauta au cou, colla sa bouche sur son oreille et demanda:

— Quand viendras-tu me chercher?

Il la serra contre lui, très fort, incapable d'articuler un seul mot.

— Tu vas me téléphoner, dis, papa?

— Nous n'avons pas le téléphone, répondit madame Lamont, mais je vais arranger ça avec la voisine. Le dimanche, ça vous va?

Un instant réconfortée, Gervaise dénoua les bras, baissa la tête, s'appuya contre le mur.

Tout comme le jour où Raymond était parti, elle resta là jusqu'à ce que la voiture eut disparu de son champ visuel.

***

Une nouvelle vie, qui menaçait de ne pas être toujours rose, commençait.

Dès que les visiteurs eurent quitté, Lamont appela sa femme dans la chambre où il y eut échange de gros mots. Puis, l'homme sortit de la maison en claquant la porte.

Juliette Lamont, aidée des fillettes, plaça les provisions dans le placard avec un soin presque religieux.

Réunies autour de la table, la mère et les fillettes coupèrent des légumes pour faire une grande chaudronnée de soupe. Le souper serait un banquet! Lamont ne serait pas présent, il avait réussi à soutirer à sa femme une coupure de dix dollars; soit une semaine de pension. Puis il avait filé rencontrer ses comparses; il rentrerait saoul!

$$***$$

Pendant ce temps, Arthur se taisait; silence que le prêtre respecta. Lorsque le véhicule fut stationné à côté de la voiture du fermier, aux abords du presbytère, il posa la main sur le bras de l'homme.

— Tu n'es pas reparu à l'église, sauf ce matin. Et cette confession, mon fils? N'abandonne pas Dieu, si tu ne veux pas qu'Il t'abandonne.

— Lui et moi, on ne se comprend plus.

— Peut-être ne parles-tu pas assez fort...

— Sans doute qu'Il est devenu sourd.

— Écoute, Arthur...

— Je vous en prie, Monsieur le curé, gardez vos sermons pour la chaire, surtout aujourd'hui, où je viens de perdre mon dernier rayon de soleil! Un rayon de soleil infirme! Sacrement! Infirme aujourd'hui, infirme toujours, infirme jusque dans l'éternité. Le diable m'emporte!

— Ton chagrin t'égare, mon fils. Tu ne connais pas les vues de Dieu.

— Non, Monsieur le curé. Pour le moment, je me fie à la mienne, ma vue. Et ce que je vois n'a rien de réjouissant, rien qui invite à l'action de grâces.

Arthur défit le nœud qui retenait son cheval, sauta dans son boghei et cria:

— Hue! Piton.

Le ton? Le geste? Le cheval s'ébroua et partit au galop.

— Va, va, Piton!

Les roues du cabriolet craquaient, la course folle jeta du baume sur le cœur lacéré de l'homme. Rendu chez lui, il nourrit ses bêtes. Ensuite, il rentra à la maison, grimpa l'escalier, se jeta sur son lit et laissa sa peine déborder.

Il se leva à l'heure où Lamont entrait chez lui, à quatre pattes.

Ce soir-là, Arthur compta l'argent qui lui restait. Il se reprit à trois fois, regarda dans l'enveloppe. Il s'y trouvait une note bien pliée.

Il ouvrit et lut: «Je t'ai pris dix dollars, papa. Je te rendrai ça au plus tôt. Je t'aime, papa.» C'était signé: Raymond.

Alors Arthur se souvint. Le soir où il l'avait aperçu, rasant le mur... c'était donc ça!

Chapitre 4

Fernand Lamont est né de parents alcooliques. Son enfance fut un enfer. Il grandit dans la misère au sein d'une famille de huit enfants auxquels Dieu avait fait un don qu'ils utilisaient mal: ils étaient colosses, forts comme des taureaux.

Leur force devint vite une légende. On les citait dans le bourg où ils étaient nés, et leur réputation de batailleurs hors pair alimentait les conversations à des milles à la ronde. L'aîné, chef de la bande, avait, outre des nerfs d'acier, un cœur d'or et un physique impressionnant. Partout où il se trouvait, il dépassait la foule de deux têtes. Jos était son nom.

Il organisait des combats de lutte, et ses frères s'affrontaient dans l'arène, luttant l'un contre l'autre, sans pitié. Toutefois, lorsqu'ils étaient séparés, ils devenaient peureux. Aussi les avait-on surnommés «les loups».

Leurs exhibitions spectaculaires rapportaient de gros revenus. Jos contrôlait assez bien sa meute. Les gaillards connaissaient enfin un semblant de bonheur.

La guerre était venue. Les fils Lamont furent appelés sous les drapeaux pour servir le pays. Quatre d'entre eux périrent sous les armes, là-bas, dans les vieux pays.

Le père et la mère noyèrent leur chagrin dans l'alcool. Le seul survivant mâle de cette famille, Fernand, devint leur héros. On l'adulait à outrance. Jos n'y étant plus pour tempérer les élans impulsifs de son jeune frère, ce dernier devint bientôt un indésirable que l'on fuyait. Fiston ne trouva rien de mieux à faire que de se réfugier auprès de papa, maman et la bouteille.

Fernand acceptait mal de se sentir détesté. Lui qui

avait connu l'adulation à travers la gloire des arènes devint morose et maussade. Ce n'est que dans l'alcool qu'il trouvait oubli et réconfort.

La prime qu'il toucha du gouvernement fédéral pour avoir servi la patrie retomba dans les goussets du gouvernement provincial par le truchement de la Commission des liqueurs.

***

L'occasion de trouver le bonheur s'ouvrit toute grande pour Fernand lorsqu'il rencontra la belle Juliette, fille rangée, propre et fière. Elle était dotée d'un diplôme académique et venait, par surcroît, d'hériter, en tant que fille unique, d'une jolie maison située dans le charmant village de Saint-Claud.

Pas un château, bien sûr, mais un cottage solide et propret, avec dans le salon un pick-up et des disques de Tino Rossi, Maurice Chevalier, Caruso et la Bolduc, un tapis de Turquie et une lampe torchère.

Fernand abandonna momentanément la bouteille et entreprit la conquête de la perle rare. Ce fut le grand amour, suivi du «oui» conventionnel et d'une lune de miel vécue dans la sobriété.

Mais là s'arrêtèrent les bonnes résolutions. Fernand, toujours sans travail, pigea dans les biens de sa belle et les quelques bijoux de famille furent d'abord liquidés. Juliette pardonna, Arthur récidiva. Un à un, les objets disparurent. Juliette, dans l'attente d'un enfant, fermait les yeux avec courage et résignation. Le bébé vint, une jolie fillette, rouquine comme sa maman; ce qui discréditait la famille Lamont qui avait toujours incarné la race supérieure.

Fernand ne pardonna jamais à l'enfant de ne pas être du sexe fort et surtout de ne pas lui ressembler. Il commença par détester l'entendre pleurer. Et quand

Juliette ajoutait ses pleurs à ceux du bébé, le papa s'exaspérait et tempêtait.

Alors la maman planifia sa vie et celle de Julie de façon à ce que l'enfant dorme quand papa était au foyer.

Il fut question de vendre la maison. Pour la première fois, Juliette tint tête à son époux: «Tu cherches à la vendre, et je la brûle. Elle est à moi, rien qu'à moi. Si ça ne te convient pas, va-t'en!»

Pour la première fois aussi, Juliette apprit ce que signifiait le mot brutalité. Cette fois encore, elle pardonna.

L'enfant grandissait, craintive et effacée. Taloche et raclée furent les premiers mots dont elle comprit le sens.

Juliette continuait de montrer un visage calme, ne se plaignait jamais; elle devint casanière. C'est dans ces conditions que vivait la famille quand un membre de la société Saint-Vincent-de-Paul proposa à Fernand de prendre un enfant de l'âge de sa fille en pension.

Juliette refusa, Fernand tempêta. Alors il jura: «Plus de crise, plus de drame, plus de colère.» Dans le secret de son âme, la mère espérait, car une compagne du même âge que sa fille ne pourrait qu'égayer celle-ci.

— Si jamais tu touchais à cette enfant, tu le regretterais sûrement, elle a un père. De plus, on perdrait l'argent de la pension et Dieu sait si on en a besoin!

— Par tous les saints du ciel, tu me crois idiot!

Aussi, Fernand jeta un œil scrutateur à Arthur lorsque celui-ci se présenta chez lui. La vue de la Chrysler avait fini de l'impressionner. Décidément, il avait affaire à un gaillard large d'épaules, au thorax épais, sans doute gardé en forme par les durs travaux de la ferme. Tout ce qui l'empêchait de changer d'idée au sujet de ce service de pension était la chance qui lui était donnée de voir entrer un peu d'argent comptant à la maison. De fait, il n'avait ouvert la bouche que pour proclamer son honorabilité. Ce qui, d'ailleurs, avait plu au père de l'enfant.

La grosse voiture et la présence d'un curé, c'était plus que suffisant pour inspirer de l'inquiétude à Lamont; oui, sa Juliette avait raison: il devait se montrer gentil avec la fillette. Ce soir-là, pendant qu'il sirotait son frelaté, il ne put s'empêcher de penser: «Je serai doux comme un agneau avec la boiteuse maigrichonne.»

Julie et Gervaise s'entendaient à merveille. Surtout que l'arrivée de la fillette semblait avoir une incidence sur son père: il chicanait moins. «Sans doute à cause de la présence de mon amie chez nous», pensait-elle.

Gervaise avait remarqué le malaise de Julie en présence de son paternel. Lorsqu'il était là, elle cessait d'être rieuse, avait le regard évasif, des mouvements nerveux et souvent maladroits. «Comme maman, quand il était question de ma tante.» Se pouvait-il qu'un papa puisse ne pas aimer sa fille? Elle ne le croyait pas. Alors pourquoi n'échangeaient-ils pas de caresses, de mots tendres? La mère également était plus enjouée quand le maître de la maison n'était pas là.

Avant la naissance de Julie, la mère avait décidé de cesser de tolérer la présence de boisson dans la maison. Un jour, elle tenta de persuader son mari qu'il devait se le tenir pour dit: elle cassa, sur le perron, les six grosses Molson dont elle avait découvert la cachette. Elle fut payée en retour pour son sacrilège: il la gratifia de coups bien administrés, qui lui valurent autant d'ecchymoses l'obligeant à rester cachée quelques semaines.

Pour la narguer et lui bien démontrer qu'il était le chef du logis, il remit sa provision de bière à la même place. Et Juliette, cette fois encore, cassa les bouteilles à l'exception d'une seule, au goulot de laquelle elle enroula une note: «Tue-moi si tu le veux, maintenant, avant la naissance de notre enfant. Mais jamais tu ne parviendras à me faire accepter de la boisson chez nous. Jamais. Tu ne trouveras jamais lieu secret assez bon pour la dissimuler. Va boire ailleurs.» Et elle avait signé son nom, écrit la date, puis remit la bouteille là où elle l'avait prise. À côté du perron, les bouteilles cassées, bien en vue, gisaient dans l'écume blonde.

Fernand vit le désastre en arrivant chez lui. Il grimpa sur la galerie, la rage au cœur. Il ouvrit la porte avec grand fracas. Oh! surprise: Juliette était là, debout, qui lui faisait face, un couteau à la main. Lamont recula, sortit et disparut pour ne revenir que trois jours plus tard. Juliette croyait avoir gagné la partie. Certes, il ne buvait plus à la maison, mais entrait souvent ivre; et lorsqu'il était en état d'ébriété, il lui arrivait de rudoyer sa fille.

Quand il reprenait ses esprits, il manifestait des regrets sincères, faisait des promesses, lesquelles n'étaient tenues... qu'entre deux verres.

Et voilà que l'arrivée de Gervaise semblait humaniser Fernand. Depuis qu'elle était là, il ne s'acharnait plus contre sa femme ni sa fille. «Est-ce l'argent versé pour la pension qui l'amadoue ainsi?» se demandait Juliette, heureuse et réjouie de cette accalmie. Cependant, Julie n'avait pas oublié, et en présence de son père, elle devenait distante et parfois taciturne.

Fernand avait bien réfléchi avant d'accepter une enfant étrangère sous son toit. Sa femme ne lui faisait pas la vie facile, mais elle était vaillante et capable. Il savait qu'elle pouvait les nourrir tous avec seulement la moitié du revenu; c'était ça de pris. Elle cesserait peut-être de lui rabattre les oreilles avec cette histoire «d'obligation du père à devoir travailler pour faire vivre sa famille». Oui, il amadouerait sa femme, obtiendrait qu'elle lui remette un peu plus d'argent sonnant, ce qui lui donnerait le loisir de se joindre à ses amis et de faire la noce.

Les semaines passaient dans une paix relative. Juliette remettait quelques piastres à Fernand chaque samedi, et ça la torturait. «Le prix d'une bouteille de bière équivaut à celui d'une douzaine d'œufs et d'un pain», lui répétait-elle, horrifiée.

Les craintes latentes de Juliette finirent par éclater: Fernand était rentré au petit matin, il avait la gueule de bois. Tous étaient à table. Julie eut la maladresse de renverser son verre de lait; Fernand la frappa en plein visage. Gervaise se leva comme un ressort, se colla contre le mur et laissa échapper un cri perçant: «papa». Elle restait là, les deux bras pendants, et tremblait comme une feuille. Effrayée, elle ferma les yeux. Gervaise revivait la colère noire de sa mère, ce jour maudit; la peur se glissa jusqu'au plus profond de son être.

Lamont s'inquiéta: «Mange, Gervaise, ne t'occupe pas d'elle, c'est une braillarde, allez, mange.» La voix était mielleuse, le geste de la main suppliant. Gervaise ne bougeait toujours pas.

«Elle va tout raconter au vieux... Le maudit téléphone!» Il plongea les doigts dans ses cheveux, désemparé. Il lui fallait réfléchir; aussi sortit-il faire le tour du pâté de maisons. Juliette s'approcha de l'enfant sidérée et la prit dans ses bras.

— N'aie pas peur, Gervaise, il est impatient et impulsif, mais pas méchant. N'aie pas peur, je suis là pour vous protéger.

Gervaise s'échappa des bras de la femme et vint se blottir en silence contre Julie qui refoulait bravement ses larmes.

— Viens.

Gervaise prit la main de son amie, l'obligea à se lever et la dirigea vers leur chambre. Elle ferma la porte, après avoir jeté un regard de désapprobation en direction de Juliette.

— Viens, Julie.

Et les deux fillettes, couchées l'une près de l'autre, essayaient de comprendre. À travers ses larmes, Julie jeta:

— Toi, tu as un bon papa.

Gervaise ouvrit la bouche pour dire «alors que maman...», mais elle se tut.

— Vous êtes riches: vous avez un téléphone, une auto, des jardins pleins de manger.

Il n'y avait rien à redire, tout cela coïncidait avec la réalité. Elle fit seulement remarquer que l'auto appartenait à monsieur le curé, que son père avait seulement un cheval. Mais dans sa tête, elle revoyait Piton, les vaches, les cochons, les veaux, les rangées de légumes qui couraient dans le potager et le fourrage vert qui sentait si bon quand on le fauchait.

— À quoi penses-tu, Gervaise?

Celle-ci n'entendit pas la question, trop profondément perdue dans ses souvenirs. Julie s'endormit.

C'est alors que la porte s'ouvrit lentement. Fernand vit les fillettes enlacées.

— Gervaise, dit-il.

— Chut!

La fillette se leva doucement et sortit de la chambre. Elle se planta debout devant Fernand, surpris par la hardiesse de l'enfant. Elle leva la tête et le regarda droit dans les yeux, sans parler, sans broncher; elle attendait.

Juliette, à l'écart, observait. Et le beau discours commença.

— Tu n'as pas ta maman; ton papa est dans l'embarras, il t'a confié à moi. Je te promets de ne jamais te toucher. Parfois, je me fâche après Julie: elle renverse tout, boude tout le temps. Il faut que je l'élève, elle est ma fille, tu me comprends?

Gervaise restait plantée là, immobile, sans ciller, dévisageant l'homme, attendant la fin de son exposé. L'autre poursuivait:

— Si tu *placottes* ça à ton père, il va perdre confiance, et venir te chercher. Tu perdrais ton amie Julie qui t'aime bien gros...

Gervaise ne bronchait toujours pas.

— Hein! petite, tu me promets de ne rien *bavasser?*

— Vous avez fini, Monsieur?

Soucieux et nerveux, Fernand lissait ses cheveux.

Gervaise attendit un instant puis, lentement, à reculons, regardant toujours fixement la brute, elle retourna dans sa chambre et en ferma délicatement la porte. Juliette ne pouvait réprimer son sourire.

— Maudite guenille! ne put-elle s'empêcher de s'exclamer.

Fernand leva la main, mais n'osa poursuivre son geste. La colère grondait en lui, il sortit précipitamment.

— Ouf! Qu'il doit avoir soif! songea Juliette. Il va revenir rond comme un œuf!

Elle souriait: le courage de Gervaise l'émerveillait. Elle se prit à espérer que sa Julie développe, en sa compagnie, la même assurance, le même esprit déterminé.

Était-ce par esprit de conservation? À partir de ce jour-là, Gervaise attirait Julie dans leur chambre chaque fois que Fernand entrait dans la maison, sauf à l'heure des repas que les filles prenaient vite et en silence.

Juliette se réjouissait intérieurement, mais s'efforçait de n'en rien laisser paraître.

Le dimanche suivant, comme à chaque semaine, Gervaise téléphona à son père qui attendait son appel avec impatience. Tant et aussi longtemps qu'il n'avait pas parlé à sa fille, il ne quittait pas la maison.

Enfin, la sonnerie se fit entendre.

— Bonjour, Gervaise.

— Bonjour, papa.

— Ça va bien, ma fille?

— Oui, oui, papa, ça va très bien.

Arthur comprit tout de suite, au timbre de la voix

d'abord, puis à l'insistance de Gervaise à le rassurer, que quelque chose s'était passé.

— Allons, fillette, dis-moi tout.

— Julie commence à bien savoir ses lettres...

— Parle-moi de toi...

Il y eut un silence.

— Je m'ennuie de toi, papa, de toi, de Piton, de tout.

Elle ne mentait pas. Depuis sa conversation avec Julie au sujet de sa vie sur la ferme, elle avait pris conscience de tout ce qui lui manquait maintenant. Mais, aussi adroites que furent les questions de son père, elle n'avoua rien de la sale histoire.

— Tu es le plus merveilleux des papas au monde, dit Gervaise à la fin de la conversation.

Arthur resta là, un instant, pensif et perplexe. Elle lui avait affirmé, et il la croyait sincère, qu'elle n'avait pas mal et «aucun bobo».

— Il faudra que j'aille là-bas. Dès que Rousse, ma meilleure vache, aura mis bas, j'irai.

Quant à Gervaise, elle revint chez les Lamont et fila droit vers sa chambre. Fernand observa la petite qui passa devant lui sans le regarder. Il ne savait plus s'il devait s'inquiéter ou se sentir rassuré. Le visage de l'enfant, impassible, ne laissa rien percer de ses pensées. L'homme bougonna.

— Maudit que c'est *plate icitte*!

— Retourne dans ton village.

— Toé, ta gueule. Pense pas que tu vas me monter sur la tête. Cesse de m'écœurer avec tes manières de dame patronnesse.

Et, la tirant par le bras, il la poussa sur la chaise berçante, menaçant:

— Tu la fermes?

Fernand leva la tête; la porte de la chambre des fillettes était entrouverte: les yeux de Gervaise étaient braqués sur lui. Elle la referma lentement. Dans la cuisine, le silence se fit.

— Tu n'as pas peur? demanda Julie à voix basse.

— Non, c'est lui qui a peur... de mon père!

— Tu lui as tout raconté, à ton papa?

— Non, mon papa a trop de problèmes avec maman qui n'est pas là, Raymond qui est parti et tous les animaux à soigner.

Ainsi, Fernand avait touché juste et réussi à inquiéter l'enfant au point de lui imposer le silence.

***

— Tu as hâte de commencer l'école, Julie?

— Ah! oui. On va bien s'amuser là-bas. Tu crois qu'on va me donner une ardoise et des craies, à moi aussi?

— Bien sûr! Ça coûte cinq sous. Demande-les à ta mère.

— Cinq sous, qui te l'a dit?

— C'est Raymond, mon grand frère. Tu auras un syllabaire aussi. Tous les enfants en ont un pour apprendre à lire.

— Tu es chanceuse, toi.

Le ton triste de Julie incita Gervaise à se taire. Inconsciemment, cette dernière apprenait peu à peu à se façonner un caractère, à se forger une personnalité bien à elle, à travers ses expériences et les comportements de son entourage. Elle devenait sensible aux sons, aux timbres de voix, à l'expression de ses interlocuteurs, développant prématurément une âme hypersensible et une maturation de jugement peu commune.

Elle était très jeune, trop pure et spontanée pour être hypocrite ou de mauvaise foi. Ses élans étaient naturels, son cœur limpide; là résidait cette force qui l'empêchait de perdre courage.

***

81

Le jour tant attendu arriva: la rentrée des classes. Les fillettes enfilèrent leur plus jolie robe, firent bien droite la raie de leurs cheveux; leur nez brillait de propreté. Elles furent là bien avant l'heure, anxieuses et émerveillées.

Trente-six élèves, du cours préparatoire à la septième année, trois classes, deux institutrices: une pour les plus petits, l'autre pour les plus grands.

Les aînés jouaient les fanfarons, agaçant les plus jeunes. Julie et Gervaise, main dans la main, étaient assises sur le perron.

La cloche sonna et on se précipita. Un garçon, malencontreusement, heurta Gervaise qui tomba de tout son long sur le sol. Julie cria et aida sa compagne à se relever.

— Aïe! fit-elle.

Reprenant son souffle, elle porta une main à sa hanche et suivit le groupe.

Une voix émanant du groupe des plus grands annonça tout haut, de façon à être bien entendue:

— Hein! on a une boiteuse à l'école.

Et on pouffa de rire. Gervaise prit place à un pupitre près de celui de Julie. Elle ne riposta pas, garda un visage neutre.

— Qui est le grand drôle? demanda l'institutrice. Que ça ne se reproduise plus!

Gervaise se leva, et s'adressant à la maîtresse, elle déclara: «Oui, je suis infirme, mais je sais mes chiffres et mes lettres.» Et elle se rassit. Le ton était sans amertume.

— Bravo, fillette. Quel est ton nom?

— Gervaise Lamoureux.

— Viens ici, prends la baguette et dis-moi les lettres que tu connais en les désignant.

D'une voix claire, Gervaise énonça chaque lettre de l'alphabet sans se tromper d'un iota.

— Magnifique. Et les chiffres maintenant.

Gervaise s'arrêta au chiffre cent. L'enseignante passa la main sur l'épaule de l'enfant, serrant très fort pour lui souligner sa complicité et dit, en s'adressant aux élèves:

— Vous voyez, on peut être infirme et savoir lire et écrire.

Gervaise ressentit une très grande fierté.

— Dis, Gervaise, tu sais lire un peu?

Ce disant, elle lui présenta le syllabaire. L'enfant sourit: elle en connaissait, de mémoire, les sept premières pages. Elle aurait pu réciter la leçon sans consulter le livre!

— Va à la page deux, et lis tout haut. (Après lecture.) Bien, très bien! Tu n'es jamais allée à l'école avant aujourd'hui?

Julie regardait son amie, ravie.

— Tu passeras tout de suite en première année, tu n'as pas besoin du cours préparatoire.

Au retour à la maison, on raconta les événements de la journée à madame Lamont, omettant l'incident de la chute. Et au téléphone, le dimanche suivant, Gervaise annonça la bonne nouvelle à son père, émerveillé. L'enthousiasme de sa fille, cette fois, était réel.

«Cette petite est née avec le discernement dans la tête. Dommage que Raymond n'ait pas sa bonne nature!»

Raymond! Le sans-cœur: il n'avait pas donné signe de vie, jamais retourné les dix dollars. Mais Arthur ne lui en gardait pas rancune. Il l'admettait volontiers, la vie qu'il avait à offrir à ses enfants n'était pas de tout repos! Il lui semblait que Gervaise avait tout avantage à se trouver dans cette famille, auprès d'une maman et d'une compagne de son âge. Seul Fernand le préoccupait, ce grand flanc mou au nez rouge, trop lâche pour travailler, qui quêtait la Saint-Vincent-de-Paul et vivait du secours direct. Une honte!

Chapitre 5

Septembre tirait à sa fin. Le temps était maussade. Pendant les jours d'humidité, Gervaise ressentait de grandes douleurs au niveau de la hanche. Elle avait pris l'habitude de prédire la température; son propre corps lui servait de baromètre. Alors elle pressait Julie de partir tôt, car elle le savait par expérience, son pas serait plus lent à cause de l'élancement.

Juliette attendait également le moment de leur départ. Dès que les fillettes eurent tourné le coin, elle quitta à son tour. Aujourd'hui était le jour du versement de la pension de Gervaise et Arthur n'accusait jamais de retard. Il lui fallait arriver la première au bureau de poste, sinon Fernand empocherait et dilapiderait la somme d'argent. Le bruit que fit la porte réveilla ce dernier. L'absence de sa femme l'intrigua. Tout à coup, il comprit. Aussi fila-t-il au village.

Cette semaine surtout, Juliette avait besoin de quelques dollars pour les dépenses superflues qu'occasionnerait la venue de la saison froide. Elle achèterait un bon tissu de laine croisée dans lequel elle taillerait un manteau d'hiver à sa fille, son premier manteau neuf.

Près de la porte d'entrée de la poste se trouvait une énorme boîte aux lettres rouge où s'inscrivaient les mots *Royal Mail of Canada*. Juliette l'aperçut de loin, c'était son point de repère. Elle hâta le pas. On lui remit l'enveloppe qu'elle glissa dans sa poche. Elle sortit précipitamment, mais le malheur voulut qu'elle se retrouvât nez à nez avec son mari qui entrait justement.

— Donne-moi ça tout de suite. T'as compris, Juliette Lamont?

Tout en lui parlant, il la poussait vers la boîte aux lettres contre laquelle elle se trouva coincée.

— Donne-moi ça. Ne m'oblige pas à faire un scandale.

De ses deux mains, il tenait solidement les revers de son manteau.

— Comment le pourrais-je, je ne peux pas bouger!

Il posa un pied sur celui de sa femme en pesant très fort.

— Tu me fais mal.

Il pesa davantage.

— N'essaye pas de me filer entre les pattes.

— Recule-toi.

— Tu auras été prévenue.

Non, il ne badinait pas; demain, ce serait samedi, et le samedi, ça se fête. Juliette sortit l'enveloppe, prit un billet de cinq dollars qu'elle laissa délibérément tomber sur le sol. Au moment où il se pencha, elle s'esquiva à toute vitesse. Elle irait de ce pas au magasin général. Courant presque, elle ne reprit haleine qu'une fois à l'intérieur, lorsque tinta la clochette au-dessus de la porte indiquant qu'on venait d'entrer.

— Bonjour, madame Lamont, qu'est-ce qui vous amène de si bon matin? Vous semblez manquer de souffle, êtes-vous malade?

— Non, c'est froid, je me suis hâtée.

Le propriétaire énumérait: «une verge et cinq huit de *matériel*, deux fuseaux de fil mercerisé numéro trente, deux verges de doublure de rayonne et trois boutons».

— Ça va, j'ai tout ce qu'il faut. Ça coûte combien tout ça?

— C'est du bon *matériel*, il est en spécial.

Il ficela le paquet après l'avoir emballé dans du papier brun, coupa la corde à l'aide de ses dents. Il ajusta ses lunettes.

— Trois piastres et soixante cents, disons trois piastres et demie pour faire un chiffre rond.

Juliette cacha les deux pièces de vingt-cinq sous dans la poche de sa robe et mit le dollar dans celle de son manteau. Elle en avait assez pour payer le syllabaire, l'ardoise et les craies. Le cœur joyeux, elle reprit le chemin de la maison. Elle n'en doutait pas, Fernand attendait l'ouverture de la taverne. Il n'entrerait pas de la journée.

À sa grande surprise, il était assis dans la cuisine et il semblait l'attendre.

— L'autre cinq piastres?

— Le voilà.

Elle lança son paquet sur la table.

— La fille de Juliette Lamont n'ira pas à l'école en queue de chemise, ça, c'est pas vrai!

— Tu es bête à manger du foin!

— Libère la table, j'ai un manteau à tailler.

Il était sobre, elle avait moins peur, affichait un air brave.

— Ça a coûté cinq piastres, ça!

— Laisse-moi ruminer mon foin.

— Espèce de grande jument!

Elle tenait les ciseaux qu'elle leva. Il sortit. Juliette pouffa de rire. Elle oublia bientôt Fernand et s'appliqua à faire le tracé sur le tissu à l'aide d'un savon aminci par l'usage.

Soudain, la porte s'ouvrit avec fracas: les fillettes étaient de retour, tenant leur sac à lunch à la main.

— Et l'école?

— C'est congé pour le reste de l'après-midi. Qu'est-ce que tu fais, maman?

— Devine.

— Je ne sais pas.

— Un beau manteau.

— Pour qui?

— Pour toi.

— Pour moi! Pour moi! Un manteau, pour moi!

— Oui, tu es sage et brave, tu travailles bien à l'école, c'est une récompense.

— T'as compris ça, Gervaise? Youpi! Je vais avoir un manteau neuf!

— Puisque tu es là, je vais vérifier tes mesures.

Juliette tenait des épingles entre ses dents, un galon à la main. La porte s'ouvrit et Fernand entra. Il plaça un paquet dans le haut de l'armoire derrière la porte et, sans un mot, sortit.

Surprise, la femme faillit avaler ses épingles: incroyable, il n'avait pas bu!

— Lève ton bras, Julie. Il me semblait aussi, c'est un pouce trop court. Va, retourne t'amuser. Si c'est nécessaire, je t'appellerai.

Juliette s'appliquait. Il serait beau, ce manteau. Jamais encore elle n'avait eu la joie d'acheter du linge neuf à sa fille. Elle devait se contenter du vieux linge que distribuait la Saint-Vincent-de-Paul aux nécessiteux. Le manteau serait un peu grand, un peu trop long pour cette année, mais les enfants grandissent tellement vite!

Cet après-midi de congé marquerait ces deux enfants pour la vie. L'une y connaîtrait une première grande joie qui serait suivie d'une énorme tristesse, l'autre verrait changer le cours de son existence.

De la chambre, la gaieté des enfants parvenait à la mère qui se réjouissait. L'entrain que démontrait sa fillette faisait plaisir à voir. Les heures qui suivirent furent douces, très douces. Juliette regarda l'heure; il fallait souper. Fernand ne rentrerait pas, elle en était presque sûre. Sur la table, le manteau en pièces détachées était prêt à être assemblé, ce qui donna une idée à la mère.

Elle prépara des sandwiches au beurre d'arachide. Il lui prit la fantaisie d'y ajouter de la confiture de fraises sauvages qu'avait apportée le père de sa pensionnaire. Elle déposa le tout dans une grande assiette qu'elle porta au salon. Au jus de la confiture, elle ajouta de l'eau qu'elle versa dans un pot de verre: une limo-nade improvisée, une boisson maison.

— Souper, le souper est prêt, Mesdemoiselles.

On se faisait attendre. Juliette se berçait et réfléchis-sait à la façon dont elle ornerait le manteau.

Les fillettes arrivèrent enfin, gloussant. Elles s'arrê-tèrent pile: le couvert n'était pas dressé...

— On mange quoi? demanda Julie.

— Ton manteau, répondit Gervaise.

Et les rires de fuser.

— Passez au salon, Mesdemoiselles.

— Au salon?

Elles se bousculèrent, s'élancèrent. Juliette sourit.

— Ah! maman, que tu es fine!

— Un vrai pique-nique! s'exclama Gervaise.

— Allez-y doucement, il n'y a qu'un mets: le princi-pal, mais qui comprend aussi le dessert...

— C'est bon, c'est pas possible comme c'est bon!

Juliette feignit de ne pas avoir faim; leur appétit, stimulé sans doute par l'ambiance, était féroce. Elle, la mère, mangerait plus tard, quand elles seraient au lit. Ainsi le plaisir se prolongerait. La joie des petites compensait sa faim.

À un moment donné, Gervaise devint distante. Elle semblait perdue dans ses pensées. Julie mit sa main sur son avant-bras et demanda doucement:

— À quoi penses-tu, Gervaise? Tu es loin!

— À maman, répondit-elle laconiquement.

— Ne sois pas triste, on s'amuse si bien.

— Moi je retourne dans la cuisine, je veux terminer au plus tôt ce chaud vêtement.

— Je pourrai l'étrenner lundi, maman?

— Peut-être, peut-être.

Non, le manteau serait prêt, mais Julie ne l'étren-nerait pas lundi!

— C'est l'heure d'aller dormir, Mesdemoiselles. Ran-gez bien votre chambre et offrez votre cœur au bon Dieu.

Le va-et-vient se poursuivait; la désobéissance, ce soir, était permise.

— Couchez-vous, les filles.

— Dis, maman, on peut parler encore? Gervaise va me faire apprendre une autre page du syllabaire.

— Oui, mais au lit.

Julie vint vers sa mère, sauta à son coup, l'embrassa avec effusion. Jamais encore sa fille ne lui avait témoigné tant de tendresse, avec autant de spontanéité. Juliette ressentait une joie indescriptible. L'élan du geste surprit également Gervaise qui s'éloigna, à la fois gênée et embarrassée. Les effusions ne faisaient pas nécessairement partie des mœurs de cette famille, ce qui rendait ce moment encore plus attendrissant.

Julie se dirigea vers l'armoire, l'ouvrit et tira sur la courroie de son sac d'école sur lequel, précisément, Fernand avait déposé son colis. Et vlan! le paquet tomba. Il lui frôla l'épaule, la ratant de justesse. Julie sursauta, recula de deux pas, regarda à ses pieds.

Juliette se prit la tête à deux mains et laissa échapper un «doux Jésus!».

Gervaise était dans l'embrasure de la porte de sa chambre; le bruit avait piqué sa curiosité.

Juliette, effrayée, se mit à craindre le pire. Si son mari allait rentrer! Il lui fallait nettoyer les dégâts au plus vite.

— Je vais t'aider, maman, murmura Julie qui, elle aussi, avait peur.

— Non, tu es pieds nus, tu pourrais te blesser. Va te coucher.

Julie tenait toujours la courroie. Elle regardait l'étendue du dégât. Il y avait de la bière partout; le mur en était éclaboussé, sa robe de nuit aussi.

— Va te coucher, répéta Juliette d'un ton qu'elle voulait neutre, et pousse le verrou.

Julie entra dans sa chambre, les jambes flageolantes.

Gervaise lui murmura: «Couche à ma place, au fond du lit.»

Julie laissa tomber son sac et alla se réfugier sous les couvertures.

La mère épongea le blond liquide, le liquide de tous ses malheurs. Des larmes se mêlèrent à l'eau de rinçage.

Elle ramassa les tessons verts qu'elle enfouit dans un sac. Il ne devait pas rester de trace... Son estomac se noua, elle essaya de penser à contrer le drame qui ne manquerait pas d'éclater.

«Sainte Vierge du bon Dieu, conseille-moi!» Elle se remit à sa couture, ses mains tremblaient. Elle sortit la vieille machine à coudre que lui avait léguée sa mère. Avec peine, elle parvint à enfiler l'aiguille. La colère se mêlait à son inquiétude. Elle eut froid, oublia qu'elle n'avait pas mangé. Ses gestes étaient machinaux, sa pensée ailleurs. La soirée passa, les heures s'étiraient. Juliette s'inquiéta, quelque chose lui dit qu'elle devrait être debout quand entrerait son mari; aussi continua-t-elle d'assembler le manteau.

Soudain, une automobile dont la radio jouait à tue-tête s'arrêta devant la maison, Fernand arrivait. Juliette leva les yeux vers l'horloge qui indiquait trois heures trente. Elle serra les dents, espérant qu'il ait oublié la présence de cette bouteille dans l'armoire.

Hélas! L'aurait-il oubliée que son nez d'ivrogne la lui remémorera.

— Ça sent la bière ici dedans.

— Pis, quoi?

— Comment, pis quoi! Qui a touché à ça?

— Tu l'avais mise sur le sac d'école de Julie. Elle a tiré sur la courroie et elle est tombée. Pouvait-elle prévoir?

— Saint cataplasme! Ma bière, ma bière; je ne suis même plus chez nous *icitte* moé, on va *ben* voir!

Fernand s'attaqua à la porte de la chambre qui était verrouillée, ce qui quintupla sa colère.

Vrang! D'un coup d'épaule, il fit tout sauter, y compris le cadrage. Il alluma: il vit Julie au fond du lit, elle était blanche de peur. Il la tira par son vêtement et la lança de toutes ses forces contre la lessiveuse qui était dans un coin de la pièce, il la releva, et une fois de plus, la lança contre la *Beaty*. Juliette hurlait; il n'était pas au bout de sa colère, il continuait de frapper.

— Arrête, Fernand, tu vas la tuer!

Gervaise, effrayée, portait la main à sa bouche, répétant oh! oh! à chaque coup. D'entendre les mots criés par Juliette lui rappela l'autre nuit affreuse, la sienne. Elle se mit à crier, debout sur le lit, les yeux exorbités.

Le hurlement de Gervaise était si effrayant, son intervention si inattendue que Fernand s'arrêta de frapper. Il regarda autour de lui, comme aux jours où il se réveillait *knock-out* dans l'arène. Il secoua la tête en tous sens, enjamba sa fille qui gisait à ses pieds. Subitement dégrisé, il sortit de la chambre et disparut dans la nuit.

Juliette se précipita vers son enfant, la prit dans ses bras, la berça sur son cœur. Julie hoquetait, mais était consciente. Son pauvre visage était tuméfié, ses bras et ses jambes contusionnés.

Sa mère la dévêtit, puis l'examina. L'enfant ne réagissait pas, mais son gémissement durait.

— Mon pauvre chou, il t'a bien malmenée. Mon pauvre petit chou.

Gervaise, le nez caché dans l'oreiller, pleurait à chaudes larmes.

Juliette vint déposer sa fille sur son lit.

— Laisse-lui la place, pria la mère, doucement.

Gervaise se colla contre le mur. Lorsqu'elle vit son amie ainsi amochée par la cruauté de Fernand, les traits de son visage se durcirent. Assise au fond de la couche, le dos appuyé contre la cloison, les genoux remontés sous le menton, elle observait Julie.

— Tu as eu très peur, Gervaise? demanda la mère.

L'enfant ne répondit pas. Au nom de Gervaise, Julie ouvrit les yeux et regarda en direction de son amie.

— Ne pleure pas, ne pleure pas, insistait doucement Gervaise. Sois brave, ne pleure pas!

Pourtant, Julie ne pleurait pas. Certaines souffrances sont si profondes, si douloureuses que rien, sauf le baume de l'amour, ne peut les apaiser. Gervaise savait, pour avoir vécu cette horrible expérience, que la peur précédant le mal est beaucoup plus terrorisante que toutes les douleurs physiques.

Oui, Gervaise savait, Gervaise n'avait plus peur. Elle se cabrait devant la douleur intérieure, mais les coups ne l'effrayaient plus; seules les peines du cœur, celles qui touchent l'âme, font vraiment mal. Telle celle qu'elle connut quand Raymond, son grand frère adoré, l'avait quittée, une peine qui dura de longs jours pendant lesquels elle demeura assise devant la fenêtre, à guetter la route, à espérer son retour, mais en vain.

Oui, Gervaise comprenait. Lorsque enfin Julie s'apaisa et sombra dans le sommeil, Gervaise se glissa sous les couvertures et ferma les yeux. Juliette resta là quelque temps, pleurant doucement. Après que la mère eût éteint la lumière, puis quitté la pièce, Gervaise se redressa, passa la main sous son oreiller pour y prendre son ardoise. L'objet y était, oui, mais cassé en miettes! Le plus doucement possible, la fillette rampa vers le pied du lit, en descendit et, retenant son souffle de peur d'être entendue, elle sortit de la maison. Elle se dirigea vers la route qu'elle emprunta et courut jusqu'à l'essoufflement. La nuit était opaque, toute la petite ville semblait endormie. Elle traversa Saint-Claud et se dirigea vers l'est. C'était dans cette direction, bien loin, que se trouvait la maison de son père. Elle marchait dans le noir, vêtue de sa longue robe de nuit blanche, le visage inondé de chaudes larmes. Ses pieds lui faisaient mal, son cœur encore plus.

***

Pendant ce temps, là-bas, sur la ferme, Arthur luttait auprès de sa vache Rousse qui était en difficulté. Le veau se présentait mal; la pauvre bête gémissait, menaçait de tourner de l'œil. Le fermier semblait dépassé, rien de tel n'était jamais arrivé! «Il n'y a pas de vétérinaire dans la région.» Il n'y comprenait rien: «Les docteurs des animaux vivent en ville! C'est pourtant en campagne qu'on a besoin d'eux. Mais! et le docteur, pourquoi pas?»

Le fermier courut vers la maison. Il demanda à la téléphoniste de le mettre en communication avec le médecin. «C'est urgent, cria-t-il.» Le docteur, mal réveillé, décrocha enfin.

— C'est Lamoureux, docteur. Emmenez vos piqûres, une lame bien tranchante et votre fil à coudre.

Il raccrocha et retourna à l'étable. Sa vache frissonnait comme si des milliers de mouches l'avaient piquée. «Tiens le coup, ma belle Rousse, tiens le coup. Le docteur s'en vient, il va te délivrer. Sois courageuse.» Il flattait l'animal. Jamais face de bête ne lui avait paru aussi triste! «Il faut sauver ce veau-là *à tout drette*. Qu'est-ce qu'il fait, le docteur? Le monde a le temps de mourir... Il a pourtant une bonne voiture pour se déplacer!»

Le médecin stationna son automobile devant le perron. Parce que la porte de la maison n'était pas fermée, il entra. De la lumière brillait à l'intérieur, pourtant personne ne répondait à son appel. Il sortit, vit que l'étable était illuminée. Craignant un accident, il se hâta.

— Arthur, vous êtes là?

— Vite, docteur, vite. Il faut sauver le veau.

— Hein?

Arthur répéta, en criant: «IL FAUT SAUVER LE VEAU!»

— Mais je ne connais rien aux animaux!

— Les animaux, c'est comme le monde: ça vient au monde pareil, ça se soigne pareil! Sortez vos piqûres!

La vache se plaignait, le docteur ne surmontait pas son étonnement et Arthur gueulait. Le docteur enleva son veston et pouffa de rire. «Je ne vais pas lui demander de l'eau bouillante pour me désinfecter les mains, tout de même!»

— Son cœur va flancher, docteur, hâtez-vous.

— À faire quoi?

— Ce que les professeurs enseignent aux toubibs!

— Mais c'est une vache, pas une femme! Je ne sais pas par quoi commencer.

— Et le cœur de cette vache va flancher! Et vos piqûres, docteur?

Le diagnostic pouvait être bon, le praticien fouilla dans sa trousse, prit sa plus grosse aiguille et l'enfonça dans la fesse de la bête. Celle-ci sursauta et, de sa patte, manqua de projeter le fils d'Esculape dans le merdier. Arthur dit des mots tendres à sa vache, il la plaignit de toute son âme.

Deux heures plus tard, un veau, maigrichon, à grandes pattes fines, cause de tant de problèmes, sortit enfin du sein maternel, suivi d'un torrent de déchets organiques.

Le docteur, éclaboussé, se recommanda à tous les saints. Arthur s'esclaffa, de la reconnaissance plein l'âme.

«Vous voyez, c'est comme du monde, les animaux, les bonnes manières en moins!» parvint à articuler Arthur à travers sa crise de rire. «Et mon veau est là, bien en vie: regardez-le. Et ma chère vache ne gémit plus; vous voyez bien, docteur!» Et se retournant: «Je vous garantis, docteur, que d'ici vingt minutes, ce beau bébé sera debout et cherchera à téter. S'il ne vous intéresse pas d'assister à ce miracle, rendez-vous à la maison pour vous nettoyer. Je serai bientôt là et je vous servirai une bonne tasse de thé... à défaut de champagne!»

Arthur s'avança vers l'animal et lui dit doucement: «T'as un beau rejeton, ma belle, tu peux être fière, dis merci au docteur.»

Le médecin sortit en hochant la tête. Il s'arrêta un instant, aspira une bouffée d'air pur et ne put s'empêcher de ressentir de l'admiration pour cet homme simple et confiant, dont les sentiments étaient si naturels. «Il ne faudrait pas que cette histoire s'ébruite, je deviendrais vite le frère André des habitants!»

Chapitre 6

Une fois arrivée sur la grande route, Gervaise prit ses jambes à son cou: elle courut aussi vite que son infirmité le lui permettait. Elle se tenait sur le côté nord de la route comme on le lui avait enseigné. Lorsqu'elle eut la certitude de se trouver loin du village, elle ralentit le pas.

À quelques reprises, elle avait vu briller des phares d'automobile; alors, elle se pelotonnait dans l'herbe haute en bordure du chemin. Elle ne sortait de sa cachette qu'une fois passé le danger d'être repérée.

Pour rien au monde, elle ne retournerait dans ce lieu de malheur! Elle ne verrait plus souffrir Julie comme ce soir. À elle seule, cette pensée suffisait à la stimuler à fuir loin, toujours plus loin. Il ne fallait pas qu'elle s'endorme avant le jour. Alors seulement, elle se reposerait, tapie dans un champ. «Peut-être trouverai-je là des framboises.»

Peu à peu, l'enfant ralentissait sa marche; l'épuisement se faisait sentir. Elle trébuchait, se relevait et, avec courage, poursuivait son chemin.

Son pas devenu traînant à cause de la fatigue accablante, Gervaise commença à ressentir le mordant de la nuit d'automne. Elle n'avait plus la force de lutter; le froid l'engourdissait. Ses pieds endoloris avaient raison de son courage: elle s'affaissa en bordure de la route et, recroquevillée sur elle-même, elle sombra dans le sommeil.

Six milles séparaient Saint-Claud de Saint-Florant, là où Gervaise s'était affalée.

***

La nuit n'avait pas laissé place au jour que le bon vieux curé Labrie, accompagné de deux enfants de chœur, s'apprêtait à aller porter le bon Dieu aux malades.

Fidèle à la tradition, la voiture roulait lentement pendant qu'un des assistants du ministre du culte agitait une clochette, afin que quiconque se trouvant dans les alentours s'inclinât et se signât pour rendre hommage à Dieu, présent dans le saint viatique.

— Monsieur le curé, dit le garçonnet à mi-voix, regardez.

Et le gamin pointa une forme blanche recroquevillée sur le bord de la chaussée.

— Regardez, Monsieur le curé, répéta-t-il pour attirer l'attention du prêtre.

Celui-ci ouvrit grands les yeux et aperçut ce qu'il devina être une forme humaine.

— Ferdinand, arrêtez un instant, commanda le curé au bedeau.

L'enfant de chœur, vêtu de sa soutane noire et du surplis de dentelle, sauta en bas de la voiture et cria: «C'est une fille!»

Le bedeau s'approcha, se pencha sur la fillette dont les cheveux recouvraient le visage et confirma: «C'est une enfant, c'est une toute petite fille.»

L'aube était bleue. À l'horizon, une première lueur du jour diffusait sa lumière encore sans vigueur. Tout dans la nature était d'un calme plat.

— Portez l'enfant dans la voiture.

— Grand Dieu, s'exclama l'homme, regardez ses pieds endoloris.

Le prêtre souleva les paupières, tâta le pouls de Gervaise.

— Elle est vivante. Faisons demi-tour, retournons au presbytère.

Par respect pour les saintes espèces, on parlait à

voix très basse. Le prêtre était troublé: «Qu'est-ce que tout ça cache?» Jamais depuis qu'il exerçait son sacerdoce, il n'avait été confronté avec une pareille situation. Des adolescents fuguaient parfois, bien sûr; des enfants se plaignaient, au confessionnal, d'avoir été rudoyés, battus, mais qu'une fillette de cet âge ait fui, en pleine nuit, une nuit aussi froide, sans souliers, ça dépassait son entendement! La situation était délicate.

Gervaise fut transportée dans une chambre propre et déposée entre des draps bien blancs.

— Simone, veillez sur cette enfant. Placez une bouillotte sous ses couvertures.

Et le médecin fut appelé au chevet de l'enfant. Son diagnostic s'avéra plutôt rassurant.

— Elle est épuisée par ce qui semble être une très longue marche. Le repos viendra à bout de cette lassitude. La fillette est saine et sauve; elle ne porte pas de traces de coups ni d'abus sexuels. De prime abord, elle ne souffre pas de malnutrition.

— Alors quoi? s'exclama le prêtre.

— Qui sait!

— Êtes-vous de mon avis? Ne vaut-il pas mieux se taire et attendre afin de découvrir ce qui se cache là-dessous... La disparition d'une enfant de cet âge ne peut passer inaperçue. On finira bien par avoir vent de quelque chose.

Gervaise cilla et se rendormit, ce qui était rassurant.

Après avoir longuement discuté, les deux hommes en vinrent à la même conclusion.

À Simone, on incomba le rôle de surveillante. Aussi, le médecin fit ses recommandations à la vieille demoiselle, ravie d'avoir une enfant à dorloter.

Le soleil était déjà haut dans le ciel quand le curé fit sa visite aux malades. Comme chaque mois, la tournée se termina chez Anita Labrèche, fille de feu le notaire Labrèche, où on lui servait à déjeuner. Ce jour-là, le prêtre faillit décliner l'invitation, mais le docteur avait été positif: «l'enfant dormirait de longues heures». Il pouvait donc s'attarder. Soudain, une idée lui vint: garder une fillette au presbytère n'était pas ce qu'il y avait de plus convenable, mais ici... chez mademoiselle Anita...

— Vous semblez préoccupé, Monsieur le curé. Votre retard m'a beaucoup inquiétée; rien de trop grave, j'espère? Vous, habituellement si ponctuel!

— Je réfléchis justement à tout ça, Anita. Et en cette minute même, je me demande si ce serait abuser de votre bonté que de vous impliquer dans toute cette affaire.

— Vous m'intriguez. Admettez avec moi que la vie est devenue si monotone qu'un peu de distraction ne me déplairait pas.

— C'est très délicat.

— D'autant plus passionnant! Vous aiguisez ma curiosité.

Le prêtre narra, dans le détail, l'incident du matin, ne négligeant pas de répéter la conversation échangée avec le docteur ainsi que le fruit de ses propres déductions.

— Que pensez-vous de cette histoire?

Mademoiselle Anita se taisait. Le prêtre l'observait: elle semblait plongée dans une profonde méditation. L'expression de son visage laissait paraître de vives émotions. L'idée faisait son chemin dans son esprit. Le prêtre comprit qu'elle se ferait son alliée. Voilà qui réglerait le problème immédiat.

Mademoiselle Anita ne termina pas son repas, elle réfléchissait. Puis, elle ouvrit la bouche pour dire d'un ton neutre:

— Si nous passions au salon prendre le café.

«Voilà, pensa le serviteur de Dieu, elle élabore mentalement un plan.»

Le curé revint vers sa grande résidence, le cœur allégé. Sa seule préoccupation consistait dans le fait qu'il n'avait pas l'intention de prévenir tout de suite la justice, ce qui pouvait porter à conséquences. Mais il avait confiance. N'incarnait-il pas l'autorité religieuse? La loi divine n'est-elle pas la loi suprême? Qui est cette petite fille? Où a-t-elle trouvé le courage de fuir ainsi, seule dans la nuit? Comment, à cet âge, peut-elle avoir autant de détermination? Que cachait cet exploit? Vers qui et où courait-elle ainsi?

Dès son retour, il questionna Simone. Sa protégée dormait toujours, d'un sommeil relativement paisible.

— Ayez un bouillon chaud de prêt, elle se réveillera affamée.

— J'ai nettoyé ses pieds, désinfecté les plaies avec le remède indiqué par le docteur. Je ne m'y connais pas trop, mais il me semble qu'il y a là une irrégularité.

— Ah?

— Une jambe semble plus *maganée* que l'autre.

— Ah! Selon vous, est-ce dû à sa longue marche?

— Je ne sais pas, Monsieur le curé.

Le prêtre s'inquiéta. Voilà qui pourrait amener des complications. Simone passa les heures suivantes dans la chambre de la jeune demoiselle, installée dans une chaise berçante, et elle garda les yeux rivés sur Gervaise jusqu'à ce que ses paupières se ferment.

***

Arthur se rendit à l'étable, histoire de vérifier si Rousse surmontait bien la rude épreuve. Rassuré, il se hâta de revenir sur ses pas. Il regarda l'horloge; le téléphone avait-il sonné pendant sa courte absence? Non, c'était encore trop tôt.

L'ennui pesait. Le silence qui régnait dans la maison devenue trop grande lui rappelait de bien mauvais souvenirs. Mais Gervaise fréquentait l'école, réussissait bien, avait une amie de son âge avec qui partager joies et peines. Il ne la priverait pas de tout ça par égoïsme. Le bonheur de sa fille était sa seule joie. De Raymond, il était sans nouvelles, tandis que sa femme continuait de s'étioler. Et l'hiver qui serait là sous peu. Les mois seraient bien longs! La récolte avait été abondante; il avait rendu grâce à Dieu. Une plus grande quantité des produits de la ferme avait pu être vendue, car il n'avait plus de bouches à nourrir. Il était rassuré: l'argent suffirait à payer les soins de sa femme et la pension de sa fille.

Arthur avait pris soin de mettre en réserve, dans le caveau, une grande quantité de légumes qu'il offrirait aux Lamont lors de sa prochaine visite. «Gervaise a besoin d'une bonne nourriture solide.»

Bientôt, il ferait boucherie. Un quartier de bœuf s'ajouterait aux poches de légumes frais que la famille d'accueil apprécierait sûrement, car «ils n'ont pas l'air très fortunés». Arthur laissait errer ses pensées tout en se berçant; il attendait la sonnerie du téléphone, laquelle ne se faisait toujours pas entendre. «Je devrais être à la grange... pourvu que Gervaise ne s'inquiète pas trop!» songea l'homme.

***

Gervaise dormit de longues heures. Lorsqu'elle ouvrit les yeux, elle regarda autour d'elle, le regard affolé. Simone s'approcha, se fit réconfortante.

— Mademoiselle, vous avez beaucoup dormi.

Gervaise se cala dans son oreiller.

— Vous avez faim? J'ai un bouillon de poule à vous servir. Attendez-moi.

Et Simone descendit à la cuisine pour remonter presque aussitôt. Sur un plateau, elle avait posé le plat fumant et deux tartines généreusement beurrées. Elle plaça le cabaret près de l'enfant qui hésita un instant pour ensuite manger avec avidité. Simone, attendrie, l'observait, la larme à l'œil.

Le bruit de pas dans l'escalier attira l'attention de Gervaise, ce qui la ramena sur terre. Le curé entra et s'approcha. La vue de la soutane rassura l'enfant.

— Quel est votre nom, Mademoiselle?

— ...

— Qui dois-je informer de votre présence ici?

— ...

— Vous ne voulez rien me dire?

— Peut-être est-elle muette, souffla doucement Simone.

— Parlez, mon enfant, nous ne vous voulons pas de mal. Confiez-vous.

Gervaise, immobile, gardait les yeux baissés.

— Vous ne voulez rien me dire? répéta le prêtre. Reprenez le plateau, Simone, mettez le verre de lait sur le bureau et laissez-nous seuls.

Et le prêtre questionna:

— Où alliez-vous la nuit dernière? Qui avez-vous fui?

— ...

— Peut-être me direz-vous pourquoi?

La voix était douce, sans reproche; Gervaise le sentait, mais elle ne voulait rien dire parce qu'elle craignait pour Julie.

— Dites-moi, mon enfant, vous souffrez?

Gervaise fit non de la tête. Le curé eut un soupir de soulagement. Il décida de ne pas poursuivre son enquête; il donnerait à l'enfant le temps de s'acclimater, de se sentir en confiance. Qu'elle soit effrayée, craintive, c'était bien normal.

— Vos pieds ne vous font pas trop souffrir?

Cette fois encore, Gervaise fit un mouvement négatif. «Elle n'est pas entêtée, peut-être tout simplement prudente. Il n'y a pas à en douter: elle ne veut pas retourner d'où elle vient!» pensa le prêtre. Alors il parla:

— Quand vous voudrez tout me dire, je vous écouterai. En attendant, vous resterez ici, auprès de Simone et moi. Je suis le curé de Saint-Florant; vous êtes au presbytère. Vous étiez tombée au bord de la route et nous vous avons amenée ici. Le médecin vous a examinée: vous êtes en bonne santé, mais très fatiguée. Il faudra manger et dormir, dormir beaucoup. Vous me semblez une brave fille, je vous fais confiance. Si vous désirez quelque chose, vous demanderez à Simone. Nous garderons notre secret.

Gervaise leva les yeux et regarda le prêtre de son beau regard franc et loyal. Le curé en se levant ajouta:

— Il me faut vous quitter; je dois aller célébrer les vêpres, car c'est dimanche.

Dimanche, c'était dimanche. Gervaise sursauta: son père! Elle devait téléphoner à son père! Elle entendait les pas du prêtre qui s'éloignait, descendait l'escalier, mais elle n'avait pas le courage de le rappeler.

Elle rabattit ses couvertures sur sa tête et se mit à pleurer. Les sanglots attirèrent Simone qui vint s'asseoir sur le bord du lit.

— Mon pauvre petit lapin rose!

«À papa, et seulement à papa» elle dirait tout. Pour le moment, toute la peine accumulée dans son cœur meurtri s'échappait à travers ses larmes. Simone, tout à fait désemparée, ne savait que faire. Elle borda la fillette avec une infinie tendresse, approcha la chaise près du lit et posa une main sur le petit être terrorisé. Peu à peu, le calme revint et Gervaise s'apaisa.

— Bois ton lait, chaton. Tu dois ménager tes forces si tu veux grandir.

Alors Gervaise se retourna vers Simone et, d'une voix suppliante, dit:

— Je veux parler à Monsieur le curé.

— Il est à l'église, c'est l'heure des vêpres. Dès qu'il rentrera, il va venir, je te le promets. Tu pourras lui dire tous tes secrets, il est bon comme le bon Dieu.

Gervaise, couchée sur le dos, fixait le plafond. Elle mettait de l'ordre dans son esprit, cherchait les mots qu'elle utiliserait pour tout raconter à son père; lui seul comprendrait.

Le curé revint, et à la demande de Simone, il se rendit au chevet de l'enfant. Il s'attendait à entendre un long et pénible récit. Quelle ne fut pas sa surprise lorsque Gervaise lui posa une simple question:

— Avez-vous le téléphone, Monsieur le curé?

— Pouvez-vous marcher, mon petit?

— Bien oui!

— Suivez-moi, nous irons dans mon bureau.

Gervaise se leva et esquissa un pâle sourire. On lui avait retiré sa robe de nuit et elle était affublée d'une blouse prêtée par Simone.

La servante prit son châle de laine et en couvrit les épaules de l'enfant.

— Merci, Madame le curé, jeta-t-elle.

Le prêtre sourit, Simone rougit. Arrivée dans le bureau, Gervaise ouvrit grand les yeux: le téléphone n'était pas au mur, mais sur la table; de plus, il n'était pas fait pareil, ce qui la déconcerta.

— Tu sais te servir de l'appareil?

— Oui, mais pas comme celui-là.

Le prêtre lui remit le récepteur: «parle là». Et il mémorisa le numéro que Gervaise avait demandé. La fillette trembla légèrement.

Là-bas, Arthur sursauta et courut vers l'appareil. Les deux coups brefs suivis d'un long lui indiquaient que l'appel était pour lui.

— Allô, Gervaise?

Le son de la voix de son père enleva à l'enfant le

courage nécessaire; elle ne parvint pas à parler, elle était sidérée.

— Gervaise, Minotte! cria le père, désespéré. C'est toi? Gervaise!

Alors le curé s'approcha et prit le récepteur des mains de la fillette.

— Allô, ici le curé de Saint-Florant. À qui ai-je l'honneur de parler?

— Sainte misère, Monsieur le curé, vous devez penser que je suis fou, je croyais que c'était ma fille.

— C'est en effet de votre fille qu'il est question.

— Ben, alors? Je ne comprends pas, qu'est-ce qu'elle fait à Saint-Florant?

— C'est une bien longue histoire, mais soyez rassuré, votre fille est bien et hors de danger.

— Hors de danger?

— Oui, elle est ici, au presbytère. Elle est très bien.

— Hors de danger, avez-vous dit?

— C'est une longue histoire dont je ne connais pas tous les détails, et j'ai de bonnes raisons de croire que votre fille ne se confiera qu'à vous seul. Pouvez-vous venir?

— Oui, Monsieur le curé, aussi vite que mon cheval peut galoper!

Arthur avait raccroché.

— Papa s'en vient, fillette, va laver le bout de ton nez.

***

Le curé se promenait de long en large tout en lisant son bréviaire. Déposant son livre de prières, il téléphona à Anita Labrèche avec qui il eut une sérieuse conversation concernant Gervaise. Connaissant un peu mieux la fillette, il pouvait répondre de ses bonnes manières et de ses qualités d'esprit.

Mademoiselle Labrèche, enchantée par tant d'éloges, réitéra sa demande. Elle désirait faire de l'enfant sa pupille, «si vous jugez la chose possible, vous qui connaissez bien ma situation et ma condition de santé», avait-elle ajouté sur un ton triste. «Fiez-vous à moi, avait répondu le prêtre, Dieu veille sur nous tous.»

Arthur ne se souviendrait pas d'avoir attelé le cheval ni de l'avoir lancé dans une course folle. Sa tête allait éclater, sa Gervaise était en danger. Comme il regrettait de n'avoir pas plus questionné le curé! Que s'était-il passé?

«Votre fille est hors de danger» avait dit le prêtre. Donc, il y avait eu danger. Il avait la tête en feu.

Enfin le presbytère était en vue, Arthur avait tellement pressé Piton que la pauvre bête eut peine à s'arrêter; les essieux de la voiture grinchaient, les cailloux de l'allée voletaient sous les sabots du cheval. Arthur sauta précipitamment en bas du boghei et s'élança vers la porte d'entrée. Dans son énervement, il tourna la sonnette à deux reprises. Simone ouvrit.

— Le curé est là?

— Oui, Monsieur. Entrez, le pasteur vous attend.

Au moment où Arthur allait mettre le pied sur le beau parquet doré et scintillant comme un sou neuf, il prit conscience de sa tenue vestimentaire. «On ne se présente pas chez le prêtre en salopette et en bottes crottées.» Il revenait de l'étable quand le téléphone avait sonné, et il n'avait pas pensé à se changer.

Il s'adossa au mur et se pencha pour délacer ses bottines. Sur ces entrefaites, le curé arriva.

— Pardon, Monsieur l'abbé, je ne suis pas bien de mise!

Le curé sourit: il avait affaire à un bon bougre, un fidèle travailleur, respectueux et sans doute bon chrétien.

— Suivez-moi à mon bureau.

— Et ma fille?

— Elle fait un brin de toilette; elle sera là, ne vous en faites pas. Tenez, retournez-vous...

Gervaise entrait, un tantinet gênée. Simone avait ramassé ses cheveux qui étaient retenus par une grosse boucle de ruban.

— Gervaise, ma grande!

Arthur ouvrit les bras. Sa fille hésita, puis se précipita vers son père. C'est alors que l'attention du curé fut attirée par l'infirmité de la fillette.

Le père et l'enfant se taisaient. Leur émotion était touchante.

— Je peux?

— Allez!

Arthur tira une chaise et prit sa fille sur ses genoux.

— Alors, raconte.

Gervaise refoula les larmes qui lui montaient aux yeux. Elle jeta un coup d'œil en direction du curé qui avait pris place dans son imposant fauteuil de cuir noir capitonné.

— Raconte, chaton, dis-moi tout. Pourquoi es-tu ici?

— C'est à cause de Julie.

— Julie, ta compagne que tu aimais tant?

— Oui. On ne doit pas savoir... (Et de nouveau, elle regarda le prêtre.)

— Gervaise, ma fille, tu peux tout dire devant Monsieur le curé. Il garde les secrets, ne les répète jamais.

— Ce que dit ton papa est vrai, Gervaise.

Alors l'enfant raconta tout, depuis le début. Les colères de Fernand Lamont, sa manie de frapper sa femme et sa fille; la rage de ce dernier provoquée par l'histoire de la bouteille de bière cassée et la raclée qu'il avait administrée à Julie. Elle parla aussi de sa peur et tenta d'exprimer ses peines. Enfin, elle fit un bref parallèle entre cette nuit-là et le jour où était morte sa tante. Les explications de la fillette étaient entrecoupées de pleurs que son père calmait par des caresses.

— Tu es partie comme ça, seule dans la nuit?

— Oui, papa... et j'ai perdu mon syllabaire!

Les larmes de l'enfant semblaient intarissables, maintenant qu'elle s'était vidé le cœur.

— Le salaud! Le lâche! Un batteur de femmes et d'enfants! La crapule, le fainéant! Je vais lui casser la gueule!

— Papa! hurla Gervaise, tu ne comprends pas? Il va tuer Julie!

Le curé intervint:

— Il vaudrait peut-être mieux que je m'occupe moi-même de cette affaire. J'irai à Saint-Claud; je parlerai aux autorités là-bas... Julie sera protégée, aie confiance, Gervaise.

— Et ta hanche? demanda Arthur.

— Ça va, papa.

— Tu vas revenir à la maison, tant pis pour l'école.

— Hum! intervint à nouveau le curé Labrie. Il y a peut-être une autre solution... solution que je crois détenir afin de résoudre le problème de pension.

Arthur regarda le prêtre. Gervaise se tut, mais comme elle aurait aimé retourner à la maison! Et la maison, c'était celle de papa!

— Si nous remettions la suite de cette conversation à demain, Monsieur? Je ne sais pas votre nom...

— Pardon, Monsieur le curé. Arthur Lamoureux. Pardonnez mes manières. J'étais si viré à l'envers que j'en ai perdu la tête. Demain, oui.

Arthur comprit que peut-être le prêtre voulait s'entretenir avec lui en tête-à-tête.

— Gervaise restera avec nous ce soir: le docteur doit la revoir demain, pour plus de prudence. Ah! si elle a quelques vêtements à la maison...

La nuit serait bientôt là. Arthur, gêné, demanda au prêtre: «Vous auriez un fanal à me prêter? J'ai ...» et le reste de la phrase se perdit en un balbutiement.

Gervaise dormit d'un sommeil profond et sans rêve; son âme avait trouvé la paix. Seule Julie l'inquiétait encore.

***

Anita Labrèche était la fille unique du notaire Ernest Labrèche. Sa mère, tuberculeuse, était décédée trois mois après la naissance de leur seule fille. Le père ne s'était jamais consolé de cette cruelle perte; aussi avait-il vécu et travaillé pour sa fille qu'il adorait.

Anita avait fréquenté les meilleures écoles. Elle avait fait des études poussées au célèbre et distingué couvent de Sillery, chez les sœurs de Jésus-Marie. Situé en banlieue de Québec, ce premier collège d'enseignement classique formait les jeunes filles de la province. Elle s'y était distinguée par ses succès.

Ernest Labrèche rêvait d'un gendre à la hauteur des qualités de sa fille. Malheureusement, pendant sa dernière année d'études, un examen de routine avait mis à jour une caverne de dimension importante dans un de ses poumons.

Ernest avait refusé de se séparer de sa fille, il avait embauché une infirmière pour la soigner à domicile. Il avait aussi pris résidence à Saint-Florant en nourrissant l'espoir que l'air pur de la campagne lui soit salutaire. Les meilleurs pneumologues avaient été consultés; même le traitement par le pneumothorax s'était avéré inefficace, le mal continuant à progresser.

Anita avait fini par accepter sa condition de recluse. Seuls quelques rares amis venaient la visiter occasionnellement dans le petit village où elle vivait avec son père, une infirmière et la fidèle gouvernante qui avait vu mourir sa mère.

Une lueur d'espoir était venue un bon jour alléger la peine du notaire: on parlait alors d'un puissant anti-

biotique qui promettait d'enrayer le bacille de la tuberculose. Le remède miracle avait fait son apparition
dans les annales médicales d'abord, après la première
phase expérimentale.

Anita avait été hospitalisée au sanatorium de Mont-
Joli pour quelques mois afin qu'on lui administrât le
fameux traitement, la streptomycine. Le puissant anti-
biotique semblait empêcher le mal de s'aggraver. Enfin
un peu d'espoir était permis.

À l'automne de la même année, son père était mort
d'une attaque cardiaque; Anita était rentrée chez elle,
inconsolable. Son mal avait connu une recrudescence
qui avait failli lui coûter la vie.

Et les mois s'étaient écoulés. Sans doute grâce aux
nouveaux médicaments, aux bons soins et à l'air pur de
la campagne, la maladie semblait stationnaire. C'est à
ce moment que le curé lui avait parlé de la petite fille
trouvée sur la route par un morne matin.

C'est à ce sujet que le curé voulait s'entretenir seul à
seul avec Arthur.

***

Arthur arriva à Saint-Florant pour l'heure de la
messe. Il pria avec toute l'ardeur dont son âme était
capable, suppliant Dieu de l'aider à prendre une décision.

Bien endimanché, il se présenta à la cuisine du
presbytère afin de remettre à la bonne le fanal emprunté et le paquet contenant le linge de Gervaise.
Mettant la main dans sa poche, il en sortit un billet de
dix dollars.

— Elle n'avait pas d'autres souliers; seriez-vous assez bonne pour faire le nécessaire? Pourriez-vous, aussi,
lui trouver un manteau?

— Vous voulez une tasse de thé, Monsieur?

— Merci, ma bonne dame.

Les yeux de Gervaise brillaient. Enfin, il retrouvait sa petite fille des beaux jours!

— Papa... Raymond, il est revenu?

— Pas encore, il a dû aller très loin.

— Oui, je sais.

— Tu sais?

— J'ai vu dans son livre; il a fait une grande ligne de crayon le long du fleuve.

— Ah!

Le prêtre ne tarda pas à arriver. Il invita Arthur à le suivre dans son bureau.

Simone posa un papier sur le sol et y traça le pourtour du pied de l'enfant.

— Reste ici, bien sage, je vais revenir avec de beaux souliers. Tu peux ouvrir le paquet qu'a apporté ton père. Si tu mets une robe, à mon retour, nous irons ensemble choisir un chaud manteau.

Le mot manteau réveilla le souvenir de Julie, extasiée à la pensée d'en posséder un neuf.

***

— Hier, commença le curé, je n'ai rien voulu dire devant l'enfant.

Et il parla du projet élaboré avec Anita Labrèche.

— Votre fille grandirait dans un milieu plus que favorable: celui du grand monde. Elle habiterait une jolie maison entourée de jardins. Elle recevrait là une éducation supérieure, apprendrait les bonnes manières et cultiverait son esprit.

Arthur, embarrassé, gardait la tête baissée. Tout ça semblait très beau, mais il avait peur.

— Qu'est-ce que vous en dites, Arthur?

— Vous ne craignez pas que tout ce chichi lui monte à la tête? Je ne veux pas perdre ma fille dans

111

l'orgueil, lui faire connaître des choses que je ne pourrai jamais lui payer! Et surtout, je n'ai pas les moyens de verser une pension élevée!

— De pension il n'est pas question. De plus, qui sait? Mademoiselle Labrèche est seule au monde; elle a une certaine fortune; peut-être qu'un jour...

— Tout ça c'est du *miroitage*, de la rêvasserie.

— Non, Arthur, pas tout à fait; même que c'est là le hic!

— Un hic?

— Oui. Voyez-vous, Arthur, cette jeune fille est condamnée à... ne pas vivre bien longtemps. Elle souffre d'un mal qui la mine, le mal qui a emporté sa mère. Mais soyez assuré que les précautions, toutes les précautions, seraient prises...

Arthur ne put s'empêcher de penser à sa sœur... le mal maudit! Il baissa la tête et murmura:

— La consomption, la maudite consomption qui tue à petit feu!

«Ainsi, pensa le curé, il n'échappe pas au commun des mortels. Toutes les familles ont eu leur victime de la tuberculose.»

Arthur s'était adossé. Les yeux fermés, il serrait les poings.

— Peut-être craignez-vous que votre fille ne puisse pas combattre ce mal, même si elle me paraît très robuste...

— Non, trancha Arthur, là n'est pas ma peur. Le docteur m'a dit que Gervaise était protégée contre ce mal-là; elle l'a combattu et elle est immu... immo...

— Vous voulez dire immunisée?

— Ouais, c'est ça.

— Qu'est-ce que vous en diriez, si nous allions faire une visite à cette dame?

— Aujourd'hui?

— Pourquoi pas, c'est à cinq minutes en automobile.

— Avec Gervaise, car c'est elle qui décidera. Elle seule!

Le curé téléphona à la bienfaitrice et prit rendez-vous. Anita paraissait ravie.

***

Le cœur plein d'espoir, Anita Labrèche ne pouvait que s'inquiéter à la pensée du mal infectieux dont elle souffrait. Devait-elle prévenir le père de la fillette? Ne s'illusionnait-elle pas de croire qu'on lui confierait une enfant?

Pour cette fille que la vie avait choyée, la solitude pesait lourd et la faisait plus souffrir que ce mal qui la minait lentement, sournoisement, un mal hypocrite, difficile à accepter!

Anita enfila une robe rose cendré ornée d'un large collet de dentelle écrue, mit une bague à son doigt et épingla une fleur de soie dans son chignon. Pour la première fois, elle laissa tomber sa tenue de deuil. L'image que lui rendait le miroir lui fit plaisir. La joie rosissait son visage, habituellement si pâle. Anxieuse, elle allait d'une fenêtre à l'autre. Se dirigeant vers le salon, elle eut le goût subit de jouer du piano, chose qu'elle n'avait pas faite depuis le décès de son père.

Elle plaça les doigts sur les notes, fit des gammes pour assouplir ses phalanges. Au rythme de *La Polonaise* de Chopin, elle laissa errer ses pensées et vibrer son cœur. Jamais la musique ne lui avait semblé plus douce, plus enveloppante; la maison tout entière semblait vibrer.

Dans la cuisine, Annette souriait: enfin, sa maîtresse démontrait un peu d'entrain!

***

Arthur repassait mentalement les arguments du curé: «De quoi rendre la proposition alléchante.» Il lui avait déjà fallu vendre une partie de sa terre, sacrifier quelques animaux, diminuer la culture; l'avenir l'inquiétait. Mais il ne devait pas laisser cette vulgaire raison d'argent entrer en ligne de compte dans son jugement. Seul le bonheur de sa fille importait. Devrait-il tout sacrifier? Il le ferait car sa femme et sa fille comptaient plus que tout...

Gervaise se tenait tapie contre son père.

— Tu sais, toi, papa, où nous allons?

— Chez une grande amie de Monsieur le curé. Il veut que tu la rencontres. Elle habite tout près d'ici.

— Pourquoi, papa?

Arthur prit la menotte de sa fille et la serra très fort.

Là, devant eux, sur une butte, au milieu d'une île de verdure, trônait une maison toute blanche. Elle était parée de volets verts et ceinturée d'une galerie immense.

L'auto du curé emprunta l'allée qui menait à l'entrée principale. Annette vint ouvrir et guida les visiteurs vers le salon.

Anita jouait toujours, le regard perdu au loin. Gervaise se tenait très près de son père. Elle était charmée à la vue du piano qui, sous les doigts magiques de la musicienne, emplissait la pièce d'un air merveilleux.

Lorsque la dernière note s'envola, Anita resta là, tête inclinée, immobile. Alors le curé applaudit, Gervaise l'imita.

— Toujours virtuose, à ce que je vois.

— Merci, mon père. Je ne vous ai pas entendus arriver. Venez vous asseoir.

Après les présentations d'usage et les propos mondains, il y eut un silence. On se jaugeait mutuellement.

— Arthur, suivez-moi, je veux vous faire voir quelque chose qui va vous intéresser.

— Venez, Gervaise, invita la jeune fille, asseyez-vous dans ce fauteuil douillet.

— C'est très beau, très, très beau, votre maison. Vous avez beaucoup de livres.

— Tu vois, là, sur le rayon du bas? Ce sont des contes de fées. Tu sais lire, Gervaise?

— Un peu, dans le syllabaire, mais je connais toutes mes lettres, même les deux i, le i grec. Et je sais mes chiffres jusqu'à cent.

La fierté illuminait le visage de l'enfant.

— Tu aimes la musique?

— La radio, oui.

— Tu peux écrire tes lettres?

— J'ai cassé mon ardoise, soupira Gervaise.

Pendant que l'on faisait plus ample connaissance, le prêtre et Arthur se prélassaient dans la serre.

— On dit que dans cinquante ans, tous les légumes seront ainsi cultivés.

— Bah! s'exclama Arthur. Les boutures peut-être, mais je ne vois pas les choux et des tonnes de patates se contenter de pousser dans une cabane de verre. Les méthodes du bon Dieu sont meilleures.

— Tu as sans doute raison; ici tout est à l'abandon. Si tu avais vu cette serre dans toute sa splendeur, du temps du notaire... Regarde, là, les géraniums survivent, ils ont la vie tenace.

— Selon vous, que se passe-t-il, là-haut?

Arthur en revenait à sa préoccupation première; le prêtre sourit.

— Je ne serai jamais capable de payer un prix convenable pour les frais de pension, soupira le père inquiet.

— Il n'est pas question de ça!

— Alors vous parlez de charité? N'y pensez pas!

— Qui parle de charité? Tu n'as pas bien compris, Lamoureux. Cette fille crève d'ennui: elle se sait vouée à une mort imminente. La présence de Gervaise auprès d'elle serait un cadeau du ciel. Qui crois-tu serait le créancier dans tout ça?

Arthur se retourna pour cacher son embarras. «La fierté du pauvre», pensa le prêtre. Annette arrivait. Elle invita ces messieurs à passer au salon, le thé y serait servi.

Les petits fours semblaient délicieux, le thé fumant aussi.

— Vous n'aimez pas le thé, monsieur Lamoureux?

— Ouais, j'aime bien le thé, mais...

— Quoi, papa? Tu aimes le thé!

— Auriez-vous une tasse mieux faite que ça? Je ne pourrai pas mettre mon doigt dans cette anse-là, et je risquerais de tout renverser... Moi, vous savez, les tasses à talons hauts!

Et sur cette entrée en matière, faite de franchise et de simplicité, la conversation se poursuivit. Les objections furent soulevées, les pour et les contre analysés. L'hôtesse parla du mal qui la minait et tenta de faire comprendre à Gervaise que certaines précautions s'imposeraient.

— Je sais, Mademoiselle, tu as le même bobo que...

Elle se tut, hésita un instant, puis ajouta:

— Vous aimez qu'on brosse vos cheveux?

Arthur regarda Gervaise avec une telle insistance que l'enfant leva les yeux vers lui.

— Elle aimait ça, tu sais, papa, elle aimait ça, ma tante.

Une grosse larme s'échappa du coin de l'œil d'Arthur et se perdit lentement le long de sa joue. Le curé et l'hôtesse se taisaient, conscients des émotions qui tenaillaient le fermier au physique pourtant imposant.

«Ces deux-là s'adorent», pensait Anita.

Ce soir-là, Gervaise dormit dans la chambre la plus ensoleillée de la maison qui devenait son chez-soi. Le père promit de venir souvent, le prêtre aussi.

Le lendemain, Annette eut comme mission de se rendre au village et de ramener une montagne de vêtements que Gervaise prit un plaisir fou à essayer.

Anita Labrèche, agenouillée sur son prie-Dieu, remerciait le ciel et suppliait Dieu de lui donner le temps nécessaire pour parfaire l'éducation de cette enfant.

Chapitre 7

Gervaise s'habitua très vite au bonheur. Les consignes, données d'un ton ferme, mais affectueux, ne lui semblaient jamais sévères. D'un caractère souple, la fillette s'adapta rapidement à ce mode de vie et à la discipline que lui imposait sa protectrice.

«Tu ne dois jamais retourner dans cette chambre», l'interdiction d'autrefois, se traduisait aujourd'hui en «tu dois te tenir à distance, ne jamais t'aventurer plus près que de la chaise bleue». Les raisons profondes à tant de précautions échappaient à l'enfant. Que pouvait-elle comprendre dans toute cette histoire de bacilles qui véhiculent la maladie mortelle?

Peur, non. Elle n'avait pas peur; le mot ne fut jamais prononcé. On ne lui avait pas inspiré la crainte, seulement la prudence.

Une des plus grandes joies de Gervaise fut causée par ce qui se trouva suspendu au mur du salon, un certain matin. Après le déjeuner, Anita invita la fillette à voir par elle-même la surprise réservée. Elle se leva de table en courant et un cri de joie retentit. Deux tableaux noirs, un près de son fauteuil et l'autre, près de celui de mademoiselle. Et sur la chaise bleue, un beau syllabaire tout neuf!

Anita souriait. Gervaise revint vers la salle à manger en courant, puis freina. Elle aurait voulu embrasser la jeune femme, mais il fallait respecter la consigne. L'enfant apprenait à modérer ses élans, à se dominer. Seuls ses yeux lançaient des regards pleins d'une tendre émotion.

À la lecture, à l'écriture et à l'arithmétique se greffèrent l'enseignement des bonnes manières, celui du tricot et un tas de connaissances usuelles.

— Elle absorbe tout comme du papier buvard, s'extasiait Anita lors d'une conversation avec le curé. Elle est d'une intelligence supérieure à la moyenne.

— Savez-vous ce que m'a dit son père au retour de notre visite chez vous? Je l'observais; il ne disait rien, je croyais qu'il priait. Tout à coup, il a laissé tomber cette phrase des plus étonnantes: «Le bon Dieu a de ces manières de se faire pardonner les épreuves qu'Il nous envoie!» J'ai su alors que l'homme se réjouissait de vous avoir fait confiance. Vous admettrez avec moi que ce sont là des mots profonds; la petite a de qui retenir...

Le bonheur de la malade était si grand que son médecin nota une accalmie de son état. Cependant, Anita dut lui promettre de se reposer davantage afin de ne pas provoquer l'aggravation du mal.

De temps à autre, Arthur Lamoureux venait visiter sa fille. Ils passaient de longues heures à discourir; Gervaise ne tarissait pas.

Pour éviter le danger de contamination, mademoiselle Anita évitait tout contact avec Gervaise. Par contre, Annette, la gouvernante, lui prodiguait son affection sans réserve. Chaque jour, elles faisaient ensemble de longues promenades, et de sa fenêtre, mademoiselle Anita les enviait.

Vint le printemps, la saison pénible pour les tuberculeux. Anita Labrèche resta alitée pendant quelques semaines durant lesquelles Gervaise s'évertua à étudier afin de surprendre agréablement sa bienfaitrice.

Gervaise se forgeait une âme; elle apprenait à comprendre, à discerner, à aimer. Elle grandissait, s'épanouissait dans la paix.

Elle fut confirmée, suivit les leçons de catéchisme de la paroisse et fit sa communion solennelle. Ce matin de mai où elle se rendit à l'église, accompagnée de son père, mademoiselle Anita pleura.

Le spectacle qui s'offrait à elle était digne d'un

conte du siècle dernier: Arthur saisit sa fille par la taille, la leva de terre et, avec délicatesse, la déposa sur la banquette du boghei. La fillette s'accrocha à son cou et lui donna un baiser sur le front. Gervaise, vêtue d'une longue robe blanche ornée de falbalas, avait la tête couverte d'un nuage de voile blanc retenu par une couronne de muguet. Elle tenait à son bras des fleurs d'une blancheur immaculée, comme son âme, et se tenait bien droite à côté d'un père rayonnant. Ce dernier dirigeait son carrosse tiré par un cheval dont le poil luisait pour avoir été longuement étrillé. L'animal se cabra et partit. Un prince fuyait, enlevant sa princesse!

Ils descendirent l'allée qui menait à la route, disparurent un instant derrière le feuillu d'un chêne, réapparurent, puis s'évanouirent dans le lointain.

Au retour, une atmosphère de fête accueillit l'héroïne du jour. On festoya, on chanta et on pria dans la joie.

***

Quelques années s'écoulèrent, mais pas un jour ne se passa sans que Gervaise ne pense à Julie et ne s'inquiète de son sort. Julie, Raymond, sa tante, tous ces êtres qu'elle avait aimés et qui lui avaient rendu cet amour, demeuraient présents dans son esprit. Toujours elle se souviendrait; son cœur était ainsi fait.

Toutes ces belles choses qui l'entouraient lui plaisaient, bien sûr, mais son plus beau souvenir demeurait cette chevauchée cramponnée à la crinière de Piton qui galopait dans le vent, la hissant dans l'espace. Ce moment avait contribué à lui donner un élan de confiance, d'espoir.

Gervaise qui émergeait d'une suite d'épreuves avait, lors de cette course folle, appris à regarder droit devant elle et à croire en des jours meilleurs. Elle n'aurait pu dire avec des mots ce qu'elle avait ressenti, mais le miracle s'était produit à la minute même où son âme de petite fille ployait sous le poids de la souffrance et avait un besoin urgent d'être réconfortée.

Plus tard, lorsqu'elle y repenserait, elle s'émerveillerait, car la vie se chargerait de lui prouver qu'elle avait eu raison de croire.

***

Arthur arriva de bon matin. Il contourna la maison et se présenta à la cuisine: il lui fallait parler à sa fille au plus tôt.

Annette présagea un malheur. Elle vint informer sa maîtresse qui transmit le message à Gervaise.

— Papa est là? Si tôt?

Elle courut vers lui, se précipita dans ses bras. Arthur la retint un instant, la couvrant de baisers.

— Gervaise, mon ange, ta maman est décédée la nuit dernière.

— Maman!

L'enfant cacha son visage dans le creux de l'épaule de son père. L'homme lui parla doucement:

— Au village... il y aura des funérailles. Tu comprends, jamais un des nôtres ne fut enseveli en terre lointaine. Il n'y aura que toi et moi pour suivre sa dépouille au cimetière...

— J'irai, papa. Avec toi, j'irai.

— Fais-le aussi pour elle.

Elle baissa la tête. Il plaça son doigt sous son menton, l'obligeant à le regarder.

— C'était ta maman.

— Je pars avec toi. Donne-moi quelques minutes. Tiens, papa, prends cette pomme, je suis sûre que tu n'as pas mangé.

Père et fille passèrent deux jours ensemble. Leurs conversations étaient entrecoupées de longs silences. L'aile de la mort planait sur eux. L'absence de Raymond se faisait sentir, plus pénible que jamais.

Gervaise avait l'impression que son père aurait aimé lui faire des confidences, car il entamait un sujet, puis laissait tomber. Il lui semblait très las.

Gervaise mit de l'ordre dans la maison. Elle se rendit aussi à l'étable où tout lui semblait changé. L'absence des bêtes autrefois nombreuses et bruyantes, qui donnaient une raison d'être à ces grands bâtiments maintenant désertés, leur conférait un air de désolation. Son père avait subi tout ça, seul, sans jamais se plaindre. «Je dois revenir m'occuper de lui, je ne suis qu'une égoïste!»

Lorsqu'elle revint vers la maison, elle le surprit assis sur les marches du perron, la tête cachée entre ses mains.

— Papa, dit-elle doucement.

Il leva la tête; il avait pleuré. Gervaise prit place à ses côtés et attendit qu'il parle.

— Je suis allé au presbytère, prendre des arrangements, et chez le croque-mort.

Gervaise frissonna. Elle n'aimait pas ce mot pour le moins lugubre. Elle attendait que son père élabore, mais il n'en fit rien.

— Va dormir, papa, tu sembles épuisé. Demain, nous parlerons.

Arthur entra, le dos courbé. Gervaise voyait, pour la première fois, cet homme fort et indestructible ployer sous le poids de la souffrance. Ses tempes étaient garnies de fils d'argent; ses mouvements, devenus lents.

La jeune fille resta là, pensive. Et, comme si le temps reculait, elle vit dans le champ, là, devant elle, ces flammes terribles qui grimpaient dans le ciel ce jour où on l'avait transportée à l'hôpital. Un frisson d'horreur la secoua. Elle entra précipitamment et claqua la porte comme pour se rassurer.

La pensée de sa mère gisant quelque part finit par la bouleverser. Elle se raidit, ferma les yeux et serra les poings. «C'est le passé. On ne peut forcer les gens à nous aimer. Il est tout à fait inutile de chercher à forcer le destin.»

Et elle monta dormir. Rien dans sa chambre n'avait été déplacé. Les livres que Raymond lui avait donnés étaient là, sur sa commode. Rien n'avait bougé, la vie semblait avoir suspendu son cours. Gervaise promenait les yeux sur ce décor qui avait été le sien sans aucune émotion; quelque chose en elle venait de se briser. Son père ne lui parlait plus de sa mère, voilà qu'elle était décédée. Une fois encore elle faisait face à un fait déterminé qu'il lui fallait accepter sans comprendre.

Elle se coucha, laissa errer ses pensées. En dehors du chagrin ressenti par son père, elle n'éprouvait aucune peine.

Le lendemain, après les funérailles, Arthur et Gervaise se retrouvèrent assis l'un en face de l'autre.

— Papa, je vais revenir habiter avec vous.

— Ce n'est pas possible.

— Mais oui, c'est possible.

— Plus maintenant.

— Pourquoi?

— ...

— Pourquoi, papa?

— La terre ne m'appartient plus.

— Je ne comprends pas.

— J'ai donné ma parole. Hier, j'ai vendu ma terre.

— Mais pourquoi? Pourquoi, papa? J'aurais pu...

L'homme assena un coup de poing sur la table et cria presque.

— Nom d'un chien, on n'enterre pas sa femme à crédit!

— Je travaillerai. Je trouverai du travail et je m'occuperai de toi.

— Non plus.

— Je suis capable, crois-moi.

— Ce ne sera pas nécessaire.

— Pourquoi?

— J'ai mis une clause au contrat de vente. J'habiterai ici tant et aussi longtemps que je vivrai. Je me ferai un coin, dans un des bâtiments, un coin bien à moi. Et si un jour Raymond revenait, il me trouverait là.

— Papa!

— Et toi, tu retourneras chez cet ange gardien qui t'aime comme tu le mérites. Nous nous verrons plus souvent. Tout s'arrangera, tu verras.

Devant la détermination de son père, la logique de ses pensées, Gervaise se sentit tout à fait désemparée. «Si un jour Raymond revenait..»

Il avait tout donné, tout sacrifié! Il attendait encore le retour de son fils!

— Et Piton, tu y as pensé?

— Tant que sa santé tiendra le coup, je le garderai. S'il flanche, je l'abattrai.

— Oh!

— Ça fait mal, hein, ma grande fille? Ce sont les cruelles réalités de la vie. Il faut savoir y faire face, comme tu as fait quand tu as fui ce truand, ce monstre.

Il se leva, se dirigea vers l'escalier, se retourna et ajouta:

— Demain, je vais te ramener là-bas. Sois prête. Bonsoir, ma fille.

Gervaise ne parvint pas à ouvrir la bouche pour lui souhaiter bonne nuit. Le mot lui sembla tout à coup de très mauvais goût.

«C'était donc ça, ses silences embarrassés depuis que je suis ici. Je croyais qu'il revivait le passé, alors que le drame le plus cruel qu'il avait vécu se jouait. Sa terre:

124

sa fierté! De père en fils... Si un jour Raymond revenait...»

Ses pensées allaient aussi vers sa mère, cette mère
qu'elle avait si peu connue. Comment et de quoi était-
elle décédée? Gervaise aurait aimé savoir mais elle n'osait
interroger son père afin de ne pas remuer son chagrin.
Elle attendrait que sa peine se soit atténuée.

Chapitre 8

Gervaise vivait dans le plus grand des conforts. Sa protectrice la chérissait de tout son cœur et ne ménageait rien pour assurer son bonheur et lui donner une bonne éducation.

Mais l'enfant, devenue adolescente, vivait dans un vase clos. Il lui manquait le voisinage des jeunes de son âge. Aussi mûrissait-elle trop vite, n'ayant pas l'occasion de gravir les étapes une à une. Son apprentissage s'était surtout fait à travers des épreuves et des peines qui, habituellement, ne sont pas le lot de la jeunesse.

Depuis qu'elle s'était absentée pour assister aux funérailles de sa mère, Gervaise n'affichait plus la même désinvolture; elle avait perdu sa constante gaieté. Quelques jours à peine avaient suffi à marquer son âme. Mademoiselle Labrèche s'inquiétait pour sa protégée. Il ne lui venait cependant pas à l'esprit que leur vie de recluses n'était pas des plus salutaires.

Elle fit part de ses inquiétudes au curé de la paroisse, qui venait la visiter régulièrement. Le prêtre en conclut que la fillette avait besoin d'un changement de milieu pour continuer à s'épanouir.

— Serait-elle mieux servie là-bas, sur la ferme isolée où vit son père? Surtout que sa mère est décédée, permettez-moi d'en douter, avait protesté mademoiselle Anita.

Le prêtre comprit que Gervaise n'avait rien confié à sa protectrice de ses déboires et de sa vie passée. Cela ne faisait que confirmer le besoin qu'avait l'adolescente d'échanger avec une amie de son âge, une confidente qu'elle-même choisirait.

On discuta à fond du problème. Anita promit de réfléchir. Son confesseur insistait: «Il faut éloigner

Gervaise quelque temps.» Le monde des adultes dans lequel elle évoluait depuis si longtemps pourrait s'avérer néfaste pour son avenir.

Mademoiselle Labrèche cherchait une solution, mais en vain. Elle ne pouvait pas se faire à l'idée de devoir se priver de cette merveilleuse présence.

L'école du village ne répondait plus aux besoins de Gervaise. Le pensionnat était-il la seule réponse au dilemme? Elle-même s'y était tellement ennuyée autrefois!

Les jours et les semaines passèrent. Anita mettait les bouchées doubles: elle accaparait Gervaise qui aimait lire, fouiller dans ces beaux livres qui emplissaient les rayons de la bibliothèque.

«Tu y trouveras matière à te régaler et à parfaire tes connaissances plus tard. Pour le moment, tu dois bien apprendre.» Ces mots étaient restés gravés dans la mémoire de Gervaise, qui regardait les volumes avec un désir croissant depuis le jour où les tableaux noirs avaient été mis à leur disposition: un de ceux-ci lui était destiné, l'autre était utilisé par Anita qui ne s'approchait jamais de l'enfant.

***

Au déjeuner, mademoiselle Anita affichait un air joyeux et avait l'œil moqueur. Gervaise comprit quand elle vit, inscrit en lettres majuscules, lesquelles prenaient plus de la moitié du tableau, un seul mot: CONGÉ.

— En quel honneur? demanda Gervaise.

— Nous sommes devenues trop sérieuses; il faut faire quelque chose de différent. Par exemple, il y a bien longtemps que tu ne m'as pas fait la lecture.

Ravie, Gervaise se dirigea vers la bibliothèque et laissa errer ses yeux sur les titres qui dansaient devant elle.

La vérité, pour expliquer cette halte, était différente de celle énoncée par Anita. Celle-ci avait passé une très mauvaise nuit: elle avait fait une hémorragie qui, bien que relativement faible, pourrait avoir des conséquences graves sur sa condition pulmonaire. Elle était demeurée immobile comme on le lui avait recommandé; les yeux rivés sur les aiguilles de son réveille-matin, elle avait attendu le lever du jour, suppliant Dieu de l'épargner. Après s'être levée avec peine, elle s'était dirigée vers le salon et c'est alors que cette idée lui était venue. Ainsi, pendant la lecture elle pourrait s'adosser dans son fauteuil, calme et silencieuse, sans éveiller de soupçons.

Gervaise lisait à voix haute, soucieuse de bien articuler pour faire plaisir à sa chère auditrice. Celle-ci, la tête appuyée, les yeux fermés, se sentait très lasse. Elle refusa de dîner et retourna à sa chambre, priant Gervaise de l'excuser, car elle «souffrait d'un mal de tête fou».

— Vous me résumerez la suite de ce récit, Gervaise.

Jamais Gervaise n'oublierait cette histoire. C'était celle d'un Canadien qui s'expatria, à la fin des années trente, pour trouver du travail. Il échoua en Virginie, sur une ferme où l'on cultivait le tabac. Il s'y fit l'allié de la cause des Noirs. L'homme se mérita l'amitié de ses maîtres et devint le propriétaire de la plantation. Le roman, des plus émouvants, la bouleversa longtemps. «Comme si cette lecture avait préparé mon âme à accepter la souffrance atroce qui m'attendait», écrivit-elle plus tard dans son journal intime.

***

Gervaise se réveilla, se leva, enfila sa robe de chambre. On frappait discrètement à sa porte. Surprise, elle ouvrit. Annette était là, un verre de lait chaud à la main.

— Prenez ceci, Mademoiselle Gervaise. Ce lait est aromatisé de miel. Retournez dormir, il fait un temps maussade.

Gervaise fut bien tentée; elle avait lu très tard, la veille.

— Mademoiselle Anita est levée?

— Non.

— Alors je suis votre conseil; je ferai la grasse matinée. N'hésitez pas à me prévenir si mademoiselle Anita descend déjeuner.

Gervaise se glissa entre ses draps par trop douillets et aussitôt elle retourna dans la vallée des songes.

Au premier étage, il y eut le branle-bas: Annette désirant s'informer de la santé de sa patronne s'était présentée à sa chambre. Elle avait frappé, sans toutefois obtenir de réponse. Une heure avait passé. Inquiète, cette fois, elle avait ouvert la porte et retenu un cri. Madame Anita était au plus mal: son oreiller était souillé de sang.

Le médecin et ce bon curé Labrie, en qui la malade avait une confiance illimitée, furent appelés à son chevet. La solution était le sanatorium, sans tarder. L'ambulance était là. On transporta Anita au visage blafard.

— Gervaise...

— Pas un mot! ordonna le docteur. Pas d'émotions inutiles.

Et Annette avait pris l'initiative de retenir Gervaise là-haut pour éviter qu'elle ne soit témoin du désolant spectacle et pour épargner des peines à sa maîtresse.

Lorsque enfin Gervaise descendit, elle eut la surprise de voir le curé qui, assis au salon, lisait son bréviaire.

— Vous ici, Monsieur le curé, à une heure aussi matinale!

— Bonjour, mon enfant.

— Quelle paresse! J'ai honte! Mademoiselle Anita n'est pas là? Hier elle s'est plainte...

Le prêtre leva la main pour lui imposer le silence. Elle comprit. Un drame, un drame de plus; elle le sentait, là, flottant autour d'elle. La présence du serviteur de Dieu confirmait ses soupçons. Elle pensait au pire.

— Madame Anita, n'est-ce pas? Il s'agit bien d'elle. Ou bien de papa? jeta-t-elle dans un souffle. Mais parlez, parlez donc!

— Il ne s'agit pas de votre père.

Gervaise se laissa tomber dans un fauteuil et murmura: «Merci, merci mon Dieu.»

— Mademoiselle Anita n'est pas décédée, n'est-ce pas? Dites-moi qu'elle n'est pas décédée.

Le prêtre hocha la tête négativement.

— Alors, est-elle en danger?

Le prêtre expliqua. L'évolution du mal ne laissait pas beaucoup d'espoir pour une guérison, même lointaine. Les médicaments ne réagissaient pas comme...

Gervaise n'écoutait plus. Tout ça, elle le savait. On lui parlait avec ménagement, pourtant elle se sentait perdue sur une longue route brumeuse, cherchant la direction à prendre. Cette porte-ci se fermait; elle serait transplantée ailleurs, aurait à s'adapter de nouveau. Une fois de plus, elle laisserait derrière elle un être aimé qu'elle ne pouvait secourir, mais pour qui elle ne cesserait de s'inquiéter.

— Le sanatorium est l'endroit par excellence dans sa condition.

Gervaise regarda le prêtre et se reprocha intérieurement son égoïsme. Elle pensait à elle-même, s'apitoyait sur son propre sort, alors que sa bienfaitrice luttait peut-être contre la mort.

— On aurait dit qu'elle présageait cette rechute. Récemment, nous nous sommes entretenus de votre avenir. Tant que vous ne serez pas majeure, l'âge de la majorité étant de vingt et un ans, ce qui n'est pas pour demain, vous devrez être sous bonne garde. Puisque mademoiselle Labrèche reconnaissait votre intelligence et vos excellentes dispositions, nous avons pensé que le couvent serait la meilleure solution. Qu'en dites-vous?

Gervaise pensa à son père. Ce serait alourdir sa souffrance et lui souligner sa misère que d'aller se réfugier auprès de lui.

— Vous devez continuer d'étudier.

— Non, puisque j'ai plus de quatorze ans. N'est-ce pas ce que la loi dit?

— Ainsi, mademoiselle Anita a poussé jusqu'à vous renseigner sur des points de loi! C'est bien elle: d'une dévotion illimitée... Aussi, elle a dû savoir vous convaincre: les talents que Dieu vous a donnés doivent être exploités au maximum!

Gervaise se taisait, elle semblait accablée. Le pasteur enchaîna:

— J'ai une cousine qui dirige une communauté religieuse, pas très loin d'ici, à Saint-André-de-Kamouraska. Il ne s'agit pas d'un orphelinat, mais d'une maison d'enseignement. Vous seriez, là-bas, en compagnie de filles de votre âge, ce qui est souhaitable. Je suis entré en communication avec ma cousine. Moyennant certains frais et pour services rendus, vous bénéficieriez de tous les avantages. On vous donnerait le gîte et le couvert, pour ne pas mentionner l'occasion toute trouvée de parfaire vos études sous la direction des Sœurs de la Charité. Leur réputation comme enseignantes émérites n'est plus à faire. Pensez et priez, mon enfant. J'attendrai votre réponse; qui sait, peut-être que Dieu...

Le prêtre se leva, posa sa main sur la tête de Gervaise qui s'agenouilla pour recevoir la bénédiction. Une fois seule, l'adolescente resta là, fixant le tableau noir sur lequel figurait le mot «congé», écrit en lettres majuscules.

Gervaise erra à travers la grande maison où elle

avait vécu des heures si merveilleuses; là où s'étaient manifestées, pour elle seule, des occasions uniques qui enrichissaient sa vie de jeune fille. C'est là qu'elle était parvenue à oublier qu'elle était une enfant pauvre et boiteuse. Elle y avait aussi appris à s'épanouir et à savoir faire la part des choses.

Elle vivait sous ce toit depuis tant d'années, mais jamais elle n'y avait connu de peines autres que celles émergeant de son passé. Jamais on n'avait fait allusion à son infirmité. Sans compter que son père s'adressait à elle comme on s'adresse à une adulte. Monsieur le curé, parfois, lui parlait avec trop de condescendance, mais ça, elle le comprenait.

À chacune de ses visites, son père lui donnait un peu d'argent qu'elle refusait toujours, jusqu'au jour où elle constata qu'il avait plus de joie à le lui offrir qu'elle en avait à le recevoir.

Cet argent ne lui était d'aucune utilité: madame Anita devançait toujours ses désirs et comblait ses besoins. Aussi, pensait-elle, cette somme suffirait à défrayer le coût de ses études si elle retournait auprès de son père. Qui sait, madame Anita pourrait revenir bientôt, et tout continuerait comme avant.

Annette s'efforçait de distraire Gervaise. Madame l'avait priée de montrer à tailler et à coudre à sa protégée; elle lui avait remis des vêtements qu'elle ne portait plus en la priant de les nettoyer et de les remodeler. Maintenant que sa maîtresse n'était plus là, elle avait beaucoup de temps libre.

Gervaise apprit à défaire les coutures à l'aide du tranchant d'une lame, à se servir de l'envers des habits pour en faire des vêtements neufs. De longues heures passaient ainsi, brisant la monotonie.

— Que ferais-je ici, sans vous? s'exclama Annette.

— Madame Anita reviendra bientôt.

— Dieu vous entende!

— Dites-moi, Annette, ce matin-là, le verre de lait?

— À la requête de madame Anita, j'ai dû trouver un moyen de vous retenir à votre chambre. Elle ne voulait pas vous imposer sa misère. C'est une sainte, cette demoiselle. Une sainte, comme l'étaient sa mère et son père.

— À part espérer son retour, que puis-je faire?

— Monsieur le curé ne vous laissera pas tomber, fiez-vous à lui. Et vous avez votre père, vous n'êtes pas seule dans ce bas monde. Alors que moi, elle partie...

— Vous êtes depuis longtemps au service de cette famille?

— Depuis toujours! Je suis née dans le quartier des serviteurs de la famille, bien avant madame Anita. Mes parents étaient au service du paternel de monsieur Ernest le notaire. Je n'ai jamais connu une autre demeure. Je les ai suivis partout.

Une vie de totale abnégation et de dévouement inlassable, pensa Gervaise, troublée. Pouvait-elle se plaindre? Pouvait-elle vraiment gémir, aujourd'hui, que tout lui échappait? Avait-elle le droit d'être amère? Toute cette bonté dont elle avait été entourée, n'était-ce pas un cadeau du ciel? Elle quitterait cette maison enrichie d'un bagage dont elle n'aurait jamais pu rêver.

Au couvent, elle recevrait l'enseignement nécessaire à parfaire son éducation. Le prêtre avait affirmé qu'elle devrait travailler pour défrayer le coût de sa pension; voilà qui allégerait son père d'une obligation pécuniaire. Mais ça voulait aussi dire qu'il lui fallait recommencer ailleurs, s'adapter à un nouvel entourage, à un décor différent. Qu'est-ce que la vie de couvent?

À l'hôpital Sainte-Anne, les anges de douceur qu'incarnaient les religieuses lui avaient laissé un souvenir bien doux. Peut-être pourrait-elle devenir religieuse? Alors elle se dévouerait au soin des enfants, de tous les enfants qui souffrent.

Ces livres qu'elle avait lus lui paraissaient aujourd'hui

bien menteurs. Jusqu'à maintenant, dans son esprit, tout se passait ailleurs, sous un ciel différent ou lointain, irréel, tenant du mythe. Rien dans tous ces livres ne ressemblait à la vraie vie. En effet, les dénouements ne manquaient jamais d'être heureux, tandis que dans la réalité, le malheur lui semblait persistant... même si, de temps à autre, certaines haltes permettaient de reprendre haleine, histoire de trouver le courage de poursuivre.

Une fois de plus, elle en était là. Il lui fallait foncer, à nouveau, dans cet inconnu qui l'avait si souvent terrorisée. «Priez, avait dit le prêtre, mais pourquoi? Dieu avait sûrement mieux à faire que de se préoccuper des Gervaise qui courent le monde à la recherche du bonheur!»

Et le bonheur, se demandait-elle, qu'est-ce que c'est? À quoi se mesure-t-il? Le saurait-elle un jour? S'il est une chose, une seule chose qu'elle demanderait à son Dieu, ce serait qu'Il lui donne l'espérance afin qu'elle puisse poursuivre sa vie parsemée d'épreuves.

Certains jours, plus pénibles, elle manquait de confiance, accablée par le poids de sa peine. Le souvenir de sa tante lui revenait en mémoire. Sa tante et mademoiselle Anita; jeunes et belles toutes les deux, amantes de la vie et pourtant vouées au même calvaire... à redouter constamment un mal qui les immobilisait dans l'attente d'une mort lente; avoir à lutter pour ce simple et naturel réflexe qui est de respirer: leur vie dépendait d'un souffle. Quoi de plus banal que de respirer? Pourtant, elles avaient accepté l'épreuve pendant d'interminables années, confrontées à ce mal impitoyable qui les minait inlassablement.

Et elle, Gervaise, elle oubliait de dire merci à son Dieu qui avait opéré un miracle en lui permettant de marcher!

Elle pleurait. Ses pensées, un instant égarées sous la profondeur de sa peine, la ramenaient lentement à la réalité. Sa réalité, celle qu'elle avait quelque temps oubliée parce que, ici, dans cette maison, on ne lui avait jamais souligné son infirmité. Non, pas une fois on n'avait fait allusion à son handicap; elle n'avait plus entendu le mot boiteuse.

Mieux encore, on avait su respecter son intimité; on ne l'avait jamais questionnée. Oui, Gervaise devait l'admettre: ici, elle n'avait pas trouvé qu'un toit, du pain et de l'affection; elle avait goûté à la délicatesse de l'âme.

Gervaise alla s'asseoir dans la bibliothèque et écrivit une longue lettre à mademoiselle Anita dans laquelle il était question de confiance, d'amour et de gratitude. Elle terminait en relatant la conversation qu'elle avait eue avec le prêtre et lui fit part de sa décision d'accepter la proposition d'aller au couvent. Là-bas, elle serait plus près de Dieu, à qui elle confierait la santé de sa chère protectrice.

C'est le cœur allégé d'un grand poids que ce soir-là elle s'endormit. À travers la méditation, elle avait trouvé la paix intérieure.

***

Une semaine s'écoula. Chaque jour, Gervaise espérait recevoir un mot écrit de la main de sa chère bienfaitrice, mais en vain.

Ce fut par l'intermédiaire du prêtre qu'elle eut des nouvelles de mademoiselle Anita qui se disait ravie par la décision de sa protégée. Elle la priait de garder tout ce qui lui avait été offert lors de son séjour chez elle, et poussa la bonté jusqu'à lui faire parvenir une somme d'argent pour défrayer le voyage.

«Je vous conduirai directement au couvent, Gervaise, j'en profiterai pour visiter ma cousine, l'occasion est toute désignée. Nous ferons le voyage ensemble», avait dit le curé Labrie.

Et il vint, ce jour redouté. Annette pleura beaucoup. Gervaise gardait les yeux secs; sa souffrance était intérieure, cuisante.

Le curé s'était présenté tôt, après avoir célébré le saint sacrifice de la messe.

Assise sur la banquette arrière de l'automobile, silencieuse, Gervaise regardait défiler le paysage. C'était la première fois qu'elle s'éloignait de sa Gaspésie natale. Elle suivait la route qu'avait probablement empruntée Raymond. Les nombreux villages et les petites villes l'impressionnaient. Elle surveillait les panneaux indicateurs et essayait de mémoriser ces noms aux consonances parfois étonnantes. Mont-Joli. Son cœur se serra: là se trouvait mademoiselle Anita. Rimouski la charma par ses maisons se touchant presque; une, de style canadien, toute rose se grava dans sa mémoire. Puis la cathédrale au clocher gothique et argenté, qui miroitait sous le soleil, et la série de spacieuses résidences en pierre, lesquelles délimitaient la ville et regardaient le Saint-Laurent.

De temps à autre, elle surprenait le regard du prêtre qui l'observait dans le rétroviseur. Elle lui souriait et il levait la main pour la saluer.

La marée était basse; la rive laissait voir des rochers aux aspérités nombreuses, lesquelles disparaîtraient quand la mer viendrait les cacher. «Quelle belle image de la vie!» ne put-elle s'empêcher de penser.

On frôla presque l'église de Trois-Pistoles dont les cloches, dissimulées sous les clochers, appelaient à la prière. Cette fois encore, comme à l'approche de tout temple du Seigneur qui se trouvait dans chaque village, dans chaque hameau, le prêtre soulevait son chapeau, sans doute par respect pour les saintes espèces présentes dans autant de tabernacles.

La jeune fille s'émouvait devant ces horizons nouveaux. Les livres ne lui en avaient pas présenté d'aussi intrigants, ceux-ci constituaient son voisinage. Elle ne pouvait pas s'empêcher de songer que derrière chaque fenêtre, quelqu'un luttait quotidiennement pour avoir droit à sa parcelle de vie. Combien de Julie ont peur? Combien d'Anita s'étiolent? Combien de générations s'y succèdent?

Non, elle ne rêvait pas: le fleuve perdait de plus en plus de son immensité. Ici, on pouvait percevoir l'autre rive. Une chaîne de montagnes donnait l'impression d'une fresque sur l'horizon bleu. «Le Saint-Laurent prend sa source dans les grands lacs et va se jeter dans l'océan.» La géographie ne mentait pas. Alors pourquoi disait-on «descendre à Saint-André», alors que l'on remontait le courant? Elle se promettait d'éclaircir la question...

Le prêtre qui n'avait encore rien dit depuis leur départ s'exclama:

— Là, en face, sur l'autre rive, se trouve l'estuaire du Saguenay.

«Tiens, pensa Gervaise, il doit avoir des sentiments bien particuliers pour cet endroit; c'est la première fois qu'il exprime tout haut sa pensée.»

— Nous arriverons bientôt.

— Je bois le paysage, rien ne presse...

Gervaise, inconsciemment, venait de dévoiler son état d'âme. Ses propres mots la ramenèrent à la réalité. Elle allait vers l'inconnu. Le décor y perdit en charmes...

Saint-André-de-Kamouraska. Oui, elle avait bien lu. Un village semblable à Saint-Cloud: un magasin général, un bureau de poste; une église? Non, pas encore. Mais, Dieu merci, le couvent étant situé face au fleuve, elle verrait l'onde et la fresque bleutée.

Il était là, tout en hauteur. Sa tôle galvanisée lui donnait une allure sécurisante. Une grande galerie juchée au deuxième étage ainsi qu'un escalier, long et large, rendaient le couvent imposant.

L'automobile s'arrêta à droite, sur une allée de gravier. Juste à côté se promenaient des jeunes filles vêtues d'un uniforme noir au collet raide, des filles calmes et posées. Quel âge pouvaient-elles avoir?

— Le noviciat, expliqua le prêtre. Ces jeunes filles sont des candidates à la vie religieuse, de laquelle elles font ici l'apprentissage.

— Ah! fit Gervaise.

Le curé, déçu, s'était attendu à plus d'émotion; tout au moins, à un peu d'intérêt ou de curiosité.

— Là derrière, s'étend la ferme qui fournit le couvent en légumes. Vous serez gâtée.

— Je n'ai pas vu l'église.

— Elle se trouve un peu plus loin, passé le noviciat.

— Monsieur le curé, je suis consciente de ne pas avoir été une agréable compagne de voyage, je vous prie de m'excuser. Tout était si nouveau; j'ai tant de choses en tête. Je tiens à vous remercier.

— Tut! Tut! Nous reparlerons de tout ça. Soyez heureuse, ici, mon enfant.

Ils gravirent l'escalier et sonnèrent à la porte du parloir qui s'ouvrit.

— Ce cher Raoul! Depuis si longtemps!

Ce fut l'accolade. La Mère supérieure, rouge de plaisir, recula de deux pas. Elle regarda son cousin de haut en bas, puis de bas en haut.

— Tu n'as pas changé!

— Mais toi, oui: trente livres en plus!

— Méchant!

Et se tournant vers Gervaise:

— Ainsi, vous êtes Germaine.

— Gervaise, rectifia la jeune fille en tendant la main.

— J'ai cette manie, je ne retiens pas les noms! Soyez la bienvenue.

— Merci, ma sœur.

— Ici, on dit Mère à toutes les religieuses.

Et elle entraîna Raoul dans une grande pièce où s'alignaient des chaises appuyées contre chacun des murs. Toutefois, on n'avait pas obstrué la fenêtre, elle était ornée d'une toute petite table à longues pattes surmontée d'une énorme fougère. La plante était la seule décoration des lieux, à part les photos jaunies de curés à bedons imposants. Gervaise remarqua que ces derniers regardaient tous dans la même direction.

Les deux religieux jasaient allégrement. Pour se donner une contenance, Gervaise se mit à examiner les cadres avec attention. Nom, date de l'exercice de leur sacerdoce, titres. Il y avait là des vicaires, curés, prélats, chanoines, évêques, Monseigneurs et en fin de ligne, Sa Sainteté le pape Pie XII. «Ce devrait être l'inverse, pensa-t-elle, le pape d'abord!»

Pendant les années qui suivraient, la jeune fille s'adonnerait souvent à cet exercice mental qui consistait à taire ses observations et ses commentaires personnels. Elle venait de faire son entrée dans la maison des grands silences, comme elle ne tarderait pas à la désigner.

La supérieure savourait chaque minute de la présence de cette visite rare. De temps à autre, elle jetait un regard en direction de Gervaise, apparemment satisfaite de son observation. Tout à coup, elle se raidit puis se pencha; à l'oreille de son cousin elle chuchota: «Tu ne m'avais pas dit que c'était une boiteuse! Ça change tout!»

Perplexe, le prêtre regarda la jeune fille. Peut-être n'avait-il pas jugé nécessaire de souligner cette infirmité? Gervaise s'éloigna, blessée dans sa fierté; le ton dédaigneux l'avait touchée. Elle resta le regard rivé sur la mer, le dos tourné à ceux qui s'entretenaient, à voix basse.

— Je dois partir, mes bonnes œuvres m'attendent.
— Dieu te garde. Reviens plus souvent.

— Et toi, prends bien soin de ma protégée.

Il avait appuyé sur chacune des syllabes composant le mot «protégée».

La porte se referma sur le prêtre, laissant Gervaise un peu plus triste. Et ce fut la litanie des recommandations.

— Suivez-moi, nous vous avons réservé une chambre près de la chapelle.

Gervaise crut déceler du regret dans la voix.

— Prenons l'ascenseur. En temps habituel, il est réservé aux malades et aux infirmes.

Le dernier mot se perdit dans le bruit métallique que fit la porte. Cela ne manqua pas de ramener l'adolescente des années en arrière, là-bas, à l'hôpital Sainte-Anne.

La chambre, pas plus grande qu'une cellule, avait une fenêtre intérieure, aux vitres givrées, qui donnait sur le passage. Un lit aux montants de fer, une table de chevet, une chaise et un chiffonnier: ce serait là tout son univers!

Les bagages avaient été déposés là; ils occupaient presque toute la surface découverte.

— C'est beaucoup, beaucoup trop de choses. Je vais vous demander de ne garder que l'essentiel. Rangez ce qui est superflu dans vos malles. Nous entreposerons le tout au *rangement*.

Les heures du lever, des messes, des repas, du coucher lui furent indiquées. Celle à laquelle elle devait éteindre la lumière aussi!

— Vous avez donc une heure pour vous reposer avant le repas. Ce soir, vous serez libre.

— Merci, ma sœur.

— Mère!

— Pardonnez-moi.

Ouf! La porte s'était enfin refermée. «Seule, enfin seule.»

Gervaise se laissa tomber sur son lit. «Mais c'est l'enfer! Et l'heure des classes? Elle n'a pas mentionné l'heure des cours!»

Elle attendrait le soir pour se séparer de ses trésors. Pour le moment, elle ne voulait penser à rien. Il ne restait que trente minutes avant d'affronter le quotidien qui deviendrait son nouveau mode de vie. Elle se leva, brossa ses cheveux. Elle s'inquiétait un peu, car elle se demandait comment elle se retrouverait dans ce labyrinthe que constituait le couvent. Tout ce qu'elle savait, c'est que sa chambre était près de la chapelle.

Sa première erreur la mena dans un endroit qui s'avéra une révélation: la porte qu'elle ouvrait doucement conduisait au jubé de la chapelle. Bien que minuscule, celle-ci invitait à la prière. La lampe du sanctuaire brûlait: Dieu était là. Elle s'agenouilla et une grande paix se glissa dans son âme. Elle cacha son visage dans ses mains et se perdit en réflexions. Dans la nef, une religieuse quitta son banc, fit la génuflexion et se dirigea vers la sortie. Sœur Saint-Herménégilde vit cette fille, là-haut, qui semblait perdue dans sa méditation. Elle s'arrêta et la regarda avec insistance, puis sortit doucement. Elle avait compris qu'il s'agissait là de la nouvelle arrivée. Elle monta à l'étage, se dirigea vers le jubé où elle croisa une consœur.

— L'arrivante n'est pas à sa chambre! Ses bagages ne sont pas défaits. Où serait-elle bien passée?

— Elle prie, agenouillée, là.

Gervaise fut rappelée à la réalité. Elle fut dirigée dans un immense réfectoire où étaient attablées des personnes âgées. À son entrée, un grand silence se fit. Gervaise sourit à la ronde. On la regarda, mais c'était le mutisme le plus complet. C'est à peine si Gervaise pouvait avaler; son estomac se révoltait.

Le repas terminé, une jolie religieuse, jeune et enjouée, se présenta à Gervaise.

— Je suis sœur Pauline.

— Bonsoir, sœur Pauline. Gervaise Lamoureux. Dites-moi, quelle attitude dois-je adopter? Vous tendre la main? Je n'ai aucune idée du protocole à suivre.

— Vous me plaisez, vous!

Gervaise sursauta, cette réponse l'étonnait.

— Lorsqu'on vous présente, une légère inclinaison de la tête suffit. Jamais de familiarité avec les membres des ordres; il faut éviter de les toucher... On m'a priée de vous faire les honneurs des lieux.

L'œil était narquois; la voix, cristalline. Le ton se fit subitement plus sobre, car la Supérieure arrivait derrière Gervaise d'un pas si silencieux que cette dernière poussa un léger cri de surprise.

— Vous étiez en retard au souper, à ce que l'on m'apprend.

— J'étais à la chapelle.

— Et que demandiez-vous à Dieu?

— Pardon, Révérende Mère, mais ça, c'est entre Lui et moi.

Sœur Pauline, amusée, porta la main à sa bouche.

— Passe pour cette fois.

La supérieure allait quitter; elle s'arrêta, corrigea:

— À propos, on ne dit pas «entre Lui et moi», mais «entre Dieu et moi!».

Puis elle s'éloigna, le bec pincé.

Sœur Pauline fit un clin d'œil à Gervaise qui devait se retenir pour ne pas pouffer de rire.

— Vous me plaisez aussi... sœur Pauline.

— Je l'espère bien!

— Est-elle toujours aussi chipie?

— Chut! Quelle vilaine expression! Mais, ma chère Gervaise, elle incarne l'autorité...

— Figurez-vous que j'avais deviné!

— Il a été question de vous au moment du dessert ce soir.

— Et?

— Sœur Herménégilde vous aime bien, elle aussi.

— Je ne la connais pas.

— Vous aurez cet honneur. Elle vous a entrevue à la chapelle et a été touchée par votre dévotion. Vous êtes pieuse, n'est-ce pas? Vous ne répondez pas, c'est que vous êtes humble. Écoutez, ma petite, sœur Herménégilde est une personne extraordinaire: elle est pleine de bon sens, a l'âme délicate. Sachez vous en faire une alliée. Il y en a peu ici qui répondent à ces qualifications...

— Pourquoi me dites-vous toutes ces choses?

— Comme vous êtes impulsive! Ça vous perdra.

— Moi qui croyais que toutes les religieuses étaient des anges de charité!

— Mais, ma chère Gervaise, vous aviez mille fois raison.

Et une pointe de moquerie brilla au fond de ses yeux. Le dialogue se poursuivait. Sœur Pauline donnait des explications sur les différents locaux. On ne pouvait pas les visiter tous, car certains étaient interdits aux profanes. Sans que Gervaise ne sache comment, elles se retrouvèrent devant la porte de sa chambre.

— Essayer de tout mémoriser, ce n'est pas malin. Demain, vous recevrez des directives concernant les autres sujets. Dormez bien.

Gervaise remercia et entra dans le seul endroit de la maison où elle avait droit à quelque intimité. «Quel phénomène! Se moquait-elle de moi? Était-elle sincère?»

Elle se coucha et s'endormit.

***

Le couvent, bien sûr, était un établissement pour les femmes. On y croisait peu d'hommes en dehors de l'aumônier, du bedeau, du commissionnaire qui était aussi l'homme à tout faire et des mâles qui travaillaient sur la ferme, mais que l'on voyait rarement.

Un étage complet était réservé aux dames âgées qui, moyennant une somme minime, y vivaient à titre de pensionnaires. Elles avaient à leur disposition un réfectoire, où on se berçait entre les repas, et deux dortoirs. Hors les offices religieux, ces dames avaient droit à des visites à la chapelle, mais à certaines heures seulement. L'été, le balcon longeant le réfectoire, à l'arrière de la bâtisse, leur était réservé.

C'est dans cette salle à manger commune que Gervaise prendrait ses repas. Là se trouvaient deux longues tables flanquées de bancs pour les moins âgées et de chaises pour les autres. Le quatrième étage abritait le dortoir des jeunes filles pensionnaires et les quartiers réservés aux religieuses, et le deuxième les classes, la chapelle, les appartements de l'aumônier, alors qu'à l'entresol étaient situés le réfectoire des filles pensionnaires et les cuisines.

Partout, les parquets étaient d'une propreté impeccable, cirés et polis, comme des miroirs. «La propreté est le seul luxe des lieux», songea Gervaise.

À son réveil, elle s'efforça de mettre de l'ordre dans sa tête en tentant de reconstituer les espaces visités, les escaliers, les corridors, les locaux, et par qui ils étaient occupés.

Chez mademoiselle Anita, chaque jour, elle faisait de longues promenades autour de la maison, «car l'exercice est nécessaire». Ici, parcourir ces énormes passages, arpenter quotidiennement ce capharnaüm avait de quoi faire passer le goût de la marche.

Gervaise vida une malle sur son lit. Dans celle-ci, elle déposerait ce qui lui serait inutile ici. Elle y emmagasina donc sa robe et son voile de communiante, ses beaux souliers blancs devenus trop petits, de toute façon. Elle hésita, puis décida de se séparer de son précieux syllabaire. Chaque objet destiné à aller choir aux oubliettes lui rappelait des souvenirs; c'est pourquoi son choix était difficile. Elle ne pourrait même pas s'entourer de ces choses aimées qui lui rappelaient son passé!

«Si l'on croit que je vais attendre ici que sonne l'heure qui marquera mes vingt et un ans, on se trompe.» Cette révolte intérieure l'apaisa.

***

Après avoir sérieusement réfléchi, Gervaise avait pris la ferme résolution de s'informer au sujet de ses études. C'est ce qui avait, d'abord et avant tout, influencé sa décision de venir vivre ici. Maintenant, elle n'était plus sûre de rien; avait-elle seulement eu le choix entre accepter et refuser?

Au déjeuner, elle s'étonna quand elle vit une religieuse vêtue différemment des autres. Sa cornette blanche plutôt que grise cachait presque son visage; son attitude était très humble. Gervaise s'en approcha.

— Bonjour, Mère.

— Ma sœur, reprit cette dernière; bonjour, Mademoiselle.

«C'est à devenir fou! pensa Gervaise. Qui pourra m'expliquer la différence entre une Mère et une sœur?»

— Dites-moi, ma sœur, où dois-je m'adresser pour voir la Supérieure?

— Notre Mère supérieure a un bureau situé au deuxième étage.

— Merci, ma sœur.

La religieuse l'avait à peine regardée, mais son attitude n'avait pas été arrogante ni impatiente. Tout ça intriguait Gervaise, qui avait développé la manie d'observer les gens de son entourage quand elle changeait de milieu.

Elle méditait sur tout ça lorsqu'une des dames pensionnaires s'approcha et lui souffla à l'oreille:

— Voyez plutôt Mère directrice, elle est plus humaine.

Gervaise regarda la dame et lui sourit. L'autre s'éloignait déjà, faisant mine de rien.

«Tiens, pensa Gervaise, il y a ici des clans. Cette dame appartient à celui de sœur Pauline.»

Elle descendait l'escalier, l'allure décidée. Malgré les conseils reçus, elle se rendait chez la Supérieure: il lui fallait asseoir ses positions, une fois pour toutes. Voilà que sœur Pauline montait; elles se croisèrent.

— Dites-moi, quelle différence y a-t-il entre une Mère et une sœur?

— L'une a un utérus utile et l'autre un utérus en attente!

— Hein?

Sœur Pauline continuait à descendre. La pénombre n'avait pas permis à Gervaise de voir le visage moqueur de celle qui semblait spécialiste dans l'art de donner des réponses-chocs. Ce trait d'esprit amusa Gervaise qui se présenta au bureau de la Supérieure.

— Vous voilà d'humeur joyeuse. Puis-je conclure que votre séjour chez nous vous plaît?

— Mère, je me présente devant vous dans un but bien précis. Il a été entendu que je pourrais poursuivre ici mes études en vue de l'obtention d'un diplôme...

— Je sais, je sais, trancha la Supérieure. On a préparé votre horaire. Chaque chose en son temps et lieu. Vous arrivez à peine! Soyez donc moins impatiente! Quand on m'a parlé de vous, j'ai fait de grands rêves à votre sujet: je misais beaucoup sur vous.

— Vous misiez? Et maintenant?

— C'est différent. L'avenir dépendra de vous. En attendant, voici la liste des travaux à exécuter, ce qui couvrira les frais de votre pension.

L'entrevue était terminée, c'était évident, car la sainte personne gardait les yeux baissés et s'affairait à ranger sa paperasse. Gervaise balbutia un merci du bout des lèvres et sortit. La colère grondait tellement en elle qu'elle fila vers la chapelle. Là, elle aurait la paix et pourrait ruminer tout ça. Qu'avait-elle pu faire de si répréhensible depuis son arrivée qui aurait ainsi modifié les attentes de la religieuse? Le ton était dédaigneux, voire méprisant! «Qu'est-ce qui a pu faire pencher la balance contre moi à ce point?»

La question demeurait sans réponse. Gervaise déplia la feuille de l'horaire; il s'y trouvait l'énumération des travaux qu'elle devait accomplir. Le début de la liste était dactylographié avec soin. En bas, on avait complété au crayon: «avant... et après...». «Ça alors, c'est sérieux! En perdant la confiance qu'elle avait mise en moi, j'ai, du coup, perdu toute considération. Cherche-t-elle à me punir? Mais de quoi? Mon Dieu, répondez-moi!... Voilà que l'on va faire de moi une fille pieuse.» Cette dernière pensée la dérida un instant.

La réalité était pourtant très simple: on n'avait pas prévenu la Supérieure que Gervaise était infirme. Là résidait le problème.

N'eût-elle pas été boiteuse, Gervaise aurait été un sujet parfait pour la communauté. Après ce qu'on lui avait dit au sujet de la jeune fille, la Supérieure s'était juré d'en faire une adepte. Elle avait rêvé pouvoir l'ajouter au noyau des novices.

Hélas! Gervaise était boiteuse, et n'avait pas de dote. Le plus qu'elle pouvait espérer était de devenir une sœur converse: être la servante des religieuses de rang supérieur, se vouer au service de l'entretien du couvent, garder les yeux baissés et demeurer dans l'ombre. Voilà ce que serait son lot. Pour remplir ces fonctions, il faut beaucoup d'humilité, un énorme esprit de dévouement et une âme plus que généreuse.

Les occasions d'être humiliée ne manqueraient sûrement pas!

La Mère supérieure jaugerait cette fille, sonderait ses reins et son cœur afin de pouvoir l'évaluer. Aussi avait-elle ajouté des travaux à la liste initiale, qu'elle avait mis bien du temps à préparer. Elle avait voulu être équitable, sans pour autant décourager la bonne volonté de cette jeune fille qu'elle saurait gagner à sa cause; pour le moment il fallait éprouver son caractère.

Au moment de se lever, Gervaise, restée agenouillée très longtemps, ressentit une douleur vive à sa hanche droite. «Ah! cette hanche! Je ne pourrais jamais devenir une sœur contemplative, songea-t-elle. Le cloître et la prière... Voilà!» Là résidait la réponse, elle comprenait enfin! Là se trouvait le nœud de l'intrigue: son infirmité. Infirme, donc indigne de porter le voile, indigne de la communauté, indigne, point! Eh! bien, on verrait!

***

Gervaise adorait les heures passées en classe. La maîtresse s'émerveillait des résultats de cette fille sans prétention qui semblait tout savoir. Son talent et sa soif d'apprendre l'épataient. Pour cettte raison, Gervaise bénéficierait des bonnes grâces de la religieuse enseignante.

Les travaux d'entretien enchantaient moins Gervaise, mais elle s'y prêtait résolument. Un jour, elle lavait les vitres à l'aide d'un tampon trempé dans de l'eau additionnée de vinaigre. Sœur Pauline s'avança et susurra:

— La sœur est vêtue de blanc et se dévoue au service de la Mère, qui elle, est vêtue de gris... Voilà, Gervaise, la différence entre une mère et une sœur.

— Mais, le vôtre, votre utérus? riposta Gervaise, l'œil amusé.

— Votre question m'étonne, mais puisque ça vous intéresse, je vous dirai qu'il est fiévreux et en attente...

— Oh! Sœur Pauline!

Celle-ci lui sourit et ajouta:

— Je crois avoir trouvé en vous une alliée.

— Disons plutôt une amie. Venez salir vos mains blanches, aidez-moi.

— Pourquoi pas?

Sœur Pauline releva ses manches et se mit au boulot.

— On vous appelle sœur Pauline, et pourtant...

— Mes vœux ne sont pas prononcés, pas encore. C'est celui de chasteté qui me cause le plus de soucis...

Gervaise n'en croyait pas ses oreilles! Était-ce bien une religieuse qui lui tenait tel langage?

— Vous voilà tout à fait déculottée!

Gervaise jeta un coup d'œil à la ronde.

— Si on vous entendait?

— Allez tout raconter à Mère supérieure.

— Non merci. À Mère directrice, peut-être. Elle est plus humaine.

— Tiens, tiens, vous êtes dans le secret. On vous fait confiance à tous les niveaux de la hiérarchie!

— Allez, laissez tomber cette sale besogne.

— Il n'y a pas de sale besogne, c'est une bonne motivation qui vous fait défaut; vous œuvrez par dépit.

— Seriez-vous psychanalyste? demanda Gervaise avec humour.

— Non, psychologue clinicienne.

Et elle s'éloigna. Gervaise, croyant qu'elle badinait encore, sourit.

***

Ce soir-là, elle écrivit à son père et à mademoiselle Anita. Elle leur parla de son asile sacré: la chapelle.

Pour ne pas inquiéter les absents, elle s'en tint à des sujets simples et impersonnels.

Malgré les propos tempérés de sa fille, Arthur, inquiet, ne parvenait pas à s'endormir. Il sentait que Gervaise ne lui disait pas tout. Pourtant, le curé de Saint-Florant avait su le rassurer: un couvent, des religieuses; les épouses du bon Dieu!

La réponse d'Arthur ne tarda pas à venir. Une enveloppe affranchie d'un timbre-poste orange, d'une valeur de quatre sous, fit sourire Gervaise: il portait l'effigie du roi George VI, alors qu'Élisabeth II était souveraine régnante depuis 1952. «Papa n'est pas un fervent de la plume!» C'est alors que Gervaise constata que, horreur, l'enveloppe avait été ouverte, ce qui la fit fulminer; elle se sentait lésée jusque dans sa plus stricte intimité.

L'écriture de son père était à peine lisible. Il savait lire puisqu'il lisait son journal, mais il écrivait au son. «Pauvre papa! Voilà pourquoi il insistait tant pour que Raymond fasse ses études.»

Gervaise remit la lettre dans l'enveloppe et se rendit au bureau de la Supérieure. Elle plaça la missive sur la table de la Révérende Mère, chercha son regard et dit:

— Mère supérieure, il ne faudrait plus que ceci se reproduise! Je n'ai pas à être espionnée et vous n'avez pas autorité sur ma correspondance.

— Ce processus est automatique. Toutes les lettres adressées ici sont censurées; c'est le règlement.

— Ce qui vous permet de vous glisser dans la vie privée des gens, de découvrir leurs secrets. Je ne suis pas religieuse, moi!

Et après un silence, elle ajouta:

— Tout au moins, pas encore! Je ne suis ni mère ni sœur!

Le ton était ferme mais poli. Gervaise se leva et, sans plus attendre, sortit sans se retourner. «De deux choses l'une: je vais gagner son respect ou m'attirer sa haine!»

***

Mère Herménégilde souffrait de boulimie. «La mie est en dedans et les boules tout autour», dirait d'elle un jour sœur Pauline.

Accueillante, aimable, trouvant toujours le mot pour réconforter, elle avait su conquérir le cœur de Gervaise dès leur première rencontre.

En plus de s'occuper de la lingerie, elle enseignait la dactylographie, avait la responsabilité de la procure et consacrait son temps libre à la bibliothèque. Constatant que la jeune fille était de plus en plus mélancolique, elle s'ingénia à trouver un moyen d'occuper son esprit. Au mot «lecture», les yeux de Gervaise s'illuminèrent.

— Je ne vous conseille pas la vie des saints; c'est une lecture que l'on fait lorsqu'on est devenue grand-mère, dit-elle d'un ton indulgent.

Les semaines passèrent. Gervaise renouvelait sans cesse sa réserve de livres.

— Trop vite; je soupçonne que vous n'éteigniez pas à l'heure convenue.

— C'est l'avantage d'avoir ma chambre près de la chapelle: l'endroit est désert le soir... J'ai vite fait de constater que la lumière diffuse que répand la lampe du sanctuaire pourrait se confondre avantageusement avec celle qui s'échappe de mes fenêtres givrées.

— Attention à vos yeux, jeune fille.

Le ton laissait percer clairement la désapprobation voilée mais ferme. Cependant, jamais elle ne lui refusait un volume. Elles passaient beaucoup de temps à causer littérature tout en accomplissant leurs tâches.

— Je vous dois beaucoup, Mère. Je ne sais pas si j'aurais pu traverser seule ces longues heures de solitude.

— Si vous saviez comme je vous comprends. Ma famille est à plus de mille milles.

— On vous visite parfois?

— Non, les miens sont trop pauvres pour se le permettre.

Gervaise posa sa main sur celles qui avaient tant œuvré.

— Ne vous méprenez pas, ma petite. Je suis heureuse, très heureuse d'être l'épouse du Seigneur. Le monde n'aurait pu m'apporter plus grand bonheur. Bientôt, il y aura fête. Ce sera un grand jour pour toutes les sœurs de la congrégation. Nous nous aimons, nous nous réconfortons les unes les autres; nous formons une grande famille.

Gervaise baissa la tête, elle ne pouvait pas comprendre. Pour elle, une famille, c'était autre chose.

***

Il sembla à Gervaise que la Supérieure avait quelque peu relâché sa surveillance. Elle ne la voyait plus flâner autour de sa chambre à toute heure du jour.

Le jubé était devenu son endroit de prédilection. Elle adorait voir le soleil jouer dans les vitraux, les faisant refléter de mille feux. Elle aimait ce calme enveloppant et méditait sur la puissance et l'envoûtement que le divin a sur l'homme.

Un après-midi, lors d'une promenade, elle s'aventura plus loin, là où les champs prenaient le nom de jardin à cause des légumes qui y poussaient. Elle humait la terre qui exhalait des odeurs, lui rappelant sa Gaspésie. La nostalgie causée par l'éloignement se glissa en elle. Une lettre de son père lui avait souligné à quel point ils se connaissaient peu (ou mal); les lacunes glissées dans leur relation étaient nombreuses et, avec le recul, elle le comprenait.

Tout à coup, elle s'immobilisa: elle venait d'entendre rigoler. Une voix de femme lui parvenait puis, plus rien. «C'est le vent, sans doute, qui charrie des sons.» Sur la droite, elle remarqua une butte de roc et de sable. C'est alors qu'elle vit nulle autre que sœur Pauline, adossée au monticule avec un homme, un fermier sans doute. À quoi jouaient-ils?

Gervaise, craignant d'être aperçue, se recroquevilla et recula lentement. On roucoulait là-bas, il ne s'agissait sûrement pas de prières! Et Gervaise qui s'était reproché ses paroles irrévérencieuses lorsqu'elle s'était informée de la condition de son utérus!

«Je reste en bordure du champ. Si quelqu'un allait venir, je saurai le retenir. Non, eh! de quoi je me mêle?» Et Gervaise restait là, amusée. «Elle est un vrai gibier de potence en jupon! Oh! si Mère supérieure savait! Oh! là là!»

— Coucou!

Gervaise sursauta. Tournant la tête, elle vit venir sœur Pauline, du sourire plein les yeux.

— Ainsi, vous empruntez mon sentier! Le sentier des émotions!

Désirant faire dévier la conversation, tout en s'inquiétant de l'allure de complicité de sœur Pauline, elle jeta:

— Il fait une de ces chaleurs!...

— J'ai aussi ce problème! Je suis si chaude que je dois dormir par-dessus les couvertures. Ce soir, je serai paisible... je dormirai comme un ange. Dites-moi, le nom de Gervaise figure-t-il sur la liste des saints?

La désinvolture et le ton léger de la jeune religieuse laissaient la jeune fille déconcertée.

— Sinon, vous comblerez cette lacune le jour de votre mort.

Gervaise, n'en pouvant plus, pouffa.

— Ce n'est pas trop tôt: enfin, une réaction normale et saine! Voyez-vous, Gervaise, le péché est une transgression de la loi divine. Or Dieu a institué la loi de l'amour. Donc, l'amour n'est pas un péché!

Gervaise éclata de rire.

— Vous n'avez pas peur que votre supérieure découvre...

— J'ai sa bénédiction!

— Quoi?

— C'est moi qui suis, ici, l'exorciste. Je choisis les moyens; cette autorité m'est confirmée par mon degré universitaire.

— Tout de même... le fermier!

— Comment, le fermier? C'était l'aumônier, ma chère.

La silhouette du saint homme se dressa devant Gervaise, pâmée de rire. L'aumônier: mince comme une échalote, gris comme un tison éteint, avec une tonsure épousant tout son crâne et de grands yeux illuminés par la flamme intérieure...

— Vous comprenez, parvint à articuler sœur Pauline, il faut que j'empêche le sang de se figer dans ses veines!

— Taisez-vous! De grâce, taisez-vous. Je...

— Continuez... Vous alliez dire: «Je vais faire pipi dans ma culotte!» Je n'ai pas ce problème-là, je n'en porte pas: moins chaud, plus pratique!

De ses deux mains, Gervaise battait l'air; elle riait trop, elle avait mal.

— C'est bien, dilatez-vous la rate. Ça aussi, c'est sain.

Et sœur Pauline, reprenant son sérieux, marcha vers le couvent.

— Que vais-je dire pour justifier mon retard? demanda Gervaise.

— Que vous étiez en ma compagnie, cria l'autre.

***

Dimanche. On célébrait la fête de la vénérable Marguerite d'Youville, fondatrice de la communauté des Sœurs de la Charité, les Sœurs grises, celles qui œuvraient au couvent. La prière, surtout, marquerait ce grand jour. Le chœur de chant avait pratiqué toute la semaine.

Gervaise avait mis un soin tout spécial à faire reluire les planchers du parloir: on attendait de nombreux visiteurs. Elle avait aussi prêté main-forte aux sœurs converses qui avaient préparé petits fours et limonade.

Les petites vieilles endimanchées avaient sorti leurs corsages démodés, lavé leurs cheveux blancs. Elles affichaient des mines réjouies.

La Mère supérieure n'avait jamais marché aussi vite, fait autant de remarques amères: le commandement ne se fait pas avec le sourire.

«Ah! si le cousin Raoul la voyait aujourd'hui, pensa Gervaise, sa chère et bonne cousine, celle à qui il m'avait confiée en toute tranquillité d'esprit!»

Mère Herménégilde souriait; un sourire condescendant, celui d'une personne qui en a vu d'autres. L'euphorie collective l'amusait.

Gervaise entra au jubé. Tous les sièges étaient occupés par le chœur de chant. Elle retourna à sa chambre, prit son unique chaise et revint se placer contre le mur.

L'orgue chantait l'allégresse. Mademoiselle Desjardins, vague parente d'Alphonse, le vénéré qui a fondé le mouvement des Caisses populaires, touchait le clavier, les yeux à demi fermés, en digne virtuose. Les élèves, le bec en u ou en o, articulaient les prières chantées.

Derrière l'orgue, le bedeau se désâmait à pomper l'air qui permettait à l'instrument d'émettre le son. Il manœuvrait le levier avec un art consommé, car il était conscient de l'importance de son travail.

Sœur Pauline était là; elle regardait le pompiste et

lui souriait; il rougit. Gervaise, qui avait tout vu, croyait se tromper. Sœur Pauline recula lentement, lentement. Elle se glissa furtivement jusqu'à côté de l'homme. Cette fois, Gervaise n'en doutait plus... Le pauvre diable, embarrassé, était cramoisi. Mais il pompait toujours, comme si sa vie dépendait de ses mouvements. La coquine chantait, le regard tourné vers le sanctuaire; rien dans l'expression ne laissait paraître ce qu'elle manigançait... Gervaise s'attendait au pire! La préface, le sanctus qui est un moment solennel, l'élévation, le silence, la clochette qui tinte, quelques quintes de toux. Sœur Pauline était là, le touchait presque. Il avait la tête inclinée, se tenait un genou en terre. Il était rouge jusqu'aux oreilles. Sœur Pauline toussotait, la tête franchement tournée vers lui. Les veines du front et du cou de celui-ci se gonflaient, il allait éclater!

Les voix du chœur de chant reprenant, Gervaise respira d'aise. Elle oubliait de prier; la manœuvre de sœur Pauline occupait ses pensées tout entières. Le bedeau réussissait à gonfler les poumons métalliques de l'instrument, sœur Pauline joignait sa voix à celles du groupe.

On entonna le Pater Noster. Sœur Pauline était maintenant derrière le bedeau. «Pardonnez-nous nos offenses», elle échappa son livre de prières... «Comme nous pardonnons à ceux qui nous ont offensés», elle se pencha: «Ne nous in...dui...sez... pas en ten-en-ta-tion...» C'est à ce moment précis que sœur Pauline porta un grand coup: en faisant un mouvement pour ramasser son missel, elle glissa d'abord sa main entre les cuisses du pompiste, et tâta furtivement... L'orgue manqua d'air, s'essouffla et le chœur de chant se mit à dérailler.

Sœur Pauline se colla prestement le dos au mur, ouvrit de grands yeux étonnés, toutes les têtes tournèrent vers le jubé. Mademoiselle Desjardins s'était exclamée, les fillettes s'étaient esclaffées, les officiants, un instant immobilisés. Gervaise, elle, s'était caché le visage dans son mouchoir pour étouffer son hilarité. Oh! miracle! Une voix vibrante et passionnée, une voix pure et belle, celle de sœur Pauline, reprit le verset: «Ne nous induisez pas en tentation, mais délivrez-nous du mal.»

Le bedeau se ressaisit, recommença à pomper, l'orgue respira, et le répons s'était élevé droit vers le ciel. «Amen.»

Dans la chapelle, au silence de la surprise avait succédé le fou rire; un fou rire bientôt devenu collectif. Mère supérieure s'était levée, s'était tournée vers l'assistance, avait promené son regard froid sur ces impies qui avaient figé. Elle avait ensuite levé les yeux vers le jubé, repéré sœur Pauline dont elle avait reconnu la voix. Elle lui avait fait un discret signe de tête pour la féliciter et lui témoigner publiquement sa reconnaissance.

On bougea un instant pour enfin retrouver son sérieux, et le saint office se termina dans l'ordre et le respect. Gervaise, incapable de se contenir, sortit de la chapelle et alla se jeter sur son lit où elle se pâma de rire. «Ce n'est pas le diable en jupon, c'est le diable en personne!» Et son hilarité la reprit.

Vint le moment de vanter les mérites de la vénérable Marguerite d'Youville. Après le banquet d'usage, l'aumônier rendit grâce au Seigneur pour avoir permis à ses ouailles de célébrer si glorieusement l'héroïne dans la gaieté. «Vous avez tous et toutes manifesté la pureté de vos âmes, comme des enfants, c'est-à-dire dans la joie. Le Seigneur Lui-même aurait permis cette difficulté technique pour vous permettre de vous égayer. Mais la chapelle est un endroit de prière, sœur Pauline l'a compris, et de sa voix d'ange elle nous a ramenés sur terre. «Ne nous induisez pas en tentation.» Dieu n'aurait-Il pas Lui-même choisi le moment propice, celui où l'on chantait cette strophe, pour permettre l'essoufflement d'un simple instrument de musique afin de nous rappeler que la tentation...»

Gervaise dut se lever, car à travers son envolée oratoire, le célébrant avait oublié la vénérée Marguerite et chantait les louanges de sœur Pauline. Cela dépassait sa capacité d'endurance. Elle regarda furtivement sœur Pauline qui gardait pudiquement les yeux baissés, dans une attitude des plus humbles. Si elle ne sortait pas de cette salle, elle allait pouffer.

Mère supérieure lança à Gervaise un regard meurtrier. Sœur Pauline baissa la tête; elle aussi craignait d'éclater de rire.

Gervaise ne quitta sa chambre qu'à l'heure du salut du saint-sacrement. L'atmosphère pieuse invitait à la prière. Sœur Pauline avait pris place à côté de la Mère supérieure; son attitude était des plus recueillies. Gervaise se surprit à remercier Dieu d'avoir placé ce phénomène sur sa route, ce qui adoucissait sa retraite dans ce lieu austère.

Elle rejoignit les dames pensionnaires pour le repas du soir. Elle se reput des commentaires qui ne manquaient pas de lui paraître plus fantaisistes les uns que les autres. Toutes étaient unanimes à vanter hautement les mérites de sœur Pauline: celle-ci avait réussi tout un exploit, celui d'avoir tout à fait éclipsé la vénérable fondatrice du tableau et d'avoir accaparé ses mérites. «Après tout, pensa Gervaise, peut-être bien qu'un jour, elle passera à l'histoire... si elle parvient à mater son appétit sexuel pour se conformer aux exigences de la vie moniale!» Mais elle en doutait fort.

***

Le lendemain aurait fort bien pu changer le cours de la vie de Gervaise. L'épreuve fut pénible; il fallut beaucoup de courage à la jeune fille pour la surmonter. Parce qu'elle était convoquée au bureau de l'autorité suprême, elle se hâta d'accomplir ses œuvres serviles, comme elle désignait les travaux d'entretien. Il lui tardait de retourner à ses bouquins et d'étudier.

Assise devant la Supérieure, elle dut attendre que celle-ci termine une lecture qui semblait occuper son esprit. Elle plia le papier précautionneusement, le rangea dans un tiroir qu'elle ferma à clé, laquelle clé elle déposa dans la besace dissimulée sous les plis de sa longue jupe.

Gervaise l'observait. Ses traits durs, ses gestes brusques et son air buté cadraient bien avec son intransigeance. «Peut-être a-t-elle beaucoup souffert», pensait Gervaise. Elle remarqua aussi qu'elle seule ne portait jamais cet éternel tablier bleu rayé de blanc qui recouvrait le saint habit; sans doute par souci d'économie.

— Que faites-vous qui demande tant de concentration? avait-elle demandé un jour à sœur Herménégilde.

— Je déteste cette corvée, car je hais la couture; mais de temps à autre, il faut changer de place les plis de notre jupe pour qu'elle dure plus longtemps, avait-elle répondu.

Gervaise comprit alors que ces grosses bâtisses, ces immenses propriétés, ces grands domaines, biens temporels des institutions religieuses, avaient été amassés à coups de sacrifices et d'abnégation par les membres actifs des communautés. Rien n'appartenait à personne, mais le tout à tous. Ainsi, le vœu de pauvreté s'expliquait. Que de générosité: le don de soi, de sa vie... pour la gloire de Dieu.

Non, l'autorité ne devait pas être facile à exercer. Gervaise devinait les conflits, les égratignures qui font mal, l'incompréhension, la rivalité aussi, causées par les divergences de caractère.

La Supérieure déposa son crayon, s'adossa puis, enfin, daigna regarder Gervaise.

— Vous m'avez fait honte hier. Une honte qui rejaillit sur nous toutes. Vous n'êtes pas ici en pension privée, libre de vos allées et venues, selon votre bon gré. Vous êtes une pauvre fille et une fille pauvre qui doit besogner pour payer gîte et couvert! Vous avez les sens en effervescence, ce qui vous perdra. Vous êtes effrontée et orgueilleuse, et pis encore, sarcastique. Vos rires refoulés, hier, votre sortie intempestive au beau milieu du discours d'un ecclésiastique démontrent bien les lacunes de votre éducation, vos manières cavalières et votre manque de raffinement. Tout ça doit cesser. Vous vous confesserez, demanderez pardon à Dieu pour cette effronterie dédaigneuse qui a terni notre jour de fête. Une telle conduite ne saurait s'excuser et passer inaperçue. Vous vous présenterez à l'atelier de couture et donnerez de votre temps; que vos jeunes yeux servent à une bonne cause! L'application que vous devrez apporter pour accomplir cette tâche demandant minutie et doigté occupera votre esprit rêveur et accaparera vos regards par trop langoureux.

Sidérée, Gervaise restait là, à écouter, incapable de réagir. Elle fixait la religieuse qui s'empourprait à mesure qu'elle crachait son venin.

— Baissez les yeux, effrontée, et sortez!

Comme un automate, la jeune fille se leva et sortit. Elle marchait dans le sombre passage, en somnambule.

Sœur Herménégilde venait en sens inverse. Elle salua Gervaise qui ne l'entendit pas, ce qui surprit sa protectrice. Elle prit son bras, l'attira vers la lingerie et ferma la porte derrière elles.

— Qu'avez-vous, mon enfant?

— ...

— Que vous est-il arrivé? Allons, mon petit, je suis votre amie.

Gervaise se précipita dans les bras de la nonne et éclata en sanglots.

— Tout doux! Tout doux, ma petite.

Gervaise se sentait honteuse, sale, indigne. Elle versa des larmes amères, les larmes de la souffrance de l'âme. Comme elle avait mal!

— Quand se sera tari ce déluge, je vous promets, Gervaise, de panser votre peine d'un baume qui va vite cicatriser l'écornure qui vous a tant blessée. J'aurais aimé attendre pour vous confier ce secret, mais vous avez besoin de l'entendre.

Les paroles prononcées avec tant de douceur incitèrent Gervaise à refouler sa douleur. La religieuse partageait sa grande peine. Peut-être souffrait-elle aussi? Ça, elle ne le méritait pas!

— Reprenez-vous, mon enfant. Retrouvez votre belle sérénité, ne laissez pas la méchanceté vous atteindre. Pardonnez à qui vous menace du glaive, votre âme ne pourra que grandir.

— Si vous saviez!

— Je sais... j'ai goûté l'amertume de ce calice.

Les mots avaient été prononcés dans un seul souffle.

— Allez vous reposer, mon enfant. Vous semblez exténuée. Demain, nous reparlerons; demain matin, après la messe. Et souvenez-vous, j'ai des choses merveilleuses à vous dire. Bientôt, sur votre tête se posera le diadème de l'honneur. Je vais prier pour vous.

Gervaise se rendit à sa chambre, se laissa tomber sur son lit. L'engourdissement la gagna peu à peu. Elle était blessée au plus profond de son être, mais sa conscience ne lui reprochait rien. Cette pensée la réconforta. Elle s'endormit.

Lorsqu'elle se réveilla, il faisait encore nuit. Elle se rendit au jubé et s'assit sur un banc de la première rangée. Le regard fixé sur la lampe qui jetait sa faible lumière, elle se perdit dans ses pensées.

«Pourquoi? Je ne mérite pas ça; alors pourquoi? Parce que j'ai quitté la salle? Ça, ce n'est pas la raison,

c'est l'excuse, une pauvre excuse! Pourquoi cette ava-
lanche de mots cinglants, d'insultes de toutes sortes?
Pourquoi avoir souligné aussi méchamment ma misère? Pourquoi me hait-elle? Le savez-vous, mon Dieu?
Alors aidez-moi à comprendre, éclairez-moi, dites-moi
quelle attitude prendre. Je ne veux pas, je ne peux pas
m'exposer encore à tant de haine!»

La pensée de la douceur de mademoiselle Anita
vint la réconforter un instant. Pensée qu'elle chassa.

«Il n'est pas question de m'apitoyer sur mon propre
sort. Ce sont des décisions que je dois prendre sans
délai. Vers qui devrais-je me tourner? L'aumônier? Ce
serait mettre mon âme à nu, en vain. Cette fois, elle n'a
pas fait allusion à mon infirmité. Sans doute a-t-elle
compris qu'elle ne m'atteindrait pas ainsi, et a cherché
à me blesser dans mon intimité la plus profonde. Dieu
qu'elle a réussi! Si elle savait comme elle m'a fait mal.
Elle m'a prise en aversion, comme maman autrefois...

«J'étais alors trop petite pour comprendre; je subis-
sais, sans appui. Parfois, j'allais chercher refuge auprès
de ma tante quand ma peine était trop grande. Je ne
pouvais m'expliquer cette peine, mais l'affection que
me témoignait ma tante, aussi impuissante que moi,
servait de compensation à mon besoin d'amour.
Raymond m'aimait, il était gentil. Moi, je l'admirais: il
était si fort, si beau! Et il m'a abandonné; il est parti.
Papa m'a manifesté de l'affection; il avait sans doute
pitié de moi! J'étais si petite, comment aurais-je pu lui
exprimer ce que je ressentais?

«Tout ce que je sais, je l'ai appris à travers la souffrance! Comme Julie, sans doute. Le calme et le bonheur trouvés auprès de madame Anita m'ont aidée à
me situer dans ma peine. Mon séjour auprès d'elle fut
une révélation: le bonheur est possible. Oui, le bonheur et la paix sont quelque part, mais où? Où trouver
ces rares oasis; où se cache le bonheur?

«Je dois surmonter ma peine. Je ne veux pas glisser vers le désespoir ou la révolte. Aidez-moi, mon Dieu. Je vous en supplie, aidez-moi! Je ne veux pas devenir méchante et amère; aidez-moi, mon Dieu!

«Je n'ai jamais questionné papa. À l'occasion des funérailles de maman, j'ai tenté d'en savoir plus au sujet de cette terrible colère qui a marqué mon enfance, mais sa tristesse m'en a empêchée. «Ta mère était très malade», m'avait-il dit un jour d'une voix brisée. Tout se cache peut-être derrière cette simple phrase.

«Et maintenant, c'est la Mère supérieure qui me harcèle: des petits coups d'épingle à tout propos, une constante désapprobation, des regards dédaigneux. Elle exige sans cesse plus, elle n'est jamais satisfaite...

«Dois-je tout subir en silence? Plier l'échine et accepter les coups, comme Julie le faisait? C'est inadmissible.

«Je refuse l'idée de devoir vivre dans la crainte. Je ne veux pas devenir amère ou acariâtre; je ne veux pas vivre dans la haine! Elle ne semble pas pouvoir m'aimer, tant pis! Mais je ne dois pas la haïr, ce serait jouer son jeu, un jeu très vilain. Je vais l'oublier, oublier ses mesquineries; je ne lui prêterai plus attention.

«Madame Anita, Julie et sa mère, sans oublier papa et Raymond, sont la preuve qu'on peut m'aimer, pour moi-même, pour ce que je suis, telle que je suis. J'ai autour de moi des compagnes de classe aimables, incapables de comprendre, car protégées par leur famille et leur vie douillette. J'ai aussi sœur Herménégilde, sœur Pauline, sœur Saint-Louis Adélard et sœur Clara. Je dois cesser de m'inquiéter; j'éviterai la Supérieure, je dois m'affermir. Aidez-moi, mon Dieu.»

Gervaise ouvrit les yeux. Elle se sentait plus forte, rassérénée. Le soleil jouait avec les vitraux qui s'éclairaient, l'aurore était là. Elle tenait toujours à la main ce chapelet qu'elle avait oublié de réciter.

***

Le règlement de la congrégation veut que chacun de ses membres se soumette à une règle commune: le soir, les religieuses se réunissent et confessent publiquement leurs erreurs du jour. Il appartient à la Supérieure de trancher les dilemmes et, parfois, d'aller jusqu'à imposer des sanctions. Cette façon de pratiquer la vertu d'humilité leur permet de se sentir membre actif et vivant de ce groupe homogène qui doit sacrifier sa personnalité au service de la communauté et de Dieu. Les liens qui les unissent en sont d'autant plus resserrés; ce qui sert bien la cause et aide à atteindre le but ultime: l'amour de Dieu et du prochain.

Ce soir-là, la Mère supérieure n'était pas très fière de sa conduite. Sa cruauté à l'endroit de Gervaise la laissait penaude. Elle s'était laissé emporter par ses frustrations peut-être... Elle était taciturne.

Sœur Herménégilde le devina et comprit. Gervaise avait subi un assaut de la part de la direction, comme elle, autrefois. S'agissait-il d'une façon de mettre l'âme d'une jeune religieuse à l'épreuve? C'est ce qu'elle avait pensé alors. Mais Gervaise, pourquoi la faire tant souffrir? Dans quel but?

Quand vint son tour de se confesser ouvertement, la religieuse fit un aveu qui troubla la Mère supérieure:

— Aujourd'hui, j'ai vu souffrir une âme pure et belle. Ma conscience m'a dicté de lui apporter support et consolation. Je dois ajouter que j'ai très mal jugé la personne responsable d'une telle douleur. Pardonnez-moi, bonne Mère.

Les religieuses retenaient leur souffle. Qu'allait-il se passer? La Supérieure passa la main sur la tête de sœur Herménégilde agenouillée devant elle, et lui répondit simplement:

— Les jugements ne sont pas du ressort de l'humain,

ils relèvent de l'autorité divine; vous vous confessez au prêtre d'abord, puis à Dieu!

Sœur Pauline serra les poings. Elle devina qu'il était question de Gervaise; elle avait surpris le regard noir que la Supérieure avait lancé à la jeune fille lors de sa sortie de la salle, le jour du banquet. Elle se sentait la grande responsable et craignait de perdre Gervaise qu'elle aimait beaucoup.

La Sœur supérieure poursuivait son interminable harangue: «L'amour et la gloire de Dieu doivent être nos seules préoccupations, car nous sommes ses épouses. Ne perdons pas de vue cette maxime. Que Dieu nous pardonne si nous succombons parfois à nos faiblesses humaines! Celles-ci font partie intégrante de notre nature de chair, conséquence du péché originel. Je vous bénis, mes filles. Que Dieu soit avec nous toutes.»

Une à une, les religieuses passèrent devant la Révérende Mère avec déférence et se dirigèrent vers leurs cellules pour y chercher le repos requis par ce corps exigeant, ce responsable des erreurs et des faiblesses.

Les sœurs supérieure et directrice sont les deux seules religieuses à bénéficier d'une cellule tout à fait privée et séparée; les autres religieuses occupent des cellules adjacentes, entourées par des murs qui n'atteignent pas le plafond. Elles sont isolées par un rideau leur servant de porte; pas de fenêtre, pas de luxe, pas d'espace perdu. Un simple matelas de laine posé sur un sommier, une table de nuit, une chaise, une veilleuse et un prie-Dieu constituent le mobilier: c'est respecter l'engagement du vœu solennel de pauvreté.

Ce soir-là, pendant que Gervaise goûtait l'amertume de son épreuve, des âmes pieuses qui avaient voué leur vie à Dieu pensaient à elle, s'inquiétaient pour elle, priaient pour elle.

***

Gervaise dormait. On frappa délicatement à sa porte. Elle sauta du lit et ouvrit.

— Sœur Sainte-Monique, notre directrice, vous prie de vous rendre à son bureau.

Gervaise était bouleversée. Elle ne s'était pas présentée à la messe, n'avait pas déjeuné.

«Une fois de plus, je vais me faire passer un sapin, comme disait mon père, mais mérité cette fois.»

Elle partit en trombe, croisa sœur Pauline, la salua. Celle-ci s'arrêta et l'interpella.

— Dites-moi, où courez-vous, Gervaise?

— Chez Mère directrice. Dites-moi, que signifient les mots «avoir les sens en effervescence»?

— Ah! Je vois. Et bien, ma chère, c'est ce mal dont je souffre, vous savez?

Et elle lui fit un clin d'œil. Gervaise se contenta de s'exclamer:

— Décidément, c'est une idée fixe!

Elle poursuivit sa course, un instant égayée par la fanfaronnade de cette vive-la-joie originale et farfelue qui, une fois de plus, l'avait distraite de son chagrin.

— Bonjour, Gervaise. Venez vous asseoir.

«Enfin, pensa la jeune fille, elle utilise mon prénom, je ne suis pas «son enfant».»

— Je serai brève. Certaine choses se doivent d'être dites, si pénibles soient-elles.

— Je...

La religieuse leva la main.

— Ne dites rien, écoutez-moi, plutôt. La vie en communauté, Gervaise, est semée d'opprobres comme partout ailleurs, et parfois d'injustices. Il faut savoir être indulgente, apprendre à pardonner puis, ce qui est plus généreux encore, à oublier. Selon nos règles, chacune de nous trouve, chez une compagne, le réconfort et l'appui nécessaires à la réalisation des épreuves qui mènent à la sanctification, car l'épreuve fait grandir celui qui la subit.

Elle fit une pause et reprit doucement:

— Sœur Herménégilde est celle toute désignée pour remplir ce rôle auprès de vous: elle vous aime beaucoup. Ouvrez-vous à elle, à elle et à Dieu. Ce cher bon Dieu, Il doit avoir bien souvent les oreilles rabattues par toutes nos petites mesquineries!

Gervaise baissa la tête et sourit.

— Vous êtes un être exceptionnel, Gervaise. Vous serez heureuse, je vous le prédis.

Le visage de mademoiselle Anita vint à l'esprit de la jeune fille: elle avait prononcé les mêmes mots.

— Allez vers votre ange gardien, il vous dévoilera un secret dont je l'ai relevé. Vous comprendrez à quel point le Seigneur a ses vues sur chacune de nous, sans qu'on le comprenne toujours. Allez, charmante jeune fille, allez.

Gervaise se leva, le cœur léger. Avant de sortir, elle regarda la religieuse, mais l'émotion l'empêcha de remercier.

— Vos yeux expriment votre reconnaissance, ma fille! Filez.

Elle s'éloigna et se dirigea vers le bureau de Mère Saint-Herménégilde qui l'accueillit tendrement.

— Je vous attendais, entrez. D'abord le sermon, dit en souriant la religieuse. Je vois sur votre visage que vous êtes sereine et en paix avec vous-même. Voilà l'importance d'avoir une conscience pure. Je crois que vous n'êtes pas un futur sujet religieux; le monde a aussi besoin de femmes fortes, fortes et éclairées. Les valeurs véhiculées ici et les épreuves vécues entre ces murs vous suivront partout et toujours, feront de vous un être d'élite. Aujourd'hui, vous en doutez, mais un jour, vous l'admettrez. Votre détresse, hier, vous honorait. Elle démontrait votre innocence. Vous avez souffert sans chercher à vous justifier, car vous n'aviez rien à vous reprocher. Votre âme est droite et forte, Dieu veille sur vous. Et maintenant, la bonne nouvelle. Promettez-moi de ne pas en tirer trop de vanité...

— Vous m'intriguez, sœur Herménégilde.

— Et pour cause! Gervaise, j'ai l'insigne honneur de vous apprendre que vous vous êtes classée première aux examens de fin d'année. Vous vous êtes mérité la médaille du lieutenant-gouverneur de la province de Québec. C'est là la plus haute distinction qu'on puisse obtenir. Vous savez ce que cela représente? Grâce à vos talents intellectuels, à votre assiduité au travail, à votre discipline personnelle, vous avez pu obtenir un tel résultat, vous qui n'aviez jamais fréquenté l'école; c'était inespéré! Je suis heureuse d'être la première à vous féliciter. Nous sommes fières de vous. Cet honneur rejaillit sur nous toutes et sur notre communauté.

Gervaise s'était levée, approchée de la religieuse pour l'embrasser tendrement sur les deux joues.

— C'est grâce à vous, grâce à votre affabilité, à votre douceur, à vos encouragements; et à Mère Saint-Louis Adélard qui s'est montrée si patiente en acceptant toujours de m'expliquer, de m'aider à comprendre.

— Eh! dites donc, et Gervaise, dans tout ça? Allez, c'est de la fausse humilité! Sachez accepter les honneurs qui vous échoient. Ça aussi, ça fait partie d'une bonne formation et du devoir d'état: les joies doivent être savourées.

— Je peux en parler à sœur Pauline?

— Elle sera enchantée. De toute façon, ce n'est plus un secret!

Ce soir-là, à la chapelle, ce furent des prières d'actions de grâce qui s'élevèrent vers le ciel, mêlées aux larmes de joie d'une Gervaise grisée par le bonheur; un bonheur auquel il lui faudrait repenser afin de mettre un peu d'ordre dans ses idées. «Même l'allégresse peut être désarmante», songeait-elle.

Joies et peines s'entremêlaient. Gervaise faisait l'apprentissage de la vie qui est ainsi faite.

Chapitre 9

La jeune fille, après avoir mûrement réfléchi, décida de se rendre à l'atelier de couture. Ce serait une bonne façon de démontrer à la Mère supérieure toute sa bonne volonté. Elle se soumettait, délibérément, à un ordre qui lui avait été donné sous la forme d'une punition.

Sœur Clara était en charge de la cuisine. Chaque jour, pendant quelques heures, Gervaise l'aidait, avant l'heure des repas. Cette religieuse ne manquait jamais d'exprimer sa gratitude à la jeune fille pour l'assistance qu'elle lui apportait.

Sous ses directives, elle apprenait le tissage invisible. «Un art, pensez donc: les aveugles le réussissent par le truchement du toucher uniquement, mais hélas! un art en voie de disparition.» Il s'agissait de faire le reprisage grâce au fil repéré dans les rebords du tissu.

Auprès de sœur Clara, tout était simple. Elle était peu communicative et n'entamait jamais la conversation. Aussi, en sa présence, Gervaise goûtait la paix. L'atelier de couture était, sans contredit, l'endroit le plus calme de tout le couvent. Dans cette atmosphère, on pouvait travailler tout en laissant errer ses pensées.

L'atelier était situé en avant du couvent, là où la lumière est grande et la vue sur le Saint-Laurent magnifique. Un soir, Gervaise dut y revenir pour avoir oublié ses clés sur la table de travail, ce qui lui permit de voir un superbe coucher de soleil. Le ciel semblait en feu et se mirait dans l'eau calme, ce qui lui inspira une prière: «Derrière tant de beauté se cache ta maison, mon Dieu; ce doit être grandiose chez toi.»

***

Gervaise, sous l'œil attentif de sœur Clara, apprenait à faire les boutonnières françaises.

— Bientôt, je n'aurai plus rien à vous apprendre.

— Je le regretterai, il est si bon de se trouver près de vous!

— Il y aura toujours la cuisine...

— Je ne crois pas qu'on vous ait permis de m'initier aux secrets de la couture uniquement dans le but d'ajouter à mes connaissances... le boulot ne manque pas! Et vos loisirs, sœur Clara, à quoi les occupez-vous?

— J'en ai très peu. Mais j'aime bien broder les vêtements sacerdotaux, faire les dentelles qui ornent les saintes nappes ou tout autre objet de culte.

— Vous n'avez jamais pensé à l'enseignement? Ce doit être passionnant!

Sœur Clara demeura un instant silencieuse puis elle avoua, avec regret semblait-il, que la vie en avait décidé autrement. C'est alors seulement que Gervaise remarqua qu'elle portait le costume des sœurs converses qui différait de celui des autres religieuses. «Elle n'est pourtant pas infirme», ne put-elle s'empêcher de penser.

— Aimeriez-vous que je vous enseigne le travail à l'aiguille?

— J'ai déjà quelques notions; une bienfaitrice m'y a initiée, hélas! trop peu de temps, mais elle avait des doigts de fée: elle réalisait de vrais chefs-d'œuvre.

La conversation fut brusquement interrompue; on priait Gervaise de se rendre au parloir.

Celle-ci se leva, déposa son travail sur sa chaise et s'éloigna, inquiète; sans doute que la Mère supérieure avait à lui parler. «Mais pourquoi me convoquer au parloir plutôt qu'à son bureau? Saurait-elle, par hasard, qu'elle et sœur Clara étaient bonnes amies? Chercherait-elle à briser cette amitié?»

Elle s'approcha jusqu'au parloir des religieuses dont la porte était fermée. On l'interpella. Son père, nul autre que son père était là, dans le parloir des élèves.

— Papa! Oh! papa!

Elle se pendit à son cou, folle de joie. L'homme refoulait son émotion.

— Laisse-moi te regarder, papa. Tes cheveux sont blancs comme une première neige, tes yeux semblent plus foncés. Il y a bien longtemps!

— Trop longtemps, ma fille, trop longtemps. Toi, tu as grandi; tu es devenue un beau brin de fille. Tu es heureuse? Dis-moi que tu es heureuse, ici, dans la maison du bon Dieu.

— Oui, papa, je suis heureuse. Et tu seras fier de savoir que je me suis classée première aux examens de fin d'année. J'ai gagné une médaille.

— C'était difficile, le concours?

— Plutôt, oui, mais j'avais bien travaillé.

— Alors tu es très savante maintenant.

— Savante? Non, peut-être pas.

— Parle-moi de toi, de ce que tu fais.

— Dis, papa...

— Je t'écoute, ma fille.

— Raymond, est-il revenu?

— Pas encore.

— Il ne t'écrit pas?

Le père hocha la tête négativement.

— L'ingrat!

— Chut, ne le juge pas. Il a sûrement de bonnes raisons, qui sait? Je ne désespère pas.

— Et toi, papa, que fais-tu?

— Je travaille comme homme engagé sur la ferme.

— Ta ferme!

— Oui, ma ferme. Mais tu devrais voir comme tout a changé. Il les a, lui, les beaux tracteurs dont j'ai tant rêvé. Et la terre rapporte bien. Les travaux finis, j'en ai profité pour sauter dans le train et venir te faire un brin de jasette. Je m'ennuyais tant de ma belle grande fille!

Il se tut un instant, l'air un peu embarrassé.

— Gervaise, j'ai touché un montant d'argent; j'ai presque fini d'éponger mes dettes. Je veux te gâter un peu, toi, qui ne demandes jamais rien. As-tu besoin de quelque chose? Tes souliers sont usés, viens, nous irons au magasin.

— Je dois demander la permission.

— Tu vis comme une nonne alors?

— Presque.

— Penses-tu à la vie religieuse?

— Non, papa!

— Voilà qui me semble bien déterminé comme réponse! Dis, tu ne me caches rien, n'est-ce pas?

— Mais non, que vas-tu chercher là?

L'homme regardait sa fille, cherchant à comprendre ce que cette réponse, trop catégorique, signifiait. Gervaise, toujours si douce, ne lui avait jamais parlé sur un ton aussi vindicatif. Il s'inquiétait. Dès qu'elle fut sortie du parloir afin de prévenir de son absence, il se mit à réfléchir. Lorsqu'elle revint, il ne manqua pas de remarquer ses mains rugueuses, ses traits tirés. Il ne dit rien, mais était fort préoccupé.

L'un près de l'autre, ils traversèrent le village et se rendirent au magasin général. Arthur insista pour qu'elle choisisse deux paires de souliers. Gervaise n'en revenait pas: des souliers noirs et des souliers bruns, quel luxe!

— Une jolie robe, ça te ferait plaisir? Une fille de ton âge a besoin d'une sacoche. Allez, choisis sur l'étalage.

Arthur prit un mouchoir de toile, orné de dentelle, et le lui remit.

— Je le garderai toujours, papa, en souvenir de ce beau jour, mais tu sais, ce n'est pas indispensable.

Il posa sa main sur sa tête et ébouriffa ses cheveux. Elle riait comme une petite fille. Ensemble, ils revinrent au couvent, bras dessus, bras dessous.

— Tu crois que ça fâcherait les sœurs si je venais plus souvent?

— Mais non, voyons, papa!

— As-tu des projets d'avenir?

— Parfois, je pense retourner dans notre village où je pourrais enseigner aux enfants.

— Ma fille deviendrait une enseignante! Pensez donc: ma fille, maîtresse d'école! Ma fille, maîtresse d'école!

Il en était tout remué.

— Ta tête, Gervaise, est aussi solide que ton cœur!

C'est dans la joie que se termina cette visite que Gervaise avait cessé d'espérer.

— Il faut que je parte; je ne peux rater le train de retour. Tu vois ça? Ton vieux père ne pourrait dormir chez les sœurs, sauf peut-être dans la chambre de l'aumônier...

Il riait de sa boutade. Gervaise, encore plus, car elle venait de penser à sœur Pauline...

— C'est bon de te voir rire ainsi! Tu es restée belle intérieurement.

— Tu crois? Tu crois?

Et Gervaise, à cause de sa pensée grivoise, éclata encore de rire. Son père se leva.

— Je m'en vais très vite, sinon je ne pourrai pas! Bonjour, ma grande; je pense à toi tous les jours. Quand tu parles au bon Dieu, dis-Lui de ne pas m'oublier.

Et il s'éloigna à grands pas. Gervaise ne fit pas un seul geste, ne l'accompagna pas à la porte. Elle restait là, à l'observer. Son dos était voûté; il n'était plus l'homme qui sautait les clôtures, bûchait et fendait le bois d'une main. Les années, le travail et le chagrin l'avaient miné.

Gervaise quitta le parloir, gravit l'escalier et se rendit au jubé pour méditer.

Dès qu'il fut dehors, Arthur s'inquiéta. «Ses mains,

pourquoi une fille si jeune a-t-elle les mains aussi maganées? Trop de labeur? Des ouvrages durs, ça ne peut pas être autre chose.» Il s'arrêta, s'appuya contre une clôture et continua de ruminer la question. «Ça n'a pas de bon sens. Je veux en avoir le cœur net.» D'un pas décidé, il revint vers le couvent. «Si je manque le train, tant pis, je passerai la nuit sur un banc à la gare!»

Cette fois, ce fut la Mère supérieure qui vint se présenter devant lui. Il gardait la tête baissée, très impressionné par la femme autoritaire qui se tenait là, l'œil sévère. Le beau discours qu'il avait préparé, les questions et les reproches qu'il voulait formuler, tout s'était volatilisé; il ne trouvait plus ses mots.

— Madame, hasarda-t-il.

— Ma Mère, appelez-moi Mère.

— Ma Mère, j'ai vu ma fille Gervaise.

— Je sais. Ne soyez pas inquiet, elle est soumise...

— Pardon? Je n'ai pas à me questionner ni à vous questionner à ce sujet; je connais ma fille. Serait mal venu qui en dirait du mal. Mais...

— Mais?

La Supérieure, offusquée, n'avait pas prisé la mise au point: elle se raidit.

— Mais voilà: je ne veux pas que ma fille soit une servante. Je ne suis pas riche, mais à ma mort, elle touchera des sommes. Le coût de sa pension vous sera versé. Je vais voir le curé Raoul à ce sujet. Un parent à vous, si je ne m'abuse? Un ami et confident pour moi.

La religieuse changea de ton, du tout au tout.

— Je vois, je vois, dit-elle, adoucie. Je vais étudier la situation. Vous comprenez...

— Point n'est besoin de m'expliquer, puisque vous allez étudier la situation. Votre parole me suffit. Pas un mot à ma fille, elle me croit déjà en route.

— Vous êtes un brave homme.

— Oh! Vous savez! Le salut, Madame ma mère.

Arthur sortit. Il s'arrêta sur le perron, regarda en direction du large, aspira profondément et descendit le grand escalier.

«Le diable m'emporte d'avoir ainsi menti à une sainte femme. Qu'est-ce qui m'a pris? C'est l'air constipé de la sainte nitouche qui a dû me pousser à agir comme ça! Elle ne doit pas être facile avec son air prétentieux, mais j'ai visé juste: le curé Raoul et l'argent... la sainteté et le vice! Ce qui compte, c'est que ma Gervaise connaisse un peu de répit.»

Une autre pensée germa dans son esprit. Il réfléchit un instant et retourna au magasin général. À la dame qui l'avait servi plus tôt, il demanda de choisir pour sa fille des vêtements de dessous, «tout ce qu'une femme a dans ses tiroirs. Et des bas de soie, avec, vous savez, les machins pour les tenir. Ça me gênait en sa présence, vous comprenez? J'ai pas l'habitude des créatures. Avez-vous idée pour d'autres fanfreluches dont elle pourrait avoir besoin? C'est ma fille, elle se prépare à devenir maîtresse d'école».

Il regardait s'empiler les jolies choses et essayait de s'imaginer la surprise qu'aurait sa fille en ouvrant le paquet. Il paya la note; il lui restait deux dollars en poche. Arthur avait maintenant la certitude qu'il passerait la nuit à dormir sur un banc, le ventre creux, mais le cœur si léger!

Le lendemain, Gervaise fut convoquée chez la Mère directrice. Là, elle apprit qu'on la dispensait dorénavant des travaux pénibles à la cuisine et de l'entretien des parquets. Par contre, elle serait appelée à servir les repas les jours de fête, à dresser les tables et devrait continuer de veiller sur la lingerie... Elle écoutait mais n'entendait pas. Son étonnement allait en grandissant. Une seule visite de son père aurait produit un tel effet? Elle aurait enfin plus d'heures de liberté; elle aurait le loisir de lire à son goût! Tout cela tenait du miracle!

— Vous remercierez notre Mère supérieure; ces décisions sont d'elle. Elle vous aime bien, vous savez... même si parfois elle doit se montrer sévère. L'autorité n'est hélas! pas toujours facile à assumer. Un jour, vous en conviendrez. Ce jour-là, vous vous souviendrez de mes paroles.

Gervaise remercia en peu de mots. Elle prisait de moins en moins les sermons qui ne rimaient à rien, qui allaient toujours dans le même sens: excuses et explications. Ça lui semblait du tout cuit, du remâché; ça manquait de spontanéité. L'amour de Mère supérieure, elle n'y tenait plus tant que ça. Elle préférait celui de sœur Herménégilde, plus humain, plus sincère.

La brève visite de son père l'avait réjouie. Des mots simples, prononcés avec bonté, sans le désir d'éblouir ou d'épater; des mots venant du cœur, voilà ce qu'elle aimait entendre.

Elle n'irait pas au bureau de la Mère supérieure. Elle la remercierait à la prochaine occasion, lorsqu'elles se croiseraient par hasard.

***

Revenue à sa chambre, avant l'heure du souper, Gervaise eut la surprise de trouver un paquet sur son lit.

Intriguée, elle l'ouvrit. Toutes ces belles choses, chatoyantes et luxueuses, étaient-elles pour elle? Ces bas diaphanes, si légers, si doux, était-ce un rêve? Et ces dessous de grand luxe, comme madame Anita seule en possédait et qu'Annette lavait à la main, dans la cuvette, avec mille précautions! Gervaise, incrédule, regardait, touchait, caressait. Tout ça lui semblait irréel.

Au fond du paquet se trouvait une facture sur laquelle figurait la liste des articles, son nom, ainsi que l'adresse du couvent, où devait être livrée la marchandise. Ainsi, son père était retourné là-bas. Elle pleura de joie: jamais encore il ne l'avait autant gâtée.

Ce soir-là, elle se détourna de la lecture et écrivit à son père une longue lettre débordante d'affection et de reconnaissance. Au moment de cacheter l'enveloppe, elle se remémora le vœu qu'elle avait formulé spontanément en présence de son père: enseigner aux enfants de son village. Voilà un objectif louable à atteindre qui, par surcroît, semblait avoir charmé le visiteur. «Pourquoi n'y ai-je pas pensé plus tôt? Serait-ce cette conversation avec sœur Clara qui m'aurait inspiré cette idée?»

Et Gervaise rêva, les yeux grands ouverts dans la pénombre. Elle pourrait ainsi s'occuper de son père, le gâter un peu. En somme, malgré toutes les épreuves qu'elle avait traversées, la vie lui avait quand même permis de surmonter de grands obstacles et d'acquérir expérience et connaissances dont elle tirerait profit. «Je dois cheminer seule, prendre mes responsabilités, ne compter que sur moi-même, aller de l'avant.» Elle avait maintenant un but à atteindre, un objectif précis.

À partir de ce jour, Gervaise oublia l'ennui. Une grande quiétude s'était glissée en elle. Tout lui paraissait plus simple. Elle savait que le bonheur est accessible à qui le veut vraiment. Il s'agissait de savoir le saisir. Elle reprenait confiance, sûre que la vie lui donnerait l'occasion d'être heureuse. Elle canaliserait son énergie, établirait ses priorités et cheminerait, envers et contre tous. C'est au fond d'elle-même qu'elle puiserait les éléments nécessaires.

Et sa vie changea. Elle se raffermissait, dénotant toujours plus de détermination. Sa personnalité s'épanouissait avec le temps qui fuyait.

***

Un jour, on pria Gervaise de bien vouloir céder

temporairement sa chambre afin d'accommoder un prêtre âgé venu en convalescence à ce couvent de campagne. Son état de santé exigeait qu'il soit au repos le plus complet. La proximité de la chapelle finissait d'expliquer cette requête.

Gervaise accepta de bonne grâce, même s'il lui en coûtait beaucoup de devoir ainsi sacrifier les heures de lecture supplémentaires que lui permettait son isolement.

Elle dormirait dans une cellule laissée libre par une religieuse qui faisait un séjour à la maison mère de la communauté, sise à Québec. Le fait de devoir quitter son sanctuaire éveilla en elle une inquiétude qui s'était depuis peu estompée: elle n'avait jamais aimé les changements, car ils sont souvent synonymes d'inconnu et d'incertitude.

Elle aménagea dans son réduit. Le rideau qui servait de porte se souleva, et sœur Pauline passa la tête:

— Coucou, voisine!

Gervaise sursauta.

— Ouf! vous m'avez fait une de ces peurs!

— Vous grimpez vite dans la hiérarchie, ma chère! Ce doit être à cause de vos vertus émérites, je ne vois pas d'autres raisons. Vous ne portez pas encore l'uniforme que vous êtes déjà hissée dans les hautes sphères.

— Venez vous asseoir, et jasons.

— Sur votre lit? Vous n'y pensez pas, j'y mettrais le feu!

— Vous ne serez jamais sérieuse! s'exclama Gervaise en riant.

— Ne vous en plaignez pas; les occasions de s'amuser sont plutôt rares ici! La gaieté ne serait-elle pas une vertu au même titre que la chasteté?

— Ah! sœur Pauline, au moins, baissez la voix!

— Hypocrisie et complicité sont des vices, des vices de la pire espèce!

Sœur Pauline prit un air outré, pinça le bec et s'éloigna.

«Quel numéro!» pensa Gervaise qui avait appris à ne plus se scandaliser devant les réparties souvent grivoises de la jeune religieuse qu'elle aimait bien.

***

L'habitude acquise de s'endormir après avoir lu pendant quelques heures lui manquait, Gervaise trouvait difficilement le sommeil. Elle restait là, à rêvasser, s'efforçant d'être immobile, car le vieux sommier grinçait au moindre geste.

Un soir, son attention fut attirée par des murmures. À peine audibles d'abord, ils s'intensifiaient. Gervaise prêta l'oreille, puis s'inquiéta: ça ressemblait de plus en plus à un gémissement. Que devait-elle faire? Avait-on besoin d'être secouru? Et s'il s'agissait de sœur Pauline? La jeune fille se leva aussi silencieusement qu'elle le put et grimpa sur le pied du lit en métal dans l'espoir de pouvoir repérer la provenance de ces plaintes inarticulées.

Une fois là-haut, elle pencha la tête au-dessus de la cloison et vit sœur Cunégonde, la directrice des postulantes, qui venait dans cette direction. Elle ralentissait un instant et écoutait. Elle ressemblait à un fantôme avec sa capuche, sa longue robe de nuit et ses pieds nus. D'hésitants, ses pas devinrent saccadés. Elle entra dans la cellule de sœur Pauline et alluma la veilleuse après avoir laissé tomber le rideau.

Gervaise porta la main à sa bouche pour retenir le cri qu'elle allait lâcher.

Sœur Pauline, dans toute sa nudité, bien allongée, les yeux fermés, soulevait les reins; elle labourait un sein d'une main et, de l'autre, un point sensible de son anatomie.

Sœur Cunégonde s'exclama en secouant sa compagne.

— Sœur Pauline, devenez-vous folle?

— Hein! Quoi? Ah! c'est vous, ma sœur... Grand Dieu, c'est vous, merci! Je rêvais au diable... il voulait prendre mon âme...

— Vous dormiez? Vraiment?

— Oui, oui, je dormais. Et le diable était là, d'où ma peur en vous voyant: je vous confondais, je... je...

Et sautant en bas de sa couchette, sœur Pauline tomba à genoux, fit le signe de la croix et baisa les pieds de sœur Cunégonde.

— Vous venez de me sortir des griffes de Satan. Merci, merci!

— Revêtez-vous vite, vous allez prendre froid.

— Je suis contrite, j'ai honte! Je vous suis reconnaissante pour votre grande bonté, votre compréhension. Je ne comprends pas, je...

— Vous n'allez pas pleurer? Mettez-vous au lit; endormez-vous en récitant votre chapelet. Dieu ne refuse jamais sa grâce à qui la Lui demande. Dormez en paix. Allez, allez, mon enfant.

Et la bonne mère de border avec affection cette âme pure convoitée par le démon, cet ange déchu qui pousse la ruse jusqu'à hanter le sommeil des âmes vertueuses!

Sœur Cunégonde plongea les doigts dans le bénitier qui se trouvait à l'entrée de la cellule, se signa et s'éloigna lentement, la tête inclinée, marmottant sans doute une prière.

Là-haut perchée, Gervaise était prise avec le fou rire. Comme elle aimerait être tout près de sœur Pauline et voir son air railleur! «Celle-ci doit être en train de se marrer, les yeux étincelants de malice...»

Elle descendit doucement de son perchoir, se glissa sous les couvertures, enfouit la tête sous l'oreiller. Mais une fois le choc de l'étonnement passé, elle devint perplexe et intriguée...

***

Ce dimanche-là, les piliers de la petite chapelle entendirent tonner. L'aumônier s'emporta et pesta contre Belzébuth, le prince des démons et ceux ou celles qui, ici-bas, se permettaient des agissements contre la grâce. «Les flammes de l'enfer lécheront éternellement les corps de ceux qui s'adonnent à la vile concupiscence! Le d-i-a-b-l-e», lançait-il, furieux...

Gervaise, ne pouvant résister, regarda en direction de sœur Pauline. Sur le visage pudique de celle-ci, elle pouvait déceler un rire malicieux. Par contre, sœur Cunégonde, congestionnée et rouge comme une crête de coq, gardait la tête baissée, au point qu'on aurait pu croire que c'était elle la coupable.

Le lendemain, après le déjeuner, Gervaise croisa sœur Pauline. Elle jeta un coup d'œil dans le long corridor désert et lui dit:

— Je croyais que vous aviez la tête rasée!

— Je vous avoue que je ne comprends pas.

— Je croyais, répéta Gervaise lentement et sans ciller, que vous aviez la tête rasée.

Il fallut un bon moment à sœur Pauline pour comprendre à quoi Gervaise faisait allusion. Celle-ci, moqueuse, tourna les yeux vers le mur et laissa son regard suivre la paroi, de bas en haut.

Sœur Pauline, pince-sans-rire, fit la moue, baissa les paupières et poursuivit sa marche.

Gervaise pouffa, elle s'approcha de la porte du long passage, regarda aller sœur Pauline qui se trémoussait en rigolant. Parvenue à l'escalier, elle se retourna et son rire vint faire écho à celui de Gervaise.

Ce même soir, Gervaise eut la surprise de voir choir sur son lot un papier chiffonné en boule. Celui-ci lui avait été lancé par-delà le mur. Elle l'ouvrit et lut: «Attention, incube rôde.»

Gervaise, roucoulant, déchira la note en mille miettes et éteignit sa lumière. Quelqu'un toussota, sans doute pour inciter au silence.

Elle se souviendrait, plus tard, qu'à partir de ce jour, sœur Pauline changea du tout au tout son attitude à son égard.

La vie de Gervaise prendrait bientôt un autre tournant.

Chapitre 10

Tout avait commencé au confessionnal. Gervaise avait reçu l'absolution et récité l'acte de contrition. Elle s'apprêtait à quitter lorsque le confesseur la retint, utilisant la pointe de l'étole comme un écran pour assourdir sa voix. Il penchait la tête en direction de la pénitente, mais ne la regardait pas. Il lui vantait la grandeur et la beauté de la vie de couple, lui parlait de la nudité d'Ève. Gervaise écoutait, perplexe. Elle sortit du confessionnal complètement bouleversée. Après réflexion, elle en conclut que le saint homme s'était mépris sur la personne, que ce discours ne lui était pas destiné.

Mais quand des propos semblables se retrouvèrent dans la bouche de sœur Herménégilde, Gervaise, éberluée, en eut le souffle coupé. «L'enfantement est l'œuvre de Dieu. La qualité primordiale de l'épouse est la soumission. Vous avez les qualités requises pour devenir une bonne épouse, une sainte maman: Dieu a aussi besoin de mamans. Il faut s'en remettre à la volonté divine. La pureté doit avoir la transparence du cristal.» Et le sermon n'en finissait plus. Gervaise, embarrassée, se trouvait debout contre la porte, tenant dans les mains un roman d'époque. Elle ne savait pas quelle contenance prendre; elle était gênée, son étonnement allait grandissant. Sœur Herménégilde lui tournait maintenant le dos; sans doute était-elle aussi mal à l'aise que son interlocutrice. Cette fois, il ne pouvait y avoir d'erreur, on s'adressait bien à elle!

Quand enfin cessa le monologue, Gervaise quitta le bureau de la religieuse sans un mot. Que pouvait bien signifier tout ce verbiage qu'elle n'avait sûrement pas mérité? Les propos de l'aumônier n'avaient rien à voir avec sa confession. Peut-être que les communautés ont une semaine consacrée à l'innocence, conclut-elle, incapable de trouver une autre explication. Cette pensée amusante fit naître en elle l'idée saugrenue de croiser le fer avec sœur Pauline. «Un duel à ce sujet ne manquerait pas d'être intéressant.» Elle entendit tout à coup une voix qui l'interpellait:

— Mademoiselle Gervaise, mademoiselle Gervaise, je vous cherchais partout! Venez vite, on vous demande au téléphone.

— Au téléphone?

— Oui, au bureau de Mère directrice.

— Au téléphone! répéta Gervaise, soudainement pétrifiée à la pensée de ce que cet appel lui apprendrait. Elle pensa à son père, à mademoiselle Anita et à Raymond qui, peut-être, était revenu.

La religieuse attendait Gervaise. La voyant venir, elle la regarda droit dans les yeux et lui dit:

— Ayez du courage, ma fille.

Elle sortit en fermant la porte derrière elle.

— Mademoiselle Lamoureux, ici votre curé...

— Mademoiselle Anita! trancha Gervaise.

— Non, mademoiselle Anita va assez bien.

Gervaise comprit: il s'agissait de son père. Il lui fallait faire un effort surhumain pour écouter le reste de l'entretien. Un accident ce matin, peu après l'aube: un arbre, une mort rapide, sans douleur; certains des mots prononcés faisaient image dans le cerveau de Gervaise, elle voyait, ressentait; d'autres lui parvenaient aigus, cuisants, amers: arrangements funéraires, regrets, sympathies, enveloppés de périphrases qui se voulaient réconfortantes, voire même conciliantes. Gervaise écoutait, enregistrait, les yeux secs, la tête haute, tous les nerfs de son être tendus. Après un long silence, elle laissa tomber:

— Je serai là-bas au plus tôt, Monsieur le curé.

Gervaise prononça ces mots d'un ton neutre. Elle ne pleurait pas, ne souffrait pas: la nouvelle l'avait gelée.

Lorsque la directrice revint, elle regarda Gervaise qui gardait toujours la main sur l'appareil.

— Il y a des souffrances que les mots ne sauraient apaiser, dit-elle simplement.

— Connaîtriez-vous, par hasard, l'horaire des trains?

— Dans quelle direction?

— Vers l'est.

— Allez vous préparer pour votre départ, ma fille, je vais faire le nécessaire pour qu'on vous reconduise à la gare.

— Merci.

Gervaise se rendit à sa chambre. Elle grelottait. Elle choisit ses vêtements les plus sombres, regretta de ne pas avoir de chapeau; la mantille noire qu'elle portait à la chapelle devrait lui suffire. Du fond de son tiroir, elle tira l'enveloppe dans laquelle elle plaçait l'argent qu'elle possédait. Voilà que la générosité de son père s'avérerait utile: elle lui permettrait de se rendre à ses funérailles!

Gervaise ne voulait pas penser. Sa peine ne se diluerait pas, elle serait toujours là, en elle, vivante, cuisante. Elle aurait tout le temps voulu pour s'y laisser aller. Il lui fallait être stoïque, s'occuper du présent.

Lorsqu'elle traversa le couloir séparant les deux parloirs et qui menait à la sortie, elle revoyait son père qui l'avait quittée à cet endroit, sans avoir pu lui faire d'adieux, le courage manquant.

La voiture du couvent la conduisit à la gare. Elle ne vit rien du paysage, renfermée qu'elle était avec son chagrin.

— Allez, Mademoiselle, vers l'avant, les wagons sont ici occupés. Pressez, pressez.

Gervaise monta le marchepied et se blottit sur la

première banquette libre qu'elle trouva. Elle prenait le train pour la première fois, mais elle ne garderait pas de souvenirs de cette randonnée à part le fait que tout était bruyant. La tête tournée vers la fenêtre, elle ne voyait pas la campagne qui se déroulait sous ses yeux. Jamais jusqu'ici elle n'avait pensé aussi ardemment à son frère Raymond; comme si son désir pouvait permettre le miracle de sa présence là-bas.

Dans sa mémoire, le village était immense. Toutes ces années plus tard, il lui paraissait petit; la route du rang n'était toujours pas pavée... Gervaise avait prié le taxi de faire un détour afin de revoir la maison paternelle. Ensuite, elle irait vers son père qui ne l'attendait plus...

— Vous m'indiquerez où arrêter, mam'zelle.

Des champs cultivés, des îlots de forêt, des maisonnettes grises ou blanches, un silence incroyable, non, rien n'avait changé. Mais ici, juste après la fourche du chemin, n'était-ce pas là que se trouvait notre maison?

— Ralentissez, je vous en prie.

Non, ce n'était pas leur maison; pourtant... Gervaise se pencha, regarda vers l'arrière. De grands bâtiments peints en rouge avec, au milieu, un énorme silo tout rond, rouge aussi, tout cela lui était inconnu. Se serait-elle trompée de rang?

— Vous savez qui habite ici?

— Les Tranchemontagne. Ils ont acheté la terre de Lamoureux, mort pas plus tard qu'hier dans un accident bête.

— Ici, sur cette terre?

— Oui, mam'zelle! Serait-il un de vos parents par hasard?

— Conduisez-moi chez ces gens.

— À vot' goût.

Gervaise descendit de la voiture, posa son bagage sur la galerie et appuya sur la sonnette de la porte.

Une jeune fille l'invita à entrer et appela sa mère. Madame Tranchemontagne s'avança, les bras tendus:

— Vous êtes mademoiselle Lamoureux, je présume. Entrez, venez vous asseoir.

— Parlez-moi de cet accident, je vous en prie.

— Rien de plus imprévisible; sans doute un câble qui a lâché. L'arbre n'est pas tombé où il se devait et votre père... se trouvait là.

— Il était seul?

— Mon mari fut témoin de tout.

— Il n'était pas seul, Dieu merci!

— Il... a prononcé le nom de Gervaise. Mon mari pourra vous raconter plus en détail. Moi, ces choses tristes, je ne trouve pas les mots pour les exprimer comme il se devrait.

— Et la maison, Madame?

— La maison, laquelle?

— Celle où j'ai grandi, celle qui se trouvait à l'emplacement de celle-ci?

— Ah! vous ne saviez pas?

— Qu'il a dû vendre sa terre, oui, mais la maison?

— Ce n'est pas récent, tout ça... La maison n'existait plus quand nous avons acheté. Je crois même que c'est la raison pour laquelle votre père s'est décidé à vendre la ferme.

— Mais, la maison?

— Un autre mauvais coup du destin, le tonnerre l'a brûlée. Par miracle, votre père était dans l'étable quand l'incendie a éclaté. Ce fut la pire tempête électrique qu'on ait connue dans la région.

Gervaise ferma les yeux. Son père ne lui avait rien dit, sans doute pour lui épargner des tourments inutiles. Ça expliquerait peut-être aussi qu'il ne soit pas venu la visiter plus souvent au couvent. Elle relirait ses lettres, tâcherait de lire entre les lignes. Il lui restait bien peu de son passé; elle devrait apprendre à vivre avec ses souvenirs.

— Tenez, buvez cette boisson chaude, ça vous remontera.

— Merci, madame. Je vous impose...

— Vous ne m'imposez rien, même que vous resterez ici, avec nous, tout le temps que le cœur vous en dira. Considérez cette maison comme la vôtre. Buvez votre café, je fais un brin de toilette et je vous reconduis au village.

Au moment de sortir, la dame remit une note à Gervaise:

— Voici mon numéro de téléphone. Appelez-moi quand vous serez prête à revenir; un de nous viendra vous chercher. Autre chose: votre père avait... grand Dieu, que c'est difficile à dire ces choses-là, j'aurais préféré que mon mari soit là...

— Dites-moi tout, je vous en prie, madame Tranchemontagne, tout ce qui touche papa; pour moi, c'est très important.

— Il avait fabriqué son cercueil; je n'avais jamais vu ni entendu chose pareille. Ça m'a énormément bouleversée. Votre père était un être exceptionnel, toujours prêt à aider, à rendre service.

— Était-il triste?

— Non, tout au moins, il ne le laissait pas voir. Votre père était juste, foncièrement honnête. Nous le regretterons longtemps.

Madame Tranchemontagne s'éloigna lentement. Gervaise s'avança vers le cercueil; la peine l'accablait.

— Papa, murmura-t-elle avec douceur, papa.

Elle posa sa main sur son front, le regarda intensément, puis passa ses doigts sur le bois blond et lisse de la bière. Ce bois qu'il avait poli après avoir abattu l'arbre, lequel avait puisé la sève à même le sol de sa terre, de son patelin. Un érable blond qui, peut-être, voisinait celui qui lui avait coûté la vie. Elle ferma les yeux, sortit son chapelet et, méditant sur les mystères douloureux, elle invoqua le ciel. Il était déjà là-haut, dans la maison du bon Dieu, elle en était certaine. Ses bébés et sa femme devaient se tenir tout près de lui. Cette pensée réconfortante allégeait son chagrin. Les heures passaient, elle ne bougeait pas.

Voyant l'heure tardive, madame Tranchemontagne revint au village et se rendit près de la jeune fille, attira son attention.

— Il faut partir. Venez, mademoiselle Lamoureux.

Gervaise se laissa conduire. La nuit enrobait le village. Son père sommeillait maintenant, goûtant un repos éternel bien mérité.

— Vous allez prendre une bonne collation et un bon bain chaud, vous devez être épuisée. Vous aurez une bien longue journée demain.

Gervaise grignota du bout des dents; elle n'avait pas le courage de parler: sa douleur était trop vive. Elle en vint presque à se réjouir du fait que cette maison lui soit étrangère; l'autre aurait évoqué trop de souvenirs pénibles.

Elle sombra dans un sommeil lourd pour ne se réveiller que le lendemain, tout à fait dépaysée. Le réveille-matin indiquait dix heures.

Léo Tranchemontagne était là, il l'attendait.

— Venez, lui dit-il en lui désignant le salon. Je voudrais vous causer.

Et il offrit à Gervaise de défrayer les funérailles.

— Après tout, il est décédé à mon service; c'est le moins que je puisse faire. Aussi, il y a le curé qui veut vous entretenir, je crois que c'est au sujet de votre mariage.

— Pardon, qu'avez-vous dit?

— Je crois que c'est au sujet de ce mariage... Votre père m'en a glissé un mot.

— Mon mariage? Mon père?...

— Oui, d'abord, il me racontait que vous seriez maîtresse d'école; puis un bon jour, il m'a parlé de votre mariage. Le curé, sans doute, saura mieux vous informer que moi.

L'homme semblait si embarrassé que Gervaise ressentit une profonde gêne. Les propos de l'aumônier et de sœur Herménégilde lui revinrent à l'esprit. Ainsi, son père avait été consulté. Et les religieuses, là-bas, le savaient. Mais elle, la principale intéressée, ignorait tout de ce projet.

— Vous m'avez tantôt offert de vous occuper des frais funéraires, je n'osais accepter, mais après ce que vous venez de me confier, j'accepte avec empressement et reconnaissance, ça m'évitera d'avoir à rencontrer le prêtre. Faites-le pour moi, je vous rembourserai. Mais il n'est pas question que je discute de ma vie privée et de mon avenir avec monsieur le curé. Comprenez-moi: je ne veux pas me montrer rebelle ou insoumise, c'est là un sujet très personnel.

— Et je vous donne raison: c'est raide, c'est raide!

— Merci de m'avoir prévenue. Soyez assuré que je ne soufflerai mot de notre entretien à âme qui vive.

— Ce sera notre secret, répondit l'homme en lui faisant un clin d'œil. Pour en revenir à votre père, il avait aménagé un coin pour son utilité personnelle dans un des bâtiments. Ses choses sont restées là, telles qu'il les a laissées. Ce sera douloureux pour vous... Si vous voulez un conseil, attendez après les funérailles pour aller fureter là. Pour le moment, notre maison vous est ouverte. Vous me semblez être de la même trempe que vot' père: franche, droite et déterminée. Allez déjeuner, moi j'ai à trimer. Bon courage, Mademoiselle.

***

À l'église se trouvaient la famille Tranchemontagne, des voisins, le maire, les marguilliers et quelques personnes dévotes. Chaque tintement de glas résonnait dans le cœur de Gervaise tel un coup de matraque. Comme elle avait mal! Le terrain au cimetière avait été remué: il attendait le corps d'Arthur Lamoureux qui reposerait près de celui de sa femme et de ses petits. Là dormaient aussi les aïeux.

Madame Tranchemontagne avait coupé des fleurs champêtres qu'elle plaça dans les bras de Gervaise. Celle-ci s'avança et les fit tomber une à une sur la tombe que l'on descendait à l'aide de câbles. Une brise très douce soufflait de la vallée; tout n'était que douceur au milieu du grand chagrin de Gervaise.

Elle s'éloigna, digne, le cœur brisé, mais la tête fière, les yeux secs.

Une autre page venait de se tourner dans le livre de sa vie.

À quelques reprises, elle sentit le regard du curé qui pesait sur elle; elle n'y prêta pas attention. Revenue à la chambre qu'elle occupait, elle se jeta sur son lit et pleura.

Lorsqu'elle descendit, un couvert était dressé sur la table. Dans l'assiette se trouvait une note: «Ouvrez le four, votre repas est prêt.»

Gervaise mangea, lava le peu de vaisselle salie et sortit. Ses yeux erraient; chaque coin lui rappelait un souvenir. «Piton, pensa-t-elle, qu'en est-il advenu?» Toutes ces années, toutes ces années! Chose étrange, elle ne se sentait pas déboussolée ni désespérée. La peine finissait de la mûrir.

Elle se dirigea vers les bâtiments, erra ici et là. Les tracteurs dont son père lui avait parlé ronronnaient dans les champs. Le bétail était imposant, abondant. Les clôtures couraient en tous sens; des libellules et des papillons voletaient, les oiseaux chantaient. La vie se riait de la peine de Gervaise.

Un rideau de dentelle blanche dans une fenêtre attira son attention. Ça ne pouvait être que le quartier qu'occupait son père. Elle s'y rendit.

La première chose qui la frappa fut une photographie où elle figurait, vêtue de sa robe et de son voile de communiante. Rognée, brisée sur les bords, la photo avait dû séjourner longtemps dans son portefeuille; ce qui expliquerait qu'elle ait échappé à l'incendie. Le mobilier était artisanal et le lit, une simple paillasse, tout ce qu'il y avait de plus rudimentaire.

Ses vêtements de travail étaient suspendus à des clous. Un peu de vaisselle s'entassait sur une tablette. La seule fantaisie était ce rideau; sans doute une délicatesse de madame Tranchemontagne.

Gervaise s'assit dans la berçante où son père avait sûrement dû ruminer bien souvent. D'où elle se trouvait, elle vit une caisse de bois placée sous la table. Elle la tira et l'ouvrit: un coffre de trésors. Toutes les lettres qu'elle lui avait écrites se trouvaient là, et dans un autre paquet, celles qu'il lui avait écrites mais jamais postées. Gervaise comprit qu'il s'était abstenu de lui faire parvenir les lettres qu'il avait écrites dans les moments d'épreuves, tels l'incendie de leur demeure et la vente forcée de la ménagerie, en somme tout ce qui aurait été de nature à l'attrister. Il avait ressenti le besoin de lui ouvrir son cœur en lui confiant ses peines, mais aussi avait-il su lui démontrer la délicatesse et la profondeur de son amour en lui évitant d'avoir à partager ses problèmes.

Çà et là des taches d'encre diluées, sans doute par les larmes, finirent de troubler Gervaise. Le dernier de ses messages n'était pas complété; la date récente laissait deviner que la vie ne lui avait pas laissé le temps de le faire. Elle lut et relut. Son père lui parlait de mariage, du bonheur à deux, d'une conversation qu'il avait eue avec le curé qui avait un prétendant en vue pour elle. «Si c'est ce que toi...»

«Si c'est ce que toi.» Ces quelques mots ne cessaient d'obséder Gervaise qui continuait de fouiller dans le coffret. Certains objets ne lui rappelaient rien, car elle en ignorait l'usage; sans doute étaient-ils utilisés sur la ferme. Les outils lui seraient inutiles, elle les donnerait au nouveau propriétaire. Mais elle prit le rideau, le plia avec affection, prit aussi le vieux chapeau de feutre sur le ruban duquel courait un cerne incrusté par la sueur du vaillant fermier.

Tout au fond du tiroir de la table, elle dénicha une enveloppe couverte de papier brun; une corde nouait le tout. Gervaise défit la boucle et les nœuds. Là se trouvaient l'acte de vente des biens, de vieux papiers de famille, et au grand étonnement de la jeune fille, une quittance pour une hypothèque que son père avait contractée sur sa terre alors qu'elle n'avait que sept ans. «À cause de moi... pour défrayer le coût de mes traitements», pensa Gervaise.

La fierté du terrien qui proclame hautement posséder un bien non hypothéqué lui avait donc aussi fait défaut; une autre épreuve qu'il avait vaillamment traversée.

Les grandes lignes de l'histoire de sa vie se résumaient à ces documents, certains jaunis par le temps; d'autres plus récents lui soulignaient ce que son père avait subi d'épreuves et les sacrifices qu'il avait dû s'imposer. Ses pensées profondes, ses états d'âme, ses souffrances, ses motivations, jamais plus l'occasion ne se présenterait de les connaître. Gervaise avait laissé passer les occasions de le questionner, ses secrets l'avaient suivi dans le tombeau. Comme elle le regrettait! La bonté de son père lui apparaissait plus évidente que jamais; il s'était oublié, n'avait vécu que pour les siens.

Une enveloppe non scellée se trouvait sous la liasse de papiers. Elle l'ouvrit: de nombreux billets de banque, dont le plus gros était de vingt dollars, étaient là, entassés avec un testament olographe. Elle lut: «Tout ce que je possède, même si c'est peu à cause des rede-

vances, doit être remis à ma fille Gervaise Lamoureux.»
Suivait l'adresse du couvent de Saint-André. La date,
elle l'apprendrait plus tard, coïncidait avec celle de
l'incendie qui avait détruit la maison.

Une autre peine lui était révélée: l'acte de décès de
sa mère lui apprenait que celle-ci avait trouvé la mort
dans un accident, à la suite d'une chute fatale. Son père
seul en connaissait les détails; elle se réjouissait maintenant de ne pas l'avoir questionné lors des funérailles. Il
était si accablé qu'elle n'avait pas osé remuer son chagrin. «Cher papa! Cette fois encore tu n'as rien dit,
sûrement pour m'épargner de grandes souffrances. Tu
as tout enduré seul, dans une abnégation totale! Papa,
mon cher papa, comme je t'aime!» Les larmes inondaient son visage, elle referma le paquet, le déposa sur
la table et, brisée par le chagrin, elle se laissa tomber
sur le paillasson, où elle sombra dans le sommeil.

Les Tranchemontagne, inquiets de son absence prolongée, s'étaient amenés à la retraite d'Arthur. La vue
de Gervaise endormie et l'accumulation sur le sol de
tous ces objets disparates leur expliquaient la peine de
la jeune fille. Ils s'éloignèrent, la laissant dormir.

— Elle récupérera vite, ne t'en fais pas: c'est une
fille forte et volontaire, souligna l'époux à sa femme.

— Que feras-tu de ce local?

— Un homme à gages serait bien content d'être
ainsi logé. En plus, il est prudent que quelqu'un dorme
là, c'est le meilleur gardiennage auquel on puisse rêver.

— Elle t'a parlé à cœur ouvert?

— Qui, Gervaise?

— Oui, Gervaise.

— Non, rien de personnel. Elle ne semble pas très
communicative et se morfond toujours en excuses et
en remerciements.

— Le couvent, sans doute. Peut-être aussi l'insécurité. Elle doit être drôlement désemparée.

— Elle est bien instruite, à ce qu'il semble.

— À quoi ça sert si tu n'as pas l'occasion de te servir de ton savoir pour être heureux!

— Arthur doit avoir un peu d'argent: il ne dépensait rien, était logé, nourri; ses gages étaient *clairs*. Un jour, pourtant, il m'a dit qu'il était bien endetté à cause de la maladie de sa fille. Les docteurs lui avaient coûté une fortune, et il avait d'autres obligations. Tu vois, aujourd'hui, je regrette de ne pas l'avoir mieux écouté; il jasait parfois, comme ça, en travaillant. J'étais distrait. Mais en dehors de l'ouvrage, jamais il ne disait un mot. C'est dur pour un homme de vivre séparé de sa famille.

— Il n'avait que Gervaise?

— Il ne m'a jamais parlé d'autres enfants. Les années ont été dures pour les habitants; la terre ne fait que commencer à rapporter, mais ça ne fait pas bien longtemps! Et Lamoureux, lui, a tout perdu sans avoir joui des fruits de son labeur!

Gervaise revint vers le couvent avec une idée bien ancrée dans la tête: elle quitterait cet endroit au plus tôt. «En tant que mineure, je ne peux pas disposer du montant que papa m'a laissé, mais personne ne le sait; désobéir à la loi ne peut être un crime. Je n'ai pas besoin de tutelle. Dorénavant, je jugerai moi-même de ce qui me convient. On n'a pas le droit de disposer de mon avenir. On n'est plus au Moyen Âge pour marier les filles sans leur assentiment!»

«Si c'est ce que toi...» Son père n'avait pas exprimé toute sa pensée, mais ce qu'il avait écrit signifiait bien qu'il souhaitait qu'elle décide elle-même. Eût-il désapprouvé ou approuvé le projet, il aurait formulé sa pensée autrement.

Gervaise gravit le long escalier, tenant dans ses deux mains son héritage qui était tout ce qu'elle possédait. C'était très peu, mais sa fortune réelle, celle qu'on ne pouvait lui ravir, se logeait dans sa tête et dans son âme. Elle était dotée d'un bagage intellectuel extraordinaire. La souffrance avait ciselé son caractère, épuré sa conscience. Il lui faudrait maintenant faire fructifier ses talents.

Elle accepta avec simplicité et dignité les témoignages de sympathie des religieuses. On lui remit des offrandes de messes, des bouquets spirituels. Gervaise chercha sœur Clara du regard, mais celle-ci n'était pas là. Dès qu'elle se libéra, elle descendit à la cuisine.

Sœur Clara prit les mains de Gervaise, les serra et les porta contre sa joue en un geste affectueux.

— Chère mademoiselle Gervaise! Comme j'ai pensé à vous! Je veux vous remettre ceci; je l'ai brodé pour vous. C'est un *Agnus Dei*. Gardez-le toujours sur vous, il sera votre porte-bonheur, votre protecteur.

— C'est un chef-d'œuvre! S'il a autant de pouvoirs que de grâce, je serai bénie.

— Croyez-le de toute votre âme. Il y a peu de temps encore, je vous enviais d'avoir un père; je sais ce que vous devez ressentir. Remettez-vous-en à la grandeur divine.

— Dites-moi, sœur Clara, m'aimez-vous un peu? Au-delà de mon âme et des sentiments religieux, m'aimez-vous un peu, moi, Gervaise, la femme, l'être humain que je suis?

Gervaise avait des trémolos dans la voix. Elle avait un besoin fou d'amour désintéressé, exprimé. Sœur Clara recula de deux pas, ouvrit de grands yeux, puis tendit les bras. Gervaise alla se blottir contre la religieuse. Cette dernière caressait délicatement les cheveux de la jeune fille atterrée par la peine.

— Comme vous souffrez! lui jeta-t-elle dans un souffle. Comme vous souffrez!

Gervaise se dégagea de l'étreinte et murmura:

— Ici, dans cette grande maison, vous êtes ma seule amie véritable. Merci de tout cœur, je vous dis merci.

— Et si nous nous penchions sur nos casseroles?

Elles se sourirent et vaquèrent à leurs occupations respectives, en silence. Gervaise avait retrouvé une paix relative.

Ce soir-là, elle se rendit à la chapelle et repassa dans sa tête les événements des derniers jours. Sa plus grande consolation était de savoir que son père n'avait pas eu le temps de souffrir. «L'agonie, ce doit être terrible! Papa a sans doute vécu la sienne lors du sacrifice du bien paternel. C'est comme si le Ciel l'avait dépouillé de ce dernier lien, lequel lui rappelait ses parents, sa femme et ses enfants, qu'il gardait unis dans son cœur, dans ses souvenirs. Il exigea de lui l'abnégation la plus totale, le dénuement le plus complet!»

Toutes les pensées de Gervaise convergeaient vers ce papa qu'elle avait tendrement aimé. Elle comprenait à quel point il avait souffert seul; sans personne à qui se confier. «Il se faisait sans doute violence en me laissant ici alors que ma présence lui aurait été si douce. Comme l'être humain est vulnérable! Je croyais papa bien au-dessus des coups d'épingle quotidiens. Je le voyais protégé par une cuirasse, doté d'une force extraordinaire. Pourtant, ces lettres non terminées, ces ébauches de confidences, ces silences dans l'épreuve me font comprendre qu'il n'était pas, lui non plus, à l'abri du chagrin, qu'il se taisait sans doute autant par pudeur que par bonté.»

En bas, sur les dalles du transept, des bruits de pas se faisaient entendre. Les lumières s'éteignirent une à une. Seule, la lampe du sanctuaire continuait de brûler pour tenir compagnie au Christ dans le tabernacle. Gervaise frissonna.

***

Gervaise déjeunait au réfectoire des dames.

L'attitude contrite de celles-ci démontrait qu'elles compatissaient à son deuil. On mangeait en silence. Gervaise trouvait fort triste cette barrière érigée entre les gens, ne laissant pas place au dialogue, à la communication. «Des esprits matés par la haute direction!»

À sa grande surprise, sœur Pauline vint vers elle, se pencha et lui dit à l'oreille de retourner à sa chambre, son repas terminé: elle voulait s'entretenir avec elle. «Elle est d'un sérieux désarmant; est-ce à cause de la présence de tierces personnes ou de mon deuil récent?»

Gervaise se rendit au rendez-vous. Sœur Pauline l'attendait près de la porte. Sans préambule, elle lui dit:

— Si mes informations sont exactes, vous n'avez, hélas! pas eu le loisir de parler avec votre père, n'est-ce pas?

— Non, sœur Pauline.

— C'est regrettable.

Tout de suite Gervaise comprit l'allusion: on avait sans doute confié à sœur Pauline la tâche de l'informer de ce projet de mariage.

— Parlez-moi de votre relation père-enfant.

— Simple et normale.

— Était-il autoritaire ou papa gâteau? Vous me comprenez?

— Oui, je vous comprends très bien. Disons qu'il était juste, droit, équitable, travaillant, bon, très près de la nature, pas tellement communicatif, mais très réceptif et attentif.

— Vous étiez une petite fille quand vous êtes arrivée chez nous...

Gervaise saisit le sous-entendu; ce serait son tour de se montrer grivoise.

— Je suis toujours une petite fille. Si vous voulez parler de mon innocence, je suis vierge...

Sœur Pauline rougit. Gervaise pinça le bec. Trop, c'était trop. Elle ne jouerait pas à ce jeu, surtout pas avec sœur Pauline.

— Est-ce que mon franc parler choque votre oreille de clinicienne?

— Je vous en prie, Gervaise, cette mission m'est déjà très pénible.

— Parce qu'il y a mission? Alors évitons le verbiage et posez directement vos questions. Je vous aime bien, mais je déteste la sournoiserie.

— En somme, vous êtes de la même étoffe que votre père: franche et directe.

— Ne le saviez-vous pas? Après tant d'années! Ou bien faut-il que les choses soient compliquées et tortueuses pour mériter une certaine attention? Parfois, j'ai l'impression qu'on déteste la vérité toute nue; que pour plaire, il faille dire «peut-être» plutôt que «oui» ou «non» afin de laisser de la latitude à l'interlocuteur. Jouer à ce jeu me paraît dangereux, ça rend la conscience élastique.

— Dommage!

— Que?

— Que vous ne fassiez pas partie de notre congrégation: on a besoin de personnes de votre trempe.

Gervaise rougit; elle pensait que sœur Pauline faisait allusion à son infirmité.

— Je n'en suis pas digne, n'est-ce pas?

— Oh! si, ma chère. Hélas!...

— Continuez votre phrase: hélas! vous êtes infirme!

— Qu'est-ce qui vous prend? Vous n'avez pas le droit de me prêter des intentions que je n'ai pas ni d'interpréter mes paroles à votre guise. Je veux bien admettre que vous êtes honnête, mais cette vertu ne vous a pas été octroyée en exclusivité. Donnez aux autres le bénéfice du doute!

Gervaise avait bondi, horrifiée. Puis, l'exposé lui parut de plus en plus justifié, sœur Pauline semblait sincère! Gervaise se calma et répliqua doucement:

— Enfin, nous nous rejoignons. Sœur Pauline, ne

me parlez pas comme on parle à une enfant; la psychologie renversée n'est pas mon fort. «Les peut-être bien
que», comme disait mademoiselle Labrèche, sortent
toujours de la bouche de gens à qui il ne faut pas faire
confiance.

— Bravo, Gervaise, bravo. Vous êtes forte.

— À votre tour de l'être: pourquoi ne pourrais-je
pas joindre les rangs de la congrégation?

— Parce que vous êtes une passionnée, une femme
du monde. Vous avez besoin d'un homme, à la mesure
de votre père, que vous saurez rendre fou de bonheur.
Voilà!

Sœur Pauline sortit sa montre de dessous sa colle-
rette, y jeta un coup d'œil et se leva.

— La clinicienne vous dit bonjour, Gervaise.

Et elle sortit. Gervaise resta là, éberluée. «Je souhai-
tais croiser le fer avec sœur Pauline; j'y ai goûté! Elle est
sortie victorieuse de ce duel! Elle n'a pas prononcé le
mot mariage, pas une seule fois. Papa a dû mal interpréter les paroles du prêtre. (Et Gervaise se surprit à rire.)
Le fameux vœu de chasteté qui inquiète sœur Pauline et
met sa sanctification en veilleuse... Je serais atteinte du
même syndrome? Oh! Oh! Et cette histoire de sens en
effervescence, de sainteté dans le mariage, du bon Dieu
qui a aussi besoin de mamans, zut! C'est à croire que la
passion se lit sur mon visage... au point que tout un
chacun s'inquiète! On en discute, peut-être?»

***

Deux semaines s'étaient écoulées. La vie avait repris
son cours normal. La routine de tous les jours permettait à Gervaise de mettre de l'ordre dans ses pensées.
Peu à peu, son grand chagrin s'estompait, laissant place
à la réflexion.

Elle regrettait l'échauffourée survenue entre elle et

sœur Pauline: la gaieté de celle-ci lui manquait. Les heures passées auprès de sœur Clara s'avéraient les plus douces.

La vie étant ce qu'elle est, l'accalmie ne pouvait durer: Gervaise fut convoquée chez la Mère supérieure. Instinctivement, elle se sentit sur la défensive. Elle s'efforçait de calmer ses appréhensions. Elle prit la résolution de rester calme coûte que coûte, mais la méfiance grondait en elle. «Je vais lui faire part de mes intentions de partir.»

D'une nature hautaine, la Révérende Mère fit à Gervaise un accueil plutôt froid. «Elle ne m'aime pas et je le lui rends bien», pensa la jeune fille qui sentait fondre ses bonnes résolutions.

— Vous êtes fille de paysan, n'est-ce pas, Gervaise?

— Oui, ma Mère.

— Vous aimez le travail de la ferme?

— Je n'y connais absolument rien. La première fois que j'ai quitté le foyer, j'avais à peine six ans, puis de façon définitive, neuf ans.

— Vous m'en voyez navrée. Dieu devait...

— Permettez-moi de vous interrompre, ma Mère, mais si vous le voulez bien, laissons Dieu hors de tout ça. Je ne Le crains pas.

— Comme vous êtes orgueilleuse! Pourtant, l'humilité...

— Je fais un acte d'humilité à chacun de mes pas...

— Par le geste, mais votre âme ne participe pas.

— Qu'en savez-vous? Vous n'êtes pas infirme. Je présume que vous n'avez jamais été montrée du doigt. Vous cherchez à connaître mes antécédents, ce qu'a été ma vie? Je résume: à cause d'une personne autoritaire comme vous, intolérante et exigeante, que j'appelais aussi mère, je suis devenue celle que vous dédaignez aujourd'hui. À cause de cette même inconscience, mon père a dû hypothéquer sa terre, perdre son fils et vous confier sa fille. Et voilà pour l'acte d'humilité!

La religieuse, embarrassée, se taisait. Elle regardait le sol, comprenant sûrement l'âpre souffrance de cette fille qui venait de mettre son âme à nu. D'une voix qu'elle voulait probablement affable, la religieuse ajouta:

— Entre vous et moi se dresse toujours cet éternel conflit de personnalités. C'est regrettable. Mon intention n'était pas de vous pousser aux confidences, loin de là.

— Je vous en prie, Mère. Je ne suis pas faite pour ces disputes intellectuelles, ces débats oratoires, ces exposés philosophiques: je m'y perds, je m'embourbe et souvent, je dépasse ma pensée.

— Votre simplicité vous honore.

«Ah! non, pensa Gervaise, elle ne va pas continuer à extrapoler! Si elle croit que je vais la remercier pour ce compliment, elle peut toujours attendre!»

La religieuse tapotait avec le coupe-papier; ses mouvements saccadés agaçaient Gervaise.

— Dieu, oh! pardon, je suis incorrigible.

Gervaise ne put s'empêcher de sourire.

— Est-ce si difficile, Mère? Qu'avez-vous de si pénible à me dire pour qu'il vous faille l'aide de Dieu?

— La semaine qui a précédé le décès de votre père, j'ai eu la visite d'une personne qui s'intéressait à vous d'une façon bien particulière... Il s'agit d'un saint homme, un religieux qui fait de l'apostolat social. Vous lui aviez été fortement recommandée par le curé Labrie de Saint-Florant, de même que le curé de votre paroisse natale. Et il a été question...

— De mon mariage, interrompit brusquement Gervaise.

La religieuse se mordit la lèvre inférieure. Gervaise l'observait et attendait. S'ensuivit un long exposé où il était question d'abnégation, d'amour des enfants, du péché d'orgueil, de la femme pure et pieuse. Une phrase lentement et fermement articulée résonnait aux oreilles de

Gervaise: «Souvenez-vous toujours de l'honneur que Télesphore Langevin vous fait de vous accepter comme épouse, malgré votre infirmité.» Une tare, un handicap d'ordre physique troqué contre une vertu aussi physique: la chasteté. L'hymen contre le pied bot! Les mots chasteté et hymen ne furent pas prononcés; il était plus seyant de tout résumer par celui de «pureté», plus facile à énoncer.

Le message transmis, la religieuse revint à la charge; on ne la trahissait pas sans qu'elle sévisse:

— Dites-moi, Gervaise, qui a commis l'indiscrétion? Qui a osé vous informer? C'est sœur Pauline, n'est-ce pas?

— Ah! non, pas de jugement téméraire! Vous commandez trop bien votre troupeau pour qu'une de vos brebis se permette de vous trahir! Je ne sais pas si c'est par amour, par crainte ou par respect, mais vos ouailles vous obéissent au doigt et à l'œil. Eh bien moi, je n'en suis pas une, et vous ne disposerez pas de ma vie comme vous l'entendez! Ce à quoi j'ajouterai simplement: j'en ai assez!

La Révérende se leva, se rassit, se leva encore et, complètement désemparée, se laissa lourdement tomber sur son fauteuil.

Ce fut au tour de Gervaise de se lever.

— Reprenez votre place et taisez-vous deux minutes.

— Bon, deux minutes, pas une de plus.

La bonne sœur ouvrit un tiroir, sortit deux enveloppes. D'un dossier, elle sortit une lettre qu'elle plia et glissa dans une des enveloppes.

— Voilà, cette lettre vous est adressée. Celle-ci est la copie de mon évaluation à votre sujet que j'ai fait parvenir à l'abbé Couillard. Vous la lirez dans le calme de votre chambre; vous jugerez par vous-même de la qualité de mes sentiments à votre égard. Je ne vous retiens plus, Mademoiselle.

Gervaise remercia et s'éloigna. Elle tremblait des

pieds à la tête. Elle n'était pas fière de sa conduite, mais elle était si exaspérée qu'elle n'avait pu se contenir.

Elle se rendit à sa chambre, lança les lettres sur sa table, se jeta sur son lit et pleura à chaudes larmes. «Papa, papa, ne m'abandonne pas; aide-moi, protège-moi, papa!»

***

— Mademoiselle Gervaise, on vous demande au parloir.

— Moi? Au parloir?

Gervaise restait là, incrédule, tenant toujours à la main une pile d'assiettes. Sœur Clara l'en libéra, sourit et dit: «Filez!» Gervaise essuya ses mains sur le rude tablier qu'elle enleva. «S'il s'agit de ce cher cousin Raoul, il va voir le diable!»

Les portes des deux parloirs était fermées; à laquelle frapper? Avait-on perçu sa silhouette à travers le givré de la vitre? Mère supérieure ouvrit de l'intérieur. Elle introduisit Gervaise à un jeune prêtre, salua ce dernier et quitta les lieux.

— Je suis heureux de vous connaître enfin, mademoiselle Lamoureux. On m'a tellement chanté vos louanges que j'étais impatient de vous connaître.

«Trêve de compliments, songea Gervaise, ça continue!»

— Tirons une chose au clair. Dites-moi, pourquoi redoutez-vous le mariage?

— Je ne redoute pas le mariage, pas du tout!

— Non? Alors, qu'est-ce qui vous effraie tant?

— Rien, mais je suis lasse de ces manœuvres secrètes qui se trament dans mon dos. On veut disposer de moi comme d'une marchandise à l'étalage. Et encore, la comparaison est faible. Depuis que cette histoire de mariage a commencé, ma vie est devenue un enfer. Si, par contre, j'avais obtempéré, on m'aurait sans doute reproché mon manque de réserve.

Gervaise, surprise d'avoir ainsi laissé parler son cœur, ne put s'empêcher de sourire.

Le prêtre avait posé son coude sur le dossier de la chaise et son visage reposait sur son poing fermé. Il hocha la tête et, l'œil moqueur, répliqua:

— Pas facile, hein, de plaire aux bonnes sœurs?

Gervaise se prit la tête à deux mains:

— Impossible, Monsieur l'abbé, impossible!

La grande simplicité du prêtre, son franc parler, la confiance qu'il inspirait et sa façon de mener la conversation faisaient fondre les appréhensions de Gervaise.

— Je n'ai jamais joué le rôle d'entremetteur dans les affaires du cœur, badina-t-il. Vous seriez ma première victime par procuration, il faudrait faire un souhait...

Gervaise eut un pâle sourire.

— Vous avez toute latitude; il n'en tient qu'à vous. Votre décision sera la bonne et sera par tous respectée.

— Voilà qui est bizarre... vous utilisez les mêmes mots que mon père dans sa dernière lettre.

— Simple coïncidence, de bon augure, j'espère. Je ne veux pas me faire l'avocat du diable, mais vous savez, Gervaise, le monde en dehors de ces murs est vaste, cruel et exigeant. Cet homme est bon, sa cause est juste; il vous apporterait des enfants à aimer. En ce qui a trait à l'amour, c'est un sentiment qui s'inspire, se mérite et se cultive. Je crois sincèrement que vous sauriez trouver le bonheur. Beaucoup de ces mariages, que l'on appelle maladroitement organisés, réussissent souvent mieux que d'autres, justement parce qu'ils sont assis sur des bases solides. Réfléchissez, ne hâtez rien; consultez votre cœur.

Il fit une pause et demanda:

— Aimeriez-vous que j'organise une rencontre avec

ce monsieur? Le mariage est un gros contrat: plein de joie, mais aussi d'embûches; on ne peut jamais tout prévoir.

— Une question me vient à l'esprit...

— Demandez.

— Boit-il? Je veux dire...

— Non. Je peux vous assurer que c'est un homme sobre.

— Pour le reste, il me faudra découvrir jour après jour ce que j'attends d'un homme. Le souvenir de mon père est mon seul point de référence. Ah! si cet homme ressemblait à mon père, ce serait le paradis sur terre!

L'entretien dura près de deux heures. Lorsque l'abbé Couillard quitta Gervaise, celle-ci avait l'impression de connaître Télesphore, cet homme simple qui désirait une épouse pour remplacer celle que la mort lui avait ravie.

Au moment de la séparation, Gervaise, dans un élan spontané, se blottit dans les bras du prêtre qui la retint un instant près de son cœur. «Cette jeune fille sera heureuse et saura donner du bonheur. Langevin a de la chance!»

***

Gervaise ne ressentait plus cette contrainte qui, depuis tant de mois, la brimait au point d'étouffer sa personnalité et l'incitait à se tenir continuellement sur la défensive, ce qui était contraire à sa nature profonde.

Ce n'est qu'après le départ de l'abbé que Gervaise ouvrit les enveloppes qu'elle avait dédaigneusement mises de côté sans les décacheter.

Sur le coin de l'une d'elles figurait l'adresse des Tranchemontagne. Elle avait longuement écrit dès son retour des funérailles de son père pour remercier cette famille qui l'avait si gentiment accueillie. Cette réponse la remua: on poussait l'amabilité jusqu'à l'inviter «à revenir chez nous où vous serez toujours la bienvenue». À la lettre, on avait joint un chèque de trente-six dollars couvrant les redevances dues à son père. «Que fait-on d'un chèque? se demanda-t-elle. L'abbé Couillard a bien raison: je ne connais rien du monde et des obligations auxquelles il faut devoir faire face.»

Elle lut ensuite la copie de la lettre que la Mère supérieure avait écrite et qui la concernait. Sous une croix tracée en tête du texte, la religieuse avait écrit d'une main ferme ce qu'elle avait qualifié d'«étude de caractère». Gervaise ne cessait de s'étonner: était-ce possible qu'on puisse ainsi se méprendre sur une personne? «Elle ressentait la nécessité de me mater, et moi, de me défendre. Voilà ce qui expliquerait le conflit de personnalités auquel elle avait fait allusion. Nous ne serons jamais sur la même longueur d'ondes, elle et moi. Il me faudra l'éviter. Me croyait-elle vraiment capable de méchanceté délibérée alors que je n'avais que quinze ans? Une femme de sa qualité et de son expérience devrait mieux comprendre la nature des gens: chaque âme diffère!» Et Gervaise reprit sa lecture en s'efforçant d'être objective.

«Cette fille est en tous points louable. Elle s'est façonné un caractère à même la souffrance acceptée, ce qui a fait d'elle une femme forte. Elle sait où elle s'en va; elle a du tempérament, elle est déterminée...

«Longtemps, j'ai cru qu'elle était entêtée et révolutionnaire; aussi voulais-je la casser, la redresser. Mais il me faut admettre que c'était la méconnaître. Les êtres longtemps exposés à la douleur morale et physique deviennent acariâtres s'ils se rebutent devant leur problème; mais dès qu'ils assimilent, comprennent et surmontent l'épreuve, ils sont épurés, s'épanouissent et, souvent, deviennent doués. Elle est une de ceux-là; si jeune et déjà si mûre, c'est remarquable. Je me suis trompée sur son compte; je ne pouvais pas croire en sa nature ouverte. Elle n'a jamais gémi, jamais pleuré sur son sort...

«Lorsqu'elle est revenue des funérailles de son père, je croyais qu'elle serait brisée par la douleur et qu'elle laisserait éclater au grand jour son marasme intérieur. Mais non, elle s'est montrée stoïque.

«Son père dénotait les mêmes traits de caractère. Cette fille est à imiter. J'espère que son séjour ici, que la fréquentation des sacrements et les invitations réitérées à la prière ont aidé à son épanouissement. Puisse-t-elle toujours demeurer un membre actif et loyal au sein de la famille laïque de notre sainte mère l'Église catholique romaine. Dieu seul peut avoir permis un tel cheminement à un si jeune âge. *Deo Gratias.*»

Cette deuxième lecture ne rassurait pas pleinement Gervaise; quelque chose sonnait faux. Elle ne s'expliquait pas la méfiance de la religieuse. Quel crime avait été commis pour engendrer tant de soupçons, nécessiter de tels redressements échelonnés sur des années? La Supérieure n'avait-elle pas abusé du pouvoir que lui conférait l'autorité?

«Avoir été hypocrite, j'aurais sans doute réussi à gagner sa confiance. Elle déteste ma franchise, parce que trop brutale. J'ai mes torts: je me dois d'être plus conciliante et d'apprendre à me taire. Je dois cesser de toujours vouloir avoir raison. Peut-être serais-je plus heureuse si j'étais moins à cheval sur les principes! Ce qui ne signifie pas pour autant que je doive sacrifier mes convictions profondes!

«Comme tout est compliqué! Et ce, depuis le jour où je suis arrivée ici: «Mais elle boite; tu ne m'avais pas dit qu'elle boitait», s'était-elle exclamée.»

Ce souvenir amer la troublait encore, comme au premier jour.

Plus Gervaise réfléchissait, plus elle s'inquiétait à

l'idée que son prétendant en sache beaucoup plus à son sujet, qu'elle sur le sien. Elle arrêta une décision ferme: ce mariage n'aurait pas lieu avant que lui ait été fournie l'occasion de rencontrer cet homme, sans influences extérieures. Elle ne s'engagerait pas pour la vie à l'aveuglette, sans avoir l'assurance qu'elle avait des chances d'être heureuse à ses côtés. «Je veux bien aimer ses enfants, jouer le rôle de mère, mais j'ai aussi droit à ma part de bonheur.»

Elle se glissa entre ses draps, se roula en boule et sombra dans le sommeil. Cette longue journée l'avait épuisée.

***

C'était jour de reprisage, Gervaise s'en réjouissait: l'atelier était, après la chapelle et sa chambre, l'endroit de la maison où elle préférait se trouver. La présence de sœur Clara, le calme ambiant, la vue magnifique sur le fleuve, tout coïncidait avec le besoin de tranquillité qu'elle ressentait.

— Bonjour, sœur Clara.

— Bonjour, mademoiselle Gervaise.

— Quelque chose ne va pas? Vous semblez troublée.

— C'est de vous que je m'inquiète, mais Dieu soit loué, je vous retrouve enfin! Vous me semblez plus détendue aujourd'hui.

— Je prends conscience que j'ai un tempérament de feu; il va me falloir apprendre à contrôler mes émotions. Ça vous fait sourire?

— C'est ainsi que l'on gravit les échelons qui mènent à la sainteté... Êtes-vous sûre que ce sont là vos grandes préoccupations?

— Vous, vous savez quelque chose.

— Chut!

La religieuse se dirigea vers la porte qu'elle ferma et

plaça sa chaise de façon à pouvoir apercevoir toute venue inopportune.

— Vous tournez le dos à la lumière. Et vos yeux?

— Je les garde rivés sur la porte.

— Je ne vous savais pas aussi rusée, sœur Clara, quelle déception!

— Ne changez pas de propos. Oui, je sais quelque chose. Toute la communauté n'a d'yeux que pour vous, vous êtes le sujet de toutes les conversations.

— Que me racontez-vous là?

— Vous n'avez pas remarqué? Surtout au réfectoire des dames, on vous regarde avec envie; oui, oui, vous faites des envieuses! Mademoiselle Gervaise est cause de distraction dans les prières...

— Vous vous payez ma tête!

Sœur Clara, rose d'émotion, cachait son sourire moqueur derrière sa main, ses yeux pétillaient de malice. Elle se pencha vers Gervaise et demanda:

— Avez-vous pris une décision?

— Concernant?

— Coquine! Dissimulatrice! Ce mariage, voyons!

— Non, pas encore.

— Voilà qui est synonyme de oui.

— Vous ne pourriez pas comprendre, c'est trop compliqué: je ne connais pas cet homme, ni lui ni aucun autre; je suis...

— Permettez... Une dame fit un jour cette réponse à Dieu, Il fit d'elle la mère de son fils Jésus.

— Sœur Clara!

— Revenons-en à ce qui vous préoccupe. Si vous le connaissiez, accepteriez-vous? Le mariage est aussi une vocation, vous savez.

— Qui peut sans doute être une grande source de bonheur et de satisfaction.

— Les enfants? Mettre au monde des enfants, ça ne vous effraie pas?

— Je vous avoue ne jamais avoir pensé à ça.

— Je vois. Alors, mariez-le. Épousez Télesphore Langevin.

— Ça alors! Ça alors! Vous savez jusqu'à son nom. Moi, je l'ai appris il y a quelques heures à peine, et vous, sœur Clara, vous le saviez! Ça alors!

— Écoutez-moi pendant que nous sommes seules. Je connais ce monsieur, même très bien... Je suis heureuse à la pensée que je connais la maison où vous habiterez si vous vous engagez dans cette voie.

— Sœur Clara! Très chère sœur Clara!

— Ma fille, Dieu Lui-même eût-Il guidé votre main, Il n'aurait pu vous diriger vers un meilleur parti.

Gervaise se leva brusquement, marcha vers la fenêtre. Les yeux rivés à la mer, elle laissait les larmes inonder son visage. Une phrase de son père lui revint à la mémoire: «Le bon Dieu a le don de se faire pardonner les épreuves qu'il nous envoie.»

Lorsqu'elle se retourna, sœur Clara n'était plus là. Sur la porte, elle avait placé un placard disant «fermé». Gervaise soupira: «Et dire que dans cette maison, je croyais qu'il n'y avait que Dieu de beau et de bon!»

***

Deux semaines s'étaient écoulées sans que Gervaise n'écrive à mademoiselle Anita. Elle ressentait ce soir le besoin de s'épancher: ce que lui avait révélé sœur Clara éveillait en elle une foule de sentiments contradictoires. La plume à la main, elle cherchait les mots pour exprimer ce qu'elle ressentait, mais en vain. Tout était confus, tout ce qu'elle écrirait dans cet état d'esprit ne ferait qu'inquiéter sa bienfaitrice, «à moins qu'elle n'ait déjà été informée par monsieur le curé Labrie».

Gervaise se sentait lésée dans son intimité. Il lui fallait tirer cette situation au clair, et au plus vite! Elle voulait éviter de se soumettre à des désirs vaguement exprimés ou à des ordres savamment camouflés. «J'ai atteint l'âge adulte, je dois faire preuve de maturité; nul autre que moi ne peut répondre de mes besoins affectifs. La frustration ne fait qu'affaiblir ma capacité de réfléchir. Ma réaction a été vive devant les confidences de sœur Clara: un instant, j'ai entrevu la possibilité d'un grand bonheur, celle d'aimer et d'être aimée. Et c'est ce besoin d'affection qui me trouble. Depuis ma plus tendre enfance, j'ai tour à tour trouvé et perdu cet amour dont j'ai toujours soif. Dieu m'a souvent servi de refuge: auprès de lui, je cherchais compensation et consolation. Cette communion intime et spirituelle ne pourrait-elle pas se vivre sur le plan humain, auprès d'un être à aimer? L'amour existe, je le sais; je l'ai souvent senti à travers certains contacts: papa, Raymond, madame Anita, sœur Pauline qui me fuit maintenant, sœur Herménégilde et sœur Clara, chère sœur Clara. Oui, je veux connaître cet homme!»

Elle avait inconsciemment prononcé les derniers mots à haute voix, ce qui la laissa pensive. Sous le coup de l'émotion, elle avait froid. Elle prit un tricot pour s'en couvrir les épaules. Et, d'un trait de plume, elle annonça à madame Anita la possibilité d'un mariage prochain avec un être encore inconnu, mais qui lui offrait une union prometteuse.

Lorsqu'elle relut sa lettre, elle se sentit tout à fait rassurée. Elle adressa l'enveloppe, la laissa traîner sur sa table. Ses priorités avaient changé d'orientation: elle planifierait maintenant sa vie future. En tête de sa liste, était inscrit le nom de Télesphore Langevin.

***

Gervaise empilait la vaisselle, préparait les plateaux; elle attendait le moment propice pour s'entretenir avec sœur Clara. La voyant seule, occupée à remplir les plats destinés aux différents réfectoires, elle s'approcha et lui demanda à brûle-pourpoint:

— Sœur Clara, comment se fait-il que vous sachiez le nom de mon prétendant?

Sœur Clara sourit. D'un ton amusé, elle lui dit:

— Votre prétendant est venu ici, sans doute pour se renseigner à votre sujet. Il s'est d'abord présenté au noviciat, puis une postulante l'a reconduit ici, car il désirait voir notre Mère supérieure. Je l'ai vu, je l'ai reconnu... j'ai conclu!

Gervaise serra les dents: Mère supérieure le connaissait, elle lui avait parlé; elle n'avait sûrement pas manqué de l'informer de son infirmité! Cet aveu de la visite de Télesphore venait de faire fondre le peu de crédibilité à l'égard de la religieuse qu'avait tout récemment suscité la lecture de la lettre de celle-ci. «Sa nature soupçonneuse et sa méfiance insupportable ont donné à cette situation une tournure dramatique qu'elle aurait pu m'éviter!»

Sœur Clara observait Gervaise à la dérobée. Le visage de la jeune fille la chagrinait. Elle s'approcha et lui dit tendrement:

— Je vous ai dévoilé un secret qui ne m'appartenait pas, mais ma conscience m'a dicté ma conduite. Vous savez, Gervaise, tout être humain agit au meilleur de ses connaissances.

Gervaise comprenait que son amie prenait la défense de la Supérieure. Elle savait qu'il s'agissait là d'un écart grave au vœu d'obéissance qui liait la religieuse. Aussi, elle s'efforça de la réconforter:

— Heureusement, sœur Clara, Dieu a permis que certains esprits soient plus souples et plus éclairés que d'autres, ce qui, parfois, permet l'éclosion de Sa gloire et l'accomplissement de Sa volonté.

***

Gervaise se présenta au bureau de la Supérieure qui l'accueillit avec circonspection.

— Veuillez vous asseoir, mon enfant.

— Je serai brève, Mère. Je veux d'abord vous remercier, et vous informer que j'accepte de considérer la proposition de monsieur Langevin.

— Vous avez mûrement réfléchi avant de prendre cette décision, ce qui vous honore. Dites-moi, vous me paraissez préoccupée depuis quelque temps. Cette lettre que vous avez reçue des Tranchemontagne, contenait-elle de mauvaises nouvelles?

— Non, répondit Gervaise, surprise par cette question, bien au contraire! Ils me réitèrent leur chaleureuse invitation à aller habiter avec eux, et m'ont fait parvenir un chèque, une somme due à mon père.

— À propos de redevances, lors de sa dernière visite chez nous, votre père m'avait prié d'alléger votre tâche avec la promesse qu'en retour il acquitterait la différence du prix de votre pension. Hélas! ce tragique accident n'a pas...

— Si je comprends bien, je suis en dette envers vous?

— Envers notre communauté, dois-je préciser.

— À combien s'élève le coût de votre obligeance?

La religieuse ouvrit un tiroir, fouilla un peu et sortit une feuille qu'elle consulta.

— Deux cent dix dollars. Ça paraît énorme, mais le montant s'étale sur...

— Je vais m'acquitter de cette dette dès ce soir, ma Mère.

Gervaise se dirigea vers sa chambre et revint avec le montant exact.

— S'il vous plaît, je voudrais un reçu.

La religieuse sortit un tampon, en estampilla la facture et la remit à Gervaise.

— Merci, je verserai les honoraires d'une messe pour le repos de l'âme de votre père.

Gervaise s'éloigna, la mort dans l'âme. «Elle m'horripile. J'ai une hâte féroce de me libérer de sa domination et de ses stratégies nébuleuses! La chipie!»

Chapitre 11

Une semaine s'écoula. Gervaise revenait à sa chambre. Près de sa porte, on avait déposé ses deux malles qui avaient été entreposées au *rangement* à son arrivée.

Elle comprit: on préparait son départ, comme ça, sans avertissement. Monsieur Langevin avait sûrement été avisé de sa décision.

«C'est aberrant! Je croyais qu'on me permettrait d'aller là-bas, puis de revenir chercher mes choses; c'eût été plus décent! Peut-être est-ce mieux ainsi... Je laisserai mes bagages en consigne; il sera toujours temps de les récupérer. Et si les choses n'étaient pas conformes à mes aspirations, je n'aurais pas à revenir ici. Je trouverai un travail quelconque et gagnerai ma vie, comme le commun des mortels. Tout ce que je sais de cet homme est constitué d'on-dit. Ça ne me satisfait pas, loin de là!»

Elle retrouvait ses effets, dont plusieurs qu'elle avait oubliés après tout ce temps! Comme elle avait grandi! La vue de sa robe de communiante, toute blanche, et le voile immaculé lui remémorèrent de beaux souvenirs. Elle replia le tout et l'empila avec soin. Une fois de plus, peut-être la dernière, sa vie prendrait un autre tournant. Elle se surprit à rêver, assise sur le sol, sa pensée au loin, très loin: à la main, elle tenait son syllabaire...

Elle prit une liseuse de cuir maroquin que mademoiselle Anita lui avait donnée: elle en ferait cadeau à sœur Herménégilde pour la remercier des bonnes heures de lecture qu'elle avait connues grâce à sa gentillesse. À sœur Clara, elle offrirait une statuette de la Vierge reçue en cadeau le jour de sa confirmation. Les objets avaient pour elle une grande valeur sentimentale; en faire le don lui demandait beaucoup de générosité.

Elle caressait la médaille qui avait souligné ses succès de fin d'études. Comme elle regrettait aujourd'hui de ne pas l'avoir offerte à son père lors de sa dernière visite! Perdue dans ses pensées, elle n'entendait pas qu'on frappait à la porte.

Elle sursauta à l'écho de la voix qui la priait de se rendre au bureau de la Mère supérieure qui la réclamait.

Le long corridor, très sombre à cette heure où le jour flirte avec le soir, était désert. Gervaise avait des sentiments confus: les regrets à la pensée de son départ se mêlaient à l'espoir d'une vie plus valorisante. Chaque porte, chaque ombrage, même ce sol qu'elle avait si souvent fait briller, éveillait en son âme des émotions troublantes. Après tant d'années elle quitterait cette demeure où elle avait goûté joies et peines. Elle ralentit sa marche. Bouleversée, elle atteignit enfin le bureau de la Supérieure.

— Vous semblez triste, Gervaise.

— Je le suis, à l'idée de vous quitter, ma Mère.

— C'est gentil ce que vous me dites là.

La voix de la femme s'était faite très douce, ce qui émut Gervaise. La religieuse fit une pause et reprit le ton autoritaire habituel; l'attendrissement serait-il une faiblesse qu'il fallait à tout prix surmonter?

— Gervaise...

— Je vous écoute, Mère.

— D'abord, une mise en garde. Avez-vous réfléchi à la façon dont se passerait votre rencontre avec ce monsieur? J'ai pensé qu'il serait sage de faire intervenir le curé de sa paroisse.

Gervaise leva la main en signe de protestation.

— Surtout pas. Pas d'intervenant, je vous en prie. Je tiens à rencontrer cet homme hors de toute présence.

— Seule à seul, avec lui! Vous n'y pensez pas?

— Que si.

— Mais, ma chère, c'est impensable!

— Comment voulez-vous que j'apprenne à le connaître si je ne peux pas m'entretenir librement avec lui?

— C'est incroyable! Ce ne serait pas de mise, seule avec lui! Vous ne devez pas vous exposer seule avec lui avant la cérémonie du mariage! Vous n'y pensez pas!

— Alors, il serait trop tard pour le juger, ne croyez-vous pas?

— Mais, Gervaise... et votre vertu?

— Ma vertu? Je ne comprends pas.

— Gervaise, cet homme est prêt à oublier votre infirmité parce que vous êtes pure, vous devez protéger cette vertu.

— Et... alors?

— Mais, Gervaise, c'est un homme! C'est...

Elle plaça les mains en forme de cornet autour de sa bouche, tendit le cou vers la jeune fille, plongea son regard dans le sien et, d'une voix hésitante, embarrassée par le scrupule, ajouta:

— C'est un homme, un veuf... qui vit sans femme... depuis des mois! Vous me comprenez? Ma pauvre petite! Allez-vous innocemment et délibérément vous mettre dans l'occasion du péché, du péché grave? C'est un homme, Gervaise!

Gervaise écoutait, ahurie par le ton solennel de la religieuse dont la frayeur se lisait sur le visage. Elle semblait sincère mais Gervaise ne parvenait pas à admettre ce genre de raisonnement. De tels discours auraient dû éveiller en elle la crainte ou le doute, mais elle n'en percevait aucun écho. Les objections affluaient; ce danger, elle ne le connaissait pas, ne le redoutait pas. Devrait-elle s'en inquiéter? La religieuse insistait:

— Vous aurez été prévenue!

Le ton prophétique troubla Gervaise. À son tour

elle était tendue; elle réfléchissait intensément, essayait de découvrir le sens caché de cette assertion troublante, mais sa tête refusait de considérer ces propos qui lui semblaient exagérés.

— Un homme n'est pas un monstre! s'exclama-t-elle enfin.

— Un homme peut... être un monstre!

Gervaise plissa les yeux, réfléchit encore et secoua la tête en signe de dénégation. Non. Elle ne pouvait admettre ces troublants discours. Son intelligence refusait ce genre de jugement à l'emporte-pièce, qui condamne sans discernement, généralise, n'établit pas de distinction. «Un monstre avant le mariage le sera après également! Qui redouter? Télesphore Langevin, l'homme, le veuf?»

La religieuse observait Gervaise. Elle constatait avec satisfaction que la mise en garde portait fruit, qu'enfin elle semblait assimiler le message; elle se réjouissait. Hélas! La conclusion de Gervaise n'était pas celle espérée. La jeune fille savait qu'il y avait des êtres abjects en ce monde, qui ne respectaient rien ni personne (elle pensait au père de Julie), mais elle savait aussi qu'il y en avait d'autres, louables et bons. Refuser de croire, cesser d'espérer, ne plus pouvoir donner sa confiance, c'est fuir dans la nuit, perdre la foi. Elle était trop jeune, trop ardente et avait mûrement réfléchi: elle ne dérogerait pas à sa décision. Elle soupira et, sur un ton qu'elle voulait neutre, elle dit soudain:

— Si cet homme ne sait pas respecter une femme, quelle qu'elle soit, infirme ou pas, pure ou pas, c'est une bête, pas un homme. Mon père a vécu sans sa femme, jusqu'à sa mort, et il est demeuré bon et respectueux. Ma Mère, si celui que vous me proposez est un démon, gardez-le pour vous!

— Grossière! Fille de paysan! Ignorante qui jouez les innocentes! Vous...

Gervaise s'était levée, tremblante de colère.

— Tout ce que vous voulez, ma Mère! Je suis tout ça: boiteuse, pauvre, repoussante, mais sans fausse prétention. Je ne suis pas comme vous un pilier de l'Église en qui l'on met une confiance aveugle, d'accord. Mais, sur le plan de l'ignorance, je crois que je pourrais vous en apprendre dans le domaine du cœur et de l'espérance.

— Taisez-vous, mesquine!

Gervaise fondit en larmes; elle se sentait laide, dégénérée, pitoyable. La Supérieure se taisait. Le silence pesait, lourd. Les paroles de Gervaise avaient dépassé sa pensée. Trop longtemps elle avait fait taire l'aigreur refoulée au plus profond de son être. Elle se moucha bruyamment, oubliant la religieuse qui était là, devant elle. Ses traits étaient crispés, son âme haletante.

La Supérieure gardait la tête inclinée. Elle semblait troublée par les événements; jamais encore elle n'avait eu à affronter pareille révolte. Ses bras enfouis dans ses larges manches, elle semblait désarmée.

Gervaise toussota. D'une voix rauque elle résuma sa pensée:

— J'irai là-bas seule. Je jugerai moi-même cet homme. S'il en est digne, je deviendrai sa compagne, comme il en a exprimé la volonté. Mais, ma Mère, s'il ne répond pas à mes aspirations, moi, Gervaise Lamoureux, et moi seule, déciderai de mon avenir. Si je devais l'épouser devant Dieu et les hommes, je saurai être une bonne épouse et une mère dévouée. Mon infirmité, il n'aura pas à l'accepter, je la lui ferai oublier. Puisque Dieu a permis que vous deveniez l'intermédiaire entre cet homme et moi, comment pouvez-vous prétendre avoir le droit, aujourd'hui, de vous mettre en travers de ses desseins?

La voix de Gervaise n'était plus qu'un murmure. La Supérieure baissa les yeux. Après un long silence, elle dit simplement:

— Je vous ai peut-être sous-estimée, mon enfant.

Allez, Gervaise, allez en paix! Mes pensées vous accompagnent et mes prières aussi.

Gervaise s'éloigna, bouleversée. Le long corridor était maintenant très sombre. Elle rasa le mur, réconfortée par sa présence. C'est au jubé de la chapelle qu'elle passerait les heures de cette dernière nuit, les yeux fixés sur la lampe du sanctuaire. Pour le moment, elle ne parvenait pas à s'expliquer les raisons de sa grande révolte, de la brutalité des mots qui lui avaient échappé. Pourquoi avoir ainsi réagi? Peu à peu, elle en vint à la conclusion qu'au fond de son cœur elle avait peur, une grande peur de ce que serait demain, comme cette nuit où elle avait fui de chez son amie Julie.

Gervaise pensait à tous ces êtres qu'elle quitterait bientôt et qui avaient été ses compagnes. Ressentaient-elles aussi cette immense et écrasante incompréhension qui lui faisait mal en ce moment même? Elle l'avait senti, la Supérieure était profondément offusquée. Ce n'est qu'au moment de la soudaine explosion de sa colère qu'elle s'était enfin humanisée. «Elle et moi: le feu et l'eau. Un affrontement perpétuel! Ça n'aurait pu durer éternellement!»

Elle s'occupait à ranger sa chambre, cherchant à distraire sa pensée, à oublier ce qu'elle venait de vivre. Il lui fallait retomber sur ses deux pieds et passer l'éponge. Bientôt, elle partirait. Elle le ferait avec dignité. Elle ne pouvait se permettre d'être amère avec ses compagnes qui, après tout, n'étaient pas allées la chercher; la vie l'avait menée ici, contre son gré peut-être, mais, elle se l'avouait, elle aurait pu connaître un destin plus tragique.

Très souvent Gervaise se posait des questions sur sœur Pauline, aux idées modernes, qui faisait fi des règlements les plus élémentaires de la communauté et ne respectait en rien les obligations morales rattachées à sa vocation, dont les vœux de chasteté et d'obéissance.

Comment expliquer sa présence en ces lieux? Qui plus est, le fait qu'elle ne semblait jamais mériter la réprobation ni les réprimandes de ses supérieures ne cessait de tracasser Gervaise. La ruse, la dissimulation? Pourtant chaque être présent en ces murs était sans cesse épié, analysé, confronté.

«Elle, qui porte le voile, échappe, semble-t-il, à cette surveillance. Pourquoi? Serait-elle un sujet de choix que l'on épargne maintenant pour la gagner à une cause, quitte à la redresser plus tard, alors qu'elle sera définitivement liée par les vœux perpétuels?»

Gervaise trouvait ambigus et désarmants les critères établis qui accusaient de nettes différences entre les individus; ainsi sœur Clara, douce, vaillante et soumise, qui donnait tant et recevait si peu, devait faire taire ses idées personnelles et se cacher pour communiquer ses pensées profondes.

Elle se rappelait s'être confiée à sœur Herménégilde, s'accusant d'être insoumise, indisciplinée, de provoquer ainsi la Mère supérieure à qui elle ne parvenait pas à plaire et de qui elle s'attirait une constante réprobation. Sœur Herménégilde avait su protester et lui expliquer que l'entêtement dont elle faisait preuve n'était au fond que détermination, force de caractère, ce que la Mère supérieure savait sûrement discerner. Elle devait même s'en réjouir. «Bien sûr, elle n'ira pas jusqu'à vous l'avouer, elle craindrait de mousser en vous les sentiments de vanité ou d'orgueil, qui sont vilains, ce qui lui enlèverait toute emprise sur vous. Croyez-moi, elle ne veut que votre bien. Son rôle est de mater vos caprices pour vous permettre de vous épanouir plus librement, plus intensivement. Un jour, vous le comprendrez, quand, à votre tour, vous aurez charge d'âmes.»

«Moi, avoir charge d'âmes!» s'était exclamée Gervaise. «Votre réaction est limpide comme l'eau vive. Pourtant, Gervaise, c'est une situation que vous connaîtrez peut-être plus tôt que vous ne le croyez. Vous avez un cœur de feu, prêt à s'embraser. Ceux qui vivront dans votre sillon seront privilégiés!»

Gervaise avait longuement médité sur le sens de ces paroles à portée prophétique. Elle s'était endormie, ce soir-là, le cœur léger, plein d'espoir, même si elle n'entrevoyait pas telle éventualité.

Plus tard, beaucoup plus tard, elle apprendrait également, dans des circonstances pour le moins saugrenues, le pourquoi de la présence de sœur Pauline dans ces murs: à la suite d'un engagement formel pris avec ses parents; ceux-ci avaient permis à leur fille unique de faire les études universitaires de son choix, à la condition qu'elle passe trois années de sa vie dans les ordres. Ils voulaient s'assurer qu'elle ne serait pas détournée de sa vocation religieuse par mondanité ou pour toute autre raison superficielle qui l'égarerait du droit sentier de la vertu et de la générosité. «Les occasions de perdre son âme et de s'enliser dans l'incitation au péché sont une menace constante et redoutable pour les jeunes filles, en ce siècle pervers. Surtout que notre fille a une grosse nature...» Elle avait entendu son père qui servait à sa mère ce troublant discours afin que celle-ci cesse de s'objecter à cette idée de réclusion forcée. C'était donc de la bouche même de son paternel qu'elle avait découvert, très tôt, son attirance viscérale pour tout ce qui concernait «ses bas instincts», comme elle les qualifiait.

«Tu ne penses pas que le mariage serait la meilleure solution pour freiner son appétit?» avait osé riposter la mère. La porte d'entrée avait claqué; le papa, n'ayant pu maîtriser sa colère, avait préféré s'éloigner...

Il était décédé, avant même que sa fille n'ait mérité ses lauriers. Dans son testament, une clause avait été insérée pour assurer que sa volonté, bien arrêtée, soit respectée.

Mais tout ça, ce soir, Gervaise ne le savait pas. Elle nageait en pleine incertitude et pourtant, demain, avec le lever du soleil, elle affronterait un monde nouveau, encore inconnu. Si elle en croyait la troublante conversation qu'elle venait d'avoir avec la Supérieure, ce ne serait pas aussi simple qu'elle l'avait tout d'abord cru. Il ne lui restait plus qu'à relever la tête et à foncer.

***

À six heures pile, Gervaise se réveilla. Son dernier jour en ces lieux. Elle devait se rendre au réfectoire préparer les plateaux, avant la messe. Mais, surprise! sœur Clara avait déjà fait le travail.

— Gardez votre temps libre pour préparer votre départ. Allez vous faire belle; c'est un grand jour!

Gervaise offrit la statuette de la Vierge à sœur Clara qui était émue aux larmes.

— Qu'elle veille sur vous, sœur Clara. Qu'elle vous dise tout mon amour et ma reconnaissance. Je saurai vous faire savoir comment se passeront les choses; il s'agira... de lire entre les lignes...

Gervaise fit un clin d'œil à sœur Clara qui pouffa et porta la main à sa bouche pour étouffer son rire; elle avait compris l'insinuation aux lettres censurées.

Elle se regardèrent, intensément. Leur discours muet valait mille mots. Gervaise quitta la cuisine, à regret.

Les tables du déjeuner avaient été ornées de fleurs en son honneur. Les dames pensionnaires offrirent à Gervaise des colifichets, la plupart tricotés au crochet, des garnitures de table surtout. On se réunit ensuite à la salle de musique où on servit des friandises et offrit de menus présents à Gervaise. Celle-ci se sentait troublée par cette fête inattendue. La Mère supérieure se montra tout particulièrement tendre à son égard. Sœur Herménégilde fit l'éloge de cette «fille fort sage et douée». Dans l'œil de sœur Pauline, Gervaise crut détecter un désir fou de partir aussi. «Je vous envie, Gervaise, profitez bien de votre liberté», lui avait-elle glissé à l'oreille.

«J'ai reçu assez d'images saintes pour tapisser toute une maison!» pensa-t-elle en souriant.

Elle eut un pincement au cœur en fermant la porte de sa chambre pour la dernière fois. Du jubé, elle regarda la chapelle tout illuminée, comme aux jours de fête. Elle pria Dieu de la diriger dans ses décisions.

Le bruit que fit la porte en se refermant lui donna l'impression d'une rupture définitive. Elle regarda en direction du fleuve qui était d'argent. Ses sentiments étaient plus confus que jamais. Elle s'arrêta, se retourna et promena son regard sur ces fenêtres, ces ouvertures sur le monde. Un monde dont elle savait si peu de chose et qu'il lui faudrait maintenant affronter.

Elle eut une pensée pour toutes ces jeunes filles au juvénat d'à côté, qui se préparaient à la vie religieuse.

Le chef de gare prit les bagages en consigne et remit un récépissé à Gervaise. Quelques voyageurs attendaient dans la salle des pas perdus, avec la différence qu'ils étaient accompagnés d'un ami ou d'un parent. Elle, elle était seule. Si seule! Elle sortit, arpenta le quai qui longeait le rail, espérant et redoutant à la fois le train qui ne tarda pas à se faire entendre. Elle s'immobilisa et le regarda entrer en gare. Si souvent, par temps calme, elle l'avait entendu siffler dans la nuit et avait rêvé de s'enfuir avec lui. Aujourd'hui, il répondait à son appel, crachant une épaisse fumée blanche qu'il rejetait derrière. Il lui parut énorme, sa locomotive menaçante. Ses roues gémissaient contre le métal du rail. Il toussa, s'essouffla, cria, puis, docile, il s'arrêta, comme à regret.

Un conducteur en uniforme foncé, garni de rouge, sortit un marchepied, invita les passagers à monter puis grimpa à son tour. Touf... touf... Déjà les wagons se précipitaient dans la nature. Gervaise dut se tenir pour ne pas tomber. Clic, clic, clac, clac... le refrain accélérait son rythme à la puissance des chaudières. Aux fenêtres, défilait, à une allure folle, le décor que parfois un rideau de vapeur venait dissimuler.

Le première fois que Gervaise avait emprunté ce moyen de transport, c'était au moment du décès de son père. Sa peine était alors si grande qu'elle s'était laissé conduire sans rien remarquer de ce qui l'entourait. Comme un automate, elle s'était pelotonnée sur la banquette, perdue dans ses pensées. C'était le seul souvenir qu'elle avait gardé.

Gervaise, raidie par l'émotion, se cambra dans la peluche grise de son siège, alors qu'autour d'elle on se mouvait et on jasait le plus naturellement du monde. Que de bruit! Il lui faudrait apprendre, éduquer chacun de ses sens: voir, sentir, comprendre. La vie bien cadrée, où tout était ordonné, était révolue. Elle volerait dorénavant de ses propres ailes.

«Non, pensa-t-elle. Je n'ai pas peur.» Et elle s'appuya contre la fenêtre. C'était l'été, il faisait un temps superbe. La campagne était verte, à perte de vue. «Comme ce serait bon de fuir à travers ces champs, de courir dans les herbes folles, jusqu'à épuisement!»

«C'est un homme!» Que pouvait sous-entendre cette assertion jetée avec tant de hautain mépris? Elle l'avait rencontré, sœur Clara était formelle à ce sujet. Qu'avait-elle détecté de si terrible en lui? S'agissait-il d'un autre de ses jugements à l'emporte-pièce? «Encore quelques heures et je saurai. Saurai-je lui plaire? Il ne sait rien de moi, sauf peut-être que je suis orpheline en plus d'être infirme. Quelle piètre dot! Qu'attend-il de moi? N'aurais-je pas dû décliner tout simplement toute proposition aussi mal formulée? «C'est dans les mœurs et appuyé par le jugement des ministres du culte», m'a dit le prêtre. Mais est-ce là une garantie à toute épreuve? Le père de Julie Lamont fut lui aussi recommandé à mon père par le curé et pourtant...» Gervaise frissonna, ce détail lui avait échappé.

«Et si je ne descendais pas de ce satané train? Il continuera sa route et je pourrais fuir aussi loin que je le veux. Si je savais où est Raymond... si je savais où est Raymond, j'irais jusqu'à lui!»

— Mademoiselle? vous descendez au prochain arrêt.

Le conducteur prit le carton qu'il avait inséré dans un repli du store et s'éloigna.

«Comme c'a été rapide!» songea Gervaise en ravalant sa salive. Elle se pencha vers la fenêtre, espérant apercevoir cet homme, ce Télesphore Langevin qui représentait le bonheur espéré. Le train semblait prendre une embardée; il augmenta de vitesse un instant, ralentit, puis s'immobilisa. Gervaise vit un homme qui, sur ses épaules, tenait une petite fille qui riait.

— Saint-Pierre-de-Montmagny! tonnait le conducteur.

Gervaise se leva et se dirigea vers la sortie.

— Mademoiselle Gervaise?

— Bonjour, monsieur Télesphore.

La bambine ne riait plus. Son père se pencha, elle sauta de son perchoir et regarda la dame.

— Ma fille, dit fièrement l'homme.

— Bonjour, toi!

Intimidée, l'enfant ne répondit pas et se glissa derrière son papa.

— Vous avez fait bon voyage? demanda-t-il en tendant la main.

— Merci, oui.

— Vous avez des bagages en consigne?

— Oui, beaucoup trop!

Ils se dirigèrent vers la gare, l'un près de l'autre,

suivis de la fillette. Sur le chariot, se trouvaient deux grosses malles.

— Vous auriez été la bienvenue sans tous ces trésors, mademoiselle Gervaise. Nous en prendrons une partie et demain, je viendrai quérir le reste.

Télesphore prit les bagages à main, les déposa dans le coffre arrière de sa voiture, ouvrit la portière avant et invita Gervaise à monter.

— Grimpe derrière, fillette.

Et, se penchant, il dit très bas:

— Vous êtes belle, mademoiselle Gervaise.

— Oh!

Gervaise porta la main à sa bouche, elle faillit pouffer de rire. «C'est un homme, ma chère enfant, c'est un homme...» Le souvenir du regard affolé de la Supérieure l'amusait. Gervaise promenait les yeux sur la campagne qui s'étendait sur les deux côtés de la route. Elle regardait mais ne voyait rien; son esprit était ailleurs.

— Monsieur Télesphore, y a-t-il un hôtel ou une auberge où je pourrais... loger?

— Tonnerre! Une dame qui met les pieds sur le sol de Saint-Pierre ne dort pas dans les logements publics! Vous êtes mon hôte, vous dormirez chez nous.

«Un veuf qui vit sans femme...»

— Tout a été organisé, ajouta Télesphore, ne vous tracassez pas. Je vous laisse la maison, la marmaille et toute la rengaine. Demain on reparlera de tout ça. C'est moi, Télesphore, qui découcherai ce soir.

Et il rit de bon cœur.

«Ouf! C'est pas un homme!» se dit Gervaise. Cette fois, elle riait pour de bon. Il crut que sa tirade l'avait amusée; il la regarda et répéta:

— Demain, on reparlera de tout ça.

Gervaise respira profondément. L'inquiétude qui s'était glissée en elle, lors des mises en garde de la Supérieure, avait poussé la jeune fille à adopter, inconsciemment, une attitude distante et rigide: espèce de mécanisme naturel d'autodéfense. Mais voilà qu'à son insu elle avait retrouvé son dynamisme et sa confiance spontanée. «Il n'a rien d'un épouvantail!» se surprit-elle à penser.

Télesphore s'était montré accueillant, réservé et charmeur. Non, elle n'avait aucune raison de craindre cet homme. Il lui semblait à la fois sérieux et taquin.

Il conduisait lentement, les yeux fixés sur la route. Parfois, il ralentissait, à la vue d'un enfant ou d'un chien en liberté.

Désirant meubler le silence, Gervaise se retourna vers la fillette accroupie sur la banquette arrière et lui demanda:

— Quel est ton nom?

— Chut! fit l'enfant en portant l'index à la bouche. On ne parle pas en auto! Puis, en se penchant, elle murmura à l'oreille de la jeune fille: «Je m'appelle Lucille.»

Gervaise regarda Télesphore. Son visage était tout sourire. Ces deux-là s'aimaient bien, c'était visible.

— Voyez, dit Télesphore. Ici commence la terre familiale.

— Chut! imposa Gervaise.

— Quand toute la marmaille est à bord, il faut bien établir des lois rigides pour ne pas perdre sa concentration, expliqua le père.

Bientôt parurent les bâtiments, puis la grande maison de bois blanche aux volets verts. Gervaise ressentit un pincement au cœur. L'émotion l'étreignit quand Télesphore dit, en la regardant:

— Voici notre maison.

Elle soutint un instant son regard, puis ferma les yeux. Pas un traître mot ne lui venait à l'esprit.

— Venez.

Il descendit de la voiture, la contourna et offrit sa main à Gervaise.

— Attention aux *garnottes*.

Lucille courut vers la maison, ouvrit la porte toute grande et cria à tue-tête:

— Elle est arrivée! Elle est arrivée!

— Lucille est un vrai épouvantail à corneilles!

Se penchant vers Gervaise, il ajouta:

— J'avais peur que vous soyez très, très grande... oui, j'avais peur.

— Pourquoi?

— Parce que je suis courtaud.

Gervaise se sentait observée; elle leva la tête. Sur la galerie, les enfant réunis regardaient dans leur direction. Télesphore fit les présentations.

— Réjeanne, Jacqueline, Lucien et ma petite peste, Lucille. Mon aînée, Mariette, est au loin et mon plus vieux, Alphonse, est au collège.

— Et moi, Gervaise! bonjour! répondit-elle en saluant de la main.

— Allez, les enfants! Un peu d'aide pour les bagages!

Tous s'élancèrent à la fois, heureux, sans doute, de se départir de leur attitude figée.

— Montez tout ça là-haut.

— Dans ta chambre, papa? demanda Lucille.

— Oui.

Gervaise se sentit rougir jusqu'aux oreilles. «C'est un homme...»

— Vous m'excusez? Je dois faire le train. Vous autres, les enfants, soyez sages.

Télesphore sortit par la porte arrière. Là, debout, elle parcourait des yeux la grande, l'immense cuisine, toujours si hospitalière dans les maisons campagnardes.

— C'est beau hein? Papa a tout peinturé avant que t'arrives.

— Lucille! Cesse de bavasser.

— Ça sent bon, répondit Gervaise.

— Madame Vadeboncœur a apporté un gros poulet

et de la soupe pour souper, ce soir.

— Arrête de *placotter*, Jacqueline.

— Ben quoi! c'est vrai!

— Elle est gentille, cette dame. À l'avenir, c'est nous qui ferons la soupe, d'accord?

— L'école commencera bientôt, moi je n'aurai pas le temps.

— Si on dressait le couvert? dit Gervaise.

— Dresser le couvert?

— Oui, mettre la table.

Lucien se tenait à l'écart. Il observait les filles et cette étrangère surtout.

— Tu ne nous aides pas, Lucien?

— C'est l'affaire des filles, la table.

Les enfants apportaient des ustensiles et des assiettes. Gervaise disposa le tout comme on le lui avait appris. Les petites avaient des rires étouffés, moqueurs, ce qui les rendait des plus sympathiques.

Gervaise attisa le feu, elle sentait que ce soir elle allait dévorer son repas. Ces dernières semaines n'avaient pas été des plus faciles; elle avait faim.

«Dire que je me suis tant tracassée! J'ai l'impression de déjà connaître tout ce petit monde. Quant au père, comme il le dit si bien, demain on reparlera de tout ça... Pourvu qu'il soit aussi conciliant dans l'intimité qu'il l'est devant les enfants.»

«Un veuf qui vit seul...» Voilà que les mises en garde de la Supérieure revenaient troubler la jeune fille si peu préparée à un tête-à-tête avec un mâle. Un mâle et pas n'importe lequel! Un mâle, un veuf, qui pourrait être son père, qui lui avait dit qu'elle était belle... Ça promettait! «C'était plus simple avec la sœur supérieure; elle m'attaquait de front et je me défendais. Lui, il ne ressemble à personne. Papa était beaucoup moins communicatif et pas du tout enclin à des démonstrations de... de quoi? Qu'est-ce que c'est? Ça me gêne, je ne sais pas pourquoi mais je me sens troublée en sa présence. Sœur Pauline n'en aurait fait qu'une bouchée...»

La réflexion de Gervaise fut détournée par une question que lui posait Réjeanne:

— Qu'est-ce qu'elle a, la fourchette, elle vous fait rire?

Gervaise sursauta, posa l'ustensile sur la table et répondit gaiement:

— Je ne la regardais pas vraiment, mon esprit était ailleurs.

— Tu ne vas pas partir; je t'aime bien, moi.

— Chère petite. Non, Lucille, je ne partirai pas si vous voulez bien m'aimer.

Gervaise releva la tête, Télesphore était là, près de la porte. Il avait sûrement entendu, elle rougit.

— Je meurs de faim, dit-il simplement.

— À table! allez, tous!

Le poulet trônait sur un plat à service, Gervaise avait posé à côté un couteau et une fourchette à dépecer. Elle distribua les assiettes de soupe fumante.

— Qui a mis la table?

— Personne, trancha Lucien, on a pas mis la table, on l'a dressée...

— Coquin!

Gervaise rit en s'assoyant. Elle constata que les enfants mangeaient avec leurs mains. Tiens, Télesphore aussi. Elle hésita puis, avec ses ustensiles, attaqua bravement. Elle venait de décider, mentalement, qu'elle ne ferait rien et ne sacrifierait aucun de ses principes dans le seul but de plaire. La condescendance serait de l'hypocrisie; elle demeurerait elle-même. Si elle devait leur apprendre des choses, ce serait, d'abord et avant tout, par l'exemple.

— Il faudra féliciter madame Vadeboncœur, dit-elle enfin, c'est délicieux.

On opina de la tête mais le silence se prolongea. On

bouffa en vitesse puis, ce fut la ruée vers le lavabo, chacun avec son assiette, que l'on rinçait et déposait.

— Je lave ce soir.

— Non! C'est moi qui lave; tu as lavé hier.

— Congé à tout le monde! lança Gervaise. Ce soir je lave et j'essuie!

— C'est ça, mademoiselle Gervaise, détruisez en une minute ce que j'ai mis des années à imposer.

Le ton n'avait rien de la réprimande; pourtant, Gervaise s'exclama:

— Ah! pardon.

— Comment, pardon? Je ne me plaindrai pas que vous aimiez faire la vaisselle! Ne vous excusez pas! Elles se chamaillent pour la forme, c'est une manie dans la maison. Je crois que c'est bon, ça les unit. Oui, ça les unit. Votre proposition les a calmées, regardez... Avez-vous encore du thé?

Elle essayait de saisir, de comprendre. Tout ça était si inattendu, si nouveau, si différent! La contrainte: c'était ça; ici, il n'y avait pas de contrainte. Chacun était libre, on était soi-même, spontanément. Il lui faudrait se mettre au diapason, cesser de douter, de vouloir se défendre, d'avoir raison. Ici, tous avaient raison. Elle arrivait à peine et déjà elle se repensait...

Télesphore s'était levé, s'était versé du thé et s'était rassis. Gervaise ne s'en était pas rendu compte; elle était perdue dans ses pensées. Tout à coup, elle échappa un gros soupir et s'adossa à sa chaise. De ses épaules, tombait un poids très lourd; elle semblait se libérer. Inconsciemment, elle était sur un pied de guerre et voilà qu'elle constatait qu'il n'y avait pas de combat...

Elle regarda Télesphore, il sirotait bruyamment son thé. C'est étrange, elle ne s'en offusquait pas.

— Quel contraste avec la vie réglementée du couvent!

— Oui, les bonnes sœurs...

Il se taisait, ne livrait pas le fond de sa pensée.

— Donne ta tasse, papa.

Il obéit. L'enfant la prit et retourna à l'évier.

— Vous avez des enfants merveilleux.

— Oui, j'ai cette chance. S'ils pouvaient toujours rester petits!

— Monsieur Télesphore...

L'homme inclinait la tête dans la position de celui qui tend l'oreille pour écouter. Gervaise voulait parler, exprimer sa pensée, mais elle ne trouvait pas les mots. Il attendit, n'osant pas la regarder. Les minutes passèrent. Là-bas, le silence se faisait aussi; la tâche de la vaisselle était terminée. Les enfants s'avancèrent, regardèrent ces adultes qui semblaient fort préoccupés et filèrent vers le salon, sans doute conscients d'être de trop. La télévision répandit son tumulte et garda les enfants sages. Gervaise soupira et dit simplement:

— Je me sens si bien, si bien, monsieur Télesphore.

Il posa sa main, une grande main puissante, sur celle de la jeune fille et la tapota un peu. Il fit basculer légèrement sa chaise et croisa les mains derrière sa tête. Ils se regardaient.

— Bon, moi je m'en vais. J'ai promis d'arriver tôt. Vous pouvez vous arranger avec les petits? Je viendrai déjeuner. Bonsoir, mademoiselle Gervaise.

Télesphore s'était rendu au salon: ce fut un instant la cohue. Il revint, salua Gervaise de la main et sortit par la porte de derrière.

Et voilà! Elle était seule dans la grande cuisine, seule avec ses pensées. Elle était là depuis quelques heures à peine, des heures si redoutées, et elle devait admettre qu'elle n'avait rencontré d'embûches qu'au niveau de ses propres pensées.

«Sœur Clara avait raison: cet homme est d'une grande bonté, d'une grande douceur. S'il cache quelques vices, il le fait habilement. Si le proverbe qui dit

234

que les enfants ne mentent pas a raison, ceux-ci sont désinvoltes et gracieux. Leur bonheur est certain. Rien ne pourrait être plus réconfortant, plus prometteur. La meilleure chose à faire est de s'en remettre à la Providence, en ce qui a trait au futur. Il est impossible de prendre une décision quelconque concernant ma conduite, car je nage en plein mystère. Je suis plongée dans l'inconnu. Rien, dans mon passé, ne ressemble à ce présent. Sauf, peut-être, les jours vécus auprès de mademoiselle Anita, où tout était si simple, si sécurisant! Est-ce que je rêve? M'est-il permis d'espérer que je pourrai enfin goûter une vie heureuse, sans tumulte et sans aigreur? Une vie d'un bonheur tout simple, avec un mari et une famille. Mon mari, ma famille, à moi! Tout à moi! rien qu'à moi! Mon Dieu, si vous permettez ce miracle, je vous promets d'être à jamais une fille de devoir, attentive au bonheur des siens.»

Gervaise, la tête inclinée, les bras posés sur la grande table, était plongée dans une méditation profonde.

«J'ai changé d'environnement et de foyer à quatre reprises. Chaque fois, ce fut la déroute, le désarroi. Ce furent souvent des peines amères. S'il n'en dépend que de moi, cette fois sera la dernière. Je veux être heureuse, je le veux de toute mon âme. Je m'appliquerai à la conquête du bonheur. Je le cultiverai comme on cultive le blé!»

— Tu pleures, Gervaise?

Celle-ci sursauta. Lucille était là, braquée devant elle, le regard mouillé. Son visage exprimait son émotion.

— Non, Lucille, je ne pleure pas. Au contraire, je suis heureuse mais très émue. Je vous aime bien, vous êtes si gentils.

— On a promis à papa!

— Ah! c'est pour cela! Avez-vous promis pour toujours? ·

— Oui, si tu es fine.

— Je vais l'être; si je me trompais, tu me le diras.

— C'est encore l'heure de se coucher, c'est toujours l'heure de se coucher! Tu es chanceuse, toi, tu es grande.

La marmaille se rendit au réfrigérateur. Gervaise entendit le tintement des verres, puis, le bruit de l'escalier qui menait aux chambres. Elle attendit que cesse le brouhaha et monta dire bonsoir aux marmots.

Elle remarqua qu'une chambre était libre. Il en était une autre dont la porte était fermée. Les trois filles partageaient une même pièce et Lucien occupait la plus petite de toutes. Elle venait de prendre une décision: elle dormirait dans la chambre inoccupée. Elle ne pouvait se faire à l'idée de se glisser entre les draps de Télesphore.

Seule Lucille fit une bise à Gervaise, sous le regard amusé des deux grandes. Gervaise n'insista pas. Elle descendit et s'installa dans la berceuse.

Les heures de solitude qu'elle goûtait présentement seraient sans aucun doute les dernières. Elle ressentait un besoin fou de faire le point avec elle-même.

«Télesphore n'a pas vraiment besoin d'une femme, il se débrouille très bien seul, à ce qu'il me semble. Les enfants sont très bien élevés, la maison ordonnée. Les mots couverts de Mère supérieure résumeraient-ils l'attente de Télesphore? Voilà qui n'est pas très rassurant. Quel est au juste le rôle de la femme-épouse? On en parle peu dans les romans, à part le fait qu'elles sont mères d'enfants.» Elle pensa à la sienne, sa mère, et à Juliette Lamont, deux cas pas très rassurants. Les autres femmes qu'elle avait connues étaient célibataires ou religieuses. «J'aurais dû discuter de tout ça avec sœur Pauline, elle aurait su quoi me dire.»

L'horloge marquait l'heure; elle leva les yeux vers elle, qui, placée très haut sur une tablette de confection artisanale, guidait de ses aiguilles le rythme de vie des occupants de cette grande maison centenaire. Qui avait taillé le cœur qui figurait sur la corniche? Lequel des ancêtres?

Elle regarda le plafond: de larges planches de bois de pin, sans doute taillées dans les forêts de la Colombie-Britannique et amenées jusque-là. Le *B.C. fir*, comme disaient les anciens. Des poutres énormes s'y promenaient. Elle avait remarqué, là-haut, les inclinaisons des pans de mur où se dissimulent habituellement des *ravalements* et où s'entassent les vieilleries, et ces fenêtres en retrait, formant des corniches. Elle soupira, leur maison ancestrale avait brûlé. Celle-ci, plus vieille encore, était accueillante. Se leurrait-elle?

Elle se leva et se rendit au salon. Deux cadres de forme ovale attirèrent son attention. Derrière la vitre bombée de l'un, elle croyait reconnaître Télesphore et sa femme, sans doute. Un pépère à bedaine imposante ornée d'une chaîne de montre semblait la regarder droit dans les yeux. Un Langevin, probablement; il avait la chevelure aussi épaisse que celle de son prétendant, des moustaches pointues – sans doute fixées par du savon – et était trapu, lui aussi.

Les fauteuils étaient d'un velours foncé, dont les fleurs s'étaient fanées. Ils étaient sûrement rembourrés de crin, pour avoir si longtemps tenu le coup. Le bois des parures était patiné par le temps; des taches rougeâtres perçaient, ici et là, dans les bruns. Le prélart était une carpette aux motifs fleuris, qui imitait les tapis de Turquie. Des chemins s'étaient dessinés en surface, aux endroits où l'on passait souvent, comme autour de la table dans la cuisine. Un ancien gramophone trônait à côté d'un appareil de télé qui faisait la joie des enfants.

Gervaise se dirigea vers une porte fermée qu'elle ouvrit. Il y avait là une autre cuisine, sans accessoires autres que la table et les chaises. Un genre de dînette avec des fenêtres tout autour. À côté, un genre de remise, des outils suspendus, des vêtements de travail, un profond lavabo de pierre usé et un établi. Au fond, des tablettes qui allaient du plancher au plafond, remplies à craquer.

La jeune fille revint vers la grande cuisine. Assurément, c'était sa pièce préférée. La table de chêne massif, aux pattes de lion, capable d'accueillir jusqu'à douze personnes, était bien centrée. Autour d'elle, les enfants faisaient leurs devoirs, étudiaient leurs leçons, dînaient avec les parents. Là se faisaient les échanges, se demandaient les permissions.

Seul le poêle à bois inquiétait Gervaise. Le feu l'avait marquée, petite d'abord, alors qu'elle gisait sur une civière et qu'elle l'avait vu s'élancer vers le ciel, et lorsqu'aux funérailles de son père elle avait appris que tous les biens de la famille avaient ainsi péri.

Elle le regardait, il semblait pourtant inoffensif avec sa grosse tête chromée, ses petites pattes croches, sa *morniche* et ses rangées de ronds, dont un à trois grandeurs. Souvent on utilisait le petit, qu'on gardait entrouvert par temps calme, «pour attiser la flamme et aider le tuyau à bien tirer vers la cheminée», disait son père.

Simone, la bonne de mademoiselle Anita, avait la fantaisie de laisser tomber quelques gouttes d'essence de vanille sur la surface chaude, ce qui embaumait toute la maison.

Le gros réfrigérateur Philco faisait tache moderne au milieu de cet ameublement qui évoquait les décennies passées. Gervaise continuait de se promener d'un coin à l'autre, elle écoutait les bruits, se familiarisait avec ce qui l'entourait. Le silence lui plaisait. C'est à regret qu'elle emprunta l'escalier pour aller dormir.

Elle fit une halte, entra dans la chambre de Télesphore, alluma la lumière du plafond. Elle se sentit intimidée, elle n'aurait su dire pourquoi. Elle jeta un coup d'œil furtif au lit à haute tête de bois sculptée, elle prit la valise qui contenait sa robe de nuit, sa brosse à dents et sortit précipitamment, troublée, comme si elle venait de poser un geste incorrect.

«Cette chambre libre, c'est à n'en pas douter celle de la fille aînée qui a quitté la maison. Tout l'indique. Celle dont la porte est fermée doit être la retraite du fils aîné, absent, lui aussi.»

Gervaise alluma la lumière parée d'un abat-jour de soie rose, qui trônait sur une table de toilette. Elle pivota sur ses talons et admira le décor: le couvre-lit était en chenille bleue, une courtepointe pliée était posée dessus, une parure sans doute. Au mur, des photos d'acteurs de cinéma et un vase à fleurs, vide. Les murs de couleur lilas la charmaient. «C'est à ça que ressemble une chambre de jeune fille, c'est merveilleux. Doux et merveilleux. Rien ici n'est austère, tout respire la quiétude, la douceur, invite à la détente.»

Gervaise se dévêtit, enfila sa robe de nuit, se dirigea vers la salle de bains et se brossa les dents. Elle se regarda dans le miroir et sourit: «Qu'est-ce qui m'arrive? Je suis d'un calme plat. Et ma Mère supérieure qui craignait pour ma vertu! Qui sait? Peut-être prie-t-elle pour moi, ce soir...»

Elle plia les serviettes qui gisaient pêle-mêle sur le bord de la baignoire. Elle revint sur ses pas, s'immobilisa un instant, la respiration des enfants endormis lui parvint. «Ils dorment et les portes de leurs chambres sont ouvertes.» Le détail la surprit d'abord, puis l'émerveilla. «Ce doit être bon de savoir que là, à côté, dort quelqu'un qui aime, qui peut protéger et secourir si nécessaire. Je n'ai encore jamais dormi dans une chambre dont la porte soit restée ouverte la nuit... Ce qui ne peut manquer de donner une sensation de sécurité, un sentiment d'unisson. Ce serait ça, la vie de famille unie et heureuse?»

Au moment d'éteindre, Gervaise vit une araignée qui agrandissait la toile qu'elle avait tissée depuis l'abat-jour. L'insecte tendait ses fils élastiques et leur donnait une forme géométrique parfaite. Gervaise sourit. Elle lui laisserait la liberté: elle était trop heureuse pour détruire cette tégénaire active qui semblait, elle aussi, se plaire dans le décor.

Les draps étaient légèrement humides, très frais. Gervaise frissonna puis se recroquevilla pour se réchauffer. Le sommeil ne venait pas, trop de pensées se bousculaient dans sa tête. Elle était émue par le sentiment de grande paix qui l'enveloppait.

«Je devrais ressentir certaines contraintes entre ces murs inconnus, ignorant tout de ce que l'avenir me réserve. Au contraire, je me sens en confiance, nullement inquiète, pourquoi? Je serais ici chez mon père, au sein de ma propre famille, que je ne ressentirais pas plus grand réconfort. Est-ce l'illusion de liberté, de nouveauté? La magie du dépaysement? Il y a quelques heures à peine, je rêvais de fuir et voilà que toute appréhension a fondu, comme par enchantement. Suis-je téméraire?

«Les enfants devaient sans doute redouter mon arrivée, et Télesphore, ne nourrissait-il pas à mon endroit certaines réserves angoissantes! Nous nous sommes regardés, avons échangé une poignée de main et dès cet instant mes craintes se sont envolées. Était-ce la présence de l'enfant et la façon dont il se comportait avec elle?»

Des pas se faisaient entendre: un enfant s'était levé. Instinctivement, Gervaise leva la tête de son oreiller et tendit l'oreille. Le bruit avait rompu sa méditation, l'avait ramenée dans la réalité. La chasse d'eau se fit entendre. Le plancher craqua. L'enfant n'avait pas allumé, pourtant Gervaise savait qu'il retournait à sa chambre; dans son inconscient s'enregistraient les bruits

qui indiquaient les distances, les angles. Elle se familiarisait avec cet environnement qui serait le sien. Elle
écoutait. À nouveau, le silence de la nuit enveloppa
Gervaise qui, émue, tressaillit.

Sa tête retomba sur l'oreiller. Elle pensa à Télesphore qui passait la nuit chez le voisin. «Dort-il?» Elle
ferma les yeux et glissa dans le sommeil, un sommeil
sans rêves; sa dernière pensée, en ce premier soir,
aurait été pour lui.

Chapitre 12

Le coq chanta. Télesphore avait déjà les yeux ouverts mais il n'osait pas bouger; on dormait encore chez les Vadeboncœur. Il n'aimait pas le sentiment de contrainte que lui donnait ce séjour chez son voisin. Bien sûr, on l'avait chaleureusement accueilli; Lucette s'était montrée à la hauteur. Mais de la part de Léo, Télesphore le sentait, il y avait une réserve. «Serait-il jaloux? Tonnerre! Ce serait le restant des écus!»

Il l'avait senti la veille, Léo était nerveux. Aussi Télesphore était-il monté dormir très tôt, prétextant la fatigue. Le sommier grinçait. Le lit, trop mou, le dérangeait. Il avait hâte de regagner sa chambre. Dès qu'il entendit bouger, il se leva, s'habilla et sortit sans bruit. Il se dirigea vers sa maison, la regarda: elle lui paraissait encore plus belle.

«Tiens, le store de ma chambre est levé... et celui de la chambre de Mariette baissé... Mademoiselle Gervaise a dû coucher de ce côté.»

Il entra, se dirigea vers la remise, prit sa salopette et ses bottes et marcha en direction de la grange. C'était l'heure de faire le *train*. Il déjeunerait plus tard. Il en voulait à Vadeboncœur. Il aurait aimé parler un peu de la situation, mais Léo était distrait, réticent; il changeait de sujet. À quelques reprises, il avait surpris le regard de Lucette, qui semblait inconfortable. «J'en aurai le cœur net. Ce soir, je vais lui sonder les reins. Il fut toujours un bon voisin, plein *d'adon*. Oui, ce soir, on va régler ça une fois pour toutes.»

Gervaise se réveilla. Sa première réaction fut l'étonnement. Le décor nouveau la surprenait, puis elle se souvint: elle était à Saint-Pierre, chez Télesphore. À sa grande surprise, on avait fermé sa porte, délicatesse qui la toucha. Elle se leva, alla vers la fenêtre. Le soleil semblait haut dans le ciel; elle avait dormi tard. Un instant, elle entrevit Télesphore qui contournait un bâtiment. «La vie continue», pensa-t-elle. Elle descendit. Les enfants l'acclamèrent en riant.

— Paresseuse, lança Lucille.

— Toi, réprimanda Réjeanne. Sois polie! Je vais le dire à papa!

— Je crois que votre papa sera d'accord. J'ai dormi très tard. Vous avez déjà déjeuné?

— Oui, avec papa.

— Lucien n'est pas là?

— Non, il aide papa.

Gervaise se rendit au poêle. Le café était là, tout chaud. Elle ressentit la faim. Elle pensa au repas du midi qu'il fallait préparer, pour toute la maisonnée. Au réfrigérateur, elle dénicha les restes du poulet de la veille: elle en ferait un pâté.

Un détail lui échappa: deux adultes et quelques enfants n'exigent pas autant de nourriture que les convives du couvent, où les quantités étaient grandes. C'est Réjeanne qui le lui rappela, devant l'énorme boule de pâte prête à être roulée, qui trônait sur la planche enfarinée.

— Qu'est-ce que tu fais? demanda l'enfant.

— Un pâté au poulet.

— Gros comme ça?

Gervaise sourit, la pertinence de la remarque tombait juste. Il lui faudrait dorénavant penser en fonction des besoins actuels, rompre avec les habitudes passées.

— Bon, alors on fera aussi des tartes.

— Oui, des tartes aux pommes.

— Tu sais où sont les pommes?

— Dans le caveau. Je vais en chercher.

L'enfant avait raison: le pâté fait, deux tartes roulées et il restait de la pâte. Gervaise se souvint que sœur

Clara roulait le surplus dans un coton et le gardait au frais pour «usage futur», comme elle disait.

Gervaise, inconsciemment, puisait dans ses expériences passées les connaissances utiles au présent. Elle le ferait souvent, s'efforçant d'éliminer les mauvais souvenirs et accordant beaucoup d'importance aux faits et aux événements positifs, ce qui lui assurerait une vie équilibrée et heureuse.

Le poêle l'inquiétait. Bien sûr, elle avait acquis beaucoup de connaissances à aider, là-bas, dans la cuisine du couvent, mais sœur Clara avait seule charge du contrôle des détails. Gervaise guettait l'aiguille du fourneau qui semblait bien agitée, et qui menaçait de trop cuire ses tartes ou pas assez. «J'aurais dû m'en tenir à une recette qui ne demande pas de cuisson au four, je peux tout rater! Ce serait dommage.»

Elle en était là avec ses pensées quand elle entendit Télesphore s'exclamer:

— Que ça sent bon! Vous vous êtes mise dans les frais de préparer le dîner, mademoiselle Gervaise? Ce n'était pas nécessaire, je venais justement m'en occuper. Je ne m'en plains pas, remarquez, mais...

Il se tut, Gervaise avait rougi, elle baissait la tête.

— Je n'ai pas voulu vous offenser, murmura-t-il enfin.

— J'ai osé, je m'excuse, j'ai fouillé dans vos choses et...

Ils se regardaient, elle gênée, lui abasourdi, ne sachant pas quoi répliquer.

Les enfants se précipitaient. C'était évident: la présence du père motivait leur comportement. Ils dressaient le couvert sans qu'il en ait exprimé le commandement.

— Voulez-vous vérifier le fourneau? Je ne sais pas le contrôler et...

Télesphore n'en revenait pas: Gervaise allait jusqu'à s'inquiéter, après s'être excusée! Il hocha la tête mais ne dit rien; il ne parvenait pas à exprimer ses pensées, alors il se taisait. Il prit la planche qu'il plaça sur la table, y déposa le pâté doré à point; des bouillons de sauce s'échappaient par les entailles en forme de fleurs qui ornaient la croûte.

— Si ce n'est pas ça le plus beau pâté du monde, je ne m'y connais pas en cuisine!

Gervaise, rassurée, se détendit. Pendant un instant, elle avait cru qu'il lui reprochait son zèle alors que, dans sa tête à elle, l'idée de préparer le repas était la chose à faire, même sans y être invitée.

Les enfants faisaient les frais de la conversation. Télesphore parlait peu; Gervaise, encore moins.

— Pourquoi, papa, que tu as l'air fâché?

— Je ne suis pas fâché.

— Tu as l'air malin.

— J'ai eu un problème ce matin. Je vais le régler ce soir.

— C'est pas nous. Nous avons été sages, sauf Lucille.

— Qu'est-ce qu'elle a fait, Lucille?

— Elle a dit une méchanceté à mademoiselle Gervaise.

— Non!

Gervaise rit et expliqua: elle a dormi très tard, Lucille le lui a souligné, plus taquine que méchante.

— Mademoiselle Gervaise arrive de voyage, elle a des choses à décider, mais tout devrait s'arranger... C'est comme l'aiguille du fourneau, en attisant la flamme et en étant attentive...

— Elle va rester avec nous, papa? Et faire d'autres pâtés?

— Je l'espère. Nous, nous l'aimons bien.

Gervaise avait plus deviné les derniers mots qu'elle ne les avait entendus, car Télesphore avait balbutié.

La tarte aux pommes allait sauver la situation. Gervaise se leva, heureuse de tourner le dos à l'homme, aussi embarrassé qu'elle.

— Voilà le dessert.

— Je vais au puits chercher de la crème douce.

Télesphore sortit. Le dîner se termina dans la simplicité et la joie.

***

La marmaille jouait dehors. Gervaise pensait aux heures qu'elle venait de vivre dans ce nouvel environnement. «Les enfants sont charmants, affectueux et me manifestent leur attachement. Les pensées de Télesphore sont plus secrètes, nous nous connaissons à peine. Il témoigne de beaucoup de bonté et de délicatesse envers ses enfants, il est très patient. Il nous faudra dialoguer plus. Il faut que l'on ait un tête-à-tête sérieux; des bribes de conversation ne suffisent pas... même si parfois elles dévoilent plus que les longs discours...» Gervaise retourna dans la cuisine; debout, au centre de la pièce, elle réfléchit.

La porte arrière s'ouvrit, Télesphore entra. À la main, il tenait deux boîtes de conserve qu'il déposa sur la table.

— Voilà qui va solutionner le problème du souper. Elles contiennent l'une du bœuf, l'autre du porc. C'est de l'an dernier, car on ne fait boucherie que tard à l'automne. Les légumes sont dans le caveau, là, derrière la maison. Ne vous gênez pas pour demander l'aide des enfants, ils sont assez grands pour vous prêter main-forte.

Télesphore n'entendit pas la réplique. Il sortit comme il était entré: précipitamment.

Gervaise porta la main à sa bouche, pensive. «Serait-il gêné? Me fuit-il? Il me sait seule, il aurait pu rester un instant à jaser... Il semble embarrassé. Ses enfants ont fait allusion à ça au dîner. Il a parlé d'un problème à régler.»

«On ne fait boucherie que tard à l'automne.» Les mots firent écho dans sa tête. Elle s'étonna de penser qu'elle serait là, qu'elle participerait à l'événement.

«Qu'est-ce qui me donne cette certitude? Ne devrais-je pas plutôt m'inquiéter à l'idée de ce que serait ma vie si la présente opportunité m'échappait?» Elle tressaillit: «Je ne veux pas perdre Télesphore!»

«Quoi?» Elle s'était exclamée à haute voix, étonnée de ce que venait de lui révéler son inconscient. Elle arrivait à peine et déjà elle était sous le charme de cet homme. Ça lui semblait improbable, irrationnel. Par contre, au fond de son cœur, elle ressentait cette attirance... Elle chercha à approfondir le sens caché de ses sentiments intimes, ce qui ajouta à sa confusion. Elle arpenta la pièce de long en large, à la recherche de son équilibre mental, comme si les mouvements pouvaient faire taire cette pensée affolante qui la troublait et lui donnait froid. Elle ne voulait pas lui donner un nom... La sœur supérieure avait donc raison? L'occasion de pécher... C'était insensé! C'était tout à fait insensé! Gervaise ressentit le besoin de se cacher. Elle monta vers la chambre où elle avait dormi la veille, passa devant celle de Télesphore, la tête bien haute, s'obligeant à ne pas regarder là, dans cette pièce où il avait vécu des heures d'intimité avec une autre... Comme si les murs menaçaient de lui livrer ces secrets d'alcôve. Le désir. C'était ça. Le désir de la chair! Gervaise était aux prises avec des idées troublantes qui se mêlaient d'empiéter sur son physique. Jamais encore elle n'avait ressenti tant d'émotions à la fois bouleversantes et grisantes.

Elle était horrifiée à l'idée qu'on lui impose un mari, que l'on décide de son avenir, et voilà que ce choix s'imposait à elle de lui-même, sans pressions extérieures, «en moins de vingt-quatre heures» pensa-t-elle, bouleversée, émue jusqu'aux larmes. Ça lui semblait indécent. Elle se recroquevilla sur le lit, s'efforça de calmer cette exubérance excessive qui la troublait.

«Je suis toujours aussi exaltée devant la joie. Je me

souviens du jour où on m'avait accusée d'avoir les sens en effervescence, ça m'avait révoltée... Je dois contrôler mes émotions, être plus rationnelle. Mon avenir est en jeu, celui de Télesphore et des enfants aussi», ne put-elle s'empêcher d'ajouter. Et voilà que l'attendrissement la gagnait à nouveau.

«Comment vais-je réagir en sa présence ce soir?» Gervaise en conclut qu'elle ne devrait en aucun temps se trouver seule avec lui. «Voilà que mes instincts sont plus menaçants que ceux d'un veuf! Si Mère supérieure savait!» Et son rire l'aida à se détendre.

**

De son côté, Télesphore était aussi bouleversé, mais pour d'autres raisons. On lui avait proposé cette fille, une orpheline, qualifiée et honnête, qui ferait une bonne épouse et remplacerait celle que la mort avait fauchée. On l'avait informé de son arrivée, sans plus. Elle était là, bien sûr, mais n'avait encore pas abordé le sujet. Que devait-il comprendre? Il ne voulait pas la brusquer, encore moins lui donner l'impression qu'il était anxieux de précipiter les événements.

En outre, Gervaise ne répondait pas exactement au portrait qu'on lui avait tracé d'elle: autoritaire, déterminée, voire entêtée. Bien au contraire, elle lui semblait douce, conciliante, timide. «De plus, elle est belle, tonnerre! Qu'elle est belle!» Il s'était fait à l'idée d'une fille grande et sèche, qui boitait, ce qui la rendait hargneuse et butée. Mais «honnête et pure» étaient les deux mots qu'il avait retenus. «Les curés n'ont jamais rien compris aux femmes!» Têtue de son vivant, Lucienne l'était, ça ne lui faisait pas peur. Pour avoir la paix, et pour celle des siens, un homme doit savoir se faire conciliant, il y gagne en retour. Mais une belle petite noire comme ça, qui fait à dîner dans une maison encore inconnue, ça c'était troublant! «Je ne suis pas d'un âge à jouer les prétendants, à faire du charme, du baise-main. J'suis un habitant plus familier avec les bêtes qu'avec les femmes! Et Vadeboncœur, le maudit, qui me fait la gueule. Je comptais sur lui pour m'aider à démêler la situation. On ne peut jamais compter sur ses amis! Quelle mouche le pique, celui-là? Je vais en avoir le cœur net. Il va me dire ce qu'il a dans la tête!»

D'une nature simple et franche, Télesphore, pas plus que Gervaise, n'aimait les situations confuses, tendues. Il lui fallait réorganiser sa vie, ça pressait. Le gros de l'ouvrage sur la ferme était à faire, la moisson à rentrer, les bâtiments à préparer pour l'hivernage des bêtes; il faudra entasser le bois pour la saison froide, faire boucherie et quoi encore.

Il le vit bien, elle semblait perdue dans ses pensées quand il était entré à l'improviste. «Elle faisait presque pitié, la pauvre petite, dans la grande cuisine, avec son air de petite fille en pénitence; elle est *croquable*! Bon, bon, Télesphore, calme-toi, mon vieux, ça viendra, ça viendra, tu l'auras, ta Gervaise, prends patience, gagne d'abord son cœur... mais comment?»

Les maladresses de Léo perdirent toute importance. Les pensées de Télesphore étaient monopolisées par cette fille qui l'émoustillait. Ça lui plaisait et l'agaçait à la fois.

— Télesphore.

S'entendant interpellé, l'homme sursauta.

— Tiens, si ce n'est pas Léo.

— T'as le temps de jaser un brin?

— Tout mon temps. Veux-tu qu'on entre à la maison?

— Non, c'est une conversation d'homme à homme qu'il nous faut tenir.

— T'as l'air sérieux!

— Sérieux, oui. Pour toi. C'est au sujet de c'te fille.

— Mademoiselle Gervaise?

— J'veux ben, oui, mademoiselle Gervaise, comme tu l'appelles.

— Alors?

— Prends garde. Tu sais, mon Télesphore, ces filles...

— Eh! ben, ces filles, quoi?

— Ces filles, élevées par des sœurs, c'est pas toujours... correct pour des rustauds comme nous autres.

— Rustauds?

— Oui, comme dit ma vieille, on manque de fini!

— Pas toujours correct? Qu'est-ce que ça veut dire?

— Ben... prenons ça autrement. T'es veuf...

— Oui, je suis veuf, alors?

— Ta femme, Lucienne, c'était du bon monde, elle avait plusieurs sœurs. Tu sais que l'Église permet au veuf de la femme décédée de marier sa belle-sœur: la sœur de sa femme, qui est pas réellement une parente dans le sens de parenté.

— Es-tu à me suggérer de marier une sœur de ma défunte?

— Au moins, tu saurais à quoi t'attendre.

Télesphore pouffa de rire, il riait à s'en tenir les côtes. Léo le regardait, surpris de son hilarité.

— Moi, Télesphore Langevin, je marierais la grande Aline! La maigrichonne aux fesses plates, qui a toujours les nerfs du cou sortis, maigre comme un clou à finir à force d'avoir le caractère rabougri? Jamais! mon vieux. Jamais! Je la laisse à ses saintes images et à ses dévotions à sainte Thérèse d'Avila et les autres. Moi, marier ma belle-sœur Aline? Ma foi, Léo, tu me souhaites des poux!

— J'parle pas nécessairement de celle-là. Lucienne avait plusieurs sœurs.

— Toutes mariées, à part celle-là. Elle a les fesses tellement serrées que je me demande si elle ne porte pas des *bricoles* pour tenir ses petites culottes en place!

C'était au tour de Léo d'éclater de rire. Le cas de la belle-sœur était classé.

— On me la donnerait dotée d'une terre en bois debout que je n'en voudrais pas comme femme.

— Tu connais ton affaire.

— Toi, tu ne dis pas tout. Qu'est-ce que tu as contre mademoiselle Gervaise?

— Rien, je ne la connais même pas. Je ne l'ai même pas entrevue.

— Alors?

— Tu sais, Télesphore, ces filles élevées par des sœurs...

— Continue, Léo.

— Ben, force-moi pas aux confidences, mais crois-moi sur parole, c'est pas toujours drôle... dans la chambre à coucher.

— Ouais! Désolé d'entendre ça, mon vieux, c'est à espérer qu'elles ne sont pas toutes pareilles. Elle t'a donné deux gars, ta Lucette, quand même!

— Y'en a des pas pires filles à Saint-Pierre, pourquoi t'en remettre aux curés? Tu le sais qu'ils prêchent pour leur paroisse.

— Ouais.

Télesphore n'en dit pas plus. Il n'allait pas discuter d'un sujet aussi délicat, surtout avec Léo, qui ne semblait pas en mesure de comprendre son point de vue. Ce n'était pas au sujet de son choix qu'il voulait questionner, mais sur la façon d'aborder Gervaise pour la gagner à sa cause.

— Léo, mon vieux, je te remercie pour ta franchise. Un homme averti en vaut deux. Elle est correcte, mademoiselle Gervaise, bien correcte. Aussi je veux te demander...

— Vas-y, on est voisins, gêne-toi pas.

— Accepterais-tu d'être mon témoin, à l'église? Et Lucette, témoin de Gervaise?

— T'en es pas là? Télesphore, après moins d'une journée...

— Qu'est-ce que tu pensais? Que j'irais coucher chez vous six mois?

— Quand même!

— Ça veut dire que tu refuses?

— Ben non, c't'affaire! On sera vos témoins, mais pense bien dans quoi tu t'embarques, c'est pour long-temps.

— Fais-toi pas de bile, mon vieux. Mademoiselle Gervaise, c'est du bon pain blanc; elle a tourné le restant de votre poulet en pâté doré et savoureux.

— Tu vois, c'est ça, rusées qu'elles sont, on leur enseigne à être rusées. Pour gagner les cœurs, elles se servent de l'estomac. Comme l'enseignait ma mère à mes sœurs: «Le cœur d'un homme, ça se gagne par l'estomac.»

— Dis donc, toi, tu vas remonter jusqu'à la grand-mère Ève si tu continues. Moi, les femmes, mon vieux...

— O.K. J'ai compris. Épargne-moi le sermon.

— Dire qu'hier je te pensais jaloux...

— Jaloux?

— De Lucette, pis de moi...

Les deux hommes marchaient dans la cour. Là-haut, de sa fenêtre, Gervaise les observait. Voilà que Léo s'arrêtait, riait à chaudes larmes:

— Lucette! Saint-Simognaque! Tu penses, toi, que ta belle-sœur a les fesses serrées? La mienne, ma femme, dit son chapelet ou tue des mouches pendant que je lui fais l'amour... Moi, jaloux!

Gervaise s'amusait à les regarder rigoler. Elle aurait bien aimé entendre leur discours joyeux.

«Ce problème dont parlait Télesphore est en train de se régler, ça n'avait sûrement rien d'alarmant.»

***

«Si je déménageais mes pénates dans cette cham-bre-ci? Ce serait beaucoup plus discret. Que pour une raison ou une autre, Télesphore doive venir dormir ici,

252

ça serait moins embarrassant pour lui. Ensuite, je descendrai préparer le souper.»

En traversant le couloir, elle entendit les enfants qui jasaient dans la cuisine. Il était question d'un verre de lait trop plein. Un instant elle hésita: devrait-elle descendre? Non, ils pouvaient régler leur problème sans elle.

La porte d'entrée se referma bruyamment, la maison fut à nouveau plongée dans le silence, un silence qui invitait à la méditation.

Gervaise alla prendre ses choses, et jeta un coup d'œil plus attentif cette fois sur ce qui l'entourait. La chambre des maîtres était plus grande que les autres. Comme oubliée dans un coin se trouvait une *bassinette*, un genre de couchette d'enfant. Il n'en fallait pas plus pour troubler Gervaise. «Les rideaux auraient besoin d'être rafraîchis.» Cette pensée banale l'étonna. À la place des oreillers se trouvait un traversin, comme elle en avait vu chez mademoiselle Anita. Sur la commode, des photos d'enfants vêtus en communiants, en costumes foncés avec le brassard du confirmé épinglé sur la manche du veston. La tentation était forte de fouiller un peu plus, Gervaise n'osa pas; elle n'était toujours qu'une invitée dans cette maison. La veille, à cette heure-ci, elle arrivait. Quel changement depuis! Gervaise connaissait maintenant ses sentiments, elle espérait de tout cœur qu'ils soient partagés.

Elle descendit à la cuisine. Ouvrir une boîte de conserve n'est pas un drame quand on sait s'y prendre, mais elle ne le savait pas. Elle piqua la pointe de l'ouvre-boîte dans le métal qui résista. Ses mouvements étaient trop saccadés, elle ébrécha le contour. Elle y parvint enfin, elle ferait une fricassée. Ce plat, elle le réussissait bien, pour en avoir tant fait.

Les marmites lui semblaient minuscules. Elle attisa le feu et remplit la bouilloire pour le thé. Tout coordonner lui semblait problématique. Comme dessert, elle prendrait sa pâte à tarte en réserve et ferait des carrés qu'elle enduirait de sucre à la crème. Elle les servirait chauds, avec de la crème douce. «J'aurais dû commencer par ça... je n'ai pas de méthode de travail.»

Elle goûta, le court bouillon semblait à point. Elle ajouta une pincée de sel. Peu à peu, elle prenait confiance, le souper serait prêt à temps. Elle consulta l'horloge: les enfants devraient être là.

Jacqueline arriva la première. C'était son tour de dresser le couvert et de laver la vaisselle. Gervaise ne protesta pas. Elle jeta un dernier regard sur le plat de résistance qui mitonnait sur l'arrière du poêle. Les carrés de sucre étaient dorés à point, elle sortit la tôle à biscuits du four et la déposa sur le *bâleur* qui la garderait chaude sans en continuer la cuisson. Voilà, tout était sous contrôle. «Ce soir, je préparerai une soupe aux légumes. Demain...»

On mangea joyeusement, les discours des enfants et leurs espiègleries amusèrent le père et Gervaise qui se prêtaient volontiers à leurs jeux, bien que l'un et l'autre n'aient, de fait, de pensées que l'un pour l'autre.

Le souper terminé, Télesphore demanda:

— Elle vous plaît? La place que vous occupez à table, je veux dire.

— Oui.

— Pas moi. Votre place est ici, près de moi.

— Bon.

Prenant sa tasse de thé, Gervaise vient s'asseoir près de l'homme.

— J'ai pensé à vous aujourd'hui.

— Ah.

— J'ai demandé à Vadeboncœur et à sa femme de nous servir de témoins à l'église.

— Ah!

Lucille avait entendu, elle courut vers le salon et cria à tue-tête:

— Ils vont se marier! Papa va la marier!

Et voilà que la meute s'approchait en criant.

— C'est vrai, papa?

— Et on va pouvoir t'appeler maman? demanda la bambine.

— Lucille! s'exclama Jacqueline.

— Si toutefois j'accepte, riposta Gervaise.

Télesphore la regarda, fronça les sourcils, inclina un peu plus la tête de côté.

— Allez, ouste! les enfants. Au salon! Et fermez la porte! J'ai à parler à mademoiselle Gervaise.

Les enfants s'éloignèrent en se tiraillant, les yeux moqueurs.

— Ainsi, trancha Gervaise, j'ai appris, par la bouche de votre fille, que je deviendrais votre femme, comme ça, sans avis préalable!

Elle ne riait pas, baissait les yeux pour se contenir. Il semblait si perplexe qu'elle eut peur de pouffer si elle le regardait.

— Depuis quand avez-vous pris cette décision?

— Depuis la minute où vous êtes descendue du train.

— Ah!

— Vous hésitez à me donner votre réponse? Je vous comprends. Je n'ai pas l'habitude des déclarations d'amour, mais d'après ce que je sais de vous, nous deux pourrions être très heureux.

— Je le crois, monsieur Télesphore.

Elle rougit, voilà que le trouble qui l'avait envahie plus tôt dans la journée la tenaillait de plus belle! Et pour comble, Télesphore posa sa grosse main sur la sienne.

— Ah! fit-elle, êtes-vous souffrant?

— Non, pourquoi?

— Votre main est brûlante, vous n'avez pas la fièvre?

— Non, mademoiselle Gervaise, je n'ai pas la fièvre, ma main est brûlante, il faudra vous y habituer.

Elle crut qu'elle allait fondre, de gêne à l'extérieur, par le feu qui la consumait là, au fond de son cœur.

— Alors, c'est oui?

Les mots ne venaient pas, elle se contenta de faire un signe de tête affirmatif.

— Je ne vous ferai pas de beaux grands serments, je vais me contenter de vous aimer. Le reste viendra tout seul. Je vous ai vue agir avec les enfants, vous êtes une bonne personne.

Gervaise était heureuse que la conversation ait bifurqué. Son trouble était si grand! Elle dit simplement:

— J'adore Lucille.

— Les enfants, il faut les aimer également.

— L'amour ne se commande pas, monsieur Télesphore, il se manifeste d'abord puis se développe au fur et à mesure que l'on découvre l'autre.

— Vous parlez bien, vous dites des choses justes. Peut-être que je vais apprendre.

— Demeurez celui que vous êtes, monsieur Télesphore, ne changez pas. Vos enfants vous aiment tel que vous êtes... moi aussi.

— Depuis quand le savez-vous?

— Je ne sais pas. Peut-être que je rêvais à vous sans vous connaître.

— Vous m'avez fait peur, vous savez.

— Sans méchanceté. Je ne croyais pas que vous prendriez mes paroles au sérieux.

— Alors, comme ça, vous et moi...

— Eh! oui. Quand vous voudrez.

— Tonnerre! Que je suis content! Tonnerre!

— Il vous faudra prévenir vos autres enfants.

— Et vous, votre famille.

— Hélas! monsieur Télesphore, je n'ai ni père ni mère; je suis orpheline. J'ai un frère, quelque part, mais je ne sais pas où. Il n'a jamais donné de ses nouvelles depuis son départ de la maison.

— Ne soyez pas triste, pas ce soir.

Sans s'en rendre compte, ils s'étaient éloignés de la

table, ils occupaient les deux grandes chaises berçantes placées l'une près de l'autre. Un instant, ils furent interrompus par les enfants qui venaient embrasser leur papa, ravis qu'on les ait laissés veiller si tard.

Télesphore tira une chaise, grimpa, retourna l'horloge et déplaça la pièce qui bloquait le mécanisme du timbre qui carillonne les heures.

— Le deuil est fini, dans cette maison.

Et Télesphore retourna à la berceuse. Bientôt la sonnerie des heures se fit entendre, Gervaise sentit une grande joie l'envahir.

Un enfant arriva précipitamment, se pencha sur la rampe et demanda:

— Qu'est-ce que c'est, papa?

— L'horloge qui sonne.

Et la fillette remonta, rassurée.

«Ma foi de piquette! Mais je suis amoureuse! Si j'en réfère aux romans lus autrefois, c'est ainsi que ça se passe. Chaque geste qu'il fait me touche, m'impressionne, je suis ensorcelée!»

Télesphore était pensif: quelles seraient les réactions de ses plus vieux en apprenant la nouvelle? Les petits avaient besoin d'une mère. Il était naturel qu'ils en désirent une. Mariette n'était pas des plus conciliantes... Et Alphonse qui étudiait chez les curés... Se sentiraient-ils lésés à l'idée qu'une jeune fille prenne la place de leur mère?

Télesphore s'inquiétait pour ses aînés, Gervaise se préoccupait de la toilette qu'elle porterait à l'occasion de la cérémonie.

Elle tourna la tête. Devant la fenêtre se trouvait une machine à coudre «Singer». Grâce à sœur Clara, elle saurait l'utiliser.

— Monsieur Télesphore.

Il sursauta, sourit, attendit qu'elle parle.

— Je peux utiliser la machine à coudre?

— Et comment! Tout, tout ici. C'est chez vous, c'est à vous, vous devez vous faire à cette idée.

Ces paroles étaient les plus douces qu'il ait encore prononcées. Depuis plus de la moitié de sa jeune vie elle errait d'un foyer à l'autre, n'avait rien à elle sauf quelques hardes, dormait dans le lit des autres, empruntait leurs chaises, à leur table elle mangeait, elle était démunie, totalement démunie. «Ici, c'est chez vous, tout est à vous.» Les mots la remplissaient d'allégresse, son cœur s'émouvait. Gervaise se leva, s'approcha de l'homme. La voix remplie de sanglots, elle murmura «merci» et les larmes vinrent brouiller son regard. Elle posa sa main sur la forte épaule, l'homme tressaillit. L'instant avant ce geste, il s'était senti si remué qu'il avait failli la prendre dans ses bras et la bercer comme on berce un enfant. Mais la main le brûla, l'excita, l'énerva, réveilla ses désirs de mâle amoureux, et il n'osait pas la toucher.

Il toussota pour se donner une contenance, se leva d'un élan et tonna:

— Si je ne m'en vais pas tout de suite, de ce pas... les Vadeboncœur vont avoir verrouillé leur porte.

Télesphore partit. Il fuyait devant cette fille aux grands yeux larmoyants, avec son allure de colombe et ses manières d'aguicheuse qui s'ignore. L'air frais de la nuit l'aida à se ressaisir.

«Ce mariage-là doit se célébrer au plus *drette!*» songea-t-il.

***

Pendant ce temps, chez les Vadeboncœur, le couple discutait de l'affaire sentimentale de leur voisin.

— Il n'y a rien à faire, il est entêté comme une mule. Il ne veut rien comprendre.

— Tu l'as vue, la demoiselle?

— Non, c'est à croire qu'il la cache; j'aurais pensé qu'il m'inviterait à rentrer pour la rencontrer, non. Je te le prédis, ce gars-là va se réveiller avec un méchant mal de tête.

— Peut-être pas.

— Je ne t'ai pas tout dit. Imagine-toi qu'il m'a demandé de lui servir de témoin et toi de témoin à sa femme.

— Hein! Moi, témoin, jamais l'Église ne permettra ça. A-t-on idée? Une femme servir de témoin à l'église! Il n'y a pas si longtemps, on n'avait même pas le droit de vote! Il est tombé sur la tête. Elle n'a donc pas de famille?

— Son fils Phonse ne peut pas lui non plus, il est mineur.

Trois coups discrets furent frappés à la porte qui s'ouvrit et laissa entrer Télesphore. L'œil moqueur, il dit tout haut à l'intention de Léo:

— Pour une fille élevée par les sœurs, elle a la patte chaude!

Ce disant il se dirigea vers l'escalier.

— Tu ne viens pas jaser? se scandalisa Léo.

— J'suis pas en état. Bonsoir, les amis.

— Tu vois, sa vieille, je te l'avais bien dit...

— Attention, il va t'entendre.

— Le diable l'emporte, la tête de mule! Il l'aura voulu.

Tous dormaient, sauf Gervaise. Des sentiments nouveaux l'assaillaient, elle ne savait plus où elle en était sauf que sa tête était en fête et son cœur euphorique. Elle avait l'impression de marcher sur les nuages. Elle pensa à la lampe du sanctuaire qui, là-bas, tenait compagnie au Christ; comme elle aurait aimé se recueillir dans la chapelle ce soir! Ici, tout bouleversait son âme, ce trouble intérieur qu'elle ne savait expliquer l'inquiétait. Gervaise l'ignorait, mais elle vivait déjà sa vie de femme. Le reste, ce qui avait précédé, ne serait bientôt qu'un souvenir.

Elle en oublia son projet de faire une grande marmite de soupe.

***

Gervaise se réveilla tôt. La douce volupté qui l'enveloppait la veille persistait. Elle se sentait légère,
divinement heureuse. Elle *turlutait* un air de son enfance. Elle décida d'écrire à mademoiselle Anita pour
lui faire part de sa décision. À sa Mère supérieure elle
téléphonerait: elle ressentait un besoin fou de partager
cette joie trop grande, qui l'étouffait presque. Le visage
de Raymond, son frère aîné, s'imposa à sa pensée, le
visage d'un garçonnet de quatorze ans qu'elle n'avait
jamais oublié. D'un geste de la main elle chercha à
effacer l'image troublante, elle ne voulait pas que son
bonheur s'assombrisse. Elle caressait la chenille douce
du couvre-lit, tout ce qui l'entourait était beau, doux,
ouaté comme ses sentiments. Gervaise était heureuse,
si heureuse. C'était le miracle de l'amour!

Elle se rendit à la fenêtre: peut-être apercevrait-elle
Télesphore? Non, la cour était déserte. L'épouse d'un
fermier ne doit-elle pas partager les tâches de la ferme?
Elle ignorait tout de cette nouvelle vie, même ses devoirs; comme elle en avait à apprendre, à découvrir, et
ça l'enchantait.

La voix des enfants lui parvenait, elle brossa ses
cheveux et descendit. À son arrivée, ils se turent.

— Bonjour, lança-t-elle.

Jacqueline ne répondit pas, elle garda les yeux baissés. Réjeanne lui donna un coup de coude. Gervaise
hésita, puis osa. Assise en face de la fillette, elle demanda à brûle-pourpoint:

— Tu n'es pas d'accord, hein? Tu ne veux pas que
j'épouse ton père.

La fillette hésita, elle jouait avec son couteau. Les

enfants se taisaient, immobiles. L'heure était grave; dans leur petite tête, les interrogations étaient nombreuses, difficiles à formuler. Jacqueline baissa les yeux et murmura:

— Je ne veux pas t'appeler maman.

— Mais c'est ton droit, Jacqueline. Tu peux m'appeler Gervaise, c'est très bien. Dis, tu m'aimes bien un peu?

Jacqueline opina du bonnet. Gervaise respira plus librement.

— Vous avez bien mangé? Lequel d'entre vous veut me gâter? J'aimerais qu'on me serve mon café et une rôtie, comme si j'étais en vacances.

Ils désertèrent la table: tous partirent en même temps en se bousculant. Gervaise sourit: une première victoire remportée!

Jacqueline s'approcha: «La rôtie, sur le poêle ou dans le grille-pain?»

Gervaise ne comprenait pas: une rôtie sur le poêle? Elle risqua:

— Une sur le poêle, l'autre dans le grille-pain.

La cohue reprit, Gervaise rigola. La rôtie sur le poêle était menacée, une odeur de brûlé flottait dans l'air.

— Pas là, pas fine, le rond est trop chaud; ôte-toi, laisse-moi faire.

Gervaise goûta à la rôtie sur laquelle les ronds du poêle avaient laissé des traces.

— Mais c'est bon, ça!

— Tu en as jamais mangé avant?

— Non.

— Papa ne veut pas qu'on en fasse parce que ça salit trop et que ça empeste la maison, mais pour toi, c'est pas pareil.

Que répondre devant tant de spontanéité? Heureusement la porte s'ouvrit et Télesphore parut. Gervaise attaqua de front:

— On a désobéi; j'ai eu droit à une rôtie sur le poêle, monsieur Télesphore.

— Vous nettoierez les dégâts, mademoiselle Gervaise.

Il la regarda avec un sérieux amusé; elle soutint ce regard; ils s'étaient compris.

— Je vous le promets.

— Pour le moment, Monsieur, Mesdames, faites-vous beaux, nous allons au village.

— À cheval, papa?

— Non, en voiture.

— La voiture sans le cheval?

— Bien non, Lucille, avec l'automobile.

— Bravo!

Gervaise s'était précipitée vers l'escalier à la suite des enfants. Elle se doutait bien de la raison de cette sortie. Elle en profiterait pour jeter un coup d'œil aux robes. Depuis la veille, elle se préoccupait de la toilette qu'elle porterait le jour de son mariage. «Bleue», décida-t-elle soudainement. Pour le moment, elle enfilait sa robe grise, ses plus beaux souliers. Elle s'assura que son argent était bien dans son sac à main.

Télesphore ajouta de l'eau dans le radiateur, vérifia l'huile. La Chevrolet Bel-Air avait passé la moitié de sa vie dans la grange, couverte d'une toile. Malgré cela, le temps ne l'avait pas épargnée. Elle toussota un peu mais démarra.

«Tu ne me ferais pas ça un jour comme aujourd'hui, hein, ma cocotte?»

Il s'arrêta près du perron et klaxonna. La meute s'amena, joyeuse.

— Grimpez derrière, eh, la famille Citrouillard, soyez sages!

Elle regardait l'homme qui, du revers de sa manche, essuyait le volant. Elle se carra dans la banquette, pensa à sa dernière randonnée en sens inverse, quelques jours plus tôt. Quel cheminement depuis! Sa vie était bouleversée, changée du tout au tout. Son futur époux, une partie de sa famille, et elle, future madame, se rendaient au magasin choisir une toilette pour une noce, la sienne. Elle allait se marier, convoler comme disent les poètes. Son cœur battait à un rythme fou. Après un temps, elle s'exclama:

— Comme c'est beau, toute cette verdure!

Télesphore leva le bras, d'un geste qui embrassait toute la campagne:

— C'est le plus beau pays du monde.

— Hé, papa, place tes mains à dix heures dix.

— Ouais.

— Qu'est-ce à dire? questionna Gervaise.

— Papa répète toujours à Alphonse de placer ses mains à dix heures et dix sur le volant quand il lui montre à conduire, et lui, il ne le fait pas.

— Tu as raison, Lucien.

Télesphore fit un clin d'œil à Gervaise. Elle lui sourit, elle aimait son beau profil, ses traits mâles, énergiques. Sa manie de garder la tête inclinée lui conférait un air sympathique. Il avait la nuque forte, bien dodue, les épaules larges, le physique puissant de l'homme qui s'était fait des muscles au travail ardu.

Il se sentait observé, il regarda Gervaise dont les yeux brillaient.

— Ça ne peut plus durer bien longtemps comme ça!

Il donna une tape sur le volant. Lucien s'exclama: «Dix heures et dix, papa!»

Gervaise s'inquiétait, que pouvait-il bien vouloir dire? À quoi pensait Télesphore?

Le village était en vue. L'automobile s'arrêta devant le magasin général. Télesphore clama: «Suivez-moi tous chez Philomène.»

— Aidez ces gens à se bien vêtir: une robe et une paire de souliers pour chacune de mes filles, un habit

263

et des souliers pour Lucien, une chemise blanche collet no 17 pour moi et une cravate de votre choix, je paierai ça au retour, dans une demi-heure. Vous, Gervaise, ce que vous voulez, à votre discrétion. Allez, les marmots, conduisez-vous comme des enfants civilisés, sinon vous aurez affaire à moi.

Le ton se voulait plus impératif que sévère, Gervaise le devinait bien. En présence des enfants il cachait toute sentimentalité, affichait des airs tranchants sans doute pour asseoir son autorité paternelle, ce qui ne l'empêchait pas de savoir être affectueux et tendre, de façon détournée, par des gestes doux, des paroles gentilles, des compliments appropriés. Il dialoguait beaucoup avec chacun d'eux, était attentif, s'intéressait à leurs études, les écoutait s'ils exprimaient des peines ou des inquiétudes.

Aujourd'hui il se sentait troublé, il avait pris de sérieuses décisions qui le dérangeaient; il ne savait plus très bien comment réagir, quel geste faire d'abord.

Debout devant le magasin, il regardait en direction de l'église. Juste en face se trouvaient le calvaire et les grilles qui s'ouvraient sur le cimetière. Il avança jusque là, vint s'agenouiller sur le lot de famille où dormaient de leur dernier repos ses parents et sa femme. La quiétude des lieux l'aidait à mettre de l'ordre dans ses pensées.

«Aujourd'hui, Lucienne, c'est moi qui ai besoin de ta compréhension. Mon deuil est récent, mais ai-je le choix? Tu es partie si vite! Mariette nous a laissé tomber, elle nous a quittés. Je me suis retrouvé bien seul avec les jeunes. Il n'était pas question de compter sur l'aide d'Alphonse, sa place est au collège, Monsieur le curé est bien d'accord avec ça. Alors il a proposé de m'envoyer cette fille qui a grandi chez les sœurs; une bonne personne ferait une bonne mère aux petits. J'ai hésité, réfléchi, patienté, les tâches continuaient de s'accumuler, les devoirs, les leçons, tout ça me dépasse. Elle devait être instruite, cette fille, c'est ce qu'il fallait pour te remplacer. Alors je me suis décidé à accepter. Je m'attendais au pire!»

Télesphore sourit, inclina la tête; de sa main, il caressait le sol près de lui; dans un silence recueilli, il pensait à Gervaise. Il soupira et reprit son monologue.

«Elle est arrivée, une perle, une perle que je te dis. Comme toi, elle sait rire, d'un rire joyeux. Et elle est belle! C'est à se demander comment des yeux si noirs peuvent être si limpides! Je veux en faire ma femme, et ça me tarde. Tu le sais, je n'ai jamais voulu m'éloigner de la maison parce que je ne peux pas dormir seul! Voilà que je couche chez Léo, ça ne peut pas durer comme ça! Sac à papier, Lucienne, je dois mettre de l'ordre dans ma vie, et tout de suite!»

Télesphore se leva, secoua la terre qui souillait ses genoux et se dirigea vers l'église, souhaitant que le curé Gagnon s'y trouve. Ce serait plus facile là, dans la maison du bon Dieu, qui appartient à tout le monde, qu'au grand presbytère guindé.

Le curé était dans la sacristie. Télesphore fit une génuflexion devant le maître-autel et alla le rejoindre.

— Bonjour, Monsieur le curé.

— Tiens! Si ce n'est pas ce brave Langevin! J'attendais cette visite. Alors? Elle est là?

— Oui, Monsieur le curé, toute une pouliche que vous m'avez dénichée là.

— Hum!

Le curé se racla la gorge; il savait que l'homme était heureux; comparer une femme à une pouliche n'a rien de péjoratif, ça fait partie du complexe du terrien qui verse facilement dans la fanfaronnade pour traduire les sentiments qu'il ne sait exprimer autrement.

— Et les projets?

— Le mariage, tout de suite.

— Minute, minute, mon garçon. Tu...

— Pas de pis, pas de mais, rien *pantoute*, monsieur

265

le curé, c'est le mariage tout de suite. Ça fait longtemps que je subis mon deuil, mais là, je suis au bout de mon endurance et j'ai peur de faire des folies.

— Télesphore!

— C'est pas tout. Cette fille est blanche comme la neige du bon Dieu, une neige sans rides, qui vient de tomber; elle a la beauté, un cœur en or, est vaillante à l'ouvrage, instruite, et comprend tout...

— Tu n'oublies rien, tu en es sûr?

— Le reste est à découvrir, je n'ai aucune peur, Monsieur le curé, aucune peur. Mais...

— Mais?

Le curé réprimait un sourire, l'enthousiasme de son paroissien l'amusait. Il savait ce que dirait maintenant le gaillard émoustillé. Il attendait, lui laissait le temps de trouver ses mots, il le voyait s'énerver, s'inquiéter. L'effort intellectuel du paysan l'avait toujours charmé. Il allait bafouiller.

— Heu! Ce serait plus facile au confessionnal.

Pour rien au monde, le curé ne se priverait du spectacle que lui offrait son interlocuteur.

— Prends tout ton temps.

— Monsieur le curé, comment on s'y prend avec une femme qui a l'âge... de sa fille, qui sort à peine du couvent, qui est toute en bondieuseries?

— Tant que ça?

— Non, peut-être, mais je le soupçonne...

— Doucement, tu y vas doucement.

Le prêtre croisa les mains derrière son dos; il arpentait la pièce suivi de Télesphore, qui gardait les yeux rivés sur la pointe des souliers du curé qui déplaçaient le bas de la soutane noire. C'était plus facile ainsi, ils ne se regardaient pas. Télesphore écoutait, docile et attentif, parfois il hochait la tête.

Le curé s'était tu, la marche se continuait: les minutes de l'assimilation au niveau de l'esprit. Le curé savait... il connaissait ses ouailles, comme s'il les avait tricotés. Télesphore s'arrêta enfin.

— Le pire, Monsieur le curé, c'est que ce mariage-là doit se faire tout de suite. Est-ce bien nécessaire, tout le branle-bas de la basse messe, du chœur de chant, des chandelles et des encens?

— Non, sois tranquille. Même moi, je ne suis pas indispensable pour rendre officielle la célébration du mariage.

— Hein? Qu'est-ce que vous dites?

— Les célébrants sont les époux eux-mêmes, lorsqu'ils prononcent le «oui» qui les unit l'un à l'autre.

— Sans témoins?

— Les témoins ne sont là que pour prouver que le mariage a eu lieu et le prêtre pour bénir l'union. Rien de plus.

— Tonnerre! Qui aurait cru ça? Alors, on pourrait se marier tout de suite, comme ça, aujourd'hui?

— Je suppose, oui, mais ça ne s'est jamais fait, pas à ma connaissance. Il y a les bans à publier.

— Les bans, j'avais oublié, ça retarde encore toute l'affaire. Mais je peux payer la dispense. Mon cousin a fait ça, cinq piastres pour un ban; il avait marié une quelconque arrière-cousine.

— La somme à verser pour la dispense de tous les bans est de quinze dollars.

Télesphore mit la main dans sa poche, il était prêt à verser la somme, n'importe laquelle.

— Minute, minute, Télesphore!

— Monsieur le curé, je couche chez le voisin que j'emmerde, ah! pardon, je me lève en sourdine, je cours faire mon train, je mange à une place, je dors à l'autre, mes enfants sont abandonnés pour ainsi dire et j'ai cette fille à la maison qui me rend fou! Il faut que ça cesse.

— Suis-moi.

Ils se dirigèrent vers le presbytère.

Le prêtre téléphona à l'évêque de son diocèse et lui expliqua le cas, rassura Monseigneur sur les sujets en cause: oui, deux bons Canadiens français. Lui, il le connaissait bien; quant à la future, elle avait été recommandée par l'abbé Couillard lui-même.

La permission spéciale fut accordée; Télesphore devait payer pour la dispense des bans, se présenter avec ses témoins en moins d'une heure, «ne pas oublier les gages, ni la fille à marier», avait ajouté le prêtre, moqueur.

Télesphore sortit sans remercier, en courant presque. Le curé hocha la tête, tapota son bedon de l'index; l'ardeur impulsive et enthousiaste du prétendant l'amusait.

La porte fermée s'entrouvrit, Télesphore passa la tête et demanda:

— Votre bedeau, il est disponible?

— Je présume, oui.

— Faites le nécessaire.

Et la porte s'était refermée. Il ne manquait qu'un témoin. Télesphore embarqua dans sa vieille Chevrolet, prit la route et ouvrit l'œil, il lui fallait un autre témoin. «Là, mais c'est Samson, Pierre, c'est bien lui!» Il klaxonna pour attirer son attention.

— Hé, Pierre!

— Bonjour Télesphore, ça va comme tu veux dans le rang deux?

— Et comment! Veux-tu me rendre un grand service?

— Pourquoi pas, si c'est dans le domaine du possible.

— Rends-toi à la sacristie dans trente minutes, le curé t'expliquera.

— Le curé?

— Oui, le curé.

— Ah bon!

Et Télesphore revint vers le magasin général. Il entra en coup de vent. Réjeanne courut se jeter dans ses bras en pleurant. Il se pencha, la prit sur son cœur, la consola. Des yeux, il questionnait Gervaise.

— Une paire de souliers en cuir verni est cause de discorde.

— Tant mieux si ce n'est que ça. Venez, tous. Je reviendrai dans une heure payer la facture, il y a une urgence; suivez-moi, tous, et que ça saute!

— Moi aussi? demanda Gervaise.

— Surtout vous!

Gervaise haussa les épaules, elle n'avait pas eu le temps de choisir la robe désirée. Tout à coup Télesphore se tapa le front, désemparé.

— Écoutez-moi, les enfants, il faut vous rendre à l'église.

— À l'église! s'exclama Gervaise.

— Euh! entrez les enfants, allez, entrez, attendez-nous dans le vestibule.

— Qu'est-ce qui se passe, monsieur Télesphore?

— J'ai, je n'ai pas... j'ai oublié, attendez-moi, je reviens tout de suite.

Il retourna au magasin puis il revint. Il tenait un paquet à la main. Il se dirigea vers son automobile. Il ouvrit le sac, en sortit une boîte de «Craker-Jack» qu'il vida lentement de son contenu. Une petite chose brilla; il la prit, l'exhiba sous l'œil étonné de Gervaise: une bague.

Gervaise aspira profondément. Elle ne comprenait rien à tout ce brouillamini.

— Vous voulez toujours me marier, mademoiselle Gervaise?

— Oui, mais...

— Alors, suivez-moi! À plus tard les «mais».

Gervaise ne parvenait pas à suivre Télesphore qui faisait de longues enjambées. Il s'arrêta sur le perron de l'église, l'attendit; lui tendant la main, il lui sourit, ferma les yeux, fit le signe de la croix. Puis il entraîna Gervaise vers l'intérieur du temple.

Le vestibule était désert.

— Où sont passés les enfants?

— Ne vous en faites pas, suivez-moi.

L'église était également déserte. Le couple remonta l'allée, se rendit à un autel latéral; le curé était là, le bedeau, Samson, les enfants, qui, les yeux écarquillés, étaient assis sur un banc fixé au mur.

Des chandelles étaient allumées. Le prêtre, debout, revêtu de l'aube, attendait.

— J'avais dit dans une heure, Télesphore.

— J'avais oublié les *gages*.

Tous regardaient Gervaise qui commençait à comprendre.

— Pourquoi pas dans la sacristie, Monsieur le curé?

— Silence! Télesphore, ici, tu es dans la maison de Dieu.

Puis le prêtre invita les futurs époux à s'approcher. Gervaise passa sa main dans ses cheveux, sur sa robe grise et triste, pensa à la pauvre bague à deux sous, ce qui faillit lui donner le fou rire.

Pierre Samson était sorti prendre sa marche, la marche des retraités; il errait comme ça, souvent, sans but, des marches souvent banales. Voilà qu'il devenait le témoin d'une vraie pièce de théâtre, digne du folklore québécois, qui avait, de plus, le charme du vrai, du vécu. Il était émerveillé. Le bedeau en avait vu d'autres, il avait l'habitude des rôles secondaires, joués d'urgence dans tant d'occasions. Ça ne l'émouvait pas.

Les fleurs, sur l'autel, étaient-elles déjà là? songea Gervaise. Dieu, en tout cas, était présent, Télesphore aussi, c'était ce qui comptait.

— Télesphore Langevin, prenez-vous pour épouse...

Réjeanne se mit à pleurer, ses sœurs l'imitèrent. Télesphore se tourna, les regarda tout en prononçant le «oui» traditionnel avec tant de force, que les enfants prirent le message pour eux et cessèrent de larmoyer.

— Gervaise Lamoureux, prenez-vous pour époux...

Samson porta la main à sa bouche, le nom de

Lamoureux venait de chatouiller son sens de l'humour, le pince-sans-rire avait les yeux brillants, oui, ça lui plaisait.

Et le bijou sonna faux sur le métal de l'assiette d'argent; sorti de la boîte de «Craker-Jack», venu choir sur le métal précieux, il reçut la bénédiction de l'Église et passa au doigt de Gervaise qui essayait de se concentrer. «Vous pouvez embrasser la mariée...»

Télesphore, grisé, était tout sourire. Gervaise était au comble de l'émotion. Là-haut, l'orgue entonnait un air de circonstance. Madame Latouche, arrivée trop tard pour jouer la marche nuptiale, s'y donnait à cœur joie.

L'orgue grondait un cantique qui inondait le parvis, ravissait les cœurs, réchauffait les âmes et faisait pleurer Gervaise.

À la sortie de l'église, Pierre Samson lança une invitation:

— Tout le monde chez nous, y compris vous, Monsieur le curé! Il faut mouiller ça!

Enfin! le bedeau devenait intéressé.

Pierre Samson sortit les coupes de verre mousseline, comme dans les grandes occasions, y versa un doigt de brandy. Les enfants eurent droit à de l'orange Crush. Madame Samson, émerveillée par ce party-surprise, servit des petits fours, des biscuits Village, du fromage. Le gramophone permit à Tino Rossi et à Charles Trenet de parler d'amour. Gervaise était radieuse. Son mari n'avait d'yeux que pour elle. «Non, se rassura le prêtre, cette fille n'a rien d'une opportuniste, elle est d'une sensibilité! Je comprends le délire de ce costaud!»

Les paroissiens de Saint-Pierre-de-Montmagny entendraient longtemps parler de ce mariage précipité. Les faits se sont passés tels qu'ici relatés, mais ont été souvent modifiés.

Lorsqu'elle en entendit parler, Évangéline Latulipe piqua une de ces colères! La vieille fille avait tant espéré conquérir le cœur du veuf si bien établi. Tout de suite elle nourrit des doutes dans son cœur ulcéré. Elle traça un cercle sur la page du calendrier qui marquait la date des épousailles; elle verrait bien si, dans neuf mois...

On rentra à la maison. Lucien bâilla, décidément ces histoires de grandes personnes étaient ennuyantes à mourir. Réjeanne était déçue; elle rêvait de voir une mariée en longue robe blanche, coiffée d'un voile vaporeux, tenant une gerbe de fleurs dans les bras, comme dans les films. Des noces, c'est fait pour danser, s'amuser. Pouah! Jacqueline ne disait rien, elle ne pensait qu'à ses souliers de cuir verni, tout ça était la faute de Réjeanne qui s'en était mêlée, et Jacqueline en avait marre d'user les souliers de sa grande sœur. Elle parlerait à son père!

Lucille, la bambine, était ravie; le brouhaha lui avait plu, les courses en auto, le va-et-vient, et surtout l'assurance que Gervaise ne les quitterait plus.

— Tu restes avec nous pour toujours, hein, mademoiselle Gervaise?

— Oui, chaton.

— Idiote, c'est maintenant madame Gervaise, corrigea Lucien.

«Madame Gervaise». Ces mots avaient ému la jeune épousée. «Je suis devenue madame Télesphore Langevin! Je suis ici, chez moi; ces enfants sont les miens.»

Télesphore se rendit aux bâtiments, s'occupa de ses bêtes, fit la traite des vaches; la vie ne s'arrêtait pas pour autant. Lorsqu'il revint à la maison, la scène qui s'offrait à lui était attendrissante: les enfants étaient réunis autour de Gervaise, la cadette assise sur ses genoux. Elle répondait à leurs questions au gré de leur curiosité. Où elle habitait, qui était son papa, sa maman? Gervaise leur parlait de sa Gaspésie, de la mer, des grosses vagues, de l'écume, des bateaux des pêcheurs; elle mimait, mettait de l'emphase dans ses propos, en faisait une histoire charmante qui les amusait.

Jacqueline, la plus irascible de tous, avait plaqué ses coudes sur ses genoux, appuyé son menton dans la paume de ses mains et écoutait religieusement. «Au fond, pensa Gervaise, elle est une grande rêveuse.»

Huit heures et la demie avaient sonné depuis long-temps, mais ce soir-là, les enfants le savaient bien, il y avait relâche. Ce jour n'en était pas un comme les autres.

Télesphore s'approcha, il tenait des oranges qui avaient emprunté la tiédeur du caveau.

— Qui en veut?

On s'empiffra autour de la table. Gervaise s'exclama:

— Mais nous avons oublié de souper! Vous avez faim? Vous aimeriez manger un bol de céréales avant d'aller dormir?

Les oranges étaient bien meilleures. Les pelures jonchaient la table. Gervaise en prit une qu'elle alla déposer sur l'arrière du poêle; bientôt une odeur agréable se répandit dans toute la cuisine.

Télesphore souligna que les vacances achevaient, que bientôt il faudrait reprendre le chemin de l'école. Il faudrait peut-être penser à aller dormir. Il se retourna, regarda l'horloge et fit oh!

Les enfants avaient compris. On ramassa l'écorce des fruits que l'on déposa à la poubelle.

On embrassait papa, on hésitait maintenant... Gervaise tendit les bras, elle eut droit à son premier baiser.

— Dormez bien, mes anges.

Ils s'élancèrent tous ensemble, se bousculant dans l'escalier.

— Doucement, les enfants, doucement.

Dès qu'ils eurent disparu, Télesphore demanda à sa femme:

— Pas trop fatiguée?

— Non, mais sûrement très heureuse et... légèrement bouleversée.

— En forme, alors? Assez pour une autre sortie?

— Oui, répondit-elle, intriguée.

— Allons.

Il avait formulé ses questions plus tôt, tout en faisant le train, en éliminant l'utilisation du «tu» et du «vous», une sorte de pudeur qu'il n'aurait su expliquer.

— Et où allons-nous?

— Chez les Vadeboncœur.

— Vous ne verrouillez pas les portes?

— Non, à Saint-Pierre on s'inquiète bien plus des coyotes qui menacent les poules que des intrus.

En silence, il se rendirent chez les Vadeboncœur où ils trouvèrent leurs voisins qui jouaient aux cartes. Ils s'attendaient à voir arriver Télesphore seul, ils se levèrent pour accueillir Gervaise.

— Mademoiselle Gervaise? demanda Lucette.

— Non, répondit le nouvel époux, ma femme, madame Télesphore Langevin.

— Nom d'une pipe! s'exclama Léo. Depuis quand?

— Deux ou trois heures.

— Venez vous asseoir.

Léo regarda Gervaise avec tant d'insistance qu'elle en ressentait de la gêne. Télesphore narra les événements de l'après-midi.

— Comme dans les romans, s'exclama Lucette.

— Sauf pour la bague. Ça prend juste toi, Langevin, pour faire des affaires comme ça.

— Je n'avais pas le temps de me rendre à Montmagny, je me suis débrouillé du mieux que j'ai pu. La grâce du ciel n'a pas d'œil pour ces détails-là.

— Mais ta femme, oui.

— Toi, Léo, pas d'histoires! Tu es déçu parce que tu n'as pas été témoin...

— Bon. Moi, trancha Lucette, je savais que cette noce aurait bientôt lieu, aussi j'ai... attendez.

Elle se leva, se dirigea vers le salon, alluma la lumière.

— Venez voir.

Sur la bahut se trouvait un gâteau à trois étages, tout blanc, garni de minuscules perles argentées et de rubans.

— Vous avez fait ça pour nous?

Gervaise s'approcha de Lucette, prit ses mains dans les siennes, la regarda droit dans les yeux, lui dit «merci» et l'embrassa sur la joue.

— Je vous en serai toujours reconnaissante; merci, en mon nom et en celui de... mon mari. Je n'ai pas encore l'habitude, vous comprenez...

— Et ça n'a pas été piqué dans une boîte de «Craker-Jack», ironisa Léo. Vous voulez qu'on y goûte?

— Non, protesta Lucette, demain soir. Venez souper avec votre famille, alors tous en profiteront.

— Je suis touchée, Lucette.

— Sur ce, on ira dormir, lança Télesphore, c'est assez d'émotions pour une seule journée. Allons, viens, Bourgeon.

Gervaise le regarda, c'était bien à elle qu'il s'adressait pourquoi ce surnom?

La nuit était fraîche. Dans le rang deux, un homme et une femme marchaient, l'un près de l'autre, en silence, se tenant par la main. Ils n'avaient pas besoin de la lune ni des étoiles: dans leur cœur scintillait toute une constellation.

Rendus chez eux, Gervaise s'émut, la cuisine était illuminée. Là-haut, les enfants dormaient. Elle avait le goût de danser la grande farandole.

Télesphore regarda Gervaise droit dans les yeux:

— Tu ne regretteras jamais ça, Bourgeon. Je te le promets.

Gervaise alla se blottir contre lui; il la repoussa doucement.

— Pas ce soir, Bourgeon, pas ce soir. Tu as assez connu d'émotions pour aujourd'hui, va dormir. Pas ce soir.

Elle lui sourit et s'éloigna. Cette délicatesse la touchait. Demain, elle lui dirait ses craintes, les craintes que lui inspirait cette première nuit. Elle y avait tant pensé, depuis qu'il avait été question de ce mariage! Seule, dans sa chambre, elle se surprit à regretter qu'il ne soit pas là. Peut-être précisément parce qu'il n'y était pas...

Elle pensa à Mariette et à Alphonse. Il fallait les informer. À mademoiselle Anita, à Mère supérieure, aux grains de maïs soufflé «Craker-Jack» qui glissaient du sac, aux fleurs sur l'autel, à la musique. Tout se bousculait, se confondait, le gros gâteau blanc, les nuages... les nuages ouatés... l'infini...

***

Avoir vingt ans, le cœur en fête, nager dans ses rêves devenus réalité, aimer et se savoir aimée, que fallait-il encore désirer?

Gervaise s'était réveillée, s'était souvenu, avait refermé les yeux: elle savourait son bonheur. Pas n'importe lequel, le sien, le plus beau. Elle sourit, elle tourna et retourna dans son doigt le faux bijou qui témoignait de l'authenticité des faits.

Ce soir... elle s'étirait, se roulait entre ses draps chauds, ce soir elle voulait être belle. Pour elle-même, pour Télesphore, pour les enfants, pour l'univers entier.

À la réception elle porterait la jolie blouse blanche, cadeau de mademoiselle Anita, qu'elle avait souvent caressée en raison de sa douceur, mais qu'elle n'avait jamais osé porter, par pudeur, à cause du tissu diaphane, du décolleté. La seule jupe décente qu'elle possédait était un peu courte, mais c'était la mode.

Sous la douche, elle chanta, elle chanta l'amour de sa jeunesse. Tout était doux, merveilleux.

«Vous êtes belle...» Télesphore le lui a dit. Elle se regarda dans la glace, aima soudainement son visage: «il a raison». Ce sursaut d'orgueil la fit sourire.

Le jour passa trop vite. Lucille était jolie, avec ses tresses françaises qui ornaient sa tête de gerbes. Jacqueline a accepté que les guenilles proposées par Gervaise cachent ses cheveux avec la promesse qu'ils deviendraient de beaux boudins qui resteraient en place toute la soirée. Réjeanne, à treize ans, avait déjà la pudeur de l'adolescence: elle garderait droits ses long cheveux. Toutes se firent belles, on célébrait le mariage de papa. Gervaise ne s'offusqua pas, la noce de papa et la sienne ne faisaient qu'une, elle le savait, n'avait pas besoin de l'entendre dire.

Télesphore disparut, il partit sans avertir. Gervaise vit la Chevrolet tourner le coin de la maison. Lorsqu'il rentra elle ne posa pas de question: elle se doutait bien un peu des raisons de son absence.

— Et vos aînés, Télesphore?

— Vous et moi, on est mariés... vous êtes ma femme.

— Je sais, Télesphore.

— Alors... laissez tomber le vous, ça me gêne. Les enfants, je vais leur téléphoner.

Gervaise sourit; elle voulait bien laisser tomber le vouvoiement, mais lui-même semblait hésitant à utiliser le «tu».

— Pour téléphoner, encore faut-il avoir le téléphone.

— Il est là, dans le salon, derrière la porte.

— Je ne l'ai pas remarqué.

— Parce qu'il ne sonne pas. Il est là depuis la maladie de Lucienne. J'ai pensé que les enfants l'utiliseraient, Mariette surtout; partie en sauvageonne, elle se contente d'envoyer une carte de Noël.

— Oubliez ça, téléphonez-lui, elle sera sans doute rassurée de ne plus vous savoir seul; elle a sûrement des remords et ressent de la culpabilité.

— Des mots, des mots.

— Vous savez où la rejoindre?

— Oui, c'est certain. Mais elle l'ignore. J'ai de ses

nouvelles assez régulièrement; elle est partie sur un coup de tête avec une amie de son âge qui avait trouvé du travail là-bas. La mère de Catherine me tient au courant de tout. Au début, ça m'a choqué; maintenant ça me rassure. Elle s'est amourachée d'un jeune homme bien, paraît-il, et fait une bonne vie. Les enfants, tu sais, nous causent les tourments de leur âge: petits problèmes d'abord, mais qui grandissent avec eux. Dans mon temps, mon père n'aurait fait ni un ni deux, il aurait mis la police aux trousses de sa fille si elle avait agi comme ça. Aujourd'hui, c'est une autre histoire. Les jeunes ne veulent même plus aller à la messe du dimanche. Ça s'en vient triste.

Télesphore hésitait entre chaque phrase qu'il semblait peser et soupeser avant de l'énoncer. La peine peut-être, ou une certaine gêne? Gervaise le savait malheureux, elle se contentait de l'écouter sans le regarder, pour ne pas ajouter à sa honte qu'il n'osait avouer, mais qui se sentait: Télesphore était blessé dans son amour-propre.

— Il faut lui téléphoner, croyez-moi; si je savais... moi, si je savais où se trouve mon frère, je serais si heureuse que je lui crierais ma joie... malgré tout. Faites-le pendant que nous sommes seuls, allez. N'oubliez pas Alphonse.

Il sortit son portefeuille, y chercha un papier qu'il déplia et consulta. Puis il se dirigea vers le salon. Discrète, Gervaise monta à sa chambre. Elle fit sa toilette tout en pensant à son homme qui lui aussi avait des chagrins enfouis au fond de son cœur. «C'est sans doute le lot de tout être humain.» Ce raisonnement la consola et lui souligna l'importance de savourer pleinement le grand bonheur qui l'inondait présentement et qu'elle voulait protéger jalousement.

Sur le bureau de Mariette il y avait une jolie bouteille portant l'étiquette «Quelques fleurs». Elle l'ouvrit, huma, versa quelques gouttes de parfum sur le bout de ses doigts qu'elle promena sur sa nuque. Elle passa sa main dans ses cheveux, ramena quelques mèches sur son front: une coquetterie qu'elle pouvait enfin se permettre. «Qu'elle est belle, la vie! Que c'est doux, l'amour!»

— Gervaise, Gervaise, viens.

Elle sursauta. Le ton était joyeux, ce qui la rassura. Elle courut, posa sa main sur la rampe, descendit. Il était là, en bas de l'escalier, le visage réjoui.

— Elle est contente, contente! Tu comprends? Elle se dit ravie de me savoir marié. Soulagée, comme tu m'as dit.

Gervaise est près de lui; il la prend dans ses bras, la serre à l'étouffer, fait quelques pas de danse en l'entraînant; il tourne, tourne, laisse exploser sa joie.

— Et Alphonse?

— Comme un curé, comme Léo, il est apeuré. Attends qu'il te connaisse, attends voir.

Tout à coup, il s'immobilise. Il met sa main sous le menton de la jeune femme et l'oblige à lever la tête.

— Tout ça, grâce à toi. Où sont passés les jeunes?

— Lucien est déjà chez Léo et les filles font sécher leurs cheveux au soleil.

Sans crier gare, il la saisit dans ses bras, grimpe l'escalier, la laisse tomber sur le grand lit, l'embrasse passionnément, froisse sa jupe, s'énerve, s'essouffle, se pâme, s'extasie, murmure, ronronne, puis... s'excuse.

— Je suis devenu fou!

Il se lève, tourne le dos, cherche son pantalon, le ramasse, l'enfile et répète:

— Je suis devenu fou!

— Et moi qui avais peur! s'exclame Gervaise.

Il se retourne, fronce les sourcils.

— Peur?

— Oui, peur.

— Peur!

— Du méchant loup...

— Du méchant loup?

Et tous deux rient, comme des enfants. Lui de sa fougue, elle de ses craintes. Il est sorti de la chambre. Derrière lui s'égrène son rire.

Gervaise, les yeux fermés, encore sous le coup de la surprise et de l'émotion, reste là, immobile. Elle n'est pas très certaine de ce qui lui arrive. Tout s'est passé si vite, si spontanément, si simplement, si... naturellement! C'est ça qui l'étonne le plus, l'émerveille et la rassure.

Tout à coup, elle se lève, s'empresse vers la chambre qu'elle occupait encore hier. Elle prend ses affaires, les ramène dans la chambre conjugale, la sienne dorénavant. Elle ouvre le bureau, place tout ce qui s'y trouve dans le tiroir inférieur et empile sa propre lingerie. Plus tard, elle inspecterait les choses qui avaient été laissées là; elle en disposerait comme il se doit. Elle pense à cette femme qui s'est, comme elle aujourd'hui, penchée sur ces tiroirs, mirée dans ce miroir. Cette femme dont elle ne sait que le prénom et le rôle qu'elle a joué, ignorant tout de sa personnalité, son caractère, ses goûts.

Sa blouse s'est un peu fripée, tant pis! Elle recoiffe ses cheveux et descend.

— Tu es belle, Gervaise.

— Toi, Télesphore Langevin, va revêtir ton plus beau costume. Tu es invité, ce soir, à une réception avec ta femme et tes enfants... L'aurais-tu oublié? À propos, je veux que tu me dises: pourquoi m'appelais-tu «Bourgeon», hier?

— J'ai fait ça?

— Oui, tu as fait ça! À plusieurs reprises.

— En te voyant, dès la première minute, insécure, timide, toute menue et sans défense, j'ai pensé à un bourgeon; un bourgeon qui attend la lumière et le soleil pour éclore, qui se gonfle, s'entrouvre, se referme pour enfin éclater.

«Et s'épanouir, songe Gervaise, auprès de ce rustaud qui va dans la nature chercher des comparaisons pour

exprimer ses pensées; un homme bon et simple, parfois maladroit, mais si sincère!»

— À quoi penses-tu?

— À toi. Allez, va!

La voix douce, légèrement troublée par l'émotion qui
l'étreint, bouleverse Télesphore qui obéit au commandement avec joie. Dès que le dialogue prend ces tournures,
il ne sait pas comment réagir... Il n'a pas l'habitude et
Gervaise ne cesse de provoquer en lui des sentiments
aguichants! «Tonnerre, que cette femme-là m'excite!»

Il ouvre la garde-robe, recule d'un pas: le linge de
Gervaise y est suspendu. Il hoche la tête en signe de
contentement. Il a deviné: elle vient d'entrer au nid.
«*Cré Bourgeon!*»

***

Au moment d'arriver chez les Vadeboncœur, Télesphore sermonne les enfants.

— Vous autres, la famille Citrouillard, conduisez-
vous comme du monde, compris?

— Oui, papa.

— Je veux plus que des promesses. Hein, Lucille?

— Oui, papa.

Des fleurs champêtres décorent la maison. Et voilà
qu'au salon tous sont réunis: le curé, Pierre Samson, le
bedeau, les Vadeboncœur et le gâteau. On applaudit.
Télesphore est gêné, et Gervaise, rose de plaisir.

— Si je m'attendais à ça!

Lucette offre des verres remplis de cidre de pomme
qu'elle a déposés sur un grand plateau recouvert d'un
centre de dentelle écrue. Les enfants y ont droit également, dans des verres plus petits. On trinque, on salue.
Les fils Vadeboncœur, Armand et Robert, ont le bout
du nez luisant, les cheveux bien lissés vers l'arrière.
Lucien se colle à eux. La table est dressée; une grosse

soupière de faïence blanche avec la louche trône en plein centre. On tend son assiette qui se remplit.

La soupière est remplacée par la rôtissoire pleine de petit gibier: du siffleux, du lièvre, de la perdrix, du canard sauvage qui ont mijoté dans une sauce brune. La miche de pain, tranchée, est cachée sous une serviette de toile de lin brodée. On en soulève le coin, on se sert.

Vient ensuite le pouding au chômeur dont le caramel empiète sur la pâtisserie qui flotte dans son jus doré.

Gervaise pense au gros gâteau à étages, qu'on n'a pas encore offert.

Le curé, qui a récité le bénédicité, dit les grâces.

Télesphore est nerveux, il fouille dans ses poches. Tous ont la tête inclinée pour la prière. Lucien lève les yeux vers son père, des yeux réprobateurs. «Amen», répond-on en chœur.

Télesphore toussote, recule sa chaise, se lève.

— Monsieur le curé... (Il se *dérhume* encore.) Pardon... Monsieur le curé, je m'excuse de vous demander ça. D'habitude, c'est une fois pour toutes; c'est jusqu'à la mort, comme vous dites, c'est pour toujours, mais là...

Il bafouille, ne s'en sort plus. Il s'embrouille de plus en plus; Gervaise le plaint. Léo éclate de rire et s'exclame:

— Ça y est, Monsieur le curé, notre Télesphore a des remords et veut se *démarier*!

— Ça, jamais! Mais, Monsieur le curé, j'ai un aveu à faire: j'aurais besoin d'une autre bénédiction...

— Pour qui te prends-tu? lance Pierre Samson. T'en as pas assez d'une bénédiction? Il n'en restera plus pour les autres, tu vas ruiner Monsieur le curé!

Les adultes rient, et parce qu'ils rient, les enfants rient aussi. Il n'en faut pas plus pour délier la langue de Télesphore. Celui-ci reprend son discours où on l'a interrompu et raconte l'anecdote de la bague de toc dénichée dans une boîte de maïs soufflé.

— Une boîte de pop-corn! répète Samson, les yeux

exorbités. Il est allé chercher les *gages* dans une boîte de pop-corn. Le diable m'emporte! Maudit Langevin!

Il rit tellement qu'il doit se lever; il se promène plié en deux.

— Des histoires à vous faire faire une indigestion aiguë. Maudit Langevin! Maudit Séraphin Poudrier! Une boîte de pop-corn...

— Le saviez-vous, madame Langevin? demande le pasteur.

— Oui, dit-elle, rouge de plaisir.

— Et vous avez accepté ça?

— Ce n'est qu'un symbole. Le jonc n'a pas à être en platine, c'est le cœur qui compte.

Télesphore ouvre la main; au creux de celle-ci se trouvent un joli jonc et une bague sertie d'un petit diamant.

— Tiens, Bourgeon, admire ça. C'est du quatorze carats. Pensez-vous, Monsieur le curé, que ça se transfère d'une alliance à une autre, la bénédiction?

Lucette s'est levée, elle va au salon et en revient, poussant devant elle une table sur roulettes, couverte d'une nappe d'organdi blanc brodé de fils d'or et sur laquelle était posé le gâteau de noce.

On applaudit. Gervaise prend le couteau. Télesphore pose sa main sur celle de sa femme. Ils se regardent, se sourient et hop! sursautent: un éclair, deux éclairs, Lucette vient de tout éterniser sur pellicule à l'aide d'un appareil-photo.

— Je pense que je vais pleurer, se plaint Lucille qui fond en larmes.

— Viens, mon ange, viens.

Et le curé prend la petite sur ses genoux. «L'âme qui pleure de joie est une âme pure! Pleure, petite.» Le prêtre pose la main sur la tête de l'enfant. Gervaise, à son tour, essuie une larme.

— Des noces comme ça, tranche le bedeau, il devrait y en avoir plus souvent!

283

— Je vous aide à tout ranger, Lucette, offre Gervaise.

— Jamais de la vie! On ne se marie qu'une fois. J'ai mes hommes pour m'aider.

Les invités sont partis. Les Langevin sont retournés chez eux, main dans la main, parents et enfants: à eux tous, ils occupaient toute la largeur du rang deux.

Les jeunes ont filé vers leurs chambres. Gervaise ne veut pas aller dormir, elle a le goût de jaser.

— Aimerais-tu boire un thé, ou autre chose, Télesphore?

— Non merci, Gervaise.

— Fatigué?

— Un peu, c'est beaucoup d'émotions.

— Viens t'asseoir, il n'est pas si tard.

— Le petit jour pointe vite.

— Une belle journée comme ça ne devrait jamais finir. Je n'oublierai jamais ce que les Vadeboncœur ont fait pour nous.

Gervaise joue avec son alliance, elle tourne l'anneau en tous sens.

— Contente?

— ...

— Contente, Gervaise? Tu pleures, ma foi! Allons! Bourgeon, dis-moi, qu'est-ce qui ne va pas dans ta belle tête?

— Trop de grands bonheurs... trop vite... tout ça en même temps.

— Pleure, ma belle noire, si le cœur t'en dit.

— Je vais m'habituer...

L'émotion l'empêche de poursuivre l'exposé de sa pensée.

— Ah! parce que Madame croit que la noce va durer toujours! taquine Télesphore mal à son aise.

— Comprends-moi, Télesphore, la première fois que j'ai quitté la maison de mon père, j'avais peut-être quatre ans, et je l'ai quittée définitivement à neuf ans.

Depuis, je me promène de village en village, d'une maison à l'autre et d'une pension à l'autre, seule, toute seule. Puis, papa et maman sont décédés, notre maison a brûlé! Tout ça, tout ça et plus. Et tout à coup, toi; toi, les enfants, cette maison... Je suis plus apte à affronter le chagrin que la joie. Je ne suis pas habituée à tout ceci. À toi, je peux parler; de toi, j'attends des réponses. Je ne sais pas comment te le dire, comment l'exprimer. Je ne veux pas me tromper...

— Oui, c'est beaucoup pour une fille de ton âge. Mais c'est fini tout ça. Tu es ma femme, tu peux doré-navant compter sur moi. Je serai ton saint Christophe.

Gervaise rit à travers ses larmes. Son mari, elle le constate une fois de plus, est moins gaillard quand ils sont en tête-à-tête. Sa hardiesse s'estompe. Il devient tendre, attentif, indécis et un tantinet maladroit. Il se sert d'images pour exprimer le fond de sa pensée. Et ça lui plaît.

— Dis, tu le connais, saint Christophe?

Bien sûr qu'elle le connaît, saint Christophe! Son mari, l'œil tendre et moqueur, ajoute:

— Tu sais, celui qui a porté le petit Jésus sur ses épaules! Je l'ai vu sur une image...

— Grand comique!

— Je ne te l'ai pas dit, on va avoir de la visite. Alphonse vient toujours passer la dernière semaine d'août et la première de septembre pour m'aider à rentrer les foins.

Télesphore a fait bifurquer la conversation. Le quoti-dien reprend sa place dans leur vie de couple: les enfants, la besogne... Le train-train quotidien alimente leur conversation jusque dans la chambre, jusque dans le grand lit et jusqu'au moment où s'éteint la lampe de chevet...

***

Là-haut dans le ciel, les rayons du soleil pointent à peine. Ils chassent la nuit pour laisser place à l'aube. Cette fois, Télesphore a gagné sur le coq: il s'est levé avant lui et regarde sa femme dormir jusqu'au concert matinal. Puis il descend à la cuisine. Il a faim, il mangerait bien un peu avant d'aller faire le *train*. Il est si heureux! La vie est revenue dans la maison, sa femme lui donne le goût de chanter. Il n'a pas connu un tel enchantement depuis si longtemps, il a la sensation d'être redevenu jeune. Comme au temps de sa fougueuse jeunesse, il a la tête pleine de projets, d'idées merveilleuses.

Debout près du comptoir, la table du *sink*, comme disait sa mère, il s'est préparé un goûter composé de pain grossement cassé, arrosé de lait chaud et de cassonade. Il tient le bol fumant à la main et se dirige vers la table. À sa grande surprise, il voit deux pieds nus se pointer dans l'escalier, suivis d'une robe de nuit qui traîne sur les marches: c'est Gervaise. Immobile, craignant de voir disparaître un si joli tableau, il secoue la tête, alors que ses sourcils en broussaille se rapprochent. Elle descend toujours, s'étire, porte une main à la taille, renvoie les épaules en arrière, bâille le poing devant la bouche, a les yeux bouffis par le sommeil: une petite fille au saut du lit. Gervaise secoue la tête, place ses deux mains derrière la nuque, s'étire encore et c'est alors qu'elle aperçoit son mari qui l'observe.

— Tiens, tu es là, bonjour.

Un capitaine de bateau qui surprend une sirène assise sur un rocher au beau milieu de la mer ne doit pas être plus émerveillé! Cette vision l'enchante, son cœur bondit.

— Dis-moi, Télesphore, pourquoi la boîte de pop-corn?

Il s'attendait à tout, mais pas à ça, pas à cette question-là.

— Viens t'asseoir, tu en veux? Le lait est chaud.

Elle fait non d'un mouvement de la tête, elle s'étire encore.

— Tu ne dormais plus?

Elle regarde l'horloge. Brrr... elle a le frisson de celle qui s'est réveillée trop tôt. Gervaise répète en bâillant:

— Pourquoi le pop-corn? Pourquoi pas le bâton de crème?

— Le bâton de crème?

— Oui, tu sais bien, le bâton de bonbon fort. Lui aussi se vend avec une bague.

— Je ne le savais pas.

Et les yeux rieurs, Télesphore raconte:

— Plus jeune, j'allais parfois faire la drave au printemps. C'est là que j'ai connu deux grands drôles: Philippe Lepage, le mari de Georgette – tu vas la rencontrer un jour, mais ne répète jamais ce que je vais te confier – et Gustave Poirier, le grand Gustave! Toujours est-il qu'au retour, ces deux énergumènes, qui avaient conservé toutes les bagues-surprises cachées dans le pop-corn mangé au cours de l'hiver, s'en servaient pour faire des propositions aux filles et leur promettre le mariage. Comme ça, ils se faisaient inviter dans les grosses familles et profitaient des beaux *partys* préparés en leur honneur, pour ensuite retourner au chantier, ni vus ni connus.

— Mais, proteste Gervaise, ils brisaient le cœur de ces filles!

— Pourtant, il n'y a pas si longtemps, ils ont participé à ton bonheur à toi, ma Gervaise...

— Dis donc, toi!

Il rit, gratte le fond de son plat, jette un coup d'œil à l'horloge et s'exclame:

— C'est bien beau tout ça, mais ça ne nourrit pas les poules.

Et le terrien va vaquer à ses obligations quotidiennes, le cœur léger.

Chapitre 13

— Dis-moi, Réjeanne, tu peux m'aider? Il faudrait faire le lavage. Où sont les choses?

— Dans la remise. Viens avec moi.

La fillette indique le moulin à laver, la cuve, une grande cuve galvanisée pour rincer, le *bâleur*, cet autre grand récipient en cuivre qui servira à faire chauffer rapidement l'eau nécessaire, puis à faire bouillir le linge à blanchir, et finalement la chaudière, le seau de métal servant au remplissage.

Gervaise ne sait pas par où commencer; faire chauffer l'eau d'abord, cela va de soi. Elle regarde la lessiveuse d'un air désolé, jamais encore elle ne l'a vue en opération. Peut-être, oui, chez Julie... et les souvenirs affluent, «la nuit affreuse, l'affreuse nuit». Elle ferme les yeux, elle veut oublier. Cette nuit terrifiante lui semble si loin.

Réjeanne avait disparu. La voilà qui revient, traînant dans ses bras un énorme tas de linge sale.

— J'ai tout ramassé, dans les chambres, partout. J'ai les serviettes, les taies d'oreillers, mais il manque les draps. Je reviens.

— Bonté suprême!

Gervaise se laisse tomber sur une chaise et se cache le visage derrière les mains. Que va-t-elle faire? «Heureusement, songe-t-elle, il fait grand soleil et bon vent. Ça va sécher, mais d'abord il faut laver.»

Réjeanne se fait de nouveau entendre, elle a le ton autoritaire de celle qui sait se donner de l'importance.

— Vite, descends, Lucien, viens rentrer du bois, c'est le jour du lavage.

Et vlan! Ces draps ajoutent au désespoir de Gervaise,

qui se sent tout à fait perdue. Heureusement, Jacqueline accourt. Elles ont l'habitude. Le soir, elles aidaient papa, car lui, c'était le soir qu'il faisait le lavage.

Et les fillettes font des tas, séparent les couleurs, les lainages.

Sur le poêle, la bouilloire chante, l'eau du *bâleur* commence à frissonner: elle se dégourdit lentement.

Un miracle se produit, Télesphore arrive, un panier d'œufs à la main. Devant l'expression de désespoir qui se lit sur le visage de sa femme, il éclate de rire.

— Je vois, les joies du mariage qui commencent.

Et Gervaise assiste, les bras ballants, à une démonstration de savoir-faire. Que d'eau! Que de savon! Et la grosse Beatty qui entreprend son refrain: «Flic, flac, flic, flouc.» Puis, l'essoreuse chiffonne ce beau linge et le laisse tomber dans la cuve placée là, derrière. «Flic, flac», ça continue. Et on vide et on recommence. Ensuite, vient le temps de javelliser, de laisser diluer dans l'eau de rinçage, juste assez, pas trop, les carreaux de bleu à laver enveloppés dans un coton, ce qui rend le blanc éclatant. Gervaise n'a jamais su qu'il fallait tant travailler pour se vêtir proprement.

Elle se remémore la lingerie du couvent, des piles de draps à n'en plus finir, les alaises qu'il fallait demander en fin de mois pour couvrir les draps au dortoir des grandes... Et ces autres guenilles qu'elles déposaient dans des récipients à cet usage les jours qui coïncidaient toujours avec les maux de ventre... Qui s'occupait de tout ça, au lavoir? Pas des hommes, c'est certain. Alors? Les sœurs converses, sans doute, comme sœur Clara! Et son cœur se gonfle tout à coup de reconnaissance. Elle avait donc reçu plus qu'elle ne le savait?!

«Flic, flac», le linge se promène le temps qu'on secoue et qu'on empile. Maintenant, vite, vers la corde à linge. Il faut profiter du vent qui fait sa part de repassage.

— Mais tu ne sais pas étendre le linge, s'écrie Jacqueline, scandalisée!

— Ah non?

— Je vais te montrer. Il faut séparer le linge en rang de grandeur, le démêler, le secouer, puis l'épingler par les coins, comme ça!

— Bon, merci ma fille. À l'avenir, je saurai comment.

— Ma fille, répète Jacqueline en plissant le front.

Elle fait la moue et s'éloigne.

Gervaise n'a rien remarqué, prise avec ses mèches de cheveux qui lui collent au front et la sueur chaude qui lui coule dans le dos. Elle s'appuie un instant au rebord de la fenêtre, histoire de se détendre un peu.

— Ne t'en fais pas, Gervaise; tu manques de méthode, ça viendra avec le temps, affirme Télesphore.

— Il le faudra bien. Les enfants ont été épatants, mais il me faudra me débrouiller toute seule quand ils seront à l'école.

— Je t'aiderai, Bourgeon, je t'aiderai. Aujourd'hui, ne te mets pas dans les frais pour les repas. Casse des œufs dans le poêlon, les jeunes adorent ça. Ah! et ne laisse pas les enfants jouer avec le *tordeur*, c'est dangereux.

— Toi, tu aimes les toasts dorées?

— Tout, y compris toi.

Et il est parti, souriant, la tête penchée sur l'épaule droite. Elle le regarde s'éloigner, s'habitue tranquillement à ses allées et venues, heureuse. Le vent gonfle les draps, comme autant de voiles d'un voilier, parfumant l'air, charmant son regard. Ce qui plus tôt l'inquiétait, l'épate maintenant. Elle ressent une grande satisfaction intérieure. Est-ce là le contentement que donne le devoir accompli?

Gervaise revient vers la cuisine, les enfants sont surexcités:

— Regarde, le catalogue d'automne est arrivé.

— Mais il faut laver le plancher, tranche l'impitoyable Jacqueline. La *moppe* est dans la remise.

Gervaise a envie de crier, laver le plancher! Pourtant l'enfant a raison, elle aurait dû y penser. De nouveau elle se laisse tomber sur une chaise. Les enfants se tiraillent: qui aura le catalogue Eaton? Elles veulent voir les souliers de cuir verni; Gervaise n'entend pas, une image lointaine occupe sa pensée. Elle se revoit, là-bas chez les Lamont, assise sur le sol avec Julie, à feuilleter ce gros livre magique, plein d'images, et son père qui la regarde avec une infinie tendresse... Une larme coule sur la joue de Gervaise.

— Tu pleures? demande Lucille qui se sent rejetée du jeu qui occupe ses grandes sœurs.

Les fillettes se retournent et la regardent. Lucille vient se coller contre Gervaise, se fait caressante.

— Pourquoi que tu pleures?

— C'est un souvenir très triste, une vilaine histoire.

— Raconte-nous-la.

— C'est l'histoire d'une petite fille qui s'appelait Julie et que j'aimais beaucoup.

— Et... elle est morte?

— Non.

— Alors quoi?

— Son papa n'était pas gentil du tout avec elle. Alors elle avait beaucoup de peine.

— Et sa maman, elle était morte?

— Non, sa maman était gentille. Elle faisait des galettes de gingembre taillées en bonhomme de neige et en étoiles, grandes comme ça...

Et Gervaise défigure l'histoire, mimant et exagérant ses paroles. Elle s'efforce de ramener le sourire sur le visage des enfants.

Le reste de son énergie, elle le dépense à laver le prélart et à essuyer les dégâts. Il faut se presser, car le linge doit être rentré et plié en attendant le repassage.

Et il faut à nouveau remplir les cordes avec le linge qui attend dans le panier de jonc. «Oui, j'en ai bien peur, les enfants mangeront des œufs au miroir ce soir!»

***

Il n'est plus question que de l'arrivée prochaine d'Alphonse. Lucien est le plus impatient, il a hâte de revoir son frère, le savant futur curé. On le vénère déjà dans la famille.

Gervaise range la maison, lave les vitres des fenêtres, plonge les rideaux de la cuisine dans une eau savonneuse, balaie les galeries et pense à son menu. «Ce fils a bon appétit», assure le père.

Mais aujourd'hui Gervaise garde un peu de son temps libre pour téléphoner à la Sœur supérieure du couvent de Saint-André. Elle a déjà assez tardé, et, pense-t-elle avec un brin de malice, elle se doit de faire taire ses inquiétudes... Elle désire aussi lui annoncer l'heureuse nouvelle.

À son grand étonnement, la Mère supérieure savait déjà! Elle avait été informée de la célébration du mariage, de même que mademoiselle Anita. Gervaise n'en revient pas: tous se souciaient donc d'elle, et sans qu'elle le sache? Mademoiselle Anita lui semble très faible, mais si heureuse de savoir que sa protégée connaît un grand bonheur. Sa voix hésitante semble exiger de grands efforts. Gervaise retient sa respiration pour ne pas perdre un seul des mots qu'elle prononce

Comme ça, à distance, avec le recul du temps, ces personnages semblent différents du souvenir que Gervaise en a gardé. «Le temps a le don de tout modifier? Ou cela se passe-t-il au niveau de la pensée?» Elle ne voudrait surtout pas que son bonheur actuel puisse s'altérer ou se déformer dans son cœur si plein de choses merveilleuses. Son allégresse présente serait-elle un jour classée sous le vocable des souvenirs? Non, elle ne veut rien oublier de ce qui enchante son âme amoureuse: il faut s'efforcer de chasser les peines de sa mémoire, mais peut-on oublier les joies?

Assise sur la galerie, elle rêvasse, laissant errer ses pensées. Et voilà qu'une autre de ces roulottes de camping passe devant la maison. Qui plus est, elle s'arrête. Ces gros cabanons, tirés par une automobile, l'intriguaient depuis son arrivée. «Ces maisons mobiles, aménagées pour la vie quotidienne, servent d'hôtels aux touristes, pour la plupart des Américains qui errent dans les campagnes et se rendent jusqu'au fin fond de la Gaspésie qui les ensorcelle», avait expliqué Télesphore. Ce qui l'avait fait un instant rêver d'une telle randonnée.

«De l'eau? Bien sûr qu'on en a. Des œufs frais? Aussi; six? Bien sûr.» Gervaise en met huit dans le plat tendu. Du pain de ménage? Non, elle n'en fait pas. Mais la crème est délicieuse. Non, ça ne coûte rien, mais elle aimerait bien voir comment est divisé ce *home* ambulant. L'homme a pris quelques photos puis invite Gervaise à entrer.

Elle est charmée par les commodités de cette maison miniature. On la remercie chaleureusement et promet de s'arrêter sur le chemin du retour. Elle regarde s'éloigner ce couple charmant, épatée qu'on ait compris son anglais appris dans les livres du couvent. La plaque d'immatriculation lui apprend que ce couple si gentil vient du Maryland. À partir de ce jour, conquise chaque fois qu'une caravane passera devant la maison, elle saluera de la main: un simple geste, mais qui charme les étrangers de passage dans le pays.

«Télesphore doit avoir terminé de rentrer le blé d'Inde destiné à nourrir le bétail.» L'autre, le sucré, se retrouve sur la table à chaque repas. Les enfants comptent les rangées longitudinales des grains, onze ou treize, mais toujours en nombre impair. Ils se trompent, recommencent, s'obstinent et Télesphore s'amuse.

À ces taquineries sans malice, Gervaise s'habitue lentement. Au début, elle s'inquiétait. Elle avait peur que ces exercices contradictoires finissent par des chicanes graves; mais non, c'était leur façon bien à eux de s'amuser, de se distraire. Et Télesphore prenait un plaisir fou à provoquer les situations qui devaient infailliblement dégénérer en charmantes guerres. Quand les esprits s'échauffaient trop, il jouait le rôle d'arbitre et tranchait les questions épineuses.

Ce matin, il était moins joyeux; pis encore, il semblait attristé. Gervaise ne l'a pas questionné. S'il est contrarié, il le dit; s'il est ennuyé, il en discute; s'il n'est pas d'accord, il tranche la question; mais s'il est triste, il se replie et se tait. Gervaise apprend à redouter davantage le Télesphore silencieux que le taquin ou l'exubérant.

Pas plus tard qu'hier, elle l'a accompagné au poulailler où elle s'est renseignée sur la nourriture à donner aux volailles et en quelle quantité, sur l'eau et les autres soins. Au tout début, elle craignait les poules, ce qui amusait Télesphore. Mais aujourd'hui, sa gaieté n'était pas celle qu'il affichait habituellement. Il appréciait qu'elle veuille bien lui enlever cette tâche qu'elle pouvait remplir et il le lui dit. Mais l'enthousiasme manquait dans le ton. Oui, incontestablement, son mari était en proie à un tumulte intérieur. Le soir venu, lui habituellement si vite endormi, tourne et se retourne dans le lit. Elle s'efforce de ne pas bouger, craignant qu'il lui confie ses inquiétudes. Elle préfère ne rien savoir. Que pourrait-elle lui dire? Si c'est entre cet homme et ses enfants que se situe le dilemme, eux seuls peuvent le régler.

Gervaise ne peut deviner la raison de son grand chagrin. Moins encore pourrait-elle imaginer en être la cause indirecte.

***

Peu de temps après le décès de sa mère, Mariette, sa fille aînée, ne pouvant plus longtemps tolérer de se sentir obligée de la remplacer, ne pouvant supporter l'idée d'avoir à porter la charge exigeante de la maison, avait brusquement décidé de fuir, d'aller faire sa vie ailleurs.

Télesphore avait énormément souffert de cet abandon et surtout de sa façon sournoise d'agir. Aussi il dut marcher sur son orgueil le jour où il lui téléphona pour lui faire part de son mariage. Dans sa tête, ce geste était celui de la réconciliation. Aussi la réaction de sa fille, son approbation tacite, avait ajouté à son grand bonheur.

Mariette, qui s'apprêtait à célébrer l'anniversaire de son compagnon de vie, décida qu'il lui fallait rétablir les liens avec sa famille. Puisque son père s'était remarié, elle ne craignait plus qu'il l'oblige à revenir au bercail. Elle profita d'une occasion tout offerte de descendre à Saint-Pierre, de renouer contact avec les siens.

Craignant de devoir s'expliquer devant cette inconnue et les enfants, elle décida d'aller attendre la venue de son père dans la grange. Elle lui parlerait d'abord. Surtout qu'on lui avait appris que la nouvelle épouse était jeune, ce qui l'avait frustrée. Pourquoi avoir choisi une si jeune femme pour prendre charge de ses frères et sœurs? Une inconnue. N'y avait-il pas dans Saint-Pierre et les environs une personne dont on connaissait les ascendants? Elle voulait des explications. C'est dans cet état d'esprit que se fit la confrontation.

Télesphore entre dans la grange et pompe l'eau pour les bêtes. Il prend ensuite la fourche et grimpe à l'échelle qui mène au fenil. De là, il jette une meule de foin pour le bétail à cornes. Chaque bête en mange cent trente-cinq par année et il le sait. Il fait donc le calcul afin de déterminer combien il pourra en vendre à l'automne. La réserve de l'an dernier a baissé, mais ça n'a pas d'importance, les vaches paissent présentement l'herbe aux champs. Bientôt il faudra sortir la faucheuse...

— Tonnerre! Qu'est-ce que c'est ça?

Il s'approche, l'outil levé. Il aperçoit une chevelure de femme et une mallette posée tout près. Il contourne cette dernière et voit le visage: sa fille, endormie dans la grange, à une heure pareille!

— Pour l'amour, Mariette, qu'est-ce que tu fais couchée là?

Elle s'assoit, des brindilles de paille mêlées à ses cheveux. Elle ouvre très grand les yeux et se situe enfin. Elle remonte les genoux, couvre ses jambes de sa jupe et croise les mains: c'est la Mariette des mauvais jours.

D'un geste irrité, Télesphore plante fermement la fourche dans le foin, puis se tourne vers sa fille et lui reproche:

— Tu n'aurais pas pu venir à la maison?

— Non! Je voulais te voir seul. Et si tu veux tout savoir, je n'avais pas le goût de me trouver en présence de la *pin-up* qui a pris la place de maman.

— D'abord, ma fille, si tu n'avais pas quitté si vite après le décès de ta mère et si tu étais demeurée auprès de nous, qui sait, peut-être que je n'aurais pas pensé à me remarier. C'est facile pour toi, tu fais ta vie, tu es grande, mais les autres? Il leur faut une mère.

— Tu aurais pu marier une femme de ton âge, pas une *pin-up*!

Elle se lève, les traits crispés.

— Qu'est-ce que c'est une *pin-up*? demande Télesphore surpris.

— Une jolie petite catin qui embobine avec ses fesses...

Télesphore lève la main; elle recule et chute. La voilà assise dans le foin.

— Papa!

— Tonnerre de tonnerre, Mariette Langevin, te voilà tombée bien bas pour me parler sur ce ton. Si tu n'as pas autre chose à dire, fiche le camp avant que je t'apprenne à vivre.

— Alors explique ce mariage expéditif en l'absence de tes enfants qui sont d'âge à comprendre! Hein? Télesphore Langevin?

— Ah! c'est ça qui te chicote, c'est ça...

— Si tu n'avais rien eu à cacher, tu aurais agi autrement. Cette histoire de mariage précipité est devenue une farce publique.

— Tiens, tiens, les nouvelles voyagent vite! Mon mariage...

Télesphore s'éclate de rire, ce n'est pas la désapprobation de sa fille qui va le lui faire regretter. L'air tracassé de Mariette le désole pourtant.

— Apprends à la connaître, viens la rencontrer, elle te plaira. C'est une bonne personne, crois-moi. Les petits s'attachent à elle, elle les aime déjà. Je t'en ai voulu, Mariette, à cause de ta fugue, je me suis senti abandonné.

— Tu as mal pris l'épreuve de la mort de maman. Tu étais renfrogné, trouvais toujours à redire, je n'en pouvais plus. Et ces tâches domestiques, toujours à refaire: ce n'est pas ça, la vie!

— Les tâches, les tâches, c'est réservé aux parents, ces éternels fautifs! C'est ça que tu es venue faire ici, m'accabler de reproches?

— Non.

— Alors?

Elle a baissé la tête, il sent qu'elle hésite. Elle le regarde enfin, c'est bien ce père des bons jours, avec sa tête inclinée dont les yeux scrutent jusqu'au fond de l'âme.

— Je voulais savoir, je pensais aux jeunes... Je voulais savoir.

— Alors entrons, viens rencontrer Gervaise.

Il tend une main, elle saute sur ses deux pieds et prend son sac à main. En silence, elle le précède dans l'échelle. Dehors, ses yeux clignent devant le soleil qui darde. Puis elle voit Gervaise qui est là. Elle s'arrête, l'observe. Sa belle-mère a les pieds nus, d'une main elle tient un panier et de l'autre elle lance des graines aux poules en chantonnant: «les poules, les poules, les poules». Celles-ci picorent, courent... Elle lance le grain, recule et avance, cernée par les volailles qui battent des ailes. D'un mouvement sec, elle renverse le panier, comme pour leur indiquer qu'il est vide. Et lentement elle marche vers la maison. Mariette est surprise, Télesphore observe sa fille et il est fier de ce qu'il voit. Tout à coup, Mariette pose une main sur le bras de son père et l'oblige à reculer vers la grange. Il y entre et elle le suit.

— Papa, mais, papa, elle boite. Tu as marié une boiteuse!

— Oui, puis après?

— Une boiteuse, tu as marié une boiteuse, je comprends... et moi qui voulais vous inviter tous les deux, me réconcilier avec toi! Tu penses que je vais la présenter à mon cercle d'amis? Une boiteuse!

Télesphore sent la moutarde lui monter au nez. Mariette poursuit l'exposé de ses propos amers:

— C'est ça, la boiteuse a troqué sa jeunesse pour s'assurer un foyer. Je la comprends, une boiteuse!

Télesphore ferme les yeux et serre les poings:

— Ça suffit, tu t'excuses ou tu t'en vas, et tout de suite.

Mariette sort à grandes enjambées, sans même se retourner, elle court sans que son père tente de la retenir.

Télesphore s'appuie contre le mur, sa tête fait mal, il a peine à contenir sa colère. Sa fille est une sans-cœur et une malapprise! Il reste là, longtemps, meurtri par le chagrin.

— Ah! et puis merde! Si je l'aime, moi, ma boiteuse! Je ne sacrifierai pas mon bonheur pour satisfaire ses caprices de fille égoïste. Tant pis!

Il prend la hache, il ira calmer ses nerfs à bûcher.

Justement, un arbre avait besoin d'être abattu, les *siffleux* l'avaient rongé. S'il ne le coupait pas, il mourrait et ne serait plus utilisable.

Et la hache ronge l'énorme tronc, une éclisse à la fois, soulageant la colère de Télesphore. Un grand bruit sourd résonne lorsque l'arbre se couche sur le sol en gémissant.

Gervaise, habillée et coiffée, déjeune avec la marmaille. On parle de la rentrée scolaire, qui ne tardera pas, et de la visite d'Alphonse.

Tout à coup la porte s'ouvre. Télesphore montre la tête et invite:

— Gervaise, les enfants, venez voir un phénomène assez spécial, surprenant et bien intéressant.

Gervaise se lève et sort, suivie des marmots. L'homme les précède; à la main, il tient une hache. Il leur indique l'arbre qu'il était à ébrancher.

— Regardez ici, c'est incroyable. Ma hache a rencontré un obstacle, une résistance terrible. Je ne pouvais croire qu'il puisse y avoir du métal dans un arbre. Regardez bien, je crois savoir ce que c'est. Dommage que mon père ne soit pas là pour voir ça!

Télesphore taille dans le tronc, contournant la masse dure.

— Voilà!

— Qu'est-ce que c'est, papa?

— J'ai mis du temps à comprendre, puis je me suis souvenu: là se trouvait la poulie de la corde à linge quand j'avais votre âge. L'arbre a grandi et a tout avalé: le crochet et la poulie. Avec le temps, le tout a disparu à l'intérieur du tronc.

Télesphore, accroupi sur ses talons, raconte alors que, dans son enfance, un voisin avait installé une clôture de broche et utilisé un arbre comme dernier poteau pour la fixer. L'arbre avait grandi, et raidi de plus en plus les mailles de métal de la clôture, qui sont devenues aussi tendues que les cordes d'un violon. Les enfants se servaient d'une égoïne comme archet et faisaient de la musique. Ils tiraient de cet instrument improvisé plusieurs sons; dans la région, l'histoire de la clôture musicale avait vite pris la tournure d'une légende.

— La poulie, tu crois qu'elle est intacte?

— Sans doute, c'est de l'aluminium, ça ne s'altère pas. On va bientôt voir.

Les enfants restent là, curieux, médusés par cette histoire qu'ils raconteront peut-être un jour à leurs propres enfants.

Gervaise retourne à ses chaudrons, émue par l'attention de son mari qui vient de mettre tant de joie à partager avec tous sa découverte: «Il est d'un naturel qui enchante, pense-t-elle, il a l'âme délicate. Ce sont ces attentions personnelles, ces anecdotes, ces riens qui, lorsque partagés, prennent de l'importance et tissent les liens au sein de la famille.» Gervaise, que la solitude a tant fait souffrir, le comprend. Mais elle est loin de se douter que, présentement, c'est Télesphore, c'est le père qui recherche le support moral de ses enfants. Le malentendu survenu entre lui et son aînée lui fait très mal; il se reproche son intransigeance et la dureté de ses paroles: il a dépassé sa pensée. Non pas qu'il veuille excuser la conduite de sa fille, mais il s'est montré trop sévère. Il reconnaît avoir été impatient et amer.

Les enfants le regardent déloger la poulie et posent mille questions auxquelles il répond avec tendresse.

— Combien d'années met un arbre à devenir gros, gros, papa?

La notion de temps chez ces petits est bien aléatoire; pour eux, une décennie représente l'éternité. Lucille refuse de croire que son papa a été, comme elle, le bébé de la famille.

Ce jour-là, Télesphore demeure lointain. Il se perd dans la rêverie. Quelque chose de troublant continue de le préoccuper, mais Gervaise juge bon d'attendre qu'il se confie.

***

C'est un après-midi magnifique, Gervaise profite des rayons du soleil qui dardent. Elle est assise, sur le sol, derrière la maison. Son mari passe, s'arrête; ils échangent quelques mots et il poursuit son chemin.

— Ne bouge pas, j'en ai pour deux minutes.

Elle sourit. Quelle belle et grande liberté! Elle se roule dans la verdure, gratte le sol, mâchouille des brins d'herbe, elle est heureuse, heureuse! C'est son coin de terre, son domaine à elle, puisque c'est celui de Télesphore: il le lui a dit: «habituez-vous...»

Elle tourne la tête, il est là, près d'elle; elle sourit. Tout à coup Gervaise s'immobilise: couchée sur le dos, les yeux fermés, elle serre les mâchoires pour ne pas pleurer. Télesphore la regarde, il se penche:

— Tu as mal? Dis, ma Gervaise, tu es blessée?

— Non, fait-elle de la tête.

— Donne ta main, je vais t'aider.

— Non, s'obstine-t-elle.

— Tu as mal!

— Oui, de bonheur!

— Hein?

Il reste là, bouleversé.

— Parle-moi.

— Plus tard, laisse-moi.

Elle ferme les yeux. L'homme se relève, fait quelques pas à reculons, il est inquiet.

Gervaise pleure doucement. Jamais encore elle n'a eu l'occasion de laisser éclater «son fou». Lorsqu'elle voyait des jeunes se tirailler et s'amuser, elle les enviait. Son infirmité, croyait-elle, l'empêchait de connaître cette gaieté excitante. Enfant, elle n'avait jamais foulé l'herbe et pirouetté de cette façon. Bien sûr, occasionnellement son grand frère la transportait dans ses bras ou sur son dos, c'était au temps de la convalescence, après l'horrible accident. Son père aussi, elle s'en souvenait. Mais, comme ça, pour s'amuser, jamais! Gervaise avait été vieille très jeune: à travers des bourrasques d'épreuves, des tempêtes de malheurs, des peines cruciales.

Les larmes chaudes coulent sur ses joues qu'elle n'essuie pas. Lorsqu'elle ouvre enfin les yeux, elle voit Télesphore qui l'observe, pâle comme un linceul. Du bout des doigts, elle lui lance un baiser. Il n'ose intervenir. Il ne comprend plus rien.

Gervaise se relève tout à coup sur ses coudes.

— Viens me chercher.

Il ne bouge pas. Elle sourit. Il s'approche timidement. Dès qu'il est tout près, elle le saisit par une jambe, le fait trébucher, s'agrippe à lui et le renverse. Elle rit à tue-tête, et, sous le ciel du bon Dieu, elle lui donne un long et sensuel baiser. Elle exhibe son bonheur et son amour sans pudeur. Télesphore, impassible, incapable de réaction, bouleversé jusqu'au plus profond de son être, ne sait pas comment interpréter pareille effusion.

— Les voisins t'inquiètent toujours, monsieur mon mari?

— Ma Gervaise! Ma Gervaise! ne fait-il que répéter.

— Tu m'aimes?

— Non, je t'adore.

Elle ne rit plus, pose une main sur son front, lisse ses cheveux vers l'arrière, le regarde droit dans les yeux. Des yeux qu'il ferme sous le coup de l'émotion. Lentement, Gervaise se lève, secoue les brindilles qui adhèrent à sa robe. Télesphore se redresse, enlève celles qui se sont accrochées à ses cheveux. Il le fait doucement avec des gestes respectueux.

Ils sont silencieux, surpris l'un et l'autre, surpris d'eux-mêmes: ils découvrent ensemble leur capacité d'aimer et la profondeur de leur amour qui, de ce jour, sera à jamais cimenté.

Le fermier prend la main de sa femme avec la poigne ferme de l'homme de la terre, ensemble ils se dirigent vers leur *home*. Il ouvre la porte, s'éloigne d'un pas, laisse entrer sa compagne.

Gervaise veut parler, sa voix est enrouée. Elle toussote un instant et parvient à articuler:

— C'est l'heure de préparer le repas des enfants. Je t'ai fait perdre... ton avant-midi de travail.

— En retour, tu m'as aidé à mieux connaître ma femme.

Gervaise se dirige vers les casseroles, ses mains tremblent, elle est brisée par l'émotion. Télesphore s'assied sur la berceuse, appuie la tête et regarde sa femme qui s'affaire. Ni l'un ni l'autre ne ressentent le besoin de parler, chacun savoure son cuisant bonheur.

Le couvert est dressé, ça sent bon la fricassée. Gervaise jette un coup d'œil à l'horloge et trempe la soupe. Télesphore n'a pas bougé. La porte s'ouvre, les enfants arrivent en coup de vent. Ils voient leur père qui est là, fait inusité à cette heure. Ils regardent Gervaise, surpris.

— Bonjour, lance Gervaise.

— Bonjour, répond-on d'une voix basse, presque gênée.

— Vous avez faim? Lavez vos mains et passez à table.

— Dis, papa, tu es malade?

— Non, pourquoi me demandes-tu ça?

— Tu es... tu es... pas comme d'habitude.

— Passe à table, crétin!

Télesphore se lève et poursuit les enfants qu'il prend dans ses bras et embrasse à tour de rôle.

Les enfants étonnés lavent leurs mains, prennent leur place respective et plongent la cuillère dans leur assiette, sans un mot.

Gervaise entame un sujet de conversation qui ne tarde pas à devenir très gai.

Au moment de partir pour l'école, Réjeanne hésite un instant, va vers son père, lui donne un bec sur la joue et sort précipitamment. Télesphore met sa casquette, fait un clin d'œil à Gervaise et retourne à sa besogne.

Ce soir-là, Gervaise plongea son nez dans le cou de son mari et huma l'odeur du foin frais coupé qui s'en échappait.

— Bourgeon, laisse-moi dormir.

— Non.

— Je suis fatigué.

— Tu n'as pas le droit de m'interdire ces caresses.

— C'est mon corps.

— Non.

— Ah! non?

— Le curé l'a dit, nous ne faisons qu'un et je caresse la demie qui est mienne...

— Sapré Bourgeon! C'est ce qu'on va voir!

Il roula sur sa femme, planta ses coudes dans le matelas et grommela!

— Moi, je te veux toute, pas rien qu'une moitié!

Elle se mit à rire, il la musela avec un long et tendre baiser.

***

Télesphore sort de bon matin, il se rend à la gare, son fils aîné arrive enfin. Lucien l'accompagne, il a déjà déjeuné quand son père revient de la grange. Ils partagent la même joie et font des projets pour les jours à venir. Tantôt Alphonse sera là.

Quand le train entre en gare, Télesphore s'émeut à la pensée que Gervaise lui est apparue pour la première fois dans ce même décor. Lucien court le long des wagons jusqu'à ce qu'il découvre son frère derrière une des fenêtres.

Alphonse paraît enfin, plus grand, semble-t-il. Le père tend la main, Lucien ne tient pas en place.

— Bonjour, fiston, tu as fait une bonne randonnée? Tu as énormément de bagages, constate le père.

Alphonse se contente de hocher la tête. Quelque chose échappe à Télesphore, il ne saurait préciser quoi, mais il le pressent.

— Cette année d'études? Et ces vacances, au séminaire?

— Bien, papa, bien.

«Il n'est pas très loquace, songe le père, il est habituellement plus démonstratif. Avec lui, je me montrerai plus compréhensif...»

On jase de tout et de rien, Alphonse est évasif. Télesphore parle de Gervaise en termes élogieux: «Tu l'aimeras, elle est vaillante, a le cœur à l'ouvrage. Elle s'occupe du poulailler: attends de la voir, le matin, en vêtements de nuit et pieds nus, qui lance le grain en chantant. Elle ressemble à un ange sur les images saintes. Les enfants l'adorent. Ce qui t'intéressera surtout est de savoir qu'elle fait une bonne cuisine.» Puis il est question des enfants, des animaux, de la saison qui fut bonne, des champs qui regorgent et de la moisson qui presse.

— Heureusement que tu es là, il y a énormément à faire.

Voilà un sujet qui semble enfin captiver Alphonse. La ferme l'intéresse subitement, comme jamais. Les légumes aoûtés abondent? Le maïs est déjà cassé?

Gervaise attend ses hommes, entourée des fillettes qui font l'éloge du grand frère. Dès que l'automobile s'approche, on quitte la galerie pour aller à la rencontre de l'arrivant: la réunion est touchante.

— On vous attendait impatiemment, Alphonse.

— Bonjour, je ne sais pas comment on doit vous appeler.

— Gervaise, dit-elle en acceptant la main qui s'offre.

— J'espère que mon frère et mes jeunes sœurs, ces petits monstres, ne vous rendent pas l'existence trop pénible.

Gervaise sourit et s'éloigne vers la cuisine, heureuse de ce premier contact. Elle sait que son mari attache beaucoup d'importance à l'opinion de son grand fils. «C'est un beau garçon, un peu boutonneux, pour son âge. La diète du collège n'aide pas, la bonne nourriture de famille va régler tout ça...» pense Gervaise.

Télesphore est ravi. Il redoutait la réaction d'Alphonse, ce fils qui le dépasse d'une tête, est instruit, et sera un jour prêtre... Voilà qu'il s'était montré gentil, accueillant même; son approbation lui faisait chaud au cœur.

Gervaise s'affaire à son fourneau, laissant la famille en tête-à-tête. Lucille, à sa façon, raconte l'anecdote de l'arbre qui a avalé la poulie et de la clôture qui chante. Les rires fusent, Télesphore sourit à Gervaise qui dresse le couvert. Au fond de son cœur, il n'a qu'un regret: que Mariette ne soit pas là, avec eux tous.

Le repas est à peine terminé que déjà on s'attelle à la tâche: la besogne ne manque pas et il faut profiter du temps ensoleillé. On jasera le soir venu, après la tombée du jour.

Dès le réveil, Gervaise se lève et s'habille. Fini le temps où elle se rendait au poulailler en robe de nuit et pieds nus. Alphonse est là et il n'est plus un enfant, sa présence exige une certaine retenue.

Son tablier lui sert de récipient, elle y emmagasine les grains. Le soleil est radieux. Gervaise aspire le grand air frais du matin.

Le coq vient vers elle, il se dandine et s'aide de ses ailes pour arriver plus vite. Le premier jour, elle a cru qu'il ne prisait pas sa présence et qu'il voulait lui faire un mauvais parti. Elle avait échappé la nourriture, crié et couru vers la maison. Maintenant elle sait, il veut picorer le premier, en maître des lieux.

«Les poules! Les poules!» Accompagnant le geste à la parole, Gervaise distribue les graines, mais en réserve une part à la poule couveuse assise sur le nid, bien campée sur ses œufs, les yeux à demi fermés, plongée, semble-t-il, dans une profonde méditation. Elle ajoute l'eau au menu et retourne vers la maison. Là-haut, derrière une fenêtre, elle voit Alphonse qui l'observe, elle le salue de la main et entre préparer le déjeuner.

Télesphore adore trouver son repas prêt quand il entre de faire le *train*: depuis que Gervaise s'est réservé la tâche du soin des volailles, elle se lève plus tôt et elle le gâte, à sa façon. Ils se sont attablés, la cafetière est sur la table et les rôties chaudes sont déjà beurrées.

— Comment aimes-tu tes œufs, Alphonse, tournés?

— Oui, mais dans le sens des aiguilles d'une horloge, c'est-à-dire du poêlon à mon assiette, et que sa saute! J'ai une faim de loup.

«Le pédant», pense-t-elle. Et tout haut:

— Trop tard, Alphonse, ceux-ci sont déjà tournés.

Elle vient vers la table, la spatule à la main. Elle sert les œufs au jaune brillant à son mari, les autres à Alphonse qui fronce les sourcils.

— Demain, dit-elle, je me souviendrai...

Dans les yeux de Télesphore, elle détecte une pointe de malice.

— Cette fête chez les Vadeboncœur, ça tient toujours?

— Oui, les enfants ne tarderont plus à paraître. Il leur en faudra du temps à ces demoiselles pour se faire belles.

— Alphonse, te sens-tu apte à prendre la route avec l'auto?

— Oui, bien sûr, papa. Pourquoi?

— Rends-toi au magasin général avec les enfants, elles veulent des souliers en cuir verni.

— Tu ne peux pas les faire venir avec le catalogue Eaton?

— La fête, mon gars, c'est aujourd'hui.

— Des souliers en cuir verni... c'est du luxe!

— Et?

Alphonse ne répond pas. Télesphore semble surpris des répliques de son fils. Alphonse, dont les études absorbent une bonne partie de ses revenus, oserait-il faire des reproches pour une gâterie faite à ses sœurs? C'est à peine si Réjeanne et Jacqueline ont mangé. Qui aurait faim un jour pareil? Enfin! Des souliers en cuir *patente*.

Lucien prend place à l'avant, près de son frère aîné. Les filles montent derrière. Télesphore, quant à lui, y va de ses recommandations: «n'oublie pas, dix heures dix, et pas de vitesse». On s'esclaffe.

Le couple est là à regarder s'éloigner cette marmaille débordante d'enthousiasme.

Une fois rentré, Télesphore dit tendrement à sa femme:

— Viens par là, Gervaise.

Le ton est doux. Surprise, Gervaise regarde son mari. De la tête, il indique la chambre à coucher. Ce n'est pas l'heure d'aller dormir... Télesphore se dirige vers l'escalier.

— Viens.

Gervaise monte derrière son époux. Ils sont seuls dans la maison. Pourtant, il ferme la porte de la chambre. Elle comprend. Elle est gênée de se dévêtir, comme ça, en plein jour, à la grande lumière du bon Dieu!

— T'as pas besoin de te déshabiller, ôte juste tes...

Il ne dit pas le mot. Elle ne comprend plus, hésite, ôte sa culotte. Il lui tourne le dos, enlève son pantalon.

— Étends-toi.

Gervaise se couche sur le dos, en travers du lit, et ferme les yeux. Lui ne la regarde pas, il se bat avec la jupe qu'elle porte pour parvenir à ses fins. Alors il aime la femme. À chacun de ses mouvements, le collet de sa chemise chatouille le nez de Gervaise qui éternue. Il n'entend pas, son visage est rougi par la passion.

De tout son poids, il écrase la femme. Puis il s'arrête subitement et frémit. Gervaise s'inquiète.

— J'peux pus attendre, Gervaise, dépêche-toi.

«À quoi faire?» pense Gervaise. Le ton de l'homme est doux, sa voix chaude, enveloppante. Grisée, Gervaise soupire.

Télesphore ronronne, il a chaud, il est différent. Jamais encore ça ne s'était passé comme ça! Jamais il n'a prononcé son nom avec autant d'ardeur!

— Vite, Gervaise, j'peux pus attendre.

— Cours, Télesphore, susurre Gervaise.

Télesphore émet un son sourd et reprend son tempo avec un surcroît d'énergie.

Quelque chose d'inouï, de merveilleux se produit, Gervaise se confond avec le mâle qui ne l'écrase plus. Elle ne sent plus le poids de son corps ni ce maudit collet de chemise. Elle gémit, roucoule à l'unisson avec son homme, elle découvre un autre coin du ciel bleu. C'est l'extase.

Et Télesphore choit de tout son long sur sa femme, qui ne parvient pas à tourner la tête afin de respirer tant il est lourd. Il s'abandonne de toute sa pesanteur. Puis il se lève, prend son pantalon et, sans un mot, file vers la salle des toilettes.

Gervaise, abasourdie, reste là, couchée sur le dos. D'instinct, elle baisse sa jupe. Les yeux fermés, elle essaye de comprendre. Que lui est-il arrivé? Elle sent un creux, là, au milieu du ventre. Sa poitrine se soulève, ses seins se sont gonflés. Dans tout son être, elle ressent une grande chaleur, doublée d'une détente bizarre, qui lui donne le goût de ronronner, de se rouler en rond, comme une chatte. Jamais elle ne s'est sentie aussi calme, aussi lucide. Elle flâne. Télesphore est descendu, mais elle n'a pas le goût de se lever. Il le faut pourtant.

Elle s'assoit sur le bord du lit. Elle souhaite que ce bien-être dure, que cet état de béatitude ne s'arrête jamais. «Télesphore, c'est lui qui m'a fait ça, c'est lui qui m'a fait ça!»

Gervaise descend rejoindre «son homme», comme elle le pense pour la première fois.

Elle entre dans la cuisine en replaçant ses cheveux qu'elle n'a pas pris le temps de coiffer. Télesphore est attablé, il s'est versé une tasse de thé. Elle s'arrête près de lui et pose sa main sur sa large épaule.

L'homme lève la tête. Elle lui sourit.

— Ma Gervaise, dit-il très bas.

Gervaise file vers le poêle où elle s'affaire à attiser le feu. Elle ne saurait quoi dire, quels propos tenir.

Télesphore se lève et cale son chapeau sur sa tête.

— Je retourne à la grange. Salut, ma Gervaise.

Il sort précipitamment. Elle est là, debout, bouleversée. «C'est ça, ce serait donc ça le mariage? Ce serait ça le péché de la chair si ça se passe hors du mariage? Eh bien, si c'est ça, je comprends pourquoi c'est si grave! On a bien pu en faire un péché mortel. Ouf!»

Et Gervaise frissonne de la tête aux pieds. «Il a dit: ma Gervaise...»

Tout à coup, elle éclate de rire. Elle rit à s'en tenir les côtes. Elle se laisse tomber sur une chaise et rit aux larmes. Son hilarité n'a pas de borne. Elle se calme un instant pour se moucher et s'essuyer les yeux, puis repart à rire de plus belle.

«Si quelqu'un me voyait, il penserait que je suis folle à lier. Ah! si Télesphore revenait de la grange, s'il m'entendait...!»

Elle se lève, va vers la fenêtre. Non, il n'est pas en vue. Et à nouveau le rire la reprend: elle pense à sœur

Pauline. Sœur Pauline et le bedaud du couvent, sœur Pauline et le jardinier, sœur Pauline et... l'aumônier peut-être... Elle fait le signe de la croix pour se faire pardonner cette dernière pensée amorale. Pas l'aumônier, non, il était d'une sainteté qui ne laissait pas place à l'impureté. Elle comprend maintenant sœur Pauline et ses fredaines: des fredaines qu'elle n'avait jamais pu identifier ou qualifier. Ainsi, l'attrait de sœur Pauline pour les hommes lui aurait donné son allure supérieure, son calme plat, son œil brillant, son petit air condescendant...

«Et sa première femme? La première femme de Télesphore... A-t-il fait ça, comme ça, avec elle aussi?» L'aiguillon de la jalousie la chatouille un instant, elle se trouve ridicule. «Ce serait normal, ils étaient mariés!...»

Les heures passent et Gervaise demeure accrochée à ses pensées langoureuses qui ne cessent de tourner dans sa tête. Puis elle pense à sa mère. À sa tante qui était morte si brutalement, après avoir langui tant d'années dans sa chambre noire, sans amour autre que celui qu'elle, enfant, lui témoignait et qu'elle avait payé du prix de sa vie. Le souvenir lointain de cette femme effrayée qui se détendait sous la caresse de la brosse à cheveux... «Elle fermait alors les yeux et cessait d'avoir peur de maman!» Les larmes coulent maintenant sur les joues de Gervaise qui se souvient et croit enfin comprendre l'importance que la grabataire attachait à ses visites et à ses caresses.

«Papa, soupire Gervaise, pourquoi ne m'as-tu rien dit? J'étais petite, mais j'aurais compris! Et maman qui l'accusait, la pauvre tante, d'avoir tué ses bébés? Pourquoi papa a-t-il hospitalisé maman? Il était si doux, si bon. Pourquoi? Pour chaque personne aimée, faut-il qu'un être souffre? Le bonheur ne pourrait pas être le lot de tous? C'est trop compliqué, je ne peux pas penser à toutes ces choses tristes. J'ai eu ma part de souffrances, je dois vivre le bonheur pendant qu'il passe et ne pas retourner dans ce passé morbide. Télesphore est bon, un excellent père. J'ai de la chance. Mère supérieure avait raison: je dois m'efforcer d'être bonne, de garder mon sourire et d'aimer les enfants. Le bonheur suprême serait qu'à mon tour j'enfante..» Elle s'arrête et fixe le mur devant elle, dans son cœur vient de naître un beau et grand désir: avoir un enfant, un bébé bien à elle, à choyer, à allaiter. Elle porte une main à ses seins. «Deux fontaines de vie, deux sources de vitalité, le don du lait maternel réservé à celle qui est féconde...» Et Gervaise oublie de penser à Dieu pour penser à Télesphore...

Gervaise fait des galettes, de toutes formes, comme au couvent, autrefois, les jours de fête. Elle les laisse refroidir, puis les entasse dans une jolie boîte. Ce sera sa façon à elle de participer au goûter servi à l'occasion de l'anniversaire du petit dernier des Vadeboncœur. Télesphore a donné quelques dollars pour qu'on achète un présent à l'enfant que l'on fête ce soir.

Gervaise sort les guenilles, Jacqueline aimera sans doute qu'elle lui fasse des boudins. Ses gestes sont nonchalants, empreints d'une espèce de langueur qui la surprend. Elle se sent détendue, rêveuse, elle frissonne. Elle aime cette sensation nouvelle qui l'enveloppe. Télesphore... comme elle l'aime!

Le retour des enfants la ramène sur terre. Ils sont bruyants, leur exubérance fait plaisir à voir. Ils partent en claquant la porte.

— Ils vont tout casser! tonne Alphonse.

Télesphore hausse les épaules, sourit. Ce soir, il est si heureux que rien ne peut l'atteindre. Il jase avec son fils, regarde Gervaise à la dérobée. Elle lui semble également grisée, comme lui; cela l'épate.

Le foin est enfin entassé et il sèche. Dès lundi, on commencera à engranger. Alphonse ne parle pas du collège ni de ses études, ce qui étonne Gervaise, mais elle se garde bien d'émettre son opinion.

— Demain, Alphonse, tu iras à la messe de huit heures avec les enfants. Prends l'auto.

— Je pensais dormir tard.

— Tu auras toute la journée pour te reposer, je veux aller à la grand-messe avec Gervaise, j'ai à faire.

Les enfants sont revenus, gavés, les visages rayonnants et fatigués! Tous parlent en même temps. Réjeanne s'approche de son père et, avec un petit air gêné, elle murmure:

— Merci, papa. Ils sont beaux, mes souliers.

— Tu es mieux de les ménager, suggère Alphonse, ils ont coûté cher.

— Non, proteste Lucille, casse-les, je ne veux pas avoir à finir de les user.

Télesphore regarde l'horloge. On a compris.

— Demain, vous irez à la messe de huit heures, en auto, avec Alphonse.

— Bravo!

La lumière de la cuisine s'est éteinte très tôt. Là-haut, sous la porte de la chambre d'Alphonse, un reflet lumineux indique qu'il ne dort pas encore.

Gervaise, étendue sur le dos, continue de rêvasser.

— Dis, Télesphore, une vache, est-ce que ça donne du lait sans être fécondée?

— Non, la génisse ne donne pas de lait. Il faut d'abord qu'elle mette bas. De taure, elle devient vache et, pendant deux ans, elle donne du lait. D'où l'importance d'avoir un bon taureau qu'il faut surveiller, car parfois il s'amourache d'une vache et néglige les autres. C'est la même chose avec les poules: sans coq, elles pondent, mais les œufs ne donnent pas de poulets. Un coq peut «servir» jusqu'à vingt-cinq poules par jour; si on a plus de poules, il faut deux coqs... Les chanceux, tu imagines... vingt-cinq poules pour un coq... c'est à rendre un homme jaloux.

313

— Tu n'as pas honte?

Il rit de bon cœur.

— Surprends-toi pas si Vadeboncœur se présente un matin pour échanger des œufs contre les tiens.

— Pourquoi?

— Il n'a pas de coq. Il ne veut pas grossir son poulailler, alors lorsqu'une de ses poules s'installe sur un nid pour couver, il remplace les œufs du nid par les miens et...

Télesphore ne poursuit pas, sa phrase reste en suspens. Il s'est endormi.

***

Gervaise entend les enfants, elle ouvre les yeux, surprise de voir que Télesphore est encore couché. Elle fait un mouvement pour se lever, il tend la main et la retient.

— Et les poules...

— Chut! Qu'elles attendent.

— As-tu fait le train?

— Oui. Chut!

Les enfants vont et viennent, ils passent devant la porte ouverte des parents en marchant sur la pointe des pieds pour ne pas les réveiller. Seul Alphonse n'a pas tant de délicatesse. On jase en bas, la porte d'entrée se ferme, la vieille Chevrolet toussote, ils sont partis. Télesphore attire sa femme près de lui.

— Comme ça, avant la messe!

— J'veux juste te dire que je suis heureux comme un roi. Je t'aime, ma Gervaise.

Il se lève et file vers la salle de bains.

Gervaise se vêt de ses plus beaux atours: aller à la grand-messe, c'est une fête.

Ce matin-là, Télesphore se présente au confessionnal.

— Monsieur le curé, c'est moi, Télesphore Langevin

314

du rang deux. Je ne veux pas me confesser, mais vous dire que j'ai fait comme vous m'aviez conseillé. J'ai pris ma femme à l'heure du dîner, puis j'ai... enfin, j'ai fait comme vous m'aviez dit et Gervaise a réagi, tout s'est passé encore mieux que vous ne me l'aviez prédit. Mais elle a crié. J'ai eu un peu peur, je ne pensais pas que ça faisait mal aux femmes de faire ça, comme ça. C'est probablement parce que ma première haïssait tant ça qu'elle était farouche. Qu'est-ce que vous en dites, Monsieur le curé?

Le saint homme derrière la grille hoche la tête et réprime un sourire. La naïveté et la simplicité de l'homme dépassent son entendement. Il croit devoir expliquer:

— Télesphore, ta femme, la deuxième je devrais dire, elle n'a pas crié parce qu'elle souffrait...

— Ah non? Alors, pourquoi?

— Parce que ça lui plaisait...

— Ah ben, ça alors!

— L'autre, ta première, ne réagissait pas ainsi?

— Non, elle gueulait, ça l'achalait.

— C'est pas toujours pareil, cherche pas à trop comprendre, Télesphore. Accepte ta femme comme Dieu te la donne.

— Mais, il n'y a pas de mal dans tout ça?

— Bien non, Dieu l'a dit: aimez-moi comme mon père m'a aimé. Et Alphonse? Tu as des nouvelles de ton fils au collège?

— Oui, monsieur le curé, il est présentement à la maison.

— Il persiste dans ses bonnes dispositions?

— Que oui, il vous fera un bon curé pour votre Église.

— Que Dieu te récompense, mon fils, et qu'Il te bénisse: Au nom du Père...

Télesphore se signe. Puis, l'âme en paix, il soulève

le rideau et se dirige lentement vers son banc, où Gervaise l'attend. «Son âme doit être en paix, il semble calme. Mais pourquoi est-il resté si longtemps dans le confessionnal? se demande Gervaise. J'espère qu'il n'a pas tout raconté au curé!» Depuis cet instant-là, elle ne cesse d'y repenser. «Peut-être ce soir...»

Gervaise a honte. Avoir de telles pensées dans les lieux saints! Peut-être devrait-elle se confesser? Cette idée la torture. Elle n'ose pas aller vers le prêtre en présence de son mari. Il est assis au bout du banc: elle devra se lever, passer devant lui et aller là-bas... Si le confesseur la retenait aussi longtemps, Télesphore serait peut-être soupçonneux... Et puis, ce ne sont pas des secrets qu'on partage... pas même avec le curé, c'est trop intime, trop... «Même si je le voulais, je ne pourrais pas. Je ne peux pas expliquer au prêtre qu'il m'a chatouillé le nez avec son collet de chemise, que ça m'a énervée, puis que j'ai eu, j'ai eu quoi? Du plaisir? Oui, c'est ça. Du plaisir.»

Gervaise soupire, Télesphore la regarde. Elle rougit jusqu'à la racine des cheveux. Oui, elle doit se confesser. La preuve, elle a honte devant Télesphore qui voit son plaisir écrit sur son visage. Seul le confesseur est qualifié pour juger au nom de Dieu si tout ça est permis, si ce n'est pas le diable qui la poursuit. Un frisson froid lui traverse le dos. Elle doit aller se confesser!

Mais voilà, elle a trop tardé: le curé ouvre la porte, enlève l'étole qu'il baise, et qu'il suspend. Il se dirige ensuite vers la sacristie. Bientôt, il fera son entrée dans le chœur, vêtu de blanc. La nef est remplie, c'est l'heure du saint office.

L'orgue entonne le chant liturgique et l'assemblée se lève. Gervaise suit le mouvement de la foule. Elle a les yeux rivés sur son missel, mais ne le lit pas. Ses pensées vagabondent. Ses plaisirs d'un midi sont loin, bien loin. Sa conscience non éclairée la bouleverse.

Une pensée réconfortante l'envahit un instant: ne se-rait-ce pas à son mari Télesphore qu'elle devrait s'adres-ser pour discuter de tout ça? Après tout, c'est son mari. «Vous ne ferez qu'un dans la chair.» Sait-il ce que cela veut dire? Si oui, pourquoi est-il allé, lui, vers le confes-sionnal? Peut-être ne faut-il le faire qu'une seule fois pour ensuite savoir pour toujours? Non, puisqu'il a déjà été marié!

C'est le sanctus, Gervaise prie de toute son âme. Elle n'ose pas regarder l'hostie, qui devient le corps du Christ, car ses yeux sont impurs. Oui, elle parlera à Télesphore. Avant ce soir. C'est son homme, son mari, c'est lui l'autorité, le chef du foyer. Elle s'en remettra donc à lui car il incarne l'autorité. Si Télesphore juge qu'elle a été infidèle à Dieu, il sera alors temps de parler au prêtre.

Des fidèles s'approchent de la sainte table pour la communion. Le dilemme reprend en son âme et cons-cience. Habituellement Télesphore sort du banc, s'éloi-gne d'un pas pour la laisser passer et, ensemble, ils vont recevoir Dieu. Elle rougit. Non, elle ne se sent pas digne. Elle n'ira pas. Ça, elle le sait: seul un état de grâce parfait permet à l'homme de recevoir son Maître.

Télesphore la regarde. Elle lève la main et lui fait signe d'y aller seul.

— Et toi?

— Pas aujourd'hui, murmure-t-elle à son oreille.

Il hésite un instant, puis se lève. «Voilà qui va peut-être occasionner des commérages», pense Télesphore.

De fait, deux bancs derrière, une voisine souffle à son mari:

— La boiteuse doit être enceinte, le mal de cœur l'empêche d'aller à la sainte table avec le veuf.

— Et toi, catin, qu'est-ce qui te retient dans ton banc? demande l'homme.

Gervaise regarde venir Télesphore. Il marche du

talon, toussote pour se donner contenance. «Il est gêné malgré son air fanfaron. Il est beau, bonne sainte! Qu'il est beau!»

Et Gervaise remercie Dieu d'avoir permis ce miracle de l'amour. Elle prie aussi pour les enfants de cet homme qu'elle aime, qui lui sont devenus tellement chers!

Elle se souvient de la nuit terrible où elle avait tant pleuré et tant prié, cette nuit qui suivit le jour où on lui fit part de la décision prise par la chère bonne Mère supérieure du couvent. «Parce que vous êtes une bonne fille, simple et pure, Dieu vous donne une chance d'être heureuse. Vous remplacerez une sainte mère de famille qu'Il a rappelée à Lui. Vous prendrez soin d'un veuf éploré et de ses enfants. Souvenez-vous toujours de l'honneur que Télesphore Langevin vous fait de vous accepter comme épouse malgré votre infirmité. Nous lui avons assuré que vous saurez vous montrer reconnaissante en lui étant fidèle et entièrement dévouée, à lui et à ses enfants. L'orgueil ne semble pas un de vos défauts, ne le laissez pas prendre effet sur vous. Soyez humble et soumise. Souvenez-vous, ma fille, que l'homme, tout humain qu'il soit, aime la femme pure et pieuse. Qui sait? Peut-être serez-vous aussi la mère des enfants que Dieu voudra bien vous permettre de mettre au monde, s'Il vous reconnaît cette dignité...»

La sainte religieuse avait semblé fort embarrassée lorsqu'elle avait prononcé ces derniers mots. Était-elle encore «la femme pure et pieuse»?

«*Ite missa est*», dit le prêtre, après la bénédiction finale. La messe est dite et Gervaise n'a fait que réfléchir, elle a peu prié. Télesphore sort du banc et attend sa femme. Il passe son bras sous le sien. Ils sortent du temple. L'orgue mêle son chant à celui des cloches: c'est pour le couple une de ces minutes d'autant plus goûtées que le cœur est en fête. Gervaise ressent une telle joie que son visage s'irradie. Un instant il y a

bousculade, Évangéline Latulipe s'est faufilée délibérément. Elle s'empêtre et sans Télesphore pour retenir
solidement sa femme, celle-ci serait sûrement tombée.
Les regards des deux femmes se sont croisés, l'un
haineux, l'autre malheureux.

— Vous pourriez vous excuser! dit tout haut Télesphore.

La vieille fille rougit. Le ton tranchant de l'homme
ne laisse pas place au doute: il sait que le geste était
calculé. Évangéline aurait aimé voir la boiteuse s'étendre
de tout son long à ses pieds.

Gervaise regarde son mari, elle surprend le clin
d'œil d'un homme qui remet son chapeau. Télesphore
lui sourit.

— Bonjour, Monsieur Lambert.

— Bonjour, Télesphore.

Dès que le couple se retrouve en tête-à-tête, Gervaise
questionne.

— Pourquoi étais-tu aussi furieux, Télesphore?

— Tu fais des jalouses.

— Hein?

— La vieille chipie aurait bien aimé te mettre dans
l'embarras. Elle t'en veut.

— Je ne la connais même pas!

— Mais moi, elle me connaît.

— Oui, et alors?

— Tu sais, Gervaise, ton Télesphore était veuf il n'y
a pas si longtemps... Les vieilles filles de la paroisse ont
caressé un rêve... surtout cette chipie d'Évangéline qui
me tournait autour. Même le curé y était allé de ses
suggestions.

— Bonne sainte!

Télesphore sourit. Après avoir traversé le village, la
Chevrolet prend la courbe du rang qui mène à la
maison.

Le curé! La pensée de Gervaise s'accroche à ce

détail. Voilà qui confirmait ses conclusions: ce n'est pas avec le curé qu'elle discuterait, c'est avec Télesphore, son mari!

***

Alphonse retourne au collège. Ses études classiques s'achèvent, il en est à la philosophie. Télesphore s'est arrangé pour quitter la maison plus tôt que nécessaire, il espérait un tête-à-tête avec son fils. Celui-ci s'était montré très évasif pendant son court séjour à la maison.

— Tu n'as rien à me dire, fiston?

— Non, rien de particulier, si c'est ce que vous voulez dire.

— Tu n'as rien oublié?

— Pas à ce que je sache.

— Pourtant, à ton arrivée, tu avais beaucoup plus de bagages que tu n'en rapportes.

— Des livres, oui, certains livres ne m'étaient plus utiles là-bas.

Le silence tombe, augmentant l'inquiétude du père qui a besoin d'être rassuré. Alphonse détourne la tête, garde les yeux rivés du côté de la campagne.

— Dis, Alphonse, ça te plairait que je te reconduise jusqu'au collège?

— Merci, mais j'aime bien prendre le train.

— Comme tu voudras.

«Non, pense Télesphore, il ne me dira rien; ce ne sera pas aujourd'hui, le jour des confidences; mais il trame quelque chose, ça, c'est certain. Que peut-il bien mijoter dans sa tête dure? Décidément Mariette et lui font une belle paire!»

Il appuie sur l'accélérateur, l'automobile fonce. Dès que le quai de la gare est en vue, il dit à son fils:

— Nous sommes arrivés. Bon voyage, Alphonse. N'oublie pas tes affaires.

Télesphore ne descend pas de l'auto, ne tend pas la main à son fils, ne lui fait pas l'accolade, ce qui lui causait toujours une certaine gêne. Dès que la portière arrière s'est refermée, il reprend la route en sens inverse sans même un regard en direction de son fils. Le train n'est pas encore entré en gare!

«Il veut jouer le jeu de sa sœur, tant pis. J'en ai jusque-là de leur maudit orgueil.» Télesphore avait hâte de rentrer chez lui; non, il ne laisserait pas briser son nouveau grand bonheur par des chimères. Il avait eu l'occasion de pardonner dans le passé, il s'était plié à bien des caprices; ainsi il s'était fait à l'idée de la vocation sacerdotale, ce rêve d'enfance de son garçon très dévot. Avec le temps il avait accepté, même si souvent il lui arrivait de souhaiter l'appui de son fils à la ferme.

Les maternités de Lucienne s'étaient succédées, alourdissant encore la tâche. Les études coûtaient beaucoup. Et ce fut la catastrophe: une fausse couche, une pneumonie et le décès de sa femme. Dieu merci! le Ciel comprit sa détresse et Gervaise était là. Son «bourgeon», comme il l'appelait. Ce bonheur, il le protégerait, envers et contre tous.

Elle était assise sur la galerie, si petite dans sa grande chaise berçante. Il klaxonna, elle lui envoya la main; il stationna la Chevrolet et se dirigea vers elle. Rendu à sa hauteur il s'arrêta, posa ses coudes sur le bras de la galerie, y appuya le menton et demanda:

— Tu rêvais?
— Non.
— Tu pensais?
— Oui.
— À qui?
— À toi.
— Tu veux que je devienne un fieffé vaniteux?
— Si ça peut te rendre heureux, oui.
— À quoi pensais-tu, Bourgeon?

Ses sourcils s'étaient rapprochés, le timbre de sa voix était grave. Il offrait l'image d'un enfant en quête d'une caresse. La femme frémit, son cœur se mit à battre très vite, ses joues s'empourprèrent. Elle cilla à quelques reprises, se pencha vers lui et dit doucement: «Toi, mon mari, tu es... l'ordre établi, la grande et reposante sécurité, le socle sur lequel repose l'avenir. Tu m'as permis de plonger à corps perdu dans la joie, une joie progressive, enveloppante. Auprès de toi, je ne crains plus les heurts, les cuisantes déceptions. C'est sans doute ça le miracle de l'amour. Et... qui plus est, tu m'as permis, dans tes bras, de connaître l'extase; l'amour raisonné et sa quiétude est dépassé, tu as éveillé en moi la passion physique, le plaisir des sens dont je ne connaissais rien, ni son existence ni sa possibilité d'envoûtement. T'aimer le jour, te laisser me chérir la nuit, c'est t'aimer toujours. Tu me demandes à quoi je rêve? Je ne rêve pas, je vis le merveilleux au-delà de ce que j'aurais pu souhaiter. Si, après tout ça, il est permis d'espérer plus, alors oui, je formule un désir: que notre amour dure, qu'il s'éternise.»

Ce que Gervaise n'ose avouer tout haut, un reste de pudeur refoulé sans doute, c'est qu'elle rêve aussi d'une maternité.

D'abord Télesphore n'a pas bougé, les veines de son cou s'étaient gonflées, son cœur battait plus vite, il ferma les yeux très fort. Non! Il n'allait pas pleurer sous le coup de l'émotion très vive qui le prenait à la gorge. Puis il tendit ses mains vers Gervaise qui y plaça les siennes. Tendrement, avec douceur, il mordillait les doigts de Bourgeon tout en la regardant, les yeux pétillants d'amour.

Un boum! se fit entendre, le ballon lancé de loin venait de rebondir sur le toit de la vieille Chevrolet; Lucille poussait un cri, Lucien arrivait en courant. Les parents ne bougèrent pas.

— Tu es fâché, papa? demanda le garçonnet.

Ne recevant pas de réponse, il prit le projectile, attira sa jeune sœur et lui dit sur un ton confidentiel: «Il ne faut pas les déranger, ils se racontent des histoires d'amoureux, comme à la télévision.»

La fillette mit sa main sur la bouche et se mit à rigoler tout bas.

Chapitre 14

Une année entière s'était écoulée, rapprochant les êtres qui vivaient sous le même toit; les liens les unissant se cimentaient. Seul Alphonse échappait à la règle. Il se montrait récalcitrant, plus par son attitude que par ses paroles. En présence de son père, il affichait un air pacifique, si bien que Gervaise se crut la responsable de tant d'agressivité. Elle hésitait à confier son inquiétude à son mari, ne voulant pour rien au monde être placée au milieu d'un conflit entre le père et le fils. Alors elle décida d'ignorer le jeune homme, sa hargne et son vilain caractère. Aussi quand il quitta à la fin des moissons elle se réjouit presque. La vie reprit son cours normal. Elle nota que Télesphore lui-même était plus détendu depuis son départ. La tension régnerait donc aussi entre eux, pensa-t-elle. Mais elle ne fit aucun commentaire. Gervaise goûtait son bonheur et la peur de le voir lui échapper s'estompait de plus en plus.

Quelques mois plus tôt, mademoiselle Anita était décédée: c'est de la bouche du curé Labrie que Gervaise l'apprit.

— Vous avez toujours été dans ses pensées, vous avez ensoleillé les dernières années de cette jeune fille pour qui le destin a été si cruel. De là-haut, elle veille sûrement sur votre bonheur.

— Et Annette, sa fidèle gouvernante, que devient-elle?

— La succession du notaire avait pourvu à ses besoins, elle a manifesté le désir de se retirer dans un foyer. Mademoiselle Anita ne vous a pas oubliée...

De fait, des meubles de grande valeur, patinés par les ans, lui furent expédiés. Cette délicate attention la toucha beaucoup, surtout que ceux qui lui furent réservés étaient les pièces qu'elle prisait le plus. Dans sa chambre, elle placerait le prie-Dieu taillé dans l'ébène et la bergère bleue dans laquelle elle avait passé tant d'heures à recevoir les notions de lecture et d'écriture. Au profit de l'Église était légué le reste de ses biens.

— Et son missel, ce livre qu'elle chérissait tant?

— Il a fallu le brûler; les livres, hélas! ne peuvent être conservés... Logés dans les pages, les microbes survivent.

Lorsqu'elle se retrouva seule, Gervaise pria pour cette amie disparue; elle remercia le Ciel pour son grand bonheur. Sa vie lui paraissait belle comme une grande clairière ensoleillée. Elle s'approcha de la fenêtre, vit ses enfants qui couraient en tous sens, se bousculaient, luttaient pour saisir un ballon; un simple ballon était leur centre d'attraction. «La belle naïveté, la belle simplicité des enfants, songeait-elle, des heures douces, sans nuages. Ces plaisirs anodins qui les unissent aujourd'hui deviendront bientôt de doux souvenirs. Si ça ne dépend que de moi, tant d'allégresse sera jalousement protégée.»

La jeune femme arpentait lentement le salon et la cuisine, laissait son regard courir sur ces objets témoins de la vie de tous les jours, tout en laissant errer ses pensées.

Chez les cultivateurs du Québec, la cuisine est sans contredit la pièce principale de la maison, c'est là que l'on apprend à tenir sa cuillère, à marcher, à parler, à aimer.

C'est autour de la table que se déroulent les événements importants: jeune, on y fait ses devoirs, on y reçoit ses premières leçons de politique, on tire au poignet, on discute semailles et récoltes, on apprend à se côtoyer, à s'aimer, à se pardonner. La mère se fait éducatrice, ordonne de ne pas y appuyer les coudes, de se tenir droit, de bien faire ses devoirs.

Oui, la cuisine est l'âme du foyer, gardée chaude par le poêle à bois sur lequel chante la bouilloire, où traîne la théière de granit toujours prête à accueillir le visiteur. Au-dessus du lavabo, se trouve un essuie-main qui se promène sur un rouleau de bois. Sur une tablette taillée dans le bois d'érable par un aïeul, l'horloge égrène les heures, heureuses ou malheureuses, témoin fidèle des premières dents et des deuils.

Si la ferme rapporte bien, le plancher est recouvert d'un prélart dont l'usure contourne la table, va de la porte d'entrée à l'escalier qui mène aux chambres, tel une piste que l'animal dessine dans la forêt pour avoir tant suivi le même parcours.

Le salon est de dimension plus modeste, ne dégage pas la même chaleur, invite presque au recueillement. On y accueille la visite rare, dont le curé lors de sa visite de paroisse annuelle. Les chaises s'alignent le long des murs ornés d'images encadrées, dont celles du Sacré-Cœur et de Notre-Dame-des-sept-douleurs, et bien souvent de la photo de la gracieuse reine Élisabeth, mère. Parfois Maurice «Le Noblet» Duplessis figure encore pour y avoir été oublié: il fut le *cheuf* si longtemps. Peut-être la nouvelle génération confondra-t-elle ses traits avec ceux de quelque saint dont on ne connaît pas le nom!

Sur une table, on retrouve presque toujours l'album de photos de la famille: les premières communions, les confirmations et les mariages rappellent à chacun qu'il a été jeune. Le temps les a jaunies, elles n'en deviennent que plus précieuses. Les grands-pères à moustaches, dont la pointe fut roulée sous le jeu des doigts enduits de savon détrempé, sont bien cambrés dans le fauteuil de peluche fleurie prêté par le photographe. Debout, à leurs côtés, se tiennent les épouses aux cheveux tirés, au visage rigide, à la taille moulée dans le corset à baleines, le plus souvent un Spencer ou un

Rose-Marie. La robe noire dissimule les seins pleins et, des jambes, on distingue à peine les bottines à œillets.

Il fait sombre au salon; il ne sera pas dit que le soleil mangera les meubles et le tapis; aussi on baisse les toiles. Une fois l'an, on fera l'aération de la pièce.

Gervaise se souvenait qu'à son arrivée un détail l'avait choquée: la table de la cuisine était recouverte d'un tapis ciré ornementé de grandes fleurs multicolores. Elle ne parvenait pas à détacher son regard de cette chose qui lui déplaisait sans qu'elle sache pourquoi. Elle promenait les yeux, cherchait à comprendre pourquoi le centre avait perdu son lustre. Les coups de couteaux tranchants avaient meurtri la fausse nappe qui laissait voir sa trame brune. Tout comme aujourd'hui, elle avait fouillé dans ses souvenirs: «Où ai-je vu ce genre de tapis ciré? Sûrement pas au couvent ni chez mademoiselle Anita. Chez Julie, peut-être...» Sa mémoire était infidèle. Peut-être était-ce mieux ainsi?

Elle s'attarda près de la grande table maintenant ornée d'un centre crocheté, reçu en cadeau lors de son départ du couvent. Elle caressa la vieille soupière aux marbrures d'argent fanées. Comme tout était beau! Comme elle était heureuse! Son chez-soi et l'amour des siens l'occupaient tout entière.

***

La saison froide laissait une certaine latitude aux fermiers. Ils accomplissaient des ouvrages différents, œuvraient dans les bâtiments, s'attardaient à vérifier les réparations nécessaires à la bonne marche de leurs instruments aratoires. Mais le soir venu on se voisinait, on organisait des parties de cartes, on jasait au coin du feu, racontant des histoires qui faisaient rire et parfois frissonner d'horreur. Gervaise apprenait des tas de choses qu'elle ignorait pour avoir vécu si longtemps recluse. Jamais elle n'évoquait son passé, ce qui étonnait les Vadeboncœur. Mais avec le temps ils oublièrent ce détail et l'affection mutuelle ne fit que grandir.

Lucette connaissait le désir le plus cher de Gervaise, celui d'avoir un enfant; celle-ci lui ayant un jour confié sa peine, elle sut la réconforter et lui conseilla de prier et d'espérer.

Il avait été question d'Alphonse et de sa noble vocation. Lucette fit une remarque à son mari:

— Tu embarrasses Télesphore, ne t'en rends-tu pas compte, Léo?

— Ça m'a déjà effleuré l'esprit. Alors toi aussi tu as remarqué qu'il est moins enthousiaste qu'il l'était sur le sujet? Sa femme doit se retourner dans sa tombe si elle voit ça! Mais ça me surprendrait que le jeune change d'idée, il est bien studieux, plus sérieux au travail en tout cas.

Lucette ne dit rien, elle rangeait les chaises autour de la table, rinçait les tasses de thé. «Sûrement que Gervaise sait quelque chose, mais elle ne m'en parle pas, elle est très renfermée, ne fait pas facilement de confidences», pensait la femme qui aurait aimé plus de spontanéité de la part de cette voisine qu'elle considérait comme une grande amie.

Sur le chemin du retour, Télesphore avait passé son bras autour de la taille de sa femme, dans l'autre main il tenait un fanal qui jetait un peu de lumière sur la route.

— Tu t'es bien amusée, Bourgeon?

— Ils sont si sympathiques, comment ne pas les aimer?

— Sauf que Léo me rabat sans cesse les oreilles avec la vocation d'Alphonse...

Une décharge électrique d'une terrible densité vrombit, le ciel s'illumina une fraction de seconde, un autre éclair dessina une ligne qui se brisa en zigzags. Il semblait qu'elle s'étirait jusqu'au sol qu'elle éclairait de sa lumière céleste. Elle atteignit un arbre énorme en bordure de la route, le coupa en deux, s'enfouit dans ses entrailles; le feu jaillit, un roulement sourd, terrifiant se fit entendre et une pluie torrentielle se mit à tomber.

Léo et Lucette avaient tout vu de la fenêtre, au premier coup de tonnerre ils s'étaient approchés, inquiétés à l'idée que les Langevin aient été surpris sur la route. Et voilà que Gervaise et Télesphore, blottis l'un près de l'autre, leur apparurent faisant tache sombre dans la lumière du ciel déchaîné.

Télesphore avait laissé tomber le fanal et enlacé sa femme de ses bras. La pluie tombait, abondante et froide, mais rassurante.

— N'aie pas peur, Bourgeon.

— Je n'ai pas peur, tiens-moi bien fort.

Léo accourut, inquiet, les escorta jusqu'à la maison.

— Entre reprendre ton souffle, Léo.

— Non, ma vieille doit avoir une peur noire. Tu as déjà vu ça, toi, une tempête des mois chauds d'été en plein printemps? L'orme y a goûté!

— Que cette maison est accueillante! lança Gervaise.

— Va enlever ce linge mouillé, je vais attiser le poêle.

Mais Télesphore ne bougea pas, il ferma les yeux. Il faisait un lien entre les mots qu'il prononçait au moment du déchaînement de la nature et la colère de celle-ci. Abasourdi, il essayait de mettre de l'ordre dans ses pensées. «Je suis fou, je deviens dingue.» Il s'appuya au lavabo et regarda par la fenêtre qui se trouvait là. La nuit, redevenue opaque, n'avait plus rien à offrir. À la pointe du jour, il irait vérifier l'arbre massacré pour s'assurer qu'il n'avait pas rêvé ce cauchemar.

— Télesphore, appelait Gervaise, Télesphore...

Il ne l'entendait pas, les yeux toujours rivés sur la fenêtre. Les enfants le regardaient, apeurés. Le tonnerre les avait réveillés et tous s'étaient précipités vers la chambre de leurs parents où Gervaise les trouva. Lucille se détacha du groupe et courut vers son père:

— Papa! Oh! papa!

Il s'inclina, prit la fillette dans ses bras. Gervaise attisa le feu, déposa une bûche d'érable sur la flamme et prépara du lait chaud à l'intention des siens.

Les enfants y allaient de leurs remarques, les éclairs étaient entrés dans leurs chambres à travers les épais rideaux. Télesphore ne rectifia rien, il les écoutait à peine, sa pensée était ailleurs, mais il ne revint jamais sur le sujet. Ses inquiétudes demeurèrent enfouies au plus profond de lui-même.

Chapitre 15

Plus d'une semaine s'était écoulée depuis l'arrivée d'Alphonse. La tâche était lourde et contraignante. Heureusement, on n'avait pas eu de problèmes mécaniques; les tracteurs, la faucheuse, la plieuse: en somme, la machinerie aratoire tenait le coup.

Les conversations tournaient toutes autour du même sujet: la ferme et ses exigences, les soins à apporter et les besoins des bêtes.

Les jours passaient vite, très vite. Le soleil se levait tôt et se couchait tard. C'est également le lot du fermier qui n'a que quelques mois pour labourer sa terre, l'ensemencer, la biner, la sarcler et l'arroser parfois, si Dieu néglige de le faire. Il doit aussi s'occuper du potager, des animaux qui paissent aux champs, des vaches à traire, du cheval à étriller. Les animaux de la ferme constituent une deuxième famille pour le cultivateur amoureux de son métier. Il connaît chacune de ses bêtes; parfois, il leur donne même un nom. Il peut les reconnaître seulement en les entendant venir. Comme les enfants, ils ont parfois des caprices *achalants*, mais que l'habitant respecte. Il n'y a que Belly, le gros coq qui se lève plus tôt que le sacristain et chante tout l'avant-midi, qui ennuie vraiment Télesphore. Mais c'est un bon coq sans malice qui est là depuis trois ans, et n'a jamais préféré une poule au détriment des autres. Il fait bien son devoir de chef du poulailler.

«Peut-être que son père était maître chantre dans une cathédrale», lui avait dit Gervaise, un jour qu'il se plaignait du chant perçant de la volaille. Télesphore s'était éclaté de rire: «Tu prends parti pour tous et chacun, même les bêtes! T'as un cœur d'or.»

331

Télesphore marche à travers les rangées de blé d'Inde, se penche occasionnellement pour observer les plants afin de s'assurer qu'ils sont sains. «La saison va être bonne, il m'arrive déjà à la hauteur de la taille. Oui, la saison va être bonne. Le foin sera abondant. Si seulement la pluie tombe raisonnablement, ce sera une très bonne année.»

Télesphore s'arrête, se découvre et fait le signe de la croix: c'est sa façon de remercier Dieu. Puis il remet son vieux chapeau et poursuit sa marche jusqu'au champ d'orge.

Ce soir, au souper, il fera un compte-rendu oral de son tour du domaine:

— Les choux sont fermes, les plants de patates vigoureux, les concombres courent partout et les courges aussi. À l'automne, le fenil et la cave seront remplis à craquer!

Il se tait un instant, baisse de ton, car à tous s'adressait son discours rempli de fierté et d'orgueil. Maintenant, il s'adresse à Gervaise:

— Tu m'as rendu un fier service en prenant en charge le poulailler et la bergerie. Ça m'a beaucoup libéré le matin, alors qu'il y a tant à faire!

— Dis-moi, le coq chantait-il autant avant que je m'occupe de lui?

Télesphore ne saisit pas tout de suite le sens de la question de Gervaise. Mais voilà qu'il s'esclaffe, il a compris l'allusion.

Tout le temps que dure le repas, son visage affiche le sourire. On mange avec appétit, Gervaise transmet sa bonne humeur, sa joie est communicative. Seul Alphonse ne se déride pas. «Mais, ne peut s'empêcher de penser Gervaise avec satisfaction, il contrôle de plus en plus son rire nerveux et agaçant.»

— À propos, aimez-vous le gruau?

— Moi, pas! s'exclame Alphonse. On en mange suffisamment au collège.

— L'hiver, toutefois, ça constitue un bon déjeuner chaud, fait remarquer le père. Pourquoi demandes-tu ça, Gervaise? Le menu que tu choisis est celui que l'on accepte. Les préférences de chacun sont servies tour à tour.

— J'ai trouvé trois boîtes pleines de cette céréale dans une armoire.

Alphonse s'éclate de rire, les enfants rigolent.

— Et tu as conclu que nous aimions le gruau.

— Quoi d'autre aurais-je pu croire?

— C'est que tu ne sais pas que dans chaque boîte de gruau se trouve un morceau de vaisselle en semi-porcelaine. Regarde dans le vaisselier et compte les pièces; tu sauras alors combien de boîtes de gruau Robin Hood nous avons mangé. Parles-en à Vadeboncœur, du gruau. Il le donnait en cachette aux cochons. Lucette a un *set* de dix couverts.

— Une surprise ce soir, à l'intention d'Alphonse cette fois: des chaussons aux pommes avec crème fouettée.

— Comment savez-vous que c'est mon dessert préféré?

— J'observe, mon cher, j'observe...

Alphonse rougit. Ainsi Gervaise l'avait vu, ce soir-là, fouiller dans la dépense et voler les chaussons qu'il avait refusés à table, par orgueil, peu après leur dispute.

Télesphore regarde sa femme, puis son fils: vont-ils encore avoir une prise de bec?

— Ça m'a fait plaisir, mon grand, de te voir en bouffer trois, un à la suite de l'autre. C'est le plus beau compliment qu'on puisse faire à une cuisinière.

— Tout est permis aux grands, soupire Lucien.

— Et aux petits qui adorent les croquignoles.

Lucien baisse la tête et pouffe de rire:

— Papa, tu as marié une police!

— Qui t'adore, bout d'chou, et qui va te demander d'aider Alphonse à remplir la boîte à bois, car demain j'ai à cuisiner, la réserve de gâteries est à son plus bas. Et ce, avant la noirceur, souligne Gervaise qui surprend un mouvement d'impatience chez l'aîné.

Mais elle n'y prête pas attention. Avec l'aide de Réjeanne, elle range la vaisselle tout en poursuivant son exposé.

— Papa a beaucoup de travail et c'est lui qui nous permet de nous régaler en nous approvisionnant. Il mérite bien, maintenant que ses enfants sont grands, d'avoir de l'aide. C'est le plus beau moyen de lui exprimer votre reconnaissance.

Télesphore, gêné, se cache derrière son journal. Son cœur de gaillard est ému. Décidément, sa Gervaise!...

Lucille tournait en rond autour de son père, celui-ci feignait de l'ignorer.

— Papa...

— Hein?

— Papa, je veux la permission d'aller danser de la corde avec Germaine.

— Demande à Gervaise.

— C'est elle qui m'a dit de te le demander!

— Ah, oui! Eh ben! Moi je suis d'accord.

La petite traverse la cuisine en coup de vent et se dirige vers la sortie.

— Hey! Hey! Hey! lance Gervaise. On ne remercie pas son père?

— Euh. Merci, papa.

— Va, donne-lui un gros bec.

L'enfant hésite, puis s'élance vers Télesphore. Elle lui donne un baiser sur la joue, pivote sur ses talons, puis file vers la porte qu'elle ouvre et ferme avec force: ce qui fait un fracas terrible. Et voilà que la porte s'ouvre de nouveau:

— Merci, maman, lance la fillette.

Gervaise hoche la tête et sourit.

— Qu'est-ce que tu es en train de faire à ma famille, ma Gervaise?

— De quoi te plains-tu, Télesphore?

— Ça me gêne, moi, ces histoires de becs. Je n'ai pas l'habitude.

— Ah! C'est donc ça. Tu n'as rien remarqué en dehors de ce bécot?

— Ça m'a un peu surpris. C'est délicat des fillettes de cet âge; elle est un peu grande pour ce genre de démonstrations.

— Mais, Télesphore, elle a réagi innocemment et spontanément. Rien n'est plus naturel. Les élans du cœur, il ne faut pas les freiner. Ils contribuent à l'épanouissement de l'enfant.

— C'est compliqué...

— Et très attendrissant. Tu es un bon père, tu mérites bien qu'on te démontre parfois amour et tendresse. Aussi, elle a dit: «MAMAN». Ce mot est prononcé ici pour la première fois depuis que je suis là; j'en suis bouleversée.

— C'est vrai, j'ai entendu, mais je...

Télesphore s'approche de son épouse, se penche vers elle et lui sourit.

— Tu attendais cette réaction de la part des enfants... Moi aussi. Et voilà, c'est venu, et je n'ai pas réagi, car c'est normal. Je suis certain qu'un jour ou l'autre ils vont tous en faire autant, y compris Alphonse. Lui, habituellement si réservé, semble... Je ne sais comment le dire... Tu te souviens cette histoire d'œufs tournés? Il ne s'est pas fâché.

— Fâché?

— Autrefois, il aurait piqué une crise. Il vieillit, il est plus sage.

— Il atteint la maturité.

***

Gervaise a vidé le caveau de son contenu. Grâce à l'enseignement de sœur Clara, elle a su mettre en conserve les fruits et légumes de surplus. Avec les autres, les moins beaux, elle a fait du ketchup vert, des cornichons variés et des betteraves marinées. Aidée des fillettes, elle a cueilli les trésors dont débordait le potager. On se gave de légumes frais et de feuilles de laitue tendre arrosées de crème sure.

Avec ses bocaux stérilisés, ses épices variées et ses mannes attendant d'être vidées de leur contenu avant de retourner aux champs pour y être remplies de nouveau, la cuisine n'est plus qu'un immense laboratoire. On étiquette, on classe, puis c'est le moment de blanchir les légumes après les avoir plongés dans le bain bouillant, ce qui en assure la conservation et la couleur.

Au pré, le bétail continue de se gaver des bienfaits de la terre, ce qui épargne le fourrage vert. Les bestiaux prennent du poids avant que ne vienne la saison de faire boucherie.

Pour le moment, il faut profiter de chaque heure de soleil. On oublie sa fatigue. On se couche tôt et on reprend la corvée au petit jour, chacun à sa mesure et à l'unisson. Dame nature se fait conciliante, le soleil est radieux.

Gervaise ressent une grande joie lorsqu'elle entend Alphonse lui dire combien sa présence auprès de son père est rassurante. Télesphore a cillé, heureux de ce témoignage.

— Tu as entendu ce qu'a dit Alphonse, Gervaise?

— Oui. Ça t'a bien fait plaisir, hein, Télesphore?

— Je veux qu'il se sente heureux. Il est parti si jeune pour le collège. Et ces grandes études, ce n'est pas aisé. Ils apprennent là-bas des langues mortes que les religieux doivent connaître. J'aurais jamais pu, moi. À propos, Gervaise, les fruits aoûtés, qu'est-ce que c'est?

— Ce sont les fruits qui mûrissent en août.

— Ah! Comme les pommes alors.

— Certaines variétés, oui.

— Tu dois être fatiguée, tu as trimé dur ces temps-ci.

— Nous aurons tout l'hiver pour nous reposer.

— Alors qu'Alphonse, lui, n'aura pas cette chance-là. On voit qu'il est devenu un homme, un vrai. Je ne l'ai jamais vu aussi vaillant, aussi sérieux.

— Tu es heureux à la pensée qu'il deviendra prêtre, n'est-ce pas, Télesphore?

— Heureux? Tu me le demandes! C'est la plus grande joie qu'un gars puisse faire à ses parents. C'est presque de l'orgueil: un Langevin curé, monsieur l'abbé Alphonse Langevin, penses-y, Gervaise! Il va donner toute sa vie au bon Dieu. Au bout de ça, c'est le ciel, ça, c'est certain! Ça vaut tous les sacrifices. Viendra un jour où Lucien sera assez grand pour le remplacer. J'ai eu de la chance d'avoir deux garçons. Il n'y a jamais assez de bras pour abattre l'ouvrage sur une ferme.

L'horloge sonne la demie de sept heures, Télesphore sourit:

— Tu l'entends, je reconnais son pas.

Gervaise se dirige vers le poêle, fait griller le pain et verse le café. Alphonse descend l'escalier bruyamment et très vite: habitude prise au collège.

— Ça va, mon gars? Tu as bien dormi?

Gervaise ne peut manquer de remarquer avec quelle douceur il s'adresse à ce fils, dont il est si fier. Elle s'attarde à la cuisine pour respecter leur intimité.

— Tu parles peu du collège cette année. Ça va, fiston, les études?

— Oui, papa. Il y a une chose...

— Tu as un problème? Il faut en parler. Tout ce que je peux, tu le sais, je vais le faire. Ta vocation est une priorité.

— Ma vocation...

— Dis, quel problème as-tu? Tu manques d'argent?

— Pour une part, oui...

— Je vais y voir, oublie-ça, concentre-toi sur le savoir. Les sous, c'est mon affaire, mon obligation. Et tu les as gagnés; la saison a été bonne. N'hésite jamais à me parler de tes soucis. Je serai toujours ton père, mon fils, même quand tu seras ordonné prêtre.

L'arrivée des enfants met fin à l'entretien et, au moment de quitter la table, Télesphore pose sa main sur l'épaule d'Alphonse:

— Ne te presse pas, prends tout ton temps.

Le geste affectueux n'échappe pas aux enfants.

— Il t'aime papa, hein, Alphonse? dit Réjeanne.

— C'est normal, c'est le plus vieux, répond Lucien.

— Non, c'est Mariette le plus vieux, corrige Lucille.

— Mariette n'est pas le plus vieux, elle est la plus vieille!

— Plus vieux, plus vieille, c'est pareil. Moi, je ne suis que le bébé.

Gervaise essuie les bocaux qui ont refroidi avant de les ranger à leur place, dans la réserve. Les discours puérils l'amusent. Soudain, une idée germe dans son esprit: Télesphore aura besoin d'un supplément d'argent pour défrayer les études de son aîné. N'a-t-elle pas un moyen à la portée de la main qui pourrait l'aider à arrondir la somme? Elle rumine son projet, pèse le pour et le contre et décide de passer à l'action: elle profiterait du passage des vacanciers.

En bordure de la route, bien en vue, sur le pieu de la clôture, elle placarde une affiche sur laquelle elle a inscrit à l'encre de Chine: «*For sale: fresh eggs, cream, butter and vegetables*».

Gervaise ne manque pas d'offrir des conserves de sa réserve aux touristes qui s'arrêtent et ne cessent de réclamer du pain de ménage. Elle promet que l'an prochain, il y en aura.

À la fin de septembre, elle sera très fière de son initiative, car elle aura accumulé la forte somme de deux cent dix-huit dollars à ajouter aux économies de Télesphore.

Alphonse exprime sa reconnaissance. Il ne manque plus une occasion de louanger Gervaise en présence de Télesphore. Ce qui suscite chez elle une vague inquiétude qu'elle n'arrive pas à cerner.

***

— Bonjour! Il y a quelqu'un? Madame Langevin...

Gervaise sort une tôle à biscuit du fourneau, elle la dépose sur une grille et répond:

— Je suis là.

Et s'approchant du visiteur, elle demande:

— Que puis-je pour vous?

— Euh! Madame Langevin est absente?

Le vendeur itinérant a déposé sa lourde valise sur la table et en a sorti des produits de toutes sortes. En apercevant Gervaise, il s'immobilise. Celle-ci lui explique la situation. Il lui tend la main et se présente:

— Bellavance, les produits Rawleigh et Jito, qui font la joie des ménagères, dont ces préparations pour tartes au citron et au chocolat que l'ex-madame Langevin achetait chaque année... et dont la famille raffole.

Il vante l'essence de vanille, l'extrait de fraises pour les bébés qui ont la diarrhée, la cuillerée de soufre mêlé à de la mélasse qui sert de vermifuge aux enfants, le sirop brun pour la grippe, la graine de lin et, finalement, l'huile de foie de morue pour aider à passer l'hiver sans grippe. Il ne tarissait pas. Gervaise souriait. «C'est à croire que le genre humain est sous la protection de Bellavance qui possède le monopole du bien-être», pense-t-elle.

Elle opte pour les préparations à tartes. Il termine son discours et promet de revenir l'an prochain.

Cette visite est suivie de celle du représentant, plus

agressif, des brosses Fuller. Elle choisit un balai à cinq cordes: «Le seul qui vaut la peine d'être acheté.»

Quelques jours plus tard, Gervaise fait les tartes tant aimées. Bellavance avait bougrement raison, le dessert a un effet du tonnerre. Les enfants n'en finissent plus de ressasser le passé. Jamais encore ils n'avaient tant parlé de leur mère et de ses grandes qualités.

Alphonse ne manque pas de souligner le charme et la beauté des plates-bandes de fleurs diaprées qui entouraient alors le perron et le tour des clôtures.

— Maman passait des heures penchée sur les bosquets. Je l'admirais pour sa patience.

— Elle avait une peur bleue des poules et ne s'approchait jamais des moutons qui l'effrayaient, glisse Télesphore.

Gervaise lui sourit, elle comprend qu'il cherche ainsi à la rassurer. Seul Alphonse saisit le sens de l'intervention de son père.

Le soir, au lit, Télesphore demande à sa femme:

— Qu'est-ce que c'est, Gervaise, des fleurs diaprées?

— Diapré veut dire de plusieurs couleurs.

— Ah!

— Je suis bien contente que les enfants se soient aussi librement exprimés, sans fausse gêne, avec spontanéité. C'est bien qu'ils aient de si beaux souvenirs de leur mère.

— Tu es du bon monde, Gervaise. Tu comprends les enfants, tu comprends tout...

— Les jeunes ont l'âme fragile, il faut savoir les respecter. La souffrance me l'a appris.

— Tu n'as jamais de rancune!

— Mon passé et mes peines m'aident. C'est là mon bagage de connaissances dont je me sers pour vivre le présent et bâtir l'avenir. L'amertume est un mauvais sentiment qui décourage.

— Parle avec Alphonse, Gervaise.

— Pourquoi me demandes-tu cela?

— Quand il était petit, il rêvait de devenir missionnaire en Afrique. Ça me faisait très peur. Je préférerais qu'il devienne un curé, qu'il reste près de nous. Maintenant, il ne me parle plus de sa vocation et ça m'inquiète. Je le sens se détacher de moi.

— C'est de son âge, il devient un homme.

— Parfois je me dis que ce serait si simple s'il restait ici, sur la ferme, sur le bien des ancêtres.

— Lucien grandit très vite et tu as toutes ces filles. Qui dit qu'un jour l'une d'elles n'épousera pas un amoureux de la terre, qui serait heureux de prendre la relève ici?

Cette fois encore, Télesphore avait parlé de son fils avec vénération. Gervaise comprenait sa peine anticipée que lui causait ce futur départ, le définitif. Cependant, jamais il ne parlait de Mariette, ce qui l'étonnait, mais elle n'osait pas attaquer ce sujet par délicatesse, pour ne pas chagriner le père.

L'occasion de le faire ne pourrait pas manquer de se présenter. Ce jour-là, elle saurait le comprendre et l'écouter.

Gervaise se hâte à préparer le repas du soir, elle s'est attardée à préparer les vêtements des plus jeunes qui prendront bientôt le chemin de l'école.

Lucille entre en courant.

— Un monsieur veut parler à papa.

— Préviens-le, chérie, il est dans la remise.

Gervaise s'approche de la fenêtre et soulève le rideau. En bordure de la route, un camion est stationné. Son chauffeur essuie les vitres de la cabine. Télesphore s'avance. Ils échangent quelques mots et l'inconnu lui tend la main. Télesphore la retient un moment, puis il tapote l'épaule du visiteur.

— Ainsi, c'est toi, l'oiseau rare, qui as fait perdre la tête à ma fille. Que me vaut l'honneur de ta visite?

341

— Elle m'a parlé de votre dernière rencontre, Monsieur Langevin. Mariette n'est pas fière de sa conduite. Quand je lui ai dit que je descendais dans le Bas, elle m'a demandé de venir vous visiter. Je ne sais pas ce qui l'a fait fuir autrefois. Elle parle peu de tout ça, mais elle vous aime bien et sa famille lui manque, ça, je peux vous l'assurer.

Les deux hommes se taisent, embarrassés.

— Tu viens dîner avec nous?

— Je ne peux absolument pas. Celui qui devait faire cette livraison a eu un empêchement majeur; j'ai pris sa place à la toute dernière minute et je suis déjà en retard pour livrer le chargement.

— Sur le chemin du retour, alors?

— Mieux encore, Mariette m'a prié de vous faire promettre de venir à la maison le samedi 15 octobre; c'est ma fête... elle organise une soirée à laquelle elle veut que vous assistiez.

— Je vais en parler à ma femme, on y pensera.

Télesphore demande à Lucille, qui se tient à ses côtés, d'aller dire à Gervaise de venir un instant.

Là-haut, appuyé derrière une fenêtre, Alphonse observe la scène. Gervaise s'approche. L'inconnu lui tend la main. Elle le regarde, le scrute. Télesphore présente le visiteur: «Mon gendre; mon épouse, Gervaise».

— J'ai connu, autrefois, un brin de fillette qui, comme vous, s'appelait Gervaise. Je l'aimais beaucoup.

Gervaise baisse les yeux, ses mains tremblent. L'intonation de cette voix, ce regard, ces cheveux rebelles... Ça ne lui semble pas possible. C'est de l'irréel, elle rêve! Se peut-il que ce soit Raymond, ce frère perdu depuis si longtemps qu'elle en a presque oublié jusqu'aux traits de son visage, que le temps a fluidifiés? Et pourtant! Elle n'ose pas le regarder. Elle entend à peine la voix de Télesphore qui lui semble lointaine, voilée. Et ce cri déchirant qui perce tout à coup, comme à travers un brouillard.

C'est Réjeanne qui accourt, essoufflée.

— Papa! Viens vite, papa, la clôture s'est ouverte, les vaches sont sur la route...

Télesphore tend la main:

— Tu m'excuses... À propos, je ne sais même pas ton prénom...

— Raymond. Merci, Monsieur Langevin, à bientôt j'espère.

Gervaise croit qu'elle va défaillir. Elle s'appuie sur le camion, sidérée.

L'homme est embarrassé, s'excuse, parle de partir, car...

Gervaise n'entend pas, son cœur bat la chamade. Raymond tend la main. Elle le regarde, et d'un élan se jette dans ses bras, se serre contre lui. Surpris, il desserre l'étreinte. Elle le retient un instant, puis tend une main que Raymond accepte. Et l'homme remonte dans son lourd véhicule.

Gervaise, immobile, regarde s'éloigner celui qui, en un instant, a fait revivre son passé, ce passé qu'elle croyait englouti à tout jamais. Raymond! Elle l'a revu, bien vivant. Il était là, devant elle, et elle n'a rien fait pour le retenir. Il est parti. «Mon gendre», avait dit Télesphore. Ces mots s'étaient gravés dans son inconscient. Quant au reste de la conversation, il lui avait échappé, tant elle était préoccupée par cette ressemblance. Ce prénom, Raymond, que dans son désarroi elle a si souvent répété. Il s'est échappé de sa bouche, venant confirmer ses doutes. Elle l'a senti, là. Elle s'est appuyée contre le cœur de son frère. Gervaise s'appuie contre un arbre. Sa tête tourne. Les larmes inondent son visage et de longs sanglots la secouent. Sa peine éclate, la trouble et l'envahit. Recroquevillée sur elle-même, elle s'y abandonne.

Là-haut, Alphonse a reculé de quelques pas, mais il

continue d'observer. Il fronce les sourcils et s'interroge. «Que cache tout ceci? Quelle est la raison de cette crise de larmes qui ressemble presque à du désespoir? Pourquoi s'est-elle ainsi précipitée dans les bras de cet inconnu? Que sait-elle de lui? Qui est-il? N'est-elle pas suspecte, cette réaction inexplicable? Dès que papa se fut éloigné, elle s'est élancée contre lui...»

Et Alphonse affiche un sourire des plus équivoques: «Voilà qui servira bien ma cause.»

Lucille s'avance vers Gervaise. Cette dernière essuie ses larmes avec son tablier.

— J'ai faim, je vais chercher une pomme.

— Oui, mon chou, va.

Gervaise, bouleversée, s'efforce de se composer un visage pour affronter les siens.

Là-haut, Alphonse, qui mijote un plan d'attaque, met de l'ordre dans ses idées. Quant à Gervaise, elle retourne à sa cuisine et fait des efforts surhumains pour surmonter son désarroi et refouler son désespoir.

Tous sont attablés. Télesphore semble soucieux et Alphonse s'en rend compte. Son père a sa tête des mauvais jours.

— On a eu de la visite, lance Lucille, joyeuse.

— Ah! et qui c'était? s'enquiert Alphonse.

— L'amoureux de Mariette.

— Hein? Qu'est-ce que tu as dit?

— Bien oui, papa, c'est l'amoureux de Mariette, car elle n'est pas mariée.

— Où as-tu appris ce mot? tonne le père.

— Tu es vieux jeu, papa: des amoureux, il y en a partout...

Narquois, Alphonse regarde Gervaise qui n'a aucune réaction. «Ou elle joue bien son rôle ou elle est trop prise par ses préoccupations intimes et elle n'a rien entendu», pense-t-il.

— Lucille, qui t'a enseigné ces choses-là?

— La télévision, papa. On a un mari ou un amoureux.

— Ce qu'il faut entendre! La télévision! Mange ta
soupe.

— Vous êtes fatiguée, Gervaise? Vous semblez souffrante, souligne Alphonse.

Télesphore regarde son fils, puis Gervaise.

— Il a raison: ça ne va pas?

— Rien de sérieux, ça passera.

— Eh! oui, tout passe, lance Alphonse.

— Tu l'as vu, toi, Réjeanne, l'amoureux de Mariette?

— Oui, il est beau comme un cœur.

— Pourquoi est-il venu ici? demande Jacqueline.
Elle aurait pu venir, elle aussi.

— Raymond était de passage, il avait un travail urgent à accomplir. Mariette nous invite chez elle.

— Tiens... nous tous, comme ça? Elle fuit, ne donne
plus de ses nouvelles, puis envoie son amoureux en
éclaireur pour nous inviter. C'est pathétique! J'espère,
papa, que tu ne t'impliqueras pas dans cette fourberie.
Il en a du culot, se présenter ici, chez nous, un parfait
inconnu, un amant de ma sœur, saloperie!

— Tais-toi, Alphonse, tu ne sais pas de quoi tu parles.

— Et toi, papa, tu te ranges de son côté? Tu me
surprends!

— Suffit, Alphonse. La charité chrétienne, ça se
pratique d'abord chez soi.

Gervaise, silencieuse, sert le thé à son mari et à
l'aîné; à chaque enfant, elle verse un verre de lait et sa
main tremble. Alphonse l'observe à la dérobée, son
mutisme l'intrigue au plus haut point.

La dernière bouchée avalée, Télesphore sort. Il va se
réfugier dans la grange pour y cacher sa peine. Après
Mariette, c'est Alphonse qui se montre amer... «Pourquoi ne restent-ils pas toujours petits, nos enfants?»

Alphonse est monté dans sa chambre. Lucien questionne ses sœurs qui roucoulent et ont des rires entendus. L'histoire d'amour de leur grande sœur les fait rêver.

Gervaise s'attarde devant l'évier, heureuse d'être enfin seule. Il lui faut clarifier ses pensées, surmonter son chagrin. «Raymond n'a rien deviné. Il ne m'a pas oubliée, mais ne sait pas me reconnaître. Alphonse, quant à lui, n'a fait qu'ajouter à la peine de Télesphore. Devrais-je lui faire part de mes doutes qui s'estompent de plus en plus et laissent place à une certitude? Mais encore faudrait-il que cet espoir me soit confirmé. Télesphore détiendrait-il la clé de cette énigme? Je lui parlerai, pas plus tard que ce soir; il me comprendra.»

Peu à peu le calme se fait dans l'esprit de Gervaise qui s'accuse de sentimentalisme: pour avoir tant souhaité retrouver son frère, n'aurait-elle pas été victime de son imagination? Une simple ressemblance, un prénom assez répandu, quelques analogies et elle aurait versé dans l'illusion, justement à cause de perceptions faussées?

Télesphore n'est pas encore rentré. Les enfants sont allés dormir. Gervaise se remet à sa couture: elle l'attend. Mais lorsqu'elle le voit revenir, les traits brisés et les épaules voûtées, elle n'ose pas attaquer le sujet qui lui tenait à cœur. Il refuse la tasse de thé qu'elle lui offre et se retranche derrière son mutisme.

— Va dormir, Télesphore, tu sembles accablé. Va, je te rejoins bientôt.

Elle classe les vêtements, met un peu d'ordre, puis monte l'escalier qui mène à sa chambre. Télesphore est déjà au lit.

— Elle se glisse sous la couverture et l'oblige à tendre son bras sur l'oreiller. Elle se blottit tout contre lui et cache sa tête dans le creux de son épaule. Il resserre son étreinte.

— Gervaise...

— Chut! Fais dodo.

— Ah! Gervaise.

Peu à peu la respiration de l'homme se fait régulière: il s'est endormi. Elle reste là sans bouger. Réconfortée de sa seule présence, elle goûte pleinement la chaleur qui émane de son corps et se transmet au sien.

Elle rêve de Raymond, ce garçonnet qui était parti. Elle revoit dans son songe cette fenêtre derrière laquelle elle l'avait tant attendu.

Elle se réveille, bouleversée. Télesphore est déjà parti. Son rêve lui revient en mémoire: «Tiens, se dit-elle, c'est la première fois que je fais ce genre de rêve depuis que je vis ici, sous ce toit. Pourtant, autrefois, ce genre de cauchemar hantait souvent mes nuits.»

Cette pensée lui souligne l'importance qu'elle doit accorder à la protection de son bonheur, de son amour pour son mari et ses enfants. Cette famille est sienne. Si la vie s'était chargée d'opérer ce croisement de leur destin, il lui appartenait de clarifier la situation de façon à ce qu'aucun d'entre eux n'en sorte traumatisé ou lésé.

Elle sort et le froid de ce matin de septembre lui paraît glacial. Belly, le coq, vient vers elle, suivi des poules. Mais Gervaise ne chante pas aujourd'hui, le cœur n'y est pas. Elle se penche sur la couveuse et entrevoit les poussins tout jaunes qui s'ébattent sous la poulette grise. Ce spectacle la réjouit.

Au moment de se relever, elle a un étourdissement suivi de nausées. «Zut! Je suis d'une sensibilité...» Elle n'a pas le loisir de poursuivre sa pensée, les haut-le-cœur l'obligent à courir. Elle s'appuie contre la grange et vomit. «Ça alors! Je dois contrôler mes émotions, elles me jouent de vilains tours!»

Rentrant à la maison, elle prépare le déjeuner. Télesphore ne tardera pas. Son malaise persiste, elle n'a pas faim. Elle décide donc de retourner au lit.

— Bonjour, Télesphore, j'ai préparé ton repas. Je crois que je vais retourner dormir.

— Tu es allée au poulailler?

— Bien sûr, les poussins sont très agités, je crois qu'ils se montreront bientôt.

— Gervaise, tu sembles fatiguée. Tu te surmènes. Tu as raison, monte te reposer.

Télesphore a laissé l'omelette glisser dans l'assiette et a beurré ses rôties. La vue des aliments oblige Gervaise à s'éloigner. Pour la première fois, Télesphore déjeunera seul. Gervaise ressent une grande peine à laquelle s'ajoute un sentiment de vague culpabilité. Ce tête-à-tête matinal lui tient tellement à cœur! Ces minutes d'intimité lui sont précieuses. Gervaise se laisse tomber sur son lit et s'endort.

**

La porte se referme avec fracas. Le départ des enfants ne manque jamais d'être bruyant. On se bouscule et on s'interpelle. Qui a perdu un soulier? Qui a oublié son sac d'école? Gervaise qualifie ces minutes de grande tension des plus vivantes de la journée.

À sa grande surprise, Lucien reparaît tout à coup.

— Tu n'es pas parti? Tu seras en retard. Mais, on dirait que tu boudes. Quelque chose ne va pas?

L'enfant ne répond pas, il met un temps fou à enfiler son manteau.

— Les jeunes Vadeboncœur seront déjà loin si tu ne te hâtes pas de les rejoindre.

Il maugrée, mais Gervaise n'entend pas son marmonnement. Surprise, elle le regarde sortir. Il jette un coup d'œil en direction de la maison des voisins et s'éloigne lentement.

«Tiens, il est sur un pied de guerre avec ses copains.»

**

Il est quatre heures trente. Gervaise, debout à la

fenêtre, regarde distraitement dehors. Armand et Robert, les enfants Vadeboncœur, passent devant la maison des Langevin; voilà que le jeune Robert se met à boiter à qui mieux mieux, ce qui provoque l'hilarité chez son frère et leurs compagnons. Gervaise a compris. C'est la première fois depuis qu'elle est là qu'on lui rappelle son infirmité qu'elle avait presque oubliée. Son cœur se serre: c'est ainsi que la brouille de Lucien avec ses amis s'expliquerait? Elle se mord les lèvres et se demande quelle attitude adopter vis-à-vis de son fils.

Tout en préparant la collation, elle réfléchit au dilemme. Lucien a refusé le verre de lait et se dirige vers sa chambre. Le malaise de l'enfant semble très grand. Gervaise décide de jouer les ignorantes. Elle fera mine de ne rien savoir et attendra la suite des événements.

Le lendemain matin, elle reprend son poste d'observation: la scène se répète. «Il faut que ça cesse au plus tôt, sinon les fillettes subiront l'humiliation qui gêne Lucien.» Elle ressasse le problème; en parler à Léo et Lucette ne serait pas la bonne solution. Les chicanes de voisins sont à éviter. Télesphore tient à cette amitié.

Une idée germe dans son esprit, elle en pèse le pour et le contre. Oui, elle tentera sa chance. Ce sera bientôt l'heure du retour des enfants, elle sort et attend que les garçons s'amènent. Lucien n'est pas du groupe, voilà ses soupçons confirmés. Elle marche lentement, permettant ainsi aux jeunes de la rejoindre. Elle s'arrête et fait volte-face, car le rire des garçons lui fait comprendre que Robert, une fois de plus, mime sa démarche. Étonné, Robert continue son manège. Ses amis arrêtent leur rire convulsif et rougissent. Gervaise court vers Robert et s'exclame:

— Ah! Pauvre petit, tu t'es blessé à un pied.

Avant qu'il ait le temps de riposter, elle lui saisit un bras, se retourne, se baisse et le hisse sur son dos, tout en lui tenant fermement les mains.

— Je vais t'aider, Robert. Vite, Armand, passe devant et ouvre la porte, ton frère est très lourd.

Les copains du malheureux s'esclaffent et partent en courant pendant que Gervaise grimpe l'escalier, portant son fardeau. En entrant, elle crie:

— Lucette, venez vite.

Elle lui fait un clin d'œil au moment de s'approcher de la table et d'y déposer Robert, blanc de peur:

— Tu t'es blessé à un pied, mon ange? Dis-nous lequel! Les pieds, tu sais, sont très importants dans la vie. Il faut te soigner, vite et bien.

Ce disant, avec un sérieux royal, Gervaise enlève les souliers de l'enfant et lui tourne les pieds en tous sens.

— Ça, ça fait mal? Et ça?

Armand, son frère, crève de rire.

— Hey, toi, c'est sérieux; je sais, moi, j'ai eu un accident et vois ce qui m'arrive. Lucette, il faudra voir le docteur et faire un plâtre pour protéger ce pied malade. Ça veut peut-être dire un mois sans aller à l'école et sans marcher, mais il le faut. C'est urgent. Lucette, avez-vous de l'Absorbine qu'on utilise pour frotter les pattes endolories des chevaux? Ça pue, mais c'est très efficace et ça aiderait le pied de Robert.

Gervaise baisse la tête pour ne pas rire, tant l'enfant est déconfit par le long discours et les exercices de gymnastique imposés. N'en pouvant plus, le môme éclate en larmes.

— Ah! pauvre petit!

Gervaise le prend contre son cœur et le serre bien fort.

— N'aie pas peur, peut-être qu'il n'y a rien de sérieux. Descends de là et fais quelques pas, que l'on voie si le problème est grave.

Lucette, abasourdie, n'a pas eu le temps de placer un mot. Gervaise la regarde de temps à autre avec, dans les yeux, un message qui invite à la complicité.

— Mais, Robert, c'est très bien! Peut-être le massage et l'exercice ont-ils guéri l'entorse. Il n'y a pas d'enflure et ta cheville semble en bon état. Il s'agit sans doute d'une simple contorsion due à un faux mouvement. Viens, grimpe, je vais te masser encore.

Robert se précipite dans les bras de Gervaise, il pleure à chaudes larmes.

— Va, petit, monte à ta chambre te reposer. Demain, tu viendras chercher Lucien pour aller à l'école, il s'ennuie de toi et de ton frère. Va, Robert, va!

Dès qu'elles se retrouvent seules, Lucette demande:

— Que s'est-il passé? Pour l'amour!

— Rien de sérieux, il mimait ma démarche et je ne voulais pas que ça tourne au drame vis-à-vis des enfants. Je crois qu'il a compris. Ne lui dites rien. Il aura à surmonter l'humiliation, ça lui suffira comme punition.

— Mais il lui faudra faire des excuses, s'exclame la mère.

— C'est déjà fait, croyez-moi. N'en parlons plus. C'est une affaire classée, vous verrez.

— Vous êtes admirable! S'il fallait que Léo apprenne ça, ça ne serait pas beau!

— Alors, ne dites rien. Faites mine de tout ignorer. L'Absorbine et le plâtre ont eu raison de sa crânerie.

Quelques jours plus tard, Télesphore demande à Gervaise:

— Qu'as-tu dit à Lucette? Léo n'en revient pas, elle te cite en exemple et te dit extraordinaire.

— Il ne t'a rien appris à mon sujet que tu ne savais déjà, n'est-ce pas?

— Tiens, des secrets entre femmes... Je me méfie de ça.

— Méfie-toi, mon cher, méfie-toi. Un jour je te raconterai, quand la tempête sera calmée.

Dans son cœur de boiteuse, Gervaise remercie le ciel de lui avoir aidé à comprendre que l'amour est l'antidote de la haine et du mépris.

Quelques jours s'écoulèrent. Gervaise sentait peser sur elle un regard que Lucien détournait dès qu'elle levait les yeux.

Un soir, elle repassait les chemises, Lucien faisait ses devoirs. Tout à coup, il posa bruyamment son crayon sur la table et s'exclama:

— Ce n'était pas vrai!

— Qu'est-ce qui n'était pas vrai?

— Robert n'avait pas mal au pied. C'était une comédie, c'est un menteur. Armand m'a tout raconté. Tu l'as soigné. Je voulais lui casser la gueule. Je ne me moque pas de sa mère, moi. Il n'a pas le droit de se moquer de la mienne!

Gervaise ferme les yeux. Ces mots prononcés avec fermeté viennent tout droit de son cœur d'enfant. Elle pose le fer sur l'arrière du poêle et vient s'asseoir près du garçonnet.

— Je savais, oui, Lucien, je savais qu'il se moquait de moi. Mais il n'a pas menti. Il n'a rien nié, n'a rien dit. J'ai usé d'un stratagème pour lui donner une leçon.

— C'est quoi, un stratagème?

— C'est... une ruse habile, une façon de contourner un problème. Je ne voulais pas qu'il y ait de chicane entre vous à cause de moi. Il est intelligent et il a compris. Il a agi sans réfléchir. Maintenant, il le sait. Ne lui dis pas que je connaissais la vérité, il serait trop malheureux et ses parents aussi. Ce sera notre secret. Tu veux bien?

Lucien opine du bonnet, heureux et soulagé. Dans son cœur d'enfant, il avait pris parti pour Gervaise et accepté de perdre son plus grand ami. Gervaise avait agi ainsi pour protéger leur amitié. Lucien était rassuré.

Gervaise connaît l'importance qu'un bambin accorde à tout ce qui lui semble un bien gros drame.

— Quand on aime quelqu'un, Lucien, quand ce quelqu'un est un ami, il faut savoir pardonner et oublier.

— Je pense que...

Gervaise attend. L'enfant réfléchit, il cherche à asseoir son jugement sur ce qu'il vient d'entendre. Son silence se prolonge. Gervaise se lève et retourne à la planche à repasser.

Lucien prend une feuille et y écrit quelques mots avant de fermer ses cahiers. Il vient déposer le papier à la vue de Gervaise, puis sort en vitesse de la cuisine. Gervaise lit et ses yeux se remplissent de larmes. Il a écrit: «Je t'aime, maman.»

Le message est celui d'un enfant réconforté qui a repris confiance et retrouvé la paix du cœur.

Un à un, les enfants de Télesphore apprennent à reconnaître en elle une mère et à l'appeler: «maman».

Elle a gagné leur amour.

***

Bientôt Alphonse retournera au collège. Gervaise fait la révision du linge qu'il prendra avec lui. Elle lave, presse, reprise. Un accroc à un veston lui rappelle sœur Clara et la salle de couture du couvent. Mais déjà les pensées de Gervaise reviennent vers le présent, s'imprégnant de ce quotidien, allant d'un enfant à l'autre, puis vers Télesphore. La joie des siens la préoccupe tout entière, leurs besoins, leurs caprices, la personnalité de chacun d'eux: elle analyse, s'attarde aux détails, cherche à tout saisir, à tout comprendre. La joie de sa famille est le baromètre de son état d'âme: elle ne vit plus que pour elle.

Lucien a renoué d'amitié avec les enfants Vadeboncœur; l'anecdote la fait sourire. Un ombrage, toutefois, se glisse parfois dans le tableau: Alphonse l'inquiète, elle ne saurait dire pourquoi: son attitude lui semble bizarre. Ses sautes d'humeur, sans raison apparente, sa brusquerie, son air buté, le ton sec avec lequel il répond parfois à son père, tout chez lui porte à croire qu'il est aux prises avec des problèmes intérieurs qui le troublent. Elle souhaiterait qu'il s'ouvre, qu'il se confie. Peut-être pourrait-elle l'aider? Parfois, il s'est montré affectueux, lui a témoigné un certain attachement, puis, subitement, il changeait d'attitude et devenait arrogant. Il retournerait au collège avec ses frustrations. Ce qui inquiète le plus Gervaise est la raison profonde de ce désarroi; sa vocation religieuse serait-elle remise en question? Voilà qui assombrirait le bonheur de Télesphore.

Pour le moment, Alphonse est en haut, dans sa chambre d'où il n'est sorti que pour les repas; son pas résonne parfois sur le plancher de bois. Le seul souhait qu'il a exprimé concernait la somme d'argent nécessaire à défrayer ses études; le problème d'ordre matériel a été solutionné, ce qui pousse Gervaise à croire que ses troubles sont d'ordre moral.

Sur la planche à repasser s'étalent les piles de vêtements, il n'aura qu'à tout placer dans la grande malle. Elle l'entend venir; devrait-elle tenter un tête-à-tête afin de l'inciter à se confier?

Il est là, regarde le linge, sourit.

— Ça va, sauf que ce veston n'est plus portable. Je veux bien user mon linge à la corde, mais je ne porterai pas de guenilles.

— Qu'est-ce que tu lui reproches, à ton veston?

— Il est déchiré, près de la poche.

— Montre-moi ça, Alphonse.

Gervaise met en pratique la leçon du reprisage invisible apprise au couvent. Elle rend le vêtement au garçon qui le déplie, regarde d'un côté, de l'autre, le tourne en tous sens.

— Et? demande Gervaise, cet accroc?

— Ça, par exemple!

— Satisfait?

Il serre les dents, plisse les yeux.

— Vous en avez, vous, du doigté, quand il s'agit d'épater...

Gervaise ne sait comment interpréter les mots prononcés d'un ton tranchant. Elle se contente de sourire et lui répond doucement:

— Tout se répare, Alphonse, sauf les cœurs brisés.

— Vous en sauriez quelque chose?

Cette fois, Gervaise est mystifiée. Elle se contente de hausser les épaules.

— Que cherches-tu, Alphonse, la pagaille? Pourquoi es-tu aussi cinglant et amer?

La porte de la cuisine s'ouvre: Télesphore paraît, souriant.

— Tiens, tu as préparé le linge pour le collège. Tu as l'œil à tout, Gervaise!

— Elle fait même des miracles, ajoute Alphonse, d'une voix subitement radoucie.

Gervaise regarde fixement Alphonse qui baisse les yeux.

— Nous reprendrons cette conversation, Alphonse. Pour le moment, je dois préparer mon souper. Libère-nous de la planche à repasser.

— As-tu remercié, Alphonse?

— Est-ce nécessaire de le lui demander, Télesphore? Ton fils n'est plus un enfant. L'eau est bouillante, je prépare le thé. As-tu faim?

Gervaise s'efforce d'oublier Alphonse; celui-ci flâne, il fait et refait ses piles de linge. Redoute-t-il que son père questionne sa femme? Heureusement Télesphore s'entretient avec Gervaise d'un sujet qui semble leur tenir à cœur; Alphonse les entend rire et discuter. Il ne doit pas se mettre son père à dos, surtout pas maintenant!

Quelques jours ont passé; Alphonse a mis un soin fou à éviter Gervaise; il s'est tenu auprès de son père, l'a secondé dans ses travaux. À table, il taquine les enfants, fait du charme. Gervaise l'ignore. S'il ne vient pas vers elle, elle ne prendra aucune initiative.

La veille de son départ, il provoque une scène qu'il n'oublierait pas de sitôt. Gervaise était occupée près du poêle quand éclata une discussion entre les enfants; elle n'entendit pas la raison de l'accrochage mais elle se trouvait là quand Alphonse, mièvrement, dit à Lucille, de sa voix dédaigneuse:

— Toi, la petite fille pas de poil, tais-toi. Tu ne...

Bang! Télesphore de sa main ouverte assena un coup terrible sur la table.

— Quoi? hurla-t-il.

Lucille éclata en larmes.

— Qu'est-ce que tu as dit, mon grand fainéant?

Alphonse blanchit.

— Répète, tonna le père.

— Il m'a traité de petite fille, gémit Lucille à travers ses larmes; ce n'est pas de ma faute, moi, si je n'ai pas de poil.

Télesphore s'est levé, dans son énervement il a renversé sa chaise, a contourné le coin de la table, saisi Alphonse par un bras, l'a forcé à s'agenouiller près de l'enfant, effrayée.

— Excuse-toi, mon gars. Excuse-toi! Et vite.

— Excuse, Lucille.

Vlan! le père a frappé son fils en plein visage, avec une telle force que celui-ci a vacillé, et l'empreinte des doigts a laissé des traces rouges sur la joue giflée.

— Écoute-moi bien, garçon: si c'est l'instruction qui te monte à la tête et te rend fou, tu vas lâcher ça là, le collège. Je vais t'apprendre, moi, à être poli et respectueux avec les filles, les filles et tout le monde, tes sœurs surtout. Tu te conduis comme un vaurien, un sacripant. Et ça parle de devenir curé! Efface-toi, monte dans ta chambre! Disparais de ma vue.

Les enfants pleurent, on a peur; jamais Télesphore n'a ainsi crié et jamais, au grand jamais, il n'a levé la main sur un de ses enfants. Ils sont consternés.

Télesphore a remis sa chaise sur ses pattes et s'est assis bruyamment. La colère gronde encore en lui. Gervaise s'est dirigée vers le poêle, a ouvert le fourneau et est venue déposer sur la table une tarte aux pommes fumante. Avec le couteau elle sépare les pointes: six seulement, au lieu de sept: elle a exclu la portion qu'aurait eue Alphonse. On mange en silence, sans enthousiasme.

— À propos, Gervaise, les poussins ont sauté en bas du nid, ils picorent déjà; leur mère les suit.

— Elle les aime tant! souligne Gervaise.

Télesphore la remercie du regard.

* * *

Alphonse n'est reparu qu'à l'heure de son départ. Cette fois les enfants ne l'ont pas entouré, ne lui ont pas témoigné les regrets habituels en la circonstance. Ils se sont tous rangés derrière le père, lui démontrant ainsi leur approbation.

— Bon voyage, dit Lucien.

— Bon voyage, Alphonse, répétèrent les filles.

Gervaise lui tendit la main. Il n'osa pas la regarder.

— Tu n'as rien oublié? s'enquit-elle.

— Non, merci.

La porte s'est fermée derrière le père et son aîné. Dans la cuisine, après quelques minutes de silence, le tintamarre reprit, la gaieté était revenue.

Télesphore revint de sa randonnée; il ne mentionna rien concernant le départ de son fils; son trouble intérieur persistait, c'était évident. Les enfants étaient sages, jetaient, à la dérobée, des coups d'œil à leur père. Gervaise tentait de combler le manque de spontanéité qui les animait habituellement. Peu à peu, tout entra dans l'ordre; de nouveau, le nom d'Alphonse fut mentionné sans que l'on fasse allusion à la raclée ni à la semonce reçue.

Il était l'heure de monter dormir. Gervaise savait pertinemment bien que son mari était profondément chagriné chaque fois que son fils quittait. Aussi avait-elle attendu ce jour-là pour lui confier ses espoirs et aussi ses inquiétudes, ses doutes.

À quelques reprises, elle avait eu la nausée, il n'en fallait pas plus pour lui faire espérer une maternité tant souhaitée. Elle lui parlerait de Raymond, des troubles qu'avait éveillés en elle cette rencontre aussi inattendue que troublante. Était-elle victime de son imagination? Elle en était encore bouleversée, n'osait croire à une telle coïncidence. Télesphore l'aiderait sûrement à mettre de l'ordre dans ses idées.

Télesphore était revenu de sa randonnée, troublé. Il avait le regard triste, gardait la tête droite, redressait les épaules, était silencieux. Départi de son calme habituel, il n'avait plus son air débonnaire et conciliant: il souffrait.

Gervaise l'avait observé, ne savait pas quelle attitude prendre. Elle respecterait son état d'âme, comme l'avaient fait les enfants, qui, par leur conduite envers leur grand frère, s'étaient rangés du côté de leur père. Elle attendrait un moment plus propice pour lui faire part de ses problèmes personnels.

La jeune femme s'attardait aux soins de sa toilette. Son mari était déjà au lit.

— Gervaise, tu es là?

La voix avait retrouvé toute sa douceur. Gervaise vint vers la chambre.

— Tu n'es pas inquiète, Bourgeon?

Elle se laissa tomber près de lui, souriante.

— Lève ton bras, laisse-moi cacher ma tête dans le creux de ton épaule.

— Tu ne veux ni m'embrasser ni me regarder, tu es inquiète et c'est ma faute.

— Non, Télesphore, je ne suis pas inquiète, rien

n'est de ta faute. Tu as sévi, ce soir, et ce fut difficile pour toi, je le sais. Mais je t'approuve, il le faut parfois. Tu as agi en bon père de famille. Alphonse méritait la réprimande et la correction: certaines erreurs doivent être soulignées, dont l'indélicatesse et la grossièreté. De plus, Télesphore, Lucille avait besoin que tu la protèges, elle a sûrement ressenti beaucoup de sécurité et de réconfort.

— Tu crois?

— Et comment! Tous, même Alphonse probablement, ont compris la justesse de ton intervention: tu as assis les bases du respect mutuel et leur as implanté de bons principes.

— J'ai l'impression d'être allé trop loin...

— Parfois les demi-mesures sont plus néfastes qu'une autorité vigoureuse.

Télesphore entoura sa femme de ses deux bras et la serra très fort contre lui:

— Que je t'aime, Gervaise! Que je t'aime, ma femme!

Il le lui témoigna avec un surcroît de tendresse; il ne cessait de lui répéter des mots affectueux et doux. Télesphore était heureux et communiquait son bonheur à Gervaise, qui ne se rassasiait pas de ses caresses. Elle oublia tout! Même Raymond.

Gervaise se réveilla tôt, le coq chanta. Elle regardait dormir son mari, attendrie aux larmes. C'était la première fois, depuis leur mariage, que Télesphore ne répondait pas à l'appel du chant matinal. Elle n'osait pas bouger, ils s'étaient endormis enlacés.

***

Le lendemain Gervaise se rendit à la chambre de l'absent, changea la literie, balaya, fit de l'époussetage. Elle vida la corbeille à papier. Sur une feuille figurait l'écriture fine et serrée d'Alphonse.

Gervaise y jeta les yeux; son cœur se serra.

Gervaise se demandait si elle devait faire lire ces lignes à Télesphore. Serait-ce trahir son fils? Que c'était difficile! Peut-être valait-il mieux que le père sache ce qui semblait troubler son enfant. Elle plia la feuille et la glissa dans sa poche. Il serait toujours temps de lui révéler ce secret qu'elle avait involontairement découvert.

Tout à coup, elle se redressa, une sombre pensée venait de l'envahir: serait-ce là l'explication de ses sautes d'humeur, de sa brusquerie à son égard? Il lui tiendrait rancune parce qu'elle, Gervaise, avait pris la place de sa mère? Une larme s'échappa de ses yeux; elle l'essuya, bouleversée, inquiète. Peut-être me hait-il? Mon Dieu!

Voilà que son bonheur s'assombrissait. Toute la journée elle rumina des pensées moroses.

Le départ d'Alphonse coïncidait avec le retour à l'école, et dans l'esprit des enfants, l'étape suivante c'étaient les vacances de Noël. Le sujet fut abordé au repas du soir.

— Tu verras, maman, comme on s'amuse, disait Réjeanne. Toutes les tantes et les oncles viennent. On chante, on rit, on a de beaux cadeaux.

— On mange tout le temps, renchérit Lucien, la maison est crottée, il y a du papier partout sur les planchers, on mange des gâteaux autant qu'on veut. Et le sapin! C'est le plus gros de tout Saint-Pierre! Tu vas nous aider, Gervaise?

— Papa, intervient Jacqueline, Mariette viendra-t-elle fêter avec nous?

L'émerveillement s'efface sur le visage de Télesphore. Celui-ci s'agite sur sa chaise.

— Mes enfants, cette année il faudra faire le sacrifice de la grande réunion de famille. Nous fêterons Noël entre nous.

— Tu avais promis, papa, d'inviter les oncles et les tantes quand le grand deuil serait terminé.

— C'est vrai, protestaient les jeunes.

— Pourquoi? demanda Lucien.

— D'abord parce... Laissez-moi réfléchir, il y a du temps, on en reparlera.

Les enfants se taisaient maintenant et inclinaient la tête. Le silence pesait, lourd. Télesphore, d'une voix tendre, ajouta:

— Une chose est certaine: ce serait bien triste si nous ne célébrions pas la plus belle fête des chrétiens. Nous le ferons sûrement entre nous. Invitez vos amis si vous le voulez. L'an prochain, les tantes et les oncles viendront tous, je vous le promets. Nous aurons un beau sapin, comme par le passé. N'oubliez pas de préparer la liste de cadeaux que vous voulez et de me la remettre. Toi aussi, Gervaise...

— Dis, papa, répéta Jacqueline, Mariette sera là?

Télesphore aspira profondément, rejeta les épaules en arrière et murmura:

— Je ne sais pas, chaton.

— Mais on aura droit au sapin et au cipaille?

— Bien sûr!

Les enfants retrouvèrent subitement leur gaieté. Ils énuméraient tous en même temps une série de désirs plus fantaisistes les uns que les autres. Et ce fut la ruade vers le catalogue; couchés à plat ventre sur le plancher, les plus jeunes feuilletaient les pages prometteuses.

Télesphore promenait son regard sur la joyeuse marmaille, il était content d'avoir eu l'occasion de faire cette mise au point concernant la fameuse réunion de Noël, devenue tradition depuis son premier mariage à l'aînée d'une grande famille. Gervaise lui sourit. D'un air entendu elle lui faisait comprendre qu'elle admirait sa façon d'avoir su leur faire accepter ce sacrifice. Il lui expliqua que cette rencontre ne l'enthousiasmait pas plus qu'il ne fallait.

Gervaise se leva de table et, d'un geste affectueux, elle posa sa main sur l'épaule de son mari.

Chapitre 16

— As-tu un peu de temps libre, Télesphore? J'aime-rais te parler, pendant que nous sommes seuls.

— Tout le temps que tu voudras, Bourgeon.

Gervaise déposa sur la table la théière, deux tasses propres et une assiette de beignets.

— D'abord, j'ai choisi mon cadeau de Noël: j'aime-rais avoir l'Encyclopédie de la Jeunesse, ce qui ne man-querait pas d'intérêt pour toute la famille.

— Tu ne penses donc jamais à toi?

Télesphore souriait, la tête inclinée, l'oreille tendue.

— Le reste est plus compliqué à expliquer. J'aurais be-soin de ta compréhension et de ton appui, ajouta Gervaise.

Télesphore versa le thé; l'œil interrogateur, il regar-dait sa femme. Elle lui rappela la visite de son gendre et lui fit part de ses soupçons concernant l'identité de celui-ci, sa ressemblance avec son frère, les émotions ressenties à sa vue.

— Pourquoi n'as-tu rien dit?

— Je ne sais pas, je me sentais idiote, je me croyais victime de mon imagination. Encore aujourd'hui, je ne suis sûre de rien, ça me semble invraisemblable. Ça n'arrive que dans les livres, ces histoires-là!

— Ceux qui écrivent des livres n'inventent pas tou-jours; la vie est pleine de choses incroyables: pense à ta bague de mariée, tu as là un exemple.

Ils rigolèrent, un instant ramenés à ces doux souve-nirs. Puis, Télesphore reprit son sérieux.

— Quant à l'identité de ton frère, c'est bien simple, je vais téléphoner à Mariette tout de suite, on saura.

— Non, protesta Gervaise, attends. Posant une main sur la sienne, elle ajouta: j'ai autre chose à te dire.

Gervaise hésitait, il l'observait.

— Que je t'aime! murmura-t-il très bas.

Elle sortit de sa poche le papier qui lui brûlait les doigts chaque fois qu'elle le touchait, et qui hantait ses pensées.

— Cette fois c'est d'Alphonse qu'il sera question. Je crois qu'il a de sérieux problèmes, ce qui expliquerait ses humeurs. Tiens, lis ceci et dis-moi ce que tu en penses.

L'homme s'adossa, déplia la feuille, lut et relut, puis plongea dans une profonde réflexion. Il plissait le front, fronçait les sourcils, relisait, passait l'index sur les mots tracés là. Puis il s'immobilisa, regarda au loin. Alphonse avait tracé les mots: «Je t'aime, maman; pourquoi nous avoir quittés? Je cherche ton visage, tu n'es plus là. Maman, j'ai besoin de toi; reviens, maman.» Une éternité plus tard il demanda:

— Quand as-tu trouvé ça?

— Le lendemain de son départ.

— Où?

— Dans la corbeille à papier de sa chambre.

— Pas sur sa table?

— Non.

— Bon!

— Pourquoi? Est-ce important?

— Peut-être... Il pourrait s'agir d'une comédie car il n'a pas l'âme ouverte ni la franchise de mes autres enfants. Il est difficile à comprendre. J'ai trop attendu pour le mater. Je n'osais pas parce qu'il est sous la direction des prêtres, à préparer sa vocation; je me fiais à eux pour ce genre de chose...

— Personne ne peut remplacer un père et l'éducation prise au sein de la famille...

— Toi, tu n'as pas été choyée de ce côté-là, et pourtant! Dis-moi, Gervaise.

Il se tut, retourna à sa méditation, et soudainement demanda:

— Gervaise, penses-tu qu'il aurait choisi la prêtrise pour faire plaisir à sa mère qui n'avait que ça en tête, en faire un curé?

— Ça m'a parfois effleuré l'esprit, mais je croyais qu'il le faisait pour toi.

— Il aimait sa mère, d'un amour incroyable. Elle et lui passaient des heures à jaser, surtout le matin. Parfois j'allais jusqu'à faire le train sans déjeuner pour les laisser en tête-à-tête; ils s'entendaient à merveille, ça me réjouissait.

Gervaise prit la théière et retourna vers le poêle; elle réchaufferait le breuvage. Télesphore était perdu dans ses pensées; tout à coup il trancha:

— Je vais lui laisser terminer son année sans intervenir. À l'été, j'aviserai. Tu as bien fait de me confier ce papier, ça va m'aider à mettre de l'ordre dans mes idées.

— Tu ne crois pas... qu'il me déteste pour avoir pris la place de sa mère?

— Hein? Bougre d'un nom! Te détester, toi, un ange? Si mon gars te hait, c'est qu'il n'a pas de cœur! Je ne me suis pas mêlé de ça, mais j'ai souvent remarqué qu'il était impatient parfois, en ta présence. Je l'avais à l'œil, mais j'avais confiance que tu le charmerais comme tu as su gagner le cœur des plus jeunes. Le mien, mon cœur, tu ne l'as pas gagné... tu me l'as volé, ma Gervaise.

— Dommage, comme c'est dommage!

— Hein?

— Tu en auras bientôt besoin, de ton cœur.

— Ça veut dire quoi?

— Que je pense pouvoir te faire un beau cadeau de Noël.

— Bah! un cadeau, qu'est-ce que c'est un cadeau de Noël comparé au bonheur que tu me donnes?

— Ça dépend, ça dépend, Télesphore, il faudrait aller à Montmagny.

— À Montmagny?

— Voir un docteur qui me dira si oui ou non je peux t'offrir mon cadeau de Noël.

— Un docteur?

Gervaise sourit, prit les mains de son mari entre les siennes, le regarda droit dans les yeux et répondit:

— Des bébés, filles ou garçons, parfois les deux...

— Tu...

Les mots meurent sur ses lèvres, il baisse la tête, libère ses mains de l'emprise de Gervaise, met les coudes sur la table et, derrière ses grosses mains, il cache son visage, relève les épaules, laisse échapper un profond soupir.

Gervaise se lève, s'approche de l'homme; doucement elle glisse les doigts dans l'épaisse chevelure, caresse sa grosse tête ébouriffée. Télesphore se retourne brusquement, se cache la face dans le corsage de sa femme, du bout du nez il fouille dans le décolleté; de baisers, il couvre les seins de cette épouse qui vient de lui donner une si grande joie! Mais il ne parvient pas à formuler les mots qui affluent dans sa tête. La femme ferme les yeux, grisée d'amour, envahie par un bonheur qui la laisse frémissante. Les gestes amoureux de son homme lui valent le plus beau des discours.

Brusquement il s'est levé et s'est dirigé vers la sortie: la porte s'est fermée, puis ouverte.

— Toi, Gervaise Langevin, je te défends de penser à peinturer, la peinture est mortelle pour les organes d'une femme.

De son index menaçant pointé vers elle, il scande son discours. Étonnée, Gervaise le regarde. Déjà il est reparti.

— Qu'a-t-il voulu dire? Moi, peinturer?

Elle éclate de rire. «Ah! ah! Ça promet! Le papa va veiller sur sa progéniture et me garder à l'œil.»

Elle pose la main sur ses seins devenus volumineux,

son rêve d'être mère se réalise. Télesphore n'a rien dit, ne lui a pas fait part de ses impressions avec des mots mais a su lui témoigner sa joie. Le bonheur de son homme s'ajoute à celui que lui donne cette maternité tant espérée.

***

Télesphore s'est rendu à l'étable, il s'est assis sur le petit banc à trois pattes qu'il utilise au moment de la traite des vaches. Les coudes plantés sur les genoux, le menton appuyé dans la paume des mains, il a repensé aux instants troublants qu'il venait de vivre. Des larmes de bonheur inondaient son visage. La pudeur l'avait forcé à s'éloigner, les émotions trop vives lui enlevaient tout moyen de contrôle: peines ou joies le troublaient étrangement. Il prendrait un moment pour se ressaisir. Gervaise était enceinte, sa jeune femme lui donnerait une deuxième famille à aimer! Il avait grandi seul, aucun de ses frères et sœurs n'avait atteint l'âge de trois mois, et il s'inquiétait. Sa mère, on le lui avait répété souvent, avait la manie de peinturer pendant sa grossesse. «Chaque fois qu'elle prenait un pinceau en main, je devinais qu'elle était pleine», lui avait confié son père, et elle se gavait de cornichons.

«Papa serait heureux si la terre des anciens restait dans la famille. Ils étaient là, de père en fils, depuis le temps des seigneuries au même titre que les Langevin et les Couillard, les descendants du capitaine qui a défendu cette partie du sol contre les Américains venus d'outre-frontière dans les années 1756; près de la rivière du Sud, où un bébé avait péri lors d'un éboulis, puis, en 1914, alors que deux des Chouinard, le père et le fils avaient perdu la vie là, de la même façon.»

Il relaterait ces anecdotes à Gervaise. Vu sa jeunesse, elle aurait tout le loisir de les transmettre à leurs descendants. Télesphore souriait: le passé et le présent s'étaient confondus au niveau de ses pensées. Que pourrait-il faire pour lui donner une joie équivalente à celle qu'il ressentait? «Des livres pour la famille», avait-elle suggéré.

Il se leva, il retournerait auprès de sa femme et lui crierait sa joie. Télesphore s'arrêta pile: il pensa à Raymond. Et si c'était son frère? C'était ça: à sa Gervaise il rendrait ce frère qu'elle veut tant retrouver, le seul membre de sa famille qui lui restait. Si c'était Raymond, ce Raymond, celui à qui il pensait comme à un gendre? Il en aurait le cœur net, tout de suite. Comme il redoutait une désillusion possible, il décida d'aller utiliser le téléphone de son ami Léo plutôt que le sien.

Lucette, discrète, a fermé la porte derrière laquelle Télesphore a disparu. Mariette, au bout du fil, reconnaît la voix de son père; elle est gênée et bafouille:

— Tu n'as pas de mauvaise nouvelle à nous apprendre, j'espère, papa?

— Non, ma fille. Tout va pour le mieux. Et toi, ça va à ton goût?

— Oui, bien sûr.

— Et Raymond? Sa visite m'a bien fait plaisir, il m'a semblé être un bon bougre. À propos, quel est son nom de famille?

— Lamoureux.

— Raymond Lamoureux, alors. Il a de la parenté, en Gaspésie?

— Oui, mais je ne les connais pas.

— Le party, ça tient toujours? Veux-tu me rappeler la date?

— Le 15 octobre. Tu vas venir, dis papa? C'est l'anniversaire de Raymond.

— Si je peux, oui, j'irai. Sinon ma femme sera là.

— Ah!

— Écoute-moi bien, Mariette. Ma femme et moi,

367

nous ne faisons qu'un. Il ne faudrait pas que tu continues sur le ton que tu as pris ici à ta dernière visite. Promets-moi que si ma femme va chez toi, tu vas te conduire en être civilisé, c'est compris?

— Oui, papa. Mais je compte sur ta présence.

— Bon, on te laissera savoir.

— Viens, papa. Ce sera une belle fête.

Il se fit un silence. On s'était tout dit. Sa fille n'avait qu'une idée fixe en tête, son party. Télesphore ressentit un pincement au cœur. Il ajouta:

— Tes frères et sœurs vont très bien, si ça t'intéresse. Bonjour, ma fille. Dieu te protège!

Et sur ces mots il raccrocha. Il revint vers la cuisine.

— Quand vous aurez la facture, faites-moi savoir, je vous payerai ça.

— Rien de grave chez vous, Télesphore?

— Non, Lucette, un petit secret, une surprise à faire.

Ce disant, il lui fit un clin d'œil avec un air entendu. Il sortit, le grand air lui fit du bien, il aspira profondément.

«Décidément, mes plus vieux sont des drôles de pistolets: égoïstes, toqués comme des mules! Par contre il y a bien des chances que Raymond soit son frère. Des Raymond Lamoureux originaires de la Gaspésie, il ne doit pas y en avoir des tonnes qui seraient nés un 15 octobre!»

***

Télesphore entra à la maison, Gervaise roulait des tartes sur la planche à pâtisserie enfarinée. Elle avait de la farine sur le bout du nez et sur le toupet. Il s'approcha de sa femme, l'attira vers le miroir:

— Regarde-toi.

Prenant du sucre avec une cuillère, il le lui versa sur

la tête, la prit dans ses bras et se dirigea vers le fourneau qu'il ouvrit.

— À quel degré doit être le four pour faire cuire les galettes sucrées? demanda-t-elle avec un sérieux papal.

Gervaise se débattait, riait aux éclats; de ses mains crottées de pâte et de farine, elle lui badigeonnait le visage.

La porte s'était ouverte sans qu'ils s'en aperçoivent, les jeunes revenaient de l'école. Ils étaient là, debout au milieu de la place, et observaient ces grandes personnes qui s'amusaient comme des enfants. Jacqueline réagit la première: mademoiselle était offusquée par ce manque de retenue de la part de son père.

— Je ne peux pas m'amuser et rire, moi aussi?

— Jeux de mains, jeux de vilains! jeta-t-elle d'un ton sec.

— Jeux de papa, jeux de maman... finissent par un berceau d'enfant, clama Réjeanne en riant de tout cœur et en courant vers l'escalier.

Lucien pouffe de rire, Télesphore cligne de l'œil en direction de Gervaise, qui pince le bec, amusée.

— Encore des histoires de grandes personnes que je ne comprends pas, s'exclame Lucille!

Le soir, au lit, Télesphore roucoula des mots doux à sa belle. «N'oublie pas de préparer la liste de choses nécessaires pour ce bébé; nous irons chez Philomène, acheter le nécessaire.» La phrase se termina dans un grand soupir. Télesphore s'était endormi; sa grosse main, posée sur le ventre de sa femme, s'alourdissait.

Gervaise s'attendait à plus d'effusion de la part de son mari; il n'avait fait allusion à sa grossesse qu'à deux reprises, sans grand éclat. Elle croyait bien le connaître, ses goûts, ses manies, ses caprices, ses tics, ses silences, ses façons d'approuver ou de désapprouver. Rien ne lui échappait: à tous il portait la même grande attention. Le travail ne le rebutait pas, il savait être tenace.

Parfois buté, il regrettait cependant ses gestes impatients: c'est devant la peine qu'il devenait agressif, intolérant. Pourquoi n'abordait-il pas le sujet?

Aurait-elle pu soupçonner qu'il avait peur, très peur? Sa mère n'avait pu réchapper ses enfants en bas âge. Les Langevin de la lignée mouraient très jeunes. De plus, Lucienne était, elle aussi, décédée à la suite d'une fausse couche. À Gervaise, il tenait plus que tout au monde. La première grande joie passée, ses craintes sont venues le terroriser. Alors il se taisait. Espérait-il ainsi conjurer le mauvais sort?

Après leur déjeuner en tête-à-tête, le soir après le coucher des enfants, le mari et la femme jasaient de tout ce qui concernait leur vie commune, que ce soient les enfants ou les récoltes; tout les unissait.

Pour se donner une contenance, pour meubler les conversations, il parlait de la ferme, de la vie sur une terre: «La terre demande beaucoup et est exigeante: tu dois semer si tu veux récolter. Elle est un constant défi; le fermier se doit d'être attentif, de se soumettre aux lois de la nature car elle ne pardonne pas de retard. Les navets doivent être plantés à la fête de Saint-Pierre, le 29 juin, et cueillis après la première gelée pour qu'ils soient sucrés et digestibles. Si les patates ne sont pas bien renchaussées, elles verront la lumière et auront une couleur verte. Le cycle de la lune a aussi un rôle à jouer: ce qui pousse sous terre a avantage à être semé en son absence; le reste, dont le blé d'Inde, quand elle brille dans le firmament.»

Gervaise écoutait discourir son mari, buvait ses paroles. Jamais encore on ne lui avait témoigné tant d'attention; la solitude n'était plus qu'un mauvais souvenir. Télesphore appréciait la voir si réceptive. À quelques reprises, il s'était exclamé: «Qu'il est bon de jaser avec toi! Tout t'intéresse, tu as soif d'apprendre.»

L'habitude qu'il avait de laisser mijoter ses pensées

avant de les énoncer ne la surprenait plus. Aussi devinait-elle qu'il reviendrait bientôt sur les sujets discutés et qu'à ce moment seulement elle connaîtrait entièrement ses pensées. Elle attendrait.

Doucement elle déplaça la main de l'homme; il grommela, se retourna, serra sa femme contre lui et se rendormit. C'est en pensant layette et rubans bleus qu'à son tour Gervaise sombra dans le sommeil.

Chapitre 17

Normalement, Télesphore devrait être là pour le déjeuner; les enfants sont déjà partis pour l'école. Gervaise ramène la cafetière sur le feu, tranche le pain, prépare un coin de table.

Elle devine que son mari a fini de ruminer, qu'il passera aux confidences et lui livrera le fond de son cœur.

Il est entré, les yeux brillants, les cheveux en broussaille, s'est assis à sa place, a trempé les lèvres dans le café que Gervaise lui a apporté.

— Bonjour, lui dit-elle, tu te fais attendre, ou désirer?

— J'ai faim, confie-t-il, souriant.

Il étend le beurre sur les rôties, en casse un coin qu'il trempe dans le jaune de l'œuf et grignote, le sourire aux lèvres.

— Sacripant! s'exclame Gervaise.

— Vieille belette!

Gervaise se lève, prend l'assiette de l'homme au moment où il porte la fourchette à sa bouche.

— Voilà! tu parleras quand tu auras vraiment faim.

Télesphore dépose l'ustensile, se lève, s'approche de sa femme, la saisit dans ses bras, grogne comme un ours mécontent. «Je vais te manger, mon enfant!» Gervaise rit, se débat, gesticule. L'homme transporte son fardeau vers le salon, la femme simule la peur; elle est là, étendue sur le divan; le visage caché de ses mains, elle crie: «À l'aide, Télesphore, un méchant loup veut me croquer.»

Il se tait, la regarde, ému. Le silence la surprend, elle déplace les doigts, un œil paraît: elle le voit, debout, penché sur elle; il l'observe, le visage sérieux et trouble. Alors elle ouvre les bras.

Télesphore s'agenouille; de ses gros doigts il replace

les cheveux de la femme, mèche par mèche, avec une douceur infinie. Elle ferme les yeux et murmure:

— Comme je t'aime! Télesphore Langevin. Comme je t'aime!

— Ai-je droit à mon déjeuner refroidi?

— À la terre entière, Télesphore.

Il lui tend une main; elle lui résiste, se fait lourde. Elle aime jouer.

— Petite fille!

— La maman de ton fils.

— De mon fils!

Télesphore la serre contre son cœur. Main dans la main, ils reviennent vers la table.

Gervaise casse des œufs frais, beurre les rôties; ils sont attablés.

— Gervaise, concernant la fête de Noël, j'ai changé d'idée. Tu attends mon enfant, tu as pris racine dans la famille, la joie est grande et doit se partager. Ce jour-là, on apprendra la nouvelle à tous, et aux enfants lors du retour d'Alphonse. Qu'en dis-tu? Je vais téléphoner à Jeannine, lui en parler; si elle est d'accord, la réception aura lieu ici. L'an dernier elle a reçu ses frères et sœurs. C'est elle, maintenant, l'aînée, car elle suit ma femme. Je veux que tu les connaisses, ils t'aimeront. Ce n'est pas trop te demander? Ils sont du bon monde, tu sais.

Les œufs ont été avalés, permettant à Télesphore de faire des temps d'arrêt pendant ce long discours. Il a autre chose à dire, Gervaise le sent bien, aussi réchauffe-t-elle le café dans les tasses.

— Pas trop de café, c'est pas bon pour le petit... Et les poules, je m'occuperai des poules; flâne au lit, le matin. Prends bien soin de vous deux.

Il a la tête inclinée, regarde Gervaise. Le plus difficile reste à dire; il hésite encore, ses yeux brillent.

— Le 15 octobre, ça te dit quelque chose?

Gervaise ne comprend pas, elle réfléchit.

— Ton frère serait-il né un 15 octobre?

— Oui, tu as raison, qui te l'a dit?

— Bourgeon: ton frère, c'est mon gendre... Tu vois bien que nous sommes depuis longtemps étroitement liés par le destin!

— Comment as-tu découvert ces détails, Télesphore?

Elle pleure, comme une petite fille, la face cachée dans les mains; des larmes apaisantes. Son émotion est grande.

— Tut! Tut! et mon fils, dans tout ça? Gervaise, tu oublies notre fils.

— Il pleure de joie lui aussi, parvient-elle à dire à travers ses pleurs.

— Tu iras là-bas, à cette réception qui sera donnée en son honneur.

— Et toi?

— Je resterai ici, avec la marmaille. C'est mieux ainsi; vous aurez besoin de vous retrouver seuls, de jaser.

— Ta fille, le sait-elle?

— Non, j'ai pensé qu'il t'appartenait de trancher la question. J'ai parlé à Mariette seulement au sujet de l'invitation. C'est Raymond qui m'avait dit que la fête était donnée à l'occasion de son anniversaire. Mariette m'a confirmé que son nom de famille est Lamoureux. Alors j'ai pensé que tu devrais lui téléphoner.

Ce disant, Télesphore se lève, embrasse sa femme, s'éloigne de quelques pas, lui sourit:

— Le téléphone est là, voici le numéro où les rejoindre.

Télesphore, discret, s'est éloigné. Gervaise baisse les yeux: elle aurait retrouvé son frère! Était-ce possible? Elle regarde l'horloge; à cette heure il est probablement au travail. Elle attendrait l'heure du repas pour appeler, car elle redoute d'avoir à s'expliquer avec Mariette. Les enfants mangent à l'école. Elle avait le temps de surmonter sa nervosité, de penser aux mots à choisir pour meubler leur conversation... Oui, elle souhaite que ce soit lui, Raymond, qui réponde au téléphone. Elle en sait si peu sur Mariette. Télesphore n'en parle jamais; il lui est difficile de croire que leur relation, entre père et fille, soit des meilleures.

L'avant-midi lui a paru bien long, les mots qu'elle cherche pour alimenter leur première conversation lui semblent pauvres, très pauvres. Elle a vaqué à ses occupations de façon distraite, le passé refoule dans son esprit.

Elle s'est décidée à faire cet appel, les chiffres dansent devant ses yeux brouillés. Son désarroi est tel qu'elle réussit avec peine à se faire comprendre. «C'est cet anniversaire, cette réception, dit-elle d'une voix brisée.» Mais très vite elle se reprend, avec sa franchise habituelle elle expose les faits tels qu'ils sont. Raymond, sceptique, lui pose des questions qui justifieraient ses dires. Alors elle lui parle de son père, de leurs courses à cheval, évoque ce passé qu'ils connaissaient pour l'avoir vécu ensemble. Et Gervaise apprit à son frère le décès de ses père et mère; elle le fit avec ménagement; sans blâme, sans reproche.

— Ainsi, cette jeune femme que m'a introduite Langevin, c'était toi?

— Oui, Raymond.

— Toi, Minotte?

— Si tu savais comme j'étais troublée! Je me croyais victime de mon imagination, je ne pouvais le croire, peut-être à cause de ce rêve fou que je caressais depuis si longtemps, le rêve de te retrouver. Tu étais là, devant moi, je ne pouvais le croire! Après mûres réflexions je me suis confiée à mon mari qui a parlé à Mariette. C'est la date de ta naissance qui a fini de me convaincre qu'il ne s'agissait pas d'une simple coïncidence.

De longues minutes de silence se glissaient dans leur entretien: la joie, la surprise, l'étonnement? Lorsqu'elle raccrocha, Gervaise restait là, bouleversée.

Chose étrange, elle ne ressentait pas l'allégresse qui prévalait dans ses rêves. La séparation avait-elle trop duré? Bien sûr, elle était heureuse, mais pas à la mesure de ses attentes. «Peut-être que mon bonheur actuel est si grand que mon passé s'estompe peu à peu... Je me suis accrochée si longtemps à ce désir fou de retrouver mon frère que je n'ose croire en la réalité. Les cauchemars de mon enfance s'estompent un à un; voilà que mon frère revient dans ma vie, par le truchement de la fille de Télesphore, mon mari que j'aime, qui m'a fait un enfant. S'agit-il de coïncidences heureuses ou d'une volonté qui guide nos destinées? Serait-ce ceux qui nous ont quittés qui veillent sur nous et nous protègent? Papa avait raison: Dieu distribue équitablement joies et peines; il suffit de ne jamais perdre espoir.»

Elle s'étonnait encore de ces retrouvailles et des circonstances qui les avaient entourées.

Gervaise assimilait lentement cette vérité qui l'avait un instant inquiétée: elle avait retrouvé Raymond. Non, son passé ne s'effaçait pas, elle avait un frère bien vivant, qu'elle aimait toujours. Son cœur débordait d'un bonheur qu'elle voulait partager avec son mari. Elle courut vers la grange où une autre surprise l'attendait. Près de la porte, elle vit une voiture de bébé, un *carrosse* de jonc, très ancien, que Télesphore avait nettoyé, reverni.

— C'est le même qui m'a promené, autrefois, poussé par ma mère.

— Oh! Télesphore!

Elle se précipita dans ses bras; il noua les mains autour de sa taille.

— Je t'aime, mon mari, comme je t'aime! Je suis si heureuse auprès de toi. Depuis que tu es entré dans ma vie je ne connais que des joies. Aujourd'hui tu m'as rendu un frère que je croyais perdu à jamais. C'est trop de bonheur!

— Savoure ton plaisir, ma Gervaise, partage-le avec l'enfant que tu portes et tous ceux qui composent notre famille; une maman, tu sais, c'est le cœur du foyer.

Gervaise glissa sa main dans celle de l'homme. Tous deux communiaient par les pensées. Sa future maternité lui faisait prendre racine dans la famille, comme l'avait affirmé son mari.

— Parle-moi de ta mère...

Elle avait fait sa demande sur un ton respectueux. Dans sa tête, il lui semblait voir une jeune femme poussant ce landau, souriant à son bébé avec amour, comme elle le ferait, elle aussi, dans un futur pas très éloigné.

Télesphore lui en traça un portrait tel qu'il en avait gardé le souvenir: douce, pondérée, vaillante, mais très autoritaire. C'était sa façon de compenser sa faible condition de santé. Elle ne pardonnait pas la stupidité ni l'arrogance et son mari l'appuyait.

— Étais-tu un enfant docile?

— Jeune, oui, maman m'appelait son ange; mais plus tard, à l'adolescence... ouf! Le père m'a vite mis au pas, crois-moi. Si tu lui avais vu l'épaisseur de la main, tu aurais obéi, toi aussi.

— Un bébé n'est pas longtemps dans son landau.

— Landau.

— Ça, le *carrosse*.

— Oui, la vie est courte. C'est pourquoi, s'il n'en dépendait que de moi, les enfants n'iraient pas à l'école; ils prennent de mauvais plis, subissent des mauvaises influences...

— Mais aussi, là on leur apprend à se défendre, à se protéger, on leur donne des armes qu'ils utiliseront toute la vie.

— La terre, Gervaise, la ferme, est la meilleure des armes; elle n'a qu'une seule requête: qu'on l'aime.

Et elle nous met à l'abri de toutes les misères.

Gervaise comprit que Télesphore pensait à son fils Alphonse, mais elle ne dit rien.

***

Gervaise cuisinait; elle partirait bientôt, irait vers son frère. Un certain malaise persistait, elle redoutait cette rencontre. Surtout que Mariette et son mari ne semblaient pas étroitement liés. Elle serait sur ses gardes.

Ce soir-là, Jacqueline était bourrue, impatiente, elle refusait de laver la vaisselle.

— Tu as une raison sérieuse? demanda son père.

— Regarde.

Elle releva sa manche: sur l'avant-bras, elle avait un abcès de la grosseur d'un jaune d'œuf. Gervaise, inquiète, parlait de se rendre chez le médecin. Télesphore examina et trancha:

— Demain matin, avant d'aller à l'école, Lucien, tu iras chez le maréchal-ferrant. Ta mère va te donner un bocal. Demande au père Garon de le remplir d'eau ferrée et rapporte-le-moi ici. En attendant, Jacqueline, je vais te faire un cataplasme qui va vider ce bobo-là.

Se rendant à la cuisine, il revint avec du coton fromage, de la mie de pain qu'il trempa dans du lait et il en couvrit l'endroit infesté.

— Aïe! C'est froid!

— Pas pour longtemps, pas pour longtemps. Ça a l'effet d'une ventouse: ça va tirer le mal. Demain, l'eau ramenée de chez le forgeron fera le reste.

— Comment? demanda Gervaise; qu'est-ce qu'elle a, cette eau?

— Elle provient du récipient dans lequel on plonge le fer rougi par le feu avant de le battre sur l'enclume. Elle guérit ces maux. C'est comme pour les verrues: il suffit de les tremper dans de l'eau dans laquelle on a laissé rouiller des clous.

Faisant un clin d'œil à Gervaise, il ajouta:

— Le lait maternel guérit les orgelets...

Tout en parlant, Télesphore observait Jacqueline. Elle semblait paisible et rassurée, mais bientôt elle se mit à grimacer.

— Ça tiraille, papa.

— Parfait! Le remède fait son œuvre.

— Que j'en ai à apprendre! soupira Gervaise.

— L'école du père! répondit Télesphore, l'œil taquin.

Il fallait voir les enfants agenouillés sur les chaises, les fesses en l'air, les bras posés sur la table, qui observaient leur papa de leurs yeux interrogatifs, avec un sérieux impressionnant. Jacqueline, l'espiègle, celle qui n'était jamais d'accord avec les autres, semblait ravie d'être le centre d'attraction, jusqu'au moment où son visage se contracta:

— Ça fait mal.

— Bon, Gervaise, du lait et du pain, s'il te plaît.

On refit la compresse. L'autre avait attendri la chair, l'effet bénéfique était certain.

— Ouf! Pauvre Jacqueline, plaignit Lucille, que la vue des bobos apeurait.

On eut la permission de veiller un peu plus tard. Lorsque le sommeil gagna Jacqueline, son père, la souleva délicatement, la transporta dans sa chambre. Tout le monde les suivit pour aller dormir. Ce soir, au père et à la mère échouait la corvée de la vaisselle.

***

Elle posa sa tête sur son épaule. Il referma le bras, en fit un cerceau dont il l'entoura, et Gervaise se pressa contre son homme.

— Que je suis bien! Je ne pourrais plus dormir sans mon oreiller poilu.

Ce disant, elle promenait le nez sur la poitrine bombée et velue de l'homme qui souriait à ses manies de femme-enfant.

— C'est un homme... et elle pouffa de rire.

— Que dis-tu?

— Rien, je dis que tu es un homme.

Mais la pudeur l'empêcha d'expliquer ou de répéter les inquiétudes que la Sœur supérieure lui avait un jour inspirées. Elle préféra parler d'eux, de ce qui les concernait.

— Ce soir, Télesphore, je te regardais soigner ta fille et ça me rappelait un très lointain souvenir. Je revenais de l'hôpital, je marchais avec peine, je m'ennuyais de ne pouvoir courir. Un jour, mon père m'a prise avec lui. Me retenant sur le cheval, il m'a priée de bien me tenir et ensemble nous avons fait une randonnée folle dans la campagne. J'en rêve encore: dans mes songes le cheval est tout blanc et court sur des nuages, blancs eux aussi. Jamais auparavant je ne m'étais autant amusée. Et jamais depuis... sauf maintenant, avec toi. Je dois t'ennuyer, mais j'ai un besoin fou de te dire toutes ces choses qui sont en moi, tout ce grand bonheur qui m'inonde. Ce soir, alors que tu t'inquiétais pour Jacqueline, je pensais à ma chance et à celle de l'enfant qui grandit en mon sein.

Il dénoua l'étreinte, se libéra, la retourna, et les jambes de l'homme devinrent le cerceau qui les maintenait fermement l'un à l'autre, dans une course effrénée vers l'ivresse... Cette fois encore Gervaise s'éclata.

***

Gervaise partait, le cœur gros. Télesphore la reconduisait à la gare, lui faisant mille recommandations.

— Promets-moi de téléphoner à Mariette pour la prévenir que j'arrive seule. Je ne tarderai pas. Sois prudent, surveille bien les enfants.

— Et fais ta prière du soir, ajouta Télesphore à la litanie de sa femme.

— Tu ris de moi.

— Non, avec toi.

— À propos, quelle prière disais-tu quand tu étais petite?

— Attends: Mon Dieu je vous donne mon cœur, gardez-le s'il vous plaît, mon bon Jésus, afin que jamais une autre créature ne puisse le posséder... que vous seul, mon bon Jésus.

Télesphore s'esclaffa.

— Quoi? Et moi, alors, la créature, qu'est-ce que je deviens? Hein! Une chance que le bon Jésus ne t'a pas écoutée, qu'Il ne t'a pas gardée pour Lui seul!

Gervaise riait, saisissant tout à coup le sens de la teneur de cette oraison qu'elle répétait, tel un perroquet, les yeux fermés au point d'avoir toute la face en grimace, comme elle venait sans doute de le faire à cause de l'effort fait pour s'en souvenir.

Ils étaient arrivés à la gare. Avant de descendre de l'auto, Télesphore mit la main dans sa poche, en sortit un billet de dix dollars plié et replié et le remit à Gervaise.

— Tiens, confie ça à tes seins; c'est par prudence, en cas d'urgence.

— Confier ça à mes saints, je ne connais que saint Christophe.

— Grande comique, pas ces saints-là, ceux-là.

Et du menton il indiqua la poitrine de sa femme. Elle rit, s'exclama:

— Ce n'est pas un tronc d'église!

— Sois sérieuse, cache ça là, en cas de besoin. Les bandits courent les grands chemins, tu sais. Sois prudente.

Gervaise prit le billet, le baisa, et le déposa lentement, très lentement, dans son corsage, les yeux rivés à ceux de Télesphore. Tout dans le geste, l'attitude, le regard était langoureux, lascif, et émoustillait Télesphore. Ce qui, sur le chemin du retour vers la maison, le fit sourire: «Ah! ces filles éduquées par les religieuses! Si Léo savait!»

À l'instant précis où Gervaise allait monter dans le train, Télesphore lui avait dit à l'oreille: «Récite-la cette prière, je te promets de la dire aussi, en ton absence.» Elle avait pouffé; il s'était éloigné de quelques pas et l'avait regardée disparaître derrière les fenêtres.

C'était ici même, sur le quai de cette gare, qu'il avait trouvé un si grand bonheur. Il en remercia le ciel et lui confia son épouse et son enfant à naître.

**

Le voyage parut très long à Gervaise; habituée à se mouvoir sans cesse, l'immobilité la rendait inconfortable. Depuis Montréal elle se rendit à Joliette où habitaient son frère et sa belle-fille. Jamais elle n'avait vu autant de monde, de circulation, d'automobiles, de maisons en rang d'oignons, des deux côtés du chemin s'il vous plaît! Et du béton partout. La randonnée en autobus lui plut toutefois. Les arbres aux faîtes colorés ressemblaient aux tableaux de petits-points que mademoiselle Anita brodait sur des canevas. Elle s'épatait de la variété des tons chauds, de l'ampleur du décor qui s'étendait à perte de vue. La campagne était belle, si belle. On quitta l'autoroute. Les chemins secondaires allaient, tortueux, fonçaient dans la campagne aux vastes champs qui ressemblaient à des terrains bien entretenus. Saint-Janvier, La Plaine, des maisons coquettes, aux cheminées fumantes, symboles de vies présentes et actives. Gervaise se gavait de ces décors changeants au caprice des routes empruntées.

Un taxi la conduisit à l'adresse de son frère. Gervaise reprit conscience du but de son voyage. Son manteau lui semblait trop ajusté, ses souliers étaient poussiéreux. Elle sonna à cette porte qui la séparait des surprises qui l'attendaient.

Mariette ouvrit. Elle ne ressemblait pas à son père; elle était grande, svelte. Gervaise tendit la main.

— Bonjour, Mariette.

La réponse se fit décevante.

— Le voyage a dû vous fatiguer?

— Pas plus qu'il faut, je me sens bien.

— Peut-être aimez-vous mieux aller dormir plutôt que de veiller avec nous?

— Raymond serait offensé. Merci, Mariette, mais ça ira. Je n'aurai qu'à me retirer si je me sens lasse. Que pourrais-je faire pour vous aider? La maison brille comme un sou neuf, c'est beau chez vous.

— Ça ne ferait pas tort de passer une petite eau sur le plancher de la cuisine.

— Ça, ce n'est pas possible, je n'ai pas apporté de robe pour faire des travaux comme ça!

— Voulez-vous dire que c'est cette toilette que vous porterez ce soir?

— Elle ne vous plaît pas, ma robe?

— Elle est très pâle, à votre âge... et un peu courte. Vous auriez avantage à porter des robes plus longues pour dissimuler...

— Je n'ai rien à cacher!

— Venez, suivez-moi.

Arrivée dans sa chambre, Mariette ouvrit sa garde-robe.

— Ah! Que de belles choses! Que de beaux costumes! Et tous ces souliers; vous ne portez jamais de talons hauts?

— Votre frère a oublié de grandir. Je ne veux pas briser l'apparence de notre couple.

Gervaise ne put réprimer un sourire qui se figea vite sur ses lèvres, car Mariette poursuivait:

— Choisissez un de ces tailleurs: le marine vous ira; ce serait plus de mise, vu votre âge...

— Mon âge!

— Je devrais plutôt dire à cause de votre rang. N'êtes-vous pas l'épouse d'un homme beaucoup plus âgé que vous?

— Mariette! Vous parlez de votre père!

— De grâce! Cessez de vous formaliser. Ah! Et puis, vous me faites perdre un temps précieux.

Gervaise ferma la porte, remercia et s'éloigna. Elle préféra taire la riposte cinglante qui lui venait à l'esprit. Mariette lui emboîta le pas et reprit:

— En tout cas, j'espère que ce soir vous resterez assise... Vous êtes pour ainsi dire ma belle-mère et en même temps ma belle-sœur. Il serait convenable que vous ne vous leviez pas, vu... Je parle, je parle et j'ai des tas de choses à faire!

— Vous servez un goûter?

— Le traiteur viendra tantôt. Tout est prêt, il n'y a qu'à dresser la table dans la salle à manger.

— Si on s'y mettait?

Mariette observait Gervaise du coin de l'œil. Elle espérait qu'elle avait bien compris et qu'elle ne lui ferait pas honte. Mais elle avait encore quelque chose d'important à dire, et le temps passait, les invités arriveraient bientôt! Mariette était nerveuse, commettait gaffe par-dessus gaffe.

— La femme du patron de mon mari...

— Raymond, mon frère...

— Oui, la femme du patron de mon mari sera là. C'est une très grande dame, élégante, distinguée, qui a des degrés universitaires en psychologie. Je ne sais pas si je dois vous présenter comme belle-mère ou belle-sœur, ça me tracasse.

— Pourquoi pas comme belle-sœur?

— Ce qui laisserait supposer que dans la famille de Raymond...

— J'ai compris, ne vous en faites pas; vous n'avez pas à vous répéter, Mariette. Je ne dirai, ni ne ferai rien qui soit de nature à vous humilier!

— Vous parlez bien, il faut l'admettre. Où avez-vous appris ça?

— À l'école de la vie, répondit Gervaise qui se sentait de plus en plus exaspérée.

— Je ne sais rien de vous. Raymond refuse de m'informer à votre sujet, comme s'il y avait une période de votre vie qu'il y aurait avantage à taire.

Gervaise ferma le tiroir du buffet avec tant de force que les verres posés sur la table tintèrent en se touchant. Heureusement, le carillon de la porte créa diversion et Mariette s'empressa d'aller ouvrir: le traiteur était là.

Tout fut empilé sur la table de la cuisine; on ouvrait les contenants, disposait les bouchées et hors-d'œuvre sur des plateaux. Le centre de table, un saumon bien décoré, une véritable pièce montée, fut placé avec précaution sur l'évier.

Mariette critiqua puis s'épata. Gervaise plaçait les assiettes au frigidaire.

— Et le saumon? demanda Gervaise.

— Laissez-le là où il se trouve. Je vais le couvrir. Allez vous coiffer, j'aurai besoin de la salle de bains dans cinq minutes.

Gervaise s'éloigna, trop heureuse d'être enfin seule. «Ça promet! Aucun mot de bienvenue, pas même une poignée de main, et elle veut que je lave son plancher de cuisine! De plus, elle a honte de moi! Quelle fieffée chipie! Qu'est-ce que je fais ici, alors que je suis si heureuse chez moi! Comment mon frère peut-il vivre avec une femme aussi acariâtre? C'est incroyable. Pas étonnant que Télesphore ne parle jamais d'elle. J'ai eu l'impression qu'elle connaissait mon infirmité, pourtant elle ne me connaît pas. Raymond lui aurait-il parlé de moi? De plus, Madame n'aime pas ma toilette! Zut! Eh! ma chère, qu'à cela ne tienne, j'y suis, j'y reste. Je le fais pour Télesphore, il mérite bien ça. Des robes plus longues pour dissimuler... Elle a dû m'observer par la fenêtre et remarquer que je boite. Mon séjour ici ne s'éternisera pas. Tant pis pour Raymond.»

Mariette était occupée dans la salle à manger. Nanette, la chatte, en profita pour grimper sur l'évier. L'odeur du poisson l'y invitait. Elle grignota à pleines dents la chair tendre et rose. Tout à coup, Gervaise entendit hurler: un cri terrible se répercuta jusqu'à l'autre bout de la maison. Un remue-ménage s'ensuivit.

Raymond arrivait au même moment; il se précipita à la cuisine, où Gervaise accourut. Mariette poursuivait Nanette en hurlant; la pauvre chatte s'échappa. Raymond ouvrit la porte et Nanette fila dehors avant même qu'on ait eu le temps de le lui ordonner. Mariette, énervée, se mit à pleurer. Gervaise regardait le dégât.

— Si vous me le permettez, Mariette, je vais vous faire une suggestion.

— Qui va réparer les dégâts, je suppose!

— Exactement.

— Comme si c'était possible!

— En somme, c'est une pièce décorative; un chat, ce n'est pas sale. Si vous voulez, je vais enlever les morceaux touchés et préparer une sauce tartare avec laquelle on comblera ce qui manque de poisson. Vous avez tellement de bonnes choses à offrir, il ne serait pas étonnant que personne ne songe à manger du saumon.

— Toi, Raymond, file sous la douche!

— Laisse-moi tout de même embrasser ma sœur.

Gervaise reçut l'accolade, eut droit à un pâle baiser. Mariette les observait, l'œil mauvais.

— Va, Raymond, vous aurez tout votre temps.

Gervaise pria Mariette de lui donner ce qu'il fallait pour passer à l'action.

— Occupez-vous de votre toilette, laissez-moi le soin du reste.

Gervaise prépara la sauce miracle, camoufla les dégâts le plus adroitement possible.

Le saumon y avait gagné en couleur. Gervaise le plaça au réfrigérateur et retourna au salon pour tout vérifier.

Elle trouvait de mauvais goût les nappes trop colorées. Il aurait fallu choisir, pour l'occasion, une nappe de toile aux ourlets ornés d'une fine dentelle crochetée, comme on en utilisait au couvent lors des visites de l'évêque et des notables. «Je vais en confectionner une et la leur offrirai au prochain Noël, en cadeau.» Mentalement, elle prit note des dimensions de la table.

Les invités arrivaient. Mariette s'exclama: elle n'était pas prête. Gervaise les accueillit et les fit passer au salon. Raymond ne tarda pas à paraître et présenta Gervaise comme la seconde épouse du père de sa femme. «Voilà, pensa Gervaise, le pourquoi du retard de Mariette; il y a eu engueulade...»

Gervaise se sentit figer. Il n'aurait pu lui faire plus mal. Elle dut faire un effort terrible pour ne pas éclater en larmes. Il le comprit, il passa son bras autour de sa taille et la serra contre lui. Les discours tenus plus tôt par Mariette lui revenaient à l'esprit. C'était elle, sans doute, qui lui avait dicté ce choix; alors Gervaise pardonna et retrouva son sourire.

Mariette parut enfin, se morfondant en excuses. Et ce fut l'arrivée spectaculaire de monsieur et madame Rosaire Clément. Comme ça, un peu en retard, juste assez pour que tous soient présents afin de produire tout l'effet voulu. On reconnaissait de loin sa voix grasseyante, toujours une note plus haute que celle de son entourage. Il se fit un silence: la femme du patron était là.

La scène plutôt cocasse divertissait Gervaise, qui réprimait difficilement un sourire amusé. Elle se tourna à demi sur sa chaise pour voir l'énergumène dont l'intonation lui rappelait certains souvenirs.

— Ah! fit-elle en portant la main à son visage. Elle venait de reconnaître sœur Pauline.

La dame faisait son entrée triomphale, juchée sur ses hauts talons, une taille de guêpe moulée dans une robe de taffetas bruissant, effrontément courte, ses cheveux dorés encadrant son beau visage outrageusement fardé, les ongles effilés, colorés d'un rouge emprunté au drapeau britannique. Madame Clément rayonnait.

Décidément, elle faisait contraste au milieu de ces dames plus simples et impressionnées par sa seule présence. Elle planait, laissait errer son regard sur ses admiratrices; dédaignant tendre la main aux mâles, elle serrait d'abord celle des dames. Lorsqu'elle en vint à Gervaise, elle s'arrêta.

— J'ai l'impression de vous connaître... Madame?

Gervaise se cramponna au bras de la chaise qu'elle serrait si fort que ses phalanges blanchissaient. Elle retenait son fou rire, un fou rire qui la secouait.

— Madame Langevin, dit Raymond, gêné, sans oser regarder sa sœur.

— Ainsi, demanda Gervaise en s'adressant à Rosaire Clément, vous êtes dans l'industrie du tabac.

— Vous connaissez?

— Passionnant. Dites-moi, faite-vous toujours manuellement la délicate cueillette à l'aide du pouce? Ou si ce travail peut maintenant se faire par des méthodes mécaniques? Vu notre saison d'été très courte, vous faut-il préparer les pousses dans les serres afin que le plant puisse grandir de façon suffisante en terre pleine? Les feuilles que vous récoltez atteignent-elles les dimensions nécessaires qui vous permettront d'en fabriquer des robes de cigares? Et vos séchoirs sont-ils encore alimentés de bois?...

Le clan était maintenant divisé: Gervaise était entourée des hommes qui répondaient à ses questions qui ne tarissaient plus. Gervaise avait un plaisir fou. Elle jetait un regard moqueur à la jolie poupée qui, affaissée dans son fauteuil, semblait se creuser les méninges pour mettre un nom sur le visage de cette emmerdeuse qui lui volait la vedette.

Mariette en avait le souffle coupé. La boiteuse, sa belle-mère et belle-sœur, avait, suspendue à ses lèvres, toute la gent masculine. Si son père Télesphore savait! Raymond était estomaqué. Sainte tirelire! Sa petite sœur, enfant timide, qui figure dans un salon, avait le verbe haut!

De sa vie, Gervaise ne s'était jamais autant amusée. Et pour cause! Tout en parlant tabac, elle revivait en pensée les exploits de la dame aux froufrous qui dans le moment se morfondait. Dès qu'elle avait vu le joli minois, elle avait reconnu cette sainte femme, nulle autre que sœur Pauline. Sœur Pauline couchée dans le talus avec le jardinier, sœur Pauline flirtant avec le pompiste de l'orgue du couvent, sœur Pauline qui avait laissé tomber la rude bure pour se rouler dans le taffetas, aussi ajusté qu'une robe de cigare, pensa-t-elle. Et cette fois, elle éclata de rire.

Ses épaules sautent, les larmes coulent, comme ce midi-là, où Télesphore avait... Gervaise rit de plus belle. Le rire se communique, les hommes rigolent, veulent savoir. Les dames rient aussi, toutes sauf Mariette qui a drôlement honte.

Gervaise se lève, tente de s'excuser, mais n'y parvient pas; elle sort du salon. En la voyant déambuler, sœur Pauline la reconnaît à son pas de boiteuse. Et voilà qu'à son tour, sœur Pauline se met à rire.

Mariette, furieuse, quitte la pièce et va déposer les

plateaux dans la salle à manger. Elle rage. Pourtant, au salon, la belle humeur règne. Le vin et le cognac aidant, le rire est contagieux. La soirée promet d'être réussie. Madame Clément sait que Gervaise l'a reconnue; elles riaient ainsi, autrefois. Mais elle n'a rien dit, alors elle ne trahirait pas son secret, comme autrefois. Madame Clément fait maintenant des jeux d'esprit, ramène à elle les yeux et les oreilles. Tout rentre dans l'ordre... temporairement.

Dans la salle de bains, Gervaise se lave le visage, fait des exercices respiratoires pour se calmer. Dès qu'elle a repris son sérieux, elle revient et prête main-forte à Mariette. Les deux femmes s'observent, mais pas un mot n'est prononcé.

Mariette tient en main le saumon retouché, comme le pense Gervaise, avec humour. Il prend sa place au centre des couverts. Mariette se garde bien de lever les yeux vers Gervaise, de peur qu'elle se mette à rire.

On passe à table. Chacun se sert. L'ambiance est dégagée, joyeuse; le saumon reçoit tous les compliments, la sauce tartare est prisée.

La soirée se termine. On félicite l'hôtesse, on ne s'était pas si bien amusé depuis fort longtemps. Tout était délicieux, y compris le saumon et la belle-maman.

— Oh! échappe Gervaise.

Elle veut bien être la belle-mère de Raymond, la femme de Télesphore, mais pas la mère de Mariette! Elle ne rit plus.

La porte se referme sur le dernier visiteur. Raymond est sur la galerie et appelle Nanette. Nanette ne revient pas. Alors il prend une lampe de poche et sort, fait le tour de la maison en appelant la chatte.

Tout à coup, il la voit, sous le perron arrière de la maison. Elle gît là, raide morte. Il la soulève et la rentre à l'intérieur. Consternation!

— Mais, s'exclame Gervaise, elle est morte empoisonnée!

— Comment le sais-tu?

— L'écume, la bave autour de...

— Hein! s'exclame Raymond. Empoisonnée... Mais, et alors? Ce qui veut dire que... Eh, Mariette, as-tu mangé de ce saumon, toi? Et toi, Gervaise? Et les autres alors? Tous les autres en ont mangé. Il va falloir les prévenir, ils peuvent tous crever! Comme la chatte.

— Non, mais tu es fou? Qu'est-ce que tu racontes?

Mariette se lamente à tous les saints.

— Tu as raison, dit Gervaise, tous doivent être prévenus et voir le médecin tout de suite.

Mariette, prise d'une colère noire, se met à lancer la vaisselle dans toutes les directions. Raymond se laisse tomber sur une chaise, abasourdi. Gervaise se colle contre le mur pour éviter d'être atteinte des projectiles et attend que la tempête finisse. Mariette, épuisée, se lasse finalement et reprend ses esprits.

— Ne comptez pas sur moi pour faire cette sale besogne. Toi et ta maudite sauce tartare.

— Toi et ton saumon à la portée d'une chatte, riposte Gervaise, que tu as refusé de remiser au frigo.

— Et vous deux et douze morts si on ne bouge pas. Donne-moi le calepin où tu gardes les numéros de téléphone de ces gens, lance Raymond.

On réveille ceux qui dorment. À tous on confesse l'horrible situation et le sort de la pauvre Nanette qui a de l'écume à la gueule.

À trois heures du matin, à l'urgence de l'hôpital le plus proche, les invités de monsieur et madame Raymond Lamoureux, les hôtes et la maman Gervaise sont réunis. «Car, comme l'a affirmé Gervaise, si nous n'y allons pas, on va croire que l'on savait, qu'il y a quelque chose de louche dans cette affaire.»

À la demande de l'infirmière de service, on a apporté un morceau du poisson qui serait analysé en laboratoire.

On ne riait plus. Sœur Pauline hoquetait et avait la nausée. Mariette était pâle comme un suaire, mais pour d'autres raisons. Quand à Raymond, il se demandait si Nanette n'était pas la plus fortunée de tous.

Après deux heures d'examens et d'attente dans un parfait silence, les invités furent informés qu'ils pouvaient regagner leur foyer, les tests du laboratoire s'étant révélés négatifs, au grand soulagement de chacun. Le contremaître ne trouvait pas la farce très drôle. On l'avait surpris au lit. Il était appuyé, dos au mur, en pyjama.

— Dis donc, toi, que faisais-tu quand le téléphone a sonné pour te prévenir de venir ici?

— Pourquoi me demandes-tu ça?

— Regarde-toi, mon vieux. Le haut de ton pyjama est tout fripé... mais le pantalon bien repassé...

L'homme pencha la tête et regarda son vêtement. Il rougit, comprit l'insinuation. La boutade dérida tout le monde.

Quelques jours plus tard Raymond apprit, par accident, qu'un voisin avait utilisé du poison pour détruire un nid de rats niché sous son hangar... que Nanette avait sans doute visité après avoir été chassée de la maison.

***

On finissait à peine de déjeuner, le téléphone sonna. Madame Clément voulait parler à Gervaise. Mariette, qui avait tout fait pour éviter le tête-à-tête entre Raymond et sa sœur, était abasourdie par cet appel.

— J'aimerais la promener un peu, lui montrer la région, enfin, vous me comprenez, vous devez avoir un travail fou pour avoir à tout remettre dans l'ordre, après un tel party, un party si réussi! Entre nous, qui n'aimerait pas se débarrasser de sa belle-mère... badina madame Clément.

Pour comble, Gervaise accepta le rendez-vous. Peu de temps après, madame Clément, au volant de la voiture de son mari stationnée devant la porte d'entrée, klaxonnait.

Gervaise sortit, avec dans l'œil un brin de malice qui n'échappa pas à Mariette. Celle-ci, derrière la fenêtre, observait. C'était le comble! Voilà que madame Rosaire Clément attirait à elle sa belle-mère et lui faisait un tendre accueil. «Sainte misère du bon Dieu!» s'écria-t-elle. Raymond accourut.

— Que se passe-t-il encore?

— Regarde-moi ça. Ta salope de sœur! Attends qu'elle rentre, je vais lui chanter une poignée de bêtises!

— Parce que des bêtises, ça se chante? Moi, je m'en vais marcher.

Et il s'éclipsa par la porte arrière qu'il referma avec un fracas épouvantable.

Mariette sursauta. «Ça ne se passera pas comme ça!» Elle téléphona à son père.

— Veux-tu bien me dire, papa, où tu as pris ce pistolet-là?

— De quoi parles-tu? Mariette, de grâce, calme-toi!

— Me calmer, tu me dis de me calmer. Peut-être ne sais-tu pas à qui tu es marié? Je vais te l'apprendre. D'abord, pour ton information, ta belle ne m'a pas encore parlé, ni à moi ni à Raymond. Elle est présentement partie se balader en automobile. Madame visite les environs. Veux-tu entendre mieux? Hier soir, au party, madame a tenu le haut du pavé, elle avait à ses genoux tous les invités mâles qui se trouvaient ici. Six, pour être plus précise. Six hommes qui l'écoutaient et répondaient à ses questions sottes de robes de cigares. Je n'ai jamais eu autant honte. C'est avilissant!

— Mariette, bonté suprême, cesse de hurler, tu me défonces le tympan et je n'entends rien.

— Tu n'as jamais rien entendu! Tu es mieux de te réveiller avant qu'il soit trop tard. Elle a réussi à mettre

Raymond en colère contre moi et il est parti en claquant la porte. Tout ça en moins de vingt-quatre heures. Où l'as-tu dénichée? Dans quel bordel? Peut-être, après tout, que tu excelles dans l'art d'être cocu; tu t'y connais, non? Avant son décès, maman m'a raconté, je...

Télesphore déposa le combiné avec une telle rage qu'il arracha presque l'appareil du mur. Il dut s'appuyer, son front était moite, ses mains tremblaient. Son intraitable fille venait de réveiller en lui des soupçons depuis si longtemps refoulés! Lucienne l'avait plus d'une fois intrigué, au début de leur union, mais rien de précis ne s'était passé qui avait pu confirmer ses doutes.

La phrase de son père lui revenait à la mémoire: un accouchement prématuré, avait-il dit... Ces mots s'accrochaient à ceux de Mariette: «Maman m'a raconté...» Mariette? Alphonse? Jacqueline? Des tempéraments qui se ressemblent!

Il courut vers la grange, plongea les mains dans l'auge des animaux et en aspergea son visage inondé de larmes. Lucienne, et maintenant Gervaise! Non, ça non. Il ne pouvait le croire! Malgré tout, l'aiguillon du doute ne cessait de le darder. «Ces deux femmes n'ont rien en commun. Lucienne n'était pas tellement heureuse, elle riait beaucoup mais trop souvent, ça sonnait faux, alors que Bourgeon est amoureuse, pleine d'affection. Lucienne le fut, pourtant, au début, alors que mon Bourgeon l'est devenue... avec le temps.» Un autre souvenir venait de l'assaillir: c'était Lucienne qui l'avait demandé en mariage... elle était pressée de se marier... accouchement prématuré...

«La froideur de mon père envers sa bru après la naissance de Mariette... Juste ciel! Ça expliquerait la différence marquée des caractères de mes aînés... Je deviens fou ou quoi? Cette fille est un monstre! Si je ne parviens pas à éclaircir cette situation, ma vie et celles de mes enfants seront à jamais empoisonnées. Pourquoi n'a-t-elle pas raconté toutes ces histoires? Pourquoi cette confidence aujourd'hui? Elle veut se faire pardonner son départ? Me faire haïr Gervaise? Quel but vise-t-elle? Que lui a raconté Lucienne pour qu'elle se montre aussi cruelle? Elle aurait pu se taire! C'était sa mère; elle la trahit sans scrupules! Si elle croit que je vais jouer son jeu et m'abaisser jusqu'à la questionner pour en savoir plus, elle se trompe. Que Lucienne repose en paix!» Il pense à Gervaise. Le venin échappé par Mariette fait lentement son effet: «C'est à peine si elle nous a parlé, six hommes à ses genoux, partie se balader... Non! hurle Télesphore, non! Pas ma Gervaise, pas mon Bourgeon, pas la mère de mon enfant! Non! mon Dieu! Non! Je l'aime tant! Je ne veux pas perdre ce bonheur auquel j'ai goûté. De grâce, mon Dieu, épargnez-moi l'enfer sur terre.»

Pendant ce temps, Gervaise et sœur Pauline échangent des confidences. L'une parle de son bonheur auprès de cet être exceptionnel qu'est Télesphore. Elle tait toutefois sa condition de mère en puissance; ce secret est entre elle et son mari; il sera jalousement gardé.

Sœur Pauline exposa les raisons de sa sortie du couvent; elles se remémorèrent le passé et rirent de bon cœur, comme des couventines qui se retrouvent après les vacances d'été.

On parla de ce fameux saumon. Gervaise fit jurer à son amie de ne jamais répéter ce qu'elle allait lui raconter et qui ne manquerait pas de bien les égayer. Elle lui expliqua la mort du chat.

**

Pendant ce temps, Mariette se ronge les ongles. La réaction de son père la laisse penaude. «J'ai peut-être exagéré! Mais chose certaine, cette catin va partir d'ici, au plus tôt. Je ne lui laisserai pas le loisir de briser notre vie de couple.»

Gervaise est revenue peu avant le retour de Raymond. Mariette est d'une froideur à faire pâlir la lune. Le souper est servi à la hâte, sans délicatesse aucune, préparé des restants de la soirée de la veille. Gervaise n'est pas dupe, elle n'est pas la bienvenue dans cette maison. Alors elle retournera chez elle, bien au chaud, auprès de son mari.

Après une heure à regarder une émission de télévision pour elle sans intérêt, Gervaise s'excuse et parle d'aller dormir.

— Dis, Raymond, demain, tu veux bien venir me reconduire au train? Je dois rentrer, Télesphore a sûrement besoin de moi.

Mariette ne dit rien, elle se lève de table et se dirige vers la cuisine. Gervaise sent bien qu'elle est de trop. Ces brisures, elle les a connues; aujourd'hui elles la font moins souffrir. Au fond, elle se réjouit que Télesphore n'ait pas été là. C'est mauvais pour le bonheur, ces situations tendues; elles peuvent tout détruire, tout briser, car elles sont malsaines.

Ils sont sur la route, Raymond ne sait quoi dire, ni quels mots employer. Il est malheureux, inquiet. «Il veut se taire, tant pis. Je ne romprai pas ce silence.»

— Dis donc, dit-il tout à coup, ça t'arrive souvent ces crises de rires nerveux?

Il a pris un détour, il veut savoir laquelle des deux à raison, de Mariette ou de Gervaise.

— Parfois, oui, quand j'ai des raisons de rire.

— Hier, tu pensais au saumon?

— Non.

— À quoi alors?

— À madame ta patronne.

— Qu'est-ce qu'elle a de si drôle?

— Elle ressemble, tu ne trouves pas, à un cigare étroitement enrobé de taffetas?

— Et c'est ça qui a provoqué ta crise d'hystérie?

— Dis donc, toi! C'est tout ce que tu trouves à me dire?

— Je veux savoir ce que tu avais à rire ainsi.

— Rien.

— Avoue-le, tu pensais au saumon. Ça aurait pu finir en tragédie, cette farce plate.

— Bah! Dans six mois, vous en rirez tous ensemble. En tout cas, ils vont se souvenir de leur soirée. Toi, elle va te coûter cher, ouf! Que de verres cassés, j'en avais le cœur chaviré.

— C'est matériel, ça se remplace.

— Oui, bien sûr.

— J'étais gêné.

— Quand ça?

— Quand tu riais sottement.

— Tiens, tiens, tu es snob en plus!

— Snob, moi!

Et le silence tomba. Gervaise regardait défiler le paysage mais ne le voyait pas.

— Tu n'as rien à me dire avant de partir, Gervaise?

— Qu'aimerais-tu entendre?

— Ton séjour, chez nous?

— Quoi, mon séjour chez toi?

— Ça t'a plu?

— Tu veux la vérité? Non. Mariette, passe, elle est capricieuse, maladroite, a une cervelle d'oiseau, mais c'est une bonne personne. Toi, cependant, mon grand frère, tu es lâche et traître.

— Hein?

— Tu veux que je répète? Tu es lâche et traître. Quand tu t'es présenté chez nous, je t'ai reconnu. Quand tu m'as dit «J'ai connu un brin de fillette, autrefois, qui s'appelait Gervaise», je t'avais déjà reconnu, mais je n'osais le croire. Si je n'ai pu rien te dire, c'est parce que j'avais la douloureuse impression que tu m'avais oubliée, que tu ne te souvenais même pas de mon existence tant ton abandon fut total et cruel. Mais quand je me suis collée contre ton cœur pour l'entendre battre, pour moi toute seule après toutes ces horribles années, j'étais au comble du bonheur. Mon grand frère que je croyais perdu à jamais était là, devant moi. Mieux encore, il aimait la fille aînée de mon mari, Télesphore, qui est la bonté même. J'ai cru que je crèverais de bonheur. Mon homme a tout appris, il a insisté pour que je vienne chez vous. Il savait que nous aurions des tas de choses à nous dire... Je suis partie, partagée entre la peine de le laisser seul, et la joie d'être auprès de toi. Mais voilà, tu m'as trahie: «L'épouse du père de ma femme», as-tu dit. Ta belle-mère par alliance, pas ta sœur par la naissance! Ce n'est pas être lâche, ça? Ce n'est pas être traître? Ma sœur, une boiteuse, non! Mais la deuxième femme du veuf qui a marié une boiteuse pour continuer l'œuvre de sa femme morte, ça, oui, ça tu l'acceptais.

— Gervaise!

— Tais-toi! Télesphore l'aime, sa boiteuse, Télesphore la respecte, ses enfants aussi. Plus que toi, grand benêt. Je te le répète, tu es lâche et traître. Joue le snob, si ça t'amuse, mais avec moi, ces manières-là, ça ne prend pas. Mille fois j'ai crié ton nom dans ma longue agonie, mille fois pour toi j'ai offert mes souffrances à Dieu, dans mon corps et dans mon âme. Ces souffrances terribles m'ont altérée, minée, mais j'ai réussi à les surmonter. Je me les imposais pour apprendre à me tenir debout, à marcher. Elles m'ont déchiré les entrailles devant l'abandon des miens; la haine que maman me vouait parce que je ne mourais pas alors que ses deux fils étaient décédés du mal qui minait la famille... Elle aurait voulu que je crève, moi, afin qu'eux vivent. Elle ne me l'a pas pardonné, comme si j'étais la responsable de tout. Ah! J'ai pris du temps à comprendre: quand on est petit on subit; plus tard, beaucoup plus tard on réalise. Souviens-toi, Raymond, du jour où elle m'a punie à cause d'un fauteuil souillé; ce n'est que quand tu l'as vue si en colère, que tu as eu le courage de lui avouer que c'était toi le coupable, que sa rage est tombée comme par enchantement. Moi, je ressentais le mal de la courroie qui m'avait lacéré les jambes, mais mon cœur était content que tu aies avoué. Te souviens-tu, un jour nous marchions dans le rang et elle me pinçait le bras en criant: marche droit, traîne pas ta jambe molle? Je pleurais. Tu t'étais révolté et tu lui avais dit que ce n'était pas ma faute. Ce jour-là, je t'aimais, Raymond. Mon cœur rempli de grosses peines t'aimait, tout plein! Puis tu es parti. Et ce fut la fin de tout. Papa ne s'en est jamais remis. Je t'ai appelé, Raymond, toutes les nuits, tous les jours! Je guettais à la fenêtre. Puis la fenêtre a changé pour d'autres: des inconnues, des indifférentes; des fenêtres à travers lesquelles je regardais sans voir, sans attendre. Les fenêtres des autres, celles des étrangers, loin, toujours plus loin. Toujours d'autres fenêtres, qui passent, comme celles d'un train en marche, jusqu'au jour où l'un d'eux s'est arrêté en face de la maison de Télesphore. J'y suis rentrée sans savoir ce que serait le décor derrière cette fenêtre. On m'a dit: «Un veuf accepte d'oublier votre infirmité à condition que vous soyez pure et bonne.»

Gervaise ne s'en était pas rendu compte, Raymond avait stationné la voiture en bordure du chemin. Les bras croisés sur le volant de la voiture, sa tête couchée dessus, il sanglotait. Gervaise, appuyée au dossier, les yeux fermés, vidait son cœur; les larmes mouillaient son manteau.

Leur vie brisée venait de défiler devant eux; un drame, un seul: le manque d'amour! «Le manque d'amour, Raymond, car si la souffrance repose sur un seul brin d'amour, elle devient supportable; le cœur humain est ainsi fait.»

— As-tu un mouchoir, Raymond?

L'homme ouvre le coffre à gants et en sort des tissus. D'une voix brisée, Gervaise reprend:

— Raymond, tu aimes l'aînée de mon mari. Elle est sa fille. Rends-la heureuse, Raymond. Toi et moi devrons garder la tête froide et ne pas laisser le passé ternir le présent ni le futur. Nous avons eu nos différends, nos difficultés, mais nous devons laisser tout ça derrière nous. Il faut aller de l'avant, sans tourner la tête. Le pardon, l'oubli du passé, c'est le seul moyen de ne pas entacher le présent afin de s'épanouir pleinement dans un avenir heureux.

Gervaise se mouche, tend la main vers son frère, la pose sur son épaule et lui dit doucement:

— Pour te prouver que je te pardonne, je vais te confier le plus beau secret de la terre. Personne ne sait, sauf Télesphore: Raymond, j'attends un enfant: Dieu a entendu ma supplique.

Raymond attire sa sœur vers lui, la serre dans ses bras.

— Pardonne-moi, Minotte.

En entendant ce surnom qu'il utilisait dans leur enfance pour la faire rire, Gervaise recommence à pleurer.

— Je vois bien que tu ne m'avais pas oubliée.

— Non, Minotte, je ne t'ai jamais oubliée. Tu as un cœur d'or. Tu es forte, tu as du cran. Tu as raison, j'ai agi comme un goujat. Tu me pardonnes?

— Bien sûr, grand fou. À propos, crois-tu que ce serait normal que Mariette, l'aînée de Télesphore, et que Raymond, mon frère, soient parrains de cet enfant à naître?

— Ah! Minotte! Minotte!

— En attendant, Raymond, mène-moi là-bas, sinon Minotte va rater le train.

Le reste du voyage se fit en silence.

Elle descend de la voiture, prend son pauvre bagage, et elle insiste: elle ira seule. Il la regarde aller de son pas hésitant, si menue, si frêle, tirant sa jambe molle. Malgré son pas de boiteuse, elle est fière et belle; elle a l'âme pure, les yeux brillants, le cœur en fête. En elle une autre vie prend forme. Ce bébé-là aurait de l'amour à revendre! Avant de disparaître dans la foule, elle s'est arrêtée, a pivoté sur son pied solide, fait un bonjour de la main.

Ce n'était plus Minotte, c'était Gervaise qui retournait vers le bonheur.

***

Raymond rentre chez lui, bouleversé jusque dans l'âme. Il s'assoit devant la fenêtre et laisse son regard errer à l'infini. À deux reprises, Mariette l'interpelle; il n'entend pas. Alors elle s'approche.

— Mais, qu'est-ce que tu as, Raymond?

— ...

— Qu'est-ce qu'elle a bien pu te dire, ta névrosée de sœur, pour que tu..

Raymond a bondi, il est en colère. Il allait frapper sa compagne. Il se retint juste à temps.

— Si jamais... si jamais tu dis un mot, un seul, contre ma sœur, ce sera la fin de tout entre nous. Tu m'as compris, Mariette? Ne prononce jamais plus le mot de boiteuse, d'hystérique ou de névrosée en parlant de Gervaise.

— Bon, j'ai compris. Calme-toi, viens souper.

— Je n'ai pas faim et je veux être seul.

— Elle aurait réussi...

— Assez! Tais-toi, Mariette. Je t'ai dit que je veux être seul. Va-t-il falloir que je m'en aille à la taverne pour avoir la paix?

— Bon, bon.

Les phrases entrecoupées de Gervaise revenaient à l'esprit de Raymond, comme des morceaux d'une courtepointe qui ont besoin d'être assemblés pour faire un tout. Il tentait d'agencer les pièces, mais que de grands vides, que de zones grises, que de brisures dans tout ce grand drame! La tante, quel rôle avait-elle joué dans tout ça? Elle était là depuis toujours, lui semblait-il, innocente et douce. Depuis la porte ouverte, parfois, il la regardait. Elle était blanche, comme la cire de la chandelle; ses yeux, noirs, ses cheveux aussi, très longs. Il ne l'avait jamais vue debout, avait-elle des jambes?

Ses frères morts! Que voulait dire Gervaise? Le mal de la famille. Le mal? Et si le bébé de Minotte... Raymond frissonne. Le mal de la famille? Et son père qui n'est plus là... Il n'avait pas vu les choses sous cet angle, il n'avait pas fui tant d'horreurs; il avait fui l'ennui, le silence lourd et écrasant de cette maison où le malaise planait. Minotte était petite et vulnérable, elle dut subir longtemps cette lourde et écrasante misère. Papa allait de moins en moins aux champs, il vendit les animaux puis la terre par lopins, un à la fois, pour payer le docteur qui faisait crier Minotte. Le souvenir de la tante lui revenait: cette chambre sans fenêtre, qui ne voyait la clarté qu'à cause du carreau d'une autre chambre, on l'avait nettoyée à la chaux, «pour tuer le mal», disait papa. «On a tout brûlé: le matelas, le lit, le linge. Je tournais en rond autour du feu, au fond de la cour, on tuait le mal, le mal qui a pris mes frères? Je me souviens de l'un d'eux, dans un ber de jonc, oui, dans un ber de jonc: un bébé. «Un ange», disait maman en pleurant. Tout se confond dans sa tête, le temps, les événements, son père endormi sur le sol...

Minotte n'est pas venue danser autour du feu. Pourquoi? Où était-elle?

— Où était Minotte? hurle Raymond.

Mariette accourt. Raymond est debout devant la fenêtre. De ses mains, il s'appuie au cadre; de son pied, il frappe la plinthe et répète:

— Où était Minotte?

— Raymond, dit doucement Mariette. Raymond, j'ai peur.

L'homme se retourne, regarde sa compagne; ses yeux sont remplis de larmes. Mariette court vers lui, l'attire contre elle. Comme un enfant, il se laisse cajoler. Et il entend la voix de Minotte: «Avec un peu d'amour...»

Il est là, debout. Il pleure sur l'épaule de Mariette, sa tête éclate. Dans son esprit, comme dans un kaléidoscope, tournent, s'entremêlent, se confondent et s'entrechoquent des images, des clichés, un drame qui se bouscule sans trêve.

Mariette ne comprend rien à ce qui se passe. Raymond est habituellement d'un calme plat, parle peu, n'extériorise pas ses émotions, il est serein, mange, dort, travaille, est toujours d'humeur égale. «Qu'a-t-elle bien pu lui dire pour qu'il soit aussi bouleversé? Ils n'ont pas été en tête-à-tête plus de deux heures. Il est tout chaviré, bouleversé, autant qu'au temps de notre rencontre! Va-t-il recommencer à faire des cauchemars? Pourtant... ici, pendant ces quelques jours, ils ne se parlaient pas de choses intimes, semblaient même n'avoir rien à partager après une si longue séparation! Il faudra que je l'aie à l'œil, la boiteuse, elle ne viendra pas briser notre vie et bouleverser nos habitudes.»

Raymond lui tournait le dos, il était retourné à la fenêtre, visiblement accablé. Il pensait sûrement à elle. «Qu'est-ce qui se cache derrière tout ça? J'ai tenté de la faire parler mais elle semblait indifférente à tout. C'est à peine si elle a exprimé ses idées, ou fait des commentaires. Elle aurait pu nous féliciter pour notre jolie maison, je ne sais pas. On dirait qu'elle est irréelle, présente et absente, renfermée, oui, c'est ça: elle est repliée sur elle même. Et sa robe! Comment papa a-t-il pu lui permettre de s'attifer comme ça? Des manches courtes par-dessus le marché! Mauvais goût. Une pauvresse! Heureusement que personne ne sait qu'elle est ma belle-sœur... Et papa, la voit-il telle qu'elle est? J'espère que la marâtre ne fera pas souffrir les enfants à la maison!»

Raymond continuait de réfléchir. Gervaise avait raison, mais elle ne savait pas ce que la vie avait été pour lui: «Il me faudra reprendre la conversation là où on l'a laissée. Minotte doit savoir que je ne l'ai pas trahie, que j'ai souffert, moi aussi, du froid, de la faim. Elle doit savoir ce que Mariette fut pour moi afin qu'elle apprenne à l'aimer...»

Et, se tournant vers sa femme, Raymond demanda:

— Dis-moi, Mariette, as-tu parlé de mon travail à la plantation avec Gervaise?

— Bien non, qu'est-ce que j'aurais pu lui dire? Je ne sais rien de ce qui se passe là-bas. Je lui ai dit que tu travaillais dans le tabac, rien de plus.

— C'est bizarre, elle savait tout, elle se servait même de termes très techniques. Où a-t-elle été chercher tout ça? Clément, le patron, n'en revient pas.

— Il t'en a parlé?

— Oui, ce matin.

— A-t-il été question du saumon?

— Oui.

— Qu'a-t-il dit?

— Rien de spécial; il sait bien que ce que le chat avait touché avait été enlevé et jeté.

— Il n'est pas horrifié?

— Non.

— Et sa femme?

— Je ne l'ai pas revue mais, à l'hôpital, elle semblait tout à fait à l'aise avec Gervaise. Ça va tourner à rien cette histoire-là.

— Tant mieux. J'ai eu tellement honte!

***

Le train file. Sa locomotive crache une vapeur qui va se perdre dans le ciel. Le wagon se dandine sur les rails de métal, chante son éternel refrain. Il va, traînant dans son ventre des êtres qui fuient ou reviennent, au rythme de la vie.

Gervaise est assise sur la banquette de peluche fanée, la tête appuyée, les yeux fermés. À son côté, se trouve son pauvre vieux bagage de toile, compagnon de ses nombreuses chevauchées. Cette fois, elle ne ressent pas le besoin de regarder défiler le paysage pour se situer. Elle sait. Elle sait où elle va: chez elle. On l'attend dans son *home* bien chaud. C'est fini, l'inconnu. Là-bas, au bout du chemin se trouve sa maison, son mari, une marmaille de plus en plus sienne, de la chaleur, de quoi manger. Et surtout, de l'amour, beaucoup d'amour. En ce moment, son cœur déborde. Une paix qu'elle n'a jamais connue l'inonde. En laissant échapper, à l'aide de mots, la détresse morale longtemps refoulée qui sommeillait en elle, Gervaise avait épuré sa pensée, extirpé ses peines, ses angoisses, ses peurs. Elle se sentait allégée. Elle s'étirait, souriait: sa paix intérieure était si grande qu'elle la faisait tressaillir de bonheur. La pensée de l'épaule accueillante de son mari la fit un instant frémir. Oui, Gervaise allait vers son homme, le cœur vibrant. Tout son être tendait vers lui. «Dors, petit bébé, dans ta bulle de lumière et de vie; fais-toi beau, sois heureux. Tu auras la plus amoureuse des mamans, le meilleur des papas, une kyrielle de frères et sœurs et, en prime, un parrain qui ne te laissera jamais tomber, maintenant j'en ai la certitude... Ta marraine, bof! on l'humanisera, on l'amadouera, on la gagnera à ta cause. Elle n'aura pas le choix: tu seras si bon, si beau, si tendre! Dors, poupon rose, dors.»

La nuit était presque tombée. Le train continuait sa course vers l'est, chevauchant à travers la campagne endormie. Une lumière isolée et blafarde perçait l'opacité.

Gervaise accrochait son regard au point lumineux qui éveillait des images dans sa tête. «Une présence humaine s'agite, là, derrière une fenêtre éclairée. La femme d'un fermier qui berce un enfant ou qui reprise? Dans sa cuisine? Ma cuisine, ma cuisine à moi, où je me meus, vais et viens à mon propre rythme, où j'attise le feu qui cuit nos aliments et réchauffe notre maison! Ma cuisine, avoir ma cuisine! C'est là un rêve que je n'ai jamais caressé, car je n'en espérais pas tant! J'aimais déjà celle contiguë au réfectoire des religieuses, avec ses longs comptoirs de tôle que je polissais pour les faire briller, et ses armoires remplies de vaisselle: des piles et des piles qu'il fallait laver après chaque repas... Bien sûr, je n'ai pas ce luxe, cet espace et cet amas de casseroles. Ma famille est petite, l'espace restreint, mais pour moi, ce coin de l'univers constitue un empire.»

Gervaise sourit: le jour de son arrivée chez Télesphore, elle avait épluché assez de pommes de terre pour nourrir un régiment. Il lui avait fallu s'ajuster aux besoins des siens. «Faire six tartes, c'est un jeu d'enfant! Au couvent, on en faisait des douzaines! Comme la vie est simple et belle!»

Qui l'eût observée en ce moment aurait cru qu'elle faisait un beau rêve, tant son visage était serein et son sourire épanoui. Gervaise savourait son bonheur, son grand bonheur. Chaque tour de roue la rapprochait de son royaume. Seul l'avenir comptait; le passé était définitivement classé. Elle ne ressentait aucune rancœur, tout était pardonné. L'inquiétude, le doute, la morosité qui parfois venaient envenimer ses pensées étaient à jamais dissipés.

***

— Prochain arrêt: Saint-Pierre-de-Montmagny. Descendez à l'arrière.

Gervaise trottinait derrière le conducteur; le train s'immobilisa enfin, après quelques toussotements. Télesphore était sur le quai de la gare. Il la regardait venir, le cœur serré. C'était bien elle, il ne pouvait en douter, il connaissait sa démarche, son allure toujours empressée. Plus elle s'approchait, plus son bonheur l'étreignait. Elle allait le dépasser sans le voir.

— Hum! Hum!

Elle ralentit, s'arrêta, se retourna.

— Télesphore!

Il ouvrit les bras, et elle vint se blottir sur sa poitrine. Il resserra son étreinte.

— Oh! Télesphore, Télesphore. Tu es là. Comment savais-tu que je revenais ce soir?

— Raymond a téléphoné.

Quelque chose dans la voix, à peine perceptible, suffit pour alerter Gervaise et la fit s'inquiéter.

— Quelque chose ne va pas? Les enfants? Toi, alors, tu n'es pas malade?

— Non, je t'assure.

— Oh! Télesphore, comme tu m'as manqué.

Elle prit sa main, la posa sur sa poitrine:

— Vois comme mon cœur bat. C'est la joie de te revoir. Câline, elle ajouta: va, prends l'argent dans le tronc de saint Télesphore.

Le train avait quitté, ils étaient seuls sur le quai désert.

— Viens, rentrons chez nous! Parle-moi de toi, des enfants; vous vous en êtes bien tirés sans moi? Vous n'avez manqué de rien?

— Gervaise, tu n'es partie que deux jours!

— Jamais plus je ne partirai, jamais plus sans toi.

— Parle-moi de ce voyage.

— Un désastre. Rien de moins qu'un désastre. Jamais plus, je te le répète. Je comprends maintenant ton amour de la terre, la beauté et la sécurité de la vie du

407

fermier. J'ai ressenti l'incertitude et la solitude des grandes foules qui se côtoient sans se connaître. Montréal, c'est suffocant. Que de monde! Je suis allée de la Gare centrale au terminus d'autobus; le taxi a été gentil, m'a tout expliqué. Heureusement, Raymond m'a évité des problèmes: il m'a ramené jusqu'à la gare.

Télesphore écoutait ce coq-à-l'âne. De nouveau le doute s'implantait dans son esprit, les accusations de Mariette prenaient de l'importance.

— Et ma fille, Gervaise, parle-moi de Mariette.

— Mariette, on dirait une petite fille qui joue à la madame.

— Que veux-tu dire?

— Elle est primesautière, impulsive, un grand bébé.

— Qu'as-tu dit avant grand bébé? Je ne comprends pas.

— Disons que Mariette agit spontanément, sans réfléchir; un peu comme Alphonse. Elle pique une colère puis le regrette. Tu aurais dû être là, quand cette histoire de chat empoisonné est survenue...

— Un chat?

— Oui, à cause du saumon.

— Du saumon!

— Oui, du saumon, à l'hôpital...

— Hein? L'hôpital, tu y étais?

— Bien sûr.

Gervaise riait aux larmes. Vue de loin, la situation devenait cocasse. Plus elle parlait, moins Télesphore comprenait. Décidément, quelque chose de louche s'était passé. Mais Gervaise, tout à sa joie, ne se rendait pas compte de ses propos décousus.

— Et ton frère, Raymond.

— Ah! celui-là, celui-là! Ce n'est pas le Raymond que j'avais gardé dans mon cœur, le garçon doux et bon de mon enfance. Te dire comme il m'a déçue. Mais il l'a su. Je n'ai fait que trois colères dans ma vie: une vers l'âge de huit ans, quand j'ai affronté un ivrogne qui battait son enfant; plus tard, au couvent, à cause de la Révérende Sœur supérieure qui ne cessait de me harasser, et hier... À propos de sœur, tu ne peux imaginer qui j'ai rencontré! Sœur Pauline. Elle est mariée au patron de...

— Hein? Gervaise, tu divagues. Sœur Pauline mariée...

Gervaise rit. Télesphore pas. Tout à coup la jeune femme s'exclama:

— Qu'est-ce qu'on fait ici, dans l'auto stationnée dans la cours! Entrons.

Elle se saisit de son sac à main, de son baluchon et courut vers la maison.

— Ma belle grande cuisine! Et ça sent le bon café. Se tournant vers son mari, elle déclare: Télesphore, j'ai faim.

— Tu n'as pas mangé?

— Si peu.

— Comment, si peu!

— Des amuse-gueules, des canapés.

— Des canapés, tu as mangé des canapés! Décidément...

— Ce n'est pas ce que tu penses. Des canapés, ce sont des croûtons garnis de fromage ou de confitures, des petits biscuits, des olives, du céleri fourré de fromage. Je pensais à nos bouillis, à nos rôtis de bœuf braisé, à mes bonnes tartes... Des hors-d'œuvre, pouah!

— Et c'est tout ce qu'on t'a servi?

— Les restants du party de la veille.

— Décidément, le monde s'en vient fou. À se nourrir comme ça, on aura une future génération de cerveaux ramollis, une génération de guenilles!

— On est pressé de faire de l'argent...

Gervaise cassa du pain dans un plat, l'arrosa de crème, enduisit le tout de sirop d'érable.

— Tu en veux?

— Non. Mange, toi.

Gervaise y allait, à grandes cuillerées.

— Pas si vite, Bourgeon, pas si vite.

— C'est trop bon.

— Raison de plus, prolonge ton plaisir.

À la regarder manger gloutonnement, les yeux brillants, le bec souillé, désinvolte, naïve comme une enfant, Télesphore se laissa un instant attendrir. Non, Gervaise n'était pas la dévergondée que lui avait dépeinte sa fille. C'était impossible. Que savait-il d'elle? Il ignorait beaucoup, c'était vrai, mais ce qu'il voyait présentement ne trompe pas.

— Cette religieuse? s'enquit Télesphore. Drôle de monde: on mange des canapés et les religieuses se marient.

Il ne lui en fallait pas plus pour rigoler. Elle était si heureuse!

— Les sœurs, Télesphore, ne prononcent pas leurs vœux perpétuels au moment de leur entrée au couvent. Elles ne prononcent alors que des vœux annuels, pendant une période de cinq ans. Alors seulement elles sont liées.

— Est-ce ainsi pour les curés?

— Non, le sacerdoce lie pour la vie celui qui choisit cette voie. Pour être relevé de ses vœux, l'ecclésiastique doit obtenir l'approbation du Saint-Siège, de Sa Sainteté le pape lui-même.

— Que tout est compliqué! J'aime mieux mon train-train de vie, plus simple, moins tortueux. Le seul défi à relever est celui de la nature.

Déjà le calme était revenu dans l'âme de Télesphore, qui se surprit à désirer très fort ce petit bout de femme.

— Bourgeon, tu viens dormir?

— Ah non! ne compte pas sur moi.

— Tiens, et pourquoi?

— Je vais garder mes yeux ouverts et te regarder, bien collée contre toi: je vais compter les poils qui couvrent ton thorax sexé.

Elle avait les yeux plissés, le bec pointé, la voix grave et menaçante.

— Tu n'as jamais été aussi belle, Bourgeon. La femme qui porte un enfant est toujours très belle; pourquoi?

— C'est l'amour, Télesphore, l'amour! Il épanouit, grise, enchante et ça se reflète extérieurement, je suppose.

— Viens, Bourgeon.

Elle mit sa main dans celle que lui tendait son mari, et ils se dirigèrent vers la chambre nuptiale. Il ferma la porte, la força à pivoter sur ses talons; il plongea le doigt entre ses seins, prit le billet, le lança sur le bureau, et lentement il la dévêtit. Elle fut surprise, un instant gênée.

— Tu es belle comme une poupée de porcelaine, murmura-t-il très bas.

Ce soir-là, elle s'endormit la première...

À quelques jours de là, Gervaise brodait des noeuds d'amour sur la robe que porterait son enfant le jour du baptême. Dans le calme de la grande cuisine, elle laissait errer ses pensées. «Moi aussi, je serai belle.» Elle pensa à sa robe grise, que Mariette avait tant décriée; elle était défraîchie, c'est vrai, pourtant elle avait été témoin de ses plus grands bonheurs. Bientôt il faudrait la remplacer, sa taille l'y forcerait. Elle fouillerait dans les tissus qu'elle possédait; n'avait-elle pas admiré une pièce de soie ambre parmi les trésors de mademoiselle Anita? Il n'y avait pas assez de tissu, tant pis: elle en ferait une jolie robe de toilette, pour les grandes sorties. Elle se mit à l'œuvre; elle l'étrennerait dès qu'elle serait prête, irait acheter ce qu'il faut pour confectionner une robe de maternité: blanche à pois rouges. «Ce serait gai, n'est-ce pas, bébé?»

Aujourd'hui elle étrennerait sa nouvelle toilette.

Elle sortait de la baignoire, le miroir lui reflétait son image: «Je ressemble à une étudiante avec mes longs cheveux; ce n'est plus de mise, surtout que j'ai des enfants qui ont presque mon âge et que bientôt je serai maman.» Elle prit les ciseaux, hésita, puis se décida enfin, inquiète du résultat.

Après s'être vêtue, en veine de coquetterie, Gervaise mit le collier de jade qui faisait également partie de l'héritage reçu. Debout devant la glace, elle admirait l'effet donné. Les couleurs se mariaient agréablement.

Gervaise descendit à la cuisine et elle prépara le thé; bientôt son mari viendrait goûter. Elle vit Lucette, sa voisine, qui passait devant la maison. Elle l'interpella.

— Comment me trouvez-vous, ainsi?

— Belle à ravir, vous êtes belle à ravir!

— Vous croyez que ça plaira à mon mari?

— Ça, j'en suis certaine. Attendez-moi, il manque quelque chose... je reviens vite.

Lucette tenait à la main un minuscule flacon de vernis à ongle, ses yeux pétillaient.

— On va compléter, je vais colorer vos ongles.

— Vous n'êtes pas sérieuse! Je n'ai jamais fait ça.

— Laissez-moi faire; si ça vous déplaît, on n'aura qu'à l'enlever.

Gervaise s'horrifiait puis s'épatait. Elles riaient de bon cœur.

— Seule, je n'aurais jamais osé...

— Ça va bien avec vos cheveux coupés à la moderne et votre robe neuve, vous ne trouvez pas?

— Que va dire mon mari?

— Vous n'aurez qu'à vous pavaner devant lui, vous le saurez bien vite.

— Je me sens... je ne sais pas, je me sens mondaine, moi une future maman!

Gervaise se mirait, rejetait la tête en arrière. Jamais elle ne s'était sentie aussi femme.

Lucette souriait, charmée de sa complicité. Des pas se firent entendre, Télesphore entrerait. Lucette se leva. Elle allait sortir quand Gervaise s'exclama:

— Ouf! Que va-t-il penser de ma nouvelle coiffure, de la frange qui cache mon front?

— Vous n'étiez tout de même pas pour vous lisser les cheveux en chignon!

Lucette ferma la porte pendant que Gervaise allait se réfugier dans le fond de sa cuisine.

— Tu es là, ma femme?

— Oui, le thé est prêt.

Gervaise s'approcha avec l'air timide qu'ont les enfants qui ont fait un mauvais coup. Il la regarda, fronça les sourcils.

— Alors, qu'en dis-tu, Télesphore?

— Que tu es belle! Divinement belle.

— Mes cheveux...

— Adorables! Tes yeux sont plus sombres, plus lumineux. Tu ressembles à une étoile de cinéma.

— Il me faudrait aller au magasin, j'ai besoin d'une robe de maternité; tout ce que j'ai est trop ajusté. Tu pourrais m'amener au village?

— Oui, tout de suite. Je veux que tout le village te voie. Bourgeon, que tu es belle! Allons, suis-moi.

— Tu ne t'arrêtes pas chez Philomène?

— Non.

— Alors?

— J'ai négligé autre chose, le temps est venu de réparer ma gaffe.

— De quoi parles-tu?

Ils se rendirent à Montmagny, chez le photographe. «Je veux un beau fond de portrait, quelque chose de gai. Pas de rideau, pas de draperie.» L'artiste proposa alors de passer dans sa maison, près du foyer de son salon; ce serait un décor parfait.

Gervaise posa, seule d'abord, puis avec Télesphore.

— Il ne sera pas dit que nous n'avions pas notre photo de mariage dans l'album de famille.

— Il était grand temps d'y penser, bientôt nous n'aurons pas besoin de preuve pour publier notre union.

— Si le photographe avait su, il aurait triplé son prix, badina Télesphore. Nous voilà immortalisés, tu ne pourras jamais être plus belle. Si tu avais vu tes yeux briller sous ces grosses lumières: deux lampions d'église!

Chapitre 18

Les jours ont passé. De temps à autre, le microbe qu'a semé Mariette dans le cœur de son père menace de faire des ravages. Il chasse les idées tristes mais une inquiétude persiste, cuisante. Alors il évite son regard. Elle ne parle plus de ce voyage; il n'ose la questionner, il a peur. Aujourd'hui c'est un de ces mauvais jours, il flâne aux bâtiments. Gervaise s'inquiète. Lui, toujours ponctuel, a tendance à se laisser attendre!

— ...Passez à table, les enfants, papa est sans doute beaucoup occupé et Lucille a très faim.

— Je vais aller voir.

Lucien est sorti en courant. Il a vu son père appuyé contre la clôture qui regardait au loin.

— Papa, maman t'attend, Lucille veut manger.

— Viens, fiston.

L'enfant glisse sa menotte dans la main de son père.

— Ça ne va pas, papa?

— Non, j'ai flâné un peu.

Il allait répondre oui, la manière facile de couper court aux explications, mais il ne mentirait pas à son fils, ça, non!

— J'avais besoin de réfléchir, j'ai mal choisi mon heure. Chut! C'est entre hommes, promis? Allons maintenant.

Lucien acquiesce en hochant la tête. Gervaise servait la soupe, elle les interpelle.

— À table, Monsieur; si vous voulez avoir droit au dessert, il faut manger sa soupe d'abord.

Les inquiétudes qui le tourmentaient plus tôt se dissipent une fois de plus.

— Alors, Lucille, tu as une grosse faim?

— Tu es toujours en retard; c'est maman qui nous laisse seuls et va en voyage, puis toi qui flânes.

— Sois rassurée, Lucille, je ne partirai plus.

— Tu ne verras plus Mariette?

— Elle viendra sans doute un jour ou l'autre.

— Et ton frère, alors?

— Lui aussi viendra, j'espère.

— En tout cas, Alphonse, lui, revient toujours. Dis, elle est belle la maison de Mariette?

Gervaise raconte l'histoire du saumon, du chat, adoucissant l'anecdote, ne mentionnant pas le poison. Télesphore écoute. Tout semble se tenir.

— Il était gros, le gâteau?

— Il n'y avait pas de gâteau, que des amuse-gueules.

— Pouah! Une fête sans gâteau! C'est pas une fête, ça!

Télesphore se redresse, s'adosse, ferme les yeux, tout pâle.

— Tu ne te sens pas bien, Télesphore?

Il plisse le front, ses sourcils se rapprochent, il remonte les épaules, puis les secoue comme pour se débarrasser d'un lourd fardeau. Son regard croise celui de Lucien:

— J'ai trouvé la réponse, fiston.

Gervaise les regarde, tour à tour, intriguée.

— J'avais un gros problème, j'ai trouvé la solution. Aurai-je droit quand même au dessert?

Réjeanne tasse son assiette vers son père.

— Tiens, papa, prends le mien, j'attendrai.

— Merci, ma fille.

Et le père pique la fourchette dans la pointe de tarte juteuse. Gervaise a apporté les deux tasses de thé; c'est la fin du repas, les jeunes peuvent sortir de table.

— Mes enfants, dit Télesphore, restez un instant. Je voulais attendre le retour de votre grand frère pour vous apprendre la grande nouvelle, mais je vais l'en informer par téléphone. La fête de Noël aura lieu ici.

Les hourras fusent. Il doit les interrompre.

— Ce n'est pas tout.

L'homme recule sa chaise et se lève. Il a un air solennel. Gervaise devine... elle va pleurer.

— Mes enfants... vous aurez un bébé bien vivant à aimer.

— Quoi?

— Votre mère attend un enfant.

— Zut! s'écrie Lucille. Je vais perdre ma place!

On rit. Télesphore se rassoit.

— Donnons-nous la main, remercions le Seigneur.

Voilà qu'autour de la table se forme une chaîne humaine: on se donne la main, unis l'un à l'autre, dans une même joie; ils inclinent respectueusement la tête. Télesphore toussote pour s'éclaircir la voix: il fait une prière.

— Il faudra être gentils avec la maman et l'aider du mieux que l'on peut.

— Encore plus de vaisselle à laver! tonne Jacqueline.

— Ce sera moi qui laverai la vaisselle, réplique Lucille. Je ne serai plus le bébé de la maison.

— Congé ce soir, votre père et moi ferons le boulot.

Ils sont disparus comme par enchantement, laissant les parents seuls, qui sirotent en silence leur tasse de thé, troublés.

Lucille est revenue, a demandé:

— Quand il va arriver, ce bébé?

— Le docteur a dit le 7 juin.

— Juin! mais c'est loin, ça! Et elle est repartie en courant.

— Dire qu'ils ont hâte de grandir, jette laconiquement Gervaise.

Télesphore ne dit rien.

— Tu crois que c'est une bonne idée de prévenir Alphonse? Maintenant, il est en pleine saison d'études; pourquoi ne pas attendre qu'il vienne en vacances?

— Tu as sans doute raison.

— J'ai un aveu à te faire. Quand j'ai eu cette dispute terrible avec mon frère, je me suis échappée, je lui ai parlé de ton amour véritable et sincère, et dans le feu de mon excitation, je lui ai dit que j'attendais un enfant. Après notre réconciliation, je lui ai demandé d'être le parrain et Mariette la marraine.

— Tu as fait ça?

— Tu me pardonnes?

— Il n'y a rien à pardonner.

— Tu voulais garder le secret.

— Ton frère, c'est la famille, au même titre que nous tous.

— Je lui ai demandé de ne rien dire. Il t'appartient de prévenir Mariette.

Il ferma les yeux, sembla se recueillir.

— Oublie cette colère, pense à ton fils.

— Je lui ai déjà parlé de tout ça.

— À ton fils?

— Oui, à mon fils. Je lui ai dit de ne pas tenir compte de ma stupidité... Je crois qu'il a compris.

— Je suis trop heureux! J'ai peur.

— Superstition, pure superstition; le bonheur ne se paye pas, pas plus que le malheur se mérite ou punit. Un chrétien ne doit pas parler comme ça.

— Tu es une perle rare, ma Gervaise.

***

Le temps s'est gâté, les jours sont plus courts; la vie se passe à l'intérieur, ce qui favorise le dialogue. Les enfants se chamaillent parfois, la fameuse télévision les attire; aussi le père a tranché: une heure après souper, pour ceux qui ont fait leçons et devoirs, et durant la fin de semaine. On a un peu riposté, puis on s'est ajusté aux décisions du papa. La maternité de Gervaise ne saurait demeurer discrète. Elle est fascinée par les changements qui s'opèrent dans son corps. Son bonheur n'en finit plus de grandir. Elle tient le crochet, cette nappe sera prête à temps pour Noël; malgré tout, elle sera heureuse de l'offrir à Mariette.

Gervaise prépare son menu pour la période des fêtes. Les beignes sont déjà prêts; on emmagasine tout dans la glacière du bon Dieu, du côté de la remise. La pile de tartes grimpe, les viandes mijotent, on n'aura qu'à en terminer la cuisson, selon les besoins. Vingt-quatre personnes à table, ça promet. Rien ne doit être oublié.

Les enfants se préparent en cachette, ils chuchotent; les parents font mine de ne rien entendre. Télesphore ajoute des sous aux allocations hebdomadaires des enfants. Le catalogue Simpsons mange de durs coups, on le consulte sans cesse. Rubans et papiers colorés passent parfois, dissimulés derrière le dos d'un enfant qui cache mal ce qu'il transporte, le regard bien fixé sur celui qui ne doit rien voir du précieux butin. On joue le jeu. On prétend ne rien entendre de leurs chuchotements.

Décembre est enfin là. Comme on l'a attendu! Sur le calendrier, on marque d'une croix le jour qui se termine. La fête de Noël viendra, elle approche. On a réussi à réunir vingt-quatre chaises, pas toutes solides; peu à peu les chambres se déparent, la maison est sens dessus dessous. Gervaise est lasse mais heureuse, si heureuse! D'un bonheur qu'elle ne croyait pas possible.

Elle a dressé une liste des choses à faire, à l'exemple de sœur Clara. Elle biffe ce qui est fait, vérifie, ajoute. Télesphore a lancé les invitations; il a passé une soirée au téléphone. Tous ont accepté avec joie et empressement. À Mariette, il n'a pu parler; elle était absente, au grand soulagement de Télesphore. Raymond a assuré qu'ils seraient là. Gervaise est doublement heureuse. Oui, ce jour de Noël promet beaucoup!

Parfois une inquiétude vient assombrir son bonheur: ces oncles, ces tantes sauront-ils l'aimer, elle? Mais son mari sera là, tout près; elle reprend confiance.

La nourriture demeure son grand souci. «Il faut compter plus de vingt personnes et ne pas oublier la possibilité d'une tempête qui retiendrait tout ce beau monde», a dit Télesphore.

Les pâtés à la viande, les beignes saupoudrés de sucre à glacer, des tartes variées, le pouding au chômeur, une dinde farcie, dorée à point, un plein seau de pommes de terre pelées et conservées dans l'eau froide en attendant la cuisson: tout est classé dans le garde-manger.

Gervaise a fait cuire et refroidir deux pommes de terre qu'elle pile maintenant pour en faire des bonbons. Le sucre en poudre, le beurre d'arachide, le rouleau à pâte sont là, en retrait, et attendent de servir. Les fillettes incrédules regardent Gervaise qui leur promet des bonbons... faits avec des patates! Elles observent ses gestes et doutent du résultat.

— Ensuite, nous ferons du sucre d'orge et du toffee.

— Du sucre et de l'orge?

— Heuh, vous verrez.

— Et l'autre bonbon?

— Fait de mélasse et de soda à pâte.

— Pouah!

Gervaise s'amuse bien. Les bonbons se doivent d'être roses et satinés, d'après les enfants.

— Ce seront de vrais régals, croyez-moi.

Les fillettes se donnent des coups de coude, pas trop confiantes.

— Allez, étendez le beurre d'arachide que je puisse rouler ce bonbon.

— Ça ressemble à de la pâte à tarte!

— Et ça goûte le ciel, renchérit Gervaise.

— Il faut le cuire?

— Non, c'est presque prêt.

— Cru!

— Je peux goûter?

— Non, ce soir, au dessert, car c'est l'Avent.

On s'amusait ferme, bien que les commentaires eussent pu décourager Gervaise, pourtant assurée des résultats. Les religieuses avaient cette fantaisie de confectionner elles-mêmes les sucreries dont elle, Gervaise, raffolait.

Elle déposa les bouchées dans des boîtes et passa aux autres recettes sous l'œil soupçonneux des cuisinières en herbe.

Au salon se trouvait un énorme sapin enguirlandé, paré de boules multicolores qui scintillaient sous le feu des jeux de lumières. La décoration de la crèche de l'Enfant-Dieu avec ses moutons, chèvres, bœuf et âne, était la résultante de l'initiative des enfants à qui la jeune femme avait confié la délicate tâche. Cela ne s'était pas fait de façon très calme, car elles en étaient à leur première réalisation.

«Je t'admire, Gervaise, tu as une patience d'ange avec les enfants», avait dit Télesphore, émerveillé de voir sa femme partager avec eux les préparatifs.

— Il faut bien qu'ils apprennent; un jour ce sera nous qui apprécierons ces mêmes gâteries, mais venant d'eux.

Elle leva la tête, saisit le regard chaud qui pesait sur elle et sourit. «Gervaise!» murmura-t-il, simplement. La jeune femme sentit un long frisson la parcourir; elle ferma les yeux.

L'homme se leva, planta ses mains au fond de ses poches pour cacher son trouble; il tourna le dos et s'éloigna.

Gervaise sentit le désir germer en elle sous l'effet caressant de la passion de Télesphore.

***

Les vitres brillaient derrière les rideaux lavés de frais, l'ordre régnait partout dans la grande maison prête à recevoir la visite du temps des fêtes. On viendrait d'aussi loin que Chicoutimi et Rimouski.

L'entrée avait été déneigée depuis la route jusqu'à la grange, afin de faire de la place pour les véhicules des visiteurs. Les enfants priaient pour que la tempête ne les empêche pas de parvenir jusqu'à eux, mais survienne juste à temps pour les retenir, une fois qu'ils seraient là!

Gervaise répétait ces propos cristallins à son mari, le soir venu, dans l'intimité de leur chambre; immanquablement les effusions amoureuses suivaient ces conversations qui favorisaient leur rapprochement. Aussi Gervaise confia-t-elle à son mari ses inquiétudes quant à la réaction qu'aurait sa belle-famille en sa présence: ne ferait-elle pas figure d'intruse dans ce noyau intime? Télesphore rassura sa femme en lui expliquant l'importance qu'il avait toujours attachée aux liens étroits entre cette famille et ses enfants.

«Je suis le seul de ma lignée, maman ne menait pas toujours ses grossesses à terme. La famille de ma femme est devenue la mienne, par affection, bien sûr, mais aussi pour que mes enfants aient des proches à aimer, car rien ne remplace les liens de la famille. Depuis qu'Alphonse a exprimé le désir de devenir prêtre, il n'y avait plus que Lucien sur qui je pouvais compter pour prendre la relève. Puis... tu es venue, toi, et j'ai repris espoir... Tu me comprends?»

Il s'était tu, embarrassé. Puis il fit bifurquer la conversation.

— Tu les aimeras, il y en a de tous les genres, elles sont toutes charmantes et bonnes mères de famille, c'est du bien bon monde.

— Tu dis elles, donc elles n'ont pas de frères?

— Oui, deux, qui se confondent avec les beaux-frères, au nombre des oncles. Ne t'inquiète pas, tu sauras les amadouer, ne serait-ce que par ta bonne cuisine. Ça mange! Et ça mange gros!

La joie exubérante des enfants et leur joie collective finissent de rassurer Gervaise qui met tout son cœur à préparer le grand jour. Elle a sorti le gros chaudron de fer, l'a lavé, enduit d'huile et placé sur la table où des morceaux de viande s'alignaient, coupés à même les cuisseaux de veau, de porc, de bœuf et d'agneau. Elle a ajouté un poulet dépecé. Venait ensuite la bête des bois, dont le cuisseau d'orignal, cadeau de Vadeboncœur, bon chasseur. On le conservait gelé, pour cet usage bien spécifique. Deux perdrix, un lièvre et une outarde: le petit gibier assure un goût plus raffiné au cipaille. Télesphore s'en est chargé.

Gervaise consulte de nouveau la recette, mêle les cubes de viandes, les assaisonne. La pâte prête à être utilisée a gonflé dans un grand plat, recouverte d'un linge de toile. Le gros du travail est fait.

Elle superpose les ingrédients séparés par une pâte percée en son centre: un rang de viande, un rang de pâte, un rang de viande, un rang de pâte, jusqu'au rebord du chaudron. En surface elle remplace le trou rond habituel, qui sert de cheminée: dans la pâte elle taille la face souriante d'un bonhomme.

Gervaise se recule, passe ses mains souillées sur son tablier. Elle admire son œuvre qui serait digne de mention honorable, elle n'en doute pas. Elle relit la recette. Non, elle n'a rien oublié. Tout au bas des instructions, il est indiqué qu'en ajoutant des patates coupées en dés, on obtient la tourtière du Lac-Saint-Jean. Elle avait préféré s'abstenir afin d'avoir plus de grosse nourriture à offrir, étant donné le nombre d'invités attendus. Les pommes de terre, elle les cuirait à part.

Il faut maintenant tout nettoyer. Des entailles, elle fera une gibelotte, des os, un bon potage. Elle parle tout haut, sans s'en rendre compte, tout en déposant les restants dans des casseroles différentes. Une voix, derrière la sienne, répète ses paroles. Elle se retourne. Télesphore, debout à la porte, la regarde en souriant. Gervaise prend vite le couvert et vient le poser sur le chaudron afin d'en dissimuler le contenu pour l'effet de surprise.

— Cachottière.

— À mettre au frais, monsieur mon mari. Le tout doit macérer afin de lui assurer le maximum de saveur.

Gervaise a soulevé le lourd contenant. Télesphore s'est exclamé:

— Ne soulève pas ça! C'est trop lourd. Tu te donnes déjà assez de peine comme ça, trop!

— Non, jamais trop, j'aime faire plaisir.

— Je sais, tu y trouves contentement, il faudrait toutefois que tu penses aussi à toi. Il ne faut pas te laisser envahir par les désirs de tout le monde au point de t'oublier toi-même. Les gens sont ingrats, tu sais: plus ils en reçoivent, plus ils en veulent. Tout leur est dû.

— J'aime mieux donner que recevoir.

— C'est bien, mais dès que tu as affaire à un être sans-cœur qui ne pense qu'à lui, et peut abuser de toi, il te faut le reconnaître et prendre garde de ne pas devenir la victime des exigences. L'ingratitude, ça fait mal, très mal, et ça blesse, parfois profondément.

— Je sais, j'ai connu la souffrance, Télesphore, j'ai souvent réfléchi sur le sujet. J'en ai conclu que la blessure du corps se cicatrise puis s'oublie, que la blessure du cœur attriste puis s'estompe, que la blessure de l'âme s'incruste et demeure, mais que toutes nous aident à grandir.

Gervaise avait continué de nettoyer la table tout en parlant. Il se fit un silence. Télesphore s'approcha, posa une main sur celle de sa femme, chercha son regard et lui murmura doucement:

— Chérie, que tu parles bien! Tu dis des choses si vraies, des choses si belles, que je pense aussi mais que je ne sais pas exprimer. C'est pareil quand tu me fais l'amour, je me sens tout tourné à l'envers, tu me fais fondre! Si notre gars est aussi sensible que toi, tu ne seras jamais seule, il t'adorera, te protégera toujours.

— Télesphore!

— Lave tes mains, laisse là tout le gâchis, montons à la chambre continuer notre conversation, ce sera plus...

— Plus?

Télesphore lui fait une grimace, saisit le chaudron et va le déposer au froid. Gervaise place en vitesse les plats de matières périssables au réfrigérateur; elle court, grimpe les marches deux à deux, rejoint Télesphore, qui la prend dans ses bras, la transporte dans la chambre. Dès qu'il a franchi la porte, il ferme celle-ci de son pied. Doucement il dépose sa femme sur le grand lit, se penche vers elle; ses yeux sont fermés, ses lèvres entrouvertes.

— Si tu n'étais pas déjà comme ça, ma Gervaise, je sens qu'aujourd'hui j'aurais la capacité de te faire des jumeaux!

Chapitre 19

Les enfants sont d'une impatience fébrile. Du ciel tombe une neige légère qui tourbillonne avant d'atteindre le sol.

— Le temps va s'éclaircir, il fera beau, assure Télesphore en regardant le ciel. Le bon Dieu étend un beau tapis blanc sur la cour, pour accueillir nos invités.

Jacqueline trouve à redire:

— Il n'a donc rien d'autre à faire?

— C'est aussi la fête de son fils, il veut que tout soit très propre et très beau.

Gervaise attire à elle l'enfant qui se raidit; elle fait mine de ne rien remarquer, se penche, enserre sa taille de son bras.

— C'est un bon papa, comme le tien, qui aime tous les enfants de la terre.

— Alors pourquoi...

— Va, pose-la, ta question.

— ...est-Il venu chercher maman?

— Pour faire d'elle un ange, sans doute. Ferme les yeux, Jacqueline, essaye de t'imaginer comme elle est heureuse et belle, dans sa longue robe de soie blanche qui se soulève et se gonfle lorsque ta maman marche sur les gros nuages blancs.

La fillette s'est détendue; elle reste blottie contre Gervaise, et lorsqu'elle lève la tête, ses yeux sont pleins de larmes.

— Tu crois?

— J'en suis sûre.

Alors les pleurs se sont répandus sur le beau visage qui s'efforçait de sourire.

En retrait, Télesphore assistait au spectacle. Il s'approche, se penche vers l'enfant et demande d'une voix douce:

— Fifille, tu viens avec papa, je vais chercher Alphonse à la gare.

— Non, je reste avec... maman.

Gervaise la serre dans ses bras. Télesphore s'éloigne, bouleversé.

***

Alphonse a tendu la main à son père, a déposé sa valise sur la banquette arrière, et pris place à l'avant.

— Tu n'as rien à me dire?

— Non, papa, rien de spécial.

— Moi, si.

Le silence retombe, plus lourd encore.

— Je t'écoute, papa.

— Il vaut mieux, oui, il vaut mieux que tu m'écoutes, et que tu enregistres bien ce que je vais te dire. Ma femme, Gervaise, a besoin de tendresse et d'attention dans le moment.

— Elle est malade?

— Non, elle attend un enfant.

Alphonse a marmonné, son père n'a pu saisir les sons inintelligibles qu'il a émis.

Irrité et nerveux, il s'est mis à bouger sans arrêt, la tête tournée vers l'extérieur. Télesphore, étonné, ne comprend rien à son attitude. Tous les deux se taisent maintenant.

Lorsque l'automobile entra dans la cour, Télesphore retint son fils qui s'empressait de descendre.

— Écoute-moi bien, bonhomme. Tu peux me haïr, la condamner, tout ce que tu veux. Mais moi je te préviens, ferme ta gueule et sois poli avec ma femme, sinon tu le regretteras toute ta vie. Tu m'as entendu, Alphonse Langevin? Toute ta vie!

Télesphore sauta en bas et ferma la portière avec fracas.

Il se dirigea vers la grange d'un pas rapide et exaspéré. Il lui fallait reprendre son calme. Alphonse parut seul à la maison. Gervaise l'accueillit, bientôt les enfants entourèrent ce grand frère tant aimé.

Lorsque Télesphore revint, Gervaise comprit à son air bourru que quelque chose de pénible s'était passé entre eux. Heureusement, les premiers invités arrivaient: la cadette, Céline, avec son mari Jacques, son fils du même nom et leur petite Catherine entraient en secouant les pieds.

Télesphore leur présenta fièrement son épouse. Les enfants disparurent aussitôt vers le salon.

— Vous avez sûrement des choses de dernière minute à faire, Gervaise, laissez-moi vous aider.

— Rien pour le moment, Céline. Reposez-vous du voyage, je retiens votre offre.

Et ce fut un feu roulant. Le beau-frère était un pince-sans-rire qui aimait amuser tout le monde. Assis devant la fenêtre, il passait des remarques sur les arrivants.

— Tiens, regardez-moi ça! Si c'est pas Jeannine, la *fièrepette*! La marte autour du cou, les boucles d'oreille en or, les gants de *kid*, des fleurs de gui plein les bras pour souligner la fête de Noël. Elle tient son Maurice d'une main, sa Monique de l'autre.

— Eh! Monique, s'écrie Lucille!

La porte s'ouvre, Jacques s'écrie:

— Mais tu as engraissé, Jeannine. Ah! Abraham, que tu as engraissé! Ça ne fait rien, t'es pas *let* avec tes *bibittes* autour du cou.

— Jacques! tonne Céline.

Télesphore est tout sourire. Gervaise fait des efforts pour mémoriser tous ces noms, tous ces visages nouveaux.

— Dis donc, Maurice, de quelles nouvelles vitamines vas-tu nous parler cette année? La vitamine F?

— Jacques!

— Ah, pardon, je vous demande pardon, à tous.

Télesphore riait aux larmes, rien ne lui plaisait plus que ces reparties drôles. La soirée ne faisait que commencer.

Les manteaux s'entassaient sur un lit; les bottes des enfants, tuques et mitaines, dans la remise. Le va-et-vient n'en finissait plus, l'unique salle de bains était sans cesse occupée.

Quand toute la famille fut arrivée, Télesphore sortit la cruche de vin 999, du cidre de pomme et de l'orange Crush pour les enfants.

À quelques reprises, Gervaise surprit le regard de son mari peser sur son fils Alphonse.

Les verres distribués, Télesphore prit la parole, remercia les visiteurs d'être là, et d'une voix trouble, il annonça la future maternité de sa femme.

— Ah! Abraham, tonna Jacques, ça recommence!

On pouffa de rire, d'un rire qui se communiquait. Gervaise ressentit un pincement au cœur: Mariette et Raymond n'étaient pas là; elle avait tant souhaité leur présence. Se dirigeant vers la cuisine, elle s'arrêta devant Jeannine, l'aînée, et l'invita à la suivre.

— Dites-moi: la table ne sera jamais assez grande. Devrait-on faire manger les enfants d'abord?

— Vous n'y pensez pas! Vous n'arriveriez jamais à servir tant de personnes; plaçons le tout sur la table et attendez de voir comment le problème va se régler; chacun saura se débrouiller.

Monique et Céline vinrent prêter main-forte.

— Ça sent bon, Gervaise, jusque sur la route.

Les piles d'assiettes passaient, la coutellerie fut déposée sur un plateau; comme par miracle, la table se trouva couverte de bons plats. Le gros chaudron de fer avait la place d'honneur, bien au centre. Gervaise souleva le couvercle. Maurice ne put résister et mit sa cigarette allumée dans la bouche souriante de la croûte.

— Ah! Abraham, s'exclama Jacques, vitamine C.

Des calembours de toutes sortes fusaient. Gervaise regrettait d'être aussi occupée. Elle en échappait des bribes, mais les rires de ses invités valaient toute la peine qu'elle s'était donnée.

— Jean et sa bedaine de Monseigneur.

— Pas une bedaine, pas un ventre, une panse!

Jean, le pansu, riait aux larmes, le nez plissé par ses éclats; plutôt réservé et timide, la taquinerie ne lui déplaisait pas, mais ce qu'il bouffait!

Gervaise ne saisissait pas toujours le sens des expressions employées. Plus tard, elle demanderait à Télesphore ce que signifiait *blême comme une vesse de loup*, un *baise-la-piastre*, *prendre goût de tinette*; elle en oublierait! Les enfants étendus sur le plancher, l'assiette posée sur le sol devant eux, écoutaient les adultes tout en se gavant. C'était bien un Noël comme ceux d'autrefois, bien rigolo.

Gervaise vit Télesphore aller vers la cuisine, revenir avec un bol vide qu'il remplit de cipaille qu'il alla sans doute cacher quelque part. Ce geste l'intriguait.

— Si je meurs, disait un beau-frère, je ne veux pas de boutons à ma chemise.

— Pourquoi? Quelle différence ça ferait, tu serais mort!

— J'ai décidé de me faire incinérer; la chaleur réchaufferait les boutons et ça me brûlerait.

Il y eut un instant de silence et tous pouffèrent de rire. On taquinait Aline, la seule célibataire du groupe; quand les histoires étaient un peu salées, elle pinçait le bec et n'osait pas rire.

— Sais-tu, Aline, pourquoi les hommes ne portent pas de robes alors que les femmes portent le pantalon?

— Non, mais je crois, Jacques, que tu vas me le dire.

— Parce qu'on aurait froid aux fesses: on ne veut

pas se geler le zizi, car on n'a pas de manteau de fourrure, nous, les hommes.

Du tac au tac, Aline répliqua:

— Es-tu en train de nous dire, Jacques, que tu n'as pas de poil aux couilles?

Venant d'elle, la repartie n'en était que plus drôle. Télesphore faillit s'étouffer tant il riait.

— Aline, sainte misère, c'est la meilleure!

Et le bal continua. Des histoires se succédaient, dont celle du chat mal noyé qui était sorti de la poche et était venu se venger. Dès que les rires s'apaisaient un peu, on entendait Jacques tonner «Ah! Abraham!» et on s'esclaffait de plus belle.

Les tartes et les gâteaux succédèrent aux plats chauds; devant l'évier on ne fournissait plus à laver les assiettes.

— Comment avez-vous pu tant en faire, ma pauvre Gervaise?

— Un peu chaque jour, pendant trois semaines! Mais ça valait le coup. Télesphore est si content.

— Il mérite bien ce qui lui arrive, c'est un si bon garçon.

— Bon, dites-vous, bon? Il a un cœur d'or.

— Votre maison brille comme un sou neuf; seulement une femme heureuse réussit un tel tour de force; car il y a aussi les enfants qui accaparent.

— Des soies!

— La soie, je crois que c'est vous. Je suis heureuse, très heureuse de vous avoir connue, Gervaise.

— Merci, Jeannine. Ce que vous me dites me touche beaucoup.

— Jeannine parle pour nous tous, Gervaise, j'en suis sûre, ajouta Céline.

Aline vint s'enquérir de ce qu'on attendait d'elle.

— Le café, Aline, suggéra Céline, comme tu le fais toujours.

— Il est prêt, vous n'avez qu'à le verser, je l'ai préparé et la bouilloire en est pleine, dit Gervaise

— Ça, par exemple, c'est intelligent! Quelle ingénieuse idée!

— Ah! Abraham! s'exclama Jeannine, moqueuse.

La vaisselle reprenait lentement sa place sur les tablettes des armoires. Les gendres venaient à tour de rôle porter les plats souillés sur l'évier. On lavait, on essuyait, les linges à vaisselle se remplaçaient par de plus secs.

— Vous devez être épuisée, Gervaise.

— Pas du tout! Je suis trop heureuse pour ressentir la fatigue.

— Ce sera demain que vous vous en ressentirez. Il faut vous ménager un peu.

Ceux qui habitaient assez près quittèrent à cause des enfants. Les autres, qui venaient de loin, dormiraient là.

— Revenez déjeuner, invita Gervaise.

Tel que Télesphore l'avait prédit, le temps était doux et la neige avait cessé de tomber. Les enfants furent priés d'aller dormir. Ce soir-là, on coucherait en travers des lits, ça donnait plus de place. Gervaise s'empressa auprès d'eux. Lucille insista pour dormir avec Catherine, Julie auprès de Réjeanne, Jacqueline avec Michelle. Lucien partagea la chambre avec Alphonse qui sacrifia la sienne à ses cousins mâles, Emmanuel et Philippe.

Gervaise, discrètement, se retira aussi, pour aller dormir. Elle glissa entre les draps, heureuse, satisfaite. Elle posa les mains sur son bedon et dit doucement: «N'est-ce pas, petit, qu'ils sont gentils les oncles et les tantes...» Elle dormait déjà.

En bas, on jouait aux cartes, au poker avec une mise de cinq sous. La cruche de vin 999 fut vidée; oncle Jacques ne cessa pas ses boutades. Quant à Pierre, il raclait le tapis et emplissait sa boîte à tabac de ses gains.

Télesphore se coucha, prenant des précautions infinies pour ne pas réveiller sa femme. Il écouta sa respiration régulière qui prouvait la profondeur de son sommeil.

«Demain on fera de la musique, on dansera.» Télesphore s'endormit en pensant au coq qui, lui, n'avait pas festoyé; il ne manquerait pas de lui rappeler l'heure d'aller *faire le train*.

***

Oui, le coq a chanté, mais Télesphore ne l'a pas entendu. Alphonse s'est réveillé à son heure habituelle, à l'heure de la messe. Il est descendu. Rien ni personne ne bougeait. Il est allé vers l'étable, a nourri les bêtes, les volailles. Cette besogne lui pesait, mais il voulait retrouver les bonnes grâces de son père qu'il savait très choqué.

Lorsqu'il revint à la maison, il trouva les enfants qui entouraient la table, jasaient à voix basse; les plus grands servaient les petits. On ne s'était pas gêné: tartes, biscuits, grands verres de lait; on se régalait, sans que les adultes n'interviennent et les ennuient par des réprimandes ou les rappels aux soins de leurs dents.

Gervaise se réveilla, surprise de voir son mari au lit; en passant devant la fenêtre elle vit Alphonse sortir du poulailler. «Tiens, tiens», pensa-t-elle. Elle se vêtit, quitta la chambre, ferma la porte derrière elle.

— Bonjour, maman. Chut! il ne faut pas parler fort, tout le monde dort.

Gervaise s'arrêta au beau milieu des marches et regarda le spectacle à la fois désolant et admirable qui s'offrait à sa vue. Bébé Jacques était crotté, du toupet au bout des orteils. Gervaise l'installa dans le lavabo de la cuisine et le lava à grande eau. Il riait aux éclats, heureux comme un roi. Jacqueline vint le prendre, le sécha gentiment avec une grande serviette, ce qui émut Gervaise.

— Venez, les jeunes, à la file indienne, venez que je vous débarbouille.

On avançait, relevait la tête, fermait les yeux. Gervaise

nettoyait les frimousses, les mains collées, tout en leur tenant des discours amusants. Penchée sur les petits, elle ne manqua pas de voir en fin de ligne les deux pieds de son mari qui s'était ajouté au groupe. Elle fit mine de rien; lorsque vint son tour elle enduisit la débarbouillette d'une épaisse couche de savon, et sans hésiter la lui plaqua au visage en frottant de toutes ses forces. Les enfants se mirent à applaudir, Télesphore à gémir.

— Oh! Salomon, s'exclama Gervaise. Excuse-moi.

— C'est pas Salomon, ma tante, c'est Abraham!

Le tintamarre éveilla les adultes qui descendaient l'escalier en bâillant. Réjeanne, comme une maman, commandait aux enfants: on nettoya la table et lava la vaisselle.

Raymond arriva pendant qu'on déjeunait. Il était seul. Télesphore présenta son beau-frère, mais ne fit pas allusion à Mariette.

Le cœur de Gervaise battait très vite.

— Viens, place-toi près de moi, invita-t-elle. Tu resteras avec nous quelques jours, dis, Raymond!

— Si tu veux, oui, je suis en vacances jusqu'à lundi.

— Ça nous fera tant plaisir!

Les taquineries de la veille se poursuivaient.

— Vous souvenez-vous le jour où Henri était entré en criant: vite, mon oncle, venez dehors, les vaches mangent la pelouse? Le pauvre petit à qui l'on interdisait de marcher sur le gazon qui entourait leur maison de ville était horrifié.

Gervaise se pencha vers son frère et lui chuchota à l'oreille: «Voilà ma famille. Pense au bonheur qu'aura mon fils, à être si bien entouré, à avoir tant de beau monde à aimer.»

La table fut tassée près du mur, on sortit l'accordéon et on dansa des rigodons. Dans un coin, Henri grattait la guitare qui devenait de plus en plus populaire grâce aux Beatles et à Elvis Presley.

— Dis, Henri, t'es pop ou t'es rock?

Le cousin se leva, posa un pied sur sa chaise et, taquinant les cordes de l'instrument en se déhanchant, chanta d'une voix éraillée: «Suis-je pop, suis-je rock?» Jamais ses cousines ne l'avaient trouvé aussi beau!

Lorsque la porte d'entrée se referma sur les derniers visiteurs, Télesphore commanda à Gervaise d'aller se coucher.

— Pas de mais, va dormir. La vaisselle sale ne s'envolera pas, rien n'est plus fidèle et patient. Va, ma grande.

De la tête, il invita Raymond à le suivre.

***

Télesphore avait allumé le fanal; oh! pas pour lui, bien sûr, il le connaissait, le chemin qui menait aux bâtiments. C'était sombre, les jours étaient à leur plus court.

— Suis ma trace, Raymond. Il va encore falloir déneiger. Viens t'asseoir par là. Alors, ma têtue de fille a refusé de venir?

— Oui, je regrette, monsieur Langevin.

— Laisse tomber le monsieur Langevin: après tout, je suis ton beau-frère. Qu'est-ce qui se passe avec Mariette, qu'est-ce qu'elle a dans la tête?

— Je pensais que vous veniez faire le train, je veux bien vous aider.

«Ainsi, pensait Télesphore, il ne veut rien me dire.» Alors il entreprit de nourrir les bêtes. À sa grande surprise, Raymond s'installa à la traite des vaches.

— Dis donc! Mais tu t'y connais! Attention à la grosse, là, elle a la fantaisie de renverser la chaudière avec sa patte; on dirait qu'elle le fait exprès, elle attend toujours que le seau soit plein. Dis-moi, jeune homme, comment as-tu trouvé Gervaise?

— Belle comme jamais. Elle a du bonheur plein les yeux. Il faudrait me donner la recette, c'est difficile de rendre une femme heureuse.

— Oh! Je pensais que Mariette et toi...

— Il y a des choses embêtantes à raconter à un père.

— Alors raconte ça à ton beau-frère: d'homme à homme, entre quatre-z-yeux.

— Pendant une couple d'années, ça allait sur des roulettes, puis soudain, la sauce s'est gâtée.

— Et... ça ne va plus.

— Ça va, oui, mais... le cœur n'y est plus. Le cœur est parti.

— Tiens? Elle regarde ailleurs? C'est ça que tu n'oses pas me dire?

— À peu près, oui.

— Ça dure depuis longtemps, cette histoire-là?

— Je m'en suis rendu compte par des soupçons d'abord, auxquels je n'ai pas voulu croire; puis un jour, par accident... je suis entré dans la maison, mais j'en suis sorti à reculons. J'ai oublié le perron, donc j'ai fichu le camp en bas. J'ai failli me casser le cou, j'ai filé derrière la maison d'un voisin. Pataud croyait que je voulais jouer, il m'a renversé et s'est mis à me lécher la face. Je ris aujourd'hui, mais ce soir-là, j'étais en furie.

— Est-ce qu'elle sait que tu sais?

— Non. Je n'ai encore rien dit. Peut-être que ce n'est rien de sérieux.

— Ce qui se passe dans ton lit, jeune homme, c'est toujours sérieux.

— Dire qu'on parlait de mariage...

— Non, jeune homme, pas dans ces conditions-là. Je vous en voulais, à Mariette et à toi, de vivre en concubinage. Ce n'est pas dans nos mœurs. Jeune, j'ai appris à me méfier des femmes aux cheveux courts, alors tu comprends! Votre manière de vivre me choquait: je crains pour le bonheur de la famille! Je me demande où on s'en va. Les religieuses désertent le couvent, les filles se pavanent en culottes! Pour revenir à ce que tu me racontes, Raymond, penses-y bien. Quand il n'y a pas de franchise, la bassesse prend vite le dessus. C'est ma fille, je regrette de te parler comme ça, mais il faut qu'elle se branche. Je n'ai pas été assez sévère avec mes plus vieux.

— Je l'aime, monsieur Langevin, je l'aime.

— C'est bien, c'est bien. Elle a de la chance, mais parle-lui ouvertement. Surtout, n'accepte pas le mariage dans ces conditions-là.

— Je ne sais pas ce qui se passe, c'est partout pareil. La famille, l'amitié, rien ne compte plus.

— Il ne faut pas dramatiser, il y aura toujours du bon monde. Mariette a besoin de réfléchir un peu. Sa mère l'a bien gâtée. Parle-moi donc du saumon, Raymond.

— Le saumon! Gervaise vous en a parlé? Quelle histoire!

— Elle m'en a glissé deux mots, rien dans le détail.

Et Raymond raconta. L'histoire, plutôt cocasse, égaya la conversation. Il fut aussi question de la façon habile avec laquelle sa sœur avait su tenir les contremaîtres et le patron en haleine lors d'une conversation touchant au travail.

— Il fallait l'entendre utiliser les termes techniques avec une précision surprenante. Vous auriez dû voir l'étonnement de Rosaire Clément, le boss, quand elle s'est informée de la méthode moderne de mettre le tabac en manoques.

— En manoques?

— Il s'agit de cinquante feuilles de tabac de même catégorie, mises en botte après le séchage. On aurait pu croire qu'elle... avait grandi sur une plantation de tabac. Moi, j'étais bien fier. Mariette moins. C'est plus tard que j'ai compris pourquoi...

Télesphore avait enfin une explication à la crise que sa fille lui avait faite au téléphone. Il baissa la tête, en proie à de profondes pensées.

— Retourne à la maison, Raymond. J'ai assez abusé de ton temps. Prends le fanal, je connais le chemin. Je vais te rejoindre, j'en ai pour cinq minutes. Attise le poêle si ce n'est pas trop te demander, on va se faire un bon café chaud.

Raymond parti, Télesphore se laissa tomber sur la grosse *canisse* de lait vide, cacha sa tête dans ses mains, et donna libre cours à sa peine. «On ne peut jamais être heureux? Il y a toujours des ombrages au tableau! Je suis bête: je l'ai crue, elle aurait pu briser mon ménage. Ma fille n'a pas de cervelle. Elle n'a aucun sens des mesures, aucun discernement. Elle a trouvé le tour de gâter notre jour de Noël, elle est bourrée de rancune et d'amertume. Au printemps, je vais y aller et elle va voir le diable, je vais la descendre de son piédestal celle-là!»

Télesphore retourna à la maison; le froid lui fouettait le visage, ce qui l'aidait à calmer sa colère, à surmonter sa peine.

Lorsqu'il ouvrit la porte, l'odeur du café vint lui caresser les narines. Il veilla avec son beau-frère. Il ne fut plus question de Mariette. Une phrase lui fit plaisir, grand plaisir: «Gervaise adorait papa, vous me faites beaucoup penser à lui. Je comprends ma sœur de tant vous aimer. Je pensais qu'elle exagérait...» Et on parla de la ferme, des animaux.

— Le tabac ou les légumes, Raymond: la culture, c'est la culture. On trouve tout dans la nature. En somme, tu n'as pas changé de métier, c'est le produit de la récolte qui diffère. C'est du pareil au même.

***

Pendant que Gervaise se reposait après des heures de grande fatigue et de grand bonheur, là-bas, dans la chapelle du couvent de Saint-André-de-Kamouraska, sœur Clara priait. À Noël, elle avait reçu la lettre qui lui avait appris la grossesse de Gervaise. Elle confiait le bonheur de ceux qu'elle aimait à Jésus de Nazareth.

Chapitre 20

Raymond, que l'on apprit à mieux connaître et à aimer, partit à son tour. Les traces de la grande tornade s'effaçaient tranquillement: la maison retrouvait l'ordre, et la vie ses habitudes normales. Il ne restait que de beaux souvenirs qui alimenteraient les conversations.

Une autre grande peine attendait Télesphore.

Les jeunes revenaient de chez les Vadeboncœur où ils avaient fêté le jour de l'An.

— Léo a tellement aimé ton cipaille, Gervaise, il n'en revient pas.

— Comment ça?

— Après y avoir goûté, je ne pus m'empêcher d'en cacher pour qu'il juge par lui-même.

— Ah! c'était ça. Je t'ai vu faire et j'ai oublié de te demander pourquoi tu en avais mis de côté.

— Il a toujours prétendu que seule sa mère savait réussir cette recette. Il a dû admettre que la petite fille élevée par les sœurs...

Alphonse arriva en bâillant. Il enchaîna, complétant la phrase de son père: «se prend pour un préfet de discipline».

— Qu'est-ce qui te prend, Alphonse, quelle mouche t'a piqué? Tu vises quelqu'un en particulier?

Télesphore remontait les épaules, fronçait les sourcils: Gervaise s'inquiéta. Aussi elle se leva, offrit du café. D'une voix ferme elle déclara:

— Les enfants sont très fatigués, ce sont leurs seules vacances avant le printemps, ils ont droit au repos. Si vous avez le désir d'un tête-à-tête dans lequel je ne suis sûrement pas impliquée, passez au salon. Les cages d'escalier ont cette vertu de laisser porter la voix.

Lentement, elle s'éloigna. Télesphore se radoucit. Il laissa tomber:

— Tu n'as donc aucun respect? Pas même pour l'enfant qu'elle porte?

— Ce camionneur, celui qui s'est arrêté ici, à l'automne, qui était-ce?

— Raymond, pourquoi?

— Rien.

— Où veux-tu en venir?

— D'abord maman, je pense à maman, toujours en couches, elle en est morte. C'est son tour? Et tu parles de respect!

Télesphore ouvrit les yeux, éberlué. Il n'en croyait pas ses oreilles.

— Hé, dis donc, fiston, de quoi tu te mêles? T'es pas encore curé pour me faire la morale. Garde tes sermons pour la chaire.

— C'est à ça que je veux en venir, justement à ça. J'ai changé d'idée.

— Tu as... quoi?

— Les curés se mêlent trop de politique...

— Assez! Tu en as assez dit. Tu as changé d'idée, O.K., mais ne descends pas l'Église pour excuser ton revirement de capot! Tu sais, mon gars, c'est très bien de dire ce que l'on pense, mais encore faut-il penser à ce que l'on dit!

Télesphore repousse sa chaise, se lève et se met à arpenter la pièce de long en large. Il ne veut pas éclater, ne veut pas fuir pour cacher sa peine ou sa colère; il ne sait plus très bien ce qui lui fait si mal, là, en dedans. Son gars! C'est de son gars qu'il est question. Il en est, lui, le père. Quoi dire? Et surtout comment le dire? L'heure est grave, l'instant solennel. Il craint de mal choisir ses mots. Il est face au mur, il s'arrête, pose ses deux mains sur la cloison, pousse de toutes ses forces, la tête inclinée.

— Papa...

— Tais-toi! Tais-toi et écoute-moi: pas un mot à personne de ce que tu viens de me dire. À personne! Tu vas retourner au collège, finir ton année, travailler fort, réfléchir et prier. Oui, prier. Et réfléchir! On reprendra cette conversation aux vacances d'été. Je n'ai pas fini. On ne fait pas un curé pour faire plaisir à son père ou à sa mère. Tu n'es pas lié par aucun vœu. Je ne sais pas ce que tu as dans le ciboulot, mais je sais une chose: ça fait des années que je prive les autres pour payer tes études. Espère pas que je vais continuer à jouer ton jeu. Je t'ai fait confiance, j'ai été patient avec toi. Trop souvent, tu as eu besoin d'être retroussé; j'aurais dû t'asseoir; j'ai tempéré, je t'ai laissé de la corde, tu en as abusé. Je te pensais différent des autres, avec une destinée spéciale, une capacité supérieure. De la merde!

Télesphore donna un coup de poing dans le mur, se retourna et, faisant face à son fils, articula sur un ton déterminé:

— Ton année finie, ne compte plus sur moi, tu gagneras ton argent à la sueur de ton front, comme tout le monde. Fini le papa gâteau. Finies les gâteries. Finies aussi tes remarques amères et tes indélicatesses. Tu vas respecter Gervaise, le petit qui s'en vient, ton frère et tes sœurs, la maison paternelle, les animaux dans la grange et l'Église. T'as compris, mon gars? T'as compris?

Télesphore revint vers sa chaise, s'y laissa tomber.

— Monte te coucher, je t'ai assez vu pour ce soir. Disparais.

— Tu me hais.

— Non, non, mon gars. Tu n'as rien compris! Ce n'est pas ta décision, ce n'est pas ma déception, ce n'est pas de ça que je te parle. Non, mon gars, je ne te hais pas; je hais ton manque de loyauté, tes cachotteries, ton manque d'esprit de famille. Il est grand temps de te repenser, de faire un homme de toi. Sinon, où que tu ailles, quoi que tu fasses, tu ne seras jamais heureux, ni toi ni ton entourage.

— Papa...

— J'écoute.

— Papa... c'est toi qui aurais dû devenir curé.

— Écoute-toi donc! Non, mais écoute-toi donc raisonner! Es-tu encore en train de m'amadouer? Penses-tu qu'il n'y a que des idiots qui deviennent pères de famille?

— Tu me comprends mal.

— J'espère! Restons-en là. Laisse-moi seul. J'ai besoin de réfléchir. Va, va! Merde, mais va-t'en donc!

Télesphore se leva et se dirigea vers la sortie arrière; il irait se réfugier dans la grange. Alphonse s'arrêta devant la porte de la chambre derrière laquelle Gervaise se trouvait sûrement; il frappa.

— S'il vous plaît, Gervaise, descendez. Papa aurait besoin de vous.

Gervaise entendit mais ne répondit pas.

Elle prit le papier et la plume qu'elle tenait à la main, et descendit à la cuisine. Décidément, elle n'avait pas le cœur à la correspondance. Assise près de la table, elle griffonna tout ce qui lui traversait l'esprit, sans doute sous le coup des émotions qui l'étreignaient:

La rancune: voile opaque qui dissimule le bonheur.

La rancœur: ver qui ronge le cœur.

Les reproches: détournement d'erreurs.

Le dédain: mesquineries mièvres.

La fierté: bonne selon son objet.

L'orgueil: espoir du failli.

La célébrité: échelon qui mène au succès.

La compétition: doit se pratiquer avec soi-même.

La franchise: vérité exagérée.

Elle regarda l'horloge, Télesphore ne revenait pas. Elle dessina un voilier sur une mer houleuse, ajouta des nuages, des oiseaux en vol. Suivait une liste de vêtements qui constituent une layette. «Mon bébé, notre bébé, le bébé de Télesphore et de Gervaise, le bébé Langevin, le bébé désiré. François? Éric? Camille? Michel?»

Télesphore venait, elle l'entendait secouer ses pieds enneigés; elle tassa les feuilles griffonnées, se leva, alla avancer la bouilloire pour infuser le thé.

— Coucou, Télesphore, je suis dans la cuisine.

Il parut dans la porte, le visage défait; une veine de sa tempe droite sautait.

— Tu as faim?

— Non, Bourgeon. Je n'ai faim que de paix et de ton amour.

— Un thé?

— Si tu veux.

— Ne sois pas triste, laisse le temps remédier à ta peine. Au fond, tout est relatif et dépend souvent de la tournure que prennent les événements. Parfois, on prend pour des malheurs ce qui, en réalité, n'est que des contraintes!

— La peine, ça va, je suis capable de la prendre, d'y faire face. Mais quand on rate un but visé, qu'on a une déception profonde et amère à avaler, ça c'est dur!

— Tu parles de frustrations. C'est difficile, hein? de tout concilier: espoirs, joies, peines. La vie est ainsi faite.

— Tu es là, à me réconforter; j'ai ma tête des mauvais jours alors que tu as surtout besoin de joie.

Posant la main sur son ventre, Gervaise, souriante, s'exclama:

— J'en ai tout plein: de la joie, de l'amour, de l'espoir, de la vie.

— Mon Bourgeon, mon Bourgeon!

— Viens, Télesphore, montons dormir.

Gervaise éteignit et donna la main à Télesphore.

Sur la table, elle avait oublié ses écrits. Alphonse,

levé tôt, jeta les yeux sur les feuilles, lut et relut. Il plia les papiers qu'il déposa au fond de sa poche. Ce qui était tracé là le plongea dans une profonde réflexion: «Où a-t-elle bien pu aller chercher ça?»

***

Petit Noël. Gervaise posa sur la table le gâteau qui contenait une fève et un pois: Lucien fut couronné roi, Réjeanne, reine. Alphonse, paisible, du moins en apparence, faisait de l'humour, les amusait par ses traits d'esprit. Il répétait des sornettes entendues au collège, ce qui faisait rire les plus jeunes: «Lette comme qu'à lé, chapeau comme qu'a l'a, qu'à rise donc d'elle, avant qu'a rise des autres.» On voulait l'apprendre, la mémoriser, Alphonse s'embourbait, déplaçait les mots, on riait aux larmes. Télesphore retrouvait les siens, unis dans la bonne humeur. Il regardait Gervaise, qui, dans ses yeux, lisait son contentement et l'expression de son amour.

Lucille et Jacqueline firent les frais de la vaisselle: un roi et une reine ne travaillent pas, surtout un jour de couronnement. Les élus se parlaient à mi-voix, faisant un paravent de leurs mains. Ensemble, d'un commun accord, ils vinrent se placer devant Gervaise et Télesphore et déposèrent leur couronne sur la tête de leurs parents.

Alphonse entonna: «C'est le roi Dagobert, qui a mis sa culotte à l'envers»; il se forma une ronde; pour la deuxième fois, Gervaise et Télesphore dansaient ensemble.

Dans l'intimité de leur chambre à coucher, Télesphore parut détendu et joyeux. La journée l'avait réjoui.

«Tu avais raison, Bourgeon, le temps raccommode tout!» Puis il s'était endormi. Gervaise restait là, le nez caché dans le creux de son épaule; d'une main elle caressait ce thorax poilu qui contenait un cœur gros comme le monde.

Le lendemain, Alphonse fit ses adieux; il retournait au collège. À Gervaise, il dit avec un grand sourire: «Sans rancœur et sans rancune...» Gervaise ne sut pas comment interpréter son regard soutenu alors qu'il prononça ces deux mots. Elle s'étonna toutefois du baiser qu'il lui déposa sur le front.

Télesphore et son fils sortirent. Dans la grande cuisine pesa, un instant, le lourd silence qui suivait toujours le départ du grand frère. Ce départ serait à jamais mémorable!

Chapitre 21

La saison d'hiver s'étirait; les jours, très courts, étaient partagés entre les travaux d'entretien des instruments aratoires, les devoirs et les leçons, les projets pour la belle saison, et surtout ceux qui concernaient l'attente du bébé.

Télesphore peintura le berceau en bleu. Pas un instant il ne douta du sexe de l'enfant à naître. En cachette, Gervaise prépara un moïse, se servant du panier en osier qu'on utilisait pour étendre le linge. Elle faillit le garnir de rose, histoire de taquiner Télesphore; Dieu que la tentation était forte! Elle n'osa pas.

Lorsqu'elle reconnaissait le pas de son mari, en vitesse elle dissimulait le berceau sous la dernière tablette du garde-manger. Quelle ne fut pas sa surprise, un jour, d'y trouver une note ainsi rédigée: «Peines inutiles, il n'y a pas un Langevin qui dormirait dans un si petit cocon!»

«Le vlimeux!» s'exclama Gervaise, à haute voix. Un instant, elle demeura perplexe: la pensée de son père venait de lui traverser l'esprit avec une telle netteté qu'elle en fut ébranlée. Depuis longtemps elle n'avait pas pensé à son père, et voilà qu'il venait de surgir de si loin, s'était imposé à elle, de façon cuisante.

Télesphore, debout dans la porte, l'observait, sourire aux lèvres. Elle lui tournait le dos, tenait la note à la main; la tête inclinée, elle regardait fixement le moïse à ses pieds.

— Déçue?

Gervaise sursauta, se tourna, se précipita dans les bras de son mari et se mit à sangloter.

— Tout doux, tout doux, ma fille. Je n'ai pas voulu te chagriner.

Gervaise pleurait, intarissable!

— Quelque chose ne va pas? Tu n'es pas malade, tu n'as pas de mal?

Non, non, faisait-elle de la tête, incapable de parler. Il la dirigea jusqu'à une chaise où il l'obligea à s'asseoir.

— Dis, Bourgeon, qu'est-ce qui t'arrive?

— Une simple crise nerveuse, réussit-elle enfin à expliquer.

— Sans raison?

— Non.

— Tu as trop travaillé! C'est ma faute.

— Tais-toi, Télesphore Langevin. Tais-toi. Pas un jour, pas une heure, pas une minute, pas un geste posé, pas une phrase dite, pas une pensée exprimée, rien, ne regrette rien. Tu ne m'as donné que du bonheur, toi; tes enfants aussi. Tout est là, dans mon cœur, débordant d'amour. Je ne veux rien oublier, jamais. Ni ta bague «Craker-Jack» ni ton collet de chemise qui m'a chatouillé le nez...

— Hein?

Assis en face d'elle, lui tenant les deux mains, il l'écoutait lui confier ses secrets intimes de jeune épouse, ses appréhensions, les recommandations et les inquiétudes de la Mère supérieure avant son départ du couvent. Elle parla de Mariette, de sa colère vis-à-vis de Raymond à cause de ses fanfaronnades.

Ému, il la regardait, petite fille-femme, si bouillonnante, si douce et généreuse, en même temps qu'autoritaire et déterminée.

— Si ce futur fils te ressemble, Bourgeon...

— Chut! c'est à toi qu'il ressemblera. Je le veux.

— Alors donne-lui ton grand cœur.

— Ainsi, il sera parfait!

— Et un tantinet vaniteux.

En montant l'escalier pour aller dormir, Gervaise s'arrêta, se retourna et demanda:

— Qu'est-ce que tu aurais dit si j'avais choisi d'orner le berceau en rose plutôt qu'en bleu?

— Alors, là, il faudrait ajuster notre choix: une fille devrait avoir ta beauté et mon intelligence.

***

En février, on célébra deux anniversaires de naissance. Le douze d'abord, fête de Lucille. Puis le vingt-deux, fête de Télesphore.

Au moment de se mettre au lit, Gervaise échappa un cri: «Télesphore!» Il avait failli se casser le cou: il n'avait pas fini d'enlever son pantalon et avait pris une élan pour s'élancer vers Gervaise; conséquemment, il avait piqué du nez et s'était allongé sur le plancher, aux pieds de sa femme, qui riait aux larmes.

— Non, mais!

— Regarde-toi donc, a-t-on idée! Relève-toi, vite, viens.

— Non, mais!

— Viens, que je te dis. Vite. Là, mets ta main ici. C'est ton fils. Il a attendu ce jour pour se manifester et te dire bonne fête. Tiens, encore, là, il bouge. Télesphore, notre fils bouge.

Elle pleurait maintenant, assise sur le bord du lit.

— Si tu veux savoir pourquoi je pleure, c'est de joie. Hop! encore. C'est inouï.

Télesphore la renversa sur la couche et la couvrit de baisers.

— Profites-en, chérie, bientôt tu auras une longue période d'abstinence totale, pendant au moins quarante jours.

— On verra bien lequel de nous deux saura le mieux surmonter cette terrible épreuve, monsieur Langevin. Moi, j'aurai mon fils à cajoler, ses lèvres gloutonnes s'abreuveront à mes seins dodus sous ton œil jaloux. Ah! Quelle joie, rien qu'à y penser!

— Ah! Abraham! Celui-là! Brrr.

Comme le feraient des enfants, Gervaise et Télesphore se taquinaient sur le grand carré de leur couche nuptiale.

Un rêve troublant hanta le sommeil de Gervaise: elle se tenait fermement à la crinière du grand cheval blanc, ailé cette fois, retenue par son père qui la protégeait. La chevauchée endiablée les soulevait de terre. Dans le flou du décor émergeait le visage de Télesphore qui répétait inlassablement: «Sois prudente, Gervaise, sois prudente; pense à notre enfant.»

Elle se réveilla en sursaut. Elle était assise, le visage en sueur. Un instant effrayée, elle regarda autour d'elle, cherchant à reprendre ses esprits. Le coq chanta; son chant étouffé et lointain, à cause de la réclusion imposée par la saison froide, vint réconforter la jeune femme. Télesphore bougea, se retourna, toujours endormi. Gervaise se colla contre lui et murmura: «Reste là, encore un peu.» Auprès de son homme, elle puisait la chaleur et le réconfort dont elle avait tant besoin.

Son père, une fois de plus, venait de se manifester.

***

Mars et ses promesses étaient là, le soleil dardait sur la neige, la faisait miroiter avant de la faire fondre.

Le fermier s'attardait souvent à la fenêtre, observait la nature, cherchait à la saisir afin d'en contourner les caprices et de se préparer à la vaincre.

«La neige est en croûte, encore deux jours ensoleillés et la percée va se faire: le printemps tarde. Il y aura encore un gel. Ce sera bon pour le sirop.»

Rien ne faisait plus plaisir à Gervaise que d'entendre son mari exprimer à voix haute ce qu'il pensait. Ça lui donnait le sentiment bien net de participer à ses réflexions, ce qui lui valait, en outre, une foule de renseignements, d'informations diverses: il lui communiquait ainsi les fruits des ses expériences. Une semaine s'écoula, sans histoire.

Gervaise, après avoir vidé deux de ses tiroirs de bureau, y avait classé les minuscules vêtements que porterait son enfant, son fils. Elle avait l'impression qu'elle recevrait, pour la première fois de sa vie, le cadeau d'une poupée, sa première poupée, vivante, avec de vrais yeux, de vrais cheveux, qui pleurerait réellement! Elle caressait les langes, son cœur s'exaltait.

***

Chapitre 22

Un bon matin, Télesphore est entré en secouant les pieds.

— Le temps est doux, la neige collante. Hier on gelait; ce sera une bonne saison pour les sucres.

— Ton déjeuner est prêt. Viens t'asseoir, je t'ai attendu, nous mangerons ensemble.

Télesphore sourit, il regarda sa femme qui s'empressait de verser le café. L'assiette chaude, bien garnie; les rôties comme il les aime, bien beurrées, l'attendaient.

— Qu'en dirais-tu si nous partions à l'aventure demain matin?

— Où irions-nous?

— À la limite de ma terre; j'ai là une érablière où je n'ai pas mis les pieds depuis longtemps. Ça te plairait, un voyage en carriole?

— Oui, ce serait amusant.

— Il faudra quelques heures pour tout mettre en ordre à la cabane. Nous y retournerons avec les enfants en fin de semaine. Ils adorent les parties de sucre.

— Et Lucille? On ne peut la laisser seule ici, elle a une grosse grippe.

— On la confiera à la femme de Léo qui se fera un plaisir de la garder, crois-moi.

— Que dois-je préparer?

— Un bon repas, soutenant: le grand air aiguise l'appétit.

— Et comme vêtements? À ce temps-ci, c'est encore très froid!

— Attends, j'ai une idée.

Télesphore disparut dans l'escalier, revint et étala sur le coin de la table des caleçons longs, des bottes fourrées, une canadienne, une tuque et des mitaines.

— Pour l'amour! Où as-tu pris tout ça?

— Dans la garde-robe d'Alphonse. Ça devrait t'aller. Ne ris pas, le grand vent transperce les vêtements, ce ne sera pas un luxe.

— Je ressemblerai à un père Noël en chômage.

— Jolie, la tuque, non? Le gros pompon me permettra de te repérer dans les bancs de neige.

— *Les bancs de neige*, quelle expression colorée!

— Nous partirons tôt. Je soignerai les poules, c'est le cheval qui va être content d'avoir l'occasion de prendre ses ébats dans la nature. Gervaise, je te laisse le plaisir d'annoncer la bonne nouvelle aux enfants. Ils adorent aller à la cabane.

Gervaise plia les vêtements qu'elle monta à sa chambre. À l'heure du souper, elle s'attifa des hardes d'Alphonse et vint s'offrir en spectacle aux enfants qui pouffèrent de rire.

— Le Bonhomme Sept-heures doit ressembler à ça!

Et on fit des projets pour la fin de semaine qui s'annonçait prometteuse... en aventures savoureuses!

***

Le cheval attendait près du perron. Il trépignait, avait hâte de partir.

La nourriture, les outils nécessaires, tout le bagage fut placé sur le traîneau. Télesphore disparut et revint avec des oreillers «pour amortir les chocs». Il les disposa sur le siège de sa femme.

— Allez, monte, épouvantail à corbeaux.

Télesphore souleva Gervaise de ses bras puissants pour la déposer dans la voiture, puis il couvrit ses genoux d'une pelleterie. Il se dirigea ensuite vers le cheval et jeta, sur le dos de ce dernier, un drap de laine à carreaux qu'il fixa à l'aide de courroies, depuis le poitrail jusqu'à la croupe.

— Cesse de piaffer, ma beauté, ce ne sera pas aussi facile que tu le crois.

Après une caresse à l'animal, il vint rejoindre Gervaise et se glissa sous la peau de castor, attirant sa femme contre lui.

— Hue! commanda Télesphore en tirant sur les rênes. Se penchant vers Gervaise: Ça va là-dessous, t'es confortable?

— Je te suivrais au bout du monde.

— Tu n'as pas peur des renards?

— Pas si tu es là.

Télesphore attira Gervaise près de lui et ils restèrent ainsi, l'un près de l'autre, en silence. Gervaise regardait les cimes des arbres qui défilaient dans le ciel, de plus en plus lumineux à mesure que le soleil montait. De place en place, la neige fondue laissait le sol à découvert, si bien que les patins du traîneau grinçaient sur les cailloux. La bête ralentissait quand on traversait des champs ombrés encore enneigés. Bientôt, ceux-ci recevraient la caresse du soc de la charrue. Au-delà de la prairie, pointait l'horizon muré de la dense forêt. Parce que le tapis de neige s'épaississait, le cheval changea de pas, laissant sa trace derrière. Parfois, les sabots de l'animal projetaient des mottes de neige qui éclaboussaient les passagers silencieux et attendris.

Gervaise et Télesphore en étaient à leur première balade amoureuse, seule à seul, perdus dans l'immensité de la nature toute blanche.

— Télesphore, j'ai souvent rêvé d'être un enfant qui jouerait sur les nuages. Ici, c'est encore plus merveilleux, car tu es là! Je suis au ciel!

Il tapota son épaule, ramena la fourrure qui avait glissé. Gervaise fermait les yeux, humait l'air froid. Plus on s'approchait de la forêt, plus la neige était durcie. Elle formait une plaque qui éclatait et en se fendant, émettait un bruit sec et franc sous le poids de la bête à qui Télesphore commanda de s'arrêter.

— Chut! Là...

Télesphore pointa en direction d'un chevreuil, immobile, qui regardait dans leur direction.

— Oh! fit Gervaise.

Télesphore lui dit à l'oreille:

— À ce temps-ci de l'année, les animaux sauvages ont faim; ils sortent de la forêt en quête de nourriture. Pauvre petit, il est tout maigre! C'est un *ravage* de chevreuils, ils empruntent toujours le même sentier pour taper la neige. Le bon chasseur les connaît bien ces sentiers.

Le cheval hennit, le chevreuil se retourna et, prestement, il se perdit dans le fourré dénudé.

— C'est la bête la plus élégante qui soit! s'exclama Télesphore. Elle a l'œil vif, l'ouïe fine. Je vais tendre quelques collets, qui sait, peut-être aurai-je de la chance.

— Qu'est-ce que c'est, un collet?

— Un genre de piège pour prendre le lièvre. Rien de tel pour rehausser la saveur du ragoût, c'est délicieux.

Télesphore était maintenant debout; on entrait en pleine forêt. Il guidait patiemment la bête qui rencontrait des difficultés, car la piste s'était, par endroits, presque refermée. Le fermier dut descendre pour déplacer des branches tombées en travers du sentier.

— Fais attention, Télesphore!

— Ben oui, ben oui, n'aie pas peur, Gervaise. On sera bientôt là, au prochain *croche*.

Et de fait, au milieu des arbres se dessinait une modeste cabane en bois rond.

Télesphore, retenant la bride du cheval, le dirigea vers l'éclaircie, du côté de la cabane exposé au soleil. Il lui donna une ration de fourrage vert qu'il avait eu soin d'apporter à son intention.

— Va, mon vieux Picot, bouffe un peu de cette

454

belle neige blanche pour te désaltérer. Toi, Gervaise, ne bouge pas, je reviens.

Tout en parlant, il l'emmitoufla. Il entra dans la cabane, prit le vieux balai fait de branchages noués, délogea les toiles d'araignée et balaya le dessus de la vieille *truie* avant d'y allumer un feu. Une fumée blanche s'éleva bientôt dans le ciel. Gervaise sourit et entra rejoindre Télesphore.

Le plancher était encombré de chaudières entassées les unes sur les autres. Des chalumeaux, des palettes de bois, des pincettes attendaient dans un grand bac à trois compartiments.

— Et ça, qu'est-ce que c'est?

— Ah! ça, c'est la clé de toute l'affaire. On y fait bouillir le sirop par étapes.

Gervaise, debout près de la *truie*, se frottait les mains et questionnait. Une chaleur douce remplissait peu à peu la cabane.

— Le silence est impressionnant, il nous donne le sentiment que nous sommes seuls au monde.

— La terre s'est reposée. Maintenant, les arbres vont y chercher l'eau qui deviendra leur sève avant de se parer de leur feuilles. Sais-tu, Gervaise, qu'un gros arbre peut boire jusqu'à quarante gallons d'eau par jour?

— Ça ne semble pas possible; où trouve-t-il tout ça?

— Ses racines font trois fois sa hauteur, c'est ce qui fait que l'arbre est solidement rivé au sol. Elles courent en tous sens et vont s'approvisionner très loin.

— C'est ce qui expliquerait comment se forme l'eau d'érable?

— Oui, je vais entailler, tu verras. Il faut vérifier le côté où se rencontrent le plus de branches, car c'est là que l'eau abonde.

— Un érable donne-t-il beaucoup de cette eau?

— Jusqu'à trente-cinq gallons. C'est beaucoup de travail: la saison est courte, elle se termine à la mi-avril, au plus tard. Une neige légère fait couler l'érable d'abondance. Par contre, il faut aussi du temps doux. La nature a ses caprices, mais elle est toujours fidèle.

— Tout ça semble tenir du miracle.

— Comprends-tu pourquoi j'aime la terre? La trahir, c'est se mentir; l'abandonner, c'est quitter un royaume, le seul où l'humain soit vraiment roi. Elle lui fournit tout: nourriture, eau, matériaux pour construire un toit; de grands horizons et même du sirop d'érable, ajouta-t-il en riant.

— Qui a eu l'idée d'entailler les érables pour en faire du sirop?

— On dit que des tribus utilisaient son eau pour laver leurs vêtements. Un jour, on en fit chauffer et, l'ayant par mégarde oubliée sur le feu, on eut la surprise de la trouver tournée en sucre. Est-ce vrai? Est-ce une légende? Saura-t-on jamais!

Tout en jasant, Télesphore faisait l'inventaire des accessoires et les classait par catégorie.

— Tu as apporté une casserole?

— Oui, elle est dans le panier.

— Je vais aller chercher de l'eau.

— De l'eau? Tout est gelé.

— Non, pas tout. Il y a une source à deux pas.

— Elle sera gelée aussi!

— Ben non! L'eau sort de la terre sous pression, à une température de quarante degrés, été comme hiver; donc, elle ne gèle pas. En été, si son eau nous semble glaciale c'est à cause de sa basse température.

Il revint, tenant en main une *chaudière* d'eau, et il en versa dans la marmite qu'il posa sur le feu.

— Voilà pour les patates. Goûte à cette eau, un délice riche en minéraux, surtout en fer.

— Tu en sais des choses, toi, Télesphore. Si tu savais à quel point j'aime t'entendre m'expliquer, **tout partager avec moi, que tu prennes le temps...**

456

Gervaise enlevait son manteau, ses bottes fourrées et sa tuque, le feu de branchailles ayant vite fait de réchauffer les lieux.

Télesphore nettoyait chalumeaux et chaudières, qu'il plaça sur un toboggan, enfila ses raquettes. Avant de sortir pour entailler, il se tourna vers Gervaise et dit:

— C'est drôle que tu me dises ça. Souvent je pense à toi pas comme à ma femme, pas comme à une femme, mais comme à une amie, avec qui il fait bon jaser. Tu sais écouter, tu comprends tout; quand tu n'es pas d'accord, tu le dis. Ah! ma Gervaise!

Et il s'éloigna. Gervaise s'approcha de la fenêtre, essuya les vitres et regarda son mari qui allait d'un arbre à l'autre, perforait les érables à l'aide du vilebrequin. Il introduisait le chalumeau dans l'orifice et suspendait la chaudière qui recevrait le précieux nectar.

«Il rentrera affamé!» Les pommes de terre cuisaient. Sur la vieille caisse de bois, Gervaise étala les victuailles qu'elle avait apportées: d'épaisses tranches de jambon, des tomates en conserve, une salade de haricots, une miche de pain et une motte de beurre maison.

La chaleur devenait incommodante: elle entrouvrit la fenêtre. Dehors, l'absence de tout bruit prenait une allure mystérieuse dès que le cheval bougeait ou quand une branche craquait. La paix ambiante invitait au recueillement. Gervaise pensait à son bonheur auprès de son époux et de sa famille. Leur amour vivifiant avait fermé la porte à un passé troublant, éliminé toutes inquiétudes, changé complètement sa vie. «Certaines décisions, certains choix que l'on fait dans la vie prennent une telle importance sur notre avenir qu'il faut toujours être en alerte, garder l'esprit éveillé. Le bonheur peut-il être stable? Je veux protéger le mien; est-ce par égoïsme, par peur, par faiblesse?»

Elle pensait à Télesphore, au sentiment de sécurité qu'elle ressentait à ses côtés, à la chaleur de sa tendresse, à la douceur de ses mains caressantes. Elle frissonna à la pensée d'être dans ses bras, ici, maintenant. Elle jeta un regard autour d'elle. Là, dans un coin, un amas formé de branches de sapin qui s'empilent: branches qu'on utilise pour allumer le feu. Ses yeux brillent, une pensée la fait sourire.

Elle alla vers la carriole, prit la fourrure, la posa sur les branchages; ce serait un lit de fortune où ils prendraient leurs ébats au retour de son homme.

Gervaise secoua la couverture à longs poils, rentra dans la cabane et l'étendit. Horreur! une nuée de mulots qui se terraient là sortirent du repaire, courant en tous sens. Surprise et effarée, Gervaise se mit à hurler. Elle sortit précipitamment de la cabane, grimpa dans le traîneau et se blottit sur le banc. Ses cris étaient déchirants, stridents telle la fausse note produite par un archet lorsqu'il touche une corde de violon trop tendue.

Télesphore entendit; il laissa tomber le vilebrequin. Abandonnant son attirail, il fit volte-face et prit le chemin du retour en toute hâte. Jambes écartées, genoux pliés, la tête penchée et les bras battant l'air, il filait aussi rapidement que le lui permettait le port des raquettes labourant la neige épaisse.

Le silence qui suivit effraya davantage Télesphore. Il mit les mains en cornet autour de la bouche et cria: «GER - VAI - SE». Elle se redressa: «Mon Dieu! Qu'ai-je fait!»

— Hou! hou! répondit-elle, hou! hou! Télesphore.

Honteuse, elle mit son manteau sur ses épaules et, s'appuyant contre le mur de la cabane, elle continua son message sécurisant. Télesphore, rassuré, fit une halte puis continua sa *trotte*. Il la trouva là, honteuse, la tuque calée jusqu'aux sourcils.

— Juste ciel! Que t'est-il arrivé pour que tu hurles ainsi?

— Heu!

— Quoi, ma Gervaise? Quoi?

Du doigt, elle désigna l'intérieur de la cabane. Télesphore entra mais ne vit rien d'anormal.

— Allons! Viens ici, tu vas prendre froid.

Lorsqu'il apprit enfin la raison de son désarroi, il se mit à rire.

— Tu as eu peur des mulots?

Gervaise, embarrassée, fondit en larmes et se précipita dans ses bras.

— Excuse-moi... mais il y en avait des milliers!

— Des milliers! dit Télesphore, l'œil moqueur.

Sur le sol battu de la cabane, devant la *truie* qui n'avait plus de bois à consumer, se trouvait une paire de raquettes enneigées. Au-dessus, pêle-mêle, tuques, manteaux, gilets, mitaines et caleçons longs avaient été lancés sur le tas. Sur une couche de peaux de castors, deux amoureux échangeaient caresses et serments.

Le feu s'était éteint. Ils s'endormirent, blottis l'un contre l'autre.

Le soleil descendait lentement se cacher derrière les érables qui, goutte à goutte, livraient leur sucre liquide.

Télesphore se réveilla le premier. Il couvrit Gervaise, attisa le feu, alluma le fanal Aladin. Les pochettes brûlèrent un instant et, sous l'effet de l'oxygène insufflé dans le globe, la lumière se fit tout à coup, brillante.

Il n'en fallait pas plus: Gervaise ouvrit les yeux. Un instant, elle fut surprise par le décor. Télesphore, souriant, la regardait.

— Tu as rêvé aux mulots?

Elle s'étira, sourit:

— Je leur dois des minutes de grand bonheur...

Avant de quitter, Télesphore prit la précaution de vider l'eau que contenaient les récipients.

— Pourquoi jettes-tu ce nectar?

— C'est ainsi. L'utiliser donnerait ce que l'on appelle du sirop de bourgeon, c'est trop amer. La prochaine cueillette aura bon goût.

***

Ce samedi-là, toute la famille œuvra pour aider le père. On utilisa le grand traîneau cette fois. Le baril fut déposé dessus, on y vidait les pleurs des érables pour ensuite les chauffer jusqu'à ébullition. Le suc bouillant, versé en filet sur la neige, donnait la meilleure des tires. On embouteilla aussi de ce sirop blond et pur, un cadeau du bon Dieu.

Télesphore parlait des mulots, Gervaise rougissait... Les enfants n'auraient pu se faire une idée de ce qui traversait l'esprit de ces êtres qui se parlaient d'amour dans un langage imagé, compris d'eux seuls; heureuse complicité.

Pendant que dehors les jeunes, le bec sucré, gavés comme des oies, prenaient leurs ébats et se lançaient des boules de neige, Télesphore, affectueusement, volait des baisers à sa douce.

— Comment oses-tu avec les enfants dans le décor? C'est indécent!

— D'autant plus agréable!

— Télesphore!

— Attention, regarde derrière toi, des mulots...

Gervaise sauta de côté, vint se blottir contre son mari. Télesphore, amusé, prit une mine scandalisée:

— Tu n'as pas honte? Un peu de tenue, Gervaise! Les enfants...

Ce soir-là, le traîneau ramena à la maison des enfants silencieux, entassés les uns contre les autres, épuisés d'avoir tant joué. Dans l'esprit de Gervaise, la ferme de Télesphore prenait la dimension d'une oasis où se cultivait le bonheur, peu importe la saison.

***

Les érables coulèrent d'abondance jusqu'au 10 avril, au grand bonheur de Télesphore qui retourna souvent à la cabane, seul ou accompagné de Léo. Les gallons de sirop doré revenaient à la maison à chacune des randonnées, avec des cornets de sucre, coulé directement dans l'écorce de bouleau retenue par une allumette de bois. Sur la fin de la saison, on fit des pains de sucre du pays qui ajoutaient à la tire et au sucre crémeux, «si bon étendu sur une rôtie chaude!».

Télesphore poussa la fantaisie jusqu'à se servir de moules en forme de cœur: ce sucre-là serait moins cuit, se briserait sous la dent, serait plus mou, plus blond. Les gros pains de sucre constitueraient la réserve pour l'hiver. Il faudrait les écorcher d'une lame bien affûtée afin de les détacher de la brique. Ce sucre-là était le meilleur de tous, «râpé dans de la crème épaisse, sur une généreuse tranche de pain de ménage».

Gervaise gémissait: «J'engraisse trop, c'est terrible!» À quoi Télesphore répliquait: «Les gâteries du bon Dieu ne font pas de mal à l'enfant.» Il s'absenta et revint: «Tiens, sa mère, cache ça pour le jour du baptême.» Il lui remit un cœur énorme et un autre plus petit, qu'il avait enveloppé de papier ciré.

— Télesphore! C'est délicat de ta part! Merci.

— Une autre surprise t'attend. La cabane est fermée, j'ai un peu de liberté. Vadeboncœur va venir faire le train en notre absence.

— Notre absence?

— Oui, nous partons, vingt-quatre heures, en amoureux.

— Les enfants...

— C'est au tour de Vadeboncœur de venir coucher ici. Après tout, on a droit au voyage de noces avant de commencer à élever notre deuxième famille.

— Où allons-nous?

— À Saint-Michel-de-Bellechasse. J'ai là-bas un cousin de vieille souche, Alcide Lanctot, du bon monde, bien accueillant, qui se fera un plaisir de te connaître et de nous accueillir.

— Comme ça, sans raison?

— Oh! ça, c'est autre chose. Tu le sauras assez vite. Mets tes bigoudis.

Alcide et Gemma accueillirent le couple: «Pas de raison qu'ils aillent coucher ailleurs que chez nous!» Les hommes jasaient, assis en retrait.

— Dis-moi, Alcide, sais-tu où je pourrais trouver de l'aide pour ma femme? La tâche est lourde, elle est si petite et beaucoup trop vaillante. L'aide domestique est rare à Saint-Pierre. Les jeunes désertent la campagne.

— Rends-toi à Saint-François. Il y a là une ferme facile à reconnaître, les bâtiments sont tous peints en rouge. Les filles du père Claveau s'engagent pour l'aider à gagner. Elles ont l'expérience, ce sont de bonnes filles. Je pense que tu ne pourrais pas trouver mieux.

Pendant ce temps, Gervaise en profitait pour se renseigner sur l'accouchement et les surprises qui l'attendaient. Gemma, compréhensive, devinait les inquiétudes de la future maman. Ce tête-à-tête chaleureux rassura Gervaise. Bien sûr, sa voisine répondait à ses questions, mais pas avec la même spontanéité; la gêne, peut-être? Ou une forte dose de pudeur, ou tout simplement par scrupule.

— Merci, Gemma, vous m'avez parlé comme l'aurait fait une mère. Tout ça est à la fois si merveilleux et si nouveau!

Tout à coup, sur le chemin du retour, Télesphore quitta la grande route. Gervaise parlait tellement qu'elle ne s'en rendit pas compte.

La voiture s'est arrêtée devant une toute petite maison chaulée, éloignée du chemin; derrière se trouvaient la grange et l'étable d'un rouge vif qui tranchait sur la verdure.

— Attends-moi cinq minutes.

Il revint, un paquet à la main; à ses côtés se tenait une jeune fille, grassette et blonde, un peu gênée, «comme je devais me sentir autrefois», pensa Gervaise.

— Gervaise, Angéline Claveau. Angéline va venir rester avec nous pour quelques mois, tu auras besoin d'aide.

Gervaise, fâchée, faillit laisser éclater sa colère. La présence de la jeune fille l'en empêchait. Son mari avait l'œil moqueur, comme à chaque fois qu'il se payait sa tête.

Il fit les frais de la conversation; il parlait à la jeune fille de ses enfants, de celui à venir. «Vous aurez votre chambre.» Il s'inquiétait pour sa femme, pour l'enfant à naître. «Je suis resté fils unique, les bébés de maman n'atteignaient pas...» Du vivant de sa première femme, il avait agi de la même façon: une fille engagée venait prêter main-forte pour alléger la tâche pendant l'allaitement, la période que le mari redoutait.

— Tu as fini de prendre ton visage renfrogné, de me faire honte en présence d'une jeune fille? lui demanda-t-il ce soir-là. Tu n'es pas très jolie, tu sais, quand tu te rebelles ainsi, taquina Télesphore.

— Permets-tu à ta vieille ratatinée de se rabougrir dans tes bras? lui répondit-elle, du tac au tac.

***

— Ce soir, Mesdemoiselles, vous changerez de chambre.

— Pourquoi?

— Vous déménagerez dans celle de Mariette qui est plus grande, vous aurez plus d'espace; Angéline prendra la vôtre.

— Dis, on va garder le couvre-lit en chenille?

— Bien sûr.

Gervaise regarda en direction de Télesphore; elle ne l'avait pas consulté avant de prendre cette décision qui, cependant, lui semblait logique: «On ne peut être éternellement absent et continuer d'avoir des exigences», avait approuvé son mari. «Si Mariette revenait, on aviserait», renchérit Gervaise.

***

Gervaise appréciait la présence d'Angéline qui, en plus de son aide précieuse, l'égayait de ses reparties colorées.

— J'ai parfois des *brûlements* d'estomac, je ne sais pas pourquoi.

— Vous aurez un bébé aux cheveux frisés.

— Vous croyez?

— C'est ce que maman disait. Regardez-moi! De la vraie laine d'un mouton qui attrape la pluie après avoir passé l'hiver dans la bergerie.

Angéline parlait de la ferme avec le même enthousiasme que son mari. «Selon mon père, la terre et la foi font une paire inséparable; si on déserte la terre, on désertera aussi l'Église.»

— Cette fille, Gervaise, elle te plaît? s'enquit Télesphore.

— Beaucoup. Elle est vaillante et très délicate. Elle sait se rendre utile et a des idées toutes faites.

— Vis-à-vis des enfants, ça va aussi?

— Oui, on voit qu'elle a l'habitude de la grande famille.

— Tant mieux, tant mieux. L'heure de la délivrance approche, repose-toi le plus possible.

— Plus que trente-huit jours. Je suppose qu'au dixième, j'aurai moins hâte.

— Le petit dernier, c'est toujours le petit dernier. On ne s'habitue pas, chaque bébé est une grande joie. Je t'avoue que j'ai hâte d'être pépère...

Il se tut, sans doute venait-il de penser à Mariette.

— Télesphore, ne dors pas, parle-moi encore un peu, j'ai besoin de tendresse.

— Petite fille gâtée.

— Je te fais perdre beaucoup de repos mérité, n'est-ce pas?

— Par contre, Bourgeon, tu m'as sûrement donné cent récoltes de bonheur depuis que tu es là.

Il s'endormit, se retourna en marmonnant. Elle resta là, les yeux ouverts, heureuse, mais avide de tendresse. «Qu'est-ce qui me rend aussi langoureuse? Je m'émeus d'un rien, j'ai la sensibilité à fleur de peau!» Gervaise pouffa de rire, elle ramena la couverture pour étouffer ses éclats. La phrase de la Mère supérieure qui l'avait tant fait *jongler* lui était revenue à l'esprit: «Vous avez les sens en effervescence.»

«Étais-je donc alors toujours en proie à de vilaines agitations? Ce surplus d'amour, je te le donnerai, petit bébé, comme j'ai hâte de te langer, de te caresser, de te serrer dans mes bras!»

***

Le printemps s'était laissé désirer, puis, un beau jour, sans crier gare, il ne mit que quelques heures à dévêtir la terre de son manteau blanc.

Un vent chaud venait du sud, les rayons du soleil plombaient; ce que la nature avait pris des mois à patiemment agencer se métamorphosait par magie. L'eau formait partout des rigoles, la rivière du sud menaçait de sortir de son lit; seuls les sous-bois gardaient, de place en place, les traces de l'hiver.

— Le printemps nous prend par surprise, s'exclama Télesphore. Il faudra se mettre au pas.

— Encore faudra-t-il que le sol dégèle avant de penser de le remuer.

— Tiens, tiens! Madame pense et parle en femme de fermier, le métier rentre tranquillement.

— Explique-moi quelque chose, Télesphore: comment toute cette neige fondue en si peu de temps ne provoque-t-elle pas d'inondations plus soudaines?

— Ça arrive parfois, mais l'absorption par le sol...

Assis l'un près de l'autre, sur les chaises berçantes tournées vers la fenêtre ouverte sur l'horizon, ils échangeaient des idées, comparaient leurs points de vue, tiraient des conclusions. Le réveil de la nature leur permettait cette halte, à l'instar de la mer qui devient étale, entre deux marées. Bientôt il faudrait se mettre à l'œuvre.

— Aux vacances d'été, je vais initier Lucien à la traite des vaches. Il est assez grand pour aider, le poulailler sera sa responsabilité. J'ai fait une erreur avec Alphonse, une erreur que je ne répèterai pas. Un fils d'habitant se doit d'être habitant d'abord.

Le ton était mordant; Gervaise devinait qu'il pensait à la querelle survenue avec Alphonse; elle connaissait le respect de cet homme pour les siens, il ne lui confierait rien avant la fin de la tempête, mais elle le savait blessé au plus profond de son âme. Elle fit bifurquer la conversation pour lui épargner cette douleur; elle parla de leur enfant, de ce bébé qu'elle avait hâte de déposer dans ses bras.

— Gervaise, j'ai pensé que tu serais plus confortable si tu dormais seule d'ici la naissance...

— Jamais, jamais Télesphore Langevin... jamais. Je me ferai petite, je ne bougerai pas, mais je ne veux pas dormir sans toi à mes côtés. Jamais!

Elle frappait de ses poings sur les *manchons* de la chaise. Il se leva, se tourna vers elle, immobilisa ses mains, se pencha au point que leurs visages se touchaient presque et tonna:

— Saint sirop de calmant, Gervaise Lamoureux, que je t'aime!

— Alors, pourquoi? demanda-t-elle, le regard noyé de larmes.

— Parce que je pensais que c'était de même... j'attendais que tu me le demandes... J'ai peur de te faire mal en bougeant, ou avec mon bras, ou... Saint sirop de calmant, Bourgeon, que tu me fais plaisir! Tu n'es pas une femme ordinaire, tu n'es pas comme les autres...

— T'as besoin de te faire à l'idée, Télesphore, que je suis dans ton lit pour y rester. Je veux bien me priver du creux de ton épaule pour un temps, je le fais pour le petit, pas pour toi. Et organise tes flûtes pour être là, tout près, le 5, le 6 et le 7 juin, tu as compris?

— Oh! oui, j'ai compris. Je suis sûr que tout le village a compris, jusqu'à la ville d'à côté!

De ses mains il ébouriffait les cheveux de sa femme.

— Embrasse-moi.

— Comme ça, devant la fenêtre?

Gervaise posa ses mains sur son gros ventre rebondi, releva la tête, offrit ses lèvres. De tendre, le baiser devint passionné; la berceuse prit mal la chose, elle bascula, menaça de les renverser; Télesphore reprit son calme juste à temps pour leur épargner une pirouette sur le sol.

— Tu vois, tu vois, les folies que tu me fais faire! s'exclama-t-il, les deux mains serrées sur les bras de sa chaise.

— Ce bébé sera beau, murmura-t-elle. On dit que les enfants de l'amour sont toujours très beaux.

Les yeux de la maman étaient fermés, elle n'avait pas craint le danger, n'écoutait pas son mari; elle savourait sa jouissance. Télesphore hochait la tête, la regardait intensément, s'émouvait à la vue de l'ivresse qui inondait son visage amoureux. D'une main, il lissait ses cheveux; de l'autre, il retenait la berçante; de ses lèvres il caressait son front, ses joues, ses yeux.

L'arrivée des enfants mit un terme à leurs effusions. La soirée fut très gaie: Télesphore y allait de ses tirades ironiques à l'endroit de sa femme tout en lui lançant des regard moqueurs.

— Attends, toi, je me vengerai, après le 7 juin, attends, Monsieur mon mari!

— Plutôt que de penser à te venger, tu devrais t'efforcer de ménager tes forces. Tu en auras besoin.

— Je suis offusquée, se plaignit-elle sur un ton boudeur. Tu es là, à m'exciter avec tes caresses, tu me provoques et puis vlan! tu me laisses là, suspendue entre ciel et terre, tu me tournes le dos et tu t'endors, en ronflant comme une vieille locomotive.

— Quoi, je ronfle! jeta-t-il, époustouflé. Je ronfle, moi?

— Non, non. Je badinais. Tu maugrées, tu grinces des dents, mais tu ne ronfles pas. Et pour le reste, quelle excuse as-tu? Pourquoi me prives-tu d'amour?

— Ça, ce gros bedon, où loge déjà un Langevin. Un à la fois, Madame. Un seul Langevin à la fois...

«Ainsi, pensa Gervaise, je ne me trompais pas, il se faisait tendre mais avare de caresses dans l'intimité de notre chambre. Tout ça par délicatesse, pour son fils et pour moi.»

Non convaincue qu'il soit déjà endormi, elle dit tout haut:

— Je t'aime, Télesphore Langevin. Je t'aime, en tant que femme, en tant qu'épouse, en tant que maman.

Télesphore ne put réprimer un mouvement. Il tira la couverture et s'en couvrit la tête. Gervaise éteignit la lampe de chevet en riant. Télesphore ralluma, se releva sur ses coudes, se pencha sur le visage de sa femme et demanda:

— Dis-moi, ma jolie, à ta descente du train, le jour de ton arrivée, comment aurais-tu réagi si, à la place du bel homme que je suis, tu t'étais trouvée en présence d'un monstre à bedon, chauve, avec une gueule de chameau? M'aurais-tu aimé?

— Oui, mais il m'aurait fallu plus de temps. Ce n'est pas de ta beauté physique ni de tes charmes que je suis amoureuse, mais de ta beauté intérieure, de ton âme. Les choses étant ce qu'elles étaient, ç'a été le coup de foudre. Tu m'as *enfirouapée* en criant ciseau. La chipie de Sœur supérieure l'avait sans doute prévu,

468

d'où son inquiétude et ses mises en garde. Ma chance, dans tout ça, fut que sœur Pauline ne t'ait pas entrevu; c'eût été le drame de ma vie.

Pince-sans-rire, Gervaise avait débité sa tirade d'un seul trait, sans aucune émotivité.

— Toi! Toi! Tu ne perds rien pour attendre! Il n'est pas encore né, celui-là, qu'il m'impose déjà sa présence!

Télesphore pointait du doigt le ventre de sa gemme. Celle-ci riposta du tac au tac:

— Ton papa, mon chou, avait besoin de s'entendre dire des choses tendres pour trouver le sommeil. Ne te laisse pas impressionner, mon ange; il t'aime, lui aussi.

— C'est ça, liez-vous contre moi.

— Cherchez le coupable...

Télesphore éteignit, réintégra sa cachette sous le drap. Gervaise sourit.

«Mon bonheur est parfait, songeait Télesphore. Si seulement Mariette était moins sotte, ce serait le paradis. Elle et ses histoires à dormir debout! Gervaise est en confiance; même si je me trouvais absent au moment de ses douleurs, la fille Claveau serait là pour venir me prévenir. J'ai vu juste.»

Tout à coup il se raidit; il se remémorait un détail enfoui dans sa mémoire, une phrase entendue, chez les Claveau précisément. Lorsqu'il s'était présenté à la mère au sujet des conditions de travail de sa fille, elle n'avait pas prêté trop d'intérêt à ses dires; elle s'était contentée de jeter sèchement: «Damas vous doit bien ça.» Elle lui avait tourné le dos et, s'adressant à Angéline, lui avait dit simplement: «Prends tes affaires et suis cet homme, sache te tenir, ne me fais pas honte.»

«Damas... Damas... Elle a bien dit Damas... Damas, ce cri, ces rêves de Lucienne, cet aveu de Mariette!... Serait-ce possible? Pourrait-il être question du même personnage... celui que Lucienne appelait...?»

469

Chapitre 23

Gervaise se réveilla. Télesphore reposait toujours, tourné vers le mur. Elle se leva et descendit avec l'intention de préparer le déjeuner. Évangéline était là, les enfants partis pour l'école.

— Monsieur n'est pas descendu, Madame. Alors je suis allée soigner les poules.

— Quelle heure est-il donc?

— Plus de huit heures.

— Quoi? J'ai dormi si tard! Je dois réveiller mon mari.

— Laissez-le se reposer, j'irai moi-même aux vaches.

— Vous savez quoi faire?

— Bien sûr. Vous, pas?

— Jamais je ne m'approcherais de bêtes de cette grosseur.

— Elles sont pourtant inoffensives.

Évangéline monta l'escalier et revint vêtue d'une épaisse vareuse de toile bleue et d'un chapeau qui avait dû connaître plusieurs pluies. Elle sortit par la porte arrière.

Inconfortable en raison de l'initiative qu'avait prise la domestique, Gervaise décida de monter réveiller Télesphore.

Debout, au pied de la couche, elle l'interpella doucement. Peine perdue. Alors elle lui secoua les orteils, rien. Seulement alors, elle prit peur. Elle se faufila entre le lit et le mur et ce qu'elle vit lui fit pousser un cri d'horreur.

«Télesphore! Télesphore!» Elle hurlait, le secouait, le suppliait.

— Télesphore, toi qui aimes tant la vie, accroche-toi, accroche-toi, Télesphore!

Gervaise dut se rendre à l'évidence, l'âme de son

mari avait quitté cette vallée de larmes. Elle s'appuya contre le mur, ferma les yeux, serra les dents: elle redoutait que le plancher s'ouvrît sous ses pieds. De ses deux mains, elle serrait son ventre. «Un seul Langevin à la fois»...ce furent là ses dernières paroles. «Mon fils, mon petit!»

Gervaise couvrit la dépouille de son mari, marcha vers la fenêtre qu'elle ouvrit. Le panneau de mousseline blanche s'échappa et dans le vent frais de cette matinée il battait des ailes ainsi que le ferait un papillon qui veut s'envoler.

Gervaise laissa son regard se perdre sur l'infini, adressa une prière à Dieu.

Son cœur battait à se rompre, ses mains tremblaient; elle s'appuya contre le mur, s'efforçant de calmer sa nervosité. «Je dois réagir!»

Elle s'avança doucement en direction de l'escalier, ses jambes la supportaient avec peine. Posant fermement la main sur la rampe, elle ferma les yeux et descendit chaque marche avec lenteur et précaution; ses efforts l'exténuaient. Elle atteignit enfin le salon et téléphona au médecin, celui-là même qui la suivait depuis le début de sa grossesse, puis au curé. Ses craintes étaient confirmées, Télesphore n'était plus. Le diagnostic, l'invitation à la résignation, les prières du prêtre, tous les savants discours ne lui parvenaient que par bribes:

«Anévrisme... imprévisible... fatal... sans souffrance...»

Comme un automate elle descendit à la cuisine, tourna en rond, les yeux secs, le cœur brisé.

Un bruit, des pas, Gervaise se retourna. Évangéline entrait, tenant deux seaux pleins de lait dans les mains. Elle vit le prêtre, le médecin. Elle resta là, plantée devant eux, tenant toujours les récipients.

Tous se turent, il n'y avait rien à dire.

— Prenez ce cachet, murmura le docteur.

Gervaise refusa d'un geste de la main. Dès qu'elle

fut seule, elle se dirigea vers le téléphone et informa les Vadeboncœur du décès de son mari. Leur étonnement fut tel qu'ils ne surent pas trouver les mots que la jeune femme avait besoin d'entendre.

Il lui fallait avertir Mariette, l'appel resta sans réponse. Et Alphonse. Gervaise se sentait troublée, inconfortable; voilà un devoir qu'elle détestait remplir. Quels mots utiliser pour apprendre une si triste nouvelle sans trop faire mal?

Elle composa le numéro du collège; suivit une période d'attente puis des bruits de pas retentirent sur les dalles.

— Allô! Ici Alphonse Langevin.

— Alphonse...

— J'écoute.

— Alphonse... il s'agit de votre père.

— Qu'est-ce qu'il me veut? Il ne pourrait pas me téléphoner lui-même?

— Non.

— On m'a pourtant dit qu'il s'agissait d'une urgence.

— Oui, au sens crucial du mot.

— Les devinettes, la philosophie, à dix heures du matin...

— Taisez-vous, Alphonse. Taisez-vous! Votre père n'est plus. Il nous a quittés, dans son sommeil.

— Lui?

— Oui, Alphonse, lui, votre père.

— ...

— Alphonse?

— ...Vous ne faites pas de farce plate?

— ...

— J'arrive.

Il raccrocha. Gervaise monta à sa chambre, s'assit sur ce coin du lit d'où elle l'avait si souvent regardé dormir. Elle voyait cette forme, dissimulée sous les draps, elle connaissait ces courbes, ces galbes, la forme et les traits de ce visage, elle savait que le deuxième orteil était plus long que le premier, elle repensait à ce thorax poilu, ces mains cajoleuses et douces, ces mains larges et fortes, vaillantes. Elle ne pleurait pas, elle lui parlait, lui disait sa peine; comme il le faisait souvent à son intention, elle pensa tout haut: «Aide-moi, supporte-moi, surtout au moment où je devrai annoncer ton départ aux enfants. Sois auprès de nous le jour de la naissance de notre bébé, tu me l'as promis... Oui, j'aimerai ce fils, il me rappellera tout de toi, mon mari. Je serai forte, je saurai prendre la relève. Au moment des semences, j'engagerai un journalier, je vais apprendre, me débrouiller. Notre terre vivra. Oui, Télesphore, je sauverai notre ferme.»

Ils vinrent, Angéline leur indiqua la chambre; ils étaient trois. Elle avait compris, ils venaient chercher la dépouille mortelle de Télesphore Langevin.

Lentement, à regret, elle détourna son regard, sortit en refermant la porte derrière elle.

Angéline insistait: «Vous devez boire ce lait chaud, additionné de miel.» Elle obéit. Assise près de la table, elle gardait les yeux rivés sur l'escalier.

Elle se leva pendant la descente, inclina la tête, avec respect. La porte d'entrée se referma. L'horloge martelait les heures.

Gervaise grimpa sur une chaise, retourna l'horloge, déclencha le système sonore, comme il l'avait fait, lui, au décès de sa première épouse.

«Mon petit, nous sommes seuls, maintenant. Grandis très vite, puise en moi toute la sève dont tu auras besoin pour devenir très fort.»

Vadeboncœur vint. Timidement, il s'approcha de Gervaise, lui tendit une enveloppe.

— C'est pour vous.

— Je ne comprends pas.

— Son testament... C'est le testament de Télesphore.

— Mais, Léo, ce n'est pas là son écriture.

— Non, la mienne. Il m'a laissé le sien en soins et a gardé le mien de son côté. Par précaution, vous comprenez? C'est lui qui a décidé de ça. Après, après qu'il a appris que vous attendiez un enfant. «S'il m'arrivait quelque chose...», qu'il m'a dit. Le *snoreau*, on aurait dit qu'il sentait venir ça. «En cas d'un accident.» Quand vous trouverez l'autre enveloppe, pareille à celle-ci, vous me la remettrez. À moi ou à ma femme... Selon la convenance. Rien ne presse.

Il avait prononcé les derniers mots de façon à peine audible, pour conjurer le sort peut-être. Gervaise prit le document et le plaça machinalement dans l'album des portraits de famille qui était sur la table du salon.

— Merci, Léo. Vous êtes un très fidèle ami.

— Entre voisins...

La porte s'était ouverte précipitamment. Les enfants Langevin arrivèrent, les yeux gonflés de larmes. Gervaise se leva, alla au centre de la pièce, ouvrit les bras. Ils se précipitèrent; elle les tint tous, accrochés à elle comme à une bouée. Ils pleuraient, elle se taisait, caressait ces petits, apeurés, effrayés.

— Où il est papa? demanda Lucille en hoquetant.

Gervaise, lentement, en choisissant ses mots qu'elle voulait le plus vrais possible, le plus près de la réalité des choses, expliqua. Elle ne faussa rien, n'emprunta pas au mythe; elle parla de la mort, cette fin ultime, qui est le lot de tous, aujourd'hui celle de leur papa qui, lui, avait terminé son pèlerinage terrestre, sans souffrir, dans un sommeil paisible, comme il avait toujours vécu: sans bruit, sans se plaindre.

— Montez vous reposer, pensez à toutes ces choses, parlez-lui de votre amour, de vos espoirs. Ayez confiance, je suis là.

— Tu ne partiras pas, dis Gervaise, tu ne nous abandonneras pas? gémit Réjeanne.

— Non, non, mes enfants. Jamais!

D'une voix très douce, elle ajouta:

— Bientôt, vous aurez un petit frère à aimer, il vous aimera. Nous l'aimerons tous. Et...

Sa voix s'enroua soudain, les têtes s'étaient relevées, des yeux larmoyants la regardaient intensément.

— Et, reprit-elle enfin, ce bébé, ce petit frère, on va lui donner le nom de votre père: il sera baptisé sous le prénom de Télesphore. Il y aura un autre Télesphore Langevin, auprès de nous, pour nous aimer.

Une larme ronde, chaude, la première, coulait des yeux de Gervaise.

— Je t'aime, maman, dit Jacqueline.

— Angéline, vous avez encore du lait chaud?

***

Le silence pesait, lourd. Les enfants s'étaient réfugiés dans leur chambre. Gervaise devait rejoindre Mariette. Elle composa le numéro une autre fois, Raymond répondit.

— Raymond... Mariette est à la maison?

— Qu'est-ce qu'il y a, ma petite sœur? Ta voix est brisée.

— C'est Télesphore...

— Télesphore...

— Oui. Il n'est plus!

— Quoi? Veux-tu dire que...

— Oui, très tôt, ce matin. Je dois prévenir Mariette.

— Elle n'est pas ici.

— Tu peux la rejoindre?

— J'ai bien peur que non, Gervaise.

— Comment ça?

— Elle m'a quitté, il y a une quinzaine... avec un copain de travail. Elle est quelque part à Montréal.

— Ah! non! Crois-tu pouvoir la dénicher, par des amis, le bureau, je ne sais pas. Parle à ton patron.

— Je vais faire tout ce qui est possible, sois-en assurée. Je me libère et je descends, aussitôt que possible. Et toi, Gervaise, et l'enfant?

— Ça va, ça va. Je serais heureuse de t'avoir près de nous quelques jours.

— Minotte, chère Minotte.

Elle déposa le combiné, resta là, un instant, essayant de mettre de l'ordre dans ses pensées. Lorsqu'elle sortit du salon, elle vit Angéline qui allait vers la remise, tenant dans ses bras la literie souillée de la chambre, ces draps qui avaient été témoins de leurs derniers ébats. Cette délicate attention de la part de la jeune fille l'émut beaucoup.

— Merci, Angéline.

— Monsieur Vadeboncœur a fait le train, madame. Et monsieur Alphonse est là-haut.

— Il est arrivé?

— Oui, il était dans la chambre de monsieur, quand je suis montée.

— Ce n'est pas l'heure du train.

— Il est venu sur le pouce, à ce qu'il m'a dit.

Gervaise ne savait pas quelle attitude adopter à son endroit. «J'attendrai qu'il vienne vers moi, dorénavant je représente l'autorité. Je devrai être ferme, d'une fermeté circonspecte, surtout que j'ignore tout de son escarmouche lors de sa dernière conversation avec son père. Il va ruser, c'est certain.»

Le téléphone se fit entendre. Gervaise s'empressa d'aller répondre. C'était sa voisine, qui offrait son support et son aide: «Mon mari ira dormir chez vous; ce serait moins pénible pour vous tous, un homme sur les lieux.» Gervaise remercia, refusa et expliqua: «Alphonse est là.»

— Nous prierons pour vous. Si Lucien le veut, il pourrait venir dormir ici: les enfants, entre eux, trouvent à dire les mots qu'ils ont besoin d'entendre... Qu'avez-vous décidé pour l'exposition du...

Gervaise comprit, elle répondit simplement: «Le salon funéraire».

— Vous avez raison, la famille est si grande! Si vous avez besoin de lits supplémentaires, ces jours-là, on saura se tasser.

Gervaise sursauta. Elle n'avait pensé qu'à la famille immédiate, avait oublié les autres, tous les autres: beaux-frères, belles-sœurs, le cousin Alcide. Dans le porte-feuille elle fouilla. Vingt fois elle redit sa peine. Au prône du dimanche, du haut de la chaire, Télesphore serait recommandé aux prières! «Télesphore, devenu immatériel, erre dans un autre monde avec lequel il se familiarise. Le coq chantera-t-il ses réveils?» ne put-elle s'empêcher de penser.

Elle revint à la cuisine. Alphonse était là, debout, blême. Ils se regardèrent.

— Il faut vider le salon.

— Pourquoi, Alphonse?

— Pour y exposer le corps.

Gervaise s'empourpra.

— Le quoi?

— Le corps de papa.

— Malgré tout le latin, le grec et la philosophie qu'on t'a enseignés, tu n'as pas appris terme plus respectueux? La dépouille mortelle de ton père sera exposée au salon funéraire.

— Jamais!

— Ce serait aussi sa dernière volonté...

— Vous mentez!

— Et la mienne, ma volonté. Je pense à ce petit, cet enfant qu'il m'a donné, qu'il a conçu en mon sein.

— Mon père vous aurait dit de l'exposer ailleurs, comme ça, avant de mourir? C'est louche, vous ne trouvez pas?

Gervaise s'approcha, le regarda dans les yeux; elle dut lever la tête pour rejoindre ce regard froid et dur. Elle, si petite, si frêle, elle affrontait ce gaillard mesquin et égoïste.

— Si tu n'étais pas déjà un homme, je te grifferais.

Il porta la main à son visage et enchaîna:

— C'est nous, ses enfants. Ses vrais enfants. Vous n'aurez pas son testament.

— Tiens, tiens! Voilà. Ton cœur te dicte tes paroles! Ta souffrance se mesure à tes bas instincts. Alphonse, mon petit, on ne descend pas les rapides d'une rivière sans respecter les sens du courant. Tu appartiens à cette famille, dorénavant je serai le capitaine du navire, un navire qu'il faut mener à bon port. Je compte sur toi, comme tu as compté sur lui.

Ne voulant pas laisser éclater sa colère, elle avait choisi de lui tenir un langage imagé; il venait de perdre son père, peut-être ses paroles avaient-elles dépassé ses pensées. Il serait toujours temps de faire des mises au point, de sévir, si nécessaire.

Ressentant la fatigue, elle rentra au salon, s'étendit sur le divan, ferma les yeux. Alphonse se leva, alla vers la porte avant; on avait frappé.

— Bonjour, Monsieur le curé.

— Bonjour, Alphonse. Tu es seul?

— Oui, tous se reposent, y compris maman.

— Oh! fit Gervaise, en portant la main à sa bouche.

Léo Vadeboncœur qui revenait de la grange entra, secouant les pieds.

— Tiens, Léo, fit le curé. Tu prêtes main-forte, à ce que je vois.

— N'est-ce pas là le devoir de tout bon chrétien? dit-il en souriant. Alphonse connaît bien le principe, c'est certain. Sa présence sera requise ici, on aura besoin de bras, aux côtés des jeunes et de cette femme *pleine*: c'est ce qu'aurait souhaité Télesphore. Sans toi, mon gars, cette jeune femme...

Alphonse ouvrit la bouche en pensant: «Elle fera comme lui, elle se remariera»; mais Gervaise s'avança et trancha:

— Alphonse ne sacrifiera pas sa vocation à cause de nous. C'est ce que Télesphore désirerait. Je saurai me débrouiller, faites-moi confiance.

— Sauf vot' respect, madame Gervaise, répliqua Léo, la vocation, le bon Dieu, c'est bien beau tout ça. Mais les enfants doivent manger, et ça, ça ne se fait pas avec des prières.

Le pasteur se redressa, toussota, prit la voix autoritaire de meneur du troupeau et suggéra:

— S'il faut quelque temps, pour parer au plus pressé, je suis sûr que Dieu...

— Écoutez, Monsieur le curé, c'est à moi de décider de mon sort. J'en ai parlé avec mon père aux vacances des fêtes, il m'a compris. Je ne deviendrai pas prêtre. Ni prêtre ni habitant. Je hais la terre, comme maman la haïssait avant moi. Ma place est ailleurs.

— Alphonse!

— J'ai dit ce que j'avais à dire, Monsieur le curé.

— Que Dieu te pardonne, mon enfant!

Gervaise ferma les yeux; elle avait mal, très mal. Elle essayait de se souvenir; ce soir-là, elle s'était éloignée pour les laisser seuls. Son mari n'était jamais revenu sur le sujet. Alphonse mentait-il?

— Mon père m'a dit, alors, de ne plus compter sur ses deniers pour payer l'université. Je respecte ça. Ici, j'aiderai tant que je pourrai.

— La terre de tes ancêtres...

— Monsieur le curé, le jour est mal choisi. Restons-en là.

— Pardon, Madame. J'ignorais tout de ce revirement, j'étais venu en passant pour réconforter ce jeune homme.

Léo, horrifié, avait filé sans qu'on s'en rende compte. «Dire, la pauvre, qu'elle s'en remettait à lui!»

On mangea à peine. Gervaise garda auprès d'elle la jeune Lucille pour la préparer un peu à ce qui l'attendait. À l'aîné elle confia les plus jeunes, ensemble ils se

479

rendraient auprès de leur père. La jeune femme n'irait pas; elle n'en avait, ce soir, ni le courage ni la force.

Elle veilla Lucille, lui parla des anges, de la maison du bon Jésus, des retrouvailles de son papa et de sa maman, là-haut, dans le ciel. La fillette s'assoupit, quittant momentanément cette terre ingrate, errant, elle aussi, sur les nuages. Gervaise s'endormit à ses côtés.

***

— Votre frère est là, Madame. Il est aux bâtiments. Il demande que vous l'attendiez, il veut vous parler.

Gervaise prit son châle, s'en couvrit les épaules et alla à la rencontre de Raymond. Celui-ci avait enfilé les larges salopettes de Télesphore. Il allait d'une bête à l'autre, distribuait eau et pitance. Appuyée contre le chambranle de la porte, Gervaise l'observait. Il la vit, lui sourit. Elle vint se blottir contre sa poitrine.

Elle parla la première:

— Tu as réussi à rejoindre Mariette, dis, Raymond?

— Non, Minotte. Personne ne sait où ils sont passés.

— Que c'est tragique!

— Toutes mes démarches ont été inutiles.

— Tu dois avoir du chagrin?

— Je l'aime, tu comprends.

— Oh! oui. Je te comprends.

— Parle-moi de toi. Tu dois être exténuée.

— Je suis fourbue.

— Pense surtout à ton bébé.

— Qui n'a plus de père! Orphelin avant de naître! Télesphore a tant désiré et aimé cet enfant, il n'aura pas eu la joie de le voir, de le tenir dans ses bras.

— Tu compenseras par un surplus d'amour.

— Merci, Raymond, merci d'être là. Je me sens moins seule, plus courageuse.

Ils s'entretenaient, à voix basse, sans doute parce

que ces lieux leur rappelaient la constante présence de l'absent. Tout ici était sa chose, son œuvre, le fruit de son travail.

— Je n'ai jamais tant pensé à papa, dit Raymond.

— Moi, à maman. Comme j'aurais besoin de la présence d'une mère, en ces jours surtout, ces jours qui, un à un, me rapprochent de ce sept juin.

— Gervaise...

— Oui, Raymond?

— Je serai là. Je resterai auprès de toi, je ne te laisserai pas seule.

— J'ai ta parole?

Il l'attira, la retint près de lui, et jura.

— Je t'ai déjà assez fait de mal, autrefois, je saurai me faire pardonner.

— Oublions tout ça, pensons à l'avenir.

— Tu parles de tout, Minotte, sauf de toi, de ta peine, de ton deuil.

— Le deuil! J'attends un bébé, la vie germe en moi, il n'y a pas de place pour le deuil. J'aurai tout le temps de pleurer, de m'ennuyer. Pour l'instant, je pense à mon enfant, aux besoins des autres qui sont déjà là et ont besoin de ma présence. Viens, tu n'as pas déjeuné.

Elle sortit, s'arrêta, huma une grande bouffée d'air frais, sa peine s'était quelque peu allégée.

Raymond la suivait, à courte distance. Ses pas se faisaient hésitants, sa jambe faible traînait un peu plus qu'à l'accoutumée. Gervaise, si petite mais aussi si grande, allait, vaillamment. Il se réjouissait d'avoir su la réconforter. Les mots n'étaient pas son fort. À l'image de son père il exprimait ses sentiments par des gestes, souvent simples, mais combien significatifs.

Gervaise prenait son premier repas; Angéline le lui fit remarquer.

— Vous aurez besoin de toutes vos forces.

Lucille vint se coller contre sa maman.

— Nous irons voir papa, maman? Tu m'as promis.

— Oui, chaton, nous irons.

— J'irai aussi, dit Raymond.

***

— Nous te laisserons au salon, Gervaise, nous irons au magasin général. As-tu besoin de quelque chose?

— Non, merci.

Elle s'avança, monta quelques marches, heureuse d'être seule en ces premières minutes.

Il gisait là, au milieu de fleurs vivantes, «plus vivantes que toi», pensa Gervaise. «Qu'as-tu fait? Toi, si fort, si robuste! Tu nous as faussé compagnie. A-t-on idée! Juste au moment où j'allais enfin mettre dans tes bras ce beau cadeau de Noël que je t'avais promis. Le bon Dieu t'a gentiment accueilli, j'espère?»

Debout, bien près de son cercueil, la tête légèrement inclinée, elle le regardait. «Tu es très beau, j'ai oublié de te le dire, quand j'y pensais, tu venais me clore le bec avec tes baisers... tu me faisais perdre la tête! Ce n'est pas un reproche, Télesphore, au contraire. De toi, je me souviendrai toujours, avec attendrissement. Tu te souviens? Les mulots, là-bas, à la cabane. Ton fils grandit, il n'est pas sage, me donne des coups de pied. Sans doute est-il pressé. Je lui parlerai de toi, de tes prouesses. Il te ressemblera, aura ton grand cœur.»

Raymond signala sa présence, Gervaise se redressa, Lucille vint se réfugier contre sa jupe. La mère posa une main sur son épaule.

— Vois, papa se repose.

— Il ne va pas se réveiller?

— Non, Lucille, pas en ce monde.

— Pas en ce monde?

— Non, pas en ce monde, mais dans l'autre.

— Pourquoi toutes ces fleurs?

— Des symboles d'amour envers ton papa qui avait beaucoup d'amis.

— On dirait qu'il dort.

Les visiteurs défilaient maintenant. Gervaise tendait la main, acceptait les témoignages, sereine et calme. On admirait cette femme jeune, qui portait un orphelin en son sein et savait, malgré tout, garder la tête haute, refouler son chagrin. L'atmosphère se détendait peu à peu. On parlait de Télesphore, on répétait ses expressions colorées, les mauvais tours qu'il aimait jouer.

Rien n'aurait pu faire autant plaisir à Gervaise. Le souvenir que Télesphore lui laissait était partagé. Il se fit un grand silence quand Alphonse parut, accompagné de Réjeanne, Jacqueline et Lucien qui s'approchaient du cercueil de leur père. «Quelle belle famille!» La phrase perça, claire, entendue de tous. Gervaise sentit une boule se nouer dans sa gorge. Elle se rendit auprès d'Alphonse et lui dit tout bas: «Tu ramèneras les enfants, remplace-moi auprès des arrivants.»

Elle tendit la main à Lucille qui y cacha sa menotte. Gervaise s'arrêta un instant près de son mari, posa ses lèvres sur son front, et lentement, à reculons, s'éloigna. Raymond les ramena à la maison, elle et sa fille. On ne ressentait pas le besoin de parler.

Le lendemain, Gervaise refit le pèlerinage. Les visiteurs affluaient, de plus en plus nombreux à mesure que la nouvelle du décès de Télesphore se communiquait.

Alphonse réussit à se faire oublier par sa conduite exemplaire. Gervaise l'observait à la dérobée, redoutant ses éclats. Les nombreux hommages respectueux rendus à son père le touchaient profondément; l'estime qu'on lui vouait soulignait bien la grandeur de ses vertus. Plusieurs saluaient Alphonse avec la déférence que l'on porte à un futur prêtre. Tous étaient informés qu'il poursuivait ses études au séminaire de Sainte-Anne-de-la-Pocatière, là où éclosent tant de vocations religieuses.

Lucien et ses sœurs se tenaient auprès de lui, y trouvant réconfort; Gervaise espérait que la tendresse qu'ils lui manifestaient saurait atteindre son cœur. Elle n'était pas sans avoir remarqué qu'il évitait de se trouver seul avec elle; que pouvait-il craindre d'un tête-à-tête? N'avait-elle pas plaidé en sa faveur en la présence du curé? Préoccupée par tant de choses, en plus de sa grande peine à surmonter, elle passa outre à ce détail.

Les visiteurs ne cessaient d'affluer, ils venaient de partout; après une visite au salon mortuaire, les plus intimes se rendaient parfois à la maison témoigner leur sympathie à l'épouse.

Gervaise éviterait la foule, Télesphore était dans son cœur, à jamais; ici, ou là-bas, il était présent. À son enfant elle devait attention et soins. Gervaise détestait l'extravagance, l'exubérance déplacée. Son chagrin, si profond qu'il pouvait être, se traduisait avec douceur et dans la simplicité. Les secrets de son âme n'avaient pas à être étalés au grand jour. Ils étaient trop intimes pour être partagés. Aussi taisait-elle sa peine.

Les enfants, sans le savoir, avaient d'emblée adopté son attitude, ce qui leur méritait le respect qu'il avait lui-même su inspirer.

Gervaise ne porterait pas le deuil traditionnel; il serait, lui aussi, caché dans les replis de son cœur.

Vint ce matin fatal, celui du dernier départ. Gervaise se présenta au salon mortuaire. Avant l'heure des visites, elle s'agenouilla près de son mari, le regarda intensément. Elle gravait dans sa mémoire chaque pli de son visage, chaque détail de ses mains qui avaient su être si douces, si caressantes.

Lorsqu'elle se releva, elle partit, comme elle était venue, placide.

Raymond l'accompagna à la maison. Silencieuse, le regard triste, elle gardait ses mains ouvertes sur son ventre rebondi, en communion étroite avec son enfant.

Raymond respecta son silence. Il lui donna le bras pour l'aider à gravir les marches et au moment où elle entrait, lui dit à l'oreille:

— Je t'admire, petite sœur.

Et il retourna là-bas, pour assister à la célébration de l'office divin.

***

Gervaise avait tourné sa chaise berçante de façon à regarder dehors. Elle se couvrit les épaules de son châle; elle avait froid. Pourtant la bûche crépitait dans l'âtre, la bouilloire ronronnait.

Elle vit une voiture qui remontait le rang, brisant la monotonie du paysage désert. On s'arrêtait devant sa porte. Angéline s'approcha de sa maîtresse:

— Madame, madame.

Elle tourna la tête: Pierre Samson était là.

— Venez...

Il tendit une main. Elle le regarda, le suivit: il se dirigea vers l'église. Samson la tenait étroitement ser-rée contre lui; des yeux, il lui indiqua le jubé. Elle gravit lentement les marches; il l'aida, l'invita à s'asseoir.

Gervaise baissa la tête. «Une petite fille qu'on a oublié de prévenir des tristesses de la vie», pensa l'hom-me. En bas, on récitait des prières. Le temple était rempli; tous les sièges étaient occupés.

Le prêtre s'avança, se recueillit. Il parla de Télespho-re Langevin, de sa grande piété, de sa simplicité, de son amour de la terre.

De là où il se trouvait, le prêtre voyait Gervaise. Il connaissait sa douleur; il n'en parla pas; mais, à l'intention de cette femme, il prononça des mots doux, très doux. «Surtout, dit-il, surtout il savait aimer.»

Samson prit son grand mouchoir qu'il roula en boule et le tendit à Gervaise. Elle le prit et mordit dedans pour étouffer l'éclat de sa peine. Pierre la saisit par la taille, la serra contre lui. D'instinct elle cacha son visage dans son épaule.

Pour la deuxième fois en moins de trois ans, à l'intention de Télesphore Langevin, l'orgue lançait un hymne vers le ciel; la première fois, c'était le jour de leur union, dans la gaieté et la spontanéité, et aujourd'hui, dans le deuil de la séparation.

Le catafalque descendait l'allée centrale de la nef. Télesphore sortait de l'église, suivi de ses enfants. Le remue-ménage fit relever la tête à Gervaise. Elle vit les siens qui s'éloignaient, Alphonse en tête. Elle hoqueta. Samson posa sa main sur sa nuque, la forçant à se détourner du tragique spectacle.

Les cloches pleuraient ce décès, de leurs voix rauques et mesurées.

Un bruit sec fendit l'air, se percuta sous la voûte, revint en écho effleurer l'âme de Gervaise: les grandes portes de la petite église, sise sur le flanc du rocher, s'étaient refermées; un de ses enfants venait de terminer son pèlerinage terrestre.

Gervaise serra les poings. Bientôt un enfant naîtrait, le sien, le leur, qui emprunterait ces mêmes portes, les forçant à s'ouvrir de nouveau, avec tout ce que ça comporte de foi et d'espérance.

Gervaise releva la tête, eut un pâle sourire à l'endroit de Samson. Il comprit; la jeune femme contrôlerait maintenant sa grande douleur.

Voilà le but qu'il avait recherché: il se souvenait de sa mère qui ne sut jamais rompre avec le passé; toute sa vie elle avait attendu le retour de son mari, car elle n'avait pas eu la force d'être présente à ses funérailles. Il voulait éviter ce tourment à la femme de Télesphore, son plus grand ami malgré leur différence d'âge: «Un gars sur qui on pouvait toujours compter, un gars solide, un gars bien de chez nous, un gars qu'on respectait et qu'on aimait.»

Gervaise tendit la main et remercia. Bravement, elle gravit le perron qui menait à sa maison. Elle se laissa tomber sur la berceuse et ferma les yeux. Télesphore, en présence de ses enfants, descendait au plus profond de cette terre qu'il chérissait et respectait tant! Elle le cacherait dans ses entrailles.

«Angéline, faites du café, beaucoup.»

— J'ai préparé des sandwichs, vous en voulez?

— Je n'ai pas faim. Merci.

— Allez vous reposer.

— En temps et lieu.

Les sœurs de Lucienne, Jeannine et Céline, prirent charge de la restauration des voyageurs venus de loin. Gervaise leur témoigna sa gratitude. Un à un, les visiteurs s'éloignaient.

— Vous accoucherez à l'hôpital, n'est-ce pas, Gervaise?

— Bien sûr, Jeannine.

— Angéline est très dévouée. Gardez-la près de vous. Tout au moins jusqu'à ce que vos quarante jours soient faits.

Gervaise frémit!

— Mes quarante jours seront éternels, soupira la jeune femme.

Jeannine baissa les yeux, touchée par la tristesse de la voix.

Lorsque le silence plana de nouveau sur la grande demeure, Gervaise se rendit auprès de chacun des enfants, les embrassa, les borda.

Alphonse lisait; elle lui fit une caresse, lui sourit et se dirigea vers sa chambre.

Ce soir-là, comme tous les autres qui suivraient, elle choisit de dormir de l'autre côté du lit, celui qu'il occupait...

Chapitre 24

Stoïque, Gervaise s'efforçait de vivre chaque jour, chaque heure avec bravoure. En présence des enfants, elle gardait le sourire. Quand le mot «papa» était prononcé, elle ressentait, en dedans d'elle, une déchirure qui lui faisait mal. Elle fermait les yeux: «Télesphore aurait voulu que son fils naisse dans la joie.» Elle reprenait courage, pour lui, pour eux.

Alphonse était retourné au collège; il donnait de plus en plus l'impression d'être imperturbable. Gervaise essayait de ne pas être trop sévère dans son jugement. Ce fils était si différent de son père; de caractère il ressemblait à Mariette. Étant à peine plus âgée qu'eux, elle ne pouvait comprendre, car leur vie, leur enfance, leur formation et leur orientation ne ressemblaient aucunement à ce qu'elle avait vécu. «Ils ont eu une jeunesse douce, sécurisante, beaucoup d'amour, ça ne semble pas suffire!» L'épithète «égoïste» lui effleurait l'esprit, mais elle se le reprochait aussitôt, car trop sévère. «Crises de l'adolescence, ça passera.» Elle trouverait le moyen, elle saurait garder cette famille unie. Elle devait bien ça à son époux en témoignage de reconnaissance, lui qui l'avait tant choyée, tant aimée. Le petit, cet enfant qui naîtrait bientôt, se fondra, se mêlera, s'assimilera aux Langevin. Elle veillerait sur la ferme des ancêtres, oui, elle sauverait la terre.

Dès que le bébé serait né, elle s'attacherait à la tâche, se priverait de l'aide d'Angéline et embaucherait un employé qui ferait le travail de la terre.

Dans le lit déserté, elle puisait la force nécessaire, revivait ses souvenirs et s'endormait en formulant le vœu de rêver à Télesphore. Chose étrange, il ne se manifestait pas.

Sa taille ne cessait de prendre de l'ampleur. «Hé, bébé, je ne te demande pas d'atteindre la maturité avant de naître, tu deviens de plus en plus lourd à porter, pense un peu à moi.»

— Pourquoi souris-tu, maman?

— Je disais à mon petit bébé d'être sage.

— Il ne l'est pas?

— Tu veux savoir, viens. Pose là ta main et attends un peu, il va donner des coups de pied.

Lucille posait la main avec beaucoup de délicatesse. C'est à peine si elle effleurait le ventre de sa mère. Ses grands yeux exprimaient le doute, la curiosité, peut-être aussi la gêne.

— Oh! oh! oh! Maman! Il te fait mal, le méchant bébé, oh! oh!

Gervaise se mit à rire. La surprise, l'étonnement de l'enfant faisait plaisir à voir.

— Il n'est pas méchant, il bouge, il fait des exercices. Et ça ne fait pas bobo. Au contraire, c'est la preuve qu'il est en bonne santé.

— À l'avenir, quand on me reprochera de trop m'exciter, je crois savoir quoi répondre: je suis vivante et en bonne santé.

— Cher grand bout de chou!

— Avant, tu me disais «cher petit bout de chou».

— Comparée à celui-ci, tu es grande. Toi qui as si hâte de grandir, de tout comprendre!

— Ouais, c'est logique. Mais, maman, le bébé, quand va-t-il sortir de là-dedans? On va couper ton ventre? Ouf!

Gervaise chercha ses mots, tenta d'expliquer simplement. Alors elle parla de la chatte, laquelle avait mis au monde trois beaux chatons sous leurs yeux éblouis.

— Comme les poules, alors? suggéra Lucille.

Gervaise surprit le sourire moqueur d'Angéline.

— Vous savez toutes ces choses, hein, Angéline?

— Ah! oui. Et comment!

Le repas du soir fut très gai. Lucille exposa publiquement ses connaissances. On se moqua; on ajoutait des explications différentes, souvent erronées. Gervaise refusa de servir d'arbitre. On se tourna vers Raymond:

— T'en as pas fait à Mariette, toi, des bébés?

Angéline plissa le bec, pinça son nez, se retint pour ne pas rire. Raymond rougit.

— Tu es son amoureux!

— Un amoureux, c'est pas un mari, protesta Angéline pour secourir l'homme embarrassé.

Ces derniers jours, Angéline s'éloignait peu de la maison. Elle gardait un œil attentif sur sa patronne; à son avis, le moment de l'accouchement ne saurait tarder. Une première naissance comporte parfois des problèmes inattendus. Gervaise, cependant, attachait beaucoup d'importance à la date qu'avait fixée le médecin, ce qui lui laissait un peu de répit.

La jeune fille se préparait à sa façon afin de parer à toute éventualité: un drap et des serviettes étaient dissimulés dans la cuisine, prêts à être chauffés au four, le réservoir d'eau chaude était rempli à ras bord de même que la grande bouilloire. Ces précautions, elle les avait apprises très jeune, dès qu'elle fut «grande fille», soit vers l'âge de treize ans. Sa grand-mère avait jugé bon qu'il était temps d'initier la jeune fille à son futur rôle.

Angéline se souvenait encore des conseils reçus et des changements survenus dans sa vie au moment de ses premières menstruations, qui avaient fait d'elle une adulte, ce qui lui permettait de partager les secrets les mieux gardés. Les obligations n'avaient guère tardé à se greffer à son nouveau savoir. D'abord elle avait assisté à la mise bas d'un veau. Elle était sortie de cette expérience bouleversée et larmoyante. Puis était arrivé le jour où elle dut seconder sa grand-mère au chevet de sa mère; la tempête qui sévissait était telle que le docteur n'avait pu arriver à temps pour l'accouchement. C'est alors qu'elle avait vu le miracle de la vie se produire sous ses yeux. «Tu as le sang-froid et le doigté pour devenir une superbe accoucheuse», lui avait dit la sage-femme tout en procédant à la toilette du nouveau-né. Angéline avait écouté, plus morte que vive, les jambes tremblantes, le cœur en morceaux. Dieu qu'elle avait eu peur!

Depuis ses craintes s'étaient calmées à travers ses nombreuses expériences. Elle riait parfois de ses souvenirs angoissants.

Aujourd'hui, toutefois, la situation différait; madame Langevin n'était ni une parente ni une amie, plutôt sa patronne et la sœur de l'homme qu'elle chérissait; de plus, celui qu'elle aimait était le seul adulte de la maison sur lequel elle pourrait compter en cas d'urgence. Sans doute ignorait-il tout de la conduite à tenir dans de telles circonstances...

Aussi Angéline observait-elle les faits et gestes de Gervaise: «Toutes les émotions qu'elle a encaissées récemment jouent en sa défaveur.» Que de responsabilités pesaient sur ses jeunes épaules!

**

Léo entra. Comme tous les matins, il était venu prêter main-forte à Raymond, après quoi il venait déjeuner avant de retourner chez lui. C'était une façon discrète de se rendre utile tout en vérifiant si tout était sous contrôle chez ses voisins.

— Tu lui as suggéré d'embaucher quelqu'un? demanda sa femme Lucette.

— Non, j'ai pas osé. Avec ce gosse au ventre, tant qu'il ne sera pas né, j'oserai pas. Je pense qu'il faut lui faire confiance. Tout va finir par se tasser; j'ai l'impression qu'elle sait où elle s'en va.

— Il ne faudrait pas qu'ils perdent une récolte.

— Avec la neige qu'on a eue, le sol est favorable à la bonne pousse. Qui aurait dit ça, hein, Lucette? Un pareil gaillard.

— Beau, à part ça.

— Hein? Qu'est-ce que tu dis? Ça parle au maudit! Toi, Lucette Vadeboncœur, tu avais un *kik* sur Télesphore! Toi, la fille vertueuse! Qu'est-ce qu'il avait, ce gars-là, pour tourner la tête des femmes à l'envers?

— Tu exagères.

— Ça parle au maudit! Toi, Lucette.

— Arrête tes niaiseries, Léo. Sois sérieux. As-tu parlé à sa veuve pour tes papiers?

— C'est pas le temps de se mêler de ça. La pauvre petite...

— La pauvre petite... écoutez-moi ça.

Ensemble, ils s'éclatèrent de rire.

— Il y a pire, Lucette... Tu sais, les papiers, je ne voulais pas t'en parler, mais il se passe des choses pas trop catholiques.

— Explique-toi.

— Tu me promets de ne rien dire.

Elle haussait les épaules. Il hésita, puis avoua:

— Alphonse, le plus vieux... il m'a téléphoné. Je ne sais pas comment, mais il a mon testament en main.

— Hein! Comment?

— Je ne sais pas, c'est ça qui est embêtant.

— Parle à Gervaise, tout de suite.

— Tu penses? Alors que Télesphore est encore chaud.

— Attends que sa veuve soit dans les troubles par-dessus la tête, ce sera alors le temps!

— Télesphore prétendait que ça ne fait pas mourir de faire son testament. D'un autre côté, s'il ne l'avait pas fait, à l'heure qu'il est, ce serait trop tard. Il voulait probablement protéger la veuve, contre sa Mariette et son Alphonse; c'est pas du bois de calvaire, ces deux-là! Oui, j'irai parler à Gervaise.

Le lendemain matin, il se leva, fit son *train* tout en cherchant les mots à utiliser pour prévenir la jeune femme. Ce ne serait pas facile! Mais c'était son devoir de le faire, son devoir de chrétien et de bon citoyen. Grand Dieu! Qu'il n'aimait pas se mêler des affaires des autres! Il entra chez les Langevin qui s'étaient attablés.

Mais les choses ne se présentèrent pas aussi simplement qu'il l'avait souhaité. Gervaise refusait de déjeuner, elle semblait être dans *ses douleurs*; Léo avait vu sa femme faire les mêmes grimaces, se contracter ainsi le visage et échapper de grands soupirs. Il avala son café, s'excusa, et prétextant un travail urgent à faire, il partit, presque soulagé de n'avoir pas à attaquer l'épineux sujet.

— Il était bizarre, aujourd'hui, Léo, fit remarquer Raymond.

— Télesphore était son meilleur ami. Il doit lui manquer.

— Sais-tu, Gervaise, même les bêtes me flairent, moi, un inconnu, c'est à croire que le maître leur manque.

Gervaise ferma les yeux. Elle sourit, regarda Raymond; d'une voix chaude elle s'exclama:

— C'est merveilleux de penser que dans dix jours je tiendrai mon bébé dans mes bras.

— Euh! Madame, dix jours, dites-vous? Je ne crois pas.

— Non? Pourquoi, Angéline.

— Je ne sais pas, mais à votre démarche, à votre manière de vous tenir, à voir comment le bébé se déplace, dix jours, non. Puisqu'on est sur le sujet, avez-vous le numéro de téléphone du docteur? Ce serait bon qu'on l'ait à portée de la main. Vous ne pensez pas, Madame?

— Ce serait prudent, Gervaise, donne-le à Angéline, dit Raymond.

— Mettez-le plutôt à côté du téléphone.

— Vous êtes sérieuse, Angéline?

— Si j'étais vous, je me reposerais et penserais aux choses à apporter à l'hôpital.

— C'est vrai que je me sens lourde...

— Avec des tiraillements dans les reins...

— Comment savez-vous ça?

— Quand on a vu sa mère et ses sœurs accoucher, on sait. L'apprentissage se fait jeune, dans une grande famille.

— Vous avez peut-être raison, je vais monter préparer mes choses.

Elle se lève, marche vers l'escalier, s'arrête, s'appuie contre la rampe, tente de se redresser. Lentement elle monte, en s'arrêtant quelquefois. Angéline regarde Raymond, hoche la tête et dit d'une voix basse: «Elle ne se rendra pas au 7 juin. Les docteurs, vous savez...»

Un cri leur parvient, puis le silence. Un autre cri, un peu plus sourd cette fois. Angéline s'élance vers l'escalier après avoir pris la bouilloire qui chantonne sur le poêle.

— Ça y est, monsieur Raymond, ça y est! Trouvez Lucille qui joue dehors, allez la reconduire chez les Vadeboncœur et revenez en vitesse.

Tout en parlant, elle grimpe l'escalier, court vers la fenêtre ouverte qu'elle ferme.

— Pourquoi fermez-vous le châssis? J'ai si chaud, s'exclame Gervaise.

— La première chose que l'on apprend quand on aide les bêtes à mettre bas, c'est d'éviter les causes de pleurésie.

Gervaise s'éclate de rire, un rire qui dégénère en grimaces suivies d'un cri perçant.

— Priez saint Gérard Magella, pendant que vous en avez encore la force...

Gervaise rit encore et Évangéline fait de l'humour:

— Continuez ainsi, accoucher dans la gaieté: c'est mieux que dans la douleur.

Angéline a défait le lit, replié les draps; elle prépare

la couche car elle sait que l'enfant naîtra bientôt. Gervaise la regarde faire, assise sur le bord d'une chaise. Elle goûte les répits que lui laissent les tranchées de plus en plus nombreuses et rapprochées. Ses cheveux se mouillent, elle est en sueur. Elle s'est laissé guider par Angéline, elle ne parvient pas à se mouvoir.

Gervaise ne rit plus, elle s'exclame: «Oh! Qu'est-ce que c'est ça? Qu'est-ce qui m'arrive?» Elle pousse un autre cri, aigu, qui n'a rien d'une plainte. Elle souffre. Raymond, qui vient d'entrer, a entendu. Il grimpe les marches quatre à quatre.

— Vous avez ce numéro de téléphone? demande-t-il.

— En bas, allez vite, près du téléphone.

Il descend, revient près de la cage de l'escalier:

— Où est le téléphone?

— Dans le salon.

Il court, revient: «Il n'y a pas de téléphone dans le salon.»

— Derrière la porte, grouillez-vous, grand Dieu!

Raymond gémit: «Je vais devenir fou!» Une femme répond à l'appel. Raymond hurle: «Vite, le docteur, c'est la veuve de Télesphore Langevin de Saint-Pierre-de-Montmagny.» Il raccroche, revient vers la chambre. Gervaise est étendue sur le dos, les jambes relevées, les genoux retenus par un drap replié en longueur, dont elle tient les extrémités qui entourent ses poignets.

— Eh! Raymond, descends, monte-moi encore de l'eau bouillante, le plat à vaisselle, attise le feu, fais bouillir encore de l'eau. Que ça saute! T'as compris?

Raymond pivote sur ses talons, s'embourbe dans la descente de lit, vient près de tomber, se redresse et disparaît finalement, les yeux exorbités. Angéline, la douce, hurle ses commandements.

— Toi, la petite mère, pousse, mais pousse donc! Allez, respirez, poussez.

— Eh! Là-haut, où est le plat à vaisselle?

— Sous l'évier, andouille. Ah! les hommes, à quoi c'est bon à part faire des enfants. Allez, la petite mère, pousse. Crie tant que tu veux mais pousse surtout. Encore, encore. Bon, reposez-vous une minute. Toi, Raymond, prends ça, essuie son pauvre visage en sueur.

Angéline sort, revient avec des draps qu'elle place sous les fesses de la maman.

— Bonne sainte Anne, je le vois, il est presque là. Allez, houp! Poussez, poussez, mais pousse donc, sainte *peanut*. Accrochez-vous, à deux mains, à la tête du lit et poussez! Comme ça, encore, encore, je le vois, poussez, poussez... Bingo!

Raymond est collé au mur, blême comme une vesse de loup.

— Doucement, mon chou, doucement, comme ça, comme ça, viens voir tante Angéline, dis bonjour à ta maman. De ce que t'es beau! tout rose, pas *chiffonné pantoute*. C'est un gars, un beau gros gars, lance-t-elle, victorieuse.

Gervaise pleure. Raymond s'accroupit sur ses genoux; il s'est laissé glisser le long du mur; ses jambes flageolent.

— Reposez-vous, Madame, le pire est fait. Laissez-vous aller.

L'enfant lance son premier cri.

— Tiens, regardez-moi ça! Un beau jeune poulain, je vous le donne dans deux minutes. D'abord dans l'eau de rinçage; allez, petit, dans le plat de vaisselle. Houp! houp! olé!

L'eau éclabousse Angéline qui rit d'un rire saccadé.

— Mon beau petit poulain! T'es beau comme un cœur.

— C'est pas un Poulain, Angéline, c'est pas un Poulain, c'est un Langevin, proteste Gervaise, mêlant les larmes au rire.

— Regardez-moi ça, regardez les mains de cet enfant-là. Elles sont marquées de fossettes tant il est gras; fossette au menton, fossettes aux jointures, fossettes aux coudes, dix doigts, dix orteils, bien du poil sur la tête. Cré petit ange du Seigneur!

Avec une infinie douceur, Angéline lange le bébé et le place dans les bras de sa mère.

Gervaise regarde son fils, le touche, le caresse, rit; ses larmes mouillent l'enfant qui s'étire, bouge les doigts. La maman lève un bras, y loge son poupon, sourit et s'endort, en union spirituelle avec son fils.

Raymond est sorti, il s'est assis sur la première marche de l'escalier, épuisé.

— C'est pas tout! gronde Angéline. Revenez ici. Mais l'homme n'entend plus, ne voit plus, ne sent plus. Il tremble comme le feuillage d'un jeune bouleau brassé par le vent.

— À votre tour, courageuse maman, de vous faire pomponner...

Trop tard, Gervaise dort profondément. C'est à ce moment que le médecin arrive, tenant à la main son petit sac noir dans lequel, on le prétendait autrefois, les docteurs transportaient les bébés pendant l'hiver, car les cigognes fuyaient le froid.

La conscience professionnelle obligeant, le praticien examina l'enfant. «Dix livres et douze onces, s'exclame-t-il, le plus gros bébé de ma carrière.»

— Eh! vous! Je vous demande pardon. Votre carrière, dites-vous? Que vient faire votre carrière là-dedans? C'est moi, moi toute seule qui ai tout fait.

— Si jamais j'ai une femme qui accouche, je l'entrerai à l'hôpital quinze jours à l'avance, s'exclame Raymond, à qui l'arrivée du médecin a redonné du courage.

Angéline a nettoyé, roulé le linge souillé, l'a confié à Raymond. Elle a baissé le store, allumé la lampe de chevet qui jetait à peine de la lumière car le soleil était haut.

Il était une heure dix, un vingt-neuf de mai...

***

— Monsieur Raymond, voulez-vous aller chez les Vadeboncœur leur annoncer la bonne nouvelle et prévenir Lucille qu'elle peut revenir. Je garde un œil sur madame et le poupon.

Raymond ne s'est pas fait prier deux fois. Il est sorti en coup de vent, a marché en aspirant profondément l'air encore frisquet. Tout ça semblait bien mystérieux, il avait eu très peur. Ces cris, cette souffrance, tous ces tourments qui accompagnent une naissance et que Gervaise avait eu à traverser, elle si jeune, si inexpérimentée, qui venait de perdre l'homme qu'elle aimait! La vie lui semblait bien cruelle.

— Angéline, je peux voir maman et le bébé?

— Laisse-les se reposer, attends un peu.

— Je veux être la première à la voir!

— Bon, c'est promis.

— Mon oncle est disparu.

— Oui, il est fourbu, mon oncle.

— C'est quoi, fourbu?

— Fatigué.

— Pourquoi?

— Je l'ai fait courir dans les escaliers.

Lucille s'installa dans la berceuse, regarda l'horloge. Elle avait hâte que ses sœurs reviennent de l'école.

— Il faut téléphoner à Alphonse, lui dire la bonne nouvelle.

— Monsieur Raymond le fera ce soir.

— Pas maman?

— Non, elle doit dormir.

— Tu m'as dit qu'elle n'est pas malade.

— Non, mais elle a besoin de repos.

— Écoute!

Lucille partit en trombe, grimpa les marches en criant:

— Il pleure, j'entends le bébé, il pleure.

Gervaise se réveilla, entendit le poupon, ah! ce premier pleur que l'on aime tant!

— On a oublié ses dents, s'exclame Lucille.

Un brouhaha s'ensuivit. Les enfants, à peine entrés, avaient entendu et se précipitaient eux aussi dans l'escalier.

Autour de Gervaise et de son fils, se formait une couronne: des enfants, éblouis, silencieux, réjouis.

— Qu'est-ce qu'il a à pleurer et à grimacer?

— Il a faim, affirme Angéline. Si on ne veut pas qu'il mange son poing, on devra le nourrir. Vous allez me laisser seule avec votre maman un instant. Attendez dans le passage.

Angéline, avec des tampons d'ouate enduits d'alcool, prépare le sein maternel.

— Vous êtes sûre de ce que vous faites?

— Oui. Les femmes blondes utilisent de l'huile, les brunes, de l'alcool. Ça évite les gerçures. Attendez que les enfants voient vos biberons!

— Les enfants?

— Bien sûr, vous n'allez pas vous cacher pendant six mois derrière une porte.

— Devant les enfants? Nourrir devant les enfants!

— Et comment! On n'est plus dans l'ancien temps avec des histoires de choux et de Bonhomme Sept-heures! Il vaut mieux apprendre de sa mère.

— Je ne vous ai pas encore remerciée, Angéline.

— Attendez, on aura tout le temps. Parce que votre frère, vous savez...

— Quoi, qu'est-ce qu'il a, mon frère?

— Votre frère, il a les deux pieds dans la même bottine...

Angéline plaça une serviette sur la poitrine de Gervaise, découvrit le mamelon et déposa le bébé sur le bras de sa mère. La nature fit le reste: les lèvres gloutonnes ont saisi le sein au passage, les enfants ont reculé, ouvert de grands yeux, et observé le touchant spectacle dans un silence gentil. Une larme s'est échappée des yeux de Gervaise et est venue se mêler au trop-plein qui dégoulinait. Angéline a pris un coin de la serviette protectrice et a essuyé l'épanchement.

Raymond, surpris par le silence ambiant, venait de monter l'escalier; il arriva devant la porte, à cet instant précis. Délicatement il recula et marcha vers sa chambre.

Gervaise ne parvenait pas à détacher les yeux de ce trésor, chaud, vivant, si petit sans être délicat ou frêle comme elle l'avait craint parfois.

— Il est beau, costaud comme son papa.

— Comme moi! s'exclama Lucien, en se martelant le thorax de ses poings fermés.

— Viens, Réjeanne, de ce côté, et toi, Jacqueline, ve-nez. Glissez doucement votre petit doigt dans sa menotte. Vous allez vous rendre compte qu'il est déjà très fort.

— Qu'il est doux! Comme de la peau d'ange! s'exclama Jacqueline, elle habituellement critiqueuse.

— Et moi, alors, protesta Lucille. Je ne peux pas le toucher?

— Tu auras toutes tes journées, quand nous serons seules, promit Gervaise.

Lucien continuait de crâner:

— Lui et moi allons boxer ensemble.

— Il est bien trop petit...

***

Le soir, Angéline prit Raymond à part: «Monsieur Raymond, auriez-vous une pièce de cinquante sous bien propre? Vous comprenez, ce serait pour le nom-bril du bébé.»

— Deux pièces de vingt-cinq sous, ça ferait l'affaire?

Elle pouffa de rire; la fatigue accumulée aidant, Angé-line avait peine à reprendre son sérieux. Elle hochait la tête, ses éclats fusaient. Chaque fois qu'elle le regardait elle pouffait, l'air ahuri du jeune homme stimulait son hilarité.

— Deux vingt-cinq cents! Ah les hommes!

Puis regardant l'heure, elle ajouta: «Il faudrait prévenir monsieur Alphonse, monsieur Raymond: il est le seul à ne pas connaître la grande nouvelle.»

— Vous pensez vraiment à tout, Angéline.

Celle-ci baissa la tête, gênée.

— Le téléphone, demanda-t-il, il est toujours derrière la porte du salon?

Ce fut son tour de rire.

Épinglée au mur se trouvait encore la feuille où figuraient des numéros, dont le sien. Raymond hésita, puis composa: «Si Mariette était revenue!» Il n'obtint pas de réponse. Alors il téléphona au collège de Sainte-Anne. Il dut attendre qu'on prévienne l'étudiant, qui à cette heure se trouvait à la salle d'études.

— Allô!

— Alphonse?

— Oui.

— C'est Raymond.

— Raymond? Raymond! Mais oui, mon oncle Raymond, mon oncle maternel... Dites donc, que me vaut cet honneur?

— Vous avez un jeune frère, né à une heure dix; il pèse plus de dix livres.

— Dix livres et douze onces, pour être précis.

— Vous le saviez?

— Écoute, mon Raymond, si tu profites de l'occasion pour t'implanter chez nous et te faire vivre, tu peux chercher ailleurs. C'est moi, l'aîné de cette famille; Mariette n'est qu'une fille, qui a déserté. Tu n'es plus le beau-frère en perspective, oublie pas ça. De plus, on a une employée à la maison, elle aurait pu me téléphoner. Réjeanne a plus de jugeote que vous tous...

Alphonse continuait de cracher son venin, mais Raymond avait raccroché. Il restait là, éberlué.

— C'est un fou! C'est un malade ou quoi? Pauvre

Gervaise, qu'est-ce qui l'attend? Non, mais il est craqué, le futur curé!

Il revint vers la cuisine et se laissa tomber dans la berçante.

— Alors? questionna Angéline.

— Il savait déjà... Réjeanne lui a parlé.

— Ces chers enfants! s'exclama la bonne.

«Je lui casserais la gueule: le blanc-bec!» pensa Raymond, toujours sous l'effet du choc.

— Que diriez-vous d'une assiettée de blanquette aux œufs?

— Ce ne serait pas de refus.

Dans sa tête, les insultes continuaient de gronder, cuisantes, amères. Il mangea en silence, trop fâché pour raisonner. Il se gava de pain, tranche après tranche, sans même s'en rendre compte.

— Ça met en appétit, hein, les accouchements? Vous ne préféreriez pas du pouding au chômeur avec de la crème fraîche?

— Non, merci.

Angéline comprit qu'il valait mieux le laisser en paix. Il n'avait décidément pas le goût de la taquinerie. Elle lui apporta une tasse de thé, desservit la table en silence.

Raymond décida de ne rien raconter à Gervaise, du moins pas pour le moment. Il la laisserait tout à sa joie, elle l'avait méritée.

***

Gervaise tourna la tête vers la *bassinette* où reposait son fils caché dans ses langes. Elle attendait impatiemment l'heure de la tétée, ces minutes précieuses où il faisait si bon d'être en contact étroit avec la chair de sa chair, ce miracle de la vie possible par le truchement de l'amour.

Angéline apporta un plateau garni: «Bien se nourrir pour bien allaiter. Je veux vous prêter ceci: c'est une clochette; si vous voulez quelque chose, vous sonnerez. Ça, c'est le réveille-matin de monsieur Alphonse. J'ai pris la liberté de l'emprunter. Il ne faut pas brouiller les habitudes de boire du bébé. Et vous, ne vous levez pas! Il faut récupérer avant.»

— C'est un bijou, cette clochette. Elle est en argent massif.

— Je ne sais pas en quoi elle est faite, mais elle est dans la famille depuis trente-sept ans et a toute une histoire.

— Racontez-moi ça.

— Euh! C'est assez embarrassant. Imaginez-vous que mon père l'a volée... dans la sacristie, le jour de son mariage. Maman était tellement fâchée! Elle disait que c'était un sacrilège, punissable par les peines de l'enfer. Alors papa avait peur. Il s'en est confessé toute sa vie. Chaque fois le curé lui imposait la même pénitence: un baril de pommes à apporter au presbytère à la récolte d'automne. Mon père nous a juré qu'il a dû transporter trois fois le contenu de son verger en tant d'années.

— Ne me faites pas rire, je vais réveiller le bébé!

— Et après? Vous pensez que c'est mauvais pour le petit d'entendre rire? Croyez-moi, un bébé a besoin de bruits et du son des voix, il s'adapte à ce qui l'entoure, ça l'aide à se développer; plus ils sont petits, mieux c'est. À ce propos, je pourrais vous raconter une autre histoire.

Gervaise croisa les bras derrière la tête et regarda Angéline.

— Ma sœur, Ursule, a toujours été différente des autres. Elle n'a jamais voulu aider sur la terre. La ferme ça ne lui plaisait pas, Madame. Elle passe son temps dans les livres, elle s'éduque. Vous entendez ça? Elle s'éduque et barbe les autres. Deux enfants, c'était assez, selon elle. Son premier a grandi selon la recette idéale d'un docteur américain; le livre du spécialiste sur la table de la cuisine, ou sur celle du salon: consulté tout le temps. Conséquence?

À part les chicanes avec maman et son mari, le petit, qui avait droit à tous ses caprices, est devenu impossible. Il avait cinq ans quand le deuxième est né. Un an plus tard elle est arrivée à la maison en larmes. Son Raoul n'était pas du monde, elle n'en venait plus à bout. Ce cher ange qu'il ne fallait pas réprimander était après la faire mourir. J'entends encore maman. «Amène-le-moi, mais à une condition: je ne veux pas te voir ici avant quinze jours. Compris? Promis?» Pauvre Raoul! Il criait, piochait, tempêtait, maman n'entendait rien. Je l'ai vu casser trois assiettes pour attirer l'attention. *Motte!* maman ne bougeait pas. Si par contre il était gentil elle le récompensait. Ça a pris trois mois de ce régime pour le redresser. C'est ça, un enfant gâté. Ça ne sait plus ce que ça veut, ni pourquoi. Bon, bon, je prêche mais regardez l'heure!

Gervaise, souriante, se souleva sur ses oreillers et tendit les bras pour accueillir son bébé rose.

— Et le docteur américain, Angéline?

— On n'en a plus jamais entendu parler! Rien ne remplace l'amour d'une maman attentive. Ce petit a de la chance.

***

Le matin du 7 juin, Gervaise ouvrit les yeux à l'heure où Télesphore venait habituellement déjeuner en sa compagnie.

Malgré la défense formelle d'Angéline, elle se leva, marcha jusqu'au berceau de l'enfant, et le regarda dormir. Ses yeux s'embuaient de larmes. «Je ne dois pas manquer de courage, je dois surmonter ma peine. Tu es déjà là. Dans tes caresses et ta tendresse je trouverai la force.» Elle souleva le bébé, le serra sur son cœur.

«C'est le premier nourrisson que je tiens dans mes bras, et c'est le mien!» Cette pensée la réconforta. «J'ai sept enfants à aimer, grande doit être ma joie.»

504

Elle marcha vers la fenêtre, leva le store, regarda la campagne encore endormie.

«Ce matin, nous en avions rêvé, ton père serait resté près de moi, aurait tenu ma main, dans l'attente de ta venue. La vie ne l'a pas permis. Elle a voulu compenser, sans doute, en te délivrant huit jours plus tôt, huit jours heureux. Elle m'a aussi rendu un frère que je croyais perdu à tout jamais. Tiens, il est là, il dirige les animaux vers le pré. Tu vois, je ne suis pas seule, je dois sourire et espérer.»

Le poupon s'étira, bâilla, grimaça. «Tu as faim, c'est ton heure de manger. Pas de rôties, pas de pain doré: Lucille l'a dit, on a oublié tes dents. Je changerai d'abord ta couche mouillée.»

Mais ce n'était pas aussi facile qu'elle le croyait. Pourtant elle avait bien observé Angéline qui, elle, le faisait en un tournemain. Les épingles l'effrayaient, si bien qu'elle finit par n'en pas mettre. Elle pliait et repliait le carré de finette, et y mit tant de temps que le bébé, sans crier gare, inonda tout ce qui l'entourait. Elle éclata de rire. «Quel enfant terrible tu es!»

À la porte, Angéline observait.

— Voilà ce qui arrive quand on désobéit. Maintenant c'est tout ce grand lit qu'il faudra changer. Ne restez pas debout, buvez ce verre de lait chaud, je l'ai aromatisé de miel.

Angéline alla chercher des draps et, se penchant sur la rampe de l'escalier, elle cria:

— Monsieur Raymond, venez.

— Qu'est-ce qu'il y a?

— Montez une chaise berçante.

— Vous n'allez pas me garder prisonnière en haut bien longtemps, Angéline?

— Le temps qu'il faudra. Quand on ne sait pas mettre une couche à un bébé, on n'est pas mûre pour le reste.

Gervaise assista au bain du poupon qui disparut dans

un nuage de poudre; elle apprit à le langer. C'est dans la berceuse, ce matin-là, que le bébé prit son petit déjeuner.

Gervaise était au comble du bonheur. La vie continuait son cours avec son bagage de joies qui font le soleil de la vie.

Chapitre 25

— Dis-moi, Raymond, Léo ne vient plus t'aider?

— Non, il a trop à faire; maintenant je connais les airs.

— Je vois. Tu as été magnifique.

— Magnifique, hein!

— Mais l'heure est venue de prendre des décisions. Je ne peux ainsi abuser de ta générosité. J'ai pensé engager quelqu'un à qui tu pourrais...

— Gervaise, ce quelqu'un, est-ce que ça pourrait être moi? On ne s'ennuie pas chez toi. Je me suis attaché aux enfants, je m'y connais un peu; crois-tu...

— Raymond! Ça, je ne l'ai jamais espéré. Tu resterais...

Bang! Un bruit de vaisselle cassée. Angéline, rouge comme une pivoine, se morfond en excuses.

— Pourquoi pas? Télesphore m'a dit un jour que tabac ou légumes, la culture c'est la culture. Il avait bien raison. J'y ai repensé souvent, à cette phrase-là, depuis que je suis ici.

Gervaise baissa la tête, incapable de répondre tant son émotion était grande.

— Penses-y, Minotte, tu n'as pas à te presser pour me répondre.

— Raymond, les gages ne seraient peut-être pas les mêmes?

— Logé, nourri, heureux en plus! Le salaire, on en reparlera, après la récolte; qu'est-ce que tu en dis?

— Télesphore, et nous tous, te remercions, Raymond.

Gervaise détourna son regard noyé de larmes, tant sa joie était grande.

Un lourd poids venait de tomber de ses épaules. Peu à peu les choses se classaient. Son mari lui manquait, bien sûr, mais il lui avait laissé tout un monde à aimer!

***

Gervaise s'était très vite remise de son accouchement. Le bébé était en parfaite santé.

Une fois encore, mais en vain, on avait tenté de rejoindre Mariette. Gervaise décida que Réjeanne serait marraine, et Raymond, le parrain. Madame Vadeboncœur accepta avec empressement d'être porteuse de l'enfant sur les fonts baptismaux.

Par respect pour le père, il n'y eut qu'une très simple cérémonie; Angéline servit des fruits et des liqueurs douces. «Si ces quarante jours peuvent finir», se plaignait Gervaise, fatiguée d'être surveillée et traitée comme une impotente.

Raymond prit arrangement avec Léo pour qu'il vienne le remplacer: «Le temps d'aller à Joliette et de revenir.» Il casserait maison, reviendrait avec armes et bagages. Son absence coïncida avec le retour d'Alphonse.

Il arriva en taxi. Sur le perron il empilait les choses rapportées. Les enfants s'empressèrent de l'aider à tout entrer. La procession allait de la porte vers l'escalier.

— Mon oncle n'est pas là? demanda-t-il avec un rire sarcastique qui n'échappa pas à Gervaise.

Elle fit mine de n'avoir rien entendu.

— Tu sais, Alphonse, je suis la marraine.

— De qui?

— Mais de mon frère, Télesphore.

— Et le parrain?

— Oncle Raymond.

— Répète, j'ai mal compris.

— Viens le voir, Alphonse, il est beau comme un ange.

— Fous-moi la paix. Je veux des explications. Si c'est le fils de mon père, je suis l'oncle qu'il faut choisir comme parrain. C'est ça, la tradition. La marraine, je m'en contrefiche.

«Si c'est le fils de mon père.» Gervaise blanchit. Elle vint se placer devant ce grand garçon qu'elle essayait d'aimer, mit ses poings sur les hanches, s'avança jusqu'à le toucher. Elle ouvrit la bouche, pas un son ne sortit. Elle avança encore, il dut reculer. Pas à pas, elle l'accula jusqu'au mur. De ses grands yeux noirs s'échappait tant de colère qu'il ne savait plus quelle contenance prendre.

Les enfants, effrayés, regardaient sans trop comprendre. Réjeanne se mit à pleurer. Lucille vint s'accrocher à la jupe de Gervaise.

Léo entra sur ces entrefaites. Il devina un drame. Il déposa les canisses de lait pleines à rebord et tonna:

— Qu'est-ce qui se passe ici, madame Gervaise?

Gervaise recula lentement, tenant toujours sous son regard froid un Alphonse devenu piteux. À grandes enjambées, il se dirigea vers l'escalier.

— Une colère d'adolescent, rien de plus, Léo.

Elle avait parlé assez fort pour être entendue d'Alphonse.

— Faut pas vous laisser impressionner, madame Gervaise, j'ai en main de bons arguments à vous donner, ajouta-t-il en levant la tête, pour s'assurer que l'autre entendait.

— Tout va se tasser, ne vous en faites pas. Vous avez le temps de prendre une tasse de thé?

— C'est pas de refus. Vous avez des nouvelles de Raymond?

— Non, mais ça ne devrait plus tarder.

— Si vous avez des problèmes, n'hésitez pas à me téléphoner. Prenez bien soin de vous, sinon votre lait va se tarir.

La phrase magique! Gervaise vint s'asseoir près de la table. Elle sentait ses jambes se dérober sous elle.

— Évitez aussi les escaliers.

— C'est ce qu'Angéline me répète.

— Les quarante jours, c'est pas des inventions de bonnes femmes, vous savez, Gervaise. Assez jasé, il y a encore du boulot à faire.

Léo salua, s'éloigna. Les enfants, penauds, n'osaient bouger.

— Le souper est prêt, Angéline? demanda Gervaise.

— Oui, madame.

— Tant mieux, j'ai faim. Allez, Mesdemoiselles, aidez à dresser le couvert. Lucien, monte dire à ton frère de venir souper.

— Maman, demanda Réjeanne, c'est ma faute, mais je ne sais pas ce que j'ai fait de mal.

— Rien, ma fille. Tu n'as rien fait de mal. Tu n'es pas responsable des colères de ton frère, ni de personne. Il ne faut pas se laisser effrayer par les gens colériques ni assumer leurs crises.

Se tournant vers Alphonse qui arrivait, Gervaise ajouta:

— Alphonse, prends la place que ton père a laissée vide...

Elle fit une pause puis enchaîna:

— À l'avenir, tu agiras en homme. Si tu as quelque chose à dire, adresse-toi à ceux qui sont en mesure de donner une réponse aux questions que tu aurais à formuler. Tiens-toi-le pour dit.

Les enfants se mirent à table, mal à leur aise. Gervaise, pour la première fois depuis le décès de son mari, ouvrit la radio, histoire de mettre un peu de gaieté dans la maison.

— Le deuil est fini? demanda Lucille.

— Non, chaton. Le deuil est dans le cœur de chacun; le reste, ce qui se voit, ce ne sont que des convenances.

— Ah! du poulet, donne-moi de la poule mouillée, Angéline.

— De la poule mouillée? Qu'est-ce que c'est?

— Le plat préféré de Mademoiselle: du brun de poulet recouvert de sauce.

Alphonse savait que les flèches s'adressaient à lui seul. Il était dans sa nature d'attaquer, de se montrer fendant et arrogant, surtout avec ceux qui, il le savait, lui pardonneraient. Devant l'étranger, devant plus fort que lui, il devenait condescendant, doucereux. Il se faisait les dents en persécutant ceux qu'au fond il aimait.

On mangeait en silence. Gervaise, pour se donner une contenance, aidait Angéline à faire le service. L'atmosphère, lourde, n'était pas très saine. Gervaise ruminait, son regard brûlait.

***

Réjeanne ne manquait jamais une occasion de dorloter bébé Télesphore. Son titre de marraine lui seyait à merveille. Gervaise encourageait l'éclosion de cet amour merveilleux.

— Appuie-le bien contre toi, tiens sa tête de ton autre main. Un bébé sait, il sent l'amour que tu as pour lui. Vois comme il semble content et détendu.

— Tu crois qu'il m'aime?

— Bien sûr. Très tôt, il te le prouvera par son sourire, son gazouillis. Il grandira très vite. Profite du temps qu'il est si petit et témoigne-lui bien tout ton amour.

Gervaise couvrait un coin de la table d'un édredon, remplissait le bassin d'eau tiède dont elle vérifiait la chaleur en y trempant le coude. Des langes propres, la couche, la poudre et l'huile douce, la serviette et la débarbouillette réservées à ses soins, tout était en place: bébé jouirait de sa toilette matinale.

— Va, dépose-le ici.

Les fillettes entouraient la table, assistaient au cérémonial des ablutions. En retrait se tenait Lucien, un peu gêné, car il était à l'âge où les questions de ses sœurettes au sujet de cette petite chose qui fait la différence des sexes, le mettaient bien mal à son aise. Gervaise se faisait affectueuse et tendre avec le nourrisson. Elle poudrait les fesses roses, les aisselles, les pattes dodues. De la brosse de soie elle soulevait les cheveux qu'elle disposait en «coq» roulé sur ses doigts. C'étaient des minutes d'infinie tendresse, des minutes qui appartiennent de droit au petit et qui joueront en sa faveur toute sa vie. De cette première enfance jaillissent les dispositions futures de l'enfant. Bébé Télesphore ne manquait pas d'amour.

— Il n'est pas fragile? Il est si petit!

— Petit, oui; fragile, non. Au contraire, il est solide et bien constitué. Cependant il faut être prudent et éviter les accidents. Très vite il saura courir. Déjà il sourit, ses yeux traduisent ses émotions intérieures. Regardez-le, il aime se faire cajoler.

— Il me fait beaucoup penser à papa.

— Et il sera fort comme lui. Lucien devait lui ressembler à son âge: ce sont de beaux hommes, costauds, comme l'était le papa.

Lucien, ravi, sourit.

La jeune marraine prenait son rôle au sérieux. Déjà son instinct maternel se développait. La poupée était bel et bien vivante, buvait le lait, riait, battait l'air de ses pieds. Gervaise se réjouissait que ce soit elle, la marraine; elle était là, si présente, soucieuse du bonheur du petit qui recevait ainsi de grandes doses d'amour et était bien protégé. Le père manquait à la tête de sa famille, aussi Gervaise se sentait-elle responsable de l'épanouissement de chacun; elle cherchait par tous les moyens à leur donner une enfance sécurisante.

La présence de Raymond au milieu d'eux donnait un certain équilibre à leur vie, les travaux sur la ferme étaient exécutés, donc rentables, ce qui assurait le pain de chaque jour.

Gervaise oubliait sa peine, l'amour de sa famille servait de tampon à sa solitude. Parfois il lui suffisait de fermer les yeux pour voir surgir Télesphore avec ses tics, ses raisonnements, son pouvoir réconfortant; ça l'aidait à prendre ses décisions, à parer aux coups. La vie ne l'avait pas gâtée; son enfance pénible de fille mal aimée par sa mère, son infirmité, l'insécurité des foyers nourriciers, la sévérité de l'éducation reçue au couvent s'avéraient pourtant autant de pierres angulaires qui servaient maintenant de base aux lourdes responsabilités qui lui échouaient.

De l'amour elle n'avait connu que des bribes clairsemées, mais suffisantes pour lui avoir fait comprendre la valeur des choses du cœur. Son père, le Raymond de son enfance, madame Anita, Julie, sœur Agnès, plus tard, et surtout Télesphore et son ardente flamme amoureuse, ces êtres chers lui avaient permis de garder son équilibre, de s'enrichir, de s'épanouir.

Il lui appartenait maintenant de donner au centuple. Elle savait se faire violence, elle savait aimer: au bonheur des siens elle consacrerait sa vie.

Elle s'était endormie en pensant à toutes ces étapes de sa vie. À ses côtés, le bébé qu'elle déposait habituellement dans son ber lorsque le sommeil le gagnait, reposait auprès d'elle, à poings fermés. Accompagnée de Jacqueline, comme tous les matins, sa marraine vint se pencher sur le lit du marmot. Surprise de ne pas l'y trouver, elle se retourna et le vit près de sa maman. Avec d'infinies précautions elle s'approcha et, le prenant dans ses bras, elle s'éloigna sur la pointe des pieds.

— Ferme doucement la porte, Jacqueline, ne réveille pas maman.

— Pourquoi ne le laisses-tu pas près de maman?

— C'est son heure de manger.

— Alors il faut réveiller maman.

— Non, je vais lui préparer une bouteille.

— Mais, où va-t-on le mettre? Pas sur la table! Il pourrait rouler en bas!

— J'ai une idée. Videz le grand tiroir de la commode, ça va lui faire un bon lit.

— Dans le tiroir?

— Oui, mettez-le sur deux chaises. Tourne celle-là, comme ça.

— C'est en bois, c'est dur là-dedans! Attends, je vais aller chercher mon oreiller.

Gervaise retrouva son fils sous une accumulation de hochets, chapeaux, avions de papier, et aux orteils, les bagues de ses sœurs «car ses doigts sont si petits». Les yeux lumineux de l'enfant disaient sa joie. La mère, émue, souligna son émotion en serrant dans ses bras ses fillettes si délicates, si attentives. Le déjeuner fut des plus joyeux. De ce jour, le tiroir fut gardé vide et servit occasionnellement de lit secondaire à bébé Télesphore.

«Dommage que le père ne soit pas là pour voir de ses yeux l'encadrement merveilleux qui entoure son dernier-né, dit Raymond quand on lui relata les faits; qui ne saurait s'attendrir devant tel spectacle?» Angéline rougit; cette fois encore, Gervaise le constata.

Gervaise, qui a grandi à l'école de la soumission, à qui l'on a enseigné à se résigner, à absorber les coups, s'est forgé une âme franche, sans mesquinerie.

Elle a appris à cerner les injustices, à discerner le vrai du faux. Elle en est venue à haïr la traîtrise, et s'est nantie de moyens de défense pour protéger sa vulnérabilité.

La vie, aux côtés de Télesphore, lui fut bien douce: il appartenait à la même école de pensée. Son âme était droite, son esprit de justice à toute épreuve. Près de son mari elle avait affermi ses convictions profondes, enrichi sa personnalité.

Elle ne s'abandonnait jamais à ce genre de crises psychologiques qui ébranlent, troublent, perturbent, font souffrir inutilement. Elle savait réprimer ses sautes d'humeur.

Les propos tenus par Alphonse la médusaient: «Si c'est le fils de mon père», avait-il dit. Le «si» comme une massue avait heurté l'âme pure de Gervaise. Le doute émis pour appuyer ses reproches amers, le dédain témoigné à l'endroit de Mariette et de Réjeanne, son égoïsme féroce, sa méchanceté accablante, même le ton employé l'avait révoltée.

«Qu'aurait fait Thélesphore devant telle situation? Comment aurait-il réagi? Il n'a pas l'excuse de l'ignorance, de la misère physique ou morale. Il a un vilain caractère, lui seul peut se prendre en main. Moi, je ne peux que l'écouter, l'aimer et occasionnellement lui souligner ses égarements. Où trouverai-je la force morale nécessaire pour ne pas m'emporter? Il a de ces façons de me déboussoler! Je me dois de protéger la sensibilité des enfants, ils lui vouent un grand sentiment de respect, d'amour. La situation est délicate.

«Léo... il m'a semblé exaspéré! Pourquoi a-t-il eu cette vive réaction? Réjeanne est forte, elle développera ses propres moyens d'autodéfense; c'est ça, la vie de famille: apport mutuel, confrontations, réactions. Les hauts et les bas créent l'harmonie, comme en musique; c'est le dosage qui compte, la mesure. Elle sourit: «Me voilà devenue chef d'orchestre!»

«Il aura ta beauté... mais avait hérité de la sienne. Il a été taillé dans le même bois dur que son père, a la même carrure, aura sans doute les mêmes passions... Oh! oui, cet enfant la porte, la marque de son père! C'est du Langevin haut de gamme. Ça sauterait aux yeux, même d'un aveugle tel qu'Alphonse!»

Elle prit sa place habituelle, à côté de l'aîné.

— Alors, Alphonse, l'année s'est terminée en beauté?

— Ouais! jeta-t-il avec ironie.

— Tu veux dire oui?

— Alors, demain tu vas être curé? lança Jacqueline.

— Non. Ni demain ni jamais.

— Quoi!

Lucien avait sursauté. Il était debout, les yeux démesurément écarquillés.

— Tu dis que tu ne seras jamais curé?

— Non, j'ai changé d'orientation.

— Dis-moi pas qu'elle ne vous l'a pas dit?

— Qui ça, elle?

— Elle, c'est moi, c'est de moi, Lucien, que ton frère parle, dit Gervaise.

— Tu le savais, maman?

— C'était le secret de ton frère. Il ne m'appartenait pas de le dévoiler. Ton grand frère est un homme maintenant, il doit décider de sa vie.

— Tu as décidé, Alphonse.

— Assieds-toi, Lucien, Alphonse va tout vous dire.

Gervaise avait parlé avec douceur. Tous les yeux convergeaient vers le grand frère.

— J'ai changé d'orientation.

— Ce qui signifie, intervint Gervaise, que votre grand frère a changé de choix en ce qui a trait à son avenir.

— Vous voulez parler à ma place?

— Non, je veux qu'on vous comprenne bien: vous pouvez sûrement lire, sur leurs visages, l'intérêt qu'ils vous portent.

— Je vais devenir docteur.

— Ah! oui. Quand? demain?

— Non, je dois étudier d'abord. À l'université.

— Encore!

— Oui, Lucille, encore. Plusieurs années.

— Tu vas mettre des bébés au monde!

— Non, faire des inter... des opérations.

— Hein! Tu vas couper le monde, avec un couteau, toi!

Alphonse rit, s'appuya contre le dossier de sa chaise, prit un air supérieur.

— Tu seras bien contente, Réjeanne, si un jour je dois opérer une jambe de ton filleul, pour ne pas qu'il reste boiteux le reste de sa vie.

Il jeta un regard méchant en direction de Gervaise.

Réjeanne se leva, se mit les poings sur les hanches et hurla:

— Toi, toi, Alphonse Langevin, jamais! Tu ne toucheras jamais à mon filleul; tu es trop nerveux, trop haïssable.

Elle se rassit et fondit en larmes. Arrogant, Alphonse poursuivit:

— Alors, ma fille, je lui ferai prendre son lait de magnésie.

— Viens près de moi, Réjeanne, dit Gervaise. Vous, Monsieur le docteur, apprenez à mouiller les l, dans filleul et l'n, dans magnésie. À part cette remarque sur la qualité de votre langage, je vais vous demander d'être au salon, ce soir, à neuf heures trente. Nous aurons une conversation entre quatre yeux. Réjeanne, veux-tu monter chercher ton filleul, c'est l'heure de la tétée.

— Quoi! Ça ne se fera pas devant les enfants, j'espère.

— Docteur ou curé, il faut choisir! Les devoirs sont faits, les enfants?

La voix était calme, le ton décidé.

Gervaise, assise dans la berceuse, attendit l'arrivée du poupon; elle ouvrit son corsage et lui offrit le sein. Alphonse rougit. Les enfants, qui ne se scandalisaient plus du spectacle, s'installèrent autour de la table et plongèrent le nez dans leurs livres. Alphonse pivota sur ses talons et disparut dans l'escalier.

«Le Gros-Jean comme devant baisse vite pavillon», pensa Gervaise. Elle saurait le mater. «Il n'est pas question de chercher à circonvenir ce garçon, il doit apprendre à respecter son entourage.»

Les enfants étaient au lit, le bébé dormait déjà comme un ange. Angéline était montée dormir sans même ouvrir le poste de télévision comme elle le faisait chaque soir. Gervaise se berçait, un livre à la main, mais l'esprit ailleurs.

Lorsque parut Alphonse, elle leva les yeux vers l'horloge, son regard s'arrêta sur un petit paquet qu'elle avait placé là des semaines plus tôt.

— Ah! fit-elle, en se remémorant le contenu de la boîte. J'avais totalement oublié! Oh, mais, totalement!

— Qu'est-ce que vous avez oublié?

— Remets-moi le paquet qui est là, sur la tablette de l'horloge, veux-tu?

Elle avait parlé doucement, un trémolo dans la voix. Alphonse le prit et le lui remit.

— Votre père m'a remis ces choses en me demandant de les servir au baptême de notre enfant. Après tout ce que nous avons eu d'émotions, j'ai oublié.

Assise, les yeux baissés, refoulant sa peine, Gervaise regarda Alphonse.

— Tu as eu de dures épreuves, comme nous tous, récemment. C'est arrivé à une période où tu aurais eu besoin d'un confident, d'un père. Je suis heureuse que tu en aies parlé avec Télesphore, aux vacances de Noël. Tu es bouleversé et sans doute inquiet. Mais tu as atteint l'âge où un homme peut décider de lui-même. Tout être humain, Alphonse, a la capacité d'être heureux. Il suffit de canaliser ses énergies et d'être franc avec soi-même. Il y a plus. J'ai ici charge d'âme. Ton frère et tes sœurs ont aussi droit au bonheur. Nous formons une famille que tu quitteras bientôt pour en créer une autre, la tienne. Oh! ne proteste pas. Ne brise pas ce qui est, respecte les enfants, ne cherche pas à miner mon autorité. Ça, je ne te le permettrai pas. Je ne te demande pas de m'aimer, tu peux te rebeller, c'est ton droit. Mais les mesquineries et les injustices envers les enfants, je te les interdis!

— Vous avez fini?

— Encore deux mots. Trouve-toi du travail, tu garderas tout ce que tu gagnes; tu seras toujours le bienvenu dans cette maison, qui est aussi la tienne. Mais il faudra te souvenir que c'est aussi celle des petits. D'eux je suis responsable. Voilà, Alphonse, j'ai fini.

Il hésita un instant, semblait vouloir riposter, mais ne le fit pas. Il se dirigea vers l'escalier.

— Bonsoir, Alphonse.

— Bonsoir! jeta-t-il. Puis, se retournant vers Gervaise, il ajouta: Je vais partir.

Elle ne répondit pas, ce qui sembla le désarmer. Elle ferma les yeux et pria: «J'espère, Télesphore, que je ne me suis pas trompée; grâce sans doute à ces deux cœurs en sucre, j'ai su me contrôler».

***

Alphonse demanda à Angéline, tout en descendant l'escalier:

— Où sont les clés de la Chevrolet ?

— Je ne sais pas. Demandez à votre mère.

Gervaise, qu'il n'avait pas vue, sortit du salon et répondit:

— On ne peut l'utiliser.

— Je dois aller au village.

— Attelle le cheval, ça lui fera du bien de faire de l'exercice.

— Pourquoi ne peut-on pas utiliser l'auto?

— À cause de certaines procédures, elle est toujours enregistrée au nom de ton père. Il y a aussi la raison des assurances.

— Décidément, dans cette maison...

Voilà qu'une automobile entrait dans la cour. Raymond revenait; une remorque contenant ses bagages suivait.

— Non! Mais le voilà, l'homme engagé qui prendra la relève; c'est du joli! De plus il traîne ses pénates!

Bang! Angéline venait de fermer un panneau de l'armoire avec rage.

— On se fait servir, aux champs, à la cuisine. Race de monde! tonna Alphonse.

Raymond entra, marcha vers Gervaise, lui déposa un baiser sur le front.

— Ça va, Minotte?

— Bien contente de vous voir de retour, monsieur Raymond, s'exclama Angéline.

— Je vais à la grange et je reviens.

— Tu as faim?

— Un café, dans une petite demi-heure.

Après le départ de son frère, Gervaise s'adressa à Alphonse.

— Tu aurais pu emprunter la voiture de Raymond, Alphonse, mais je te préviens, vas-y poliment; ce n'est pas un Langevin, c'est un Lamoureux.

Alphonse sortit par la porte avant, rageur.

***

La demi-heure passa, Raymond ne revenait pas.
«Je vais aller voir ce qui se passe». Angéline sortit et revint aussitôt: «Monsieur Léo parle avec monsieur Raymond. Ça semble sérieux, très sérieux même.»

Raymond, appuyé contre la porte de la grange, écoutait Léo. Il lui parlait de l'échange des testaments qu'ils avaient fait, lui et Télesphore.

— Le plus maudit, dans tout ça, ce que je ne comprends pas, c'est que cette peste d'Alphonse, le faux curé, m'a téléphoné. Imagine-toi qu'il a mon testament en main. Il m'a tenu des propos bizarres, une sorte de chantage, comme s'il était au courant de l'affaire.

— Vous en avez parlé à Gervaise ?

— Pense donc, j'suis pas fou. Je ne veux pas me mêler à vos histoires de famille. Surtout que le petit verrat, il se mêle de faire de la misère à votre sœur. Mais je pense qu'il sait que je l'ai à l'œil, je le lui ai fait sentir. Je suis bien content que tu sois là, ça me rassure.

— Je suis arrivé pour de bon... alors c'est ça qu'a voulu dire, Angéline... J'ai bien vu que ça n'allait pas. C'est délicat, cette histoire.

— Tu restes, c'est une bonne nouvelle, la veuve a déjà eu sa grosse part de problèmes. Il va falloir mettre la patte sur les papiers pour régler la succession avant que le flanc mou s'en mêle. Allez donc voir le curé pour démêler tout ça. Allez-y avec votre sœur. Il la connaît. Si ça ne marche pas, on verra Pierre Samson, un ami de votre défunt beau-frère.

— D'abord, je vais parler à Gervaise.

— Arrangez-vous pour le faire dans le privé. Les murs ont des oreilles.

— Merci, Léo. Merci. Je te tiendrai au courant; au sujet de ton document, je vais voir ce que je peux faire.

***

Pendant ce temps, Alphonse, furieux, marchait vers le village. Un voisin le reconnut, l'interpella.

— Vous allez au village?

Il sursauta tant il était perdu dans ses pensées amères.

— Vous voulez embarquer?

— C'est gentil de votre part, monsieur Beaumont.

— C'est pénible, ce décès de votre père. Il n'a même pas eu le plaisir de connaître son gars. Mais il a marié une bien bonne personne. Les enfants savent se tenir et réussissent à l'école. Ma femme enseigne, vous savez. Et vous, vous allez devenir curé! C'est beau, votre père doit être fier, là où il est. L'Église, c'est la force du pays!

Alphonse jugea bon de se taire. Il avait besoin de l'appui de tous, ça l'aiderait à faire valoir ses droits et déjouerait les manigances des Lamoureux, Gervaise et compagnie!

— Du souci, hein? La vie, c'est du souci, la mort c'est du souci.

— Merci, monsieur Beaumont, je vais descendre ici. Merci encore.

— Salut, mon jeune. Mes respects à chez vous.

521

«C'est beau pareil, un gars qui devient un curé; dire que Télesphore ne verra pas ça non plus!»

***

Raymond entra, chercha sa sœur du regard.
— Votre café est prêt, monsieur Raymond.
— Où est Gervaise?
— En haut, avec le bébé, c'est l'heure de son boire.
— Angéline, il y a eu du grabuge en mon absence?
— C'est une question?
— Oui, c'est une question.
— Alors, posez-la à madame.
— Vous ne niez pas?
— Voilà votre café, fort et chaud, comme vous l'aimez.
— Je ne saurai rien de vous, Angéline, je le vois. Vous êtes une fille fidèle. C'est beau.

Elle rougit jusqu'aux oreilles.

«Ça a l'air grave!» pensa Raymond, qui ne pouvait imaginer que c'était sous l'effet du compliment que son visage s'était empourpré.
— Alphonse est-il ici?
— Non, il est parti au village.
— Tiens!

Raymond avala son café et monta à la chambre de Gervaise. Il ferma la porte.
— Minotte...
— Oui, Raymond.
— On va trancher au plus court pendant que nous sommes seuls. On discutera plus tard.
— C'est sérieux?
— C'est sérieux! Où est le testament de Télesphore?
— Le testament? Ah oui, le testament.
— Où est-il?
— C'est ce que j'essaye de me rappeler.

Et Raymond lui expliqua qu'Alphonse avait en main

celui de Léo. Ahurie, Gervaise se laissa tomber sur le bord de son lit.

— Qu'est-ce que tu racontes?

— Léo m'a prévenu. Souviens-toi, où as-tu serré le testament? C'est ça le plus pressé. Ce document-là aurait déjà dû être remis aux autorités pour régler la succession de ton mari.

— Au notaire, bien sûr!

— Au notaire?

— Bien oui. C'est à lui de faire ce travail-là.

— Souviens-toi, Minotte, où l'as-tu mis?

Elle s'était relevée, marchait de long en large, cherchait. Elle essayait de se remémorer la scène, le jour du décès, la visite de Léo, ce qui s'était dit. Une longue enveloppe, portant un nom; elle se trouvait alors dans le salon... «Oui, dans le salon.»

Raymond descendit, ne trouva rien. Il remonta.

— Alphonse l'aurait trouvé, dit-elle enfin. Pourtant... oh! mais, je me souviens: je l'ai surpris à fouiller notre chambre; peu de temps après, si ce n'est pas le même jour, il m'a dit «Vous n'aurez pas le testament.»

— Voilà! voilà la réponse. Il a pris celui de Léo en croyant qu'il s'agissait de celui de son père. Ce qui signifie qu'il n'a pas l'autre. C'est pour ça qu'il a fait du chantage à Léo, il désirait faire l'échange...

— Ça expliquerait tout, même sa visite au village aujourd'hui.

— Il ne pourra rien faire sans les papiers; ça, je le sais!

— Est-il assez mécréant pour vouloir s'emparer de tout à ton détriment et à celui des enfants?

— C'est un fieffé égoïste, inexpérimenté et vaniteux.

— Comme sa sœur Mariette; des petits génies qui se prennent pour des têtes à Papineau. Allons, Gervaise, souviens-toi!

— Je ne suis pas allée en haut, j'étais souffrante... Il est dans le salon.

— Viens, descendons. Peut-être qu'une fois sur les lieux tu te souviendras.

Elle regardait autour d'elle, des souvenirs pénibles lui revenaient en mémoire.

— Derrière les cadres, peut-être, suggéra Raymond.

— Non! Je sais, là, dans l'album de photos, là, sur la table.

Raymond ouvrit l'album, l'enveloppe s'y trouvait.

— Voilà! Ne t'en fais plus, l'affaire est réglée. Demain nous irons chez le notaire. Veux-tu le lire, Gervaise?

— Non. L'enveloppe sera ouverte en présence de l'homme de loi. Tu m'accompagneras. Je ne suis pas inquiète, Télesphore était bon et sage. Il ne nous a pas abandonnés, le petit et moi.

Tout à coup, sans raison apparente, Gervaise rentre dans une colère noire. Elle part en courant, grimpe l'escalier; elle tempête, gesticule, s'énerve. Elle entre dans la chambre d'Alphonse et vide le contenu de ses tiroirs sur le plancher, regarde sous le matelas, dans sa penderie, ouvre sa malle, et voilà que, triomphante, elle trouve le testament de Léo, qui avait été chiffonné, puis étiré et replié. Il l'avait placé dans un livre, sans doute pour le défriper.

Raymond a tenté à quelques reprises de calmer la jeune femme, en vain. Elle irait au bout de sa recherche. Triomphante, elle le cacha dans son soutien-gorge.

— Qu'il vienne le chercher là! s'exclama-t-elle, encore sous le coup de son mécontentement.

Angéline s'était assise sur la galerie et surveillait la route. Elle en avait assez vu et entendu pour savoir qu'Alphonse se trouvait au cœur de l'affaire. Elle le vit venir, elle entra en trombe, et du bas de l'escalier cria:

— Monsieur Alphonse revient, vite, madame.

— Allons, Raymond. Descendons.

— Je peux le retenir, si tu veux tenter de ...

— Je ne tenterai rien. Descendons. Il ne m'effraie pas du tout.

— Toi, alors!

Alphonse entra, avec son visage de bon enfant qui n'a rien à se reprocher. Il avait perdu la partie, il lui fallait maintenant ruser pour gagner du temps, se faire des alliés, mettre son nouveau projet à exécution.

— Vous avez fait bon voyage, Raymond.

— Oui, merci.

— Et tout ce bric-à-brac?

— Mon bagage, vous voulez dire? Je reste, imaginez-vous. Ma sœur m'a embauché pour un certain temps.

— Ce qui règle mon cas: je chercherai ailleurs.

— Pas nécessairement, Alphonse. Il y a du boulot pour deux, en saison. Votre mère est assez bien nantie; les gages ne sont pas élevés, mais si on considère le gîte et la nourriture... Nous ne serions pas trop de quatre bras; nous n'avons, ni l'un ni l'autre, l'expérience de votre père.

— Je monte me changer et je descends.

Raymond regarda Gervaise et fronça les sourcils.

— Merci, mon grand. Tu as été superbe. Je crois que je vais boire un café pour fêter ça.

— Le bébé, Madame...

Les mots d'Angéline se perdaient dans un tintamarre terrible. Là-haut la rage de ne pas retrouver le testament de Léo venait de gagner Alphonse. On l'avait déjoué, on avait fouillé dans ses affaires, on avait violé sa chambre. Il lançait des livres, brisa un miroir, retournait les tiroirs et les jetait avec force sur le sol.

Alphonse était si furieux qu'il avait complètement perdu la tête. «Léo, le mon-oncle, la boiteuse, les jeunes, le curé, je les ai tous sur le dos. Ça ne restera pas là, rira bien qui aura le dernier mot!»

Raymond pestait, Angéline tremblait, Gervaise souriait.

— Chacun son tour, jeune homme, marmonna-t-elle.

— Tu crois qu'il va demander des explications? demanda Raymond à voix basse lorsque le calme fut revenu.

— Non, c'est un nono, mais un nono intelligent. Il sait ce qui s'est passé.

Le silence semblait vouloir confirmer le raisonnement de Gervaise. Alphonse ne parut pas au repas du soir. Le lendemain, il sortit très tôt, un bagage à la main. À sa grande surprise, Gervaise, assise sur la berceuse, un châle couvrant ses épaules, l'attendait. Elle lui remit une enveloppe qui contenait cent dix dollars, tout ce qu'elle avait à la maison.

— Tiens, fiston, prends ceci. Reviens-nous vite.

Elle le regardait s'éloigner, comme elle avait fait, autrefois, le jour du départ de Raymond... Des larmes brûlantes roulaient sur ses joues et tombaient sur son corsage, sans qu'elle les retienne, ni ne les essuie.

Elle ne rentra qu'au moment où la silhouette du jeune homme se confondit avec l'horizon.

Chapitre 26

Télesphore avait légué tous ses biens à sa femme, sans aucune condition, sans aucune restriction. Elle pouvait disposer de tout à sa guise. En tant qu'épouse, elle toucherait une prime d'assurance-vie de huit mille dollars.

Télesphore avait sécurisé l'avenir de ceux qu'il avait laissés derrière. Ce n'était pas la fortune, loin de là, mais avec détermination et bonne volonté, on tirerait du sol le pain quotidien.

Les jours ensoleillés, Gervaise couchait son bébé dans le *carrosse* de jonc, le promenait sur le bord de cette route qui l'avait conduite au bonheur. Elle se souvenait de cette nuit où elle était revenue de chez les Vadeboncœur, tenant les enfants par la main, aux côtés d'un Télesphore joyeux et enjoué.

Ces heures de grande paix trouvaient écho dans son cœur. Auprès de son mari, elle avait goûté ce grand bonheur; ensemble ils partageaient, se soutenaient, se comprenaient; leur entente était sécurisante, consolidait leur amour.

Les Vadeboncœur étaient de bons amis. Toutefois il n'y avait pas, entre eux, l'affinité nécessaire qui permettait les épanchements de l'âme. Gervaise sentait un besoin fou de vider son cœur, de parler de son grand et vibrant amour. Elle pensa à sœur Clara. Seule sœur Clara, qui avait connu son mari autrefois, pourrait lui parler de ce qu'il était alors. Elle seule saurait l'écouter. Oui, elle voulait une oreille attentive à qui elle pourrait se confier.

Angéline partirait bientôt, elle avait déjà trop prolongé le séjour de la jeune fille, la tâche retomberait sur ses seules épaules. Les enfants aussi auraient besoin de sa présence. Comment tout concilier? Elle réfléchissait, cherchait une solution.

Gervaise, assise dans la berceuse, attendait que son fils se réveille avant de rentrer.

Voilà que lui parvenait la voix de Raymond qui suppliait:

— Voulez-vous m'enlever ça, Angéline?

Raymond présentait un doigt endolori. La jeune fille le regarda, eut un éclat de rire, un rire cristallin qui, un instant refoulé, éclatait à nouveau.

— Non, mais! Voulez-vous bien me dire, pour l'amour du bon Dieu, où vous vous êtes fourré la tête! A-t-on idée, ce n'est pas croyable! Par tous les saints, monsieur Raymond, qu'est-ce que c'est ça?

Angéline s'exclama: «Il va falloir vous raser la tête!»

— Vous pensez-vous bien drôle?

— Excusez-moi, mais vous devriez vous voir l'allure! Où avez-vous pris toutes ces *toques*?

— Je suis monté sur le fenil, le barreau de l'échelle a cassé, j'ai foutu le camp, tête la première, entre le petit hangar et la grange. C'est farci de chardons dans cet espace-là.

— Vous avez des *toques* partout, plein les sourcils, plein les cheveux, vous avez l'air d'un porc-épic. C'est trop drôle.

— Enlevez-moi l'épine que j'ai sous l'ongle et je saurai bien me défaire de ces trucs-là!

— C'est ce que vous pensez! Ce ne sera pas facile. Venez à la lumière, que j'examine ça. Il faut d'abord la dénicher; à l'aide d'une aiguille je devrais pouvoir la déloger.

Les voilà sur le perron. Gervaise pouffe à son tour.

— Qu'est-ce que c'est que cette mascarade?

— Dites donc, vous deux!

Raymond entre, se regarde dans le miroir.

— Un conseil, Raymond, si tu entres bouder, ne va

pas te coucher la tête sur l'oreiller avec tes frisettes, tu vas danser.

Les deux femmes armées de ciseaux et de pinces à épiler commencent l'opération en se faisant des clins d'œil à chaque cri de douleur. «On coupe des touffes de poil, Raymond, ce qui te donne maintenant l'allure d'un hérisson. La bête change de poil à mesure qu'elle change de nom!» Angéline enchaîna:

— Ça me rappelle l'histoire de la vieille qui, n'ayant pas de ventouse, avait utilisé le pot à eau; ne pouvant plus l'enlever, il a fallu le casser pour récupérer la bedaine du vieux!

— Vous êtes deux chipies, je suis à la merci de deux chipies.

Gervaise et Angéline riaient comme des enfants. Raymond, docile, attendait la fin de son martyre, ne réussissant pas toujours à réprimer son rire.

— Que ça fait du bien de rire ainsi! s'exclama Gervaise.

***

Réjeanne ramena un mauvais bulletin de l'école. Gervaise ne s'inquiéta pas outre mesure. Habituellement enjouée et aimante, la fillette devenait parfois distraite et facilement irritable. Les jours passaient sans que la situation ne s'améliore. Gervaise, qui avait cru à une mauvaise passe, s'était montrée tolérante, mais ça devenait de plus en plus évident que le problème était profond.

D'abord elle cessa de se pencher sur son filleul, de le caresser; elle qui autrefois ne perdait pas une occasion de le prendre dans ses bras, elle se désintéressait de l'enfant et à plusieurs reprises Gervaise la vit observer le bébé à distance. «Que peut-il bien se passer dans son esprit? Pourquoi ce subit revirement?»

Jacqueline se plaignait du caractère bourru de sa sœur qui chicanait à tout propos. Elle n'obéissait plus sans trépigner, et allait jusqu'à répondre impoliment. Gervaise ne savait pas comment réagir. Plus elle réfléchissait, moins elle comprenait.

Un soir, les enfants étaient au lit, Angéline faisait son jeu de patience au bout de la table et Raymond lisait le journal. Gervaise ruminait le problème qui la préoccupait.

— À quoi penses-tu, sœurette, tu es triste? Est-ce à cause du départ d'Alphonse? Ne t'en fais pas, tu n'y es pour rien. Il n'est pas le premier à avoir utilisé le prétexte de la vocation religieuse pour échapper à son milieu et se faire instruire à coût modique. Les missionnaires qui prêchent les neuvaines dans les écoles de garçons donnent eux-mêmes la recette sans, bien sûr, aller jusqu'à suggérer la désertion.

— Qu'est-ce que tu racontes?

— Tu as sûrement subi le même lavage de cerveau de la part des sœurs, quand tu étais au couvent. Les sœurs et les prêtres, ça ne pousse pas dans les arbres, il faut des adeptes.

— Sauf que moi, je n'étais pas un bon sujet...

Elle s'arrêta, ferma les yeux.

— Toi...? demanda Raymond, en se tournant vers elle.

— Grand Dieu!

— Qu'est-ce que tu as, Gervaise? Tu es toute pâle! Tu te sens mal?

— Non, non, non. Ça va. Je viens de comprendre! Ce serait ça!

À nouveau elle replongea dans ses réflexions. «Réjeanne a peur. Elle a une peur terrible que bébé Télesphore soit infirme. Alphonse aurait réveillé en elle une profonde inquiétude!» Elle se souvint tout à coup des coups d'œil furtifs que lui jetait parfois Réjeanne. «Grand Dieu! Réjeanne croit, parce que je suis boiteuse, que mon fils boitera aussi. Ça ne peut être que ça, elle est effrayée.»

— Angéline, est-ce que vous vous êtes aperçue que Réjeanne n'est plus la même avec le bébé?

Celle-ci ne répondit pas. Elle battit les cartes, les réunit et jeta:

— Je vais monter dormir.

— Angéline! Ma question vous embarrasse, ça se voit. Pourquoi ne me répondez-vous pas?

— J'ai appris qu'il ne faut pas trahir la confiance qu'un enfant met en nous.

— Elle vous a fait des confidences!

— Je vais dormir.

— Elle a peur que son filleul ne marche pas; c'est ça, n'est-ce pas?

— Que voulez-vous que je vous dise? Et à elle?

— Voyons, Gervaise, qu'est-ce que tu chantes là? s'exclama Raymond.

Des larmes s'arrêtaient un instant aux cils de Gervaise pour ensuite rouler sur son visage. Abasourdi, Raymond promenait son regard sur les deux femmes.

— Merci, Angéline, pour votre franchise. Ne vous inquiétez pas, le problème va se solutionner très vite. J'ai tant cherché à découvrir ce qui troublait Réjeanne; merci, Angéline.

Gervaise se leva, marcha vers la berceuse. Subitement elle avait froid, très froid. Elle couvrit ses épaules de son châle et se fit toute petite, tassée dans un coin de la grande chaise où Télesphore se reposait autrefois.

Son infirmité qu'elle avait presque oubliée refaisait surface. Comme certains souvenirs amers, dont le jour maudit entre tous qui avait marqué ses trois ans. Elle en avait souffert, maintenant c'était sa fille qui en souffrait. Elle avait pardonné, même si elle n'avait pu oublier. «La profondeur de ma misère a peut-être permis que je comprenne enfin la douleur de ma fille, alors elle n'aura pas été vaine.»

Elle appuya sa tête; elle redonnerait foi et confiance à Réjeanne, renouerait les sentiments très forts qui l'unissaient au bébé!

— Excusez-moi, Madame Gervaise. J'aurais dû me taire.

Gervaise ouvrit les yeux.

— Vous n'y êtes pour rien. Je me réjouis à l'idée que les enfants vous font confiance; vous êtes une bonne, une très bonne amie pour nous tous, Angéline. Merci.

La jeune fille prit ses cartes et monta à sa chambre.

— Tu veux parler, Gervaise?

— Non, Raymond. J'ai surtout besoin de réfléchir. Ne t'en fais pas, tout va rentrer dans l'ordre.

— Je t'avoue que je ne comprends pas.

— Je te raconterai tout, après...

— Tu es si triste! Je peux rester près de toi.

— Va dormir, tu fais de bien longues journées de travail. Mais avant, embrasse-moi, mon grand frère.

— Tu t'ennuies, hein?

— De Télesphore, oh oui! oh oui!

Elle s'avança sur le bord de la chaise, leva la tête, ferma les yeux, et de l'index elle pointa une joue, puis l'autre. Raymond se pencha et déposa deux baisers.

Le lendemain Gervaise s'attarda au lit. Elle voulait éviter de troubler Angéline en présence de Réjeanne. Mais quand celle-ci rentra de l'école, Gervaise la pria de monter dans sa chambre.

— Je veux te parler, ma grande.

Réjeanne lança son sac sur le plancher avec force. Gervaise la suivit dans l'escalier, ne pouvant s'empêcher de frémir: «Elle me tient responsable, elle m'en veut!»

Le bébé gazouillait dans son ber. La fillette lorgna dans sa direction et d'un air maussade se laissa tomber sur le lit de sa mère.

Celle-ci prit l'enfant et le posa sur la couche, près de sa fille.

— Regarde comme il est beau, c'est le plus beau bébé du monde. Et il est sain, comme nous tous, sauf moi. Je veux te confier un grand secret. Tu sais que je suis boiteuse, mais mon fils ne le sera pas.

— Ta mère, elle boitait?

— Non, ni mon père ni mon frère Raymond. Seulement moi, mais quand j'étais très petite, comme ton filleul, je ne boitais pas non plus.

— Je pensais...

— Que pensais-tu?

— Que les maladies sont héritaires, je l'ai entendu.

— Tu veux sans doute dire héréditaires. Dans certains cas, oui, des tares sont transmises d'une génération à l'autre. Ce n'est pas le cas ici.

— Tu es certaine, bien certaine?

— Oui, Réjeanne, je suis certaine. Voilà pourquoi. Je t'ai dit qu'étant petite je ne boitais pas. J'avais trois ans quand un accident s'est produit et que ma hanche a été fracturée. Le docteur croyait que je ne marcherais plus jamais. Comprends-tu maintenant pourquoi je peux t'affirmer que ton frère n'aura pas cet handicap?

Réjeanne pencha la tête, puis se recroquevilla sur le lit de sa mère, perdue dans ses pensées. Gervaise respectait ce moment de profondes réflexions. Elle se taisait, attendait que la fillette tire elle-même ses conclusions. Elle avait mal, très mal au fond de son cœur. Avait-elle su convaincre l'enfant? Avait-elle usé des bons mots pour l'aider à comprendre? Il lui fallait la réconforter: les mots cruels prononcés par Alphonse pesaient lourd dans la tête de l'enfant, elle le savait; elle aurait dû le comprendre plus tôt! Celle-ci jouait nerveusement avec le lacet de son soulier. Tout à coup, elle se leva, d'un bond elle sauta du lit et se rendit près du bébé. Elle le regardait, puis bougeait ses pieds en tous sens. Tout à coup elle se retourna et s'exclama:

— Alphonse sait-il tout ça?

— Non, mais ton papa le savait et Raymond le sait.

— Maman!

Blottie dans les bras de sa mère, elle pleurait doucement.

— J'ai eu si peur! Je pensais...

— Tu avais des raisons de t'inquiéter; c'est parce que tu aimes beaucoup Télesphore qui, lui aussi, t'aime tellement! Je regrette que tu aies eu autant de chagrin, si j'avais pu deviner je t'aurais dit ça beaucoup plus tôt.

— C'est pas ta faute, à toi. Ça fait mal, ta hanche?

Gervaise sourit.

— Non, Réjeanne, plus maintenant, sauf parfois. Mais ton papa m'a aidée à oublier ce problème.

— Papa! Il t'aimait beaucoup.

— Il nous aime toujours, tous, et il nous protège.

— J'étais fâchée...

— Tu ne l'es plus, c'est ça qui compte. Oublions tout ça.

— Alphonse ne savait pas...

— Il sera un bon médecin, il aidera ceux qui auront besoin de lui.

— Mais pas lui.

Et elle désigna son filleul.

— Peut-être, qui sait? Tous un jour ou l'autre, ont besoin du docteur. Les médecins se dévouent beaucoup, crois-moi. Pour en revenir à Télesphore, bientôt il marchera, grimpera l'escalier, jouera dans la cour. Il grandit très vite.

Se saisissant du bébé, la fillette partit en trombe et descendit à la cuisine. Gervaise resta là, réconfortée. En bas Réjeanne alla confier à l'oreille d'Angéline que «le bébé ne boitera pas, jamais», qu'elle savait pourquoi.

L'atmosphère changea du tout au tout; le bonheur était revenu, la jeune marraine avait retrouvé son entrain. Ce qui souligna une fois de plus à Gervaise que tous ses enfants étaient vulnérables et que d'elle dépendait leur sérénité.

L'amitié que vouait Raymond à Angéline devenait de plus en plus évidente. L'histoire de sa chute dans les *toques* avait éveillé l'attention de Gervaise. Les cheveux de l'homme poussaient par touffes.

— On ne peut pas se vanter d'avoir fait un travail parfait, Raymond, mais des cheveux, ça repousse, il faudra encore les couper.

— Ça suffit, Mesdames, au déjeuner les enfants se sont payé ma tête. Une fois par jour, c'est assez!

— Tu aurais pu te casser le cou, tu sais.

— Tu aurais eu de la peine, Gervaise? Et vous, Angéline?

La jeune fille s'éloigna sans répondre.

— Dis-moi, Raymond, sais-tu où se trouve Saint-André-de-Kamouraska?

— Bien sûr, c'est à l'est, passé L'Islet dans le bout de Saint-Jean-Port-Joli, avant Rivière-du-Loup. Pourquoi?

— J'aimerais y aller.

— C'est bien simple. Dis-moi quand, nous irons.

— Tu viendrais avec moi?

— Bien sûr, c'est à côté; l'auto est là pour servir.

— Je pourrais emmener le petit, ça réglerait tous les problèmes. Il faudra le faire avant le départ d'Angéline.

— Le départ d'Angéline...

Raymond se tourna, regarda en direction de la jeune fille; il se surprenait à la pensée qu'elle pourrait partir... Quelque chose se nouait, là, dans son estomac.

— Tu ne me réponds pas, Raymond?

— Que disais-tu?

— Dimanche, ça t'irait?

— Dimanche, oui. Si tu veux.

— Ma foi, tu es distrait.

— Oui, oui, nous irons dimanche. Je voulais te dire: j'ai placé ce que j'avais de meubles dans un coin de l'étable où sont rangés les vieux harnais et la *sleigh* d'hiver. Ça ne dérange pas?

— Non, voyons.

Au souper Raymond était encore distrait. Angéline, pour sa part, était silencieuse. C'est Jacqueline qui en passa la remarque. Gervaise crut comprendre... Leurs sentiments étaient donc partagés.

***

— Le train est fait, je serai de retour pour la traite des vaches. J'ai prévenu Léo de notre absence. Les enfants m'ont promis d'être sages. Nous serons revenus avant la noirceur.

— Merci, Raymond.

Gervaise descendit bientôt, elle tenait son bébé et tout l'attirail que nécessite une jeune maman.

— Je vous confie la maison, Angéline.

— Faites un beau voyage, Madame Gervaise, ne soyez pas inquiète.

— Ça ne te dérange pas, Raymond, que je donne le sein au petit maintenant? Ce sera plus simple comme ça. Tu comprends, je vais au couvent.

— Quand vas-tu le mettre aux patates? Il grossit à vue d'œil.

— Hein, c'est un costaud, un vrai Langevin, mon fils.

— Papa n'avait rien d'un manchot, lui non plus.

— C'est la première fois que tu me parles de lui. Tu as bien raison; maintenant que tu l'as souligné, je dois admettre qu'il tient aussi de notre famille. Cette bosse, derrière la tête, tu l'as également.

— La bosse de l'arithmétique, disait papa.

— J'étais si jeune, tu l'as connu mieux que moi.

— Il parlait peu, mais il t'adorait.

Raymond avait onze ans de plus que Gervaise, ce

qui faisait que leurs souvenirs respectifs du passé différaient de beaucoup. Maintenant réunis sous le même toit, ils apprenaient à se découvrir: ce n'était pas sans retenue qu'ils évoquaient leur enfance, dont ils gardaient des souvenirs amers et confus.

Raymond fit bifurquer la conversation. Une question le hantait depuis longtemps; il hasarda:

— Dis-moi, Gervaise, comment as-tu pu entretenir toute une conversation sur la culture du tabac avec Rosaire Clément, le soir de ce fameux party?

— Hein! Tu en avais le souffle coupé, j'ai bien vu ça!

Gervaise parla de ce roman qu'elle avait lu chez sa bienfaitrice et qui l'avait tant émue.

— Tu l'as, ce livre?

— Non, il a été brûlé. Imagine! Toute une pièce remplie de beaux livres reliés ont été jetés dans le feu pour éviter la contagion par les microbes.

Le feu: Raymond venait de comprendre le désespoir de son père, couché dans le champ, qui pleurait pendant que les flammes s'élançaient vers le ciel, réduisant en cendres le contenu de la chambre de sa sœur!

Gervaise s'enthousiasmait, aujourd'hui encore le paysage environnant la charmait. Ses mots parvenaient jusqu'à Raymond, s'entremêlaient à ses tristes pensées: le fleuve, cette belle rivière pleine de noblesse qui chante la gloire du Canada. La route 132 qui serpentait dans les villages, se faisait tout à coup très droite puis serpentait encore, autour des églises, près des vieux cimetières qui taisent l'histoire de chacun tout en racontant le début du pays, le Bas-Canada où le Canadien a pris racine... Puis elle s'exclama:

— Voilà l'église, tiens, le noviciat. C'est ici.

— Installe le petit sur la banquette, parvint-il à dire, je vais le surveiller. Prends tout ton temps. Il va dormir.

— Merci, Raymond, mais je veux le présenter à une amie.

— Je suis tout de même le parrain de cet enfant et je ne suis pas une andouille.

Gervaise sourit, descendit de voiture, regarda le couvent. Il lui semblait plus petit. Seul le grand escalier avait gardé son allure imposante. Elle le gravit, doucement. C'était hier... les souvenirs affluaient. Elle leva la tête, regarda la fenêtre de la salle de couture, devenue, elle aussi, plus petite.

On prévenait sœur Clara: elle avait une visite. Gervaise revivait certaines choses: son père, là, sur une de ces chaises, les mêmes cadres, aux mêmes murs. Rien n'avait changé. Pourtant, son mari n'était plus!

Sœur Clara trouva Gervaise le regard perdu dans le lointain.

— Ma chère enfant!

— Vous savez?

— Oui. On m'a appris la triste nouvelle.

— Je souffre, sœur Clara, je souffre. Je croyais avoir connu les bas-fonds de la souffrance. Je ne me résigne pas à la pensée qu'à vingt ans à peine on doive renoncer au bonheur, à son bonheur intime et se satisfaire de ses devoirs à remplir. C'est un peu... comme la vie de l'infirme qui doit vivre avec sa souffrance, à regarder les autres rire, s'amuser, danser. C'est à peine si nous avons effleuré les joies de notre union. Il m'a donné un fils, sans doute pour se faire pardonner ce départ si brutal.

— Parlez-moi de ses derniers moments.

Gervaise fixa un instant le mur devant elle, eut un pâle sourire...

— Il est parti dans son sommeil.

— Et vous avez pleuré!

— Si peu, si peu, après ses funérailles. Si peu...

Gervaise se laissa tomber dans les bras de sœur Clara, tremblante.

— Je crois que je vais éclater.

— Pleurez, ma fille, pleurez. Dieu connaît votre souffrance.

— Je ne voulais que parler de lui, je...

Les mots s'étranglèrent dans sa gorge, elle cacha sa tête dans ses mains, et couchée sur le cœur de la religieuse, elle laissa déborder le trop-plein de sa souffrance; les sanglots la secouaient, elle hoquetait. Elle se releva, chercha son sac à main, en sortit son mouchoir, y enfouit son visage.

Pleine de compassion, sœur Clara la conduisit jusqu'au récamier de velours sombre qui parait le dortoir des religieuses. Elle l'invita à s'y étendre près du bébé.

— Je reviens dans deux minutes.

La religieuse s'éloigna et revint peu de temps après, tenant à la main un mouchoir, une serviette humide et une couverture.

Elle croisa la Mère supérieure qui venait en sens inverse.

— Où allez-vous, avec tant d'empressement, sœur Clara?

— Vers la détresse, répondit-elle, sans s'arrêter.

— Sœur Clara!

Celle-ci poursuivit sa marche vers le parloir. Gervaise pleurait toujours. Avec la délicatesse et la tendresse d'une mère, sœur Clara restait là, à la dorloter.

— Votre bonheur a été éphémère, Gervaise, mais comme il a dû être intense pour vous inspirer un tel chagrin. Un si grand amour! Qui en retour n'accepterait pas la peine pour le connaître, le goûter? Et un fils, un fils à aimer, pour la vie: le fruit de votre union, et ces autres, ces petits enfants du bon Dieu! Toute une famille à chérir. Comptez vos bénédictions, ma chère enfant.

— Il fut un mari, un père, un frère. Il m'a appris à rire, à comprendre, m'a expliqué les exigences de la terre, à aimer la nature, la forêt, les bêtes qui y vivent. Auprès de lui j'ai connu des joies dont j'ignorais jusqu'à l'existence. Il a fait de moi une femme, dans toute la plénitude du mot.

Sœur Clara ferma les yeux. La détresse de la jeune femme se devinait à travers ses propos décousus, elle parlait, parlait, très vite. Tout à coup, elle sembla tout vouloir résumer:

— Un bonheur sans nuages, murmura-t-elle enfin.

— Un bonheur sans nuages, comme vous le dites si bien. Pourtant je perçois un certain regret dans votre voix.

— Disons qu'il y a un ombrage au tableau.

— Si vous voulez libérer votre cœur, mon enfant, je saurai respecter vos confidences.

— Vous aviez vu si juste, de façon si précise, si conforme à la vérité, vous êtes la seule personne auprès de laquelle je peux vraiment m'épancher. Comment saviez-vous tout ça, sœur Clara?

— Je l'ai connu autrefois, nous avions à peu près le même âge.

Sœur Clara n'ajouta pas: «Moi aussi, je l'ai aimé.» Elle fit bifurquer la conversation: «Ce nuage au tableau?»

— Mariette et Alphonse, les aînés: ils sont si différents, si rebelles, on dirait qu'ils ne sont pas ses enfants.

Sœur Clara se leva, marcha vers la fenêtre.

— Pourquoi et comment vous causent-ils autant de soucis?

Gervaise parla de la fugue de Mariette qui ignorait jusqu'au décès de son père, du caractère vindicatif d'Alphonse, mais sans les dénigrer. Elle conclut en disant s'inquiéter de leurs méfaits.

Sœur Clara hésita, elle passait ses mains sur son tablier, gardait la tête inclinée. Le silence devenait lourd.

— Je ne peux sûrement pas sacrifier les plus petits aux plus grands!

— Non! protesta énergiquement sœur Clara. Surtout pas. Votre mari, a-t-il eu l'occasion de croiser le fer avec eux?

— Que voulez-vous dire?

— Y avait-il sujets de mésentente qui les divisaient, lors de son vivant?

— Oui, mais il était très discret à ce sujet.

— Si vous me permettez de vous donner mon opinion... Adoptez la façon de voir de votre mari, agissez comme il le faisait ou l'aurait fait, selon les circonstances. Surtout, ne vous culpabilisez pas.

Sœur Clara venait d'enlever une grande source d'inquiétude à Gervaise. Elle avait besoin de cet appui moral. Sa nature franche, foncièrement droite, ne lui permettait pas de soupçonner que sœur Clara taisait un grand secret.

On parla du couvent et des souvenirs.

— Sœur Pauline a abandonné le voile.

— Je sais, imaginez-vous que je l'ai rencontrée dans le monde. Elle est mariée.

— Mariée! Il fallait s'y attendre.

Gervaise aurait aimé lui raconter l'anecdote du saumon, histoire d'amuser sœur Clara, mais sœur Herménégilde se joignit à elles et la conversation devint moins personnelle.

La bonne Sœur supérieure était on ne peut plus affable. Bébé Télesphore fut présenté aux saintes femmes, ce qui lui vaudrait sans doute suppliques et prières.

— Venez à la chapelle, l'offrir à Dieu.

— Non, oh non! Je ne pourrais pas. Dieu a déjà pris son père; celui-ci, je le garde. Dieu est en dette avec cet enfant et moi, la mère, et les autres, qui sont aussi ses enfants. Il me les a confiés.

— Cet acte de foi vous honore, Gervaise.

— J'espère que mon fils aimera la terre, comme son papa. Il a tout de lui, la carrure, les grosses mains fortes, son toupet, ses beaux yeux.

— Vous en parlez comme d'une idole.

— C'est mon idole!

«Une idole qui fait pipi, oh!» Gervaise dut quitter très vite, pour ne pas horrifier ces saintes femmes, qui ignorent sans doute qu'un bébé mouille sa couche...

Cette pensée avait égayé son regard. Raymond le lui fit remarquer:

— Tu es rayonnante.

Une page venait de se tourner sur le passé. C'est heureuse qu'elle prit le chemin du retour vers le foyer où, dorénavant, plus rien ne pourrait la dénicher ni la troubler.

Elle regardait défiler le paysage sans le voir, elle serrait contre elle cet enfant chéri, la source de son grand bonheur, la raison de sa force morale.

Tout à coup Raymond demanda:

— Gervaise...

— Oui, mon grand?

— Tu la payes combien, Angéline?

— Douze piastres par semaine.

— Heu... on pourrait prendre arrangement...

— Je ne comprends pas.

— Si je payais la moitié de son salaire, accepterais-tu de la garder encore quelque temps?

— J'ai repris mes forces, je n'en vois pas la nécessité.

— Disons... quelques semaines.

— Le temps de voir clair, n'est-ce pas? Le temps de te faire une idée...

— Que veux-tu dire?

— Ah rien, je disais ça, comme ça, pour parler, rien que pour parler!

La maison était en vue, au grand soulagement de Raymond, embarrassé; ainsi Gervaise avait deviné avant lui. Était-ce possible?

***

Les enfants se sont retirés pour dormir. Angéline et

Raymond *placottent*, assis près de la table. Gervaise se couvre de son châle, elle sort dans la nuit étoilée. Lentement elle marche, foule le sol qui porte encore les traces de son mari. Elle laisse errer ses pensées.

La mort est une réalité si soudaine, si pleine de mystères, de contrariétés; il faut du temps, beaucoup de temps pour s'y apprivoiser.

Gervaise se berçait dans la grosse chaise de galerie, cette vieille berceuse où, avant elle, deux générations de Langevin avaient fait le même geste. L'usure de ses *berceaux* était telle que, pour la faire osciller, il fallait lui donner un élan du pied et renverser la tête vers l'arrière.

Gervaise s'était couvert les épaules de son châle dont les pointes ramenées à l'avant couvraient ses bras croisés. Elle fermait les yeux, perdue dans ses pensées. Raymond s'approcha, à la main il tenait une tasse de thé fumant. Comme Gervaise ne bougeait pas, il s'assit sur la marche supérieure.

Le mouvement régulier de la *berçante* continuait d'émettre un son geignard; une abeille surgit tout à coup, ajoutant son bourdonnement au refrain monotone. Elle frôla Gervaise qui sursauta et la chassa de la main. C'est alors qu'elle vit son frère.

— Tu es là depuis longtemps?

— Assez pour deviner que tu étais plongée dans de profondes réflexions.

— Ce sont les minutes les plus douces de la journée. Enfin! l'heure du repos. Le bébé est endormi, les enfants en sécurité dans la maison, la vaisselle faite. En un mot, j'ai la sensation du devoir d'état bien accompli.

— Tu t'ennuies, n'est-ce pas? Tu penses à Télesphore.

— Et toi, mon grand frère, tu ne parles jamais de toi: ne t'ennuies-tu pas?

— Ça peut te paraître étrange mais non, je ne m'ennuie pas.

— Tu n'as pas encore mentionné le nom de Mariette ni parlé du désarroi qu'a dû te causer sa désertion.

— Justement, Gervaise, cette désertion me réconforte...

— Je ne comprends pas.

— Aux premiers jours, j'ai senti la colère puis la révolte gronder en moi. Ensuite, je t'ai regardée vivre, évoluer au milieu de tes enfants, je t'ai écoutée parler avec eux, faire l'éloge de ton mari, j'ai réfléchi aux mots que tu choisissais pour évoquer la mémoire de cet homme que tu as vraiment su aimer. J'ai longuement médité sur le sujet. Vois-tu, Gervaise, Mariette était la première femme dans ma vie. Maman, je l'ai mal connue. Entre elle et moi il y avait un malaise constant. En réalité, j'étais plus près de mon père. Toi, tu n'étais qu'une enfant. Nous avions une tante; un mur, qu'il nous était interdit de franchir, nous en séparait. Puis Mariette, une bonne fille, mais si... centrée sur elle-même que rien ni personne ne comptait. Pas même moi, ni son père! Tôt ou tard, j'aurais eu à le comprendre; notre union n'était qu'accidentelle, si je peux m'exprimer ainsi. Nous avons réuni nos solitudes, il n'y avait pas d'amour entre nous. Je l'ai compris ici, auprès de vous tous. Une présence ne suffit pas, il faut plus: il faut de la tendresse, de la chaleur, de la compréhension.

Gervaise ferma les yeux, appuya la tête au dossier de la chaise.

— Et il est parti. Télesphore aussi nous a quittés.

— Laissant derrière lui des souvenirs merveilleux! Gervaise, Télesphore ne vous a pas quittés, il n'a pas eu à choisir: là est toute la différence. Sa vie était venue à son terme, contre sa volonté. Mariette serait-elle décédée que je l'aurais pleurée.

— Là où je cesse de gémir, c'est quand je pense qu'il est parti sans souffrance.

— Sans souffrance, c'est vrai. Il est passé de vie à

trépas, doucement, en vrai voleur de ciel. Je n'avais jamais réfléchi sur la mort. Partir vers l'au-delà; quitter ce monde et les ambiguïtés terrestres, aller vers le repos, la quiétude, la béatitude céleste... Tout cela est providentiel. Imagine un instant ce que serait devenue cette famille si tu n'étais pas entrée dans sa vie. Y as-tu songé? Tu as connu l'amour, le bonheur; il t'a doté d'une famille, t'a laissé ses biens; c'est qu'il avait reconnu en toi une femme forte et digne. Et ça, ma petite sœur, c'est une réalité bien douce. Tu es à la hauteur. Je t'admire, j'admire ta façon de voir, de juger, d'agir.

— Pourtant...

— Pourtant?

— Alphonse...

— Ah! Celui-là! Ce n'est qu'un sombre nuage qui s'estompera, tôt ou tard.

— Tu crois? Je n'ai pas été trop sévère?

— Tu n'avais pas le choix: si tu l'avais approuvé, il aurait brimé ton autorité auprès des plus jeunes.

— C'est parfois difficile de tout concilier.

— J'ai confiance en ton jugement. Tu es très aguerrie pour une fille de ton âge. Parfois je me demande où et comment tu as pu atteindre une telle maturité.

Gervaise s'appuya, ferma les yeux. Après quelques minutes, elle ajouta:

— Merci, Raymond. Merci. Cette conversation m'a fait un bien immense. Bien que je te trouve trop élogieux à mon endroit... Je ne suis pas aussi qualifiée que tu sembles le croire. Si tu savais comme souvent je m'inquiète et me trouble, suis indécise, voire même effrayée!

— Je suis là, Gervaise, appuie-toi sur moi. Ouvre-moi ton cœur. Laisse-moi t'aider.

— Tout de même! La vie est bizarre. C'est Mariette qui a permis qu'on se retrouve ainsi, toi et moi. Je n'avais jamais, jamais cessé d'espérer, toutes ces longues années! Pourtant sans elle, tu ne serais pas auprès de nous.

— Dis, Minotte, je suis pardonné pour ma fugue?

— Oui, vilain garnement. Mais ne recommence plus!

— En attendant, je monte dormir. Léo m'a demandé de lui donner un coup de main, tôt demain; la journée promet d'être longue.

Raymond parti, Gervaise se surprit à repenser à leur conversation. Elle frissonna, tira sur son châle; elle blâmait la fraîcheur de la soirée pour ce saisissement subit causé par l'émotion. La pensée de son mari ne cessait de la troubler.

Là-haut, dans la tiédeur des draps, Raymond vit un visage se substituer à celui de Mariette; c'est à Angéline qu'il pensait. Angéline, une fille simple, joyeuse et dévouée. Il se souvenait de l'accouchement de Gervaise ce jour-là; elle avait su se montrer autoritaire, déterminée et forte. Elle ferait une bonne mère pour ses enfants... Il s'endormit, le sourire aux lèvres.

***

Chapitre 27

— Dis-moi, Raymond, qu'est-ce que c'est un bagel? Sans aucun doute, je prononce mal le mot.

— C'est un genre de beignet, fait de pâte à pain, le plus souvent aromatisé de graines de sésame. Pourquoi tu me demandes ça?

Gervaise n'a pas entendu la question, elle est replongée dans sa lecture. Raymond lève les yeux et la regarde. L'image est belle à ravir: la mère berce son enfant endormi; d'un pied elle donne l'élan à la chaise, l'autre effleure à peine le sol. Un rayon de soleil plonge à travers les vitres de la fenêtre, l'enrobe, satine ses cheveux. Le tableau en est un de paix, de sérénité.

Le soir, au souper, Gervaise insiste pour qu'on ne gaspille pas le pain, la nourriture du bon Dieu. À ses enfants, elle raconte l'histoire lue plus tôt. Un enfant juif, prisonnier dans un camp de concentration, a faim, très faim; il n'a de pensée que pour un bagel, le beau souvenir des dîners que préparait sa mère, mais surtout du bagel qu'elle leur donnait en récompense ou à la collation. Il a peur, il doit survivre à la torture de la faim, à l'incarcération, afin de s'assurer que la recette et la tradition du bagel ne tombe pas dans l'oubli. Cette pensée le garderait vivant. Aujourd'hui, plus de quarante ans plus tard, ce jeune juif a ses fourneaux à Montréal et on trouve à son comptoir des bagels savoureux. Ce goût du bon pain l'aura gardé vivant.

Les enfants levaient vers elle des yeux brillants; ils ont écouté la légende, apprenant le respect à travers un récit humain.

— Qui t'a raconté cette histoire, maman?

— Je l'ai lue, aujourd'hui, dans une revue.

— Qu'est-ce que c'est, un camp de concentration? demande Lucille.

Le dialogue se prolonge, des liens se tissent, l'histoire s'apprend. Pendant que les fillettes font la vaisselle, c'est Raymond qui s'informe.

— Tu aimes lire, Gervaise?

— Si tu savais! Parfois je rêve à cette bibliothèque de mademoiselle Anita dont les rayons étaient remplis de volumes magnifiques, plus invitants les uns que les autres. J'étais petite, on ne me permettait pas de fureter à mon goût et...

Raymond écoutait, il prit une décision qui ne manquerait pas de réjouir sa sœur.

***

Dès que l'occasion le lui permit, Raymond invita Gervaise à l'accompagner pour une balade. Il la conduisit à la bibliothèque municipale de la ville de Montmagny, où une Gervaise ravie oublia le temps. Elle en ressortit avec sa carte de membre et plusieurs livres qu'elle désirait lire.

— Merci, Raymond. Tu viens de donner à ma vie une nouvelle orientation. Je pourrai enfin meubler ma solitude, combler les silences qui me font tant souffrir. Je pense à Télesphore et à la merveilleuse habitude qu'il avait de m'informer de tant de choses, sur les sujets les plus disparates qui faisaient partie de ses expériences et de ses connaissances. Peut-être que la lecture meublera ces silences et qu'il me manquera moins. Merci, mon grand frère.

— Tu l'aimais ton Télesphore, hein! ma Gervaise.

Elle inclina la tête, ferma les yeux.

— Je l'aimais tant! Je l'aime toujours. Il occupe mes pensées; j'ai souvent l'impression qu'il va revenir, qu'il ne s'est qu'absenté. Parfois... lorsque je suis seule, je me surprends à lui parler à voix haute, comme s'il pouvait m'entendre; je lui raconte des choses, ce qui m'aide à prendre des décisions difficiles.

— Le temps t'aidera à oublier.

— Oublier? Moi, oublier Télesphore, jamais! Je ne veux pas l'oublier, au contraire. Je veux me souvenir de tout, de ce qu'il était, de ce qu'il m'a appris, de ce qu'il m'a aidé à comprendre, du bonheur qu'il m'a donné, de son amour ardent.

Elle se tut, tourna la tête vers le paysage qu'elle ne voyait pas. Raymond se remémorait le jour où il l'avait reconduite au terminus d'autobus, le jour où elle lui apprit qu'elle attendait un enfant. Il se souvenait de sa fierté, de sa joie, de ses yeux qui brillaient à travers ses larmes. Il n'oubliait pas non plus ses remontrances et cette mise au point en ce qui les concernait tous les deux. Cette conversation avait été un point tournant dans sa vie, il avait compris ses erreurs passées et celles qu'il était en train de commettre. Gervaise l'avait réveillé, secoué. Sa vie auprès de Mariette ne répondait pas à ses aspirations profondes. La jeune fille avait un amour fou de la vie, une vie qu'elle voulait trépidante, pleine d'émotions fortes. Mariette ne voulait pas de responsabilités, pas d'enfants, tolérait mal les contrariétés; son égoïsme primait sur tout. À partir de là, leur amour, par trop artificiel, s'était vite effrité. Puis, elle était partie, elle avait fui avec un copain. Étrangement, pensait-il aujourd'hui, il n'avait pas trop souffert de sa désertion.

— Tu es très loin, Raymond. À quoi penses-tu?

— Euh! Sans doute suis-je touché, impressionné; l'aveu de l'amour qui te consume est de nature à faire réfléchir; je te jalouse, aussi. Minotte, tu en as de la chance d'avoir connu un tel bonheur, d'avoir su le goûter.

— Voilà pourquoi je veux le garder bien vivant dans mon cœur et dans mon esprit.

— Dans tous ces livres qui sont là, tu ne trouveras peut-être pas romance plus douce.

— Oh! ça, je le sais!

— Pourquoi n'as-tu pas emprunté à la réserve de livres d'Alphonse, puisque tu aimes tant la lecture?

— J'y ai pensé; la pudeur m'en a empêché. Son univers me semblait trop sacré pour que je me permette d'y pénétrer.

— Quelle fille tu es!

Raymond hocha la tête. Gervaise caressait les bouquins placés bien précieusement sur la banquette, près d'elle.

Raymond ralentit; ils longeaient maintenant la route qui menait à la maison.

— Tiens, remarqua Raymond, la clôture a besoin d'être redressée ici.

Gervaise sourit. C'était le genre de réflexion que Télesphore aurait faite tout haut. Au souper, ce soir-là, Gervaise surprit Raymond à retenir un instant la main d'Angéline qui lui servait son assiette. La jeune fille rougit, pivota sur ses talons et disparut au fond de la cuisine. Gervaise réprima un sourire. Tiens, tiens, voilà que son grand frère devenait sentimental. «Il restera auprès de nous», ne put-elle s'empêcher de penser avec un grand soupir de satisfaction.

Elle comprit pourquoi il avait insisté pour qu'on la retienne auprès d'eux, pourquoi il avait fermé maison, rapporté ses meubles. «C'est peut-être de l'égoïsme pur et simple, mais grand Dieu que ce serait merveilleux si...»

***

Petit bébé devenait grand. Il avait atteint l'âge où ces petits monstres savent faire tous les dégâts, souiller la maison avec désinvolture et un sans-gêne qui va jusqu'à leur inspirer l'art de plaire et de tout se faire pardonner.

Gervaise épongeait le verre de lait répandu, nettoyait

les céréales mêlées aux cheveux, ramassait pour la nième fois la cuillère tombée sur le sol. Il était assis dans sa chaise haute, retenu par une cravate qui avait appartenu à son père; Angéline avait insisté: toujours le river à la chaise car il pourrait tomber et se blesser pour la vie.

— Pourquoi avec une cravate?

— Elles sont taillées sur le biais et sont extensibles, ce qui permet une meilleure liberté des mouvements de l'enfant tout en étant sécuritaires.

Voilà que ces sages paroles avaient du vrai: le jeune Télesphore tambourinait sur son plat et sur sa table. Maintenant repu, il était plus calme, le sommeil le gagnait lentement.

Gervaise le regardait, les yeux remplis d'amour.

— Comme tu ressembles à papa, mon chou!

Il inclina la tête, la regarda, lui sourit et répéta: «Papa chou.»

Gervaise, émue, porta la main à sa bouche.

— Tu as entendu, maman, s'exclama Réjeanne, tu as entendu? Télesphore a parlé.

Et s'approchant du bébé elle dit:

— Papa chou.

L'enfant reprit: «Papa chou».

«Je n'ai pas rêvé, pensa Gervaise. Il l'a bien dit. Ainsi le premier mot qu'il a prononcé est papa!»

Des larmes perlaient à ses cils. Le cœur débordant d'amour, elle regardait son enfant, beau à croquer; il semblait comprendre les sentiments qui bouleversaient sa mère. Il souriait, gazouillait.

La cuillère battait le rythme et, avec sa sœur, il répétait: «Papa chou.»

— Mon trésor! Mon cher trésor!

Gervaise dénoua la cravate, saisit son fils, le serra contre son cœur. Les enfants regardaient le spectacle. Lucille alla se coller contre son frère Lucien, un instant gêné, de cette gêne inspirée par la pudeur à l'adolescence.

Gervaise ressentait une telle joie que son cœur battait plus vite. Elle se sentait attirée dans un grand remous d'amour et de bonheur.

Raymond entra sur les entrefaites. Devant l'attitude presque recueillie de tous ces êtres attendris, il questionna:

— Que s'est-il passé?

— Le petit a parlé, il a prononcé ses premiers mots.

— Oui, s'exclama Réjeanne, il a dit papa chou, j'ai entendu.

— C'est pas merveilleux, ça! s'exclama Angéline.

— Tu vas en faire, toi aussi, des bébés, Angéline?

— Oui, douze, répondit-elle, rougissante.

— Seulement des garçons, suggéra Lucien. C'est moins détestable que des filles.

Gervaise n'entendait pas. La tête appuyée, les yeux fermés, son bébé endormi dans ses bras, elle le berçait doucement, en communion d'esprit avec son mari qu'elle aimait tant! Aujourd'hui les liens de leur bel amour étaient si étroits qu'elle souffrait moins de son absence.

***

Depuis le départ d'Alphonse, Raymond s'était efforcé de distraire sa sœur. Il venait à la maison sous de faux prétextes, inquiété qu'il était par la conduite de ce jeune homme buté. Il craignait de le voir revenir avec de mauvaises intentions. Il avait prié Angéline de le prévenir tout de suite si Alphonse revenait ou même s'il téléphonait. Peu à peu il dut admettre s'être trompé. Comment aurait-il pu imaginer jusqu'où pouvait aller la duplicité de ce garçon, et la haine qu'il nourrissait en son âme troublée?

Alphonse, impulsif et orgueilleux, n'avait pas réfléchi. Ses plans déjoués, ses ruses dévoilées, son orgueil blessé, il avait laissé sa colère le guider.

Après avoir emballé ses hardes et choisi au hasard quelques livres, il était parti, aveuglé par la rage. Pour lui, cette garce avait pris la place de sa mère, envoûté son père, et voilà qu'elle mettait la main sur le bien familial. N'était-il pas l'aîné? Tout cela ne lui revenait-il pas de droit? Son père l'avait trahi! Le soir de son décès, il n'avait pas dormi. Il avait ruminé le sort de cette boiteuse. S'il pouvait prendre les rênes de la maison! Il la remettrait à sa place, vendrait la ferme, placerait les enfants. Mieux encore, il forcerait Mariette à les élever. Mais le notaire lui avait bien fait comprendre qu'il n'y avait rien à faire contre les dernières volontés du testateur.

Le piètre état dans lequel il avait retrouvé sa chambre n'avait d'égal que son état d'âme. Que tout cela était dégoûtant! On l'avait traité comme un goujat! Eh bien! il verrait à avoir le dernier mot.

***

«Si elle pense qu'elle a apaisé ma conscience en me faisant la charité au moment de mon départ, elle se trompe.»

Il marchait d'un pas rapide. Il savait qu'elle l'observait. Il ne se retournait pas. Il ralentit quand il eut la certitude de n'être plus dans son champ visuel. C'est alors qu'il vit leur voisin, un vieux détestable, qui avait donné bien du fil à retordre à son père et dont l'épouse était morte à cause de son avarice, disait-on au village. Ses enfants l'avaient déserté tant il était vil. Il était là, près de sa haute clôture derrière laquelle il se terrait. Une idée diabolique germa dans son cerveau. Il s'approcha du bonhomme Jolicœur, le sourire aux lèvres.

— Bonjour, père Jolicœur.

— Tiens, si c'est pas l'abbé Alphonse, le gars de ce bon Télesphore. On dirait que vous déménagez, l'abbé?

— Oui, pour un temps, oui. Et vous, ça va la ferme?

— Comme vous voyez, ça va.

Alphonse déposa ses bagages sur le bord du chemin.

— Toujours seul dans votre grande maison?

— Bien seul, ouais.

— C'est bien dur, bien dur de vivre seul!

— Pas pour un curé, à ce qu'il semble.

— Je ne pensais pas à moi...

— Comment va le petit du dernier lit? Pas de père, le pauvre! Monsieur votre père ne l'aura pas même vu! Votre mère, elle prend courage?

— Ma mère, elle est décédée, vous savez bien.

— Je parlais de l'autre.

— L'autre... elle est bien seule, oui, bien seule.

Jolicœur ouvrit de grands yeux, passa le revers de sa main sous son nez, toussota, les yeux soudainement brillants.

— Sûrement une bonne créature pour avoir accepté un veuf et sa maisonnée...

— N'oubliez pas qu'elle est attachée aux biens du père par testament.

— Ouais, ouais.

— Et elle est bien seule, c'est trop jeune pour se retrouver seule comme ça!

— Cré gueux, que je vous comprends. Y a une autre créature, chez vous, une belle blonde, grassette, rieuse comme toute! J'la vois des fois avec votre homme engagé, elle rit tout le temps.

— Ah! elle, c'est la servante. C'est pour aider un bout de temps.

— Ouais...

Le vieux fripon s'essuyait le nez, relevait son chapeau d'un coup de pouce et se grattait le front. Son imagination trottait. Il regarda Alphonse puis baissa les yeux, inquiet à l'idée qu'un curé sache lire les pensées qui se trouvent dans la tête des gens. Alphonse jouissait, il voyait qu'il avait misé juste. Le père Jolicœur se dandinait sur un pied puis sur l'autre.

— Assez pris de votre temps, monsieur Jolicœur. Je dois poursuivre ma route.

— Si c'est pas fin de votre part, monsieur l'abbé, de m'avoir fait cette visite!

— Entre voisins... Gardez un œil sur eux autres, pendant que je serai absent.

— Oh! ben là, monsieur Alphonse, vous parlez bien. Vous pouvez compter sur moi. Ouais, monsieur, ouais! Comptez sur moi.

— Le salut, le père. Dieu vous protège.

Jolicœur se signa. Encore un peu et il se serait agenouillé.

— Amen, murmura-t-il, troublé jusque dans l'âme.

Alphonse se pencha pour cacher son fou rire. Jamais il n'aurait espéré pouvoir si bien improviser et réussir tel coup de maître. Il s'éloignait en sifflant un air joyeux. Soudainement il s'immobilisa. Une autre pensée, encore plus cruelle, lui traversait l'esprit. «Ça, ce serait le clou», et son idée machiavélique prenait de plus en plus forme.

Pendant ce temps, Jolicœur restait planté là, réfléchissant à ce qu'il venait d'entendre. Il en était tout étourdi. Était-ce possible? L'abbé lui-même l'exhortait à visiter la veuve éplorée, à la consoler, à combler sa solitude, à veiller sur elle... Bien sûr, il aimerait mieux la jeune blonde, mais c'est l'autre qui avait hérité. Elle boitait, tant pis. Il n'était pas si beau lui-même... Il baissa les yeux, regarda ses vieux *overalls* percés, ses bottes crasseuses. Il lui fallait de suite mettre ordre à tout ça. Et hop! Il se mit à danser et à fredonner, comme dans son jeune temps. Il ôta son chapeau qu'il lança en l'air, celui-ci resta suspendu à une branche d'arbre. Jolicœur se mit à rire comme un fou:

— Reste là, vieux couvre-chef, reste pendu là, et

guette-moi bien de là-haut. Je t'enverrai le salut quand la riche héritière passera près de toi, accrochée à mon bras, hi! hi! hi!

Et Jolicœur entra chez lui. Il se laissa tomber sur une chaise après l'avoir débarrassée de son encombrement et, les coudes posés sur la table, il se mit à penser tout haut: «D'abord, décrotter ma soue, une bonne fois pour toutes. Ce sera elle qui aura la job après. À moins que je déménage chez elle... Ouais, il y a la marmaille, c'est à considérer.

«Dans le temps comme dans le temps. Il y a plus pressé, je ne dois pas perdre ma chance au profit d'un autre. Dire que j'ai eu la bénédiction de l'abbé! La vie est belle!   La vie n'a jamais été aussi belle!...

«Je vais sortir mon habit de la boule à mites, je ne l'ai pas porté depuis la mort de ma défunte. Mes souliers, ouais, au pire, je peux m'en acheter... ouais. Ça va bien prendre au moins des lacets neufs...

«Une femelle dans la maison! J'ai arrêté de rêver à ça depuis longtemps. Cré abbé! Il a réveillé le diable en moi. Rien qu'à y penser, je bande, hey! regarde-moi ça! J'te croyais morte, toi, sacré gueux! Tu vas percer ma salopette, couche-toi! T'en as pas pour longtemps à attendre, ma belle, je vais te planter dans une belle petite boîte à bijoux doublée de velours rose... doux... chaud... mielleux, ouais, ouais.»

Le bonhomme debout sur ses vieilles jambes arquées admire sa jeunesse soudainement ressuscitée. Il avance, ouvre la porte, sort sur la galerie et s'adresse à son chapeau: «Regarde-moi ça! regarde-moi ça! C'est pas beau, ça? Tu pourrais t'accrocher là-dessus plus solidement que sur ta branche. C'est dur, mon vieux, dur comme du fer. Ahohah! Cré gueux!!!» Et du bout du pied il essuya la galerie souillée. Les pattes ramollies, il rentra chez lui à reculons, se laissa tomber sur sa chaise, ébahi, les yeux écarquillés, ravi de ce sursaut de jeunesse.

Ce soir-là il s'est étendu sur son grabat et s'était endormi dans sa crasse, sans même se dévêtir. Il ronfla sa jouissance bien longtemps après que le coq eut fini de chanter le réveil.

À ses animaux il s'excusa pour son retard. «J'ai fait la noce, mes vieux, hier. Cré gueux, les gars, que j'ai eu du fun!»

Plus tard, assis à sa table, avec les quelques dents qu'il lui restait, il mastiquait son pain trempé dans des œufs battus. Il avait une faim de loup. De sa fenêtre il pouvait voir le chapeau qui semblait lui sourire.

— Salut, toi. T'as vu ça, un homme, hein? Pas pire, hein? Pas pire, le vieux.

Tout en mâchouillant, il élaborait des plans pour faire la conquête de Gervaise...

***

Alphonse s'était rendu au presbytère. Il parlerait à son curé. Tout avait été pesé et soupesé: chaque soupir, chaque silence, chaque mot. Il parlerait avec circonspection.

— Je veux que vous m'entendiez en confession.

L'effet fut immédiat: le prêtre laissa percevoir son inquiétude. Derrière la grille du confessionnal, le prétendu pénitent avoua d'une voix troublée:

— J'ai péché... Une femme trop jeune et trop belle, même quand elle se penche pour soigner les poules ou nourrir les pourceaux... qui va au poulailler pieds nus et en robe de nuit... son homme qui la frôle... Rouge d'émotions et gonflée par la satisfaction quand elle verse le café le matin après sa nuit de... plaisir qui traverse les cloisons... qui allaite son enfant sans pudeur et sans gêne sous nos yeux... qui ignore sans doute tout de la concupiscence et des tiraillements de la chair, qui affiche un air de martyre et s'étiole seule dans son lit... à qui la solitude donne une voix suave... Troublé et confus, me trouvant devant une croix horrible à porter, j'ai préféré fuir pour calmer ma misère et ma peur de succomber... Pardon et miséricorde.

La tête baissée, Alphonse observe les tics nerveux du curé qui se tord les mains de désespoir.

Non, Alphonse ne veut pas de conseils, ni qu'on lui offre l'hospitalité. Il a réfléchi, mûrement réfléchi: il partira, ira vers l'inconnu. Il lui faut s'éloigner de l'occasion maudite, fuir le démon. Il se fait petit, humble mais entêté dans son désir d'aller loin, très loin pour se recueillir et méditer, loin de ce lieu pervers.

Le maître spirituel a supplié, béni puis absous le pécheur repentant. Il l'a vu quitter les lieux courbé sous le joug de sa misère morale.

Ce dimanche-là, à la grand-messe, le curé fit une sortie terrible à propos des coupables du scandale et de la punition réservée à ceux par qui il arrive. Tout son être vibrait de dégoût, les veines de son front étaient gonflées par la colère; il quitta la chaire en sueur. On avait écouté cette sortie fracassante, non sans s'inquiéter. Qui avait bien pu susciter telle rage chez ce pasteur habituellement si doux? Quelle confession avait-il entendue? De quel drame l'avait-on informé?

Gervaise, troublée par la harangue du prêtre, avait prié pour que ses enfants soient épargnés de cette misère morale qu'est la corruption. Elle était loin de se douter que tant de fiel avait été vomi à cause de sa soi-disant inconduite.

L'occasion lui serait donnée d'en discuter avec le prêtre, qui viendrait la visiter dans le courant de la même semaine.

Mais ce fut d'abord un autre visiteur tout à fait inattendu qui frappa à sa porte. Vladimir Jolicœur, impatient de faire la conquête de sa voisine, décida de cesser de réfléchir et de passer à l'action. L'«abbé»

Alphonse avait été précis: la jeune veuve s'ennuyait. Lui aussi. Alors pourquoi retarder l'échéance? Surtout que cette dame avait touché un héritage. Pourquoi perdrait-il une si belle occasion? Au fur et à mesure qu'il s'approchait de la maison, son intérêt allait croissant: tous ces beaux grands champs à perte de vue, du bon sol arable qui rapportait bien, le bétail, la cabane à sucre qu'il avait toujours enviée, là-bas, au bout de la ferme... Il marchait de plus en plus vite, de plus en plus confiant. Son élan ralentit au moment de frapper à la porte. Au fond de sa poche, il serrait son mouchoir à carreaux, sa main était moite à cause de l'émotion qui l'étranglait. Le vieil ermite, sorti de sa tanière, avait des sentiments vifs qui le fouettaient.

Le rideau bougea: elle était là, derrière. Il releva la tête, la minute lui semblait longue. Enfin la porte s'ouvrit. Il entra en se présentant.

— Vladimir Jolicœur, votre voisin.

Gervaise tendit la main.

— Vous connaissez Léo Vadeboncœur?

«Tiens, songea-t-elle, quelle coïncidence: Jolicœur d'un côté, Vadeboncœur de l'autre et moi une Lamoureux au centre». Cette pensée loufoque la mit d'excellente humeur. Vladimir, déconcerté à la vue de Léo, fut presque soulagé de s'entendre apostropher par l'intrus.

— Tiens, tiens, si ce n'est pas ce misérable Jolicœur, l'indésirable, s'exclama Léo. Qu'est-ce qui t'amène jusqu'ici?

— J'ai à parler à cette dame. De quoi te mêles-tu?

— Tu vas retourner d'où tu es venu et vite!

Les deux grands yeux noirs de Gervaise se promenaient dans leur orbite, allant d'un homme à l'autre.

«Voilà qui est intéressant: quelque chose de nouveau, un prétendant et un défenseur de la femme. Autrefois ces escarmouches se terminaient par un duel en bonne et due forme, au fil de l'épée!» Elle sourit. Jolicœur, voyant ce sourire, s'enhardit, le cœur plein d'un espoir renouvelé.

— Si tu calmais tes nerfs et laissais parler la dame, espèce de grand mufle. Nous deux, on est des veufs, on se comprend, on a le droit de se parler et on peut se comprendre. Toi, le grand Léo, tu as toujours une femme dans ton lit!

Il fit deux pas, avança vers Gervaise. D'instinct, celle-ci recula; elle n'avait rien entendu, aux prises qu'elle était avec ses idées personnelles. «Il n'y a pas que les femmes qui se déchirent entre elles par des mots cinglants, des mesquineries, s'égratignent avec les aiguillons de la jalousie...» Puis elle pensa aux scènes entre Télesphore et Alphonse. «Et s'ils en venaient aux poings, ces deux-là?» Cette pensée la ramena à la réalité.

— Hein? Que disiez-vous, monsieur Jolicœur?

— Je disais: entre veufs... Ce que vous êtes belle, quand vous souriez!

Cette fois, Gervaise pouffa de rire, un rire franc, juvénile.

— Qu'est-ce que le veuvage a à faire...?

— Tu vois bien que la dame ne comprend rien à ton jargon de vieux cochon, interrompit Léo.

— Léo! s'exclama Gervaise.

— Oubliez cet escogriffe, bonne dame. Lui, il est déjà marié et père en puissance. Moi, je suis libre, prêt à vous servir.

Il baissa les yeux et ajouta d'une voix basse, «...À vous aimer, à vous faire oublier votre défunt... Votre solitude, m'a dit monsieur Alphonse...»

Gervaise sursauta, elle faillit bondir. Elle fit un effort pour surmonter son indignation. Pour camoufler son dégoût, elle choisit de crâner.

— Nous ne nous connaissons pas, vous et moi. J'ai lourde tâche, un jeune bébé, plusieurs enfants en bas âge, je n'ai pas le droit de penser à moi. Ce serait les trahir, trahir la mémoire de mon cher mari. Vous me comprenez? Dites que vous me comprenez.

Léo l'écoutait, époustouflé. Elle parlait d'une voix douce, les yeux timidement baissés. L'autre l'écoutait, radouci, presque religieusement. Entre ses vieux doigts croches, il tournait et retournait son chapeau défraîchi. Les mots qu'il aurait aimé prononcer mouraient dans sa gorge. Lentement il reculait vers la porte, posait sa main sur la poignée; il avait oublié Léo, sa déconfiture, son rêve. La petite femme aux grands yeux vifs et noirs l'avait médusé. Il se sentait petit, honteux.

— C'est trop vite... c'est trop vite... Si jamais... murmura-t-il...

Il ouvrit la porte, s'*enfargea* sur le seuil, faillit tomber; il regarda Gervaise, lui fit un sourire qui ressemblait à une grimace et fila.

Gervaise ferma la porte, s'y appuya et se mit à rire.

— Merci, Léo. Je pense que si j'avais dû affronter seule la situation, je n'aurais su garder mon sang-froid.

— Tout ça, c'était de la comédie, dites-le-moi? Le vieux crapaud! Non, mais vous ne l'avez pas vu? Il n'a que deux dents, qu'il suce sans arrêt, il est crotté, sournois, avare, emmerdeur. Vous n'allez pas...

— Léo, Léo! Ne prenez pas ça au sérieux!

— Oui, Gervaise, il le faut. C'est un homme, Gervaise!

Cette fois, Gervaise ne jouait plus. «C'est un homme, c'est un veuf, qui vit sans femme...» Les mots de la Sœur supérieure étaient repris par son voisin... la même mise en garde, la menace du péché... Elle riait aux larmes.

— Je dois avoir un certain talent... avec les hommes...

— Gervaise! Vous!

— Vous ne sauriez comprendre, Léo. Faites-moi confiance.

— Je vous croyais limpide comme les eaux de la rivière!

— J'ai failli me fâcher, mais je me suis souvenue qu'il est un voisin. Il vaut mieux être en bons termes.

— Un voisin?... Est-ce une raison pour...

— Chut! Vous, Léo, c'est une autre chose. Vous êtes surtout un ami, un ami sincère.

— Télesphore ne vous a jamais rien dit à son sujet?

— Il n'en voyait peut-être pas la nécessité. J'ignorais jusqu'à son existence. Vous l'avez entendu supposer qu'il pourrait m'aider à oublier Télesphore? Alors que justement je ne veux pas l'oublier, sa mémoire est mon plus grand soutien, ma force.

— Là, je vous reconnais enfin. Ouf! Je veux bien croire qu'une femme a le droit de refaire sa vie mais...

— Léo! Ma vie n'est pas à refaire, comme vous le dites, elle continue. Télesphore n'est plus, soit, mais j'ai mon fils et tous ces enfants à aimer. La présence d'un autre homme me serait intolérable dans les circonstances. Personne ne pourrait remplacer mon homme.

Dès qu'elle se retrouva seule, Gervaise laissa tomber le masque de la fierté. Sa solitude lui parut cuisante. Elle avait mal. Elle comprenait ce vieil homme qui vivait seul. Ses nuits amoureuses lui manquaient, les bras enveloppants de Télesphore, ses caresses, les paroles douces qu'il murmurait, les désirs subits qu'elle lui inspirait, tout lui revenait en mémoire. Elle était jeune, «un bourgeon plein de sève» disait son mari. Elle ferma les yeux. Jolicœur avait éveillé tout ça, ce à quoi elle s'efforçait tant de ne pas penser, afin de ne pas trop souffrir.

«Votre solitude, m'a dit monsieur Alphonse...» Que voulait-il insinuer? Quand et pourquoi Alphonse lui aurait-il tenu de tels propos? Était-ce possible? De quelle solitude avait-il été question? «De la mienne ou de la sienne? Je suppose que je ne le saurai jamais.»

Gervaise regarda l'horloge. Les enfants allaient rentrer. Elle pensa à préparer le repas du soir. Dans l'esprit de la jeune femme, l'incident était classé.

***

Le pasteur avait décidé de se rendre chez les Lamoureux à l'heure du repas. Ainsi il serait en mesure de juger plus adéquatement ce qui s'y passait et qui s'y trouvait. Il n'était pas sans avoir remarqué la présence de Raymond à l'église, ainsi que celle d'Angéline, la blonde, grassette et rieuse qui accompagnait parfois Gervaise. Pourtant ni l'un ni l'autre ne s'étaient encore présentés au confessionnal! Le temple était de plus en plus déserté, le curé en souffrait. Il lui semblait que ses ouailles perdaient le goût de la prière et du sacrifice. «On s'habitue peu à peu à vivre dans le péché! On dédaigne les sacrements!» Aujourd'hui, cependant, le problème était plus grave. S'il se fiait aux dires de ce cher Alphonse, une vocation certaine s'était perdue à cause du scandale. À la mort de Télesphore, il avait déjà craint la révolte d'Alphonse, il n'avait pas compris ses raisons alors. Mais depuis cette récente confession, il savait tout.

Le prêtre frappa à la porte. Gervaise, occupée à préparer le repas de son bébé, leva les yeux vers l'horloge. Qui pouvait bien venir à cette heure?

— Vous voulez bien faire entrer, Angéline.

Tous étaient attablés. À la vue du curé, Gervaise déposa la cuillère et se leva.

— Que nous vaut cet honneur? Bienvenue chez nous, Monsieur le curé.

De la main, Gervaise ordonna aux enfants de se lever.

— Monsieur le curé, voici mon frère, Raymond. Et Angéline qui travaille ici depuis quelque temps déjà. Et voilà le jeune Télesphore devenu chrétien par la grâce de votre main. Vous voyez comme il est grand déjà. Mais je parle, parle. Angéline, dressez un couvert pour Monsieur le curé. Non, pas de protestation, venez vous joindre à nous.

Les enfants retournèrent à leur repas en silence, impressionnés par la présence du visiteur.

— Monsieur le curé, puisque vous êtes là, je vais vous demander de bénir notre nourriture, comme le faisait autrefois mon mari.

Le prêtre se leva, les enfants l'imitèrent. On parla moisson, culture. Gervaise devinait bien que ce n'était pas là le but de sa visite. Elle était bien intriguée. Lucien demanda la permission de se lever de table.

— Oui, mes enfants, vous êtes excusés. Lavez vos mains et brossez vos dents. Lucille... essuie ton bec, ma fille, il y a des graines tout autour.

Gervaise avait parlé d'une voix douce et basse. Lucille porta la main à son visage. Le prêtre sourit.

— Si vous permettez une observation, il y a beaucoup d'harmonie chez vous, Madame. C'est attendrissant.

— J'aime ces enfants, ils sont devenus ma vie. Je n'ai qu'eux à aimer.

— Après Dieu, l'amour des enfants est le plus louable.

Raymond s'excusa à son tour, il lui fallait finir le *train*.

— Angéline, je vous confie la toilette du bébé. Monsieur le curé, je vous offre une autre tasse de thé, nous irons au salon.

Une fois seuls, la conversation tomba; le prêtre semblait embarrassé. Gervaise ne disait rien, elle attendait.

— Votre solitude, madame Lamoureux, comment la vivez-vous? N'oubliez pas que vous parlez à votre pasteur. Vous pouvez m'ouvrir votre cœur.

Gervaise sourit, elle pensa à la visite de Jolicœur: «Ils ont donc tous la manie de s'inquiéter de mes sentiments intimes», ne put-elle s'empêcher de penser.

Tout haut, elle dit simplement:

— C'est vous, Monsieur le curé, qui me posez une telle question! Vous savez pourtant ce qu'elle représente d'abnégation et d'esprit de sacrifice.

— Hum! fit-il. La confession est là...

— C'est surtout avec Dieu que je discute de ces choses.

Le prêtre ne dit rien; il fixait le tapis et le bout de ses souliers. «Voilà, pensa Gervaise, nous y sommes...»

— Dites-moi, Madame... et il se tut.

— Je vous écoute.

— Vous étiez à la messe, dimanche...

— Bien sûr.

— Dites-moi, Madame... ce sermon, quelle impression a-t-il eue sur vous?

— Votre sermon? Il m'a troublée. L'enfer, le feu, la punition, la crainte de Dieu, mais le Jésus tout amour, qu'advient-il de Lui? En toute humilité, je ne crois pas que la peur puisse propager la foi.

— Et?

— Je ne connais qu'une vérité. Ma vérité est brutale. Vous voulez vraiment connaître le fond de ma pensée?

— Oui.

— Si j'avais cru un seul instant que ces propos me concernaient, si j'avais été la personne qui méritait telle semonce, j'aurais quitté le temple et je n'y aurais plus jamais remis les pieds. Ça m'a rappelé la lapidation et cette parole du Christ: «Que celui qui est sans péché, jette la première pierre.» Seule la Vierge Marie aurait pu le faire; l'aurait-elle fait que son fils n'aurait pas manqué de lui dire: «Maman, tu exagères...».

Le brin d'humour ajouté au texte biblique fit sourire le prêtre et jeta un peu de détente sur le jugement sévère de Gervaise.

— Vous auriez quitté le temple?

— Oui, Monsieur le curé. Tout comme je n'utiliserais le confessionnal que dans des circonstances nécessaires et importantes. La religion n'est pas une chose à traiter à la légère. Certaines personnes croient qu'il suffit d'invoquer Dieu pour qu'Il exauce leurs requêtes, avant même d'avoir fait les efforts nécessaires. Le ciel leur doit tout.

— Votre foi est louable, Madame. Je suis touché.

— Peut-être ai-je été trop sévère... Merci pour la confiance que vous m'accordez, en me demandant mon opinion sur un sujet aussi épineux. Je ne sais pas flatter ni mentir...

— Puissiez-vous demeurer aussi bonne chrétienne toute votre vie! Je vous remercie, madame Lamoureux, pour votre franchise brutale comme vous le dites si bien. Vous êtes une femme très forte. Merci pour le bon dîner.

— Monsieur le curé, je sais que mon bébé est un ange, mais j'aimerais que vous veniez le bénir dans son berceau.

Une fois à l'étage, le prêtre se pencha sur l'enfant endormi. Puis il s'approcha de la fenêtre.

— Quelle belle vue vous avez d'ici! Tous ces champs qui s'étendent, la vue sur les bâtiments... Où est le poulailler?

— Là, sur votre gauche. C'est à peine si on le voit de la maison.

— Oh! Vous avez plusieurs chambres, à ce que je vois.

— C'est que la famille est grande.

— Laquelle occupait Alphonse?

— Là, au fond du couloir, avec vue directe sur la route et oblique sur le champ de maïs. Je vous inviterais bien à la visiter, mais il l'a laissée dans un tel désordre!...

— Oh! mais je suis là, j'abuse de votre temps...

— Monsieur le curé, merci pour cette visite surprise. C'est un grand honneur pour nous tous. Revenez dîner avec nous parfois. J'ai gardé un bon souvenir de ces années vécues auprès des religieuses qui m'ont tant appris et ont éclairé ma conscience.

Le prêtre promit de revenir. Il sortit, fit quelques pas, se retourna et regarda la maison, promenant les yeux sur l'étage supérieur. Gervaise l'observait. Il monta dans sa puissante Chrysler et resta là, quelques minutes avant de mettre le contact; il semblait réfléchir.

Si Gervaise avait pu deviner! Le pasteur venait de comprendre que tout ce que lui avait dit Alphonse n'était que baratin, invention pure. S'il avait vu cette femme se promener en tenue légère, il avait choisi de le faire; non plus il n'avait pu entendre ses parents prendre leurs ébats amoureux, sa chambre était située trop loin de la leur. Alors? Pourquoi ces mensonges effrontés? Pourquoi? Que voulait-il accomplir en venant ainsi démolir la réputation de cette femme qui venait de lui prouver sa droiture et sa grande bonté? Pourquoi? Ce garçon avait-il vraiment la vocation? Quel jeu avait-il joué pendant toutes ces années?

Pendant ce temps, Gervaise se posait aussi des questions. Rien dans la conversation tenue ne lui donnait la réponse à ce qui l'intriguait beaucoup: le but de cette visite. «Ma solitude l'inquiéterait vraiment? Jolicœur lui aurait-il fait part de ses ambitions? (Elle pouffa de rire.) Si tel était le cas, le révérend n'a pas osé en parler.»

Ce soir-là, elle discuta de tout ça avec Raymond: ils rigolèrent. Les exclamations du prêtre ne cessaient d'intriguer Gervaise. Elle regrettait la franchise cruelle avec laquelle elle avait osé exposer son jugement sur le sermon. Puis elle oublia l'incident.

Chapitre 28

Raymond, accompagné d'Angéline et des enfants, était parti au village faire des emplettes. Gervaise faisait la toilette de son bébé, elle l'amusait longuement, le faisait rire. Après le bain, elle enduisit ses fesses de fécule de maïs afin de prévenir les gerçures que cause le pipi des couches mouillées. Couché sur le dos, le jeune Télesphore gazouillait, heureux comme un pinson. La maman aspira profondément, puis expira brusquement, la bouche appuyée sur la bedaine de l'enfant qui riait aux larmes. «Tu es chatouilleux, comme ton papa, mon beau trésor, tu es beau comme lui. Que je t'aime!» Elle mouilla ses doigts, enroula ses cheveux. «Voilà, tu as un beau coq; souris à ta maman.» Elle finit de le vêtir et, le tenant dans ses bras, elle se mit à tourbillonner dans la grande cuisine en chantant à tue-tête. La valse fut interrompue par un visiteur qui frappait à la porte. Gervaise ouvrit; il lui fallut quelques minutes pour reconnaître l'arrivant. Là, devant le perron, se trouvait stationnée la roulotte du New Hampshire qu'elle avait visitée lors de leur arrêt dans le passé. De ses occupants elle avait gardé un vague souvenir.

— Votre femme vous accompagne?

— Oui, elle se repose présentement. Vous avez des œufs et de la crème?

— Oui, je peux aussi vous offrir du pain de ménage.

Gervaise déposa son fils sur le sol. Celui-ci se retourna brusquement et se mit à se traîner à quatre pattes.

Gervaise emplit d'œufs le plat qu'on lui présentait. Elle mesura la crème, sortit le pain, l'emballa.

— Que diriez-vous d'une tourtière fraîchement faite? Ça constitue un bon repas et c'est soutenant.

L'homme versa la somme de six dollars cinquante, Gervaise plaça l'argent sur la table.

— Attendez, je vais vous aider avec tout ça.

Prenant une chaise, elle la renversa et la plaça au bas de l'escalier par crainte que son fils s'y aventure.

— Maman revient tout de suite, fiston.

Elle ferma la porte derrière elle et suivit l'homme qui l'invita à entrer afin qu'elle dépose les victuailles qu'elle transportait. Gervaise monta les deux marches et, se retournant, elle s'exclama:

— Mais, votre femme n'est pas ici!

— Sans doute est-elle aux toilettes.

Gervaise n'eut pas le temps de faire un seul mouvement, l'homme sauta en bas, replia le marchepied vers l'intérieur, ferma la porte et la verrouilla.

Abasourdie, Gervaise restait là, debout, décontenancée. Elle ne savait plus quoi penser. Voilà que le bolide partait en trombe. Elle tomba à la renverse, se frappa la tête et resta étendue, n'osant bouger.

Le dernier regard de l'homme la troublait: dans la maison tout s'était passé simplement, mais après qu'il eut déposé le plat d'œufs dans le lavabo et sauté dehors, il s'était tourné vers elle et l'avait regardée fixement. Tout s'était passé si vite. Pourquoi avait-il menti au sujet de sa femme? Cette question l'inquiétait, mais moins que la pensée de son enfant resté seul dans la maison. Gervaise se releva avec peine car la remorque allait bon train. Elle frappa dans la vitre avant, puis se mit à crier. Avec les minutes qui passaient, elle prenait de plus en plus conscience du fait qu'elle était prisonnière. Par une petite fenêtre, elle voyait le paysage qui défilait sous ses yeux: on s'éloignait toujours. Gervaise parvint aux toilettes, personne ne s'y trouvait. Elle continuait de ramper sur le plancher, de peur de se blesser en tombant. N'en pouvant plus, elle se roula en boule et resta là, immobile, effrayée. «Grand Dieu, protégez mon petit, faites que rien ne lui arrive, faites que Raymond revienne très vite! Je ne suis jamais seule à la maison. Pourquoi fallait-il qu'aujourd'hui, précisément, ça arrive? Peut-être est-il ivre? Où peut bien être sa femme? Qu'est-ce qu'il a en tête?» Et Gervaise fondit en larmes. Il lui semblait maintenant que la route était plus douce, moins cahotante; si on roulait sur l'asphalte c'est qu'on était sur la grande route, qu'on s'éloignait du village.

Il lui faudrait bien s'arrêter à un moment donné. Il lui donnerait alors des explications. Il lui était venu à l'idée qu'il s'agissait d'une mauvaise farce. Une pensée morbide l'effleura: «Si j'étais victime d'un rapt?» Quelle heure pouvait-il être? Raymond était sans doute revenu. Son fils n'était plus seul! Surtout, que rien n'arrive à son enfant! Elle se réjouissait d'avoir placé la chaise en travers de l'escalier pourvu qu'il ne s'y soit pas agrippé ni ne l'ait fait basculer! La terreur l'envahissait, elle pleurait puis hurlait, jusqu'à épuisement. Et les voisins, se demandait-elle. Peut-être l'un d'eux avait-il vu passer la roulotte: l'épouse de Léo, ou même Jolicœur. Cette pensée l'aidait à espérer; peu à peu elle finit par s'endormir.

N'entendant plus Gervaise crier, l'homme s'arrêta à un poste d'essence et fit le plein, puis il conduisit sa roulotte sur un chemin secondaire et boisé. C'est couché sur la banquette de son automobile qu'il passa la nuit.

Gervaise se réveilla au petit jour. Endolorie et frissonnante, elle regardait autour d'elle, dépaysée. Et elle se souvint tout à coup de la pénible réalité. L'immobilité la surprit; elle se leva, se rendit à la fenêtre; encore grise et paisible, la nuit s'estompait à peine. Des branches de sapin s'appuyaient contre la vitre. Le silence l'inquiéta autant que cet isolement et l'absence de l'homme. À quel jeu jouait-il? Où se terrait-il? Elle se rendit aux toilettes, son dos faisait mal, elle frissonnait.

Dans le lavabo se trouvaient le pâté et les œufs. Des larmes lui montaient aux yeux. Le silence, ah! le silence! Elle cassa la miche de pain, en mangea pour tromper sa faim criante.

Assise sur une chaise, elle regardait autour d'elle, réalisant son impuissance. Elle était à la merci de cet homme qui avait eu ce regard inquiétant qu'elle ne savait interpréter. Elle fermait les yeux, essayait de réfléchir. Telle situation lui semblait aberrante, sans issue. La nervosité la gagnait et de nouveau elle se mit à crier, à hurler.

L'homme se réveilla en sursaut, descendit de l'auto et s'approcha de la fenêtre; il se mit à frapper sur la paroi pour attirer l'attention de Gervaise.

— Écoute-moi bien, Betsy, écoute-moi.

Gervaise se tut, l'homme était là, il la regardait.

— Betsy, si tu continues de crier comme ça je te laisse ici où tu pourras moisir lentement. Je ne veux plus t'entendre hurler. Calme-toi. Nous pourrons faire un beau voyage si tu sais être raisonnable. Je ne peux pas souffrir de t'entendre crier. Si tu le fais encore, je te laisse crever, tu m'entends? Allez, réponds-moi. Allez, Betsy!

— Oui, oui, j'ai compris.

— Bon, nous allons déjeuner gentiment.

L'étonnement de Gervaise ne cessait de croître: pourquoi l'appelait-il Betsy? Cet homme semblait pourtant normal quand il s'était présenté à la maison, alors que maintenant, il lui fallait l'admettre, il avait la conduite d'un être dérangé. Ses mains tremblaient, des frissons la parcouraient. Elle regardait autour d'elle, aux prises avec des sentiments contradictoires, ne savait plus quelle attitude prendre. Une chose était certaine: elle ne devait pas le contredire, il s'était fait menaçant et si elle le poussait à bout, il pourrait être dangereux.

— Betsy...

Elle sursauta. Il était derrière elle.

— Pourquoi me regardes-tu comme ça? Es-tu malade?

— Non, j'ai... j'ai mal dormi.

— Tu es toute tremblante, aurais-tu froid?

— Oui, un peu.

— Attends, tiens, prends ton gilet.

Il avait ouvert un tiroir, en avait sorti un tricot qu'il l'obligeait à enfiler.

— Ça va mieux, Betsy?

— Oui, merci.

— Mangeons ces œufs frais; tu te souviens, lors de notre dernier voyage, le festin que nous avions fait? Je vais t'aider.

Et il s'empressa de préparer le café. Gervaise le regardait faire; il agissait naturellement, comme si rien d'anormal ne s'était passé. Elle ignorait jusqu'à son nom. Elle fouillait dans ses souvenirs, tout se confondait dans son esprit: autant le visage de cet homme que celui des autres qui s'étaient arrêtés chez elle acheter des produits de la ferme.

— Tu es distraite, Betsy. Donne-moi les assiettes: tes œufs sont prêts, comme tu les aimes. Non, non, c'est Frank qui fait le service. Toi, tu te laisses gâter; tu reprendras ton rôle à la maison; c'est ton tour, en vacances, de te faire chouchouter. Tu le mérites bien.

— Merci.

— Viens t'asseoir, allez! Bon appétit, Betsy.

Voilà qu'il se faisait prévenant, presque tendre. Il plaça le sel et le poivre devant elle et attendit qu'elle se serve des assaisonnements avant de les utiliser.

— Ah! J'ai oublié les serviettes de table.

De la paume de sa main il se frappait le front.

— Mange bien, nous avons une longue distance à parcourir pour atteindre notre objectif. Et tu n'as pas à avoir peur, j'ai changé les tuyaux à gaz, la fuite n'existe plus.

Ce disant, il se leva et fit la vaisselle. Il continuait de bavarder mais Gervaise ne l'écoutait plus. Elle s'efforçait de rester calme et de réfléchir. Elle n'avait plus qu'une idée en tête: s'enfuir. Il lui fallait être patiente et alerte. Elle regardait autour d'elle, enregistrait mentalement les plus petits détails de tout ce qui les environnait.

— Betsy, tu ne me réponds pas, tu es distraite.

— Excuse-moi, j'avais les idées ailleurs.

— Tu peux venir t'asseoir dans l'auto, si tu me promets d'être sage. C'est plus confortable qu'ici et il fait si beau! Tu aimeras le paysage.

— J'aimerais dormir: ça te dérangerait que je dorme quelques heures?

— Mais non, chérie. Surtout ne va pas plonger le nez dans un bouquin. Allez, repose-toi.

— Pourquoi?

— Tu me le demandes? Tu perds tes nuits à lire et ensuite tu es fatiguée.

— Tu as bien raison.

— Là! Je reconnais enfin ma Betsy des bons jours.

— Je t'aide à faire la vaisselle si tu veux partir au plus tôt.

— Non, tiens: feuillette cette revue en attendant.

Il avait ouvert un compartiment près du plafond et du petit placard, avait sorti un magazine qu'il remit à Gervaise.

Celle-ci le prit et remarqua aussitôt qu'une étiquette posée là indiquait le nom et l'adresse des abonnés: Concard au New Hampshire. Elle ferma les yeux, le nom de cet État américain lui rappelait de vagues souvenirs: un couple gentil... la visite de la maison ambulante, la spontanéité de ces gens... puis le brouillard. Elle regarda le collant, mémorisa le nom et l'adresse. Elle tournait les pages, machinalement; ses pensées étaient ailleurs.

— Voilà, j'ai terminé. Si tu veux dormir, tire les rideaux. Je n'irai pas vite, installe-toi confortablement.

— Je crois que j'ai changé d'idée, Frank. Après hésitation, elle ajouta: je dormirai ce soir.

— Tu as bien raison, il vaut mieux se coucher tôt, profiter du soleil et des paysages. La route 132 traverse les villages, est très panoramique. Allons, viens. Prends ton gilet. Allez.

L'homme lui tendit la main, elle le suivit.

— Où sommes-nous, Frank?

— Près de Trois-Pistoles. Je me suis arrêté ici, hier, car je me suis souvenu de ton ébahissement quand nous avons découvert pour la première fois la beauté des îles du Bic.

«Nous roulons vers l'est, si je me souviens bien. Les numéros des routes en chiffres pairs vont de l'est à l'ouest ou vice versa. S'il roulait en sens inverse, nous serions près de Québec. Nous avons passé plusieurs villages...»

— Pourquoi criais-tu si fort, hier, Betsy?

Gervaise n'ayant pas entendu, il répéta la question; il venait de poser sa main sur son bras; elle sursauta.

— Allez, Betsy, dis-moi ce qui ne va pas?

— J'ai... j'ai peur.

— De quoi? Je t'ai expliqué que tout a été réparé, le danger est passé, tu dois me faire confiance! Je suis là pour te protéger. Allez, courage.

«Décidément cet homme est déséquilibré. Que dois-je faire? Il est doux, sans malice; je ne dois pas le contrarier, ce qui réveillerait son agressivité. D'abord je dois tenter de m'en faire un ami...»

Gervaise regardait la route qui n'en finissait plus de s'allonger devant elle, l'éloignant toujours davantage de son foyer. Elle pensait à son bébé, à tous les enfants, à l'inquiétude de son frère; elle se réjouissait à l'idée qu'Angéline soit là: elle serait attentive aux besoins des petits. Elle couvrit ses épaules du tricot, l'émotion l'étreignait. Elle gardait les yeux fixés sur le paysage qu'elle ne voyait pas, ce qui lui permettait de cacher ses larmes au conducteur.

— Si mon souvenir est bon, encore une côte à descendre et tu auras, étalé devant toi, un des coins les plus pittoresques de ce continent nord-américain: un véritable oasis de beauté, ce patelin et ses îles magnifiques. Betsy, ferme les yeux... nous y sommes presque. Voilà! Regarde.

L'homme avait ralenti. Gervaise regarda droit devant elle, s'exclama:

— Ces îles! Mais oui, je les connais, ces îles...

— Elles sont belles, n'est-ce pas? À marée montante, elles sont encore plus impressionnantes.

Il la regarda.

— Mais tu pleures, Betsy, pourquoi?

— L'émotion, sans doute.

— Je savais, je savais que ça te ferait plaisir, écoute...

Mais Gervaise n'écoutait plus: par quelque puissant mécanisme de la mémoire elle revit un instant une situation presque analogue survenue dans son enfance. Elle se revoyait assise dans la voiture qui la conduisait au couvent de Saint-André; ce jour-là, on lui avait vanté ces mêmes îles, avec des mots semblables... Cette fois, elle pleura franchement, les sanglots la secouaient. Le conducteur s'arrêta sur un terre-plein, en bordure de la route, passa son bras autour de ses épaules et l'attira à lui; il lui parlait d'une voix douce, cherchant à la consoler.

Sous le coup de l'impulsion, Gervaise tenta d'ouvrir la portière. Frank lui saisit un bras, elle fit un mouvement pour se libérer de l'étreinte. Il cria: «Betsy!» Il la ramena à lui, verrouilla la porte.

— Betsy! Tu es folle, tu vas te blesser, il y a un profond fossé à cet endroit! Tu n'es pas prudente, ma fille!

Il remit la voiture en marche et reprit la route, fort contrarié. Il ne parlait plus, elle s'inquiétait.

— Excuse-moi!

— Tu mets ta vie en danger et tu t'excuses? C'est de l'enfantillage. J'avais pensé te faire une surprise, mais tu n'es pas raisonnable!

— Quelle surprise, Frank? Dis-moi. Ne sois pas fâché parce que j'ai voulu sortir marcher dehors.

— Et si tu t'étais cassé une jambe?

— Je ne suis pas une enfant!

Le mot qu'elle venait de prononcer la fit frémir et la rendit encore plus consciente de la conduite à tenir. Elle se devait de le garder de bonne humeur. Elle pensa aux colères d'Alphonse! Par ricochet à Télesphore. «Aide-moi, dis-moi quelle attitude prendre, et surtout, surtout, protège la maisonnée.»

— À quoi penses-tu?

— Je priais.

Il lui sourit.

— Tu te reconnais, ici? Ce pont? Un si beau souvenir...

Un tableau posé en bordure de la route indiquait «Rimouski».

— Tu te souviens?

— Du nom de la ville, oui.

— Et autre chose, de plus spécifique?

— Non.

— Voyons, «Papa-la-pipe». Si tu veux, nous irons le visiter; il t'avait bien fait rire.

— Donne-moi plus de détails.

— Cet homme à gros bedon, en culotte d'étoffe, qui a braqué sa cabane sur le quai du fédéral où il vend du poisson... Nous irons en acheter et nous le ferons cuire pour souper. Ça t'avait bien amusé quand il te vantait le crabe des neiges que les gens de la région ne prisaient pas parce qu'ils ne le connaissaient pas; il le faisait cuire lui-même et le distribuait pour le faire apprécier. Tu t'étais presque rendue malade à en manger. Pour trente-cinq cents, tu avais rempli le plat du frigidaire et n'as rien mangé d'autre pendant deux jours.

Il riait de bon cœur. «C'est enfantin, cette histoire,» ne put s'empêcher de penser Gervaise. «Cet homme n'a pas de malice. Alors pourquoi se conduit-il ainsi avec moi?»

Pendant ce temps, la ville défilait sous le regard de Gervaise. La rue était étroite, le conducteur se taisait, attentif, concentré sur la circulation. Elle enviait ces gens qui déambulaient, non conscients de leur grande liberté. Soudainement, elle eut une idée à laquelle elle s'accrocha: elle mémoriserait le numéro de la plaque d'immatriculation et écrirait un message qu'elle pourrait remettre en cachette à quelque personne, le «papa-la-pipe» étant une occasion idéale; oui, la chose pourrait s'avérer possible. Tout au long de la route, il avait dû faire plusieurs connaissances.

Le quai était là, on avançait sur le pavement de planches raboteuses; il fallut d'abord se rendre jusqu'au bout pour tourner le véhicule. Gervaise regardait les bateaux amarrés, la mer calme, le ciel si bleu; de tout ça, elle était lésée.

L'homme ralentit puis arrêta.

— Tu viens, Betsy? Allez, suis-moi.

Malheureusement, Papa-la-pipe était en mer, à la pêche: il était parti avec son fils, tôt le matin, et ne rentrerait que très tard. Frank acheta du poisson et reprit la route.

— Ne sois pas déçue, Betsy, nous nous arrêterons au retour, il sera là. Ah! j'avais oublié, la photo.

— La photo?

— Oui, je t'ai photographiée avec Papa-la-pipe et tu lui avais promis de revenir lui offrir un double.

— Tu les as, ici?

— Bien sûr, regarde dans le coffre à gants.

Gervaise sortit une enveloppe qui contenait une dizaine de photographies. Elle les regarda et, tout à coup, elle échappa un cri. Elle venait de se reconnaître, debout près d'une autre femme: Betsy, sans doute.

— Qui est cette dame?

— Elle, c'est la dame où nous nous sommes arrêtés pour demander de l'eau; tu te souviens, elle nous avait vendu ces bons œufs et de la crème!

— Tu l'as revue, depuis?

— Non, j'ai essayé, je n'ai pu me souvenir où c'était. Dommage, elle était sympathique, elle boitait, tu te souviens? Depuis tu n'as pas cessé de comparer les œufs à ceux-là, frais du matin.

L'homme s'essuya le front: «J'ai oublié où c'était, j'ai tourné en rond, j'ai oublié. Allez, ne parlons plus de choses tristes.»

Gervaise regardait l'image de cette femme que l'homme confondait avec la sienne. Que se passait-il dans son esprit? Serait-il dans un état de choc, sous le coup d'une émotion forte, à la suite d'un traumatisme? Elle le regarda, des sueurs perlaient sur son front. La vue des photos y serait-elle pour quelque chose? Elle les replaça dans l'enveloppe. Elle les regarderait plus attentivement quand il ne serait pas là à l'observer. Peut-être devrait-elle lui arracher des confidences; non, il ne faudrait pas. Il était présentement agité; il valait mieux ne pas ressasser son passé; elle devait gagner du temps. Peu à peu la nature combative de Gervaise refaisait surface, sa nervosité se tassait, elle devenait plus alerte mentalement. Elle ne devait surtout pas éveiller les raisons, quelles qu'elles soient, des choses ou des éléments qui auraient causé sa déroute. Elle soupçonnait maintenant que sa femme Betsy y était pour quelque chose.

— Je n'en peux plus!

Il s'était exclamé, d'une voix frémissante qui évoquait la frayeur.

— Tu es très fatigué, Frank, il faudrait te reposer. Arrêtons-nous au prochain village, tu dois dormir. Ça te fera du bien. Nous poursuivrons notre route plus tard.

— Mais nous sommes loin de notre but, objecta-t-il.

— Quelle différence? Nous ne sommes pas pressés. La mer est belle et calme, je vais marcher en bordure de l'eau pendant que tu dormiras.

— Jamais!

Il avait hurlé. Gervaise s'effraya.

— Tu ne resteras pas seule, tu connais le danger!

— Bon, si tu préfères, je resterai près de toi. Allons à l'intérieur, si tu aimes mieux, ou dors ici, sur la banquette arrière.

— Veux-tu conduire, Betsy?

— Non, surtout pas.

— Il le faudra bien, parfois.

Gervaise se désespérait. La situation devenait intolérable. Elle ne savait pas conduire et ne pouvait pas le lui avouer. Heureusement, l'homme se calmait peu à peu. Gervaise s'efforçait de retenir son attention en faisant des commentaires sur l'état de la route, le paysage, enfin tout ce qui pouvait le distraire. Pour la première fois, elle sentait l'inquiétude l'envahir, une inquiétude qui, cette fois, allait au-delà des événements: oui, elle avait peur. De quoi était-il capable? Jusqu'où allait son inconscience? Il agissait normalement, conduisait prudemment, se comportait en être sensé, mais au niveau de la cohérence mentale, il semblait fortement perturbé.

Les jours passaient sans que la surveillance de l'homme ne se relâche; il talonnait Gervaise, observait chacun de ses gestes, la questionnait sans cesse; elle avait le sentiment vif qu'il voulait la protéger contre un danger sans doute imaginaire.

Il voulait constamment sa présence à ses côté, l'interrogeait dès qu'elle se montrait distraite ou pensive. Gervaise n'avait plus qu'un espoir: qu'un événement fortuit se produise pour qu'elle ait une occasion de lui échapper. Elle attendait cette minute avec un désir croissant. La seule chose qui la réconfortait était que l'humeur de son ravisseur était à peu près égale quand il n'était pas frustré.

Il insistait pour qu'elle change de vêtements, lui imposait ceux de sa femme Betsy, la félicitait pour son bon goût. Gervaise jouait le jeu, alors il se faisait presque tendre.

— Ta santé semble meilleure, Betsy: peut-être accepteras-tu de faire l'amour, maintenant?

Gervaise frémit. Elle se mit à parler d'autre chose, tenait des propos légers, joyeux même, histoire d'endormir cette idée nouvelle avant qu'il ne s'y arrête lui-même. Ce jour-là, elle insista pour qu'ils fassent plus longue route. La fatigue le distrairait sans doute. Astucieuse, Gervaise se plaignit d'un mal de tête fou.

— Je vais masser ta nuque, ça passera. Allez, tourne-toi.

Il avait immobilisé le véhicule; du bout des doigts, il pétrissait les muscles de son cou, de ses épaules.

— Tu as la peau satinée.

Ce disant, il posa les lèvres à la base de ses cheveux. Elle se raidit:

— Merci, tu avais raison, le massage m'a soulagée.

Ce soir-là, ils stationnèrent dans un endroit où se trouvaient plusieurs autres maisons motorisées. Il fit certains travaux à l'extérieur, mais avait d'abord remonté le marchepied et fermé la porte de la maisonnette.

Chapitre 29

À Saint-Pierre, on nageait en plein mystère. Le jour de la disparition de Gervaise, on ne s'était pas tout de suite inquiété; tout portait à croire qu'elle ne venait que de s'absenter. Le bébé dormait, couché à plat ventre sur le sol; il ne semblait pas avoir pleuré. Là, sur la table, se trouvait l'eau qui avait servi à faire sa toilette et ses vêtements sales étaient empilés. Le biberon était dans un contenant dont l'eau avait tiédi, les serviettes traînaient sur l'évier. Angéline fit le tour des chambres; n'y trouvant pas sa maîtresse, elle descendit et pria Raymond de se rendre aux bâtiments. Peut-être s'y trouvait-elle.

— Elle ne peut s'être éloignée d'ici, sinon elle aurait mis le bébé au lit. Toi, Lucien, va chez monsieur Vadeboncœur, informe-toi; demande-leur s'ils ont vu ta mère. Reviens tout de suite.

Lucille se mit à pleurer: «Où est maman? J'avais si hâte de lui montrer les belles choses que nous avons achetées!»

Angéline gardait ses impressions pour elle-même. La chaise au bas des marches avait été placée pour protéger l'enfant, donc Gervaise était sortie pour une raison précise, mais laquelle et pourquoi?

Raymond revint, demanda si on avait quelque indice et retourna à la grange. Cette fois, il inspecta chaque coin et recoin; peut-être avait-elle eu une faiblesse? Il grimpa sur le fenil, se rendit au poulailler, à l'étable, dans la remise: personne! Lucien revint bredouille: les Vadeboncœur avaient passé la plus grande partie de la journée dans les champs au bout de la terre, où une clôture avait besoin d'être réparée.

Les enfants s'étaient rassemblés autour de la table, inconscients de la gravité de la situation mais très impressionnés par la tension qui régnait chez les adultes. Réjeanne tenait son filleul sur ses genoux, caressait ses cheveux, dans un silence accablant. Ils écoutaient Raymond et Angéline qui émettaient mille hypothèses; bientôt ceux-ci se rendirent compte qu'il fallait cesser d'énoncer leurs idées aussi librement, car les enfants étaient de plus en plus troublés.

Angéline prépara le souper. Personne n'avait faim, c'est à peine si on toucha à la nourriture.

Raymond sortit de table, la nervosité l'obligeait à bouger.

— Je vais chez Léo, je reviens dans dix minutes.

Il sortit et se rendit chez les Vadeboncœur. Hélas! Léo ne pouvait rien lui apprendre; ils réfléchissaient. Raymond expliqua que tout à la maison semblait normal, sauf cette absence.

— Peut-être vous faites-vous du souci trop vite, commenta la maîtresse de maison. Gervaise a une bonne tête, elle n'a pas fait de fugue, c'est certain.

— Qu'est-ce que tu racontes, sainte misère? Tu es malade...

Et Léo ferma les yeux. Il s'appuya contre le dossier de sa chaise, prit une grande aspiration et s'exclama: «Sainte misère!» Il se leva et s'éloigna si vite que sa chaise en bascula.

— Attendez-moi!

— Léo! Où vas-tu? questionna son épouse.

Léo ne répondit pas. Il partit à grandes enjambées; il courait presque. Il se rendit chez Jolicœur, frappa à la porte avec rage. N'obtenant pas de réponse, il ouvrit. L'homme ronflait, assis sur sa *berçante*. Léo l'empoigna, l'obligea à se lever.

— Où est-elle?

— Qui?

— Je vais t'en faire, moi, des qui, mon espèce de vieux sacripant. Parle!

— T'es sonné ou quoi? Si tu as perdu une vache, ce n'est pas chez nous que tu la trouveras. Va à l'étable si tu veux, fais les champs, fouille dans mes poches, ta vache n'est pas ici. Depuis quand force-t-on la porte des gens qui dorment paisiblement?

Léo allait d'une chambre à l'autre, ouvrait les portes, les refermait.

Le bonhomme riait aux larmes.

— C'est une vache ou une poule que t'as perdue?

— Fais pas ton drôle, Jolicœur, je t'ai à l'œil.

Et Léo, plus penaud qu'il ne le laissait paraître, revint chez lui. Angéline qui l'avait vu courir à l'allée, le vit revenir, moins pressé cette fois.

— Pour l'amour, Léo, où es-tu allé? s'enquit sa femme.

— Laisse faire!

— Faudrait pas ébruiter cette histoire d'absence, faire des montagnes avec rien!

— Si ça t'arrivait à toi, tu aimerais bien qu'on se préoccupe de toi, non?

Raymond sortit, suivi de Léo.

— Pourquoi es-tu aussi remué, Léo? Quelque chose que je ne sais pas?

— Elle t'a parlé de Jolicœur et de ses propositions?

— Jolicœur, non?

Léo raconta mais dut admettre que ce soir-là il s'était trompé.

— Il y a autre chose qui me *chicotte*, Léo, c'est...

— Parle, mon vieux, parle.

— Alphonse...

— J'y ai pensé!

— Toi aussi? Mais c'est pas imaginable: pourquoi? Elle serait revenue même s'il l'avait attirée dehors.

— Surtout que ta sœur n'est pas manchotte, elle

n'a pas froid aux yeux. De ce côté-là, il n'y a pas d'inquiétude. Elle trouvera bien moyen de revenir.

— Je vais rentrer. Si tu as quelque chose à me laisser savoir, n'hésite pas.

— Compte sur nous autres, mon vieux. En tout temps, à toute heure, je suis là.

— Te rends-tu compte? La noirceur tombe et elle n'est pas là! C'est à se demander!

— Elle ne s'est pas volatilisée, ça, c'est certain!

— On dirait presque!

— Salut, peut-être qu'elle est déjà rentrée.

— Bonsoir, Léo. Merci.

Raymond revint. Au regard d'Angéline et à l'attitude des enfants, il comprit que Gervaise n'était toujours pas de retour. Réjeanne avait mis le bébé au lit et décidé de dormir dans le lit de sa mère afin de surveiller son jeune frère. Angéline avait approuvé son idée.

Les enfants montèrent dormir; ils restèrent silencieux, ne sachant pas quoi se dire ni comment exprimer leurs pensées.

Angéline et Raymond étaient dans la cuisine, se regardaient, jetaient un coup d'œil à l'horloge; le temps avançait lentement alors que l'inquiétude allait grandissant.

— La femme de Léo a parlé de fugue...

— Ben non, voyons! Chose certaine, cependant, il faut admettre qu'elle est partie délibérément, on ne l'a pas forcée...

— Pourquoi dis-tu ça?

— À cause de l'état des choses. Elle a suivi quelqu'un dehors et n'est pas revenue.

— Hein?

— L'argent sur la table...

— Ah! oui, l'argent... Rien n'était déplacé, s'il y a eu lutte ou dispute on verrait des traces, quelque chose quoi! Mais rien. Ni dans sa chambre ni ailleurs. Tu as raison, elle a répondu à la porte et elle connaissait la personne qui s'y trouvait...

Raymond se tut. De nouveau il pensa à Alphonse. Peut-être devrait-il s'adresser au prêtre. Le curé l'aiderait sans doute à démêler tout ça. Ce soir-là, il était trop tard. Le lendemain il aviserait.

La visite du pasteur y serait-elle pour quelque chose? On émettait mille hypothèses, puis on se taisait pour réfléchir. Les heures passaient.

Angéline prépara du thé, plaça des biscuits sur une assiette; on ne faisait que grignoter.

— Va dormir, Raymond. Je vais veiller. Si quelque chose se passe, je te réveillerai.

— Non, je vais rester à veiller, je ferai le train et dormirai plus tard.

Angéline monta chercher une couverture et invita Raymond à s'allonger sur le divan du salon. Puis elle alla dormir. Le premier étage de la maison resta illuminé toute la nuit. Angéline trouva difficilement le sommeil.

***

Le lendemain, on se reprochait déjà de n'avoir pas pris plus tôt l'initiative des recherches. Raymond consulta le calepin dans lequel Gervaise avait inscrit les numéros de téléphone des gens qu'elle connaissait. Il téléphona au couvent de Saint-André où elle avait une amie. Au séminaire, on n'avait pas revu Alphonse: il n'avait pas donné signe de vie. La nouvelle de la disparition mystérieuse de Gervaise se répandait très vite. On organisa une battue, on ratissa tous les endroits, même les plus éloignés; toujours rien.

Il fut entendu de fouiller les rives puis la rivière du sud. La sympathie des villageois était grande; pendant plusieurs jours, la disparition de Gervaise fit les frais de toutes les conversations.

À la messe du dimanche, le prêtre, lors du prône, pria ses paroissiens de bien vouloir divulguer tout indice susceptible d'aider à retrouver Gervaise.

Le prêtre n'avait pas oublié la confession d'Alphonse, ses propos diffamatoires, ses accusations. Y avait-il une part de vérité dans ces aveux terribles? Il avait quitté Gervaise rassuré après cette visite; pourtant, aujourd'hui, il se questionnait.

Avec le temps qui passait, s'estompaient les émotions fortes des premiers jours. On y allait maintenant de certaines allusions concernant cette boiteuse venue on ne sait d'où, qui ne fréquentait personne, se montrait bien peu en public, qui était partie sans avertir. Que cachait son passé? Avec qui avait-elle pris la poudre d'escampette?

Oui, bien sûr, elle avait marié Télesphore Langevin et dans des circonstances pour le moins bizarres! Tout le village en avait parlé. Elle, si jeune, était-ce normal qu'elle épouse un veuf qui aurait pu être son père? Veuve, héritière, elle avait planté là foyer et enfants pour filer, Dieu seul savait où.

La somme de six dollars et cinquante qu'on avait trouvée sur la table avait grossi: la boiteuse serait partie en prenant l'argent qui aurait dû revenir aux enfants. On craignait aussi que la vocation du fils aîné, Alphonse, soit mise en péril. «Pauvre abbé Alphonse!» comme on l'appelait déjà, l'épreuve serait difficile à traverser pour le saint homme.

Avec les semaines qui passaient, les langues des commères se faisaient de plus en plus amères. Angéline était horrifiée de l'impudence des gens qui passaient devant la maison et qui détournaient la tête dès qu'ils l'apercevaient.

Un jour, une dame se signa à sa vue; à sa compagne elle dit, assez fort pour être entendue: «C'est elle qui manigance avec son frère...» Le reste de la phrase s'était perdu. Angéline entra dans la maison en pleurant.

Lucien prit ses jambes à son cou et alla prévenir Raymond. Tous avaient les nerfs à fleur de peau, chacun redoutait le pire. Raymond entra en coup de vent.

— Pour l'amour, Angéline, qu'est-ce qui t'arrive?

Elle refusait de répondre mais pleurait de plus belle. Il prit sa main et l'entraîna au salon, ferma la porte et répéta sa question. Peu à peu elle se calma et lui confia la raison de sa peine.

Raymond la regardait, silencieux. Elle était rouge de gêne, gardait la tête baissée.

— Angéline... Ça te dérange, ces grossiers bavardages?

— Heu...

— Une question: il n'y a pas de doute, Gervaise ne semble pas avoir été forcée de sortir de la maison, mais crois-tu, toi, qu'elle soit partie... délibérément, avec un autre homme, par exemple?

— Mais, tu es fou, non!

— C'est ce que je voulais entendre. Écoute-moi bien. J'aurais aimé que ça se passe autrement, les circonstances m'obligent à t'en parler maintenant. Gervaise s'en doutait déjà, depuis plus longtemps que moi peut-être, mais...

— De quoi parles-tu? Qu'est-ce que j'ai à faire dans tout ça?

— Plus que tu penses, Angéline. Plus que tu penses.

Souriant, il s'approcha, la regarda droit dans les yeux, lui tendit la main.

— Viens t'asseoir à côté de moi. Angéline, j'ai fait des projets, des projets d'avenir. Je suis bien avec toi... je veux te marier.

— Qui, moi?

— Qui d'autre? Bien sûr, toi.

— Hey! c'est pas le temps de faire des farces, reprends ton sérieux.

— Je veux que tu deviennes ma femme, Angéline.

Si ces deux chipies s'étaient tues, je t'en aurais parlé plus tard, à des moments plus joyeux. Accepteras-tu de devenir ma femme?

— Ah! Raymond.

— C'est oui?

Cette fois elle pleurait de joie.

Raymond prit ses deux mains dans les siennes et murmura: «Je t'aime, Angéline. Pense à ça, je retourne auprès des enfants pour ne pas qu'ils se sentent seuls.»

Raymond sortit, fermant la porte derrière lui.

— Qu'est-ce qu'elle a, Angéline, oncle Raymond?

— Elle avait du chagrin, mais maintenant elle est heureuse. Attends qu'elle revienne, tu verras.

— Et maman, demanda Lucien, que lui arrive-t-il?

— Nous ne le savons pas. Mais votre maman est très intelligente et très forte, elle va trouver un moyen pour revenir et ça, au plus vite.

— Avant que l'on rentre à l'école?

— Je l'espère, oui.

La porte du salon s'ouvrit. Angéline sortit et, sans un mot, se dirigea vers la cuisine, ouvrit le réfrigérateur, prépara un pot de limonade et vint le servir à ceux qu'elle considérait comme sa nouvelle famille. Raymond comprit qu'elle acceptait sa demande en mariage.

Tous les soirs, avant de s'endormir, Angéline priait Dieu de ramener sa maîtresse, car elle voulait que son mariage soit célébré en sa présence. De plus, il lui semblait que son retour serait un présage de bonheur. Elle rêvait d'une noce joyeuse, vêtue et voilée de blanc; elle voulait du bonheur autour d'elle, rien que du bonheur!

Peu à peu les esprits se calmaient, les mauvaises langues avaient épuisé le sujet. Le téléphone avait cessé de sonner. Tous, sauf la famille immédiate, semblaient avoir oublié l'événement. Une paix relative régnait chez les Langevin. Bébé Télesphore faisait ses premiers pas,

Réjeanne ne le quittait plus. Bientôt ce serait le temps de la récolte, la moisson promettait d'être abondante.

Le soir venu, les fiancés se penchaient sur les plans d'une maison que Raymond rêvait d'ériger sur un coin de terre que Gervaise accepterait sûrement de lui vendre. La seule ombre au tableau était cette absence prolongée de la jeune femme, l'inquiétude que suscitait son absence. Toutes recherches s'étaient avérées infructueuses; la disparition de Gervaise avait été signalée à la justice; aucune demande de secours n'avait été enregistrée. À ce niveau aussi, on conclut qu'il s'agissait d'une fugue.

Chapitre 30

Les semaines se succédaient. Gervaise, docile, s'efforçait de ne pas contrarier l'homme qui entretenait inlassablement sa marotte: la surveillance de sa prisonnière. Lorsqu'il allait au marché acheter de la nourriture, il prenait la précaution de l'enfermer à l'intérieur et partait avec la clé. Gervaise attendait impatiemment qu'il commette une erreur d'inattention. Elle sauterait sur l'occasion pour s'enfuir.

Il dormait dans l'unique chambre située à l'arrière; elle dormait sur un banc, qui pouvait être converti en lit. Son sommeil était troublé: elle s'efforçait d'être immobile, car il se réveillait au moindre bruit. À quelques reprises, il s'était levé, avait regardé dans l'armoire sous le lavabo, éclairé par une lampe de poche, et il était retourné dormir, ce qui intriguait Gervaise. Un jour qu'il était absent, elle alla regarder ce qui pouvait bien attirer son attention au point d'en avoir une obsession. Elle ne vit que de la tuyauterie et des produits de nettoyage.

— À ta prochaine sortie, rapporte-moi un crayon: j'aime faire des mots croisés, si tu en trouves... et les journaux, on ne sait rien de ce qui se passe sur la terre entière.

Elle avait jeté la phrase simplement, pour ne pas éveiller ses soupçons, mais elle avait un projet bien arrêté.

— C'est ça, le repos. Tu as été sage de me demander de débrancher la radio. Il faut savoir détendre son esprit.

Voilà l'explication à ce qui l'avait tant intriguée, les premiers jours: jamais il n'écoutait la radio. Aussi avait-elle craint qu'il ait des raisons de l'empêcher, elle, de découvrir ses raisons de fuir quelqu'un ou quelque chose. Il était devenu évident que le mal n'était pas extérieur, mais au niveau de son esprit perturbé. Elle avait abandonné l'idée qu'il pût être sur la liste des gens recherchés.

L'anecdote de Papa-la-pipe et de la photo avait fait germer en elle un espoir fou. Aussi, lorsqu'il revint avec des journaux et un stylo, Gervaise laissa traîner les objets bien en vue, car elle ne voulait pas éveiller des doutes dans son esprit si elle se précipitait sur ces objets précieux à tant d'égards. Mille fois dans sa tête, elle rédigea le message et élabora le moyen de procéder pour le remettre à quiconque pourrait seconder ses plans. Elle suppliait Dieu de lui prêter secours. Bientôt, si le ciel écoutait sa supplique, elle serait de nouveau auprès de ses enfants, ses enfants auxquels elle ne voulait pas penser car leur souvenir éveillait en elle le plus grand des désespoirs, ce qui la conduisait infailliblement aux larmes. Pour eux, elle s'efforçait de manger; pour eux, elle s'efforçait de dormir; pour eux, elle s'efforçait d'être prudente, docile, soumise, afin d'avoir un jour le bonheur de les revoir; la menace avait été formelle: «Tu cries, tu hurles et je te laisse moisir dans cette roulotte d'où tu ne ressortiras jamais vivante».

Ils avaient atteint la vallée de la Matapédia, remonté plus profondément dans les terres et pris le chemin du retour. Le temps d'agir était venu: si elle ne parvenait pas à se libérer au plus tôt, elle n'osait pas penser à ce que serait son sort. Elle n'avait jamais oublié la violence de ce père ivrogne qui usait de sa force pour maltraiter sa fille Julie. Elle gardait aussi un souvenir de l'acharnement de la Mère supérieure qui l'avait harassée pendant des années. Auprès de Télesphore seulement avait-elle repris confiance dans la vie. Cette confiance l'aidait maintenant, au même titre que ses expériences passées. Un soir, après souper, elle ouvrit machinalement le journal et, après la lecture des nouvelles, elle émit ses commentaires. Elle choisissait des faits sans importance, des cas anodins. Il l'écoutait et souriait. Elle laissa les journaux sur la table, pêle-mêle, mais prit le stylo et le glissa derrière les coussins de son banc. Plus tôt, elle avait déchiré un papier défraîchi qui ornait le fond d'un tiroir de bureau; elle s'enferma dans la toilette et écrivit son message, qu'elle plia et cacha sur elle, bien contre sa peau.

Avec autant de désinvolture que possible, elle revint s'attabler et plaça le stylo sur le rebord de la fenêtre, près de la table.

Était-ce qu'il était ultrasensible et qu'il devinait l'état d'âme de la femme ou était-ce la façon de se conduire de celle-ci qui éveilla ses soupçons? Il l'observait, l'épiait; c'était à croire qu'il devinait la présence de ce message glissé dans son corsage.

— Ça t'ennuierait que je fasse les mots croisés du journal?

— Non.

La réponse était venue, sèche, sans commentaires, sans douceur. Gervaise fit semblant de tout ignorer; elle se leva, prit la plume et se concentra sur la grille. Elle sentait le regard de l'homme qui pesait sur elle et la brûlait.

— Tu n'es pas gentille, pas gentille du tout!

— Pourquoi me dis-tu ça, Frank?

Elle évitait de lui faire face, souhaitant qu'il s'apaise.

— Tu ne le sais pas? Alors devine!

Rageur, il se leva et se dirigea vers la chambre. Elle l'entendit sangloter; muette de peur, elle se coucha tout habillée afin de ne pas le déranger. Allongée sur le dos, les yeux grands ouverts, elle écoutait ses pleurs entrecoupés de soupirs; il se retournait sans cesse sur son grabat. Ce soir encore, ils dormiraient dans un endroit isolé, sur un chemin secondaire. La nuit était opaque, sans vent; on aurait dit que la vie avait suspendu son cours. Tout à coup un cri perçant vint rompre ce silence troublant.

— Betsy!

Gervaise sursauta, s'assit sur sa couche mais ne put répondre; les mots ne venaient pas. Le cri terrifiant l'avait sidérée.

— Betsy! hurla de nouveau l'homme.

Elle resta là, immobile, pétrifiée. Un instant elle crut venue la fin de ses jours. Elle l'entendit se lever, il venait droit vers elle; elle porta la main à sa poitrine, n'ayant qu'une idée en tête, protéger ce bout de papier. Il n'alluma pas la lumière, se mit à gémir.

— Tu n'as pas de bonté dans ton cœur. Tu me laisses languir, tout doit aller comme tu le veux. Tu m'avais pourtant promis!

— Quoi? Que t'avais-je promis, Frank?

— Ah! ah! tu as oublié! Cet enfant, cet enfant que tu m'as promis.

— À mon heure, Frank, à mon heure, lors de nos prochaines vacances, quand je serai bien reposée.

— Et tu me dis que tu as oublié, toi, Betsy, si loyale. Tu me déçois!

Gervaise frissonnait de la tête aux pieds. Elle aurait aimé voir son visage afin de pouvoir se faire une idée de son état d'esprit.

— Allume la lumière, parvint-elle à balbutier.

— Non! J'en ai assez de ta comédie, de tes ruses, je fais tout pour te faire plaisir, nos vacances s'achèvent et toi tu ne penses pas à moi, tu ne tiens pas tes promesses.

Il se pencha; elle sentait son haleine chaude sur son visage. Il se dévêtait.

Elle se crispa; elle ne voulait pas hurler, n'osait se débattre de peur de déclencher une crise nerveuse chez cet homme qui la tenait à sa merci dans ce coin perdu et obscur.

— Tiens, Madame se couche vêtue, ce qui prouve que tu veux à tout prix me résister! Attends voir.

Il tirait sur ses vêtements, cherchait sa bouche, s'énervait. Gervaise se sentit secouée, bousculée, brutalisée sans qu'elle ait ni la force ni la pensée de résister. Elle subissait l'homme, ses gestes grossiers, la lourdeur de ce corps qui s'imposait à elle; gardant les mains agrippées aux bords du mince matelas, elle fermait les yeux que des larmes brûlaient, et détournait la tête pour ne pas sentir sur son visage son haleine dégoûtante. Elle sombra dans une espèce de torpeur, brisée tant par sa souffrance morale que sa lassitude physique. Elle ne l'entendit pas se relever, ni s'excuser; il partit à reculons; elle restait là, anéantie. Peu à peu le sommeil la gagna, un sommeil qui succédait à l'engourdissement le plus profond.

Elle se réveilla le lendemain; les mouvements de la roulotte lui firent comprendre que l'homme avait repris la route. Elle restait immobile, blessée jusqu'au plus profond de son âme. Elle avait peur de crier, elle enfouit sa tête sous l'oreiller et donna libre cours à sa peine: ses larmes ne tarissaient pas.

Plus rien maintenant n'aurait su motiver sa condescendance à l'endroit de cet homme qui la révoltait. Elle prendrait les risques nécessaires et s'évaderait de cette prison ambulante. Soudainement, elle se souvint du message caché dans son soutien-gorge. Il s'y trouvait encore: cet espoir la ramena à des sentiments pratiques.

Gervaise se leva, se lava; elle déambulait maladroitement, se tenant contre les murs. Elle tira les rideaux de la petite fenêtre. La vue du fleuve lui indiqua qu'ils avaient atteint la rive. Elle relut son message qui donnait, entre autres détails, le numéro de la plaque d'immatriculation du véhicule et le nom de l'État qui y figurait. Elle prit l'enveloppe des photographies, la vida de son contenu, y inséra le message sur lequel elle plaça la photo de Papa-la-pipe et de Betsy. Elle enfila un pantalon, celui de Betsy qui était beaucoup trop grand, et un tricot à manches longues.

Le klaxon de la voiture se fit entendre. Gervaise

sursauta. Il y eut un bref arrêt puis un virage, un autre coup de klaxon et ce fut l'immobilité. Il allait venir.

De fait, la porte s'ouvrit. Souvent il ne sortait pas le marchepied et sautait à bord. Cette fois, il le tira vers l'extérieur et s'écria gaiement.

— Viens! nous sommes rendus au quai de Rimouski. Apporte ta photo.

Il avait parlé d'une voix calme, comme si rien ne s'était passé la veille. «Cet homme est complètement cinglé et devient dangereux. Ça ne peut durer.» Elle hésita, comme si elle se cherchait, elle prit l'enveloppe et descendit les deux marches. La vue de la mer, des gens qui se mouvaient, le son des voix, tout l'attendrissait. Elle marcha en direction des nombreux bateaux amarrés. Il la suivit. Puis, elle revint à son point de départ, où la cabane du pêcheur se trouvait. Elle entra la première.

— Bonjour, Monsieur, lui dit-elle en posant son index sur ses lèvres comme pour commander le silence. Bonjour, Monsieur, répéta-t-elle.

Elle avait reconnu l'homme de la photo: les mêmes culottes d'étoffe, la chemise à carreaux, les larges bretelles, la casquette bien posée sur la tête, la pipe entre les dents. Le nom de Papa-la-pipe lui convenait à merveille; il semblait bon, avait des yeux gris acier, droits et brillants. Il la regardait, semblait chercher dans sa tête souvenance de cette femme qui le saluait en le priant de se taire.

Frank s'était approché et tendait la main. Il parla de leur dernière visite, de la photo que Betsy avait prise et de sa promesse de la lui apporter.

Gervaise se plaça entre les deux hommes, gardant le regard fixé sur celui du pêcheur; elle sortit la photo et la lui remit.

— Mais... dit-il, riant, vous êtes moins blonde, on dirait...

— Oui, j'ai surtout engraissé, ajouta Gervaise.

Le pêcheur plissa les yeux. Frank demanda du crabe, s'entendit répondre qu'il était hors saison.

— Je n'ai que de la morue fraîche à vous offrir, ou du flétan, rien de tel qu'un bon steak de flétan.

— Achète du flétan, Frank, c'est succulent, suggéra Gervaise.

— Guy, prépare donc deux tranches de flétan.

Se tournant vers l'Américain, il s'informa de leur voyage, de leur itinéraire. À tout moment, il regardait Gervaise qui l'intriguait. Il avait machinalement déposé l'enveloppe sur une tablette et placé la photo dessus. Il lui semblait que la femme était plus détendue, elle se mêlait à leur conversation. Le paquet contenant le poisson fut posé sur la table. Frank paya et remercia. Gervaise recula lentement vers la porte; le marchand plongea la pipe dans sa blague à tabac, l'alluma tout en regardant Gervaise de ses yeux d'acier. Celle-ci soutenait ce regard; dans le sien l'homme croyait presque lire une supplique. Mais de nouveaux clients arrivaient, il ne restait qu'à s'éloigner.

«Merci, Monsieur Papa-la-pipe», dit Gervaise. Il lui sourit et la regarda aller. À deux reprises, elle se retourna.

«Étrange», dit-il tout haut. Et l'homme oublia momentanément l'incident, occupé qu'il était à jaser avec les arrivants. Gervaise, pour la première fois depuis des semaines, se prit à espérer. Elle tendit la main à Frank pour qu'il l'aide à grimper. Elle mit le poisson au frais et revint vers la portière de l'automobile.

— Ce soir, je prépare le souper.

— Comme tu veux. «Papa-la-pipe» a encore réussi à t'amuser?

— Retournons près de ces îles, veux-tu?

— Bien sûr que je veux. Nous dormirons dans les environs.

Elle avait feint de n'avoir pas entendu la question,

cherchait à détourner son attention. Rien ne pouvait plus réjouir Gervaise. L'espoir qu'elle nourrissait la rendait presque joyeuse. Elle parlait à l'homme mais son esprit était ailleurs; son sort dépendait de l'homme qui se trouvait là, dans cette cabane, là, si près!

Parvenus au Bic, une mauvaise surprise attendait Gervaise: Frank choisit de prendre un chemin qui longeait la grande route et les mena sur un monticule d'où la vue était superbe. «Ainsi cette maison mobile ne serait pas repérable», songea-t-elle.

— Regarde comme la vue est belle d'ici.

— En effet, oui, Frank.

— Tu ne m'en veux pas, pour hier soir?

Ainsi, il se souvenait! C'était trop fort! Dans la tête de la femme, les idées se bousculaient. Plus qu'une journée de route ou à peu près les séparait de Saint-Pierre, si elle se fiait au temps pris pour parvenir à cet endroit. Demain elle s'évaderait. Oui, demain, coûte que coûte. Elle mangea du bout des dents, s'assit face à la mer; la pensée de se mettre à courir la hantait. La lisière du boisé n'était pas large et surplombait un rocher abrupt. Le danger était trop grand.

— À quoi penses-tu, Betsy?

Elle sursauta; elle ne l'avait pas vu s'approcher.

— Tu es nerveuse, Betsy, toi habituellement si calme, si sereine.

— Je pensais... à notre retour à la maison, à tous ces souvenirs de voyage.

Il fit quelques pas, cueillit des fleurs sauvages, les lui remit, avec un grand sourire.

— Si on ne nous oblige pas à nous déplacer, nous resterons ici quelque temps.

— Rapprochons-nous de la mer alors. J'aimerais y mettre les pieds.

— Comme tu voudras.

— Tu dis ça sur un ton déçu; ça te contredit, Frank?

— Non, mais tu es de plus en plus capricieuse.

— La hâte de rentrer à la maison, je suppose.

— Voilà qui est gentil. Demain, très tôt, nous traverserons un endroit sur la grève où nous pourrons stationner.

— La route n'est-elle pas plus propice? La marée est envahissante parfois. Il y a sûrement là une ferme où on nous permettrait de passer quelques heures...

Il approuva de la tête.

***

Papa-la-pipe était rentré chez lui à l'heure du souper. Les événements qui s'étaient produits plus tôt, à la cabane, lui revinrent à l'esprit.

— C'est étrange.

— Qu'est-ce qui est étrange, Lionel?

Le pêcheur relata l'incident qui l'avait fortement intrigué.

— Je n'oublie jamais un visage. Cette femme, je ne l'ai jamais vue; lui, si. Mais elle, jamais. Il lui parlait comme s'il s'agissait de la même personne que celle de la photo. L'autre était blonde et grassette, celle-ci était brune, les yeux foncés, avait une taille de guêpe. Aucune ressemblance possible... Elle a prétendu avoir engraissé...

— Elle ne t'a rien dit?

— Pas avec des mots, mais avec ses yeux et des gestes: tout ça est étrange.

Il alla vers sa *berçante*, alluma sa pipe; la tête appuyée au dossier, il semblait observer la fumée qui s'échappait en spirale de son brûle-gueule; il réfléchissait.

— La photo, elle te l'a laissée?

— La photo! La réponse doit être là; viens, sa mère, on va aller la chercher.

Lionel aida sa femme à se hisser jusque sur le banc

de son camion rouge, prit le volant et se rendit à la cabane.

La photo était toujours au même endroit sur la tablette. Il la prit, regarda derrière: rien. «C'est étrange», répéta-t-il.

— C'est tout? demanda Jeanne.

— Non, attends, il y avait une enveloppe.

À l'intérieur il trouva le message qu'il lut à quelques reprises.

— De deux choses l'une: ou cette petite brune qui boitait est sa victime, ou il s'est remarié et la nouvelle épouse n'aime pas les traitements de Monsieur.

— Qu'est-ce que tu racontes? C'est insensé.

— Peut-être, mais cette femme avait l'air correct. Lui, c'est moins certain: il était... agité, oui, c'est ça, agité.

— Qu'est-ce que tu vas faire?

— Appeler la police provinciale. Elle pourra communiquer avec le fédéral puisqu'il s'agit d'un véhicule américain.

— Tu dramatises.

— Non, sa mère, je ne crois pas.

Rentré chez lui, l'homme signala l'incident à la justice. Deux agents vinrent prendre la déposition de l'homme; on questionna son fils Guy et on rédigea un rapport. Le pêcheur leur fit promettre de le tenir au courant du développement de l'affaire.

Pendant qu'on se souciait de Gervaise à Rimouski, celle-ci faisait des efforts surhumains pour surmonter son inquiétude. Frank reprit la route mais ne s'arrêta pas sur la rive tel que promis. Il continuait de rouler.

— Tu ne t'arrêtes pas, Frank?

Il ne répondait pas, Gervaise le regarda. Il avait son air des mauvais jours, des gouttes de sueur perlaient sur son front; il ferait une autre crise d'hystérie, elle en avait peur. Elle se réfugia dans le silence. Gervaise observait le paysage. La nuit descendait doucement.

Là, sur la droite, se trouvait une maison isolée; en face un boisé et des champs; au loin l'immensité de la mer.

L'homme jura, freina: un chien venait de traverser la route. Gervaise bondit, ouvrit la portière, sauta en bas, elle roula dans l'herbe. Relevant la tête elle vit la roulotte s'arrêter; elle s'engagea dans les hautes herbes, fuyant le plus vite possible en direction de la maison vue plus tôt. Elle parvint au boisé, bifurqua sur sa droite, traversa la route et revint en sens inverse afin de dérouter Frank. Ces gestes, elle les avait si souvent tournés et retournés dans sa tête! Elle entra dans le fourré, se heurtant aux épines des conifères. Elle entendait son ravisseur qui criait son supposé nom. Elle restait là, tapie. De gris le ciel devenu sombre laissa place à la nuit. Gervaise tremblait comme une feuille au vent, pas sous l'effet du froid car la soirée était douce, mais sous le coup de l'émotion. Elle avait tant attendu ce moment qu'elle oubliait les options. Jamais elle n'avait imaginé devoir s'évader à la nuit tombante: elle avait pensé à tout, sauf à ça.

Peu à peu, elle se calma. De là où elle se trouvait elle ne pouvait rien voir mais si Frank venait, elle l'entendrait. L'oreille tendue, elle restait allongée sur le tapis d'aiguilles qui couvrait le sol et embaumait l'air. Elle pensa aux animaux qui rôdent dans la forêt, aux loups; chose étrange, elle préférait cette pénible hypothèse à la menace réelle qui l'attendait si Frank la découvrait.

Le bruit du trafic lui parvenait et le son de la sirène d'un train qui passait au loin. Elle comprit: c'était l'écho, il allait pleuvoir. Le tonnerre grondait, des éclairs illuminaient le ciel, y dessinant des zigzags argentés. Une pluie torrentielle se mit à tomber: la pluie froide, précipitée, la fouettait. Elle dut se lever car autour d'elle une mare s'était formée: la flaque allait, grandissante. «Ne jamais se tenir sous un arbre surtout pendant un orage électrique...» Cet avertissement vint la troubler, la pensée de la maisonnette entrevue l'envahit. Elle réfléchissait, essayait de reconstituer le décor dans sa mémoire: «Si je retourne vers la route, je n'aurai qu'à la traverser ainsi que le boisé pour atteindre cette maison. Frank s'arrête toujours quand il pleut; la nuit est là, les phares attireraient mon attention; si un véhicule quelconque passait... être à l'abri, je rêve!»

La pluie continuait de tomber, le ciel à gronder. Gervaise couvrait son visage de ses mains; les vêtements trempés, engourdie par le froid, elle sentait que le courage l'abandonnait. «Je dois m'éloigner, je dois m'éloigner, il me faut un toit!»

Dans un accès de désespoir elle étreignit le tronc d'un arbre tombé tout près que l'éclair lui avait fait découvrir. Elle hurla de toutes ses forces: «Télesphore, je t'en supplie, aide-moi, dirige-moi, conseille-moi, ne m'abandonne pas ici, je t'en prie. Télesphore, guide mes pas, dicte-moi la conduite à suivre.»

Elle se releva, plaça les bras devant son visage pour se protéger. Elle avançait avec peine, sursautant à chaque éclair. La route était déserte. Elle la traversa, gagna le boisé, et sous l'éclat troublant d'un éclair, elle repéra la maison: la clarté brillait à une fenêtre, réconfortante. Gervaise s'élança; elle pataugeait dans la boue, faillit tomber à quelques reprises; la nervosité la gagnait de plus en plus.

Elle grimpa sur le perron, frappa bruyamment à la porte. Un jeune chien se mit à aboyer. Une lumière extérieure s'alluma.

— Qui va là! hurla une voix impatientée.

— Ouvrez, Monsieur, je vous en prie!

— Qu'est-ce que vous me voulez? demanda l'homme montrant la tête derrière la porte entrouverte.

Le chiot s'était faufilé entre les jambes de son maître et s'approcha de Gervaise.

— Laissez-moi entrer, je vais vous expliquer, lança-t-elle dans un souffle.

— Il n'y a rien à expliquer, retournez d'où vous venez: a-t-on idée de déranger les gens la nuit! Une fille crottée et en culotte! Filez avant que je sorte mon douze et que je vous flambe la cervelle! Toi, Frisson, entre ici.

La porte se referma bruyamment, Gervaise dut reculer. Elle descendit les trois marches et, désespérée, se glissa sous la galerie. Elle n'avait pas la force d'aller plus loin. Là, elle serait protégée de la pluie et Frank ne penserait même pas à aller la chercher là. Elle rampait à quatre pattes, évitant le bruit pour ne pas attirer l'attention du propriétaire. Le chiot continuait d'aboyer; puis la lumière s'était éteinte; les filets lumineux entre les planches disparurent. Dans l'obscurité, elle avançait avec peine: une nuée de toiles d'araignées s'attachaient à son visage, à ses vêtements. Elle sentait divers obstacles sous ses genoux mais n'y prêtait pas attention. Ses cheveux mouillés dégoulinaient dans son cou, sous le gilet; elle avait froid jusqu'aux os! Enfin, elle parvint à s'adosser à la fondation de la maison. Elle replia un bras, y appuya la tête et ferma les yeux. Elle frissonnait de tous ses membres, s'efforçait de calmer son inquiétude. L'abri, bien qu'inconfortable, lui semblait douillet; le tonnerre lui semblait moins effrayant; elle n'avait plus à être aveuglée par les éclairs et surtout l'averse lui était épargnée. Pendant que Gervaise se recroquevillait et remerciait Dieu de l'avoir épargnée, le vieux pestait: «Viens, Frisson, Frisson, couche-toi, elle est partie, la gueuse. Ah! ces garces qui sont dehors par telle température, elles méritent de crever! Ça lui apprendra à rester chez elle!» Il monta se coucher, Frisson le suivit.

Gervaise restait immobile et c'est en songe que le tonnerre reprit son vacarme, mêlé aux lignes brisées des éclairs. Le chien, devenu très gros, jappait. Frank pleurait. La roulotte fonçait sur elle; elle courait, courait, dans une vaste plaine, une plaine sans issue.

La nuit fit place au jour; le soleil parut enfin.

L'homme se leva, prit son déjeuner et sortit, suivi de son chien.

Gervaise dormait toujours, d'un sommeil agité. Frisson vint vers elle, lui lécha le visage; elle sursauta, étouffa un cri. Le jeune chien voulait jouer. Gervaise s'inquiétait. «Va, va!» murmurait-elle. Puis son maître l'interpella: «Viens, Frisson, suis-moi ou je t'enferme à la maison pour la journée. Viens, petit microbe.»

Le chien allait de son maître à Gervaise en gambadant. L'homme le saisit et continua de s'éloigner en lui tenant un discours. Gervaise soupira d'aise. Elle pourrait sortir de son repaire. Elle leva la tête: l'homme avait disparu; voilà qu'elle entendait ronronner le moteur d'un instrument aratoire, un tracteur sans doute.

Elle se déplaça dans la demi-obscurité; quelque chose bougea. Elle s'immobilisa: des yeux ronds et rouges lui apparurent. Elle poussa un cri qui délogea une nuée de souris qui gigotaient sous elle; elle avait dormi sur leur nid d'où elle venait de les déloger.

Gervaise maintenant debout, sous le soleil radieux, transie, regarda la maison où on lui avait refusé le gîte; elle y retournerait, devrait-elle forcer la porte. Mais celle-ci ne résista pas. Elle entra dans la pauvre chaumière. Elle n'avait d'yeux que pour deux pommes rouges laissées sur la table. La cuisine occupait l'étage: elle monta l'escalier, chercha les cabinets. Elle se fit une toilette sommaire et tout à coup une pensée folle s'imposa à son esprit: elle alla d'une chambre à l'autre, scruta la route des fenêtres: nulle roulotte n'était en vue. Elle retourna à ses ablutions, se lava les cheveux; l'image que lui avait reflétée le miroir l'avait dégoûtée. Les vêtements qu'elle portait étaient souillés, la laine mouillée répandait une odeur terrible. Elle marcha vers la garde-robe, y trouva une chemise à carreaux, trop grande, usée à la corde, mais qui avait la vertu d'être sèche et la réchauffait. Elle la rapporterait, un jour. Pour la première fois depuis vingt heures, elle pensait à son fils et à sa famille. Les larmes lui montaient aux yeux. Le téléphone! Elle regarda partout, il n'y en avait pas. Elle hâta sa toilette, essuya l'intérieur comme l'extérieur de ses souliers et elle descendit. Les pommes, une fois de plus, attirèrent son attention. Elle en prit une et sortit. À la main, elle tenait ses vêtements souillés; elle les jetterait. Elle s'arrêta, regarda la maison, ferma les yeux. «Mon calvaire s'achève-t-il?» Elle serra les poings, traversa le boisé et marcha un peu en retrait du chemin; toute son attention était concentrée à observer la route, à l'idée que Frank pourrait être à sa recherche. Elle s'immobilisa, le pire lui traversa l'esprit: s'il allait retourner chez elle et s'en prendre à un membre de sa famille!

Elle était si bouleversée qu'elle n'avait pas vu la camionnette qui venait de s'immobiliser à sa hauteur.

— Vous voulez monter, Madame? Je vais dans cette direction.

— Oh! oui, merci!

Gervaise, sans hésiter, prit place sur la banquette, les yeux fixés sur la route.

— Vous semblez inquiète, avez-vous peur?

— Non, pis encore je suis pétrifiée; ce serait une longue histoire à raconter...

— Vous pleurez! Puis-je vous aider?

— Vous m'aidez déjà. Il faut m'excuser, je suis très troublée.

Il la regarda; de fait, il le voyait maintenant, cette jeune femme semblait dans tous ses états, était mal vêtue, avait un air misérable. Il n'insista pas. Après un certain temps, Gervaise déclina ses nom et adresse, l'homme sourit et se présenta.

— Vous allez loin, monsieur Tremblay?

— À Lévis. Saint-Pierre est au nord de Montmagny, je crois.

— Non, au sud, mais très près. J'aimerais prévenir de mon arrivée. Malheureusement...

— Malheureusement?

— Je n'ai pas une seule pièce de dix sous.

— Je vous ferai confiance pour la somme, rassurez-vous.

Gervaise fondit en larmes, elle était à bout et les quelques mots qu'elle venait d'entendre la touchaient profondément. L'homme lui tendit des mouchoirs de papier.

Lorsqu'elle sembla plus calme, le bon Samaritain s'arrêta à une station d'essence et invita Gervaise à faire l'appel souhaité.

Gervaise mit la main sur celle de l'homme; elle ne dit rien, seuls ses yeux parlaient, des yeux débordants de reconnaissance. Elle marcha jusqu'à la cabine téléphonique où, d'une main tremblante, elle composa le numéro de sa propre maison.

Angéline répondit.

— Allô!

Gervaise ne parvenait pas à parler. Angéline insistait.

— Allô! Qui parle? Qui est là?

— C'est moi...

Gervaise entendit crier:

— Raymond, Raymond, viens vite. Ne quittez pas, Madame, Raymond...

Il y eut bousculade et Raymond s'exclama:

— C'est bien toi, Gervaise?

Elle pleurait, incapable d'articuler un seul mot. Raymond, patient, lui parlait doucement.

— Où es-tu? Gervaise, parle-moi!

— Attends un peu, parvint-elle à dire. Elle demanda: «Dites-moi, monsieur Tremblay, nous sommes loin de Montmagny?»

L'individu s'approcha.

— Non, dites à votre famille que je vous conduirai jusqu'à la maison, vous n'aurez qu'à me guider.

— J'arrive, Raymond: dans moins d'une heure, je serai avec vous. Elle hésita puis ajouta: j'ai faim!

Revenue dans la camionnette, Gervaise appuya la tête sur la banquette et s'endormit. Le déroulement des événements, la peur, les membres égratignés de la femme, ses traits tirés, l'absence de toute coquetterie féminine, sa grande inquiétude et maintenant son évidente lassitude, laissaient deviner que la jeune femme vivait un drame, mais lequel? s'interrogea Tremblay.

***

À Saint-Pierre, on s'affairait. Réjeanne *catinait* avec son filleul, Angéline préparait un repas solide, les enfants mettaient de l'ordre: c'était un grand jour. Raymond faisait les cent pas, tout en surveillant l'horloge dont les aiguilles semblaient s'être immobilisées.

— Raymond, ne vaudrait-il pas mieux prévenir la police de son retour?

— J'y ai pensé, j'attendrai qu'elle soit là...

— Qui l'amène ici?

— Tremblay, un dénommé Tremblay. Je n'en sais pas plus long.

C'est à Montmagny que Gilbert Tremblay décida de réveiller sa protégée. Elle sursauta, regarda autour d'elle. Elle revenait lentement à la réalité. Tout à coup consciente que tout danger réel était passé, elle sourit à son protecteur et lui dit:

— Je vous dois des explications, monsieur Tremblay.

— Vous ne me devez rien, rien du tout! Un jour, peut-être, vous m'inviterez à dîner. Je déteste le restaurant et je fais ce long trajet chaque semaine.

On prit la courbe qui mène à Saint-Pierre. C'était déjà le paradis. Telle une fillette, Gervaise lissait ses cheveux, roulait les trop longues manches de la chemise.

— Je l'ai volée, dit-elle en riant. J'ai volé cette chemise.

— C'est vilain!

— Et une pomme. J'ai aussi volé une pomme. Monsieur Tremblay, dites-moi, sur le chemin du retour, accepteriez-vous de venir la prendre pour la rendre à son propriétaire? Je ne sais pas son nom et peut-être que vous... Ici, tournez à votre droite, c'est tout près, ma maison.

Elle se taisait, sa gorge se nouait. Elle n'en finissait plus d'observer les environs, bouleversée à la pensée d'être enfin chez elle. Que tout était beau! L'homme souriait. «Quel changement d'attitude en moins d'une heure!» ne put-il s'empêcher de penser.

— Là, c'est ma maison, là! C'est elle, ma maison!

Elle sauta en bas du camion qui avait ralenti mais était encore en marche et elle courait, les bras tendus. Tous étaient sur la galerie, sauf Raymond et Angéline; on l'attendait, sa famille l'attendait. Réjeanne tenait le bébé sur ses genoux. À sa vue Gervaise s'arrêta; son émotion était si forte que ses forces l'abandonnaient. Ses jambes flageolaient.

Gilbert Tremblay avait refermé la portière, regardé Gervaise s'élancer vers les siens. Il l'enviait presque, car lui, on ne l'attendait pas. Il se rendait à Lévis visiter son fils unique gravement atteint d'une maladie si terrible que même sa présence auprès de son enfant passait inaperçue.

Gervaise parvint à poser sa main sur la rampe; sa vue s'embuait, tout tournait, le sol se dérobait sous ses pieds, et elle s'effondra.

Raymond, qui observait la scène de la fenêtre, s'élança, souleva sa sœur et la porta sur le divan du salon.

Angéline épongeait son visage lorsqu'elle reprit conscience. Les enfants, debout, l'observaient en silence. Lucille pleurait.

— Ouf! fit Raymond, tu nous as fait peur. Ne bouge surtout pas, tu dois manger. Angéline t'a préparé une soupe comme tu les aimes.

— Mes petits! s'exclama Gervaise. Mes chers petits!
Ils reculèrent, et toujours silencieux s'assirent l'un
bien près de l'autre.

— Où étais-tu? demanda Jacqueline d'une voix
cinglante.

— Laissez d'abord votre mère manger. Elle a besoin de reprendre des forces, trancha Angéline.

— Elle n'avait qu'à ne pas partir, rétorqua l'enfant.

Gervaise avait un désir fou de prendre son enfant
dans ses bras, mais ses mains tremblaient de mouvements convulsifs. Elle ne savait plus depuis combien
d'heures elle n'avait pas mangé. Elle se sentait défaillir.
Elle fit un effort pour saisir le bol de soupe qu'elle
porta à ses lèvres et vida d'un trait, tout en gardant les
yeux rivés sur le jeune Télesphore qui ignorait tout des
événements qui se passaient.

Lucien se leva et, se dirigeant vers la porte, dit simplement: «Je vais prévenir les Vadeboncœur.» Gervaise déposa le bol, tendit les bras vers son bébé. Réjeanne vint le
déposer sur ses genoux. Gervaise le serra sur son cœur;
des larmes brûlantes s'échappaient de ses yeux. «Merci,
merci mon Dieu», ne cessait-elle de répéter.

— Il marche maintenant, il a une dent, il est devenu
un petit homme.

— Tu es fière de ton filleul, n'est-ce pas, Réjeanne?
Venez, venez tous que je vous embrasse. Vous m'avez
tant manqué!

— Où étais-tu, pourquoi n'as-tu pas téléphoné? On
a failli mourir de peur!

— Je ne pouvais pas, Jacqueline. Je vais tout vous
raconter mais pas ce soir, je suis si fatiguée et c'est une
bien longue histoire. Je ne pouvais pas téléphoner:
vous comprendrez pourquoi et vous me pardonnerez.

Chapitre 31

Angéline insistait pour que Gervaise se repose; après lui avoir préparé un bain chaud et mousseux, elle l'obligea à aller dormir: «Demain, nous jaserons de tout ça.»

Gervaise retrouvait sa chambre, toutes ces choses qu'elle avait craint ne jamais revoir. Elle ferma sa porte avant de se mettre au lit, chose qu'elle ne faisait jamais. Ce soir elle avait besoin d'être seule, de mettre de l'ordre dans ses idées. L'attitude plutôt réservée des enfants la laissait perplexe. Ils lui avaient paru lointains, distants, voire même réticents. Se devait-elle de tout révéler de sa triste expérience? Saurait-elle trouver les mots pour expliquer ce qu'elle-même ne comprenait pas? Que dire, que taire? Elle craignait de briser la confiance qu'ont les enfants dans la vie qui se doit d'être belle et sécurisante. Elle s'endormit sur sa décision de ne dévoiler que le strict nécessaire pour justifier son absence forcée.

Elle dormit quinze heures d'affilée, d'un sommeil trouble. Lorsqu'elle se réveilla, elle resta étendue un bon moment, tout à sa joie. Elle se leva, marcha à la fenêtre, laissant errer son regard sur le panorama qui ne lui avait jamais paru aussi beau. Elle pensait à Télesphore, aux enfants qu'il lui fallait maintenant affronter.

Avant de descendre, elle fit le tour des chambres: son fils dormait dans celle de Réjeanne. Elle s'assit près de lui et le regarda. On lui avait volé presque deux mois de bonheur auprès de son enfant! Il était là, si paisible, si confiant, ignorant encore tout des problèmes qui sont le lot des adultes.

Elle ne vit pas arriver Angéline. Elle lui apportait un café fumant qu'elle déposa près d'elle et s'éloigna sans un mot, respectant sans doute ces instants bénis. Gervaise se leva enfin et descendit à la cuisine.

— Merci, Angéline.

— Il vous faut manger. Vous avez fondu, vous voilà tout amaigrie; il est important de vous refaire des forces.

— Où sont les enfants?

— Chez le voisin. Les Vadeboncœur ont sans doute deviné que vous aviez besoin de recueillement et ils les ont invités chez eux. Je ne sais pas ce que Lucien leur a raconté hier, mais monsieur Léo était inquiet. Raymond ne tardera pas. Il vient à tout bout de champ pour prendre des nouvelles.

— Je vous en ai causé des inquiétudes!

— L'important dans tout ça est que vous soyez de retour, saine et sauve. Le reste s'oubliera vite. Tiens, voilà justement votre frère.

Gervaise alla vers Raymond, se blottit dans ses bras.

— Ma petite sœur, comme j'ai eu peur de t'avoir encore une fois perdue!

— Viens t'asseoir près de moi, j'ai une faim de loup.

— Ma pauvre Minotte, ce que tu as dû souffrir. Je n'en croyais pas mes oreilles.

— Que veux-tu dire? Qui t'a dit, et quoi?

— La police...

— La police!

— Eh! oui! La police. On a repéré Wilson...

— Tu sais tout ça?

— Oui, jusque-là, mais pas le reste, ce qui a suivi son arrestation. On ne s'expliquait pas ton absence des lieux où il se trouvait, on espérait que tu lui aies échappé mais on craignait aussi le pire...

Raymond raconta l'intervention de «l'homme à la pipe» qui avait alerté la justice et permis d'identifier le fautif.

— Tu as eu de la chance, ma petite sœur: Wilson s'était évadé d'un asile d'aliénés où il était traité pour de graves troubles mentaux. Apparemment son traumatisme s'était manifesté à la suite d'un grave accident survenu lorsque la roulotte qu'il conduisait avait pris feu après une explosion due à un mauvais raccordement d'une bombonne de gaz propane. Sa femme avait perdu la vie dans l'incendie.

Gervaise ne cessait de répéter: «C'était ça, c'était donc ça!» Elle revoyait Frank penché sous le lavabo.

— Tu sais, Gervaise, on s'est bien demandé où tu étais passée car il n'y avait pas trace de toi nulle part. D'après la description de l'homme de Rimouski, il était évident que tu étais sa prisonnière.

— Où a-t-il été arrêté?

— Près de Rivière-du-Loup. La police nous avait prévenus. Imagine-toi notre désespoir quand on a appris ta nouvelle disparition. Nous avons imaginé les pires hypothèses!

— Le pire était déjà passé, crois-moi.

Gervaise lui raconta l'horreur de cette nuit et l'aide inespérée de Gilbert Tremblay. Le souvenir de la pièce de dix sous lui semblait maintenant amusant, de même que l'histoire de la pomme volée, de la vieille chemise, des souris qui surgissaient de partout en gigotant.

— Il n'y a pas que de méchantes gens sur la terre. Tremblay l'a prouvé, c'est réconfortant! s'exclama Raymond.

· Gervaise n'avait pas entendu la remarque. Elle riait maintenant.

— Tu ne m'as pas vue dans le miroir avec mon masque de fils d'araignées, de la boue jusqu'aux genoux, mendiante en plus! Qu'est-ce que je dis: mendiante, voleuse en plus!

Et reprenant son sérieux, Gervaise demanda:

— Les enfants, je les ai trouvés... distants.

611

— Ils ne savent rien, ils ont cru que tu les avais abandonnés; j'ai cru sage de ne rien dire avant de t'avoir parlé.

— C'est donc ça! Tu as prévenu la police de mon retour?

— Oui, dès que je t'ai vue descendre de la camionnette. Ils vont venir te questionner avant de fermer le dossier.

— Dieu est bon, mes tourments sont finis.

— J'ai le goût de t'en imposer un autre...

— Ah!

— Angéline.

— Je ne comprends pas.

— Nous allons nous marier.

— Non!

Gervaise se dit ravie de cette décision qui d'ailleurs ne la surprenait pas. Depuis longtemps elle savait que ces deux-là s'aimaient.

— Venez, Angéline, prenez place près de nous. Dites-moi, comment en êtes-vous venus à prendre cette décision?

Raymond lui narra dans le détail les propos des chipies les concernant.

— Vous vous aimez? Alors faites vite, mes enfants, ne perdez pas une seule minute de bonheur. La vie est si courte et si méchante parfois. Unissez vos destinées, ainsi vous serez deux à affronter le destin.

— Nous avons élaboré des projets concernant notre avenir; tu es au cœur de nos décisions. Nous te reparlerons de tout ça quand tout sera rentré dans l'ordre. Pour le moment, il faut clarifier la situation présente.

On en vint à parler des recherches faites dans le village et les environs, de la battue, de la générosité des gens de Saint-Pierre.

Plus les heures passaient, plus Gervaise se réconciliait avec la vie. Comme il était bon d'être chez soi, sous un toit protecteur. Elle pensait à Frank et le plaignait de tout son cœur. «Papa-la-pipe» était vraiment l'homme bon que son physique et ses yeux vifs et francs exprimaient. Elle n'oubliait pas Tremblay dont elle ne savait rien mais qui s'était, lui aussi, montré très généreux et surtout très discret. Elle souhaitait qu'il revienne, comme elle le lui avait demandé, afin qu'elle puisse retourner la chemise au vieil haïssable qui refusait sa porte aux filles la nuit...

**

Tout le monde réuni autour de la grande table, son fils sur les genoux, Gervaise expliqua aux enfants, en des mots simples, choisis pour ne pas porter atteinte à leur âme délicate, qu'elle avait été enlevée. «Cet homme malade croyait sincèrement que j'étais sa femme. Il m'a gardée prisonnière car il craignait que je lui échappe comme autrefois son épouse décédée.» Elle parla des pommes, de la vieille chemise, du chiot qui portait le nom de Frisson; elle enjolivait le drame. L'histoire de la nuée de souris qui l'avaient agressée, allant même jusqu'à lui égratigner le visage dans leur course folle, fit grimacer les enfants d'horreur et de dédain.

— Tu t'es lavée, j'espère? demanda Jacqueline.

Gervaise décrivit la cabane où elle s'était réfugiée et, le visage affreux que lui avait reflété le miroir, ce qui les fit bien rire.

— Et ces toiles d'araignée qui n'en finissaient plus de s'étirer, collaient aux vêtements, aux cheveux, brrr! J'en frissonne encore!

— Pouah! lança Lucille. Je serais morte de peur, moi!

— Les chauves-souris, c'est bien pire, fit remarquer Lucien qui se voulait brave.

Lorsque Gervaise se tut, aux yeux des enfants elle était devenue une héroïne.

**

Au prône, ce dimanche-là, le curé remercia ses ouailles de leur générosité et annonça le retour de Gervaise. Et ce fut la publication des premiers bans de Raymond et Angéline.

Peu à peu la vie reprenait son cours normal, Gervaise oubliait ses déboires. La semaine suivante, Gilbert Tremblay tient sa promesse: il s'arrêta chez les Langevin chercher le paquet à remettre à cet être sans nom. Gervaise décrivit donc la maisonnette pour identification. Gervaise glissa un billet de cinq dollars dans la poche du vêtement avec un mot de remerciement.

Tremblay accepta l'invitation à dîner. Il devint un ami qui venait «faire le plein dans ce foyer rempli de rires d'enfants». On apprit à se connaître et à s'apprécier mutuellement. Oui, il assisterait au mariage de Raymond et Angéline.

Le préféré de Gilbert était le jeune Télesphore, à qui l'on avait donné le surnom de «Papachou». Les deux premiers mots qu'il avait prononcés avaient été soudés en un seul.

C'est en l'absence de Gervaise que s'était prise cette décision; elle s'en réjouissait. Plus il grandissait, plus Papachou ressemblait à ce papa qui n'avait pas eu le bonheur de le connaître.

Chapitre 32

On se préparait à la célébration du mariage. Les enfants insistaient pour que la future tante soit vêtue de blanc, avec un voile long comme ça, des fleurs dans ses bras, beaucoup de fleurs, comme dans les films.

La jeune fille ne pouvait s'offrir tel luxe. Gervaise décida de se montrer généreuse. Oui, elle l'aurait, sa belle toilette de rêve.

Elle ouvrit la machine à coudre: tulle, ruban et dentelle firent leur apparition sous les yeux éblouis des fillettes. Toutefois, la consigne était sévère: oncle Raymond ne devait rien voir de tout ça avant le jour du mariage. On nageait en pleine romance. La complicité des enfants régnait; on surveillait les allées et venues de l'oncle.

«Tu convertiras la cuisine d'été en chambre, cette pièce sert très peu; elle est assez grande pour y installer une salle de bains, ce qui vous donnera plus d'intimité. Plus tard, s'il y a d'autres décisions à prendre pour vous loger tous, eh bien! à ce moment-là, nous aviserons...»

Angéline comprit l'allusion, elle rougit de plaisir. Lors d'une visite, Gilbert Tremblay offrit son aide et le chantier se mit en branle. Les liens se resserraient autour de ce nouvel ami qui se faisait de plus en plus assidu.

Un jour, il créa toute une commotion au foyer des Langevin: il se présenta à l'heure du souper, avec dans sa camionnette un énorme carton qu'il entra avec précaution, aidé de Raymond.

Sous les yeux éblouis des enfants, il en sortit un téléviseur couleur. Gervaise accepta que le repas se prenne au salon; les enfants étaient ravis de voir les petits bonshommes sous un décor nouveau.

— Vous ne m'en voulez pas, Gervaise? J'aurais dû demander votre permission.

— Allez donc! C'est moi qui vous suis redevable, c'est tout un luxe.

— Redevable, dites-vous? Savez-vous ce que c'est de n'avoir personne à qui on peut vraiment faire plaisir?

— Oh! oui, j'ai connu ça, répondit spontanément la jeune femme. Aujourd'hui, c'est autre chose. Et votre fils, sa santé?

— Pas d'espoir, ou si peu. Son état change peu, mais ne s'améliore pas. J'ai pensé à lui quand j'ai vu cet appareil, puis... à vos enfants.

Du salon parvenaient les voix des jeunes extasiées; les images de Walt Disney n'en étaient que plus belles.

— La télé est une source incroyable d'informations. Elle donne à tous une ouverture sur le monde, permet d'acquérir des connaissances qu'il faudrait une vie à acquérir. Elle nous met devant des faits qui aident à affronter certaines situations pas toujours très claires. C'est ainsi que je vois les choses. Aussi, je vous remercie, du fond du cœur.

Gervaise tendit une main, qu'il accepta et retint un instant. Troublée, Gervaise pivota sur ses talons et marcha vers la cuisine; elle revint, tenant un plateau qui contenait des verres de jus de fruits. La fête se termina très tard, les enfants continuaient de s'épater. Parfois on pouvait les entendre se chamailler si l'un d'eux voulait changer de programme.

Gervaise et Gilbert conversaient près de la table.

— La vie sur la ferme me manque. J'ai dû disposer de la mienne afin de m'assurer un revenu régulier pour défrayer les dépenses que m'occasionne la maladie de mon fils. Un jour l'État se chargera des frais de santé, comme ça se fait dans certains pays, mais en attendant, c'est un gros problème. Remarquez, je ne me plains pas: il reçoit de bons soins, je n'aurais pu lui procurer l'attention qu'il reçoit dans cet hôpital. Et mon travail de policier rapporte bien, me donne beaucoup de satisfaction.

— Si seulement j'avais pu deviner ça le jour où vous m'avez si gentiment secourue sur la route, je vous aurais sûrement confié mes tourments.

— Votre présence, seule sur la route, dans un endroit si peu passant n'a pas manqué de m'intriguer.

— Plus que ceux qui sont passés sans daigner me jeter seulement un regard, malgré toutes mes gesticulations.

— Vous étiez pourtant calme quand je suis arrivé à votre hauteur.

— Ah! oui? C'est étrange... Pourtant j'étais terrorisée!

Gilbert regarda l'horloge, sursauta.

— Pas déjà! Il faut que je file si je veux arriver à temps pour prendre mon quart.

— Prendre un quart, quelle belle expression, empruntée à la marine, comme plusieurs autres, bien de chez nous.

— Ce que vous savez être charmante!

— Merci, Gilbert. Merci aussi pour ce cadeau royal.

Elle se leva, s'approcha de la porte du salon.

— Assez, les enfants, éteignez et venez remercier monsieur Gilbert qui doit partir.

Ce soir-là, Gilbert Tremblay eut droit à sa part de tendresses et de bécots. Il traversa la cuisine à grandes enjambées et, sans se retourner, il disparut dans la nuit.

— Au lit, la famille Citrouillard, comme le dirait votre père.

Ce fut la ruade en direction de l'escalier. Gervaise restait là, éberluée d'avoir en cet instant précis fait allusion à Télesphore...

***

Dimanche: la robe de la future mariée, suspendue à un cintre, était cachée derrière la porte du salon. Les jeunes avaient épinglé une énorme pancarte au cadrage: «Il est interdit à Raymond de pénétrer ici.»

Les enfants, assis autour de la table, riaient de leur espièglerie. Lorsque Raymond entra, Gervaise lui fit un signe des yeux. Suivant son regard, il vit le placard, s'en approcha, fit mine de mettre les pieds dans le lieu défendu. Ce fut la ruée; ils se précipitèrent sur l'oncle, l'empoignèrent, le renversèrent sur le plancher. Gervaise souriait. Angéline s'élança à son tour pour aider les enfants.

La porte s'ouvrit sans qu'on l'entende. Mariette parut tout à coup, vit le spectacle pourtant cocasse mais qui l'horripila.

— Tiens, tiens! Si ce n'est pas ce cher Raymond. Te voilà atteint du mal de ta sœur: l'exhibitionnisme!

— Mariette!

— Oui, elle-même en personne. Étonnée, hein! madame Langevin?

— Mariette! répéta Gervaise.

Raymond s'était relevé, tentait de remettre ses cheveux en place. Les enfants s'empressaient autour de leur grande sœur pas trop réceptive à leurs éclats de joie. Son air hautain et dédaigneux les figea; elle fixait Raymond des yeux.

— Que nous vaut cette surprise? demanda Gervaise. Vous voulez un café? Vous avez dîné?

— On a toujours la même réplique vive! On contrôle toujours ses émotions avec brio.

Gervaise se rappela soudainement que la jeune fille n'était peut-être pas informée de la mort de son père.

— Les enfants, faites-moi plaisir, allez chez les Vadeboncœur. Je veux parler à votre sœur, ce ne sera pas très long. Je vous téléphonerai pour vous dire quand revenir.

Les enfants, déçus par l'attitude froide de leur grande sœur, ne se firent pas prier. Ils sortirent à la queue leu leu, en silence et sans même se retourner. Angéline se dirigea vers l'escalier.

— Restez, Angéline.

Et se tournant vers Mariette elle lui demanda: «Dites-moi, avez-vous été informée du décès de votre père?»

— Oui, si c'est ça qui vous tracasse.

— Alors je vous repose ma question: que nous vaut l'honneur de votre visite?

— Je voulais m'assurer que ce qu'on m'a dit est vrai: monsieur Raymond a accaparé tout l'ameublement, dont il a sans doute fait cadeau à sa charmante petite sœur – petite, oui, mais d'une bien grande ambition.

— Vous avez fini?

— Et celle-là, elle sort d'où?

Raymond trancha.

— Celle-là, c'est ma fiancée. Alors sois polie, Mariette.

— Dis donc, toi, mais je suis chez moi ici, que je sache.

— C'est vrai, intervint Gervaise qui voulait tempérer un peu les choses. J'aurais dû vous présenter.

Se tournant vers Angéline, elle dit simplement:

— Mariette, la fille aînée de mon mari; Angéline Claveau, la fiancée de Raymond.

— Qui, avez-vous dit?

— Angéline Claveau, la fiancée de Raymond.

— Claveau... Claveau, pas la fille de Damas Claveau?

— Vous connaissez papa?

— Angéline Claveau!

Et Mariette s'esclaffa. Elle riait tellement qu'elle hoquetait. Tous la regardaient, surpris de son explosion de gaieté que rien n'expliquait. Raymond se demandait ce que la situation avait de comique.

— Vous vous connaissez, vous deux?

Angéline haussa les épaules; elle fit non de la tête.

— Toi, Raymond Lamoureux, tu vas épouser Angéline Claveau! Décidément, mon ami, tu n'es pas très avancé, tu recules même. Sais-tu qui tu vas épouser? Nulle autre que ma sœur. Ma demi-sœur, devrais-je dire. Oui, tu es fiancé à ma demi-sœur, ma sœur utérine, si tu préfères.

À nouveau, Mariette s'esclaffa, mais cette fois à cause de la surprise qu'elle lisait sur les visages de chacun.

— Mariette, si votre père vous entendait! Votre farce est de très mauvais goût et a assez duré.

— Mon père, je ne le connais pas. Quant à Télesphore, je vois qu'il ne s'est pas vanté d'avoir été cocu!

— Suffit! Taisez-vous, hurla Gervaise.

Mariette regarda Angéline et lui demanda:

— Dis donc, sœurette, n'as-tu pas quelque part, dans un quelconque couvent, une bonne tante qui est allée s'y murer pour expier les crimes de notre père, son frère?

Gervaise s'approcha de Mariette, la prit par les épaules, la secoua.

— Assez, ça suffit. Si ce n'était pas de me salir les mains, je vous giflerais.

— Déçue, hein? Télesphore vient de tomber en bas de son piédestal. Ça fait mal, sa boiteuse a des bobos.

— Vous avez l'esprit dévié, Mariette: rien dans votre énoncé ne jette le discrédit sur Télesphore, bien au contraire! Télesphore est toujours un homme d'honneur, dans mon cœur et dans les faits.

Gervaise ferma les yeux; la haine de cette fille dénaturée éveillait en elle une colère terrible.

— Vous le répudiez en tant que père, mais lui, Mariette, il vous a aimée, vous a choyée. De grâce, ayez un peu de pudeur. C'est ignoble ce que vous faites! À qui précisément cherchez-vous à faire mal? Aux enfants? À Raymond? À sa fiancée? Vous êtes contente? Vous avez fort bien réussi. Mais on ne vous regrettera plus ici. Moi, ma chère, vous n'avez pas réussi à m'atteindre. Partez, Mariette. Les enfants de Télesphore attendent un appel pour rentrer chez eux. Ne revenez jamais ici dans cet état de pensées. Leur mère était aussi la vôtre; je suis sûre qu'elle n'est pas fière de vous, là où elle se trouve. Allez, partez, je vais essayer de leur expliquer votre conduite; j'espère qu'ils sauront oublier votre indifférence à leur égard. Quant à moi, je vous plains et je souhaite que vous reveniez à de meilleurs sentiments.

Mariette ne riait plus. Raymond s'était approché. Ils s'affrontaient du regard, les yeux pleins de haine. Mariette recula et lança avec rage:

— Toi, Raymond chéri, continue ta course vers le bonheur, je t'en souhaite. Quant à toi, jolie sœurette, je te le laisse.

Elle se dirigea vers la porte, s'arrêta et hurla.

— Il épouse ma sœur! La bonne farce!

Elle se remit à rire; un rire démentiel, crispant, s'égrenait derrière elle, leur parvenait encore, même lorsqu'elle fut hors de leur vue et alla se perdre dans la nuit. Cette fois, on le sentait bien, elle riait par dépit.

Angéline fondit en larmes. Gervaise regrettait de l'avoir retenue: elle lui avait imposé une humiliation terrible, que la pauvre fille n'avait pas méritée. Elle pleurait dans les bras de Raymond, incapable de prononcer un traître mot, mais il tentait de l'apaiser par sa tendresse.

— Je ne savais pas, je ne sais pas de quoi elle parle! Je le jure!

— Je sais, je sais. Peut-être ment-elle. Ne t'en fais pas, elle est cruelle. Même si elle a des raisons de me haïr, elle n'avait pas le droit de te faire tant de mal. C'est répugnant.

Gervaise, assise dans la berceuse sentait son cœur battre à se rompre. «Nous étions si heureux; pourquoi, pourquoi, Seigneur, permettez-vous des choses comme ça?»

Elle restait là, immobile, incapable de penser, tout se bousculait dans sa tête. La hargne de cette fille lui faisait peur. Elle essayait de se souvenir... un indice, un seul indice qui pourrait tout expliquer. Mais elle n'y parvenait pas.

Mariette prétendait ne pas connaître son père. Pourtant elle savait son nom. Si ce n'était pas lui, qui alors l'avait informée de ce secret, qui était-ce? Qui savait? Elle s'approcha d'Angéline et lui dit doucement:

— Montez vous reposer, Angéline, nous reparlerons de tout ça plus tard.

La jeune fille se leva.

— Angéline... dit Raymond.

Elle s'arrêta, mais ne se retourna pas.

— Nous allons nous marier, toi et moi, envers et contre tous. Ne sois pas trop malheureuse. Va dormir, ma belle, va.

Se tournant vers Gervaise, Raymond demanda:

— Gervaise, lors de ta visite chez nous, tu m'as parlé du caractère de Mariette, de sa légèreté. Aujourd'hui, peux-tu me dire en toute honnêteté que tu ignorais tout de ses aveux de ce soir?

— Je t'assure, Raymond, que rien n'aurait pu me surprendre et me choquer autant que sa conduite. Si tu veux le fond de ma pensée, je ne la crois pas. Elle aurait tout inventé, par orgueil ou encore dans l'espoir de te ramener à elle. Cette fille est si perturbée qu'elle en serait bien capable. Je m'étonne que votre idylle ait duré aussi longtemps.

— Je m'en étonne moi-même depuis que j'ai connu Angéline. Je sais enfin ce qu'est l'amour. Mariette vient de faire taire en moi tout regret que j'aurais pu avoir.

— L'idée qu'Angéline pourrait être sa demi-sœur ne t'inquiète pas?

— Pas du tout! Nous l'ignorerons, c'est tout. La différence entre ces deux femmes est si grande!

— Et comment! Mariette est une jolie statue de marbre, toujours bien coiffée, vêtue de tailleurs chic, de talons plats et qui joue des coudes. Elle ne sait pas aimer, ne connaît rien à l'affection ni à la reconnaissance. Angéline n'a pas son élégance, mais son cœur est noble.

Gervaise se leva, se dirigea vers le téléphone, parla à Lucette et revint vers son frère.

— Monte là-haut, Raymond, ne quitte pas Angéline avant qu'elle se soit endormie.

— Que diras-tu aux jeunes?

— Je ne sais pas, Dieu m'aidera.

Gervaise ne put s'empêcher de penser à la déception des enfants devant son attitude froide, son indifférence. «Tout ça ne peut être faux. Elle a peut-être exagéré mais il y a un fond de vérité dans toute cette histoire. Jusqu'à quel point? Elle ne peut avoir improvisé un tel mélodrame, c'est impossible. Que la vie peut être cruelle!»

Les enfants se faisaient entendre; Gervaise se composa un visage. Elle leur expliqua que Mariette était venue régler certains problèmes et qu'elle avait dû partir à cause d'un malentendu avec Raymond. C'était rester autant que possible dans les limites de la vérité. À sa grande surprise, ils ne firent pas de commentaires; seule Jacqueline tira ses conclusions:

— C'est pas surprenant, elle a perdu son amoureux!

— Soyez sages. Angéline a aussi du chagrin.

— Ils vont se marier quand même? demanda Réjeanne.

— Oui, bien sûr.

— Hourra! on va avoir une belle fête.

Gervaise se rendit compte que ses mains tremblaient. Un moment elle avait craint de ne pouvoir contrôler sa colère. La cruauté de cette jeune fille la laissait complètement désarmée. L'effort pour se contenir avait été grand.

Elle prépara un chocolat chaud; assise près de la grande table, elle essayait de résumer les ahurissants propos de Mariette. Si tout ça était vrai, Télesphore le savait-il? Se pouvait-il qu'il ait gardé ce secret au fond de son cœur? Souvent il se montrait réticent, avait beaucoup hésité à annoncer leur mariage à Mariette. Pourtant il ne parlait d'elle qu'avec amour. «J'ai été trop patient avec mes aînés»: elle se souvenait de cette remarque souvent répétée.

Ce soir Raymond avait involontairement et innocemment provoqué l'explosion de Mariette en lui présentant Angéline, sa fiancée.

Celle-ci avait souffert, avait été foncièrement humiliée; à quelques reprises, elle avait caché son visage dans ses mains, accablée. On venait d'entacher sa vie, de briser l'image qu'elle avait de son père; la honte s'était glissée en elle. Peut-être qu'en cette minute même sa douleur prenait une autre dimension, qu'elle sentait son amour menacé, son avenir brisé.

«Mariette, Mariette! Quel mal tu as fait! Inutile, combien mesquin! Pourquoi? Le passé, toujours le passé, contre lequel on ne peut rien. Heureusement qu'il y a l'avenir: on peut continuer d'espérer, on peut rebâtir, même sur des bases brisées, car rien n'est irréparable. Angéline deviendra un membre de ma famille; je veillerai sur son bonheur, sur sa paix. Dieu, venez-moi en aide.»

Gervaise mit un temps fou à s'endormir. Elle s'était penchée sur le ber de son fils et s'était inquiétée des mauvaises surprises que lui réservait la vie.

***

Les jours qui suivirent furent pénibles. Angéline avait perdu sa belle humeur. Gervaise n'osait pas continuer le travail de couture, la vue de cette toilette réveillerait trop de douleurs.

— Je vais partir, c'est plus sage, madame Gervaise.

— Non, vous resterez ici. Raymond vous aime.

— Mais... cette fille est aussi la vôtre.

— Et elle sera traitée comme telle seulement si elle revient à de meilleurs sentiments. Raymond sera là; devenu votre mari il continuera de vous protéger. Si vous partiez il me faudrait vendre la terre; Lucien est si jeune, il faut manger, nous avons tous besoin de vous deux. Autre chose, Angéline: je ne suis pas si sûre que ça qu'elle disait la vérité.

Les deux femmes replongèrent dans leurs méditations respectives. Certaines questions brûlaient les lèvres de Gervaise; le choc était trop récent, la sagesse lui commandait d'attendre. Elle se surprenait à fouiller dans le passé, à la recherche d'indices. Télesphore savait-il? De Lucienne et de Mariette il parlait peu. «Télesphore Langevin accepte votre infirmité à condition que vous soyez pure.» Elle secouait la tête: non, ce n'était pas possible, Télesphore n'était pas un vil calculateur qui faisait le troc de la vertu; c'était un père de famille désespéré, bon, prêt à se sacrifier pour les siens. La preuve était évidente. N'avait-il pas aimé son aînée au même titre que les autres? Il souffrait de son absence et de ses fredaines et cherchait à la ramener vers lui. «Télesphore, pourquoi ne m'avoir rien dit? Tout aurait été si simple si j'avais su!» Mais elle hochait la tête: non, il ne savait pas, c'était impossible. Jamais aucune allusion ne pouvait aujourd'hui lui laisser croire que Mariette n'était pas sa fille. Il lui avait même semblé que son mari aurait aimé être grand-père, joie qui lui avait été refusée. Il pensait à Mariette, alors. Sûrement pas à Alphonse qui se vouait au saint sacerdoce...

Alphonse, Alphonse! «Il adorait sa mère, je les laissais en tête-à-tête; le matin, ils échangeaient des confidences...» Alphonse savait-il? D'où son revirement et son comportement hostile envers son père, sa décision de changer d'orientation, de laisser tomber le rêve caressé par sa mère... «Alphonse... serait-ce possible que lui aussi? Non: c'est de la folie furieuse! Je divague. Non, non! Je suis déboussolée. Je dois me calmer, laisser le passé dormir, à jamais, ce passé qui ne m'appartient pas. Le bonheur d'Angéline est maintenant dans les mains de Raymond. Celui-ci n'est sûrement pas fier de son concubinage aujourd'hui; nul n'est sans erreur!»

Il faudrait réapprendre à se faire mutuellement confiance, à se pardonner, à oublier, en somme à passer l'éponge sur ce qui fut et à foncer dans la vie, main dans la main.

— Gervaise.

— ...

— Hé! Gervaise.

La jeune femme sursauta. Perdue dans ses réflexions, elle n'avait pas entendu entrer Raymond.

— Dis-moi, est-ce déjà arrivé que des poules disparaissent du poulailler?

— Pas que je sache, pourquoi? Quel est le problème?

— C'est la deuxième fois que ça arrive depuis quelques jours.

— Une bête sauvage aurait réussi à se faufiler la nuit.

— Non, pas une bête sauvage, mais un animal quelconque si j'en juge par les dégâts causés: un animal domestique, peut-être.

— J'ai vu un chien rôder hier, Lucien s'amusait à lui lancer un bâton qu'il lui ramenait.

— Ça expliquerait tout: un chien égaré qui chasse pour sa subsistance.

— Un chien ne s'égare pas. Il y a autre chose.

— Lucien est ici. Je vais l'appeler et le questionner.

Oui, le garçonnet connaissait ce chien. Il appartenait au vieux monsieur d'à côté qui ne le laissait jamais libre, le tenait attaché. Maintenant il errait, courait partout.

— C'est étrange, cet homme, tu le vois parfois?

— Non, il ne sort plus comme autrefois. Bah! c'est un vieux grincheux; il ne voulait même pas qu'on s'approche de sa clôture.

— Il habite tout près, sur la ferme à côté?

— Oui. Tu le connais, maman?

— Oui.

Gervaise réfléchit, elle s'inquiétait. Elle prit son châle et sortit. Elle parlerait à Léo.

— Ce n'est pas par plaisir que j'irai visiter ce vieux chenapan, mais si ça peut calmer votre conscience, Gervaise, j'irai là-bas.

— Et la charité chrétienne, Léo? Si vous ne le faites pas pour moi, faites-le pour mes poules!

— Épargnez-moi votre sarcasme. Dites donc, ce n'est pas un coup monté...

— Pensez donc! Un si bon parti... je veux le protéger...

Ils se séparèrent devant sa maison. Gervaise rentra chez elle, les yeux rieurs. Léo, à son retour, se dirigea vers le téléphone tout en informant Gervaise qu'elle avait vu juste: le pauvre était décédé et sa mort n'était pas récente. Au moment de partir, il ne put résister à la tentation. Il se pencha vers Gervaise et lui murmura à l'oreille: «Vous voyez les tourments que vous vous êtes épargnés en étant sage et vertueuse. Vous en seriez à un second veuvage.»

Gervaise pouffa de rire. Raymond, qui ignorait tout des derniers développements de l'affaire, entra sur ces entrefaites; il s'exclama: «Il fait bon de voir que la gaieté est revenue dans cette maison.»

Angéline, gênée, se mordit les lèvres.

***

Papachou dormait; dans ses bras, il tenait son ourson préféré.

— Angéline, venez voir le beau spectacle que nous offre cet enfant.

— Vous ne craignez pas qu'il prenne un vilain mal d'oreilles, couché sur le plancher comme ça?

— Non, il est en bonne santé, c'est un vrai Langevin celui-là.

— Parce que les autres...

— Pardon, Angéline, je parlais sans arrière-pensées. Il ressemble tellement à son père que parfois je me demande quel rôle j'ai joué dans tout ça.

— Je le sais, moi, j'ai été le témoin des premiers ébats de ce chérubin.

À brûle-pourpoint Angéline demanda:

— Vous croyez que maman sait?... (La jeune fille hésita puis enchaîna:) J'ai pensé aller le lui demander; vous semblez si préoccupée, peut-être saurait-elle répondre à vos questions.

— Surtout pas! Non, Angéline, ne troublez pas votre mère avec des histoires qui sont peut-être de pures inventions d'un esprit troublé. Vous savez à quel point le doute peut faire mal. Pensez plutôt à vous, à Raymond, à votre futur. Avez-vous pris votre décision?

Angéline hésitait à répondre. Gervaise insista:

— Supposons le pire: que tout ce que Mariette a dit est vrai; nous n'y pouvons rien, ni vous, ni moi, ni votre mère. Ce n'est pas votre fait, vous n'avez pas le droit de briser votre vie à cause d'erreurs qui auraient été commises il y a presque un quart de siècle! Ce serait ridicule. Vous l'aimez, Raymond, n'est-ce pas?

Angéline baissa la tête, se recueillit. Gervaise venait

de lui tenir les mêmes propos que Raymond. D'une voix douce, elle demanda:

— Madame Gervaise... quand aurez-vous fini la confection de ma robe.

Gervaise se leva, attira la jeune fille dans ses bras.

— Laissez tomber le «madame»; n'oubliez pas, je serai votre belle-sœur! Allez, souriez.

Angéline sortit en courant; elle allait sans doute faire part de sa décision à son fiancé. Gervaise hocha la tête: l'amour aura toujours le dernier mot, ne put-elle s'empêcher de penser.

***

Gervaise tirait l'aiguille. La robe était posée sur ses genoux, le tissu léger descendait en cascade et se répandait sur le sol. Elle en était aux points de finition. La radio jouait, une musique douce emplissait la pièce. Ses pensées vagabondaient. Tout à coup elle suspendit son geste; elle crut enfin comprendre: la tante, entrée en communauté pour expier les crimes... Ce serait cette tante qu'il faudrait contacter, si seulement elle existait.

— Angéline, venez ici un instant. Dites-moi, avez-vous vraiment une tante chez les religieuses?

— J'ai pensé à ça aussi. Je me souviens d'avoir entendu mon père et ma mère se disputer une fois, une querelle terrible. Il était question de tante Françoise, une tante que je ne connaissais pas. J'avais oublié cet incident... Voilà que tout m'est revenu en mémoire quand... Mariette a... C'est pourquoi je pensais qu'il vaudrait peut-être mieux en parler à maman, la seule en mesure de nous éclairer.

Gervaise désapprouvait de la tête. Elle regrettait maintenant d'avoir ouvert la plaie encore mal cicatrisée. Angéline s'était éloignée, avait emprunté l'escalier.

Sans doute pleurait-elle dans sa chambre. «Dieu tout-puissant que j'ai été maladroite!» Elle regarda l'horloge, rangea la robe dans sa cachette habituelle et se rendit à la cuisine préparer le souper. Angéline parut bientôt. Un silence gêné pesait, que l'arrivée des enfants vint heureusement dissiper. «Jamais plus, jurait Gervaise en son cœur, je ne ferai jamais plus allusion à la malheureuse intervention de Mariette qui est venue tout bouleverser dans ce foyer que je voulais heureux.»

Après avoir bordé son bébé, elle se laissa tomber sur son lit. Elle pensait à Télesphore et se réjouissait presque à l'idée qu'il soit décédé avant que n'éclate cette malencontreuse histoire.

Bien malgré elle, les questions continuaient d'affluer dans sa tête: comment Télesphore, s'il ignorait tout, s'était-il rendu à Saint-François, directement chez les Claveau? Il était entré et ressorti en moins de quinze minutes, suivi d'Angéline. Rien dans ses souvenirs ne la portait à croire qu'il pût être troublé ou malheureux. «Cette fille, elle te plaît?» Il semblait ne pas la connaître plus qu'il se doit. Un cri lui échappe, elle porte la main à son visage, Gervaise croit comprendre: elle est là, assise sur son lit, le cœur battant. La religieuse... la tante religieuse... «J'ai vu cette maison que vous habiteriez si vous deviez épouser Télesphore Langevin... Un homme d'une grande générosité... Vous en avez, de la chance... Je l'ai reconnu... Cet *Agnus Dei*, portez-le pour protéger votre bonheur...» «Non, ce n'est pas possible, je rêve, ça ne peut être qu'une coïncidence, si coïncidence il y a! Je suis victime de mon imagination qui me joue des tours!» Gervaise ferma les yeux, se tourna dans ce passé, chercha à se souvenir. Moins elle voulait y croire, plus l'évidence lui sautait aux yeux.

Soudainement elle prit une décision. Elle se leva, descendit l'escalier; sur un coin de la table de la cuisine, Angéline et Raymond jouaient aux cartes. Elle s'arrêta un instant, et d'un ton qu'elle voulut badin, elle taquina: «Le salon sera bientôt libéré, les amoureux, ce sera plus sentimental que cette grande cuisine.»

— Vous n'avez pas l'intention de coudre ce soir?

— Non, je veux simplement téléphoner à Gilbert.

Elle revint bientôt, prit place auprès d'eux et suggéra que l'on fasse une partie de neuf. Pendant une *brasse*, elle les informa machinalement qu'elle accompagnerait Gilbert Tremblay qui allait à Québec visiter son fils. Elle venait de mentir.

— Tu rentreras dormir, Gervaise? demanda Raymond d'un ton sévère.

— Grand fou! s'exclama Gervaise en riant.

La partie traînait en longueur, mais on s'amusait bien. Seule Gervaise ne parvenait pas à se concentrer sur son jeu.

***

Gervaise fit ses recommandations: Raymond ne devait pas aller dans sa chambre, où était cachée la tenue du grand jour qui approchait très vite. Le dernier essayage se ferait à son retour. «Elle vous siéra comme un gant, je vous l'assure.»

Elle embrassa ses enfants, leur fit faire mille promesses.

— Ne te laisse pas manger par les souris cette fois, lança Lucille, le visage en grimace.

— Vous souhaitez que je magasine pour vous, Angéline?

— Nous irons faire nos achats à Montmagny la semaine prochaine, répondit Raymond.

Gervaise s'avança vers la route où Gilbert l'attendait, fidèle au rendez-vous.

— Rien de grave, j'espère? Vous sembliez bien troublée quand vous m'avez téléphoné.

— Rien d'incontrôlable, soyez rassuré. Saint-André, c'est vers l'est, je vous fais dévier de votre route.

— J'irai là-bas demain.

— Je suis confuse.

— Encore! Comme ce jour-là, sur la route. Seriez-vous allergique à mes moyens de transport? Voilà! Vous retrouvez votre sourire. Ça n'allait pas, hein? ces derniers temps. Je suis content que nous soyons seuls, je voulais vous parler de quelque chose: ce voisin décédé, sa terre sera peut-être mise en vente...

— Probablement, oui.

— Si... je l'achetais? Histoire de me rapprocher de vous tous. J'ai appris à vous aimer, et la campagne me manque toujours beaucoup...

Gilbert fixait la route; il n'osait regarder Gervaise. Celle-ci tourna la tête, soudainement très embarrassée. Elle ne savait vraiment pas quoi répondre, mais une voix au fond de son cœur lui fit comprendre qu'elle le souhaiterait bien! Gilbert rompit enfin le silence.

— Je disais ça à tout hasard...

Cinq longues minutes s'écoulèrent et Gilbert jeta:

— La Transcanadienne...

Gervaise n'entendait pas. Bientôt le couvent fut en vue. La jeune femme posa sa main sur celle de l'homme et dit simplement: «Ça risque d'être un peu long.»

— J'ai tout mon temps, allez.

Elle remercia et monta le long escalier. Cette fois elle saurait tout: si cette tante Françoise portait le nom de sœur Clara comme elle avait de bonnes raisons de le croire, elle obligerait celle-ci à tout lui dire.

Sœur Clara comprit à l'attitude de Gervaise que quelque chose de très grave s'était passé.

Debout, le visage déterminé, la visiteuse demanda à brûle-pourpoint:

— Françoise Claveau, n'est-ce pas, se cache derrière ce voile?

— Comment l'avez-vous découvert?

— C'est moi qui poserai les questions aujourd'hui.

— Alors, allez-y.

Sœur Clara replaça lentement les plis de sa jupe, posa un instant la main sur le crucifix qu'elle portait au cou, releva la tête et attendit.

La dignité de la religieuse, son visage serein, son allure résignée, l'éducation qu'avait reçue Gervaise, firent qu'un instant elle faillit se jeter aux genoux de la femme soumise et frêle qui l'impressionnait, lui faisait perdre sa grande assurance. Alors elle lui tourna le dos et marcha vers la fenêtre.

— Tout! Je veux tout savoir!

Le ton s'était radouci.

— Alors voici ma version des faits. Je résume:

Un matin d'examen scolaire une fille triche: elle vole la feuille de concours de Lucienne, qui deviendrait plus tard l'épouse de Télesphore. Elle efface son nom et lui substitue le sien. Le pot aux roses est découvert, la coupable menacée d'expulsion de l'école. Le curé intervient. Il faut à tout prix protéger cette fillette qui est la victime d'un père incestueux; le mot n'est pas prononcé, mais le prêtre prie Lucienne de ne pas ébruiter l'affaire, de pardonner à la fille maltraitée. Celle-ci riposte; elle insiste pour que justice soit faite. «Mon père me tripote moi aussi, mais ça ne fait pas de moi une tricheuse.»

Le religieux s'est redressé, horrifié par cette phrase jetée avec aplomb: il a mal interprété les paroles de la jeune étourdie. Il a convoqué le père de Lucienne au presbytère. Il ne serait pas dit qu'il tolérerait la décadence chez ses ouailles! Il termina son sermon par la sévère parole du Christ: «Malheur à celui par qui le scandale arrive!»

Abasourdi, l'accusé ne répliqua pas; on lui avait appris à respecter et à s'incliner devant l'autorité de l'Église. Il ne lui venait même pas à l'idée que le saint homme avait pu se tromper. Il rentra chez lui, fit une colère épouvantable et mit Lucienne, sa fille aînée, à la porte. «Et que je ne te revoie plus jamais!» Il ne lui permit même pas une question, les suppliques de la mère furent vaines. Lucienne partit le jour même.

L'homme devint taciturne; il cessa de fréquenter l'église; il garda à jamais la marque du stigmate. L'épouse ne parvint pas à lui faire avouer les raisons de sa grave décision. Les doutes les plus cruels l'envahirent alors et peu à peu elle se détacha de son mari. Devant son silence têtu, elle décida de faire chambre à part. On en était venu à ne plus prononcer le nom de Lucienne dans ce foyer autrefois si uni.

Celle-ci allait d'une maison à l'autre où on l'embauchait comme domestique. «Elle est devenue une fille à gages, une servante», s'indignait le père dans son amour-propre.

Lucienne quitta son village dès qu'une occasion se présenta. Elle ne pouvait plus tolérer les airs dédaigneux de ses patrons qui exigeaient toujours plus de cette fille répudiée par son père!

Elle ne parvenait pas à comprendre le pourquoi de ce rejet de la part de celui pour qui l'obéissance et la soumission inconditionnelle avaient une importance primordiale.

D'un naturel enjoué elle retrouva peu à peu son calme. Mais, au fond de son cœur, elle ressentait toujours une grande amertume: le sentiment cruel d'avoir été méchamment bafouée. Elle allait, d'un foyer à l'autre, gagnant peu, trimant fort. Elle ne se plaignait pas, gardait le sourire.

Il était dans les mœurs du temps d'engager de l'aide pour aider les mères des familles nombreuses qui accouchaient souvent, voire même chaque année; ce qui signifiait qu'à tous les deux mois, si la mère et le bébé se portaient bien, il fallait aller vers un nouvel emploi, s'adapter à de nouveaux patrons, affronter des kyrielles d'enfants souvent capricieux et gâtés.

— C'est pendant ce laps de temps que j'ai fait la connaissance de Lucienne; ma belle-sœur attendait un enfant. J'étais immobilisée à cause d'une chute qui m'obligeait à porter un plâtre. Lucienne nous a été d'une aide précieuse. Mon frère n'avait pas les moyens de lui verser le salaire régulier. Elle se dévouait sans compter en retour du gîte et de sa nourriture. Je me suis attachée à cette enfant qui m'appelait aussi tante, comme tous mes neveux ou nièces. Elle m'a raconté un peu son histoire et m'a fait promettre de ne pas l'ébruiter. Je l'ai priée de m'écrire. Promesse qu'elle n'a tenue qu'une fois. Cette lettre, la voici...

De sa poche, elle sortit une enveloppe froissée qu'elle remit à Gervaise. Le pli narrait dans le détail la cause de ses démêlés avec son père.

— Elle n'en comprenait pas plus que moi la raison profonde. J'ai mis des années à tenter d'expliquer ce dilemme, car c'est bien d'un dilemme qu'il s'agissait. Puis c'a été le silence. Je restais sans nouvelles. Dieu m'est témoin que je n'aurais jamais pu deviner le drame qui se préparait!

Un jour Lucienne connut enfin un meilleur sort, sa nouvelle patronne lui demanda si elle accepterait de demeurer chez eux pour une beaucoup plus longue période. Qui plus est, on lui garantissait sa propre chambre et un salaire de dix dollars par semaine. Tout à sa joie, elle téléphona à sa mère pour lui faire part de cette bonne nouvelle. Cet appel lui demandait beaucoup de courage car, depuis son départ, elle n'était encore jamais entrée en communication avec sa famille. Lucienne ignorait que son père était sérieusement malade. Après avoir longtemps hésité, elle en vint pourtant à placer l'appel, bien décidée à raccrocher si son père répondait.

— Allô! maman, c'est Lucienne...

Elle ne put placer un autre mot. Sa mère avait coupé court à la conversation. Lucienne resta un moment perplexe, puis la révolte se mit à gronder en elle. Ce soir-là, elle sortit, alla au restaurant du coin où le juke-box remplissait l'air d'une musique à la mode. Les garçons qui flânaient là l'invitèrent à danser. Lucienne y allait avec toute la fougue de sa jeunesse. Jamais elle ne s'était plus amusée. Sa nature primesautière l'aidait à oublier la déception que sa mère venait de lui infliger. Elle quitta sur le coup de minuit.

— Vous êtes entrée tard hier, Lucienne, lui dit la maîtresse de maison.

— Je suis allée au restaurant, je me suis attardée. Ça vous ennuie que je sorte?

— Non, pas nécessairement, pourvu que ça n'affecte pas votre travail. Mais je vous prierais de rentrer moins tard. Je me sens un peu responsable de vous, Lucienne.

Celle-ci y alla de ses mots suaves et fit gaiement détourner la conversation. À partir de ce jour, elle s'absenta souvent et rencontra en catimini un charmant garçon qui venait la reconduire en fin de soirée: Damas Claveau, «mon frère», jeta-t-elle dans un souffle.

— Épargnons-nous d'essayer de comprendre et surtout de juger. Que s'est-il passé dans la tête de Damas, lui jusque-là si respectueux, si dévoué aux siens? Le démon du midi serait une bien piètre justification! Lucienne avait l'excuse d'être jeune, seule et d'avoir été abandonnée.

Un jour, des inquiétudes terribles l'envahirent. Sa gaieté se dissipa, laissant place à la peur, une très grande peur.

Elle confia ses craintes à son amoureux qui entra dans une colère terrible. «Écoute, ma petite, quand on sait enlever sa petite culotte, il faut être assez grande pour savoir la laver. Règle ton problème, ne me casse pas les pieds ou j'irai moi-même prévenir ton père de ton aventure. Ne me mêle pas à tes histoires de guidoune ou je te fais enfermer. Disparais de ma face, que je n'entende plus parler de toi.»

Lucienne entra tôt, ce soir-là. Elle prétexta une migraine et alla se renfermer dans sa chambre. Elle passa la nuit à ruminer ses pensées qui allaient de la colère au désespoir. À la pointe du jour, elle avait pris sa décision. Elle prépara son départ, compta la somme de ses gages qu'elle avait à peine entamés. L'important, elle l'avait compris, était de s'éloigner avant qu'un scandale n'éclate.

Ses patrons se dirent désolés; elle inventa une histoire vraisemblable et demanda qu'on lui remette une lettre de recommandation.

Lucienne prit le train, se rendit à Montmagny qui lui parut être une ville très achalandée. Elle s'installa dans une chambre à louer, élabora mentalement un projet qui la tirerait d'embarras: elle prétendrait avoir été mariée, se procurerait une alliance; si ses craintes s'avéraient fondées, son statut de veuve la protégerait. Dans les jours qui suivirent, elle consulta les petites annonces dans le journal local. Elle lut: «On demande une jeune fille sérieuse, à la recherche d'un bon foyer, pour les soins de la maison et d'une personne malade.»

Lucienne se présenta à Saint-Pierre, village en bordure de Montmagny. Oui, elle connaissait bien la vie de la ferme; non, le travail ne lui faisait pas peur. La présence d'un beau garçon qui la lorgnait fit qu'elle ne parla pas de sa situation matrimoniale. Elle se contenta de remettre la lettre de références qui soulignait son dévouement et sa nature joyeuse.

Depuis le début de la guerre, les jeunes fuyaient vers les grandes villes. Les filles étaient embauchées dans les usines au même titre que les garçons; plusieurs fermes furent abandonnées car l'appât du gain privait les terres des bras nécessaires au travail des fermiers. Lucienne faisait donc figure de perle rare. Les Langevin étaient ravis. Ce soir-là, Lucienne s'est juré de gagner le cœur du fils de la maison qui avait échappé à l'appel de la conscription. Elle n'avait rien à perdre et tout à gagner.

Elle se levait tôt, prenait ses responsabilités, chantonnait tout en accomplissant ses tâches, sa belle humeur illuminait la maison. Télesphore tomba sous le charme de ce boute-en-train. Madame Langevin était ravie: son fils, un timide, semblait amadoué.

Madame Langevin décéda dans la semaine qui suivit. Lucienne devint plus empressée que jamais. Elle décida de profiter de l'occasion. Elle avait maintenant la certitude de sa fécondation, sa fin de mois le lui avait confirmé. Le lendemain des funérailles, Lucienne profita de l'absence du père pour confier ses préoccupations au fils.

— Vous comprenez, monsieur Télesphore, je ne pourrais pas rester ici, sous votre toit, avec seulement des mâles dans la maison. Ma réputation en souffrirait... je vous aime bien cependant. Je suis heureuse, si heureuse, ici, avec vous...

Télesphore inclina la tête. Elle crut l'avoir troublé. Elle fit une pause, cligna des yeux et, d'une voix suave, elle ajouta timidement:

— Mais si vous m'épousiez... sans tralala, bien sûr, à cause de votre deuil... seulement si vous m'aimez un peu... seulement si vous m'aimez... un peu. Je suis si seule!

— Et vos parents? Que diraient vos parents?

— Je suis brouillée avec eux; jamais mon père n'aurait permis que je travaille, j'étais l'aînée... J'ai fui la maison. Mon père est très entêté. À l'école on m'a volé mon concours...

Et Lucienne broda autour de son histoire, prenant

soin de taire ce qui pourrait la discréditer; elle hésita, trébucha sur certaines choses qu'elle ne comprenait toujours pas, pas plus qu'elle ne les avait comprises lors du drame. Elle semblait sincère, vulnérable, bouleversée.

— Pourquoi ne pas tenter une réconciliation avec votre famille?

— Est-ce votre façon de... me repousser?

— Non, oh! non, loin de là.

— Si ça peut vous faire plaisir, je vous promets d'essayer.

Mais elle savait pertinemment bien que sa mère était aussi contre elle. La lutte intérieure qui la troublait la rendait attendrissante. Télesphore l'observa; il aimait sa gaieté communicative, sa désinvolture et surtout le dévouement qu'elle avait mis à s'occuper de sa mère malade.

Le soir même, il informait son père de la décision de Lucienne, de ses raisons de vouloir partir.

— Aussi, papa, j'ai pensé la marier. Il faudra bien, un jour ou l'autre, que je prenne femme...

Dans sa chambre, Lucienne se morfondait. Elle ne savait plus à quel saint se vouer. Une idée lui vint: elle téléphonerait à tante Françoise, la sœur de l'homme qui l'avait séduite et qui ignorait tout de l'aventure. Peut-être que par son intervention elle pourrait obtenir que son père accepte d'être à l'église, le jour de son mariage. Après tout, ce mariage arrangerait bien tout le monde. Elle serait casée, comme on disait alors des filles qui se mariaient; ainsi elle ne serait plus une menace pour personne! Elle éclata en sanglots. La peur la tenaillait; le temps pressait; déjà ses seins se gonflaient. Si cette union n'avait pas lieu, il ne lui restait plus qu'un choix: aller se cacher à Québec comme ça arrivait souvent chez des filles frivoles qui n'avaient pas d'autre choix que d'abandonner leur enfant. Ça, elle ne le voulait pas. Cette fois elle était sincère et ses larmes redoublaient. Si jamais son père devait apprendre ça, elle redoutait alors le pire!

Lucienne sombra enfin dans le sommeil; elle ne parut pas au déjeuner. Télesphore s'inquiétait mais n'osait s'approcher de sa chambre. À l'heure du dîner, il la trouva affairée à la cuisine. Le repas était prêt. Elle lui tournait le dos. Il prit place à table près de son père. Lucienne vint leur servir la soupe.

— Oh! on est sérieuse, Lucienne. On ne dit pas bonjour?

— Je m'excuse, j'ai passé tout droit ce matin.

— Prenez votre place, venez manger, ma fille, et ne vous excusez pas.

Télesphore demeurait silencieux. Maligne, Lucienne nota tout de suite un changement dans l'attitude de son patron. Son cœur se mit à battre. Peut-être Télesphore lui avait-il fait part de leur conversation de la veille?

— Hum! Elle est bonne, cette soupe. Hein, Télesphore, elle est bonne cette soupe? Tu ne lui as rien dit, à ce que je vois. Il ne vous a rien dit, Lucienne? Mon garçon ne vous a pas dit qu'il veut vous marier?

Lucienne échappa sa cuillère; la soupe éclaboussa la table, sa robe. Le père riait. Lucienne n'osait lever les yeux. Elle se dirigea vers la cuisine.

— Ne la laisse pas fuir ainsi, badina le paternel, enjoué devant leur embarras.

Tout le temps que dura le repas, il continua de se payer leur tête.

— Vous êtes en âge de vous marier? Vous n'avez jamais parlé de votre famille. Vous devez bien avoir un père et une mère comme tout le monde!

Enfin! le père se leva, refusa la tasse de thé et sortit par la porte arrière de la maison en traînant son rire moqueur. Dès qu'ils se retrouvèrent seuls, Lucienne se précipita dans les bras de Télesphore.

— Et ma famille? demanda-t-elle d'une voix mielleuse.

— Ne vous en faites pas, les choses s'arrangeront d'elles-mêmes, vous verrez, faites-moi confiance.

La noce fut célébrée dans la plus stricte intimité. Lucienne avait maintenant son foyer. Elle était devenue la maîtresse de la maison. Une pensée continuait de l'obséder: sa famille.

— N'y pouvant plus, un jour qu'elle se trouvait seule, elle a décidé de me téléphoner, moi la tante Françoise. Elle m'a fait part de son mariage, fait l'éloge des Langevin et m'a priée d'intercéder en sa faveur auprès de son père afin qu'il lui pardonne. «J'aimerais que maman soit auprès de moi le jour où je mettrai mon premier enfant au monde...»

Il se fit un long silence, Lucienne s'inquiétait. «Vous ne me dites rien! Pourquoi?»

— Après avoir beaucoup hésité, j'ai promis de réfléchir à la situation, lui ai demandé sa nouvelle adresse et j'ai coupé court à la conversation...

«Il était évident que Lucienne ignorait le décès de son père. Je n'avais pas cru bon de le lui apprendre aussi brutalement. J'ai laissé passer quelques jours et suis venue à Saint-Pierre lui rendre visite.

«J'ai trouvé celle-ci, bêche à la main, qui travaillait les plates-bandes devant la galerie.

«—Toujours amoureuse des fleurs, Lucienne?

«La jeune femme s'est retournée, s'est levée et s'est précipitée dans mes bras.

«—Tante Françoise! Ah! Tante Françoise!

«Elle ma invitée dans la maison.

Lucienne prépara un goûter, ravie de cette visite. La mort de son père la troubla un instant, mais elle n'exprima pas de chagrin. La conversation de Lucienne tournait autour de ses frères et sœurs, et il sembla qu'elle évitait de parler de sa mère à qui elle n'avait jamais pu pardonner son manque d'intérêt lorsque le drame avait éclaté.

— Le moins que maman aurait pu faire aurait été d'intervenir en ma faveur.

— Pourquoi? Pourquoi, Lucienne? Que s'est-il passé ce jour-là?

— Changeons de sujet, ne brisez pas ma joie.

L'arrivée de Télesphore vint sauver la situation. Il avait entendu les derniers mots prononcés par sa femme. Il tendit la main à tante Françoise, la regarda droit dans les yeux et sans biaiser la rassura: «Quand ma femme aura mis au monde son premier enfant, nous irons le mettre dans les bras de son père. On verra bien si un petit-fils ne saura pas dérider le grand-père entêté.

— Papa est décédé, Télesphore.

— Et personne ne t'a prévenue? C'est inhumain.

— Je n'avais pas donné d'adresse, Télesphore, on n'aurait pas su où me trouver, d'expliquer Lucienne.

— Excusez-moi, mademoiselle Françoise, la famille, c'est si important, si précieux. Je n'ai ni frère ni sœur, ça m'a toujours manqué. Voyez, vous n'êtes qu'une tante, pourtant vous êtes là. Est-ce qu'un simple étranger se serait donné la peine de venir jusqu'ici? Mais, comment avez-vous su...

— J'ai téléphoné à ma tante. Je t'avais promis de tenter une réconciliation...

— Voilà qui prouve bien mon raisonnement, plus la famille est grande plus il y a de personnes à aimer.

Tante Françoise fut invitée à dormir sous le toit de sa nièce. Ce soir-là elle s'exclama:

— Tu as laissé ton mari croire que je suis réellement ta tante!

— Que voulez-vous? J'ai aussi une fierté, un amour-propre. Télesphore, lui, croit en la famille. Vous, une étrangère, vous faites plus pour moi que mes frères et sœurs!

— Tu as déniché l'oiseau rare. J'espère que tu apprécies ta chance. Depuis quand vous connaissez-vous?

— Trois semaines!

— As-tu bien dit trois semaines?

L'hésitation de Lucienne n'avait pas échappé à Françoise. Voilà que maintenant elle fuyait son regard, essayait de faire dévier la conversation. Elle venait de se rendre compte qu'elle avait commis une irréparable maladresse.

— Pourquoi alors parlait-il d'un enfant... Dis donc, toi... cette taille, ces seins pleins, trois semaines! Et vous vous connaissez depuis trois semaines! Allons, Lucienne, dis-moi tout: as-tu été séduite, violée peut-être? Te serais-tu mariée à cet homme alors que tu étais enceinte? Le sait-il? Réponds-moi si tu ne veux pas... Serait-ce lui, le père?

— Non.

— Alors il ne sait rien. Dieu tout-puissant! Et le père, tu l'aimais. Alors pourquoi ne l'as-tu pas marié?

— Il l'était déjà!

— Doux Jésus! Un père de famille sans doute. Et voilà que tu as profité de la bonté d'un innocent: tu l'as trompé, as abusé de sa confiance. Es-tu consciente de la gravité de ta faute?

— Ma faute, ma faute, mes fautes! Je suis toujours la coupable; je n'ai donc pas, moi, le droit de vivre et d'être aimée?

— Moi qui croyais que tes parents s'étaient montrés injustes avec toi. Puisque c'est ainsi, je vais t'apprendre la raison de ma visite. Tu as causé la mort de ton père, je n'en doute plus. Il s'était mis à boire et maintenant ta mère se détache de tout! Tu n'es qu'une salope!

— Et vous, votre frère Damas, il vit toujours? Sa conscience ne le fait pas mourir?

— Qu'insinues-tu? Explique tes paroles.

— Posez-lui la question, vous verrez bien.

Lucienne sortit précipitamment de la chambre qu'occupait sa tante et alla s'enfermer dans la salle de

643

bains. Elle attendit que sa nervosité se calme avant d'aller rejoindre son mari qui dormait déjà.

Le lendemain, on put constater que tante Françoise avait filé en douce.

— Vous avez jasé tard. Tu as rêvé; trop d'émotions, sans doute.

— J'ai rêvé?

— Oui, tu jacassais comme une pie. Qui est Damas?

Lucienne faillit échapper sa tasse de café.

— Qui est Damas? répéta Télesphore; tu criais ce nom à tue-tête, tu semblais effrayée. Je t'ai secouée, tu as un peu maugréé et tu t'es rendormie.

— Damas, c'était le juron que mon père utilisait quand il était en colère...

— Voilà que tout s'explique: tu as revécu tes problèmes de petite fille en rêve. C'est bien. On dit que le rêve libère l'esprit de ses cauchemars. Tu oublieras tout ça avec le temps. Je vais t'aider. Il faut avoir confiance. Ta tante t'a-t-elle laissé un peu d'espoir?

Lucienne fondit en larmes. Il la prit dans ses bras, la cajola, lui parla tendrement. Peu à peu elle retrouva son calme. Mais à partir de ce jour, sa belle gaieté s'estompa. Elle devint taciturne. Télesphore s'inquiétait. Il en parla à son père. Celui-ci sourit.

— Ça vous amuse de savoir que ma femme pleure?

— Non, mais ça ne me surprend pas. Elles sont comme ça, les femmes... parfois. Tu apprendras, tu apprendras; ouvre les yeux, fiston.

Dix jours passèrent. Lucienne semblait se détendre. Un soir, dans la chaleur de leur lit, il lui dit gentiment:

— Oublie-les, ces membres de ta famille, ils ne méritent pas que tu les aimes tant que ça. Tu peux t'arranger sans eux, tu l'as prouvé.

La réponse de sa femme le porta aux anges.

— Je n'ai plus besoin d'eux pour avoir une famille. Je t'ai, toi, et bientôt, je le crois, nous aurons notre premier rejeton; alors eux, tu sais, je les oublierai à jamais!

— Non, c'est pas vrai! Non! Tu... tu...

— Oui, Télesphore.

Libérée de son énorme secret, Lucienne reprenait goût à la vie. Sa belle humeur refit surface. Il ne lui restait plus qu'à espérer que tout se passerait sans que la pénible réalité vienne briser de nouveau sa vie. Enfin! elle pouvait vivre au grand jour, parler de sa grossesse, laisser rayonner sa joie qui parfois était si grande qu'elle avait peur que ses beaux rêves s'effondrent.

Le bébé s'annonça un jour de grande tempête.

— La lune, la maudite lune est à son plein, c'est elle qui nous joue ce tour-là. Elle provoque les naissances à son gré. L'enfant est prématuré. Il faudrait avoir le docteur, mais pas moyen d'y penser avec ce temps de chien!

Télesphore s'arrachait les cheveux. Les paroles de son père n'étaient pas pour le rassurer.

— Sais-tu quoi faire, papa?

— Ouais, bien sûr, j'ai déjà vu tout ça. Ta femme aussi, elle a déjà aidé bien des femmes à accoucher à ce qu'elle m'a dit. On va se débrouiller. Ah! la maudite lune!

Télesphore avait assisté au miracle de la naissance sans pouvoir faire un geste qui aurait pu être utile. Il tenait les mains de sa femme qui gémissait, incapable de prononcer un seul mot.

— Viens, bébé, viens trouver pépère, viens, mon petit ange. Tout doux, tout doux, comme ça.

— Mon gars, tu vas peut-être être déçu, c'est une fille. Tiens, roule-la dans la serviette, il y a encore à faire.

Télesphore regardait la petite chose gluante qui criait à rendre l'âme. Il avait peur de la briser, tant elle lui paraissait délicate. Lucienne, rompue de fatigue, s'était endormie, les cheveux collés aux tempes, le visage en sueur. Son sommeil était agité. Télesphore se tourmentait. Elle avait crié le mot Damas à travers ses plaintes; Damas, le juron de son père: il craignait que l'angoisse revienne l'assaillir. Il restait près d'elle, la regardait dormir.

Le grand-père prit le nouveau-né des mains de son fils pour lui faire une toilette. Il regarda le bébé et fronça les sourcils. «C'est étrange, cette enfant est bien en chair pour une enfant née avant terme!» Il jeta un coup d'œil en direction de la mère, se mordit les lèvres, chercha à se souvenir; les doutes fusaient dans ses pensées.

Le lendemain Télesphore le questionna: y avait-il matière à s'inquiéter puisque l'enfant était née avant terme?

— Pourquoi me demandes-tu ça, fiston?

— Vous avez dit, hier, que c'était une naissance prématurée.

— Non, pas dans ce cas-ci, ça ira. La mère est jeune et saine, l'enfant se porte bien, a dix doigts et dix orteils. C'est une bien belle fille.

Et le père souhaita ne jamais avoir à revenir sur le sujet.

Sœur Clara fit une pause. Elle était lasse, attristée. Puis elle enchaîna:

— Quant à moi, je me suis présentée à un noviciat, celui qui est ici, à côté. Mes prières et mes sacrifices pouvaient seuls apaiser la colère de Dieu, obtenir sa miséricorde. J'ai choisi le rôle le plus humble: je serais la servante des autres, j'accomplirais les tâches les plus ingrates, je me ferais silencieuse et soumise. En me dévouant ainsi pour mes semblables, je toucherais sans doute le cœur de Dieu miséricordieux, je sauverais l'âme de mon frère, adoucirais le courroux du Seigneur. Je pensais à Lucienne, à son mari Télesphore, je prierais le ciel pour qu'il ne découvre jamais cette sale vérité. Je pensais aux enfants de Lucienne, à ses parents. Plus tard vous êtes venue, Gervaise, ajouter votre nom à la litanie de mes réclamations auprès du Seigneur. J'ai cru au miracle lorsque j'ai appris le rôle qui vous échouait de devenir l'épouse qui remplacerait Lucienne. J'ai eu l'espoir que Dieu se fasse clément après s'être laissé toucher par mon abnégation, le sacrifice de ma vie. Comme j'ai prié! Pour vous et les vôtres! Comme je vous ai aimés!

Sœur Clara inclina la tête, ferma les yeux. Elle souffrait. Après une pause elle enchaîna:

— Un an après le mariage de Lucienne, j'ai appris le décès de sa mère. J'ai donc tenté un grand coup: faisant semblant de l'ignorer, je lui ai adressé une lettre pour lui faire part du mariage de sa fille Lucienne et de la naissance de son enfant. Je ne me doutais pas qu'un des enfants prendrait note de son contenu et j'espérais que les liens se renoueraient entre Lucienne et sa famille. Cette fois encore, j'ai été comblée. L'harmonie régnait maintenant, à tous les niveaux. Votre mari, à ce qu'il semble, n'a jamais su la vérité. Que Dieu soit loué! J'ai su plus tard que Jeannine, la sœur aînée de Lucienne, s'était présentée chez les Langevin pour vérifier mes dires.

«—Pourquoi avoir donné le nom de Mariette à l'enfant? aurait-elle demandé; c'est vieillot!

«—En l'honneur de ma belle-mère qui est morte entre mes bras, répondit Lucienne.

«—Comment as-tu pu me retracer?

«—Après le décès de maman nous avons reçu une lettre qui lui était adressée, venue on ne sait d'où, mais signée Françoise, tout simplement, sans aucun détail. C'est pourquoi je suis là, je voulais vérifier ces dires. Il nous faudra nous réunir. Quel que soit le malentendu entre nos parents et toi, tu es notre sœur et nous t'aimons bien. Cette brouille doit s'arrêter.

Sœur Clara se taisait, accablée. Gervaise n'osait la regarder; elle savait la peine qu'elle ressentait à la suite des aveux de ce drame qui avait si longtemps mijoté dans son cœur, qu'elle avait sans doute espéré ne jamais avoir à revivre, à ressasser. Voilà qu'elle avait mis son âme à nu. Toute sa vie, elle s'était sacrifiée, voulant obtenir le pardon des fautes et le bonheur de ceux qu'elle aimait. «Oui, songea Gervaise, sœur Clara est une sainte!» Elle s'approcha de la religieuse et, d'une voix douce, lui demanda:

— Ainsi, Télesphore n'a jamais su?

— Pas que je sache.

— Je craignais qu'il ait manqué de confiance en moi car il ne m'avait pas confié le secret.

— Et alors? Aviez-vous besoin de connaître toutes ces misères morales? Le genre humain ne change pas, seuls les noms des personnages changent.

— Un détail m'échappe: vous savez tout, sur tous et chacun, alors que vous vivez ici, dans ce monastère. Qui orchestre tout ça? Qui vous renseigne? Qui s'intéresse à cette histoire de famille, devenue aussi la mienne?

— Je préférerais ne pas vous répondre...

— Encore des demi-vérités, des cachettes! J'ai horreur de la dissimulation. J'ai menti une fois dans toute ma vie, hier, en taisant que je venais ici. Et ça me suffit. Ce n'est sûrement pas le secret de la confession qui vous oblige à vous taire! Pourquoi, sœur Clara, m'obligez-vous à être aussi cinglante?

Sœur Clara baissa les yeux et répondit timidement:

— Quelqu'un qui vous adore.

— Et encore?

— ...L'abbé Couillard et...

— Et? Mère supérieure, je suppose.

— Non! Elle ne sait rien. Votre curé, oui, votre curé qui voit en vous une sainte femme, la femme forte dont parle l'Évangile. Un seul point m'intrigue toujours: pourquoi et comment votre mari en est-il venu à s'adresser à mon frère pour obtenir l'aide dont vous aviez besoin avant la naissance de votre fils? Ce point demeure obscur.

Après un moment d'hésitation, elle ajouta: «Vous savez, Gervaise, la liberté est laissée à tous les êtres. Tout dépend cependant de l'usage que chacun en fait ensuite. Notre culpabilité ne peut aller jusque-là!»

Le silence s'était fait; Gervaise se détendait; petit à petit le réconfort se glissait en elle. Rien dans toute cette histoire n'empêchait l'union de Raymond à Angéline... «Seuls les noms des personnages changent», ne put-elle s'empêcher de penser. Elle leva les yeux vers la religieuse; celle-ci, toujours digne, gardait les yeux baissés. Ces aveux lui avaient sûrement fait très mal.

— Voilà, Gervaise, je vous ai tout dit du mystère qui entourait la naissance de Mariette. Sachez être indulgente à votre tour. Votre générosité rejaillira sur vous et vos enfants...

Et Alphonse, songea Gervaise, si semblable en tous points à Mariette?... Mais elle n'osa pas exprimer tout haut ses pensées. Peut-être ce garçon avait-il reçu les confidences de sa mère qui, semblait-il, lui était étroitement liée. Elle épargnerait une nouvelle peine à l'humble religieuse qui avait suffisamment souffert. Elle laissa tomber une simple question:

— Vous brodez encore des agnus Dei?

— Vous avez toujours la foi, Gervaise. Dieu m'a entendue.

Elle glissa la main entre les plis de sa jupe et, de sa besace, sortit deux cœurs brodés et un chapelet qu'elle offrit à Gervaise.

— Continuez de bien tenir votre rôle de chrétienne active.

— Sœur Clara, tenez, reprenez ceci.

La religieuse prit la lettre, la déchira. Elle semblait si triste que Gervaise sentit son cœur se serrer. Sœur Clara se leva et marcha lentement vers la porte. Gervaise resta là, promenant les yeux dans ce décor familier qu'elle ne voyait pas. Elle monta au jubé de la chapelle. Recueillie, elle récita le *Te Deum*. La paix était revenue en son âme. Elle descendit à la cuisine, s'arrêta devant la porte, observa sœur Clara qui préparait les plateaux. Elle recula doucement et revint vers la voiture qui l'attendait. Gilbert s'était endormi. Les yeux fixés sur l'horizon, elle pensa à cette robe blanche qu'il fallait terminer. Elle appuya la tête, ferma les yeux.

«Ces perpétuels conflits dus aux silences, aux secrets, l'éternelle complicité de la soi-disant toute-puissante autorité qui en abuse pour cacher ses torts et ses faiblesses, avec tant de brio qu'on se croit victimes de hasards extraordinaires! On nous parle de destin, de fatalité, on nous enseigne à accepter, à plier l'échine. Et c'est comme ça, d'une génération à une autre; souvent les secrets sont gardés jusqu'au tombeau, lésant ceux qui restent et souffrent. Tout, tout jusque dans le détail... Il fallait entendre sœur Clara! Dans l'ombre, dans la nébulosité, des yeux qui nous observent!...

«Aurai-je la générosité de sœur Clara, saurai-je vivre dans l'abnégation la plus totale, consacrer ma vie aux enfants sans jamais rien attendre en retour? J'ai connu un bonheur sans nuages, j'ai été comblée auprès de Télesphore qui m'a fait connaître des joies si grandes que parfois je m'inquiétais à la pensée de les voir m'échapper.»

Gilbert bougea. Elle tourna la tête, le regarda. Il lui avait dit: «Ma mère était irlandaise. Elle n'a voulu qu'un enfant, ce qui était contre les principes de mon père...» «Et sans doute du clergé», pensa Gervaise.

La main ouverte de l'homme, posée sur son genou, ressemblait à une étoile... Le col défait laissait percevoir de longs poils roux qui se soulevaient au rythme de sa respiration... Gervaise frissonna. Son cœur se mit à battre plus fort, ses désirs amoureux longtemps refoulés refaisaient surface... Son fils avait grandi. Bientôt il dormirait dans la chambre de Raymond devenue vacante... La sienne serait désertée... Elle serait seule, si seule!

Levant les yeux en direction du couvent, elle pensa à la solitude qui se cachait derrière ces murs mornes, qu'une toute petite lueur, celle de la lampe du sanctuaire, éclaire. «Dieu de miséricorde! Soutiens-moi. Là, sœur Clara a sacrifié sa vie pour obtenir la clémence de Dieu, calmer sa colère et assurer le bonheur des victimes innnocentes de son frère. C'est trop d'abnégation, d'espoirs déçus, de peines accumulées! Le ciel en demande-t-il tant?»

Refoulant ses larmes, Gervaise pensa à ses enfants, à Télesphore que Dieu avait rappelé, les privant de son amour si tendre et si fort. Sur ses seules épaules, reposaient désormais leur avenir, leur bonheur, leur quiétude. «J'ai honte, Télesphore, de la peur que je ressens, là, au fond de mon âme. Ne m'abandonne pas, dirige-moi sur la voie à prendre, sois ma force.»

Gilbert remua, ouvrit les yeux, sursauta.

— Vous êtes revenue. Je m'étais endormi!

Il se redressa, la regarda: elle continuait de l'observer, encore frémissante sous l'effet du trouble qu'il avait réveillé en elle. Le visage de l'homme s'adoucit. Il sentait la femme vibrante, bouleversée.

Il posa un bras sur le volant, sa main libre, sur la clé qui se trouvait dans le démarreur, tourna celle-ci. Le moteur vrombit. Gilbert regarda de nouveau Gervaise. Il surprit son regard fixé sur son bras.

— Gilbert, à propos de cette terre à vendre, vous savez, la terre adjacente à la mienne. Ne serait-il pas plus sage que ce soit Raymond qui l'achète? Il commence une famille, moi j'ai déjà sept enfants dont deux ont quitté. À moins que tout ce beau monde vous effraye...

— Gervaise...

Faisant mine de n'avoir rien entendu, elle poursuivit: «Il faudra savoir attendre. Les convenances, vous comprenez?»

— D'abord vous promettez doucement de me faire mourir de joie, vous m'expédiez au ciel, puis brutalement vous me faites glisser vers le purgatoire! J'attendrai, Gervaise, j'attends déjà depuis le jour où j'ai appris que vous étiez libre...